Le Diable s'habille en Prada

L'auteur

Lauren Weisberger est américaine. Diplômée de l'université de Cornell, elle vit à New York depuis 1999. Elle fut l'assistante personnelle d'Anna Wintour, éditrice de *Vogue*, considérée comme la grande prêtresse de la mode. *Le Diable s'habille en Prada*, premier roman de ce jeune auteur prometteur, s'est fait rapidement une place dans les listes des meilleures ventes anglo-saxonnes et françaises.

Lauren Weisberger

Le Diable s'habille en Prada

Traduit de l'américain
par Christine Barbaste

FLEUVE NOIR

Loi n° 49 956 du 16 juillet 1949 sur les publications
destinées à la jeunesse : juin 2006.

ISBN 2-266-16600-X

Je dédie ce livre aux trois seules personnes vivantes qui croient sincèrement qu'il rivalise avec *Guerre et Paix* :

Ma mère, Cheryl, la mère pour laquelle des milliers de filles seraient prêtes à se damner ;

Mon père, Steve, qui est beau, spirituel, brillant et talentueux, et qui a tenu à écrire sa propre dédicace ;

Mon phénomène de sœur, Dana, leur préférée (jusqu'à ce que j'écrive ce livre).

Remerciements

Merci aux quatre personnes qui ont aidé ce livre à voir le jour :

Stacy Creamer – mon éditrice. Si ce livre ne vous amuse pas, c'est de sa faute… C'est elle qui a peaufiné tous les passages vraiment drôles.

Charles Salzberg – écrivain et professeur. C'est lui qui m'a poussée de toutes ses forces à persévérer dans ce projet ; donc, s'il ne vous plaît pas, c'est aussi à lui qu'il faut vous en prendre.

Deborah Schneider – un agent extraordinaire. Elle n'a de cesse de m'assurer qu'elle adore au moins quinze pour cent de tout ce que je fais, dis ou, plus particulièrement, écris.

Richard David Story – mon précédent patron. C'est facile de l'aimer maintenant que je ne suis plus obligée de le voir tous les matins avant neuf heures.

Et naturellement, un immense merci à tous ceux qui n'ont pas proposé leur aide, mais qui ont promis d'acheter plusieurs exemplaires du livre en échange d'une mention de leur nom :

Dave Baiada, Dan Barash, Heather Bergida, Lynn Bernstein, Dan Braun, Beth Bushmann-Kelly, Helen Coster, Audrey Diamond, Lydia Fakundiny, Wendy Finerman, Chris Fonzone, Kelly Gillespie, Simone Girner, Cathy Gleason, Jon Goldstein, Eliza Harris, Peter Hedges, Julie Hootkin, Bernie Kelberg, Alli Kirshner, John Knecht, Anna Weber Kneitel, Jaime Lewisohn, Bill McCarthy, Dana McMakin, Ricki Miller, Daryl Nierenberg, Wittney Rachlin, Drew Reed, Edgar Rosenberg, Brian Seitchik, Jonathan Seitchik, Marni Senofonte, Shalom Shoer, Josh Ufberg, Kyle White et Richard Willis.

Je tiens aussi à remercier tout particulièrement Leah Jacobs, Jon Roth, Joan et Abe Lichtenstein et les Weisberger : Shirley et Ed, David et Pam, Mike et Michele.

Méfiez-vous de toute entreprise qui requiert de nouveaux habits.

Henry David Thoreau

1

J'étais arrêtée au feu rouge, à l'intersection de la 17e Rue et de Broadway, et avant même qu'il ne passe officiellement au vert, une meute de taxis arrogants s'est élancée à l'assaut du carrefour, de part et d'autre de cet engin de mort miniature que j'essayais de piloter. *Appuie sur l'embrayage, lâche l'accélérateur, enclenche le levier de vitesse, lâche l'embrayage*. Je psalmodiais ce mantra en boucle dans ma tête, mais parmi cette circulation rugissante, il n'était ni d'un grand réconfort, ni d'aucun secours. Après deux ruades sauvages, la petite voiture s'est décidée à avancer d'un bond jusqu'au milieu du carrefour. Mon cœur a fait un looping. Puis, sans crier gare, les secousses se sont stabilisées et l'engin a commencé à prendre de la vitesse. Pas mal de vitesse. Le temps de risquer un bref regard sur le levier pour vérifier que je n'étais bien qu'en seconde, l'arrière d'un taxi est venu s'encadrer en gros plan dans le pare-brise. Je n'avais pas le choix. J'ai écrasé la pédale de frein, avec tant de force que le mouvement a arraché le talon de ma chaussure. Merde ! Encore une paire de pompes à 700 dollars sacrifiée à ma totale absence de grâce sous la pression. Si je faisais les comptes, c'était ma troisième casse de ce genre dans le mois. Quand le moteur a calé (en freinant pour sauver ma peau, je crois que j'avais oublié d'embrayer), j'ai presque été soulagée d'avoir gagné ce petit répit – qui n'avait pourtant rien d'une accalmie, compte tenu de l'ovation de klaxons hargneux et d'insultes qui s'est aussitôt élevée. J'en ai profité pour me déchausser et poser mes Manolo sur le siège passager. J'avais les paumes moites et rien pour les essuyer, sinon le pantalon Gucci que je portais – un pantalon tellement moulant que mon bassin et mes cuisses étaient totalement engourdis depuis l'instant où je l'avais enfilé. Les doigts ont laissé une empreinte humide sur le daim souple. Essayer de piloter un cabriolet non automatique à 84 000 dollars dans les rues de Manhattan à l'heure du déjeuner tenait vraiment de la course d'obstacles. Il me fallait absolument une cigarette.

— Alors, la p'tite dame, tu te bouges ? a beuglé un chauffeur de taxi. Tu te crois où ? À l'auto-école ? Avaaaaance !

Pour toute réponse, je lui ai montré mon index tremblant mais résolument tendu, puis je me suis concentrée sur la priorité absolue du moment : faire circuler, séance tenante, de la nicotine dans mes veines. Mes mains étaient de nouveau humides et les allumettes s'obstinaient à glisser par terre les unes après les autres. Au moment précis où je réussissais enfin mon coup, le feu est passé au vert. Cigarette aux lèvres, j'ai recommencé à me débattre avec le subtil enchaînement de la conduite non automatisée tout en inspirant et recrachant la fumée au rythme de ma respiration. *Appuie sur l'embrayage, lâche l'accélérateur, enclenche le levier de vitesses, lâche l'embrayage*. Ce n'est qu'après avoir parcouru trois blocs entiers que j'ai atteint la vitesse de croisière qui me permettait d'ôter la cigarette d'entre mes lèvres. Mais trop tard : la tige dangereusement longue de cendres s'est effondrée sur mes cuisses, pile sur les traces de transpiration. Génial. Mais avant même que j'aie pu m'appesantir là-dessus (en comptant les Manolo, je venais de bousiller 3 100 dollars de marchandise en moins de trois minutes), mon téléphone s'est mis à piailler. Et comme si, en cet instant-là, ma vie n'était pas pourrie jusqu'au trognon, la présentation d'appel sur l'écran a confirmé ma pire crainte : c'était Elle. Miranda Priestly. Ma patronne.

Étant donné que mes pieds (nus) et mes mains (glissantes) étaient déjà occupés par divers impératifs, ouvrir le petit Motorola n'était pas une mince affaire. A peine ai-je réussi que j'ai entendu sa voix flûtée :

— An-dre-âââ ! An-dre-âââ ! Vous m'entendez ?

Je me suis débarrassée de ma cigarette par la vitre ouverte, et manque de pot elle a failli percuter un coursier à moto ; le type a hurlé quelques insultes sans originalité avant de poursuivre sa route.

— Oui, Miranda, je vous entends, ai-je répondu en coinçant le téléphone entre l'oreille et l'épaule.

— An-dre-âââ, où est ma voiture ? L'avez-vous déjà déposée au garage ?

Dieu merci, le feu suivant a eu l'excellente idée de passer au rouge. La voiture s'est immobilisée dans un hoquet, mais sans rien heurter, ni personne. Ouf.

— Je suis en voiture, Miranda. Je devrais arriver au garage d'ici quelques minutes.

Sans doute voulait-elle vérifier que tout se passait bien. Oui, l'ai-je rassurée, tout marchait comme sur des roulettes, la voiture et moi allions bientôt arriver, en parfait état l'une et l'autre, et… Mais sans me laisser le temps de terminer ma phrase, Miranda a lâché :

— Peu importe. Allez chercher Madelaine et déposez-la chez moi avant de revenir au bureau.

J'ai entendu un « clic ». Puis plus rien. J'ai contemplé l'écran du téléphone, perplexe, et j'ai compris que Miranda avait tout simplement raccroché, puisqu'elle m'avait délivré toutes les indications que j'étais en droit d'espérer. Madelaine. Mais *qui* était Madelaine, bon sang ? Et où se trouvait-elle ? Etait-elle au courant que j'allais la chercher ? Pourquoi rentrait-elle chez Miranda ? Et pourquoi, *pourquoi* – dans la mesure où Miranda employait à plein temps un chauffeur, une bonne et une nounou – était-ce à moi d'aller chercher cette bonne femme ?

Je me suis souvenue qu'à New York, téléphoner au volant est illégal, et franchement, une patrouille de la NYPD à mes trousses était la dernière chose dont j'avais besoin. Je me suis rangée le long d'un couloir de bus et j'ai allumé les warnings. *Inspire... Expire.* J'ai même pensé à serrer le frein à main avant de relâcher la pédale du frein moteur. Je n'avais pas conduit de voiture non automatique depuis des années. La dernière tentative remontait aux années de lycée – un copain avait porté sa voiture volontaire pour quelques leçons... – et n'avait pas été vraiment concluante. Mais Miranda n'avait pas daigné considérer ce détail lorsque, une heure et demie plus tôt, elle m'avait appelée dans son bureau.

— An-dre-âââ ? Il faut récupérer ma voiture et la laisser au garage. Occupez-vous-en immédiatement. Nous en avons besoin ce soir pour partir dans les Hamptons. C'est tout.

Je suis restée comme enracinée quelques instants de plus devant son bureau aux dimensions imposantes, mais Miranda avait déjà fait abstraction de ma présence. Du moins le croyais-je.

— Ce sera *tout*, An-dre-âââ. Voyez ça tout de suite, a-t-elle ajouté sans relever la tête.

Mais naturellement, Miranda, ai-je pensé en quittant son bureau.

Quelle serait la première étape de cette mission qui me réservait à coup sûr des myriades d'embûches en route ? Sans doute découvrir d'abord *où* récupérer ladite voiture. Elle devait être en réparation chez le concessionnaire. Mais lequel ? Il y avait près d'un million de concessionnaires automobiles répartis dans les cinq *boroughs* de la ville. À moins que Miranda n'ait prêté la voiture à un ami, et que celui-ci ne l'ait garée dans un de ces parkings multiservices et hors de prix de Park Avenue ? Autre éventualité à ne pas écarter : il pouvait s'agir d'une nouvelle voiture – marque inconnue – qu'elle venait tout juste d'acheter et qu'il fallait reconduire de chez le concessionnaire (inconnu lui aussi) jusque chez elle. Bref, j'avais du pain sur la planche.

J'ai commencé par téléphoner à la nounou de Miranda, mais l'appel a basculé sur la messagerie. En suivant, j'ai appelé la bonne qui, pour une fois, a pu m'aider : il ne s'agissait pas d'une voiture neuve, mais d'un cabriolet vert – du même vert que les voitures de sport anglaises – généralement garé dans un parking situé dans le même bloc que l'immeuble de Miranda. Mais de là à pouvoir me préciser la marque exacte du cabriolet, ou m'indiquer l'endroit où il se trouvait à ce moment précis… J'ai donc continué à faire le tour de mes informatrices. D'après la secrétaire du mari de Miranda, le couple possédait, aux dernières nouvelles, une berline Lincoln noire et un genre de petite Porsche verte. Ouais ! Enfin une piste. Un coup de fil au concessionnaire Porsche de la 11e Avenue, et j'ai appris qu'en effet, ils terminaient quelques retouches de peinture et l'installation d'un nouveau lecteur de CD sur un cabriolet Carrera 4 vert appartenant à une certaine Miranda Priestly. Jackpot !

J'ai commandé une voiture avec chauffeur pour me conduire chez le concessionnaire. Et là, sur simple présentation d'un mot (de ma main et au bas duquel j'avais imité la signature de Miranda), sans s'émouvoir le moins du monde qu'une inconnue vienne réclamer la Porsche de quelqu'un d'autre, on m'a tendu les clés.

Quand je leur ai demandé de bien vouloir sortir pour moi la voiture du garage, car je n'étais pas certaine de savoir passer la marche arrière, ils m'ont ri au nez. Ensuite, j'ai mis une demi-heure pour parcourir dix blocs, et comme je ne trouvais ni l'endroit, ni le moyen de bifurquer, j'ai continué à remonter *uptown*, en direction du garage de Miranda. Mes chances d'arriver à la 76e Rue sans blesser grièvement quelqu'un (moi, la voiture, un motard, un piéton, un autre véhicule…) étaient égales à zéro, et ce nouveau coup de fil était loin d'apaiser mes nerfs en pelote.

Je suis repartie à la pêche aux informations. Cette fois, la nounou a décroché à la seconde sonnerie.

— Salut, Cara. C'est moi.

— Salut, ça va ? Tu es où ? Dans la rue ? Il y a un de ces boucans !

— Écoute, j'ai dû récupérer la Porsche de Miranda chez le concessionnaire, mais le problème, c'est que je ne sais pas vraiment manœuvrer un levier de vitesses. Et maintenant, elle me demande d'aller chercher une certaine Madelaine pour la ramener chez elle. Qui est Madelaine ? Où se trouve-t-elle ?

Cara est partie d'un éclat de rire interminable avant de se décider à me donner une explication.

— C'est leur petite chienne, un bouledogue français. Elle est chez le véto. On vient de la stériliser. C'est moi qui devais la récupérer, mais Miranda vient juste de m'appeler, je dois aller chercher les jumelles à l'école plus tôt que prévu pour qu'ils puissent tous partir dans les Hamptons.

— Elle veut que j'aille chercher un *chien* avec cet engin ? Sans me crasher ? Tu plaisantes, j'espère ? *C'est hors de question*.

— Elle est à la clinique vétérinaire sur la 52e Rue, entre la Première et la Deuxième Avenue. Désolée,

Andy, je dois filer chercher les filles, mais si je peux faire quoi que ce soit d'autre, tu m'appelles, O.K. ?

Manœuvrer ce monstre vert pour remonter *uptown* avait sapé mes dernières réserves de concentration. Le temps que j'atteigne la Seconde Avenue, le stress m'avait carrément désintégré le corps. *La situation ne peut pas empirer*, me suis-je rassurée, tandis qu'une autre voiture venait se trémousser à cinq centimètres de mon pare-chocs arrière. La moindre éraflure sur la carrosserie me coûterait immédiatement mon boulot – ça, c'était sûr –, mais peut-être également la vie.

Stationner, légalement ou non, devant la clinique vétérinaire était impossible. Sans quitter le volant, j'ai demandé par téléphone qu'on m'apporte Madelaine dans la rue. Quelques instants plus tard (le temps de recevoir un autre appel de Miranda, qui voulait savoir cette fois pourquoi je n'étais pas encore de retour au bureau), une dame aimable s'est présentée avec un chiot gémissant. Elle m'a montré les points sur le ventre de la petite bête et m'a recommandé de conduire très, très prudemment : la chienne, m'a-t-elle expliqué, « n'était pas très en forme ». Soyez sans crainte, madame. Je vais conduire très, très prudemment pour sauver mon boulot et, si possible, ma vie – et si ce clebs en profite, ce sera juste un bonus.

Madelaine s'est couchée en boule sur le siège passager et j'ai allumé une autre cigarette. J'ai frictionné mes pieds nus qui commençaient à geler, histoire que mes orteils aient une chance de garder prise sur les pédales. *Appuie sur l'embrayage, lâche l'accélérateur, passe la vitesse, lâche l'embrayage !* psalmodiais-je en m'efforçant d'ignorer les mugissements déchirants que déclenchait chaque pression sur la pédale de l'accélérateur. Sur le siège du passager, ce n'étaient que pleurs et lamentations, et le temps que j'arrive devant chez Miranda, on frôlait la crise d'hystérie. Toutes mes tentatives pour calmer la petite chienne avaient échoué ; sans doute sentait-elle mon peu de sincérité – et de toute façon, je n'avais que deux mains, et pas une de libre pour la réconforter d'une caresse sur la truffe. Voilà donc où m'avaient menée mes quatre années d'études consacrées à analyser et décortiquer par le menu romans, pièces de théâtre, nouvelles et poèmes : à consoler une bestiole pourrie gâtée avec une tronche de chauve-souris tout en essayant de ne pas démolir une voiture qui ne m'appartenait pas et qui coûtait la peau du bas du dos. Quelle vie merveilleuse ! Exactement celle dont j'avais rêvé.

J'ai réussi sans autre incident à garer la voiture au parking et à refourguer le chien au portier de Miranda, mais mes mains en tremblaient encore quand je suis remontée dans la voiture qui m'avait suivie tout au long de mon périple. Le chauffeur m'a gratifiée d'un regard compatissant et a tenté de me remonter le moral par quelques commentaires sur la difficulté à manœuvrer un levier de vitesses. Mais je n'étais guère d'humeur à bavarder.

— On retourne chez Elias-Clark, ai-je indiqué avec un long soupir tandis qu'il contournait le bloc pour redescendre Park Avenue.

Comme j'effectuais ce trajet tous les jours – voire parfois deux fois par jour –, je savais que je disposais très exactement de huit minutes pour souffler, reprendre mes esprits et, éventuellement, imaginer un moyen de dissimuler les taches de transpiration et de cendre qui s'étaient transformées en imprimé permanent sur le pantalon Gucci. Quant aux escarpins… Leur sort était sans espoir – du moins jusqu'à ce que les équipes de cordonniers appointées par *Runway* pour ce type d'urgence puissent se pencher sur leur cas.

En fait, le trajet n'a duré que six minutes et demie. Un pied au ras du sol et l'autre perché sur onze centimètres de talon, j'ai claudiqué comme une girafe en mal d'équilibre jusqu'à la Réserve. En un tournemain, j'y ai dégoté une jupe en cuir, une paire des bottes flambant neuves Jimmy Choo, et j'ai ajouté le pantalon en daim à la pile du « Nettoyage Couture » (dont les tarifs, par article, débutaient à 75 dollars). Une halte au Studio Beauté – où, à la vue de mon maquillage strié par la transpiration, une des rédactrices s'est empressée de sortir une mallette remplie de produits réparateurs –, et le tour était joué.

Pas mal, ai-je jugé en m'apercevant dans l'un des miroirs en pied omniprésents. Qui aurait pu soupçonner que, quelques minutes auparavant, j'étais un véritable danger public, sur le point d'occire tout ce qui bougeait dans les parages, moi incluse ? J'ai filé d'un pas assuré jusqu'à notre bureau, qui faisait antichambre à celui de Miranda, et je me suis tranquillement assise à ma place, en espérant bien bénéficier de quelques instants de répit avant son retour de déjeuner.

— An-dre-âââ ? Où sont la chienne et la voiture ?

J'ai foncé au rapport aussi vite que le permettent des talons de onze centimètres sur une moquette épaisse.

— J'ai laissé la voiture au gardien du garage et Madelaine à votre portier, ai-je annoncé, très fière de m'être acquittée de ma mission sans avoir flingué ni la voiture, ni le chien, ni moi-même.

À ce moment-là, Miranda a daigné lever les yeux du *Women's Wear Daily* qu'elle feuilletait.

— Et pourquoi donc ? Je vous avais précisé de les ramener toutes les deux ici, au bureau. Les filles seront là d'un instant à l'autre et nous devons partir dans la foulée.

— Oh, mais… je pensais… Vous aviez dit que vous vouliez…

— Suffit. Épargnez-moi les détails de votre incompétence. Allez chercher la voiture et la chienne, et ramenez-les ici. Tout le monde doit être prêt au départ dans quinze minutes. Compris ?

Quinze minutes ? Cette bonne femme avait-elle des hallucinations ? Il me faudrait une à deux minutes pour gagner le rez-de-chaussée et grimper dans une voiture avec chauffeur, et six ou huit de plus pour arriver chez elle ; après quoi, trois bonnes heures ne seraient pas de trop pour débusquer la chienne dans l'une des dix-huit pièces de son appartement, dompter le levier de vitesses récalcitrant, extraire le cabriolet de son emplacement et parcourir vingt blocs pour revenir ici.

— Bien sûr, Miranda. Dans quinze minutes.

Sitôt sortie de son bureau, je me suis remise à trembler comme une feuille. Mon cœur pouvait-il lâcher à l'âge vénérable de vingt-trois ans ? La première cigarette que j'ai allumée a glissé d'entre mes doigts ; elle a atterri directement sur une de mes nouvelles bottes, où, au lieu de rouler par terre sur sa lancée, elle a pris le temps qu'il lui fallait pour dessiner sur le cuir une petite trace de brûlure bien nette. *Génial*, ai-je grincé à mi-voix. *Ça, c'est le bouquet*. Mettez au total de mon ardoise de la journée l'équivalent de 4 000 dollars de marchandises bousillées – mon nouveau record. Peut-être allait-elle mourir avant mon retour ? ai-je songé, en décidant qu'il y avait urgence à regarder la vie du bon côté. Peut-être allait-elle succomber à une maladie rare et foudroyante qui, toutes et tous, nous libérerait de cette intarissable source de malheurs ? Tout en savourant la dernière taffe de ma cigarette, je me suis dit aussi que je devais rester rationnelle. *Tu ne souhaites pas réellement sa mort*, ai-je pensé en m'étirant sur le siège arrière. *Car si elle meurt, tu perds tout espoir de la tuer de tes propres mains. Et* ça, *ce serait vraiment dommage*.

2

Le jour de mon premier entretien, j'étais à des années-lumière de me douter de ce qui m'attendait. La première fois où j'ai pénétré dans les célèbres ascenseurs d'Elias-Clark, notoirement connus pour transporter le nec plus ultra en matière de mode, j'ignorais tout de l'admiration obsessionnelle que les chroniqueurs mondains les mieux introduits de New York, la bonne société et les médias vouaient aux passagères de ces cabines rutilantes et silencieuses – des femmes d'une perfection artificielle, à la mise et au maquillage impeccables. Jamais je n'avais vu de chevelures blondes aussi chatoyantes, et j'étais loin d'imaginer que ces balayages signés par des grands noms de la coiffure coûtaient 6 000 dollars par an à entretenir, et que, lorsqu'on était dans la confidence, un seul coup d'œil au résultat permettait d'identifier le coloriste. Jamais mes yeux ne s'étaient posés sur des hommes aussi beaux : leurs corps musclés – mais sans excès, sinon « ce n'est *vraiment* pas sexy » – exhibaient toute une vie de dévotion à la gym dans des cols roulés à fines côtes et des pantalons de cuir moulants. Partout, des sacs et des chaussures que je n'avais jamais vus portés par des vraies gens accrochaient mon regard et me criaient *Prada !*

Armani ! Versace ! Un ami d'ami – assistant éditorial au magazine *Chic* – m'avait raconté que parfois ces accessoires et leurs créateurs se croisaient dans ces fameux ascenseurs. Muccia, Giorgio ou Donatella pouvaient alors, en d'émouvantes retrouvailles, admirer une fois de plus, « en chair et en os », leurs escarpins de l'été 2002 ou leur sac pochette de la collection Haute Couture printemps.

J'ai compris que ma vie était sur le point de changer – mais quant à pouvoir prédire si c'était en mieux…

J'avais passé les vingt-trois années précédentes à incarner l'Amérique des villes moyennes. J'avais grandi à Avon, dans le Connecticut, et mon existence tout entière se résumait à un cliché : activités sportives dans le cadre du lycée, sorties en groupe, soirées de beuverie dans de belles maisons de campagne en l'absence des parents. On allait en cours en pantalon de jogging ; le samedi soir, on enfilait un jean pour sortir, et on réservait les robes à froufrous aux grandes occasions semi-habillées. Quant à la fac, quel univers de sophistication après le lycée ! Que l'on soit artiste, marginal ou accro à l'informatique, Brown avait proposé un catalogue exhaustif d'activités, de cours ou d'animations en groupe. Quel que soit le domaine, intellectuel ou créatif, auquel je décidais de m'intéresser, même impopulaire ou ésotérique en diable, Brown lui offrait un genre de débouché. Seule, peut-être, la haute-couture échappait à cette règle qui faisait la fierté de l'établissement. Ces quatre années passées à Providence, à traîner en laine polaire et godillots de randonnée, à étudier les impressionnistes et à pondre des dissertations outrageusement verbeuses ne m'avaient en rien préparée pour mon tout premier poste, une fois sortie de la fac.

Je me suis débrouillée pour retarder l'échéance le plus longtemps possible. Pendant les trois mois qui ont suivi l'obtention de mon diplôme, j'ai économisé sou à sou tout l'argent que je pouvais, et je me suis offert un voyage en solitaire. Un mois durant, j'ai sillonné l'Europe en train ; j'ai passé plus d'heures à la plage que dans les musées, et je n'ai guère fait d'efforts pour garder le contact avec mes copains, à l'exception d'Alex, avec qui je sortais depuis trois ans. Alex a deviné qu'au bout de cinq ou six semaines, la solitude commençait à me peser. Une fois son stage de futur enseignant achevé, comme il lui restait tout l'été à tuer avant la rentrée, il m'a fait la surprise de me rejoindre à Amsterdam. À ce moment-là, j'avais fait quasiment le tour complet de l'Europe. Aussi, au terme d'un après-midi qu'on ne pourrait pas qualifier de sobre dans l'un des *coffee shops* de la ville, nous avons mis en commun nos traveller's chèques pour acheter deux allers simples à destination de Bangkok.

Sans guère dépenser plus de 10 dollars par jour, nous avons exploré une bonne partie du Sud-Est asiatique, en discutant à perte de vue de nos avenirs respectifs. En septembre, Alex allait commencer à enseigner l'anglais dans l'un des quartiers défavorisés de New York, et cette perspective l'excitait : modeler de jeunes esprits, servir de mentor aux plus démunis et aux parias, tout cela le séduisait au plus haut point. C'était du Alex tout craché. Personnellement, mes objectifs étaient moins nobles : je souhaitais intégrer la rédaction d'un magazine. Et tout en sachant que mes chances d'être embauchée au *New Yorker* à la sortie de la fac étaient maigres, j'étais néanmoins déterminée à écrire pour ce magazine avant la cinquième réunion des anciens élèves. Écrire dans le *New Yorker* était le rêve de toute ma vie ; jamais je n'avais envisagé d'autre avenir professionnel. J'avais découvert ce magazine un jour où mes parents évoquaient un article qu'ils venaient de lire.

— C'est remarquablement bien écrit, avait dit ma mère. On ne lit plus rien de cette qualité, de nos jours.

— Oui, avait renchéri mon père. Ce sont indéniablement les seuls aujourd'hui à publier des articles intelligents.

J'avais donc ouvert le *New Yorker*. Et j'avais adoré. J'avais adoré le style tonique et mordant des articles, les caricatures spirituelles et ce sentiment, à la lecture, d'être admise au sein d'un club très exclusif. De ce jour-là, je n'avais loupé aucun numéro, et je connaissais par cœur le nom de chaque rubrique, de chaque éditorialiste, de chaque rédacteur.

Alex et moi évoquions cette nouvelle étape de la vie qui nous attendait, cette aventure qui allait commencer, et nous nous félicitions d'avoir la chance de nous y lancer ensemble. Mais bien conscients de vivre nos derniers jours de calme avant la tempête, nous n'avions nul désir pressant de rentrer au bercail. Et c'est ainsi que, bêtement, à Delhi, nous avons fait prolonger nos visas, pour consacrer quelques semaines supplémentaires à explorer les exotiques paysages indiens.

Eh bien, rien n'amène plus vite une belle histoire à sa chute qu'une crise d'amibes et la dysenterie qui l'accompagne. J'ai survécu tant bien que mal une semaine dans un hôtel indien pouilleux, en suppliant Alex de ne pas me laisser crever dans ce lieu infernal. Quelques jours plus tard, nous atterrissions à Newark où ma mère, dévorée d'inquiétude, m'a bordée sur la banquette arrière de sa voiture, avant de glousser tout au long du trajet jusqu'à la maison. D'une certaine façon, c'était là l'opportunité dont rêvait toute mère juive : elle avait enfin une bonne raison de consulter un toubib après l'autre pour s'assurer que ces misérables parasites avaient, jusqu'au dernier, déserté le corps de sa petite fille. Il m'a fallu quatre semaines pour recouvrer le sentiment d'appartenir à la race humaine, et deux de plus pour trouver que retourner vivre chez mes parents était au-delà du supportable. Mes parents étaient formidables, mais m'entendre demander où j'allais chaque fois que je sortais – ou d'où je venais, chaque fois que je rentrais – m'a très vite tapé sur le système. J'ai appelé Lily qui vivait dans un studio riquiqui à Harlem pour lui demander si je pouvais squatter son canapé-lit. Bonne fille, elle a répondu oui.

*
* *

Je me suis réveillée sur ce canapé, trempée de sueur, le front martelé de douleur, un sac de nœuds dans l'estomac. Chacune de mes terminaisons nerveuses dansaient un shimmy endiablé qui n'avait rien de sexy. *Horreur ! Ça recommence !* ai-je immédiatement pensé. Les parasites avaient réinvesti mon corps et j'étais destinée à souffrir jusqu'à mon dernier jour ! À moins que… Se pouvait-il que ce soit une autre maladie, bien pire ? Pouvais-je avoir contracté une forme rare de dengue ? Ou le paludisme ? Voire le virus de la fièvre Ebola ? Je suis restée étendue, en m'efforçant de contempler en face l'idée de ma mort imminente, et peu à peu, des bribes de la soirée de la veille me sont revenues. Un bar enfumé quelque part dans l'East Village. Une musique baptisée « jazz fusion ». Un liquide rose pétard dans un verre à cocktail – *oh non, cette nausée ! Faites que ça s'arrête !* Des copains qui passent pour fêter mon retour. Un toast, un verre, un autre toast. Dieu merci, je ne souffrais nullement d'une forme rarissime de fièvre hémorragique – seulement d'une gueule de bois. Que ma résistance à l'alcool puisse être moindre après une dysenterie qui m'avait délestée de dix kilos ne m'avait pas effleuré l'esprit. Cinquante-trois kilos pour un mètre soixante dix-sept : ce n'était pas le physique idéal pour encaisser une nuit de beuverie – mais maintenant que j'y pense, il collait parfaitement pour postuler dans un magazine de mode.

Une fois que j'ai eu rassemblé mon courage pour m'extraire du canapé-lit déglingué qui m'accueillait depuis une semaine, j'ai consacré toute mon énergie à ne pas être malade. Se réadapter à l'Amérique – sa nourriture, ses manières civilisées, ses douches exubérantes – n'avait pas été trop éprouvant, mais mon statut d'invitée était en train de devenir rapidement lourdingue. Selon mes estimations, en échangeant les baths et les roupies qu'il me restait, je disposais d'une semaine et demie avant d'être complètement à sec, et la seule façon d'obtenir de nouveau de l'argent de mes parents était de réintégrer le cercle vicieux des opinions contradictoires. Si une perspective était de nature à me faire retrouver ma sobriété, c'était bien celle-là. En cette journée de novembre qui allait s'avérer fatidique, cette seule pensée a suffi à me propulser du lit jusqu'à l'endroit où j'étais attendue, dans l'heure suivante, pour passer mon tout premier entretien d'embauche.

La semaine précédente, encore faible et épuisée, j'étais restée au point mort sur le canapé de Lily, jusqu'à ce qu'elle me hurle finalement de débarrasser le plancher – au moins quelques heures chaque jour. Ne sachant trop quoi faire de ma peau, j'ai investi dans une carte de métro et j'ai sillonné la ville en distribuant frénétiquement sur mon chemin des CV dans toutes les rédactions des grands magazines. Je les déposais entre les mains des agents de sécurité, accompagnés d'une lettre de motivation dans laquelle j'expliquais, sans excès d'enthousiasme, que je souhaitais devenir assistante éditoriale et acquérir de l'expérience en écriture journalistique. J'étais tellement flapie que je me fichais pas mal de savoir si quelqu'un lirait vraiment ces courriers. Une convocation à un entretien était la dernière chose au monde à laquelle je m'attendais. Et pourtant, incroyable mais vrai, la veille, une personne des ressources humaines du groupe Elias-Clark avait appelé chez Lily : on voulait me rencontrer pour « bavarder ». « Bavarder » était-il synonyme d'entretien officiel ? Je n'en savais trop rien, mais je trouvais ça bien moins flippant.

J'ai gobé un Advil, j'ai bu une gorgée de soda et j'ai réussi à enfiler un pantalon et une veste. Certes, ils étaient désassortis au départ et n'avaient donc aucune chance de se combiner en tailleur à l'arrivée, mais ils présentaient au moins l'avantage de rester en place sur mon corps émacié. Un chemisier bleu, une queue-de-cheval sage au bas de la nuque et une paire de mocassins légèrement avachis complétaient ma tenue. Le résultat n'était pas génial – pour être franche, il était même limite hideux –, mais dans mon esprit, c'était largement suffisant. *Ce n'est pas à mes vêtements qu'ils vont me juger* : je me souviens d'avoir pensé *ça*. À l'évidence, j'étais à peine lucide.

Le rendez-vous était fixé à onze heures. J'étais ponctuelle. Ce n'est qu'en découvrant tous ces pseudo-clones de Twiggy, ces essaims de filles aux jambes interminables qui attendaient devant les ascenseurs, que j'ai commencé à paniquer. Un mouvement perpétuel animait leurs lèvres et seul le martèlement de leurs talons aiguilles ponctuait leurs cancans. *Des commères*, ai-je songé. *Voilà qui est parfait*. (Waou ! Ces ascenseurs !) *Respire. Lentement. Non, tu ne vas pas dégueuler. Tu-ne-vas-pas-dégueuler. Tu vas discuter de ce poste d'assistante éditoriale, et ensuite, c'est retour direct sur le canapé. Non, tu ne vas pas dégueuler ! « Travailler à* Reaction ! *Oh oui, ce serait merveilleux !* The Buzz ? *Oui, naturellement*, cela *me conviendrait parfaitement. Ah bon ? Je peux choisir ? En ce cas, j'ai besoin de réfléchir jusqu'à demain. C'est formidable !* »

Quelques instants plus tard, un badge peu flatteur proclamait mon statut de « Visiteur » sur le revers de mon pseudo-tailleur tout aussi peu flatteur. Comme je n'allais pas tarder à le découvrir – mais trop tard –, les visiteurs familiers des lieux se contentaient d'accrocher le badge à leur sac ou, mieux encore, le faisaient immédiatement disparaître ; seuls les ploucs les plus arriérés l' épinglaient bien en vue. J'ai embarqué à bord de l'une de ces cabines, et l'ascension a commencé. On est monté, monté, monté, fonçant sans bruit à travers le temps, l'espace et le chic infini à destination… des ressources humaines.

J'ai profité de ce bref voyage pour me détendre. Dans la cabine, des parfums capiteux se mêlaient à l'odeur du cuir neuf, et ce cocktail parait presque cette mécanique utilitaire d'une charge érotique. Nous gravissions les étages à vive allure, en observant des arrêts pour livrer des beautés chez *Chic*, *Mantra*, *The Buzz* et *Coquette*. Les portes coulissaient silencieusement, comme avec déférence, en face de réceptions d'une blancheur minimaliste, où d'élégants sièges aux lignes sobres narguaient les visiteurs, prêts à pousser des cris d'orfraie si quelqu'un – comble de l'horreur ! – tentait de s'y asseoir pour de bon. À chaque étage, de grosses lettres noires indiquaient le titre du magazine, et d'épaisses portes en verre opaque protégeaient les rédactions. N'importe quel Américain moyen connaissait ces noms de magazines, mais qui serait allé imaginer que tous ces titres mijotaient sous un seul et unique toit ?

Pour ma part, mon expérience professionnelle se limitait à un job de serveuse de yaourt glacé, mais j'avais entendu suffisamment d'histoires, de la bouche d'amis depuis peu pleins aux as, pour savoir que la vie en entreprise ne ressemblait pas du tout à ça. Ni de loin, ni de près. Où étaient les immondes éclairages au néon ? Les moquettes d'une couleur étudiée pour dissimuler les taches ? Ici, en lieu et place de banales réceptionnistes, officiaient des jeunes femmes aux pommettes saillantes, tirées à quatre épingles, sanglées dans des tailleurs de femmes d'affaires. Quant au matériel de bureau, il était tout simplement inexistant ! Où étaient passés les objets utilitaires et basiques tels que classeurs, corbeilles à papiers, registres ? J'ai eu le loisir d'observer six étages disparaître dans ces tourbillons de perfection et de blancheur immaculée avant de sentir la morsure du venin.

— Quel-le-gar-ce, a sifflé une voix. Je ne peux *plus* la saquer. Franchement, qui peut la supporter ?

La fille avait une vingtaine d'années, et sa tenue – jupe en peau de serpent et minibrassière – semblait a priori plus adaptée à une folle nuit au Bungalow 8 qu'à une journée de travail dans un bureau.

— Comme si je ne le savais pas ! a renchéri sa copine en opinant avec emphase. Que crois-tu donc que j'aie dû supporter pendant six mois ? Bien sûr que c'est une garce finie ! Avec un goût de chiottes, par-dessus le marché.

Par bonheur, je venais d'arriver à destination. *Voilà qui est intéressant*, me suis-je dit. Si on confrontait le potentiel de cet environnement professionnel avec une journée ordinaire dans la vie d'une étudiante dotée d'un bon esprit de groupe, c'était même plus qu'intéressant. Stimulant ? Mmmm, non, peut-être pas jusque-là. Accueillant, plaisant, réconfortant ? Non, pas exactement, non plus. Était-ce le genre d'environnement à vous donner envie d'abattre un boulot d'enfer, un grand sourire aux lèvres ? Oh non ! Mais pour qui recherche la vitesse, vénère la minceur, cultive la sophistication et révère tout ce qui est dernier cri en matière de style, Elias-Clark est sans conteste la Mecque.

Je commençais à avoir le sentiment de n'être vraiment pas à ma place, et la réceptionniste de la DRH, avec ses bijoux renversants et son maquillage impeccable, ne m'a pas aidée à évacuer cette impression. Elle m'a invitée à m'asseoir et à feuilleter, si je le souhaitais, quelques-unes de leurs publications. Au lieu de quoi j'ai fiévreusement essayé de mémoriser les noms de tous les rédacteurs en chef des titres du groupe – comme si je me préparais à passer une interro. Stephen Alexander, de *Reaction*, je le connaissais déjà, naturellement ; Michael Tanner, de *Buzz*, son nom n'était pas trop ardu à retenir non plus. N'étaient-ce pas, de toute façon, les deux seuls magazines du groupe dignes d'intérêt ? J'allais m'en tirer haut la main.

La femme qui m'a reçue était petite, svelte et s'appelait Sharon. Elle m'a conduite jusqu'à son bureau – une pièce à la déco froide, minimale –, et tandis que nous croisions en chemin une brochette de sosies de mannequins aux jambes interminables, elle m'a lancé :

— Alors, comme ça, vous cherchez à percer dans la presse magazine ? Ce n'est pas le plus simple, en sortant de fac, vous savez. La compétition est rude, ici, et les postes sont peu nombreux. Et les rares qui sont à pourvoir, eh bien ! ils ne sont pas exactement bien payés… Si vous voyez ce que je veux dire.

J'ai baissé les yeux et j'ai contemplé mon vilain tailleur dépareillé, mes chaussures avachies. Pourquoi avais-je seulement pris la peine de m'habiller, de me déplacer ? Et comme mon esprit était déjà ailleurs, concentré sur le moment où j'allais de nouveau m'affaler sur le canapé de Lily avec assez de chips et de cigarettes pour tenir jusqu'au lendemain, j'ai failli ne pas entendre quand elle a murmuré :

— Mais justement, une opportunité assez incroyable se présente en ce moment. Et tout va aller très, très vite !

Mmmm… Mes antennes se sont aussitôt dressées, et j'ai essayé d'obliger Sharon à me regarder droit dans les yeux. *Opportunité* ? *Vite* ? Tout s'est emballé dans ma tête. Cette femme voulait m'aider ? Elle m'aimait bien ? Pourquoi ? Je n'avais pas encore dit un seul mot – comment pouvait-elle *m'apprécier* ? Et pourquoi, au juste, commençait-elle à me baratiner comme un vendeur de voitures ?

— Dites-moi, Andrea, connaissez-vous le nom de la rédactrice en chef de *Runway* ? a-t-elle demandé en me fixant pour la toute première fois depuis le début de notre entretien.

Et là, blanc. Blanc total, absolu. Je ne me souvenais plus de rien. Étais-je en train de rêver ? Elle me faisait bel et bien le coup de l'*interro* ! Jamais de ma vie je n'avais ouvert un numéro de *Runway* – elle n'avait pas le droit de me questionner justement sur ce titre-là ! Qui s'intéressait à *Runway* ? Un magazine de *mode*, bon sang ! Peut-être même n'y avait-il pas une seule ligne de texte à l'intérieur – rien d'autre que des bataillons de mannequins faméliques et des pubs sur papier glacé. Je me suis mise à bafouiller tandis que les différents titres de magazines et noms de rédacteurs en chef que j'avais lus quelques instants auparavant virevoltaient dans ma tête et dansaient en couples désassortis. Quelque part, au fin fond de mon cerveau, il y avait forcément le nom de cette bonne femme. Je le connaissais – qui ne le connaissait pas ? Mais les lettres qui le composaient refusaient de s'assembler dans mon esprit embrumé.

— Euh… Je suis désolée, j'ai un trou de mémoire. Mais je le connais, évidemment ! Je l'ai sur le bout de la langue. Tout le monde connaît son nom !

Sharon a continué à m'observer, ses grands yeux bruns désormais rivés à mon visage moite.

— Miranda Priestly, a-t-elle lâché, dans un quasi-murmure où se mêlaient le respect et la crainte. Elle s'appelle Miranda Priestly.

Un ange est passé. Sans se presser. Mais sans doute Sharon pesait-elle le pour et le contre. Allait-elle passer outre à ce faux pas colossal ? À ce moment-là, j'ignorais qu'elle voulait à tout prix recruter une nouvelle assistante pour Miranda. Comment aurais-je pu savoir qu'elle était prête à tout pour mettre un terme aux coups de fil de cette femme qui, jour et nuit, la harcelait à propos des candidates potentielles ? Qu'elle voulait coûte que coûte trouver quelqu'un, n'importe qui, que Miranda accepterait ? Je ne pouvais pas me douter que si j'avais – ce qui était cependant improbable – ne serait-ce que la plus infime chance d'être embauchée, d'être celle qui allait la délivrer de ce calvaire, elle se devait de m'accorder un peu d'attention.

Avec un sourire crispé, elle m'a annoncé que j'allais rencontrer les deux assistantes de Miranda. *Deux* assistantes ? J'ai cru surprendre un éclair d'exaspération dans le regard de mon interlocutrice.

— Oui, Miranda a besoin de deux assistantes, cela va de soi. Son actuelle assistante senior, Allison, a été promue rédactrice beauté à *Runway*, et c'est Emily, son assistante junior à ce jour, qui va lui succéder. Donc, le poste d'Emily est à pourvoir ! Andrea, vous sortez tout juste de la fac… Je me doute que le fonctionnement d'une rédaction ne vous est guère familier. (Ici, elle a marqué une pause théâtrale, le temps de trouver les mots justes.) Mais *je me dois* de vous dire combien l'opportunité qui s'offre à vous est exceptionnelle. Miranda Priestly… (Nouvelle pause, tout aussi théâtrale, comme pour s'acquitter d'une révérence mentale)… Miranda Priestly est le personnage le plus influent du milieu de la mode, et elle est, sans conteste, la rédactrice en chef la plus en vue du monde entier. Du monde entier ! Travailler pour elle, l'observer diriger chaque numéro, chapeauter les rédactrices et les mannequins célèbres, l'aider à accomplir ses multiples tâches quotidiennes est une chance… Ai-je besoin de préciser que des milliers de filles se damneraient pour avoir ce poste ?

— Mmm, oua… Oui, en effet, ça m'a tout l'air d'une merveilleuse opportunité.

Néanmoins, une question m'a traversé l'esprit : pourquoi Sharon me baratinait-elle pour m'offrir ce poste, si des milliers d'autres filles étaient prêtes à se damner pour l'obtenir ? Mais je n'ai pas eu le loisir de me perdre en conjectures. Sharon a décroché son téléphone, a fredonné quelques mots et m'a raccompagnée jusqu'aux ascenseurs pour commencer dans la foulée mes entretiens avec les deux assistantes de Miranda.

Décidément, Sharon se comportait de plus en plus comme un robot, mais je n'avais guère le temps de creuser la question puisque je devais rencontrer Emily. J'ai gagné le 17e étage, et j'ai patienté à la réception de *Runway*, un espace, lui aussi, d'une blancheur déconcertante. Au bout d'une bonne demi-heure, j'ai vu apparaître une grande fille mince derrière les portes vitrées. Elle portait une jupe en cuir taille basse et mi-longue, et ses cheveux roux indisciplinés étaient enroulés haut sur son crâne en un chignon désordonné mais chic. Elle avait le teint pâle, une peau sans la moindre imperfection et les pommettes les plus saillantes que j'avais jamais vues. Sans esquisser le plus petit sourire, elle est venue s'asseoir à côté de moi et m'a examinée de la tête aux pieds, attentivement, mais machinalement, sans manifester de réel intérêt. Et puis de but en blanc, sans avoir pris la peine de se présenter, cette fille que j'ai supposé être Emily s'est lancée dans une description détaillée du poste. Le ton monocorde de ses explications m'en a appris plus que les mots eux-mêmes : ce laïus – cela crevait les yeux –, elle l'avait déjà répété des dizaines et des dizaines de fois. Et comme il n'y avait guère d'espoir que je sois différente des autres postulantes, elle n'avait pas l'intention de gaspiller son temps avec moi.

— C'est dur, sans aucun doute. Il y aura des journées de quatorze heures – pas très souvent, mais plus qu'il n'en faut, a-t-elle débité sans jamais me regarder. Et il est important de bien comprendre que ce poste ne comporte aucun travail éditorial. En tant qu'assistante junior de Miranda, votre seule responsabilité sera d'anticiper ses besoins et d'y pourvoir. Ce peut être tout et n'importe quoi : commander son papier à lettres préféré, ou l'accompagner faire son shopping. Mais c'est toujours amusant. Passer ses journées, ses semaines auprès de cette femme exceptionnelle est une chance inouïe. Car c'est vraiment un être hors du commun..., a-t-elle achevé d'un ton léger.

Pour la première fois depuis le début de son discours, elle paraissait s'animer un peu.

— Ça a l'air super !

Je le pensais vraiment. À la même époque, mes amis et amies qui s'étaient colletés avec la vie active sitôt leur diplôme en poche turbinaient depuis déjà six mois complets tout en bas de l'échelle. Tous et toutes semblaient harassés. Qu'ils travaillent dans des banques, des agences de pub, des maisons d'édition – ce n'étaient que lamentations sur les journées interminables, les collègues, la politique d'entreprise, et plus que tout, l'ennui. Comparées à l'exigence des études, les tâches que l'on attendait d'eux étaient tellement stupides, futiles, qu'un chimpanzé aurait pu s'en acquitter. Ce n'étaient que récits d'heures passées à entrer des chiffres sur des bases de données, à démarcher au téléphone des gens qui ne voulaient pas être importunés, à analyser du matin au soir des tonnes et des tonnes d'informations sur un écran d'ordinateur, à faire des recherches totalement inutiles pour que leurs supérieurs les croient productifs. Chacun jurait être devenu idiot en ce bref laps de temps écoulé depuis le diplôme, et il n'y avait nulle échappatoire en vue. Je ne nourrissais aucune passion particulière à l'égard de la mode, mais je préférais de loin passer mes journées à m'éclater dans un job « marrant » plutôt que de m'empoisonner la vie dans un boulot ennuyeux à périr.

— Oui, c'est super, a acquiescé Emily. Vraiment super. Génial, même. Bon, enchantée de vous avoir rencontrée. Je vais chercher Allison. Elle est géniale, elle aussi.

A peine a-t-elle eu terminé son blabla et disparu derrière les vitres dans un bruissement de cuir qu'est apparue une silhouette dégingandée.

J'ai immédiatement compris que cette superbe fille à la peau d'ébène était tout simplement *trop* maigre. Je n'ai même pas tiqué à la vue de son estomac en creux et de son pelvis saillant, tant j'étais sidérée que l'on puisse se pointer dans un bureau le ventre à l'air. Elle portait un pantalon en cuir noir si souple et moulant qu'il se fondait sur elle en une seconde peau, et son débardeur en tissu blanc pelucheux (à moins que ce n'ait été de la fourrure) tendu sur sa poitrine s'arrêtait cinq centimètres au-dessus de son nombril. Sa longue chevelure d'un noir d'encre se balançait dans son dos telle une lourde cape brillante. Ses ongles, vernis aux mains comme aux pieds d'un blanc luminescent, semblaient irradier de l'intérieur, et ses sandales rehaussaient de huit centimètres sa stature d'un bon mètre quatre-vingts. En dépit de sa semi-nudité, elle réussissait à être incroyablement sexy et classe à la fois, mais à mes yeux elle dégageait surtout une impression de froid. Au propre comme au figuré. Nous étions tout de même en novembre.

— Salut, je m'appelle Allison, comme vous le savez sans doute, a-t-elle dit en prélevant une peluche du débardeur sur son pantalon quasi invisible. Je viens d'être promue rédactrice, et c'est ça qui est génial, quand on bosse pour Miranda. Les heures sont longues, on ne chôme pas, mais c'est incroyablement glamour, et des milliers de filles se damneraient pour travailler avec elle. En plus, Miranda est absolument exceptionnelle, en tant que femme, rédactrice, être humain. Elle prend soin de ses assistantes. En travaillant juste un an pour elle, on gagne des années et des années sur son parcours. Si on a du talent, elle vous envoie directement au sommet de l'échelle, et…

Elle débitait son speech, sans prendre la peine de me regarder ou de feindre un quelconque degré de passion pour son propos. Cette fille ne me semblait pas particulièrement stupide, mais son regard était voilé, comme l'est celui des membres d'une secte, ou des gens qui ont subi un lavage de cerveau. J'ai eu l'impression que j'aurais pu m'endormir, me curer le nez ou tout simplement m'en aller, elle n'aurait rien remarqué.

Quand – enfin ! – ce flot de paroles s'est tari, Allison a annoncé qu'elle allait chercher la personne avec laquelle je devais m'entretenir ensuite. J'ai manqué de m'évanouir. La machine s'emballait. Je ne maîtrisais plus rien, mais en même temps, j'étais excitée. J'ignorais qui était cette Miranda Priestly ? Et alors, quelle importance ? Tout le monde, autour de moi ne semblait-il pas baba d'admiration devant elle ? Bon, d'accord, *Runway* était un magazine de mode, et j'aurais préféré travailler pour un titre un peu moins futile. Mais n'était-ce pas toujours mieux qu'une quelconque revue d'entreprise ? La prestigieuse mention de *Runway* sur mon CV me conférerait, à coup sûr, plus de crédibilité lorsque je finirais par postuler au *New Yorker* que – disons – *La Mécanique pour tous*. Et, ne l'oublions pas, des milliers de filles étaient prêtes à se damner pour avoir ce poste.

Au bout d'une demi-heure de ruminations à l'avenant, une autre femme, grande et d'une minceur impossible, est venue me rejoindre. Elle s'est présentée, mais toutes mes réserves de concentration étaient focalisées sur son corps. Elle portait une jupe en jean moulante et effilochée, un chemisier blanc transparent et des sandales à lanières argentées. Ses ongles étaient manucurés, sa peau parfaitement halée, et dénudée avec une exubérance à laquelle se refusent les gens normaux quand il y a de la neige dans les rues. Cette jeune femme m'a invitée à la suivre derrière les portes vitrées. C'est là, en me levant, que j'ai compris avec une douloureuse acuité quel piètre spectacle je devais offrir, avec mon pseudo-tailleur affreusement décalé, mes cheveux filasse, mon apparence négligée. Aujourd'hui encore, le souvenir de mon accoutrement ce jour-là – sans parler de l'espèce de *mallette* que je trimballais – continue à me hanter. Je sens mon visage virer au rouge pivoine quand je me rappelle à quel point j'ai dû faire tache dans ce temple où officiaient les filles les plus raffinées et plus stylées de New York. Ce n'est que bien plus tard, quand j'ai été admise dans leur cercle (sans jamais, cependant, en faire vraiment partie), que j'ai su combien elles s'étaient moquées de moi, entre chaque round de cette cérémonie de recrutement.

Après m'avoir, comme ses comparses, inspectée de pied en cap, Miss Canon m'a conduite jusqu'au bureau de Cheryl Kerston, directrice de la rédaction, une charmante lunatique sur toute la ligne. Là encore, j'ai eu droit à un discours interminable, mais cette fois, j'ai été attentive. Cette femme semblait adorer son boulot ; sa voix pétillait d'excitation tandis qu'elle évoquait l'aspect rédactionnel du magazine, les formidables articles qu'elle lisait, les liens qu'elle nouait avec les journalistes.

— Je n'ai absolument rien à voir avec la mode, ici, m'a-t-elle précisé avec fierté. Donc, si vous souhaitez des précisions à ce sujet, mieux vaut questionner quelqu'un d'autre.

Quand je lui ai confié qu'en plus de ne rien connaître au sujet, je ne m'intéressais pas particulièrement à la mode, Cheryl m'a répondu avec un grand sourire sincère :

— En ce cas, Andrea, peut-être êtes-vous notre perle

rare. Il est temps que vous rencontriez Miranda. Puis-je vous donner un conseil ? Regardez-la droit dans les yeux, et vendez-vous. Vendez-vous, sans hésiter. Elle respecte ceux qui savent faire ça.

Comme si on l'avait sonnée, Miss Canon a réapparu pour m'escorter jusqu'au bureau de Miranda. Au cours de ce trajet qui n'a duré que trente secondes, j'ai senti que j'étais le point de mire général. Qui derrière les vitres de son bureau de journaliste, qui de son box d'assistante dans le bureau paysager : personne, m'a-t-il semblé, ne ratait une miette du spectacle. Au photocopieur, une jolie fille s'est retournée pour me toiser de la tête aux pieds, imitée par un homme absolument splendide – mais gay, manifestement –, qui n'avait d'yeux que pour ma tenue vestimentaire. Alors que j'allais franchir le seuil de l'antichambre où officiaient les assistantes de Miranda, Emily s'est emparée de ma mallette et l'a planquée sous son bureau. J'ai immédiatement pigé le message : *Pointe-toi avec ça, et tu peux dire adieu à ta crédibilité*. L'instant d'après, je me suis retrouvée dans une vaste pièce avec d'immenses baies vitrées, inondée de lumière : ce sont les seuls détails qui m'ont frappée ce jour-là dans son bureau, car je ne pouvais détacher mes yeux de la femme qui me faisait face.

N'ayant jamais vu la moindre photo d'elle, j'ai été stupéfaite de découvrir à quel point Miranda Priestly était *menue*. La main qu'elle m'a tendue était fine, féminine et douce. Elle a dû relever la tête pour croiser mon regard, mais elle-même ne s'est pas levée pour m'accueillir. Ses cheveux, teints en blond de main experte, étaient noués en un chignon souple, délibérément décontracté et néanmoins suprêmement chic. Elle ne souriait pas, mais je ne l'ai pas jugée intimidante pour autant ; elle semblait même plutôt aimable, et presque fragile derrière son gigantesque bureau noir. Du coup, je me suis sentie assez à l'aise pour m'installer, sans y avoir été invitée, dans l'un des fauteuils inconfortables en face d'elle. C'est à ce moment-là que j'ai remarqué avec quelle détermination – mêlée peut-être d'un soupçon d'amusement – elle étudiait mes efforts pour me montrer gracieuse, polie. Condescendante et mal à l'aise, oui, mais pas particulièrement vache, ai-je décidé. C'est elle qui a parlé la première, sans me lâcher des yeux une seule seconde.

— Qu'est-ce donc qui vous amène chez *Runway*, An-dre-âââ ?

Elle avait un accent d'aristo british.

— J'ai passé un entretien avec Sharon, et elle m'a dit que vous cherchiez une assistante.

Ma voix chevrotait, mais en voyant mon interlocutrice opiner du chef, j'ai regagné un peu de confiance en moi.

— J'ai également rencontré Emily, Allison et Cheryl et il me semble avoir parfaitement compris le profil de la personne que vous recherchez. J'ai la certitude d'être la candidate idéale pour ce poste, ai-je conclu en me souvenant des recommandations de Cheryl.

Elle a eu l'air amusée, mais nullement impressionnée.

C'est à cet instant que j'ai commencé à vouloir ce poste, de toute la force de mon âme. À le vouloir comme on peut vouloir quelque chose que l'on considère hors de sa portée. Dans mon esprit affamé de succès, obtenir ce poste relevait d'un vrai défi – parce que j'étais un imposteur, et pas des plus doués, de surcroît à ce jeu-là. À la minute où j'avais foulé la moquette de *Runway*, j'avais su que je n'appartenais pas à ce monde-là. Mes vêtements, ma coiffure étaient certes décalés dans cet univers, mais mon état d'esprit – cela crevait les yeux – l'était encore davantage. Je ne connaissais rien à la mode, et je n'en avais strictement rien à fiche. Donc, il me fallait ce poste. Sans compter que des milliers de filles étaient prêtes à se damner pour l'obtenir.

Elle m'a posé des questions personnelles. Je lui ai répondu avec une franchise et une assurance qui m'ont étonnée moi-même. Ce n'était pas le moment de me laisser intimider. Après tout, cette femme semblait plutôt affable, et curieusement, rien en elle ne m'incitait à penser le contraire. Il y a eu un moment de léger flou lorsqu'elle m'a interrogée sur ma connaissance des langues étrangères. En apprenant que je parlais l'hébreu, elle a marqué un temps d'arrêt et a posé les deux mains à plat sur son bureau avant de répondre d'une voix glaciale :

— L'hébreu ? J'espérais vous entendre mentionner le français, ou n'importe quelle autre langue un peu plus utile.

J'étais à deux doigts de m'excuser, mais je me suis retenue à temps.

— Non, malheureusement, je ne parle pas un mot de français, mais je suis sûre que ça ne posera aucun problème.

D'un mouvement sec, elle a réuni ses mains devant elle.

— D'après votre CV, vous avez fait vos études à Brown ?

— Oui. Études de lettres, avec une spécialisation en écriture créative. Écrire a toujours été une passion pour moi.

Aïe ! Quelle tarte ! Avais-je vraiment besoin d'employer le mot « passion » ?

— Ce penchant pour l'écriture signifie-t-il que la mode ne vous intéresse pas ?

Elle a bu une gorgée d'un liquide pétillant et a reposé lentement le verre. Un coup d'œil à la dérobée m'a appris que Miranda Priestly était le genre de femme capable de boire sans laisser sur le rebord des verres une de ces traces peu ragoûtantes de rouge à lèvres. Quelle que soit l'heure de la journée, cette femme-là aurait toujours des lèvres impeccablement dessinées et fardées.

— Oh non, bien sûr que non ! J'adore la mode, ai-je menti sans trop de difficulté. Et j'ai envie de la connaître mieux encore, car c'est un sujet qui pourrait un jour m'inspirer.

Mais d'où est-ce que je sortais ça ? Toute cette affaire commençait à ressembler à une séance d'hypnose.

L'entretien s'est poursuivi avec cette même aisance relative jusqu'à ce qu'arrive l'ultime question : Quels magazines lisais-je régulièrement ? Je me suis rapprochée avec empressement de mon interlocutrice.

— Je ne suis abonnée qu'au *New Yorker* et à *Newsweek*, mais je lis régulièrement *The Buzz*. Parfois j'ouvre *le Times*, mais c'est un peu aride, et *US News* est vraiment trop conservateur. Bien sûr, je m'accorde le plaisir coupable de feuilleter *Chic*, et comme je rentre à peine de voyage, je lis tous les magazines de tourisme et…

— Et *Runway* ? Lisez-vous *Runway*, An-dre-âââ ?

Elle s'est penchée vers moi et m'a dévisagée avec une intensité redoublée.

La question m'a prise tellement au dépourvu que pour la première fois de la matinée, je me suis sentie déstabilisée. J'ai préféré ne pas mentir, ne pas m'embarquer dans une quelconque explication foireuse.

— Non.

Après un silence de pierre qui a peut-être duré dix secondes, Miranda Priestly a fait signe à Emily qu'il était temps de me raccompagner. Je savais que j'avais décroché le poste.

3

— Je n'en suis pas aussi sûr que toi, a remarqué tendrement Alex en jouant avec mes cheveux.

J'avais posé ma tête sur ses genoux, les tempes encore battantes après cette éprouvante journée. Une fois les entretiens achevés, ne tenant pas à passer une nuit de plus sur le canapé de Lily et tenaillée par l'envie de partager tous ces événements avec Alex, je l'avais directement rejoint chez lui, à Brooklyn. J'avais songé à m'installer chez lui à plein temps, mais j'avais eu peur qu'il ne se sente envahi.

— Je ne vois pas trop pourquoi tu tiens tant à décrocher ce boulot. Quoique…, a-t-il repris après réflexion, changeant son fusil d'épaule. L'opportunité semble assez phénoménale. Si cette Allison a débuté comme toi assistante et se retrouve maintenant rédactrice, c'est plutôt encourageant. Fonce.

Il faisait d'énormes efforts pour manifester de l'enthousiasme, mais nous sortions ensemble depuis notre deuxième année de fac, et je savais décrypter chaque inflexion de voix, chaque regard, chaque geste. Quelques semaines auparavant, il avait commencé à enseigner dans une école primaire du Bronx, et il était tellement rompu de fatigue qu'il arrivait à peine à parler. Il avait été déçu en découvrant à quel point les gamins de sa classe, à neuf ans tout juste, étaient déjà blasés et cyniques. Il était écœuré de les entendre discuter sans retenue de fellation, stupéfait de constater qu'ils connaissaient dix mots d'argot différents pour désigner l'herbe, qu'ils se vantaient de voler dans les magasins, ou qu'ils adoraient frimer en jouant à qui avait un cousin en pension dans la prison où ça rigolait le moins. Il les surnommait « les experts du ballon ».

— Ils pourraient pondre tout un bouquin sur les avantages respectifs de Sing Sing et de Rikers, mais ils sont infichus de lire un mot d'anglais !

Alex réfléchissait activement à la façon dont il pourrait changer le cours des choses.

Ma main s'est faufilée sous son tee-shirt pour lui gratter le dos. Ce pauvre chou avait l'air si crevé que je culpabilisais de l'ennuyer avec les menus détails de ma journée. Mais il fallait bien que je la raconte à quelqu'un !

— Je sais. J'ai parfaitement pigé que ce poste n'a rien à voir avec l'éditorial, mais je suis sûre qu'au bout de plusieurs mois, je pourrais me débrouiller pour écrire quelques lignes. Tu trouves que je renie mes principes, en travaillant dans un *magazine de mode* ?

Il a pressé mon bras et s'est allongé contre moi.

— Tu es douée, mon cœur, tu écris merveilleusement bien, et je sais que tu feras un boulot fantastique n'importe où. Renier tes principes ? Mais bien sûr que non ! Toi-même tu dis que si tu tiens le coup un an à *Runway*, tu t'économises trois ans d'assistanat pourri ailleurs.

— D'après Emily et Allison, la récompense est automatique. Tu réussis à bosser un an pour Miranda sans te faire virer et, d'un simple coup de fil, elle te dégote un poste où tu veux.

— En ce cas, comment pourrais-tu refuser ? Sérieusement, Andy, tu fais ton année chez Runway, et tu auras un poste au New Yorker. C'est ton rêve depuis toujours ! Et apparemment, tu as trouvé le chemin le plus court pour le réaliser.

— Tu as raison. Mille fois raison.

— En plus, ça signifie que tu viens t'installer à New York. Perspective très tentante, en ce moment, je dois avouer.

Il m'a embrassée, un de ces longs baisers paresseux dont il semblait avoir inventé personnellement la technique.

— Mais arrête de te prendre la tête. Tu le dis toi-même : rien n'est encore sûr. Attendons de voir ce qui va se passer.

Nous nous sommes préparé un dîner archisimple, et nous nous sommes endormis devant la télé. J'étais en train de rêver que d'odieux gamins de neuf ans s'envoyaient en l'air dans la cour de récré tout en sifflant des bières et en invectivant mon amour de petit copain, quand le téléphone a sonné.

Alex a décroché. Il a collé le combiné contre son oreille, sans ouvrir les yeux, ni articuler un « Allô », puis très vite, il a lâché l'appareil à côté de moi. Je n'étais pas certaine de trouver l'énergie de le soulever.

— Allô ? ai-je marmotté en jetant un coup d'œil au réveil.

7 heures 15 ! Qui pouvait bien m'appeler à une heure pareille ?

— C'est moi ! a aboyé une Lily assez furax.

— Salut. Tout va bien ?

— Tu crois que je t'appellerais à 7 heures du mat', si c'était le cas ? J'ai une gueule de bois tellement carabinée que je suis à l'article de la mort, et quand j'ai enfin arrêté de gerber assez longtemps pour pouvoir m'endormir, j'ai été réveillée par une bonne femme effroyablement désinvolte qui m'explique qu'elle bosse aux ressources humaines d'Elias-Clark et qu'elle te cherche. *A 7 heures du mat'* ! Alors, tu la rappelles et tu lui dis d'oublier mon numéro de téléphone.

J'ai quitté la chambre à pas de loup avec le combiné sans fil et j'ai refermé la porte.

— Désolée, Lil. Comme je n'ai pas encore de portable, j'ai donné ton numéro. Je n'arrive pas à croire qu'elle ait téléphoné aussi tôt ! Je me demande si c'est bon ou mauvais signe…

— Quoi qu'il en soit, bonne chance. Tiens-moi au courant. Mais pas d'ici quelques heures, d'accord ?

— Promis. Merci. Et excuse-moi encore.

J'ai contemplé ma montre, incapable d'imaginer que j'allais avoir une conversation professionnelle à une heure aussi matinale. J'ai préparé du café, j'ai attendu qu'il ait fini de passer et je suis allée m'installer sur le canapé avec ma tasse. Bon, impossible de tergiverser plus longtemps.

— Bonjour, Andrea Sachs, ai-je annoncé d'un ton ferme, mais consciente, hélas, que ma voix grave et éraillée trahissait la fille qui venait de tomber du lit.

— Andrea, bonjour ! J'espère que je n'ai pas appelé trop tôt ? a chantonné Sharon d'une voix ensoleillée. Mais ça m'étonnerait, d'autant que vous allez devenir sous peu aussi matinale que les coqs ! J'ai d'excellentes nouvelles pour vous. Vous avez beaucoup impressionné Miranda, et elle a dit qu'elle avait très envie de travailler avec vous. N'est-ce pas merveilleux ? Félicitations, mon petit. Quel effet cela fait-il, d'être la nouvelle assistante de Miranda Priestly ? J'imagine que vous êtes tout simplement…

Tout s'est mis à tourner dans ma tête. J'ai tenté de m'extraire du canapé pour me resservir du café, ou prendre un verre d'eau, ou n'importe quoi d'autre qui serait susceptible de m'éclaircir les idées, de m'aider à traduire les paroles de Sharon en une langue intelligible, mais je n'ai réussi qu'à m'enfoncer d'un cran dans les coussins. Était-elle en train de me demander si je voulais ce poste ? Ou bien me faisait-elle une proposition officielle ? Ses propos n'arrivaient pas à faire sens dans mon esprit. Je n'avais retenu qu'une seule information : Miranda Priestly m'avait appréciée.

— … enchantée par la nouvelle. Qui ne le serait pas, hein ? Bon, voyons… Vous pouvez commencer lundi, n'est-ce pas ? Miranda sera en vacances, mais c'est justement le moment idéal pour débuter. Ça vous laissera le temps de faire connaissance avec les autres filles – oh, vous verrez, elles sont toutes absolument adorables !

Connaissance ? Quoi ? Commencer lundi ? Adorables ? Je ne comprenais rien à rien. Je me suis raccrochée à la seule donnée que j'avais plus ou moins captée.

— Euh, je ne crois pas pouvoir commencer lundi, ai-je dit, en espérant avoir construit une phrase à peu près cohérente.

Prononcer ces mots a eu sur moi l'effet d'un électrochoc, et mes idées se sont tant soit peu remises en place : j'avais franchi les portes de l'immeuble d'Elias-Clark la veille pour la première fois, et j'étais arrachée d'un sommeil abyssal pour m'entendre dire que je commençais à travailler dans trois jours. Nous étions vendredi – et il était 7 heures du matin, nom d'un chien ! –, or ils voulaient que je commence à travailler lundi ? La situation était en train d'échapper sérieusement à mon contrôle. À quoi rimait cette précipitation ridicule ? Cette Miranda était-elle si importante qu'on ait à ce point et de toute urgence besoin de moi ? Et pourquoi inspirait-elle une telle frousse à Sharon ?

Commencer le lundi suivant était inenvisageable. Je n'avais nul endroit où habiter. Après mon diplôme, j'étais revenue, la mort dans l'âme, vivre chez mes parents, à Avon. L'été précédent, lorsque j'étais partie en voyage, j'avais laissé la plupart de mes affaires dans ce camp de base. Ma garde-robe « spéciale entretiens » était entassée, elle, sur le canapé de Lily. Pour éviter que ma meilleure amie ne finisse par me haïr, j'avais fait la vaisselle, vidé les cendriers, acheté des Häagen-Dazs grand format, mais je me sentais obligée de la laisser souffler de temps en temps, donc le week-end, je partais m'installer chez Alex, à Brooklyn, où je conservais les fringues « spéciales week-end » et le maquillage fantaisie ; mon ordinateur portable se trouvait chez Lily à Harlem avec les tailleurs dépareillés, et tout le reste de ma vie était chez mes parents, dans le Connecticut. À New York, je n'étais qu'une nomade, je n'avais toujours pas pigé comment tout le monde savait que Madison Avenue remontait *uptown* quand Broadway descendait, et pour tout avouer, j'avais du mal à cerner ce que désignait le terme *uptown*. Et cette femme voulait que je commence à bosser le lundi suivant ?

— Vous comprenez, lundi, cela semble inenvisageable…, ai-je résumé, la main crispée sur le combiné. Je n'habite pas à New York en ce moment. J'ai besoin de quelques jours pour trouver un appartement, acheter des meubles, m'installer.

— Oh ! a reniflé Sharon. En ce cas, je suppose que mercredi fera l'affaire.

Après une petite séance de marchandage, nous sommes finalement convenues que je commencerais le lundi 17 novembre. Ce qui me laissait un peu plus d'une semaine pour me dénicher un appartement sur le marché immobilier le plus dément du monde.

Après avoir raccroché, je me suis rallongée sur le canapé, les mains encore tremblantes. Une semaine. Je venais d'accepter ce poste, et dans une semaine, je serais l'assistante de Miranda Priestly. Mais… Hé, minute ! Voilà ce qui me chiffonnait depuis le début ! En fait, je n'avais pas réellement accepté ce poste, pour la simple et bonne raison qu'on ne me l'avait pas officiellement proposé. Sharon semblait tellement tenir pour acquis que n'importe qui doté d'un semblant d'intelligence accepterait sans poser de questions, qu'elle n'avait même pas prononcé la formule rituelle : « Nous aimerions vous faire une proposition. » Jusque-là, personne n'avait évoqué un « salaire ». J'ai failli éclater de rire. Était-ce une sorte de tactique de guerre qu'ils avaient rodée chez Elias-Clark ? Attendre que leur victime soit plongée en plein sommeil paradoxal au terme d'une journée extrêmement stressante pour lui balancer une nouvelle de nature à changer le cours de sa vie ? Ou bien jugeaient-ils simplement que – vu qu'il s'agissait du magazine *Runway* – s'abaisser à faire une proposition et attendre qu'elle soit acceptée ne serait que temps perdu et salive gaspillée ? Sharon s'était contentée de présumer que, transportée de joie, j'allais sauter sur l'occasion. Et, comme c'est toujours le cas chez Elias-Clark, elle avait raison. Tout s'était passé si vite, dans une telle frénésie, que je n'avais pas eu le loisir de peser le pour et le contre, de délibérer comme je le faisais d'habitude. Mais j'avais le – bon – pressentiment que ç'aurait été de la folie de ne pas saisir pareille opportunité, et que *Runway* pouvait bel et bien s'avérer un formidable tremplin pour arriver jusqu'au *New Yorker*. Je me devais d'essayer. J'avais la chance d'avoir été choisie.

Gonflée de cette énergie flambant neuve, j'ai terminé mon café, j'en ai préparé une autre tasse pour Alex, et je me suis douchée rapidement. À mon retour dans la chambre, Alex se réveillait à peine et cherchait à tâtons les minuscules lunettes à monture métallique sans lesquelles il était aveugle.

— Déjà habillée ? Quelqu'un a appelé ce matin, ou je l'ai rêvé ?

Quoique déjà en jean et col roulé, je me suis glissée sous les couvertures.

— Non, tu n'as pas rêvé. C'était Lily. La femme de

la DRH d'Elias-Clark a appelé chez elle parce que c'est le numéro que je leur avais laissé. Et devine quoi ?

— Tu es prise ?

— Oui !

— C'est génial, je suis tellement fier de toi ! s'est-il exclamé en m'enlaçant. C'est vraiment une super-nouvelle.

— Tu crois que c'est un bon plan ? Je sais, on en a déjà discuté, mais ils ne m'ont même pas laissé une chance de décider par moi-même. Cette femme est partie du principe que je voulais le poste.

— C'est une opportunité incroyable. La mode n'est pas ce qu'il y a de pire sur Terre – qui sait, ce pourrait même être intéressant.

J'ai levé les yeux au ciel.

— Bon, d'accord, j'exagère peut-être un peu, est convenu Alex. Mais avec la mention de *Runway* sur ton CV et une lettre de recommandation de cette Miranda, voire quelques papiers publiés d'ici à ce que tu en partes… Tu pourras aller où tu voudras. Le *New Yorker* viendra te supplier sur ton paillasson.

— Espérons que tu as raison, ai-je lâché en sautant du lit pour commencer à remballer mes affaires dans le sac à dos. Tu es toujours O.K. pour me prêter ta voiture ? Plus vite j'arriverai chez mes parents, plus vite je serai de retour. Encore que ça n'a plus grande importance, parce que c'est officiel : *je m'installe à New York* !

Comme Alex retournait à Westchester deux fois par semaine pour garder son petit frère les soirs où sa mère devait travailler tard, celle-ci lui avait légué sa vieille voiture. Mais il n'en aurait pas besoin avant mardi, et d'ici là, je serais revenue. J'avais prévu de rentrer chez mes parents ce week-end-là, sans savoir encore que j'aurais une bonne nouvelle à leur annoncer.

— Oui, tu peux la prendre. Elle est garée à un demibloc d'ici, sur Grand Street. Les clés sont sur la table de la cuisine. Appelle-moi quand tu arrives, O.K. ?

— Promis. Tu ne veux vraiment pas m'accompagner ? Il y aura plein de bonnes choses à manger – tu connais ma mère, elle n'achète que le meilleur.

— Je sais bien, c'est tentant. Mais j'ai organisé un apéro avec quelques-uns des jeunes profs de l'école demain soir. J'ai pensé que ça pourrait nous inciter à bosser en équipe. Je ne peux pas me défiler.

— Toi et ta maudite âme charitable. Toujours à faire le bien et à répandre la bonne parole partout où tu passes. Si je ne t'aimais pas autant, je te haïrais, ai-je conclu en me penchant pour l'embrasser.

J'ai localisé la petite voiture verte du premier coup, et il ne m'a fallu que vingt minutes pour trouver l'artère qui me permettrait de rejoindre la 95. C'était une journée glaciale pour un mois de novembre, le thermomètre frôlait le zéro, et les petites routes étaient couvertes de plaques de verglas. Mais le soleil brillait de cette luminosité hivernale qui fait plisser les paupières et monter les larmes aux yeux. En dépit de l'air vif, j'ai roulé vitre baissée en écoutant en boucle la BO de *Almost Famous*. J'ai attaché mes cheveux encore humides en queue-de-cheval pour les empêcher de me voler dans les yeux et, de temps en temps, je soufflais sur mes doigts pour les réchauffer. Six mois seulement après avoir quitté la fac, ma vie était sur le point de démarrer par un grand bond en avant. Miranda Priestly, que je ne connaissais ni d'Eve ni d'Adam la veille, mais qui était manifestement un personnage puissant, m'avait choisie pour intégrer l'équipe de son magazine. Désormais, j'avais une raison concrète de quitter le Connecticut pour m'installer à Manhattan – seule, chez moi, comme tout adulte digne de ce nom. En arrivant dans l'allée qui menait à la maison de mon enfance, j'étais littéralement transportée d'allégresse. Le rétroviseur me renvoyait l'image d'une fille aux joues rougies par le froid et coiffée au pétard à mèche, mon jean était maculé au bas des jambes à force d'avoir traîné sur les trottoirs boueux de la ville, mais peu importe. Je me sentais belle. Échevelée, frigorifiée mais fringante, j'ai poussé la porte d'entrée et j'ai appelé ma mère à tue-tête. C'est la dernière fois de ma vie où je me souviens d'avoir éprouvé autant de légèreté.

*
* *

— Dans une semaine ? Mais enfin, chérie, je ne vois pas comment tu peux commencer à travailler dans une semaine.

Attablées dans la cuisine chacune à notre place attitrée, nous buvions du thé – déthéiné avec sucrettes pour elle, *English Breakfast* sucré au vrai sucre pour moi. J'avais beau ne plus vivre chez mes parents depuis quatre ans, une tasse XXL de thé chauffé au micro-ondes et quelques cuillerées de beurre de cacahouètes suffisaient à me donner l'impression de n'en être jamais partie.

— Écoute, maman, je n'ai pas le choix, et franchement, j'ai du bol d'avoir obtenu ce délai. Si tu avais entendu le ton pète-sec de cette femme ! (Ma mère m'a lancé un regard inexpressif.) De toute façon, je ne peux pas me tracasser pour ça. J'ai obtenu un poste dans un magazine archiconnu et je vais travailler avec l'une des femmes les plus puissantes de ce milieu. Des milliers de filles se damneraient pour être à ma place.

Nous avons échangé un sourire, mais celui de ma mère était comme voilé de tristesse.

— Je suis tellement heureuse pour toi. Quelle splendide grande fille j'ai là. C'est le début d'une merveilleuse époque de ta vie, ma chérie. Ah, je me souviens, quand je suis sortie de la fac et que je suis partie m'installer à New

York. Toute seule dans cette gigantesque ville complètement dingue. C'était terrifiant, mais tellement excitant. Je veux que tu profites au maximum de chaque instant, et de tout : les spectacles, les films, les livres, le shopping, les gens que tu vas rencontrer. Ce sera la meilleure période de ta vie, je n'en doute pas une seconde. Je suis tellement fière de toi ! a-t-elle conclu en posant un instant sa main sur la mienne – un geste dont elle n'était pas coutumière.

— Merci, maman. Ça veut dire que tu es assez fière de moi pour me payer un appartement, des meubles et une nouvelle garde-robe ?

— Tout à fait.

Elle s'est levée pour remettre des tasses à chauffer dans le micro-ondes, en m'assenant au passage un petit coup de magazine sur la tête. Elle n'avait pas dit non, mais elle ne se précipitait pas non plus sur son chéquier.

J'ai passé le restant de la soirée à expédier des e-mails à l'intégralité de mon carnet d'adresses pour demander si quelqu'un cherchait, ou connaissait quelqu'un qui cherchait une colocataire. J'ai même appelé des copains auxquels je n'avais pas parlé depuis des mois. Mais ça n'a pas donné grand résultat. Comme je ne pouvais pas emménager de façon permanente sur le canapé de Lily (ce qui aurait bousillé inévitablement notre amitié), ni squatter chez Alex (ce à quoi ni lui, ni moi n'étions prêts), ma seule option – et la meilleure, avais-je décidé – consistait à sous-louer une chambre pour quelques mois, le temps de prendre mes repères dans la ville, et de me dégoter un vrai appartement – meublé, de préférence, ce serait toujours ça de moins à faire.

Le téléphone a sonné peu après minuit, et j'ai bien failli dégringoler de mon petit lit d'enfant en m'étirant pour l'attraper.

— Salut, championne !

Alex. Il avait cette intonation particulière qui signifiait qu'il s'était passé quelque chose. Mais je n'aurais su dire si la nouvelle était bonne ou mauvaise.

— Je viens d'apprendre par mail que Claire McMillan, une nana de Princeton, cherche une coloc. Je crois que je la connais. Elle sortait avec Andrew. Une fille tout à fait normale. Ça t'intéresse ?

— Oui, bien sûr, pourquoi pas ? Tu as son numéro ?

— Non, seulement son mail. Je te fais suivre le message.

J'ai envoyé donc un mail à cette Claire tout en bavardant encore un peu avec Alex, puis j'ai fini par m'endormir. Peut-être que ce plan allait marcher.

*
* *

Eh bien, non, loupé. L'appartement de Claire McMillan était sombre, déprimant, et situé de surcroît au beau milieu de Hell's Kitchen, ce qui m'a valu le plaisir, le jour de ma visite, d'être accueillie par un junkie affalé sur le perron. Les autres pistes n'ont rien donné de mieux. J'ai rencontré un couple qui souhaitait sous-louer une pièce inutilisée et faisait des allusions voilées à la fréquence et au volume sonore de leurs ébats ; une artiste d'une trentaine d'années qui vivait avec quatre chats et comptait bien en adopter quelques autres ; un homo de vingt ans qui traversait, selon ses propres termes, sa « phase salope ». J'ai visité une chambre sans fenêtre ni toilettes au fin fond d'un long couloir sombre. La moindre de ces piaules minables coûtait plus de 1 000 dollars par mois, quand mon salaire annuel allait royalement culminer à 32 500 dollars. Même si le calcul n'avait jamais été mon point fort, nul besoin d'être grand clerc pour prévoir qu'un tel loyer en dévorerait 12 000 dollars à lui seul et que les impôts se chargeraient de me délester du reste. Ah, dernier détail : à présent que j'étais « adulte », mes parents me confisquaient leur carte de crédit « à n'utiliser qu'en cas d'urgence ». Génial.

Finalement, après trois jours de déconvenues, Lily a tout de même été débarrassée de moi. Ayant un intérêt particulier à me déloger de son canapé, elle a expédié des e-mails à tous les gens qu'elle connaissait. Un étudiant de son séminaire de doctorat à Columbia l'a aiguillée sur l'un de ses potes dont le patron connaissait deux filles qui recherchaient une colocataire. Je les ai appelées sur-le-champ, et l'une des deux, Shanti, une fille adorable, m'a expliqué que son amie Kendra et elle avaient une pièce à sous-louer dans leur appartement dans l'Upper East Side. La chambre en question était minuscule, mais il y avait une fenêtre, un placard et même un mur en briques apparentes. Le tout pour 800 dollars par mois. J'ai demandé si l'appartement comportait une salle de bains et une cuisine. C'était le cas – en revanche, il n'y avait ni lave-vaisselle, ni baignoire, ni ascenseur… Mais on ne peut s'attendre à vivre dans le luxe la première fois qu'on quitte le cocon familial. C'était une affaire conclue.

Shanti et Kendra étaient deux Indiennes gentilles et paisibles, qui sortaient tout juste de la fac, bossaient dans des banques d'investissement et avaient des horaires de dingues. Le premier jour, je n'ai pas réussi à les distinguer l'une de l'autre – et il allait en être ainsi jusqu'au dernier jour de notre cohabitation, mais peu importait : j'avais trouvé un toit.

4

Après trois nuits passées dans mon nouveau logis, j'avais toujours l'impression d'être une étrangère échouée dans un lieu inconnu. Ma chambre était vraiment très, très petite. Un poil plus large peut-être que l'abri de jardin chez mes parents, mais guère plus. Et contrairement à la plupart des pièces qui paraissent plus spacieuses une fois meublées, la mienne avait rétréci de moitié. D'après mon estimation au jugé de ses dimensions, cette pièce offrait une superficie tout à fait normale pour une chambre ; j'en avais donc conclu que je pouvais acheter un lit de 160, une commode, et peut-être même un ou deux chevets. Lily et moi avons emprunté la voiture d'Alex pour faire une virée chez Ikea, la Mecque de tout étudiant qui s'installe ; j'ai craqué sur un très joli lit en bois à peine teinté et un tapis dans les tons de bleu clair, bleu foncé, bleu roi et bleu indigo. J'ai acheté la couette la plus dodue qu'ils avaient en rayon et une housse avec un motif de bleu lui aussi – Ikea devait être à cette époque-là à fond dans sa « période bleue ». Pas plus que la mode, la décoration d'intérieur n'était pas mon point fort. Lily m'a convaincue d'acheter une de ces lampes chinoises en papier de riz à poser sur la table de chevet, et j'ai complété l'ensemble en choisissant quelques photos en noir et blanc déjà encadrées pour atténuer le côté brut des briques rouges apparentes. Élégant, cool, zen. L'ensemble idéal pour ma première installation d'adulte dans la Grosse Pomme.

Idéal… Jusqu'à la livraison des meubles. À l'évidence, estimer d'un coup d'œil la superficie d'une pièce et la mesurer ne revenait pas au même. Rien de ce que j'avais choisi n'était adapté. Alex a monté le lit et, une fois poussé contre le mur en « briques apparentes » (un euphémisme new-yorkais pour désigner un mur inachevé), celui-ci avait déjà dévoré tout l'espace. J'ai dû demander aux livreurs de remballer la commode à six tiroirs, les deux adorables chevets et le miroir en pied. Alex et les livreurs ont tout de même réussi à soulever le lit, le temps d'installer le tapis, dont seuls quelques centimètres bleus dépassaient d'un côté du monstre en bois. Et vu que la lampe en papier n'avait plus ni chevet ni commode pour l'accueillir, je l'ai tout simplement posée par terre, où elle s'est retrouvée coincée dans les quinze centimètres restant entre le lit et la porte coulissante du placard. Quant aux cadres, j'ai eu beau tout essayer, du scotch double face aux clous, en passant par la SuperGlue, ils ont catégoriquement refusé d'adhérer au mur en briques. Après trois heures d'acharnement ponctuées de bordées d'injures et qui se sont soldées par des articulations râpées jusqu'au sang, j'ai fini par les placer tout bêtement sur l'appui de la fenêtre. Ce qui avait finalement l'avantage de bloquer un peu la vue plongeante dont jouissait la bonne femme qui vivait de l'autre côté du puits de jour. Mais ni ma fenêtre avec vue sur des colonnes d'aération et non sur le majestueux *skyline* de Manhattan, ni l'absence de commode, ni l'exiguïté du placard dans lequel il était impossible de ranger un manteau, n'avaient d'importance : cette chambre était la mienne – la toute première que je pouvais décorer comme bon me semblait, sans que mes parents ou mes colocs viennent y mettre leur grain de sel. Je l'adorais.

Le dimanche soir, veille de mon premier jour de travail, j'étais totalement désespérée : comment allais-je pouvoir m'habiller le lendemain ? Kendra, la plus sympa de mes deux colocs, passait régulièrement me proposer son aide. Mais compte tenu des tailleurs ultra-classiques qu'elles enfilaient chaque jour pour aller travailler, j'ai préféré décliner ses offres de conseil vestimentaire. J'ai fait les cent pas dans le salon – façon de parler, car la pièce, dans sa longueur, n'en permettait que quatre –, puis je me suis assise sur le futon devant la télé pour réfléchir. Comment s'habille-t-on pour son premier jour de travail auprès de la rédactrice de mode la plus *fashion* qui soit, dans le magazine de mode le plus *fashion* du monde ? J'avais entendu parler de Prada (grâce aux sacs à dos qu'affectionnaient quelques étudiantes japonaises à Brown), de Louis Vuitton (parce que mes deux grand-mères arboraient des sacs en toile monogrammée sans se douter à quel point c'était branché) et peut-être aussi de Gucci (parce que bon, il faut vraiment être sourd pour n'en avoir jamais entendu parler). Évidemment, je n'avais jamais possédé la moindre fibre estampillée Prada, Vuitton ou Gucci, et quand bien même aurais-je eu le contenu intégral de trois boutiques dans mon placard de poupée, je n'aurais pas été plus avancée. J'ai regagné ma chambre – du moins, ce cube matelassé d'un mur à l'autre que j'appelais « ma chambre » –, et je me suis effondrée sur mon grand et magnifique lit, en cognant au passage ma cheville contre le cadre. Merde ! Et maintenant ?

Après quelques rasades supplémentaires de désespérance et un grand jeté de fringues aux quatre coins de la pièce, je me suis finalement décidée : pull bleu clair, jupe noire sous le genou, bottes noires, sous le genou également. Sachant la mallette proscrite, il ne restait qu'une solution alternative : ma besace en toile noire. J'ai navigué comme ça un petit moment autour du lit, entravée par ma jupe étroite, perchée sur mes bottes à talons hauts et sans chemise, en m'asseyant de temps en temps, harassée par tant d'efforts. C'est mon dernier souvenir de cette soirée.

Sans doute me suis-je évanouie d'angoisse à l'état pur, car c'est l'adrénaline seule qui m'a réveillée le lendemain, à cinq heures et demie. J'ai bondi du lit. À force d'avoir eu les nerfs à vif tout au long de la semaine écoulée, il me semblait que ma tête allait exploser. Je disposais très exactement d'une heure et demie pour me doucher, m'habiller, décoller de mon espèce de résidence étudiante de l'Upper East Side et gagner le centre de Manhattan par les transports en commun – un concept qui demeurait à mes yeux aussi sinistre qu'intimidant. En clair, je devais compter une heure de trajet ; il me restait donc une demi-heure pour me pomponner.

La douche était un vrai cauchemar. La tuyauterie émettait des sifflements stridents, l'eau est restée obstinément tiède tout le temps qu'ont duré mes ablutions, et au moment où je m'apprêtais à affronter la température polaire de la salle de bains, elle est devenue bouillante. (Après trois jours de cette mésaventure, j'ai mis au point un stratagème : sitôt réveillée, je galopais à la salle de bains, j'ouvrais l'eau et je repartais sous la couette, où je somnolais un quart d'heure de plus ; puis, après trois coups de semonce du réveil, je regagnais la salle de bains pour le second round, et les miroirs étaient alors tout embués par une eau merveilleusement chaude.)

Vingt-cinq minutes plus tard – un record – je levais le camp, sanglée dans ma tenue inconfortable. Il ne m'a fallu que dix minutes pour dénicher la station de métro la plus proche – j'aurais dû prendre la peine de la localiser la veille au soir, mais j'avais été trop occupée à ricaner de la suggestion de ma mère, qui me conseillait de « faire un repérage » pour éviter de me perdre. Le jour où j'étais allée passer les entretiens, j'avais opté pour la solution taxi, et j'étais convaincue que le métro serait une expérience cauchemardesque. Mais, par un fait remarquable, l'employée de service au guichet parlait anglais : il me suffisait de prendre la ligne 6 jusqu'à la station 59e Rue, où je sortirais directement sur ladite rue ; Madison se trouverait alors à deux blocs à l'ouest. Fastoche. Il n'y avait pas un chat dans ce train glacial, et je devais être l'une des rares cinglées à être debout et déjà dans le métro à une heure aussi matinale en plein novembre. Jusque-là, tout fonctionnait comme sur des roulettes – pas de pépin en vue avant qu'il soit temps de refaire surface.

J'ai emprunté les premiers escalators qui se sont présentés, et j'ai émergé dans un petit jour blafard ; les seules lumières allumées étaient celles des épiceries ouvertes vingt-quatre heures sur vingt-quatre. J'ai reconnu le bâtiment de Bloomingdale's dans mon dos, mais à part lui, rien dans ce paysage ne me semblait familier. Elias-Clark. Elias Clark. Où était donc passé ce satané immeuble ? J'ai pivoté à 180 degrés sur moi-même, jusqu'à apercevoir une plaque de rue : 60e Rue et Lexington. Bon, la 59e ne devait pas être loin de la 60e Rue, mais quelle direction choisir pour filer vers l'ouest ? Où se situait Madison, par rapport à Lexington ? Je n'avais aucun repère dans ce quartier puisque, la semaine précédente, le taxi m'avait déposée au pied de l'immeuble Elias-Clark. J'ai marché un peu à l'aveuglette, heureuse de disposer d'assez de temps pour pouvoir me perdre de la sorte, et finalement, je suis entrée boire un café dans un *deli*.

— Bonjour, monsieur. Je crois bien que je n'arrive pas à trouver l'immeuble Elias-Clark. Auriez-vous la gentillesse de m'indiquer dans quelle direction aller ?

L'homme m'a semblé mal à l'aise derrière sa caisse

enregistreuse. Me souvenant du concert de recommandations entendu de toutes parts (« Fais gaffe, New York, ce n'est pas Avon, les gens ici ne sont pas forcément sensibles aux bonnes manières »), j'ai veillé à ne pas lui sourire trop aimablement, mais il s'est renfrogné. Craignant qu'il ne m'ait trouvée impolie, je l'ai gratifié d'un large sourire.

— Un dolla', m'a-t-il dit en tendant la main.

— Un dollar pour m'indiquer la direction ?

— Un dolla', noi' ou lé ékuémé, au choix.

Je l'ai dévisagé quelques instants, avant de comprendre que les seuls mots d'anglais qu'il connaissait se rapportaient aux cafés qu'il vendait.

— Oh, lait écrémé, ce sera parfait. Merci beaucoup.

Je lui ai tendu son billet, et je suis ressortie, plus perdue que jamais. J'ai demandé mon chemin aux vendeurs de journaux dans les kiosques, aux balayeurs de rues, et même à un marchand de café engoncé dans sa petite échoppe ambulante. Pas un n'a compris un traître mot de ma question, et d'un coup, des images ont afflué, Delhi, la prostration, la dysenterie. *Non ! Je vais trouver !*

Après quelques minutes supplémentaires d'errance sans boussole dans un centre-ville qui émergeait du sommeil, je me suis finalement retrouvée sur le seuil de l'immeuble Elias-Clark. Dans la semi-pénombre du matin, le hall illuminé paraissait accueillant derrière les portes de verre, du moins de prime abord. Car lorsque j'ai entrepris de pousser la porte à tambour, elle a offert une telle résistance que j'ai dû mobiliser toutes mes forces, tout le poids de mon corps, en écrasant mon visage contre la paroi vitrée, pour qu'elle daigne bouger. Elle s'est ébranlée lentement, j'ai poussé encore plus fort, le mouvement s'est accéléré, et le monstre de glace est venu me heurter dans le dos. J'ai trébuché, je me suis tortillée pour garder l'équilibre. Derrière le comptoir du poste de sécurité, un type se marrait.

— C'est traître, hein ? C'est pas la première fois que je vois ça, et c'est pas la dernière, a-t-il ricané, les bajoues branlantes.

Je l'ai jaugé de la tête aux pieds, bien décidée à le haïr, sachant d'ores et déjà qu'il ne m'aimerait jamais, quoi que je dise ou fasse. Mais je lui ai tout de même souri, j'ai ôté une mitaine en tricot et j'ai tendu la main par-dessus le comptoir.

— Je m'appelle Andrea. Je commence aujourd'hui à travailler à *Runway*. Je suis la nouvelle assistante de Miranda Priestly.

— Et moi, c'est « Navré » ! a-t-il explosé en rejetant sa tête en arrière avec jubilation. Je m'appelle « Navré pour vous » ! Ha ha ha ! Hé, Eduardo, viens voir ! C'est la nouvelle *esclave* de Miranda. Tu viens d'où ma fille, pour être aussi sympa ? Du Kansas ? Mais elle va te dévorer toute crue ! Ha ha ha !

Avant que j'aie eu le temps de trouver une repartie, un homme corpulent, vêtu du même uniforme, s'est approché et m'a dévisagée sans la moindre retenue. Je me préparais à essuyer de nouveaux quolibets, mais non : le type m'a regardée dans les yeux, avec bienveillance.

— Moi, c'est Eduardo, et ce crétin, là, c'est Mickey.

Le Mickey en question a semblé agacé par la civilité de son collègue qui venait gâcher la rigolade.

— Ne faites pas attention à lui, a repris Eduardo. (Il s'exprimait avec un mélange d'accent espagnol et new-yorkais.) Il se moque un peu de vous. Tenez, a-t-il ajouté en me présentant un registre. Remplissez les informations. Je vais vous donner un badge provisoire et vous en demanderez un à votre nom à la DRH.

Sans doute lui ai-je adressé d'un regard débordant de gratitude, car il a eu l'air embarrassé et a poussé le registre vers moi.

— Allez, remplissez-moi ça. Et bonne chance pour aujourd'hui, ma petite. Vous allez en avoir besoin.

À ce stade-là, j'étais trop à cran, trop épuisée pour lui demander des précisions ; par ailleurs, ce n'était pas vraiment nécessaire. Au cours de la semaine écoulée, j'avais eu le temps de me documenter un peu sur ma nouvelle patronne. En procédant à une recherche sur Internet avec Google, j'avais eu la surprise d'apprendre que Miranda Priestly était née Miriam Princheck, à Londres, dans l'East End, au sein d'une famille qui, à l'instar de toutes les autres familles juives orthodoxes de la ville, était incroyablement dévote mais pauvre comme Job. Son père exerçait à l'occasion des petits boulots, mais comme il consacrait le plus clair de ses journées à l'étude des textes sacrés, la famille devait le plus souvent compter sur l'aide de la communauté. La mère était morte en couches à la naissance de la petite Miriam, et sa mère à elle était venue habiter avec eux pour élever les enfants. Et des enfants, il y en avait ! Onze en tout. La plupart des frères et sœurs de Miriam étaient, comme leur père, devenus ouvriers, et entre la prière et le travail, ils n'avaient guère eu de temps pour le reste. Deux d'entre eux avaient réussi à entrer à l'université, et ils avaient obtenu des diplômes, mais ils s'étaient finalement mariés jeunes et s'étaient retrouvés à leur tour avec une famille nombreuse à charge. Miriam, seule, avait dérogé à la tradition familiale.

Après avoir économisé sou à sou le peu d'argent que ses aînés avaient été en mesure de lui donner, Miriam avait plaqué le lycée peu avant ses dix-sept ans pour entrer comme assistante chez un couturier anglais qui avait le vent en poupe ; elle l'aidait, à chaque saison, à organiser ses défilés. Après quelques années passées à se faire un nom dans l'univers londonien de la mode dont elle était devenue la mascotte, et à force de consacrer ses nuits à étudier le français, elle avait obtenu un poste de rédactrice à Paris, au magazine *Chic*. Dès cette époque-là, elle n'avait plus guère de rapports avec sa famille : ils ne comprenaient ni sa vie, ni ses ambitions ; leur piété désuète et leur cruel manque de sophistication ne lui inspiraient que de l'embarras. Cette rupture familiale avait été consommée quand, peu après avoir intégré la rédaction de *Chic*, à l'âge de vingt-quatre ans, Miriam Princheck avait troqué son nom aux connotations résolument ethniques contre un patronyme doté d'un peu plus de panache : Miranda Priestly. Son accent cockney peu raffiné qui trahissait la fille des faubourgs londoniens avait vite laissé place à une élocution éduquée et savamment cultivée, et, à l'approche de la trentaine, la petite prolétaire juive était devenue une mondaine séculaire. La transformation était achevée et Miranda avait commencé son ascension fulgurante, impitoyable, dans le monde de la presse.

Elle avait tenu pendant dix ans la barre de l'édition française de *Runway*, avant que le groupe ne la transfère au poste phare de rédactrice en chef de l'édition américaine, ultime consécration d'une carrière. Avec ses deux filles et sa rock-star de mari de l'époque (lui-même désireux de gagner en visibilité en Amérique), elle s'était installée dans un penthouse sur la Cinquième Avenue et avait inauguré une nouvelle ère à *Runway* : les années Priestly. À la date où j'allais commencer à travailler pour elle, elle-même entamerait sa sixième année de règne.

Par un coup de chance insolent, j'aurais déjà un mois de travail à mon actif lorsque Miranda serait de retour au bureau. Chaque année, elle prenait ses vacances une semaine avant Thanksgiving et les prolongeait jusqu'au lendemain du Nouvel An. En général, elle restait quelques semaines à Londres, où elle avait conservé un appartement, mais cette année, m'avait-on dit, elle séjournerait quinze jours avec son mari et ses filles chez Oscar de La Renta, dans la propriété qu'il possédait en République dominicaine, avant de passer Noël et le réveillon du Nouvel An à Paris, au Ritz. J'étais également prévenue que si d'un point de vue théorique elle était « en vacances », elle n'en demeurait pas moins entièrement joignable, travaillant à n'importe quelle heure du jour ou de la nuit – et attendant par conséquent de toute personne de son équipe qu'elle en fasse autant. Je serais donc préparée et rodée aux tâches qu'on m'assignait sans que Sa Grandeur n'ait à pâtir de mes inévitables erreurs d'apprentie assistante. Ce que je trouvais plutôt rassurant.

Ainsi donc, à 7 heures tapantes, j'ai apposé mon nom sur le registre d'Eduardo, et j'ai franchi pour la première fois les tourniquets.

*
* *

Emily, les traits particulièrement tirés, l'air négligé en tee-shirt blanc transparent, moulant mais froissé, et pantalon de treillis archi dans le coup, m'attendait à la réception. Les escarpins crânement posés sur la table basse, le soutien-gorge en dentelle noire en exposition sous le coton diaphane du tee-shirt, elle sirotait un café en feuilletant le nouveau numéro de décembre. Entre son rouge à lèvres un peu étalé autour de la bouche, et ses cheveux roux bouclés, lâchés sur les épaules sans avoir été peignés, elle avait la mine de quelqu'un qui venait de passer les dernières soixante-douze heures au lit.

— Salut. Bienvenue, a-t-elle marmonné, en me scrutant de la tête aux pieds. Jolies, tes bottes.

Mon cœur a accéléré. Était-elle sérieuse ou sarcastique ? À son ton, c'était impossible à dire. J'avais d'ores et déjà les voûtes plantaires en compote et les orteils douloureusement comprimés, mais si un élément de ma tenue vestimentaire m'avait réellement gagné un compliment de la part d'une fille de *Runway*, ça valait le coup de souffrir.

Emily a continué à me jauger pendant quelques secondes, puis, d'un lancer de jambes suivi d'un soupir démonstratif, elle s'est levée.

— Bon, je vais être franche. Tu as vraiment une chance d'enfer qu'elle ne soit pas là. Je ne veux pas dire qu'elle n'est pas géniale, évidemment, parce que c'est tout le contraire, a-t-elle ajouté avec empressement.

Un empressement dans lequel j'allais bientôt reconnaître la Volte-Face Paranoïaque qui faisait rage chez *Runway* – et dans la pratique de laquelle j'allais moi-même devenir experte. À peine une commère laisse-t-elle échapper une remarque négative – aussi fondée soit-elle – qu'une angoisse la saisit (et si ses paroles impies revenaient aux oreilles de Miranda ?) et lui fait exécuter une prompte pirouette. Un de mes passe-temps favoris à *Runway* a consisté à regarder mes collègues s'emmêler les pinceaux pour désavouer le blasphème tout juste proféré.

Emily a glissé son badge dans le lecteur magnétique et, côte à côte, nous avons suivi les méandres du couloir jusqu'au centre de l'étage, où étaient installés les quartiers de Miranda et de son équipe. Ma nouvelle collègue a ouvert la porte à double battant et déposé son sac et son manteau sur l'un des bureaux disposés à l'entrée du bureau de Miranda.

— Ton poste, a-t-elle indiqué en me désignant le comptoir en forme de L, face au sien.

Sur le bureau derrière le comptoir, il y avait un iMac turquoise flambant neuf, un téléphone et quelques corbeilles à courrier. Les tiroirs étaient déjà remplis de stylos, de blocs-notes et de carnets.

— J'ai laissé mes affaires. C'est plus simple si je commande du nouveau matériel pour moi, a ajouté la toute nouvelle assistante senior.

Elle m'a expliqué qu'elle le resterait deux ans avant d'être propulsée à quelque poste incroyable au sein du département mode du magazine. Le programme d'assistanat de trois ans dont elle accomplissait les deux derniers tiers constituait la garantie absolue de gagner sa place au soleil dans l'univers de la mode, mais je ne démordais pas de ma conviction qu'un an me suffirait pour accéder au *New Yorker*. Allison avait déjà rallié son nouveau poste, au département beauté, où il lui incombait de tester et chroniquer les nouveautés en matière de maquillage, crèmes hydratantes et produits capillaires. Tout en me demandant en quoi servir d'assistante à Miranda pouvait préparer à ce type de boulot, j'étais impressionnée. Cette femme tenait ses promesses : les gens qui travaillaient sous sa direction gagnaient du galon.

Les autres membres de la rédaction, une cinquantaine de personnes en tout, sont arrivés aux alentours de dix heures. Le département mode réunissait évidemment le plus gros effectif, et, avec les assistants préposés aux accessoires, il employait au total presque trente personnes. Les rédactrices des pages magazine, Beauté et Arts complétaient l'équipe. Presque tout le monde a fait une halte devant notre bureau pour jacasser avec Emily, glaner quelque ragot sur son boss, et jeter un œil sur la nouvelle recrue. Au cours de cette première matinée, j'ai vu défiler des dizaines de personnes, qui toutes m'ont souri en exhibant une dentition d'une blancheur sans reproche, et qui paraissaient sincèrement contentes de me rencontrer.

Les rares hommes employés à la rédaction étaient tous triomphalement gays, sanglés dans des pantalons de cuir ultra-moulants et dans des tee-shirts à fines côtes tendus sur leurs biceps proéminents et leurs pectoraux parfaitement dessinés. Le directeur artistique – un homme plus âgé, aux cheveux blond champagne en voie de raréfaction, et qui semblait avoir voué sa vie à ressembler à Elton John – s'est pointé avec des mocassins en poil de lapin et des traits d'eye-liner sur les paupières sans susciter le moindre haussement de sourcils. À la fac, nous avions des groupes gays sur le campus et, récemment, certains de mes amis avaient fait leur *coming out*, mais aucun d'entre eux n'avait cette allure-là. J'avais l'impression de me retrouver lâchée au beau milieu de la distribution et de l'équipe de *Rent* – sauf que chez *Runway*, tout le monde était, bien entendu, mieux sapé.

Individuellement, les femmes – des jeunes femmes – étaient jolies. Collectivement, elles étaient éblouissantes. La moyenne d'âge tournait autour de vingt-cinq ans, très peu semblaient avoir franchi le cap de la trentaine. La plupart arboraient d'énormes diamants étincelants à leurs doigts. Toutes ces filles ont défilé les unes après les autres devant mon bureau, s'approchant, nonchalamment perchées sur leurs dix centimètres de talons aiguilles, pour me tendre une main d'une blancheur de lait, aux doigts fuselés et aux ongles manucurés : « Jocelyn, qui travaille avec Hope » ; « Nicole, du département mode » ; « Stef, qui supervise les accessoires ». Une seule, Shayna, mesurait moins d'un mètre quatre-vingts, mais elle était si frêle qu'il semblait impossible qu'elle puisse supporter un centimètre de plus. Et toutes pesaient à l'évidence moins de cinquante-cinq kilos.

Installée sur ma chaise pivotante, j'essayais de mémoriser tous ces prénoms quand j'ai vu entrer la plus belle des filles qui s'étaient présentées jusque-là : son pull en cashmere rose dragée semblait fait de nuages ; son incroyable chevelure blanche retombait le long de son dos avec souplesse ; sans doute ne pesait-elle pas un gramme de plus que nécessaire pour maintenir à la verticale son mètre quatre-vingt-cinq de charpente, mais cela ne l'empêchait pas de se mouvoir avec une grâce de danseuse. Elle avait des pommettes scintillantes, et l'énorme diamant d'une absolue pureté qui ornait sa bague de fiançailles paraissait étonnamment léger. Sans doute a-t-elle surpris mon regard fixe, car elle a avancé sa main pile sous mon nez.

— C'est moi qui l'ai créé, a-t-elle annoncé en souriant à sa main.

D'un coup d'œil oblique vers Emily, j'ai quêté une explication, un indice susceptible de me mettre sur la piste de l'identité de la visiteuse, mais Emily était de nouveau pendue au téléphone. Je croyais que la fille parlait de sa bague, qu'elle avait elle-même dessinée, mais elle a ajouté :

— Cette couleur est sublime, n'est-ce pas ? Une couche de "Guimauve", une de "Ballerine" – non le contraire – et une d'incolore pour le fini. Le résultat est parfait – un soupçon de couleur à peine, sans donner l'impression que tu t'es verni les ongles au Tipp-Ex. Je crois que je vais recommencer à chaque manucure ! a-t-elle conclu en tournant les talons.

Ravie d'avoir fait ta connaissance, ai-je mentalement lancé dans son dos tandis qu'elle quittait le bureau en se dandinant.

Rencontrer l'ensemble de mes collègues avait été agréable : je les avais trouvés gentils et bienveillants, et à l'exception de la jolie zinzin fétichiste du vernis à ongles, tous m'avaient manifesté de l'intérêt. Emily ne m'a pas lâchée d'une semelle de la matinée, sautant sur la moindre occasion pour m'apprendre quelque chose. Elle m'indiquait au fur et à mesure ce qui avait une importance capitale, qui ne pas contrarier, avec qui il y avait des bénéfices à copiner parce qu'ils organisaient de superfêtes. Quand je lui ai décrit la fétichiste du vernis à ongles, son visage s'est éclairé.

— Ah ! s'est-elle exclamée à mi-voix, avec un empressement que personne, jusque-là, n'avait suscité chez elle. Elle est absolument géniale, hein ?

— Euh… Ouais, elle a l'air sympa. On n'a pas vraiment eu l'occasion de discuter, elle m'a juste montré son vernis.

— Oui, mais bon, tu sais qui elle est, non ? m'a rétorqué Emily avec un sourire béat teinté de fierté.

Je me suis creusé les méninges : cette fille ressemblait-elle à une actrice ? à une chanteuse ? à un top model ? Impossible de la situer. Mais donc, elle était connue ! Voilà sans doute pourquoi elle n'avait pas jugé utile de se présenter : j'étais supposée la reconnaître. Eh bien, loupé.

— Ben, non. Elle est connue ?

Emily m'a décoché un coup d'œil mi-incrédule, mi dégoûté.

— Ben, *ouais*. (Un « ouais » bien appuyé, accompagné d'un regard étréci qui signifiait *espèce de pauvre conne*.) C'est Jessica Duchamps.

Elle a attendu. J'ai attendu aussi.

— Ne me dis pas que tu ne sais pas qui c'est !

Une fois de plus, j'ai fait défiler des listes de noms dans ma tête, en m'efforçant de connecter cette nouvelle information avec quelque chose, mais à quoi bon ? J'étais à peu près certaine de n'avoir jamais entendu ce nom-là de ma vie. Sans compter que ce petit jeu commençait à me pomper l'air.

— Écoute, Emily, je n'ai jamais vu cette fille, je n'ai jamais entendu son nom. Alors si tu veux bien me dire qui est cette Jessica ?

Je faisais un gros effort pour rester calme. Ironie de la situation, je me fichais pas mal de savoir le fin mot de l'histoire. Mais à l'évidence, Emily ne lâcherait pas l'affaire avant de m'avoir fait passer pour la dernière des cruches. Elle m'a souri avec condescendance.

— Il fallait le dire plus tôt. Jessica Duchamps, eh bien, c'est une Duchamps ! Tu sais, comme le restau français le plus couru de la ville ! Il appartient à ses parents – n'est-ce pas dingue ? Ils sont richissimes.

Voilà donc l'explication : cette ravissante jeune femme gagnait à être connue parce que ses parents étaient restaurateurs. Génial, non ?

— Ah, bon ? ai-je lâché avec un semblant d'enthousiasme.

J'ai répondu ensuite à quelques coups de fil en m'entraînant à prononcer la formule requise (« Bureau de Miranda Priestly, j'écoute »), même si Emily et moi redoutions l'une et l'autre que je me retrouve avec, au bout du fil, une Miranda à laquelle je ne saurais quoi dire. À un moment donné, une femme qui ne s'était pas présentée m'a braillé dans l'oreille des paroles incompréhensibles avec un accent anglais très prononcé ; paniquée, j'ai balancé mon combiné à Emily, sans penser à mettre au préalable mon interlocutrice en attente.

— C'est elle ! C'est elle ! ai-je chuchoté, épouvantée. Prends-la !

À cette occasion, Emily m'a gratifiée pour la première fois d'un de ces regards dont elle avait le secret : n'étant pas le genre de fille à dissimuler ses sentiments, elle avait cette façon très personnelle de hausser les sourcils tout en baissant le menton pour manifester, sans aucune ambiguïté, autant de dégoût que de pitié.

Elle a rattrapé le téléphone, et son visage s'est illuminé d'un grand sourire, comme si le regard de Miranda pouvait transpirer par les trous du haut-parleur.

— Miranda ? C'est Emily. (Silence. Plissement de front.) Oh, Mimi ! C'est vous ! Je suis désolée ! La nouvelle assistante a cru que c'était Miranda ! Oui, c'est drôle, n'est-ce pas ? *Elle doit s'imaginer que seule notre patronne parle avec l'accent anglais !* Il va falloir la briefer sur la question.

Emily m'a lancé un regard lourd de sous-entendus, le

sourcil plus arqué que jamais, tout en continuant à bavarder un petit moment avec cette Mimi.

Pendant ce temps, j'ai répondu à d'autres appels, et j'ai noté des messages à l'intention d'Emily – qui allait rappeler les différentes personnes en m'abreuvant de précisions sur leur importance (si toutefois elles en avaient une) dans la vie de Miranda. Vers midi, juste au moment où les premiers signes de la faim se manifestaient, j'ai pris un appel et entendu à l'autre bout du fil une voix glaciale, autoritaire, qui s'exprimait avec un accent anglais.

— Allison ? Je vais avoir besoin d'une jupe.

J'ai senti mes yeux s'écarquiller et j'ai posé la main en coupe sur le téléphone.

— Emily ! Emily ! ai-je soufflé en gesticulant pour attirer son attention. Cette fois, c'est elle, c'est sûr ! Elle veut une jupe !

Emily, qui était déjà en communication, s'est retournée vers moi, a vu mon visage pétrifié de panique et a coupé court à sa conversation sans un « On se rappelle plus tard », ni même un « Salut ». Elle a fait basculer l'appel sur son poste et a de nouveau plaqué un sourire sur ses lèvres.

— Miranda ? C'est Emily. Que puis-je faire ? (Penchée sur son bloc, l'air concentré, elle a commencé à prendre des notes d'une main fébrile.) Oui… Bien sûr… Sans problème.

Et la bourrasque est passée aussi soudainement qu'elle s'était levée. Sitôt qu'Emily a eu raccroché, elle a croisé mon regard interrogateur et levé les yeux au ciel.

— Je crois que ta première mission t'attend : Miranda a besoin, entre autres, d'une jupe pour demain, donc nous devons la mettre dans un avion ce soir au plus tard.

— Euh… D'accord. Quel genre de jupe ?

J'étais sciée d'apprendre qu'une jupe pouvait se payer un voyage jusqu'en République dominicaine simplement parce que c'était le bon vouloir de Miranda Priestly.

— Ça, elle n'a pas précisé, a marmonné Emily en décrochant le téléphone. Jocelyn ? Salut, c'est moi. Elle veut une jupe, et qui doit partir ce soir, par le même vol que celui de Mme de La Renta. Non, aucune idée. Non, elle n'a rien précisé. Je ne sais vraiment pas. O.K., merci. C'est toujours plus compliqué pour nous, quand elle reste dans le flou, a-t-elle ajouté en se tournant vers moi. Elle a bien trop de choses à penser pour se préoccuper de tels détails, donc elle n'a donné aucune indication sur le tissu, la couleur, le style, la marque… Mais ça va aller. Je connais sa taille, et suffisamment bien ses goûts pour savoir exactement ce qui lui plaira. Je viens d'appeler Jocelyn, à la mode. Elles vont commencer à en faire rentrer quelques-unes.

« Faire rentrer » des jupes a été ma toute première leçon en matière de ridicule chez *Runway* – mais je dois cependant reconnaître que l'affaire était menée aussi rondement qu'une opération militaire. Emily, ou moi-même, prévenions les assistantes du département mode – huit personnes au total qui géraient chacune une liste précise de contacts chez les stylistes, les couturiers et dans les magasins. Sitôt averties, ces filles appelaient les services de communication des différents stylistes et couturiers (et, au besoin, de tous les grands magasins de luxe de Manhattan) pour les informer que Miranda Priestly – oui, *Miranda Priestly*, et oui, c'était effectivement pour son usage *personnel* – recherchait tel ou tel article particulier. En l'espace de quelques minutes, des attachées de presse aux assistants, tout le staff de Michael Kors, Gucci, Prada, Versace, Fendi, Armani, Chanel, Barney's, Chloé, Calvin Klein, Bergdorf, Roberto Cavalli et Saks était sur le pied de guerre et dépêchait par coursier chaque pièce de leur stock susceptible de combler les attentes de Miranda Priestly.

J'ai observé ce processus se dérouler tel un ballet dont la chorégraphie était réglée dans les moindres détails : tout le monde savait où, quand, comment il lui faudrait à nouveau intervenir. Pendant que chacun s'activait de son côté, Emily m'a envoyée chercher les quelques autres bricoles que nous devions expédier en même temps que la jupe.

— Ta voiture t'attend sur la 58e Rue, m'a-t-elle indiqué tout en menant deux conversations téléphoniques de front et en griffonnant des instructions sur un papier à l'en-tête de *Runway*. Tiens, a-t-elle ajouté en me glissant un téléphone portable dans les mains. Au cas où j'aurais besoin de te joindre, ou si jamais tu as des questions. Ne l'éteins jamais. Et tu réponds à tous les appels.

J'ai gagné le rez-de-chaussée munie du téléphone et de ma feuille de route, et je suis sortie de l'immeuble, côté 58e Rue. Comment allais-je reconnaître « ma voiture » ? Pour tout avouer, je me demandais même ce qu'Emily avait voulu dire par là. À peine avais-je avancé un pied sur le trottoir en regardant timidement autour de moi qu'un homme trapu, aux cheveux grisonnants, s'est approché, pipe au bec.

— C'est vous, la nouvelle ? s'est-il enquis d'une voix enrouée sans ôter la pipe d'entre ses lèvres tachées par le tabac. Je m'appelle Rich. Je suis le dispatcher. Quand vous avez besoin d'une voiture, c'est à moi qu'il faut s'adresser. Pigé, blondinette ?

J'ai hoché la tête et me suis installée à l'arrière d'une Cadillac noire. Rich a claqué la portière derrière moi et a agité sa main.

— Où allez-vous, mademoiselle ? a demandé le chauffeur.

Je me suis aperçue que je n'en savais rien. J'ai consulté mes instructions :

1er arrêt : Studio Tommy Hilfiger, 57e Rue Ouest, 355, 5e étage. Demande Leanne. Te donnera tout ce dont tu as besoin.

J'ai indiqué l'adresse au chauffeur et j'ai regardé défiler le paysage. Il était treize heures, par une journée d'hiver glaciale, j'avais vingt-trois ans, et je partais au studio de Tommy Hilfiger à l'arrière d'une voiture avec chauffeur. Et j'étais littéralement morte de faim. La circulation était dense, et ces quarante-cinq minutes de trajet pour parcourir quinze blocs m'ont donné mon tout premier aperçu des embouteillages de Manhattan. Le chauffeur m'a déposée devant l'adresse indiquée, en m'expliquant qu'il allait tournicoter autour du bloc jusqu'à mon retour. Sitôt ai-je eu annoncé à la réceptionniste du 5e étage que je désirais voir Leanne qu'une fille adorable, qui n'avait pas plus de dix-huit ans, a accouru vers moi.

— Salut ! s'est-elle exclamée en allongeant la voyelle finale. Vous êtes Andrea ? Vous savez, ici, tout le monde adore Miranda. Alors bienvenue au club !

Elle m'a souri. Je lui ai souri. Puis elle a extrait de sous une table un gros sac en plastique dont elle a vidé le contenu par terre.

— Voilà le jean préféré de Caroline, en trois coloris différents, et nous avons aussi ajouté quelques petits tee-shirts. Et comme Cassidy adore les jupes en toile de Tommy, on lui en a mis une vert olive, et une beige.

Il y avait là des jupes en jean, des blousons en denim, et même quelques paires de chaussettes. *Mais qui sont Caroline et Cassidy, bon sang ?* me demandais-je en fixant ce butin à mes pieds : il y avait là assez de fringues pour constituer au moins quatre garde-robes complètes de préado. Qui, doté d'un minimum de respect pour lui-même, portait des jeans Tommy Hilfiger – et dans différents coloris, par-dessus le marché ?

Sans doute ma confusion se lisait-elle sur mon visage, car Leanne, en me tournant le dos pour remballer les vêtements, a dit :

— Je sais que les filles de Miranda vont adorer tout ça. Nous les habillons depuis des années, et Tommy tient à choisir lui-même chaque pièce.

Je lui ai adressé un regard reconnaissant et j'ai chargé le sac sur mon épaule.

— Bonne chance ! m'a-t-elle lancé avec un sourire sincère, au moment où les portes de l'ascenseur se refermaient. Vous avez de la chance d'avoir un boulot aussi incroyable !

Oui, je sais, et des milliers de filles se damneraient pour être à ma place, ai-je complété dans ma tête. Mais pour le coup, ayant été reçue dans le studio d'un styliste célèbre et repartant avec l'équivalent de quelques milliers de dollars en vêtements, j'ai songé qu'elle avait raison.

Une fois que j'ai eu la situation bien en main, le reste de la journée a filé à toute allure. Je me suis demandé si quelqu'un m'en voudrait de m'accorder une minute pour m'acheter un sandwich, mais après quelque hésitation, j'ai décidé que je n'avais pas le choix. Je n'avais rien mangé d'autre qu'un croissant, à 7 heures, et il était presque 14 heures. J'ai prié le chauffeur de s'arrêter devant un *deli*, et au dernier moment j'ai pensé à en prendre un pour lui aussi. Quand je lui ai tendu un sandwich à la dinde et à la moutarde au miel, il en est resté bouche bée ; j'ai aussitôt craint que mon geste ne l'ait mis mal à l'aise.

— Je me disais que vous deviez également avoir faim. Sans doute n'avez-vous pas le temps de déjeuner, si vous passez vos journées derrière le volant.

— Merci, mademoiselle, c'est très gentil de votre

part. Voilà douze ans que je sers de chauffeur aux filles d'Elias-Clark, et elles ne sont pas aussi gentilles que vous, m'a-t-il déclaré avec un accent prononcé, mais difficile à identifier.

Il m'observait dans son rétroviseur. Je lui ai souri, et un pressentiment m'a assaillie, mais qui n'a duré qu'une seconde. Nous avons mangé nos sandwiches en écoutant son CD préféré – une femme qui hurlait la même phrase en boucle dans une langue inconnue sur fond de cithare.

D'après ma feuille de route, ma mission suivante concernait un short blanc, dont Miranda avait un besoin crucial pour jouer au tennis. J'imaginais que nous allions nous rendre chez Polo mais, en fait, Emily avait indiqué Chanel. Ah bon, Chanel faisait des shorts de tennis ? Le chauffeur m'a déposée devant la boutique, où une vendeuse d'un certain âge, et dont les yeux ressemblaient à deux meurtrières entre ses paupières liftées, m'a tendu un collant anatomique blanc en coton et Lycra, taille trente-deux, suspendu à un cintre capitonné de soie et recouvert d'une housse en velours. J'ai regardé le justaucorps, qui semblait destiné à une gamine de six ans, puis la femme.

— Euh… Vous pensez vraiment que Miranda va porter ça ? ai-je avancé avec un maximum de prudence, tant j'étais convaincue que cette bonne femme ne ferait qu'une bouchée de moi si jamais elle ouvrait sa gueule de pitbull.

La vendeuse m'a décoché un regard de travers.

— Il faut l'espérer, mademoiselle, a-t-elle riposté d'un ton pincé. Il a été fait sur mesure, selon ses indications. Veuillez lui transmettre les meilleurs souvenirs de Monsieur, a-t-elle ajouté en me tendant le justaucorps.

Je n'y manquerai pas, chère madame. Qui que soit ce Monsieur.

L'arrêt suivant (« en descendant *downtown* », avait

spécifié Emily sur ma feuille de route) était le J&R Computer World, un magasin d'informatique près du City Hall. Apparemment, c'était le seul et unique magasin de la ville à vendre *Warriors of the West*, un jeu vidéo que Miranda souhaitait offrir à Moises, le fils d'Oscar et Annette de La Renta. Le temps d'aller m'acquitter de cette nouvelle mission *downtown*, j'avais découvert que le portable pouvait passer des appels longue distance et j'ai appelé mes parents pour leur raconter à quel point ce boulot était formidable.

— Papa ? Salut, c'est Andy. Devine où je suis ? Oui, au travail, évidemment, mais il se trouve que mon boulot consiste à me balader dans Manhattan à l'arrière d'une voiture avec chauffeur. Je suis allée chez Tommy Hilfiger et chez Chanel, je viens d'acheter un jeu vidéo, et là, je pars chez Oscar de La Renta, à Park Avenue, pour y déposer toutes les courses. Non, ce n'est pas pour lui. Miranda est en République dominicaine, et Annette part les rejoindre ce soir. En jet privé, oui !

Mon père avait un ton circonspect, mais semblait content que je sois contente, et j'en suis venue à décider que j'avais été recrutée comme coursier diplômé de la faculté. Ce qui me convenait parfaitement. Après avoir déposé les vêtements de Tommy, le justaucorps et le jeu vidéo auprès d'un portier distingué, dans le hall archicossu d'un immeuble de Park Avenue (voilà donc pourquoi les gens s'extasiaient lorsqu'ils parlaient de Park Avenue !), j'ai regagné le bureau.

Emily, assise par terre en tailleur, était en train d'emballer des cadeaux dans du papier blanc. Elle était cernée de toutes parts par des piles et des piles de boîtes rouges et blanches, toutes d'un format identique – des centaines, voire des milliers de boîtes, qui avaient entièrement colonisé l'espace libre entre nos bureaux respectifs et avaient envahi une partie du bureau de Miranda. Emily ignorait que je l'observais. Deux minutes lui suffisaient pour envelopper une boîte, l'enrubanner de satin blanc était l'affaire de quinze secondes, et sans perdre un instant, elle empilait les boîtes emballées derrière elle. Chaque geste était d'une redoutable efficacité. Les piles blanches ne cessaient de croître, sans que celles des boîtes en attente semblent décroître pour autant. D'après mes estimations, elle allait y être encore dans quatre jours, et serait loin d'en avoir fini.

— Emily ? ai-je lancé, assez fort pour couvrir la musique des années quatre-vingt qui s'époumonait sur le lecteur de CD de son ordinateur. Coucou. Je suis revenue.

Elle s'est retournée, et j'ai compris à la lueur d'hébétude dans son regard qu'elle se demandait qui était cette apparition. Il lui a fallu quelques secondes pour se remémorer mon statut de nouvelle assistante.

— Alors ? Comment ça s'est passé ? Tu as tout trouvé ? (J'ai hoché la tête.) Même le jeu vidéo ? Quand j'ai appelé, il ne leur en restait plus qu'un exemplaire. Il y était toujours ? (Nouveau hochement de tête.) Et tu as tout remis au portier des La Renta ? Les vêtements, le justaucorps, tout ?

— Ouais. Tout a marché comme sur des roulettes. Dis, je me demandais… Est-ce que Miranda va vraiment porter ce…

— Écoute, m'a-t-elle coupé. J'attendais que tu reviennes pour aller aux toilettes. Tu t'occupes du téléphone une minute ?

— Tu n'es pas allée aux toilettes depuis mon départ ? Mais voilà cinq heures que je suis partie ! Pourquoi ?

Emily a achevé de nouer un ruban autour d'une boîte et m'a regardée froidement.

— Miranda ne tolère pas que quelqu'un d'autre que ses assistantes réponde au téléphone, et comme tu n'étais pas là, je ne voulais pas m'absenter. J'aurais sans doute pu m'éclipser une minute, mais je sais qu'elle a une journée harassante, et je veux m'assurer d'être toujours disponible pour elle. Donc, non, nous n'allons pas aux toilettes – ni nulle part ailleurs – sans nous organiser entre nous. Nous devons travailler main dans la main pour être certaines de faire le meilleur boulot pour elle, O.K. ?

— Oui, bien sûr. Vas-y. Je ne bouge pas.

Emily partie, je me suis appuyée des deux mains sur mon bureau pour me calmer. Ne pas aller aux toilettes sans avoir synchronisé au préalable un plan de guerre ? Était-elle vraiment restée assise dans ce bureau au risque de faire éclater sa vessie parce qu'elle craignait qu'une femme ne l'appelle de l'autre bout de l'Atlantique pendant les deux minutes que lui prendrait un aller-retour aux toilettes ? Apparemment, oui. À mes yeux, c'était un peu excessif, mais sans doute n'était-ce qu'un excès de zèle de la part d'Emily. Miranda ne pouvait pas exiger une telle chose de ses assistantes, c'était impossible ! J'en étais certaine. À moins que… Pouvais-je me tromper ?

Dans le bac de sortie de l'imprimante, j'ai trouvé une liste intitulée « Cadeaux de Noël reçus ». Une, deux, trois, quatre, cinq, *six* pages de liste – deux cent cinquante-six cadeaux répertoriés au total, avec mention de l'expéditeur et nature de l'offrande. On aurait cru la liste de mariage de la reine d'Angleterre. Il y avait un coffret de maquillage Bobby Brown, envoyé par Bobby Brown en personne ; un sac en cuir Kate Spade, de la part de Kate et Andy Spade ; un agenda en cuir grenat de Smythson of Bond Street expédié par Graydon Carter ; un sac de couchage ourlé de vison de la part de Muccia Prada, un bracelet de perles Verdura sur plusieurs rangs d'Aerin Lauder, une montre sertie de diamants de la part de Donatella Versace, une caisse de champagne de Cynthia Rowler, un ensemble débardeur et sac du soir rebrodés de perles de Mark Badgley et James Mischka, une parure de stylos Cartier de la part de Irv Ravitz, une écharpe en chinchilla de Vera Wang, une veste impression peau de zèbre d'Alberto Ferretti, un plaid en cashmere Burberry de Rosemarie Bravo. Et ce n'était qu'un début. Des sacs à main, de toutes les formes et de toutes les tailles, avaient afflué de toutes parts : Herb Rits, Bruce Weber, Giselle Bundchen, Hillary Clinton, Tom Ford, Calvin Klein, Annie Leibovitz, Nicole Miller, Adrienne Vittadini, Michael Kors, Helmut Lang, Giorgio Armani, John Sahag, Bruno Magli, Mario Testino, Narcisco Rodriguez… Il y avait des douzaines de dons faits au nom de Miranda à divers organismes caritatifs, des centaines de bouteilles de vin ou de champagne, huit ou dix sacs Dior, deux bonnes douzaines de bougies parfumées, quelques céramiques orientales, des pyjamas de soie, des livres aux reliures de cuir, des produits de bain, des chocolats, des bracelets, du caviar, des pulls en cashmere, des photographies encadrées et assez de compositions florales ou de plantes vertes pour décorer un de ces mariages collectifs en Chine, où cinq cents couples se marient en même temps dans un stade de foot. Nom d'un chien ! Était-ce bien réel ? Je travaillais *vraiment* pour une femme qui recevait deux cent cinquante-six cadeaux de Noël, adressés par quelques-uns des personnages les plus célèbres du monde ? Mais peut-être me faisais-je des idées. Peut-être n'étaient-ils pas tous célèbres… Je reconnaissais quelques noms, les rares qu'il était absolument impossible d'ignorer, mais je ne savais pas à ce moment-là que les autres personnes mentionnées sur cette liste comptaient au nombre des photographes, des maquilleurs, des mannequins et des mondains les plus prisés. Emily connaissait-elle tous ces gens ? me suis-je demandé. Juste à ce moment-là, elle a réapparu. J'ai détourné les yeux de la liste en prenant l'air dégagé, mais elle se fichait pas mal que je l'aie lue.

— C'est fou, non ? Miranda est la femme la plus sophistiquée du monde ! (Elle a pris la liste et l'a parcourue d'un regard que je ne pouvais caractériser que d'envieux.) T'as déjà vu un truc aussi incroyable ? C'est la liste de l'an dernier. Je l'ai ressortie pour qu'on sache à quoi s'attendre, puisque les cadeaux commencent déjà à arriver. C'est incontestablement un des meilleurs plans de ce boulot – déballer ses cadeaux !

Nous devions déballer les cadeaux de Miranda ? Voilà qui m'a laissée perplexe. Pourquoi ne s'en chargeait-elle pas elle-même ?

— Ça va pas, non ? a raillé Emily. Quatre-vingt-dix pour cent de ces machins ne vont pas lui plaire. Certains cadeaux sont carrément des insultes, je ne les lui montrerai jamais. Tiens, celui-là, par exemple.

Dans le petit coffret qu'elle m'a brandi sous le nez se trouvait un téléphone sans fil Bang et Olufsen archidesign qui pouvait sans problème et sans un parasite capter une communication dans un rayon de quatre mille kilomètres. Pour avoir accompagné Alex quelques semaines plus tôt dans leur magasin, où il avait bavé d'envie devant leurs chaînes stéréo, je savais que cette petite merveille coûtait plus de 500 dollars et pouvait tout faire, hormis parler à votre place.

— Un téléphone ! Tu te rends compte ! Quelqu'un a eu le culot d'envoyer un *téléphone* à Miranda Priestly ! s'est indignée Emily en me fourrant l'objet indélicat dans la main. Tiens, garde-le, si tu veux : jamais je ne lui avouerai que quelqu'un lui a envoyé un appareil *électronique*. Elle serait trop vexée !

Emily avait prononcé le mot « électronique » comme s'il signifiait « souillé de fluides corporels ».

J'ai rangé le téléphone sous mon bureau en réprimant un sourire réjoui. C'était trop génial ! Un téléphone sans fil faisait justement partie des objets dont j'avais besoin pour ma nouvelle chambre, et je venais d'en récupérer un à 500 dollars gratis.

— Bon, a poursuivi Emily en se rasseyant en tailleur par terre dans le bureau de Miranda. On continue à emballer ces bouteilles de vin pendant quelques heures, ensuite, tu pourras ouvrir les cadeaux qui sont arrivés aujourd'hui. Je les ai posés là-bas.

Effectivement, une petite montagne multicolore de boîtes et de sacs avait poussé derrière son bureau. J'ai attrapé une des boîtes blanches et rouges, et j'ai commencé à l'envelopper de cet épais papier blanc.

— Ceux-là sont ceux que nous expédions de la part de Miranda ?

— Oui. Le même schéma se répète chaque année. Dom Pérignon pour le gratin : les dirigeants d'Elias-Clark, les grands couturiers qui ne sont pas également des amis personnels ; son avocat et son comptable. Veuve Clicquot pour les entre-deux – c'est-à-dire quasi tout le monde : les profs des jumelles, les coiffeurs, Uri, etc. Les gens qui ne sont personne reçoivent une bouteille de Ruffino Chianti – en général, ces cadeaux qui ne portent pas d'empreinte personnelle partent du service de com'. Le chianti, c'est par exemple pour le véto, quelques-unes des baby-sitters qui remplacent Cara, les gens qui la servent dans les magasins où elle a l'habitude d'aller, et tout le staff qui s'occupe de sa maison dans le Connecticut. Bref. J'ai commandé pour 25 000 dollars de marchandise début novembre, Sherry-Lehman me l'a livrée et, en général, il faut un mois pour tout emballer. C'est bien qu'elle soit absente à ce moment-là, sinon il nous faudrait emporter tout ce bazar pour empaqueter chez nous. C'est une bonne affaire, parce que c'est Elias-Clark qui règle la note.

— Ça coûterait le double si on les faisait emballer par Sherry-Lehman, non ?

— Qu'est-ce qu'on s'en fiche ! m'a rétorqué dédaigneusement Emily. Crois-moi, tu vas vite apprendre que le prix n'est jamais un problème ici. Non, simplement, Miranda n'aime pas leur papier cadeau. L'an passé, je leur avais fourni ce papier blanc, mais leurs paquets sont moins beaux que les nôtres.

Ce qui semblait la remplir de fierté.

L'atelier « paquets cadeaux » nous a occupées jusqu'à près de 18 heures. Emily m'a abreuvée tout ce temps de détails sur le fonctionnement de la boîte, et j'ai écouté, m'efforçant de comprendre les arcanes de cet univers aussi déroutant qu'excitant. Juste au moment où elle me révélait comment Miranda aimait son café (grand, crème, avec deux sucres bruns), une blonde qui, si j'avais bien retenu, était l'une des innombrables assistantes du département mode est arrivée, essoufflée, une corbeille d'osier de la taille d'un couffin de bébé dans les bras. Elle est restée à se dandiner d'un pied sur l'autre à l'entrée du bureau de Miranda, comme si elle redoutait que la moquette grise ne se transforme en sables mouvants sous ses Jimmy Choo si elle osait un pas de plus.

— Salut, Emily. Voilà les jupes. Désolée d'avoir été si longue, mais tu connais la chanson… À la veille de Thanksgiving, il n'y a plus personne nulle part. Espérons que vous trouverez là-dedans quelque chose qui lui plaira, a-t-elle achevé en contemplant l'empilement de jupes pliées dans sa corbeille.

Emily a toisé la fille avec un mépris à peine voilé.

— Pose ça sur mon bureau. Je renverrai celles qui ne conviennent pas. *Et vu tes goûts, il ne doit pas y en avoir une pour rattraper l'autre*, a-t-elle ajouté à mi-voix, comme à ma seule intention.

La blonde a eu l'air désemparée. Elle n'avait certes rien d'une lumière, mais elle paraissait plutôt sympa. Pourquoi une telle démonstration de haine ? Mais comme entre les incessants commentaires d'Emily, les courses aux quatre coins de la ville et les centaines de noms et de visages que j'avais essayé de mémoriser, la journée avait déjà été fort longue, je me suis abstenue de poser la question.

Emily est allée examiner, mains sur les hanches, la corbeille sur son bureau. Pour ce que j'en voyais, elle contenait une bonne vingtaine de jupes, dans un incroyable assortiment de tissus, de couleurs et de formes. Miranda n'avait-elle vraiment fourni aucune précision ? N'avait-elle pas pris la peine d'indiquer si la jupe en question était destinée à un dîner très habillé, à un double mixte, à être enfilée par-dessus un maillot de bain ? Comment pouvions-nous prédire ce qui lui plairait ?

Je n'allais pas tarder à le découvrir. Emily a apporté le panier dans le bureau de Miranda, l'a déposé avec un infini ménagement sur la moquette, puis s'est rassise et a commencé à étaler les jupes en cercle autour de nous. J'ai vu passer une jupe crochetée rose fuchsia de Céline, une jupe portefeuille gris perle de Calvin Klein, une autre en daim noir avec un ourlet rebrodé de perles d'Oscar de La Renta. Il y en avait des rouges, des écrues, des lavande, certaines avec de la dentelle, d'autres en cashmere. Quelques-unes étaient assez longues pour onduler avec grâce autour des chevilles, d'autres étaient si courtes qu'elles ressemblaient davantage à des petits hauts tubulaires. J'ai appliqué contre ma taille une petite merveille de soie chocolat mi-longue, mais il n'y avait pas assez de tissu pour couvrir mes deux jambes. La suivante, qui a atterri par terre dans un tourbillon de tulle et de mousseline, n'aurait pas été déplacée dans une garden-party à Charleston. Une des jupes en jean était délavée et une énorme ceinture de cuir marron était glissée dans les passants ; une autre encore était taillée dans un voile gaufré couleur argent, et doublée d'une étoffe elle aussi argentée mais plus opaque. Comment allait-on s'en sortir ?

— Waou ! On dirait que Miranda aime bien les jupes, non ? ai-je remarqué, simplement parce que je ne trouvais rien d'autre à dire.

— En fait, non. Miranda est surtout une fétichiste des foulards, a répondu Emily en évitant mon regard, aussi gênée que si elle venait de me révéler qu'elle-même avait de l'herpès. C'est l'une de ces petites excentricités craquantes que tu dois savoir sur elle.

— Ah bon ? me suis-je récriée, en m'efforçant de feindre un air amusé pour masquer ma stupéfaction.

« Une fétichiste des foulards », vraiment ? J'aime autant que n'importe quelle fille les vêtements, les sacs et les chaussures, mais de là à qualifier mon intérêt pour eux de « fétichisme »... En outre, à en juger par le ton d'Emily, le détail semblait n'être pas anodin.

— Ben, oui. Elle peut avoir besoin d'une jupe pour une occasion particulière, mais ce qui la branche, ce sont les foulards. Tu sais bien, elle porte toujours un foulard...

Emily a dû lire sur mon visage que je ne voyais pas du tout ce dont elle parlait, car elle a ajouté :

— Tu te souviens tout de même de l'avoir rencontrée, lorsque tu as passé tes entretiens ?

— Oui, oui, naturellement, mais je ne me souviens pas d'un foulard...

J'avais déjà eu ce jour-là un mal fou à retenir son nom, alors pour ce qui avait été de remarquer les détails vestimentaires... Mais ça, il était inutile que cette fille le sache.

— Miranda ne sort jamais, absolument jamais, sans un carré Hermès. En général, ellc le porte autour du cou, mais de temps en temps, elle le noue aussi en ceinture, et parfois son coiffeur lui en enroule un en chignon. C'est sa marque distinctive. Tout le monde sait que Miranda Priestly porte toujours, quoi qu'il arrive, un carré Hermès blanc. C'est cool, non ?

C'est à ce moment-là que j'ai remarqué à la taille d'Emily, dépassant de sous le tee-shirt blanc, un foulard vert citron glissé dans les passants de son treillis.

— Elle aime bien jouer avec différents styles et, à mon avis, c'est ce dont elle a envie en ce moment. Mais ces pétasses de la mode ne savent jamais ce qui lui plaira. Regarde-moi ces horreurs !

Elle a brandi une jupe fluide absolument sublime, un peu plus habillée que les autres, taillée dans une étoffe d'un brun profond saupoudré de paillettes dorées.

— Monstrueux, ai-je renchéri alors qu'en mon for intérieur, je trouvais cette jupe si belle que j'aurais été heureuse de la porter pour mon mariage.

(Dans un proche avenir, j'allais acquiescer de la sorte des milliers de milliards de fois à tout ce que disait Emily, simplement pour la faire taire.)

Emily a continué à discourir – dénigrant formes et étoffes, détaillant les préférences et les désirs de Miranda, lâchant de temps à autre une insulte cinglante à propos d'une collègue. Elle a fini par sélectionner trois jupes radicalement différentes sans jamais cesser de parler, parler, parler… J'essayais d'écouter, mais on approchait des 19 heures, et je ne savais plus si j'étais affamée, nauséeuse, ou simplement morte de fatigue. Un peu des trois, sans doute. Je n'avais même pas remarqué que quelqu'un était entré dans le bureau.

— VOUS ! a tonné une voix dans mon dos. LEVEZ-VOUS, QUE JE VOUS EXAMINE !

Je me suis retournée. Un bonhomme qui devait mesurer deux mètres dix, avec une peau bronzée et des cheveux bruns – le plus grand être humain que j'aie jamais vu –, dardait un index sur moi. Il y avait cent vingt-cinq kilos de chair répartis sur ce gratte-ciel humain, et une telle masse de muscles qu'elle semblait sur le point de faire exploser son… sa… Oh, mon Dieu ! C'était bien une combinaison-pantalon ! Tout d'une pièce, moulante sur les cuisses, ceinturée à la taille. Le type arborait aussi, nouée autour de son cou puissant, une pèlerine en fourrure aussi grande qu'une couverture et, pour compléter l'ensemble, des chaussures de combat noires de la taille de raquettes brillaient à ses pieds de mammouth. Il paraissait avoir trente-cinq ans, mais les muscles, le bronzage prononcé et la ligne littéralement sculptée de ses mâchoires pouvaient le rajeunir de dix ans comme le vieillir de cinq. Il frappait dans ses mains en me faisant signe de me relever. Je me suis exécutée, hypnotisée par cette apparition.

— EH BIEN ! QUI AVONS-NOUS ICIIIII ? a-t-il barri, mais d'une voix de fausset. BON, VOUS ÊTES MIGNONNE, MAIS BIEN TROP SAINE ! ET LA FAÇON DONT VOUS ÊTES FAGOTÉE NE VOUS ARRANGE PAS.

— Je m'appelle Andrea. Je suis la nouvelle assistante de Miranda.

Il m'a examinée de la tête aux pieds, centimètre par centimètre. Emily observait la scène, un sourire mauvais aux lèvres. Le silence était insoutenable.

— DES BOTTES SOUS LE GENOU ? AVEC UNE JUPE AU GENOU ? VOUS VOUS FICHEZ DE MOI ? DIS-MOI, FILLETTE, AU CAS OÙ ÇA T'AURAIT ÉCHAPPÉ – AU CAS OÙ TU N'AURAIS PAS VU LES GRANDES LETTRES NOIRES À L'ENTRÉE – NOUS SOMMES ICI À *RUNWAY*, LE MAGAZINE LE PLUS BRANCHÉ DE LA PLANÈTE ! MAIS SOIS SANS CRAINTE, MON CŒUR, NIGEL VA NOUS DÉBARRASSER SANS TARDER DE TON LOOK DE PETITE SECRÉTAIRE DU NEW JERSEY.

Ses mains massives m'ont empoignée par la taille et m'ont fait pivoter comme une toupie. Je sentais son regard posé sur mes jambes.

— SANS TARDER, MA JOLIE, C'EST PROMIS. NOUS AVONS LÀ UN BON MATÉRIAU DE BASE. BELLES JAMBES, SUPERBES

CHEVEUX, ET PAS UN GRAMME DE GRAISSE. TANT QU'IL N'Y A PAS DE GRAISSE, JE PEUX TOUT FAIRE. TU VAS VOIR, MA BELLE.

Je voulais m'offusquer, m'arracher d'entre ses pattes, et m'accorder tout le temps nécessaire pour réfléchir à ce qui m'arrivait (un parfait étranger – et collègue, par-dessus le marché – venait de me faire part de son avis – non sollicité et redoutablement franc – sur mes vêtements et ma silhouette), mais je n'y parvenais pas. J'étais séduite par ses yeux verts, plus espiègles que persifleurs m'a-t-il semblé, et ravie, surtout, d'avoir réussi l'examen. Mon examinateur n'était autre que Nigel – connu sous son seul prénom, comme Madonna ou Prince –, l'autorité en matière de mode, que j'avais déjà vu à la télé, en photo dans des magazines, dans les rubriques mondaines, et Nigel venait de me dire que j'étais jolie. Et que j'avais de belles jambes ! J'ai préféré ne pas m'attarder sur le commentaire de la secrétaire du New Jersey. Ce type me plaisait.

Emily lui a intimé l'ordre de me laisser tranquille, mais je ne voulais pas qu'il parte. Trop tard. Il se dirigeait déjà vers la porte, sa pèlerine en fourrure clapotant derrière lui. Je voulais le rappeler, lui dire que j'avais été ravie de le rencontrer, que ses paroles ne m'avaient pas offensée et que je trouvais très excitant qu'il veuille me relooker. Mais je n'ai pas eu le temps d'ouvrir la bouche que Nigel avait fait volte-face. Il est revenu vers moi en deux enjambées de géant et m'a serrée contre lui, enveloppant tout mon corps de ses bras musclés. Ma tête arrivait juste sous sa poitrine, et j'ai senti l'odeur, reconnaissable entre toutes, de l'huile Jonhson pour bébé. Et au moment où j'ai eu la présence d'esprit de lui retourner son accolade, il m'a repoussée, ses mains ont avalé les miennes, et il a lancé d'une voix suraiguë :

— BIENVENUE DANS LA MAISON DE POUPÉES, *MON CŒUR* !

5

— Il t'a dit quoi ? a demandé Lily en léchant une cuillerée de glace au thé vert.

Nous nous étions retrouvées au Sushi Samba à 21 heures, afin que je lui raconte ma première journée. Mes parents, à contrecœur, m'avaient rendu la carte de crédit « réservée aux urgences » en attendant que je touche mon premier salaire. Ce soir-là, des *maki* au thon épicé et de la salade aux algues relevaient à n'en pas douter d'une urgence. En mon for intérieur, j'ai remercié mes parents de nous gâter autant, Lily et moi.

— Il m'a dit : « Bienvenue dans la maison de poupées, mon cœur ! » Je te le jure. C'est vachement sympa, non ?

Elle m'a regardée, la cuillère suspendue à mi-chemin de sa bouche entr'ouverte.

— C'est le boulot le plus cool dont j'aie jamais entendu parler.

Lily n'arrêtait pas de dire qu'elle aurait dû bosser pendant un an avant de retourner sur les bancs de la fac.

— Oui, supercool. Totalement bizarre, mais cool. Cela dit, je préférerais tout de même redevenir étudiante, ai-je ajouté en attaquant mon moelleux au chocolat.

— Ben voyons ! Je suis sûre que tu adorerais te taper

un boulot à mi-temps pour financer un doctorat ignominieusement ruineux et totalement inutile. Tu es jalouse de mon job de barmaid dans un pub d'étudiants, c'est ça ? Tu aimerais te faire draguer par des mecs de première année jusqu'à quatre heures du mat', avant d'enchaîner sur toute une journée de cours, en sachant que si – je dis bien *si* – tu réussis à finir ta thèse dans les dix-sept prochaines années, tu n'auras de toute façon jamais de boulot ? Nulle part ? a-t-elle achevé avec un grand sourire sarcastique avant de boire une gorgée de Sapporo.

Lily se préparait à entamer un doctorat de littérature russe à Columbia, et chaque seconde qu'elle ne consacrait pas à ses études était sacrifiée à des petits boulots. Elle n'aurait pas droit à des bourses avant d'avoir obtenu son DEA, et sa grand-mère avait à peine assez d'argent pour vivoter. Qu'elle ait accepté de sortir ce soir-là était même exceptionnel.

Comme à chaque fois qu'elle dénigrait sa vie, j'ai mordu à l'hameçon.

— En ce cas, pourquoi le fais-tu ? ai-je demandé, bien que j'aie déjà entendu la réponse un million de fois.

Lily a reniflé et levé les yeux au ciel.

— Mais parce que j'adore ça ! a-t-elle chantonné, goguenarde.

C'était la vérité, même si elle refusait de l'admettre, car se plaindre était bien plus drôle. La passion de Lily pour la littérature russe remontait à la classe de quatrième, où un professeur lui avait dit un jour qu'avec sa frimousse ronde et ses boucles brunes, elle ressemblait à Lolita telle qu'il l'avait toujours imaginée. Sitôt rentrée chez elle, Lily s'était plongée dans le chef-d'œuvre de lubricité de Nabokov, sans se laisser troubler une seule seconde par l'allusion de son professeur, puis, dans la foulée, elle avait dévoré les œuvres complètes du romancier. Avant de s'attaquer à Tolstoï. Puis à Gogol. Puis à Tchekhov. Le moment venu d'entrer en fac, elle avait postulé à Brown, pour travailler avec un prof spécialisé en littérature russe qui, au terme de leur premier entretien, lui avait déclaré qu'elle était, à dix-sept ans, la plus calée et la plus passionnée de tous les étudiants qu'il avait rencontrés – tous niveaux d'études confondus. Lily aimait toujours autant la spécialité qu'elle avait choisie, elle continuait à étudier la grammaire russe et pouvait lire n'importe quel texte en version originale, mais elle aimait encore plus geindre sur son sort.

— Ouais, je reconnais sans problème que j'ai décroché le meilleur plan qui soit. Tu te rends compte ? Tommy Hilfiger ! Chanel ! L'appartement d'Oscar de La Renta ! Tu parles d'un premier jour ! Je ne sais pas trop comment tout ça va me rapprocher du *New Yorker*, mais peut-être est-il encore trop tôt pour le dire ? Ça me semble irréel, tu vois.

— Chaque fois que tu as besoin de reprendre contact avec la réalité, tu sais où me trouver, m'a rétorqué Lily en sortant sa carte de transports en commun. Si jamais le plancher des vaches te manque, mes luxueux vingt-trois mètres carrés à Harlem te sont grands ouverts.

J'ai réglé l'addition et, avant de nous séparer, Lily a tenté de m'expliquer par le menu comment regagner mon appartement depuis l'angle de la Septième Avenue et de Christopher Street. Je lui ai juré que je savais où trouver la ligne L, à quelle station changer pour sauter dans la 6, et comment retrouver mon chemin à la sortie de la station 96e Rue. Mais sitôt a-t-elle eu le dos tourné, que j'ai sauté dans un taxi.

Juste pour cette fois, me suis-je promis, me laissant choir sur la banquette tiède et me mettant en apnée pour ne pas sentir les odeurs corporelles du chauffeur. Je suis une fille de *Runway* maintenant.

***

J'étais bien contente de découvrir que les jours suivants ne différaient guère du premier, et le vendredi matin, quand je l'ai retrouvée comme d'habitude à 7 heures à l'accueil, Emily m'a tendu un badge du format d'une carte d'identité. Y figuraient mon nom, et une photo que je n'avais aucun souvenir d'avoir prise.

— Repiquée sur la caméra de surveillance, a expliqué Emily en me voyant fixer la photo. Il y en a partout. Ils ont eu de mégaproblèmes, des gens fauchaient les marchandises, les vêtements et les bijoux qu'on fait rentrer pour les shootings ; il paraît que les coursiers, ou parfois même les rédactrices, se servaient, tout simplement. Du coup, maintenant, ils pistent tout le monde.

Emily a glissé son badge dans la fente du lecteur et l'épaisse porte vitrée a coulissé.

— Comment ça, « ils pistent tout le monde » ?

Mais Emily fonçait déjà dans le couloir, son bassin moulé dans un pantalon en velours côtelé Seven couleur peau oscillant dangereusement d'avant en arrière. (La veille, elle m'avait dit que je devais sérieusement songer à m'acheter une paire, voire plusieurs, de Seven, puisqu'ils étaient, avec les MJ – « Marc Jacobs », avait-elle précisé, exaspérée par mon regard écarquillé –, les seuls jeans ou pantalons en velours que Miranda autorisait – mais seulement les vendredis, et uniquement portés avec des talons hauts.) Une fois arrivée dans notre bureau, après avoir déposé son cabas Gucci sur la table et déboutonné sa veste en cuir superajustée et carrément inadaptée au climat de la fin novembre, elle a enfin daigné répondre :

— Entre les caméras et les badges, ils savent tout ce qu'on fait. Je pense qu'ils ne regardent les bandes vidéo que si quelque chose disparaît, mais les badges disent tout. Par exemple, chaque fois que tu le passes dans un lecteur, au rez-de-chaussée ou ici, à la rédaction, ils savent où tu te trouves. C'est comme ça qu'ils vérifient si les gens viennent bosser, donc, si jamais un jour tu dois t'absenter – ce qui n'arrivera jamais, sauf s'il se produisait un truc vraiment horrible –, tu me donnes ta carte pour que je la passe dans le lecteur. Ainsi, tu es payée même les jours où tu as été absente. Tu feras pareil pour moi. Tout le monde fait ça.

Sans me laisser le temps de digérer le « ce qui n'arrivera jamais », Emily a poursuivi :

— Le badge te sert également à payer ton déjeuner à la cafétéria. C'est comme une carte de débit, sur laquelle tu verses une provision d'argent. Bien évidemment, ils savent aussi, du coup, ce que tu manges, a-t-elle ajouté en déverrouillant la porte du bureau de Miranda.

Sans perdre une minute, elle s'est assise en tailleur sur la moquette et elle a commencé à emballer une bouteille de vin.

— Ça les intéresse de savoir ce qu'on mange ?

Il me semblait être entrée directement dans une scène de *Sliver*.

— À vrai dire, j'en sais rien, mais pourquoi pas ? Ce qui est sûr, c'est qu'ils peuvent le savoir s'ils le souhaitent. La carte sert aussi à utiliser la salle de gym, et à acheter des bouquins ou des magazines au kiosque du rez-de-chaussée. Je pense que ça les aide dans leur organisation.

« Leur organisation » ? Je travaillais dans une entreprise pour qui une bonne « organisation » consistait à épier les déplacements de ses employés entre les étages, à savoir qui préférait la soupe à l'oignon à la salade César et quel était le seuil de tolérance de chacun sur le rameur ? J'avais une chance incroyable.

Je m'étais levée à 5 h 30 tous les jours de la semaine

et j'étais épuisée. Il m'a fallu cinq bonnes minutes supplémentaires pour trouver l'énergie de m'extraire de mon manteau et de m'installer à mon bureau, et à l'instant où je caressais l'idée d'appuyer la tête sur la table pour me reposer un instant, Emily s'est éclairci la voix. Sans discrétion.

— Euh, tu voudrais bien venir m'aider ? (Ce n'était pas vraiment une question.) Tiens, emballes-en quelques-unes.

Elle a poussé une rame de papier blanc vers moi et s'est remise au boulot.

Couper, envelopper, plier, scotcher : Emily et moi avons travaillé d'arrache-pied tout au long de la matinée, ne nous arrêtant que pour appeler un de nos coursiers dès que nous avions vingt-cinq colis de prêts. Ils les conserveraient en dépôt au rez-de-chaussée jusqu'à ce que nous leur donnions le feu vert, vers la mi-décembre, pour les distribuer dans tout Manhattan. Nous avions déjà emballé au cours de mes deux premiers jours de travail toutes les bouteilles destinées à quitter Manhattan, et elles attendaient, empilées dans la réserve, que le coursier de DHL vienne les récupérer. Sachant qu'elles devaient toutes sans exception faire l'objet d'un envoi prioritaire et être livrées le plus tôt possible, je me demandais ce qui justifiait tant d'urgence – on n'était que fin novembre à peine –, mais j'avais déjà appris qu'il valait mieux ne pas poser de questions. Cent cinquante bouteilles allaient partir, aux bons soins de FedEx, partout dans le monde : Paris, Cannes, Bordeaux, Milan, Rome, Florence, Barcelone, Genève, Bruges, Stockholm, Amsterdam et Londres. Des douzaines de bouteilles ne serait-ce qu'à Londres. Mais certaines voyageraient jusqu'à Pékin, Hong Kong, Le Cap, Tel Aviv et Dubai (Dubai !). On porterait des toasts à Miranda à Los Angeles, Honolulu, La Nouvelle-Orléans, Charleston, Houston, Bridgehampton et Nantucket. Et ce avant même qu'aucune bouteille n'ait été livrée à New York – la ville où vivaient tous les amis de Miranda, ses médecins, ses domestiques, ses coiffeurs-visagistes, ses nourrices, ses maquilleurs, ses psys, ses profs particuliers de yoga, de gym, ses chauffeurs et ses conseillères d'achat dans les magasins. Bien entendu, c'était également à New York que résidaient toutes les personnalités de l'industrie de la mode : stylistes, mannequins, acteurs, journalistes, publicistes, chargés de relations publiques et experts de tout poil en matière de style recevraient chacun une bouteille adaptée à leur rang et livrée avec panache par un coursier d'Elias-Clark.

— Combien crois-tu que ça coûte, tout ça ? ai-je demandé en découpant la millième feuille de papier blanc.

— Je te l'ai déjà dit, j'ai commandé pour 25 000 dollars d'alcool.

— Non, je parlais de l'opération dans son ensemble. Expédier toutes ces bouteilles à l'autre bout du monde en l'espace d'une nuit... Dans certains cas, l'expédition coûte plus cher que la bouteille elle-même, non ? Surtout dans celui des bouteilles de chianti.

Pour la toute première fois de la semaine, Emily m'a considérée non avec dégoût, exaspération ou indifférence, mais d'un air intrigué.

— Eh bien... Les envois domestiques coûtent 20 dollars pièce environ, les internationaux sont à 60 dollars... Ça nous fait 9 000 pour FedEx. Les coursiers prennent, je crois, 11 dollars par article, qu'il faut multiplier par deux cent cinquante, ça fait 2 750 dollars. Quant au temps que nous, nous consacrons à tout emballer, ça représente deux semaines à temps plein de salaire pour chacune, donc 4 000 de plus...

Et là, en moi-même, j'ai tiqué : nos deux salaires réunis pour une semaine de ce travail représentaient, de loin, la moindre des dépenses de toute l'opération.

— Oui, au total, ça doit tourner dans les 16 000 dollars. C'est fou, hein ? Mais on n'a pas le choix. C'est Miranda Priestly, tu comprends.

Vers 13 heures, Emily a annoncé qu'elle avait faim et qu'elle partait chercher à déjeuner avec quelques autres filles des accessoires. Dans mon esprit, elle descendait acheter un plat à emporter, comme nous l'avions fait toute la semaine. J'ai attendu, dix minutes, quinze, vingt minutes, sans la voir réapparaître. Nous n'avions encore ni l'une ni l'autre déjeuné à la cafétéria depuis que j'avais commencé à travailler, par crainte que Miranda appelle, mais tout ça était ridicule. 14 heures ont sonné, puis 14 h 30. À 15 heures, je ne pouvais penser à rien d'autre qu'à la faim qui me tenaillait le ventre. J'ai essayé d'appeler Emily sur son portable, mais je suis tombée directement sur sa boîte vocale. Pouvait-elle avoir trépassé à la cafétéria ? S'être étouffée avec une feuille de laitue sans sauce ? Effondrée après avoir descendu un yoghourt au jus de fruits ? J'ai évidemment pensé à appeler une collègue à mon secours, mais je ne me sentais pas assez *prima donna* pour demander à une parfaite inconnue d'aller me chercher mon déjeuner. *Oui, chérie, tu comprends, je suis quelqu'un de tellement important que je ne peux absolument pas abandonner mon travail qui consiste à faire des paquets-cadeaux, alors je me demandais si tu ne pourrais pas descendre me chercher une brioche fourrée à la dinde et au brie ? Tu veux bien ? Oh, tu es un amour !* Non, je ne pouvais pas faire ça. Aussi, à 16 heures, Emily n'ayant redonné aucun signe de vie, et Miranda n'ayant pas appelé de la journée, j'ai commis l'impensable : j'ai abandonné le bureau en l'absence de ma coéquipière.

Après avoir inspecté le couloir pour m'assurer qu'il n'y avait pas d'Emily en vue, j'ai galopé ventre à terre jusqu'à la réception, où Sophy, la sublime réceptionniste asiatique, a haussé les sourcils avant de détourner le regard. Était-ce mon impatience (je venais d'appuyer vingt fois de suite sur le bouton d'appel de l'ascenseur) ou mon abandon de poste qui me valait cette marque de désapprobation ? Je n'avais guère le loisir de mener l'enquête. L'ascenseur est enfin arrivé, et les portes ne s'étaient pas plus tôt ouvertes qu'un type au regard mauvais, aussi maigre qu'un junkie, avec des cheveux hérissés au gel et des Puma vert citron aux pieds, s'est acharné sur le bouton de fermeture. J'ai réussi tout de même à m'engouffrer dans la cabine, où personne ne s'est déplacé d'un millimètre pour me faire de la place, alors qu'il y en avait à revendre. En général, ce genre d'attitude avait le don de me mettre en rage, mais là, je ne pouvais me concentrer que sur mes deux objectifs : manger et réintégrer le bureau. Dans les plus brefs délais.

L'entrée de la cafétéria était bloquée par un troupeau d'apprenties-commères. Des copines des employés d'Elias-Clark, ai-je immédiatement compris, en les voyant se dévisser la tête et chuchoter entre elles en dévisageant tous ceux et celles qui sortaient de l'ascenseur. Emily m'avait décrit ces bandes de filles, aisément repérables à leur excitation de se trouver dans le saint des saints. Lily m'avait déjà suppliée de l'emmener déjeuner à la cafétéria, que tous les journaux et magazines de Manhattan avaient encensée pour l'incroyable qualité de sa cuisine – sans parler du cheptel de créatures sublimes qui venait s'y alimenter – mais je n'étais pas encore prête à vivre cette expérience. Par ailleurs, compte tenu du roulement complexe de présence au bureau qu'Emily et moi avions jusque-là négocié chaque jour, je n'avais pas encore eu le loisir de passer plus de deux minutes et demie d'affilée dans cet endroit – soit le temps nécessaire pour choisir et payer mon déjeuner –, et je n'étais pas certaine qu'il en soit un jour autrement.

J'ai fendu le groupe de commères et j'ai senti qu'elles se retournaient sur mon passage pour voir si j'étais une figure connue. Négatif. J'ai traversé la cafétéria d'un pas décidé, ignorant les présentoirs alléchants d'agneau et de veau marsala ; dans un élan de volonté, je suis passée sans m'arrêter devant les pizzas du jour aux tomates séchées et au chèvre. Il était bien moins aisé de contourner la pièce maîtresse du restaurant, le *salad bar* (également connu sous le sobriquet de « Potager »), un présentoir aussi long qu'une piste d'atterrissage et accessible par quatre endroits différents, mais les hordes compactes m'ont laissée passer quand je les ai eu rassurées à voix haute que je n'allais pas leur faucher sous le nez les derniers cubes de tofu. Tout au fond, esseulé derrière le comptoir des *panini* qui ressemblait à un présentoir de maquillage, se trouvait le bar à soupes. Comme toujours, il était déserté, car le chef préposé aux soupes refusait catégoriquement de proposer une seule soupe à 0 % de matières grasses, ou allégée, pauvre en sel ou en glucides. Résultat : c'était le seul stand de la salle à n'avoir aucune queue, et chaque jour, je fonçais directement sur lui. Comme apparemment j'étais l'unique personne de toute la société à manger de la soupe (et je n'étais là que depuis une semaine), les décideurs du groupe avaient raccourci le menu à une seule soupe quotidienne. Je rêvais d'une soupe de tomates au cheddar. À la place, il m'a tendu un bol géant de bouillon aux palourdes, une recette typique de la Nouvelle-Angleterre, en me précisant avec fierté qu'il l'avait préparée avec de la crème épaisse. Trois filles qui s'affairaient au Potager se sont retournées pour me dévisager. Le seul obstacle qui me restait à surmonter à présent était de me faufiler dans l'attroupement qui encerclait le comptoir où un chef invité, vêtu de blanc de pied en cap, préparait des plateaux de sushis devant une cour de fans en pâmoison. Un badge sur son col amidonné indiquait : Nobu Matsuhisa. J'ai noté mentalement de faire une petite recherche sur lui une fois de retour là-haut, puisque, visiblement, j'étais la seule employée de cette maison à ne pas tomber en extase devant son savoir-faire. Quel était le pire : n'avoir jamais entendu parler de M. Matsuhisa ou de Miranda Priestly ?

La petite caissière a regardé ma soupe, puis mes hanches avant de se décider à encaisser. À moins que je ne l'aie rêvé ? Non, franchement, cette fille avait eu la même expression que si elle avait aperçu une personne de deux cent cinquante kilos attablée devant huit Big Macs : vous savez, un discret haussement de sourcils, comme pour demander « Avez-vous vraiment besoin de ça ? » Mais j'ai muselé ma paranoïa en me souvenant que cette nana était une caissière de cafétéria, et non une conseillère Weight Watchers. Ni une rédactrice de mode.

— C'est rare, par les temps qui courent, les gens qui mangent de la soupe, a-t-elle remarqué en pianotant sur son écran.

— J'imagine qu'il n'y a guère d'amateurs pour le bouillon de palourdes, ai-je marmonné en glissant ma carte dans le lecteur et en priant pour que ses mains aillent plus vite.

Ses doigts se sont immobilisés, et elle m'a fixée, les yeux étrécis.

— À mon avis, c'est plutôt parce que le chef s'obstine à cuisiner des trucs qui font grossir. Vous savez combien il y a de calories là-dedans ? Vous avez une idée du poids qu'on risque de prendre en mangeant ça ? On pourrait grossir de cinq kilos rien qu'en la regardant *– et vous n'êtes pas de celles qui peuvent se permettre de prendre cinq kilos*, semblait-elle sous-entendre.

Aïe ! Comme si cela n'avait pas été assez ardu de me convaincre que j'avais un poids normal en rapport avec ma taille lorsque les asperges blondes de *Runway* m'avaient passée au crible sans une once de retenue. Et c'était maintenant au tour de la caissière de m'assener que j'étais grosse ? J'ai ramassé mon sac de déjeuner d'un geste irrité et j'ai filé aux toilettes, commodément situées à la sortie de la cafétéria afin de s'y purger de tout ce dont on avait pu s'empiffrer précédemment. J'avais beau savoir que le miroir ne me révélerait rien de plus ni de moins que le matin, je me suis postée en face en lui. Un visage défiguré par la colère m'a fait face.

— Mais qu'est-ce que tu fiches ici ? a hurlé Emily à mon reflet, en remontant ses lunettes de soleil en bandeau.

C'est là que je me suis dit qu'elle avait été explicite et littérale lorsque, trois heures et demie auparavant, elle avait annoncé qu'elle partait chercher à déjeuner. Elle était bel et bien *partie*. Et le fait qu'elle m'ait laissée seule pendant trois heures, sans me prévenir, quasiment enchaînée à une ligne téléphonique, en me privant de tout espoir de m'alimenter ou de faire une pause pipi, n'allait nullement empêcher cette fille de mon âge de m'engueuler. Par chance, la rédactrice en chef de *Coquette* est entrée à ce moment-là, et Emily m'a empoigné le bras pour me traîner jusqu'aux ascenseurs. J'avais l'impression d'être une sale gosse qui avait pissé au lit.

— Comment as-tu pu me faire ça ? a-t-elle sifflé tandis que nous traversions la réception de *Runway* au pas de charge. En tant qu'assistante senior, je suis responsable de la bonne marche de notre bureau. D'accord, tu es nouvelle, mais je t'ai prévenue dès le premier jour : il doit toujours y avoir quelqu'un au bureau.

— Mais Miranda n'est pas là, ai-je lâché d'une voix étranglée, dissonante.

— Oui, mais elle aurait pu appeler en ton absence et personne n'aurait été là pour répondre à ce maudit téléphone ! a-t-elle hurlé en claquant la porte de notre bureau. Notre première, notre seule priorité s'appelle Miranda Priestly. Point. Et si tu ne peux pas t'en accommoder, dis-toi bien que des milliers de filles sont prêtes à se damner pour être à ta place. Bon, maintenant, écoute ta messagerie. Si elle a appelé, on est foutues. *Tu* es foutue.

Je n'avais qu'une envie : rentrer dans mon iMac et mourir. Comment avais-je pu tout fiche en l'air à ce point, alors que je n'en étais qu'à ma première semaine ? Miranda n'était même pas là et déjà, je l'avais laissée tomber. Certes, j'avais faim. Mais n'aurais-je pas pu patienter ? Des gens vraiment importants se donnaient un mal de chien pour que tout ici soit fait en temps et en heure, des gens qui dépendaient de moi, et je les avais lâchés. J'ai pianoté le numéro de ma messagerie vocale.

« Salut, Andy, c'est moi. » Alex. « Où es-tu ? C'est la première fois que tu ne réponds pas. Il me tarde d'être à ce soir, on dîne toujours ensemble, n'est-ce pas ? Où tu veux, choisis. Rappelle-moi quand tu auras ce message, après 16 heures, je ne bouge pas de la salle des profs. Je t'aime. » Immédiatement, je me suis sentie coupable, car après toute cette débâcle post-déjeuner, je venais de décider qu'il valait mieux reporter le dîner de ce soir. Cette première semaine avait été tellement dingue qu'Alex et moi ne nous étions quasiment pas vus. Mais je savais que le dîner en tête-à-tête que nous avions prévu ce soir-là n'aurait rien de drôle, si je piquais du nez devant mon verre de vin, et pour être franche, je préférais consacrer cette soirée à décompresser, seule chez moi. J'aurais dû penser à appeler Alex la première pour lui proposer de repousser le dîner au lendemain.

En face de moi, Emily avait fini d'écouter ses messages et, à la vue de son visage relativement détendu, j'ai conclu que Miranda n'avait proféré aucune menace de mort. J'ai secoué la tête, pour lui indiquer que jusque-là, je n'avais, moi non plus, aucun message d'elle.

« Salut, Andrea, c'est Cara. » La nourrice de Miranda. « Bon, Miranda m'a appelée, il y a un petit moment… » Arrêt de cœur. « … et a dit qu'elle essayait d'appeler au bureau, mais que personne ne décrochait. J'ai pensé qu'il se passait quelque chose, et du coup, je lui ai dit que je vous avais eues en ligne l'instant d'avant, Emily et toi, mais ne t'inquiète pas. Elle voulait juste qu'on lui faxe un *Women's Wear Daily*, et j'en avais justement un exemplaire sous la main. Elle l'a bien reçu, donc inutile de stresser. Je voulais te prévenir, c'est tout. Passe un bon week-end. On se reparle bientôt. »

Mon sauveur. Cette fille était une sainte. J'avais du mal à croire que je ne la connaissais que depuis une semaine à peine – et même pas en chair et en os, juste par téléphone – parce que je crois bien que je l'aimais d'amour. Elle était tout le contraire d'Emily : calme, les deux pieds sur terre, indifférente à la mode. Elle voyait bien les sommets d'absurdité que Miranda pouvait atteindre, mais elle ne lui en tenait pas rigueur ; et elle avait cette qualité rare et charmante de savoir rire d'elle-même et des autres.

— Pas de nouvelles, ai-je à demi menti avec un sourire triomphant. On est tirées d'affaire.

— *Tu* es tirée d'affaire, pour cette fois, a répondu Emily d'une voix sans timbre. N'oublie jamais qu'on est embarquées sur le même bateau, mais c'est moi la responsable. Tu dois me couvrir si j'ai envie de sortir déjeuner une fois de temps en temps. C'est mon droit. Ceci ne doit jamais se reproduire, pigé ?

J'ai vraiment pris sur moi pour ne pas l'envoyer dans les ronces.

— Pigé. Reçu cinq sur cinq.

À 19 heures, tous les cadeaux étaient emballés et remis entre les mains des coursiers, sans qu'Emily ait mentionné de nouveau l'incident du déjeuner. À 20 heures, je me suis finalement écroulée dans un taxi (le dernier, juste pour cette fois) et deux heures plus tard, j'étais toujours effondrée, bras et jambes écartés, tout habillée, par-dessus ma couette. Je n'avais pas dîné, mais la seule idée de redescendre pour acheter à manger, et risquer de me perdre dans le quartier comme ç'avait été le cas les quatre soirs précédents, était carrément impensable. J'ai appelé Lily de mon téléphone Bang et Olufsen flambant neuf pour une petite séance de lamentations.

— Salut ! Je croyais que tu dînais avec Alex, ce soir.

— C'était prévu, mais je suis rétamée. Ça ne l'embêtait pas qu'on reporte à demain soir, il va certainement se faire livrer. Bref. Bonne journée ?

— En un mot ? J'ai tout fait foirer. Tu ne peux pas imaginer ce qui s'est passé ! Enfin, si… puisque c'est tout le temps le même topo…

— Abrège, Lil. Je vais m'effondrer d'une minute à l'autre.

— O.K. Le plus beau mec qui soit jamais venu à mon cours. Il a tout écouté, d'un bout à l'autre. Il avait l'air complètement fasciné. Il m'a attendue à la sortie. M'a demandé s'il pouvait m'inviter à boire un verre pour que je lui parle de ma maîtrise, qu'il avait déjà lue.

— Génial. Quelle note ?

Lily avait inventé un soir l'Echelle de l'Amour Fractionnel après avoir écouté quelques-uns de nos potes attribuer des notes de 1 à 10 aux filles avec lesquelles ils sortaient.

« C'est un six, huit, B +, avait déclaré Jake à propos de l'assistante de pub avec laquelle il avait passé la nuit. »

Il était entendu que tout le monde connaissait le système de notation : le premier chiffre correspondait au visage ; le deuxième, au corps ; la troisième note concernait la personnalité et fonctionnait, pour plus de souplesse, selon un barème de lettres. Dans la mesure où davantage de facteurs entraient en ligne de compte dès lors qu'il s'agissait de noter les mecs, Lily avait mis au point l'Echelle Fractionnelle, où dix éléments valaient chacun un point. Le mec parfait se devait de marquer un point pour chacun des cinq premiers critères : intelligence, sens de l'humour, bien foutu physiquement, belle gueule et un boulot qui tombait dans la catégorie généreuse du normal. Comme il était quasi impossible de trouver le Mec parfait, quelques-uns pouvaient gratter des points supplémentaires avec la deuxième série de critères : pas d'ex-petite amie hystérique, pas de parents psychopathes, pas de coloc violeur, et des hobbies ou des centres d'intérêt para-professionnels sans aucun lien avec le sport et la pornographie. Jusque-là, le plus haut score avait été neuf sur dix, mais le type l'avait larguée. Lily sortait avec des mecs différents presque chaque soir après son boulot, mais n'avait pas encore trouvé celui qui obtiendrait un dix sur dix.

— Bon, au début, il était bien parti pour un sept sur dix : études d'art dramatique à Yale, hétéro, capable de discuter de la politique au Moyen-Orient.

— Pas mal ! Alors, où était le problème ? Il t'a parlé de son jeu Nintendo préféré ?

Lily a soupiré.

— Pire.

— Il est plus maigre que toi ?

— Pire, a-t-elle répété d'une voix abattue.

— Mais que pourrait-il y avoir de pire ?

— Il habite à Long Island…

— Lily ! Il est indésirable d'un point de vue géographique. Mais ça ne fait pas de lui un type infréquentable. Tu devrais savoir que…

— Avec ses parents, m'a interrompue Lily.

Ah.

— Depuis quatre ans.

Aïe.

— Et il est ravi. Il dit qu'il n'a aucune envie de vivre seul dans une aussi grande ville quand sa maman et son papa sont de si charmante compagnie.

— Arrête, ne m'en dis pas plus ! C'est la première fois qu'un mec dégringole de sept à zéro au premier rendez-vous, non ? Il vient d'établir un nouveau record. Félicitations. Ta journée était sans conteste bien pire que la mienne.

Je me suis étirée pour repousser du pied la porte de ma chambre quand j'ai entendu Shanti et Kendra rentrer du travail. Puis, j'ai distingué une voix masculine. L'une ou l'autre avait-elle un petit copain ? En dix jours, je ne les avais croisées en tout et pour tout que dix minutes, car apparemment, leurs journées de boulot étaient encore plus longues que les miennes.

— Comment ça ? a protesté Lily. Comment aurais-tu pu passer une mauvaise journée ? Tu bosses dans la *mode* !

Quelqu'un a frappé discrètement à ma porte.

— Attends, Lil, ne quitte pas… Entrez ! ai-je lancé, d'une voix bien trop forte, compte tenu de l'extrême exiguïté de la pièce.

Et alors que je m'attendais à voir une de mes colocs passer timidement la tête pour me demander si j'avais appelé le proprio pour qu'il inscrive mon nom sur le bail (non), et si j'avais pensé à acheter des assiettes en carton (non plus), c'est Alex qui est apparu.

— Lil, je peux te rappeler ? Alex vient d'arriver.

J'étais vraiment ravie de le voir, ravie de cette surprise, mais une petite part de moi n'avait tout de même qu'une envie : prendre une douche et ramper sous la couette.

— Pas de problème. Dis-lui bonjour pour moi. Et n'oublie jamais le bol que tu as d'avoir trouvé un dix sur dix. Il est génial. Ne le laisse pas filer.

— Comme si je ne le savais pas. C'est un saint, ai-je renchéri en souriant à l'intéressé. Salut, toi. Quelle merveilleuse surprise.

Je me suis obligée à m'asseoir, à me lever et à marcher vers lui. Je me suis avancée pour le serrer dans mes bras, mais il a reculé, mains derrière le dos.

— Quelque chose ne va pas ?

— Pas du tout. Je sais que ta semaine a été vraiment longue, et te connaissant, je me suis dit que tu n'avais sans doute pas pris la peine d'acheter à manger, alors je m'en suis occupé.

Il a fait apparaître un énorme sac en papier de derrière son dos, un de ces sacs d'épicerie à l'ancienne, déjà maculé de taches de graisse, et qui embaumait délicieusement. D'un coup, d'un seul, j'étais morte de faim.

— C'est pas vrai ! Comment as-tu deviné qu'en cet instant précis, j'essayais de me motiver pour descendre acheter un truc à manger ? Pour tout dire, j'étais sur le point de renoncer.

— Alors à table ! a-t-il déclaré d'un air réjoui.

Mais ma chambre était trop petite pour que nous puissions nous asseoir tous les deux par terre. Nous aurions pu nous installer dans le salon, puisqu'il n'y avait pas de cuisine, mais Kendra et Shanti s'étaient affalées devant la télé, sans même avoir la force d'ouvrir leurs barquettes de salade à emporter. J'ai cru qu'elles préféraient attendre que l'épisode de *Real World* soit terminé pour commencer à dîner, mais en fait, elles s'étaient carrément endormies. Quelles belles vies que nous avions là !

— Attends, Andy, j'ai une idée.

Alex est reparti dans le salon sur la pointe des pieds et a rapporté deux immenses sacs-poubelle qu'il a étalés sur ma couette bleue. Du sac en papier, il a extrait deux hamburgers géants et une grande portion de frites. Il n'avait oublié ni le ketchup, ni le sel, ni même les serviettes en papier. J'ai applaudi de ravissement, même si, l'espace d'un flash, j'ai imaginé et vu Miranda, l'air de dire : *Vous ? Vous mangez des hamburgers ?*

— Attends, ce n'est pas tout. Regarde.

De son sac à dos, il a sorti des petites bougies à la vanille, une bouteille de vin rouge et deux gobelets en carton.

— Tu es fou !

J'avais du mal à croire qu'il se soit donné tant de mal, alors que j'avais annulé notre rendez-vous au dernier moment. Il m'a tendu un verre de vin et nous avons trinqué.

— Mais non. Tu crois que j'allais rater l'occasion d'entendre le récit de la première semaine de ta nouvelle vie ? À la fille que je préfère.

— Merci, ai-je dit en buvant lentement une gorgée. Merci, merci, merci.

6

— Oh, mon Dieu, mais qui vois-je ? La rédactrice de mode en chair et en os ! a piaillé Jill, narquoise, en ouvrant la porte. Entre vite que ta grande sœur puisse s'agenouiller devant toi.

— Rédactrice de mode ? Tu plaisantes. Parle plutôt d'un forçat de la mode. Bienvenue dans le monde civilisé ! ai-je ajouté en la serrant très fort dans mes bras.

Ç'avait été dur quand Jill était partie en fac à Stanford et qu'elle m'avait laissée seule avec nos parents – j'avais neuf ans à l'époque –, et plus dur encore lorsqu'elle avait suivi son petit ami – aujourd'hui son mari – à Houston. Houston ! Le nom évoquait pour moi un paysage détrempé et infesté de moustiques au-delà de la limite du supportable, et comme si cela ne suffisait pas, ma sœur – ma grande sœur magnifique, sophistiquée, qui adorait l'art néo-classique et vous faisait fondre en récitant des poèmes – avait pris l'accent du Sud. Et quand je dis accent… Il ne s'agissait pas d'une pointe subtile d'intonation chantante, mais d'un vrai accent du Sud, avec des « r » roulés dans la pure tradition des péquenots. Je n'avais toujours pas pardonné à Kyle de l'avoir traînée dans ce fichu trou paumé, et même s'il s'avérait un beau-frère plutôt correct sous tous rapports, cela n'arrangeait rien quand il ouvrait la bouche.

— Hé, Andy chérie, mais tu es de plus en plus belle. Avec quoi ils te nourrissent à *Runway* ? s'est-il exclamé, la bouche pleine de son accent texan.

Je lui aurais volontiers coincé une balle de tennis entre les mâchoires pour le faire taire, mais il est venu me serrer dans ses bras avec un immense sourire. Il avait beau afficher un peu trop, et un peu trop souvent cette jovialité de plouc, il faisait de réels efforts et il était en adoration devant ma sœur. Je me suis juré de tout faire pour réprimer mon envie de rentrer sous terre quand il parlait.

— Franchement, pour ce qui est de se nourrir, ce n'est pas l'endroit rêvé, si tu vois ce que je veux dire. Les comestibles autorisés y sont de substances aqueuses plutôt que solides. Mais peu importe. Toi aussi, tu as une mine superbe, Kyle. J'espère que tu ne fais pas dépérir ma sœur d'ennui dans cette ville de malheur.

— Viens donc nous voir un de ces jours avec Alex, ça vous fera des petites vacances. Ce n'est pas si mal, tu verras, m'a-t-il répondu en souriant.

Puis il a souri à ma sœur, qui lui a souri à son tour en lui caressant la joue du dos de la main. C'était écœurant de voir à quel point ils étaient amoureux.

— Ah ! Andy, tu es là ! Jay ! Notre New-Yorkaise est arrivée, viens lui dire bonjour, a lancé ma mère à tue-tête en émergeant de la cuisine. Je pensais que tu appellerais en arrivant à la gare.

— Mme Myer était venue chercher Erika au même train, du coup, elle m'a déposée. Quand passe-t-on à table ? Je meurs de faim.

— Tout de suite. Tu ne veux pas te refaire une beauté ? On peut patienter. Le voyage en train me semble t'avoir défraîchie. Tu sais, si tu veux…

— Maman ! me suis-je récriée en lui décochant un regard lourd d'avertissement.

— Andy ! Mais tu m'as l'air en pleine forme ! Viens embrasser ton vieux papa.

Mon père, un quinquagénaire grand et encore très beau, me souriait depuis l'entrée, une boîte de Scrabble cachée derrière son dos. Il me l'a montrée discrètement et, sitôt que les autres ont eu détourné le regard, il a désigné la boîte en articulant silencieusement : « Je vais te mettre une pâtée. Tiens-le-toi pour dit. »

J'ai souri et acquiescé d'un signe de tête. À l'encontre de tout bon sens, et pour la première fois en quatre ans, j'étais ivre de joie à la perspective de ces prochaines quarante-huit heures en famille. Thanksgiving étaient mes vacances préférées et, cette année, toutes les conditions étaient réunies pour que je les apprécie encore plus.

Nous nous sommes attablés devant l'imposant festin que ma mère avait magistralement commandé chez un traiteur. Le menu était conforme à sa version juive d'un dîner de veille de Thanksgiving : des bagels, du saumon, du cream-cheese, des corégones et des galettes de pommes de terre – le tout disposé par une main professionnelle sur des plats de service jetables, en attendant d'être transféré sur des assiettes en carton, et dégusté avec des couverts en plastique. Ma mère était aux anges en contemplant sa progéniture se jeter sur la nourriture ; aurait-elle passé la semaine entière à cuisiner pour nourrir sa nichée qu'elle n'aurait pas eu l'air plus fière.

Je me suis lancée dans un récit détaillé de ma première semaine de travail, en m'efforçant de décrire du mieux que je pouvais un boulot dont je n'avais moi-même pas entièrement compris tous les tenants et aboutissants. N'était-ce pas ridicule, me suis-je brièvement demandé, de leur raconter comment on faisait « rentrer » des jupes à la rédaction ? Comment j'avais passé des heures à envelopper des cadeaux, avant de les expédier ? Comment chaque badge était doté d'une puce électronique qui permettait de suivre à la trace chacun des faits et gestes du personnel ? Je sentais bien que mes paroles échouaient à communiquer le sentiment d'urgence qui avait accompagné ces différents épisodes, à faire comprendre comment, lorsque j'étais au bureau, ma mission me semblait suprêmement signifiante, voire importante. J'ai parlé, parlé, mais j'avais un mal fou à dépeindre et à expliquer ce monde qui n'était qu'à deux heures de train de là, mais qui semblait appartenir à une autre galaxie. Tous opinaient, me souriaient et me posaient des questions, feignant d'être intéressés, alors que je savais pertinemment que tout ça leur passait par-dessus la tête : je décrivais un univers trop décalé, trop étrange, trop différent du leur, impossible à appréhender par des gens qui – comme moi quelques semaines auparavant – n'avaient jamais entendu le nom de Miranda Priestly. Sans compter qu'à mes propres yeux, cet univers-là était tout autant décalé et étrange ; je le jugeais un peu trop hystérique par moments, et je lui trouvais, plus qu'un peu, des airs de famille avec celui de *1984*, mais c'était excitant. Et cool. *Vraiment*.

— Andy, tu crois que tu vas passer une bonne année ? Peut-être auras-tu envie d'y rester plus longtemps ? a demandé ma mère en tartinant son bagel de cream-cheese.

En signant mon contrat avec Elias-Clark, je m'étais engagée à travailler un an auprès de Miranda – si je n'étais pas remerciée avant, et à ce stade, c'était un « si » avec un S majuscule. Et si je m'acquittais de mes obligations avec classe, enthousiasme et en faisant montre d'un minimum de compétence (cette clause-là ne figurait pas noir sur blanc dans mon contrat mais avait été implicitement mise en avant par une demi-douzaine de personnes à la DRH, sans compter Emily et Allison), alors j'aurais la possibilité de désigner le poste que je convoitais – mais qui, naturellement, se devrait d'être au sein de la rédaction de *Runway*, ou de n'importe quelle autre rédaction du groupe. Mise à part cette contrainte, j'étais vraiment libre de demander le poste de mon choix, de critique littéraire à chargée de relations entre les stars d'Hollywood et *Runway*. Les dix dernières assistantes qui avaient réussi à tenir une année sous la direction de Miranda avaient – toutes sans exception – choisi de travailler au département mode de *Runway*, mais je n'allais pas me laisser refroidir par ce détail. Un passage par le bureau de Miranda était réputé comme LE moyen d'éviter trois à cinq ans de galères en tant qu'assistante, et d'accéder directement à des postes dignes de ce nom, au sein de rédactions prestigieuses.

— Ça, c'est certain. Jusque-là, tout le monde semble vraiment gentil. Emily est un peu trop, euh… investie, mais sinon, pour l'instant, c'est génial. Et quand j'écoute Lily évoquer ses examens, ou quand Alex me raconte tous les emmerdements auxquels il doit faire face au boulot, je me dis que j'ai plutôt du bol. Qui d'autre se balade en ville dans une voiture avec chauffeur pour son premier jour de travail, hein ? Non, franchement, je crois que ce sera une année supergéniale, et il me tarde que Miranda revienne. Je pense que je suis prête.

Jill a levé les yeux au ciel et m'a regardée comme pour dire : *Arrête tes conneries, Andy. On a pigé que ta patronne est sans doute une pétasse complètement cinglée, entourée de fashion victims anorexiques, et que tu essaies de nous peindre un tableau idyllique parce que tu sens que tu es dans le caca jusqu'au cou*. Au lieu de ça, elle a répondu :

— Ça a vraiment l'air formidable, Andy. C'est une opportunité fantastique.

Elle seule, autour de cette table, pouvait me comprendre : avant d'émigrer dans le tiers-monde, elle avait travaillé un an à Paris, dans un petit musée privé, et s'était passionnée pour la haute-couture. Une passion qui avait été plus de l'ordre du passe-temps esthétique et artistique que de la consommation, mais qui l'avait néanmoins amenée à fréquenter l'univers de la mode.

— Nous aussi nous avons une grande nouvelle à vous annoncer, a-t-elle enchaîné en tendant une main à Kyle par-dessus la table.

Kyle, lui, a posé sa tasse de café et a tendu ses deux mains.

— Dieu merci ! s'est aussitôt exclamée ma mère, se redressant comme si on venait d'ôter de ses épaules une barre de cent kilos. Il était temps !

— Félicitations ! Jill, je peux te dire que ta mère s'est fait du souci. Vous n'êtes plus de jeunes mariés et nous commencions à nous demander si…

En bout de table, mon père a haussé les sourcils et laissé sa phrase en suspens.

— C'est génial ! Il était temps que j'aie un neveu ou une nièce. À quand l'heureux événement ?

Jill et Kyle nous ont regardés, médusés. Oh, mon Dieu, avions-nous mal interprété leurs paroles ? Et si leur grande nouvelle ne concernait que la construction d'une maison plus spacieuse dans ce marécage où ils vivaient ? Ou la décision de Kyle de quitter le cabinet juridique de son père pour ouvrir avec ma sœur la galerie d'art dont elle rêvait depuis toujours ? Peut-être avions-nous été un peu vite en besogne, trop empressés d'entendre qu'une nièce ou un petit-fils était en route. Ces derniers temps, mes parents ne parlaient plus que de ça. Les raisons pour lesquelles ma sœur et Kyle – qui avaient passé le cap de la trentaine et étaient mariés depuis quatre ans – ne s'étaient toujours pas reproduits alimentaient entre eux des conversations à perte de vue. Au cours des six derniers mois, ces divagations familiales monomaniaques avaient abouti à une crise déclarée.

Ma sœur a pris l'air inquiet. Kyle a froncé les sourcils.

Quant à mes parents, face à ce silence, ils semblaient sur le point de s'évanouir. La tension était palpable.

Jill s'est levée pour aller s'asseoir sur les genoux de Kyle. Elle a passé ses bras autour de son cou et, le visage collé au sien, elle lui a chuchoté quelques mots à l'oreille. J'ai coulé un regard vers ma mère : le désarroi lui avait creusé des rides aussi profondes que des tranchées autour des yeux, et elle paraissait à moins de dix secondes de la syncope.

Finalement, ils ont gloussé et ont annoncé en chœur :

— On va avoir un bébé !

Ma mère s'est relevée avec tant de précipitation qu'elle s'est cognée contre les pieds de sa chaise et qu'elle a heurté un cactus en pot près de la porte-fenêtre. Mon père a attrapé Jill pour l'embrasser sur les joues et sur la tête et, pour la première fois depuis leur mariage, je crois, il a également embrassé Kyle.

— Un toast ! ai-je réclamé en cognant une fourchette en plastique contre la canette de soda. Tout le monde lève son verre pour ce nouveau petit Sachs à naître. (Kyle et Jill m'ont regardée avec insistance.) Bon, O.K., théoriquement, ce sera un Harrison, mais ce sera tout de même un Sachs dans l'âme. À Kyle et Jill, les futurs parfaits parents de l'enfant le plus parfait du monde.

Une fois le toast porté, j'ai débarrassé la table (il suffisait de tout vider dans un sac-poubelle), pendant que ma mère commençait à faire pression sur Jill pour qu'elle prénomme le bébé d'après tel ou tel parent défunt. Kyle sirotait son café, l'air content de lui, et juste avant minuit, mon père et moi nous sommes éclipsés dans son bureau pour une partie de Scrabble.

Il a mis en route la machine à produire un bruit de fond qu'il utilisait lorsqu'il était en consultation, pour empêcher à la fois les bruits de la maison de pénétrer dans son cabinet et ceux des conversations avec ses patients d'en sortir. Comme tout psy qui se respecte, mon père avait placé un divan de cuir gris au fond de la pièce ; un ordinateur à écran plat était posé sur son élégant bureau noir, devant un fauteuil en cuir noir lui aussi.

Je me suis assise par terre, entre le divan et le bureau, et il m'a imitée.

— Bon, raconte-moi comment ça s'est vraiment passé, a-t-il demandé en me tendant un repose-lettres. Je suis certain que tu a été un peu secouée.

— C'est vrai, ces deux semaines ont été assez dingues, ai-je reconnu en piochant mes sept lettres. D'abord le déménagement, puis le boulot. *Runway* est un endroit vraiment étrange, difficile à décrire. Tu vois, tout le monde est beau, mince, super bien habillé. Et ils ont plutôt l'air gentils, tout le monde a été sympa avec moi jusque-là. C'est presque comme s'ils étaient tous sous antidépresseurs. Je ne sais pas…

— Qu'allais-tu dire ?

— Je n'arrive pas à mettre le doigt dessus… Mais j'ai l'impression que tout ça n'est qu'un château de cartes, qui va s'effondrer autour de moi. Je n'arrive pas à me débarrasser de l'idée que c'est ridicule de travailler pour un magazine de *mode*, tu vois ? Pour l'instant, mon travail a été sans intérêt, mais je m'en fiche. C'est un défi, parce que c'est nouveau, tu comprends ?

Il a hoché la tête.

— Je sais que c'est un job « cool », mais je me demande sans cesse en quoi il me prépare pour le *New Yorker*. En fait, je dois être en train de chercher la petite bête, parce que jusque-là, ça semble trop beau pour être vrai. Espérons que je suis juste névrosée.

— Je ne crois pas que tu sois névrosée, ma puce. Tu es sensible. Mais je suis d'accord avec toi, je pense que tu as tiré le gros lot. Les gens passent leur vie entière sans jamais voir ce que toi tu verras en un an. Imagine ! C'est ton premier poste après la fac, et tu travailles pour la femme la plus influente du magazine le plus rentable du plus puissant groupe de presse du monde. Si tu ouvres bien les yeux, et si tu gardes le cap sur tes priorités, tu apprendras davantage en un an que la plupart des gens de ce milieu dans toute leur carrière.

— J'espère que tu as raison, papa. Je l'espère sincèrement.

***

— Elle est rédactrice en chef de *Runway* – vous savez bien, le magazine de mode ? ai-je murmuré avec empressement dans le combiné, en m'efforçant vaillamment de cacher mon irritation.

— Oui, je vois ! s'est exclamée Julia, assistante de communication chez Scholastic Books. C'est un magazine génial. J'adore le courrier des lectrices. Ce sont de vraies lettres ? Vous souvenez-vous de celle…

— Non, non, il ne s'agit pas du magazine pour adolescentes. *Runway* s'adresse plutôt aux adultes.

En théorie, du moins. Était-ce humainement possible que cette fille n'ait jamais vu *Runway* ?

— Peu importe. Je vous épelle son nom : P.R.I.E.S.T.L.Y., Miranda.

Je faisais montre d'une patience infinie. Comment Miranda réagirait-elle si elle savait que j'avais au bout du fil quelqu'un qui n'avait jamais entendu parler d'elle ? Mal, sans aucun doute.

— Bon, j'apprécierais vraiment que vous me rappeliez le plus vite possible. Et dès qu'une responsable de la communication revient, demandez-lui, s'il vous plaît, de me contacter.

Nous étions un vendredi matin de la mi-décembre et la douce et merveilleuse liberté du week-end n'était plus qu'à dix heures devant moi. J'avais essayé de convaincre cette Julia, assistante dans une maison d'édition et indifférente à la mode, que Miranda Priestly était un personnage important, quelqu'un qui méritait que l'on fasse des entorses aux règlements et à la logique. L'entreprise s'était avérée bien plus ardue que prévu. Comment aurais-je pu deviner que j'allais devoir expliquer le poids et l'influence de Miranda à quelqu'un qui n'avait jamais entendu parler du plus prestigieux magazine de mode au monde – ni de sa célébrissime rédactrice en chef ? En quatre petites semaines au service de Miranda, j'avais eu le temps de m'apercevoir que des pressions de ce type et ces demandes de faveurs constituaient une grande part de mes attributions, mais en général, la personne que je tentais de persuader, d'intimider, ou de faire plier capitulait définitivement à la moindre mention du nom de ma patronne.

Malheureusement pour moi, Julia travaillait chez un éditeur d'ouvrages scolaires et parascolaires chez qui une réalisatrice de « film d'auteur », par exemple, avait plus de chances d'obtenir un traitement de faveur qu'une femme connue pour son goût infaillible en matière de fourrures. J'ai essayé de me souvenir de l'époque – cinq semaines auparavant à peine – où je n'avais moi-même jamais entendu parler de Miranda, en vain. Mais je savais que ce temps béni avait existé. J'enviais l'indifférence de Julia, mais j'avais une tâche à accomplir, et elle n'y mettait pas trop du sien.

Le quatrième tome de cette maudite série des aventures de Harry Potter devait sortir le lendemain, un samedi, et les jumelles de Miranda, dix ans, en désiraient un exemplaire chacune. Les ouvrages ne seraient pas en librairie avant le lundi matin, mais je devais me débrouiller pour en avoir deux en main le samedi matin – et ce dans les minutes qui suivraient leur sortie de l'entrepôt. Après tout, Harry et ses potes étaient attendus à bord d'un jet privé, à destination de Paris.

La sonnerie du téléphone m'a tirée de mes pensées. Comme toujours depuis qu'Emily me faisait suffisamment confiance pour parler à Miranda, j'ai décroché. Et pour nous parler, nous nous parlions – deux bonnes douzaines de fois par jour. Même en se trouvant à des milliers de kilomètres, Miranda avait réussi à s'insinuer dans ma vie et à l'investir entièrement. De 7 heures le matin à 9 heures le soir – heure à laquelle j'étais enfin autorisée à partir – c'était un vrai tir nourri d'ordres, de requêtes et d'exigences.

— An-dre-âââ ? Allô ? Il y a quelqu'un ? An-dre-âââ !

J'ai fait un bond sur mon siège en l'entendant prononcer mon nom. Il me fallait toujours un temps d'adaptation pour me souvenir qu'elle n'était pas à côté dans le bureau – ni même dans le pays, et que, pour l'instant, j'étais en sécurité. Emily m'avait assurée que Miranda avait complètement oublié qu'Allison avait été promue à un autre poste et qu'elle m'avait embauchée pour la remplacer : à ses yeux, ces détails étaient trop insignifiants pour mériter d'être retenus. Tant que quelqu'un répondait au téléphone et lui procurait ce dont elle avait besoin, l'identité de ce quelqu'un n'avait aucune importance pour elle.

— Je n'arrive pas à comprendre pourquoi il vous faut autant de temps pour articuler une syllabe après avoir décroché. (Dans la bouche de n'importe qui d'autre, la réflexion aurait semblé pleurnicharde, mais dans celle de Miranda, elle était froide et ferme. Exactement comme elle.) Au cas où vous n'auriez pas encore eu le temps de le comprendre, quand j'appelle, vous répondez. C'est assez simple. Vous voyez ? Là, j'appelle, et vous, vous répondez. Pensez-vous en être capable, Andre-âââ ?

Elle ne pouvait pas me voir, mais j'ai tout de même hoché la tête comme une gamine de six ans qu'on tance pour avoir lancé des spaghettis au plafond, après quoi je me suis concentrée pour ne pas l'appeler « Madame » –

une gaffe qui m'avait presque valu de me faire virer la semaine précédente.

— Oui, Miranda, je suis désolée.

Et sur le moment, j'étais sincèrement désolée que mon cerveau n'ait pas enregistré ses paroles trois dixièmes de seconde plus tôt, désolée d'avoir si inutilement tardé à annoncer : « Bureau de Miranda Priestly ». Son temps, ainsi qu'on me le rappelait constamment, était infiniment plus précieux que le mien.

— Bien. Pouvons-nous commencer, maintenant qu'on a perdu tout ce temps ? Avez-vous confirmé la réservation de M. Tomlinson ?

— Oui, Miranda. Une table au Four Seasons à 13 heures.

Je voyais se profiler la suite gros comme une montagne à l'horizon. Dix minutes auparavant à peine, elle m'avait demandé d'effectuer cette réservation, et d'appeler M. Tomlinson, son chauffeur et sa nourrice pour les en informer, et maintenant, elle voulait modifier les plans.

— Bien, j'ai changé d'avis. Le Four Seasons n'est pas le lieu approprié pour ce déjeuner avec Irv. Réservez une table pour deux au Cirque, et n'oubliez pas de spécifier au maître d'hôtel que nous voulons une table au *fond* de la salle, pas en vitrine. *Au fond*. C'est tout.

Lors de notre première conversation téléphonique, je m'étais convaincue que dans sa bouche, ce « c'est tout » était vraiment un équivalent de merci. Dès la deuxième semaine, j'avais révisé mon opinion.

— Bien sûr, Miranda. Merci, ai-je répondu avec un sourire.

J'ai senti qu'à l'autre bout du fil, elle marquait un temps d'arrêt, ne sachant comment réagir. Comprenait-elle que j'attirais son attention sur son refus de prononcer le mot « merci » ? Trouvait-elle curieux que je la remercie de me bombarder d'ordres du matin au soir ?

J'avais depuis peu pris le pli de la remercier après chaque commentaire sarcastique, chaque ordre lancé cavalièrement, et cette tactique était étrangement réconfortante. Elle devait bien flairer le camouflet, mais que pouvait-elle répondre ? *An-dre-âââ, je ne veux plus jamais vous entendre me dire merci. Je vous interdis de m'exprimer votre gratitude !* En y repensant, elle en aurait bien été capable.

Je me suis occupée de cette réservation sur-le-champ, afin de me concentrer sur le défi bien plus retors que représentait Harry Potter. Emily, qui était allée se balader dans les bureaux de la rédaction, est revenue et a demandé si Miranda avait appelé.

— Trois fois seulement, et pas une seule fois elle ne m'a menacée de me virer, ai-je répliqué avec fierté. Pas, du moins, de façon explicite. C'est un progrès, non ?

Emily a ri, de ce rire qu'elle n'avait que lorsque je me moquais de moi-même, avant de s'enquérir de l'objet de l'appel de son gourou.

— Elle voulait juste modifier la réservation pour le déjeuner de l'ASN. Je ne vois pas trop pourquoi c'est à moi de m'en charger, puisqu'il a sa propre assistante, mais j'ai compris qu'il ne fallait pas poser de questions, ici…

L'Aveugle-Sourd-Nigaud était le surnom dont nous avions affublé le troisième mari de Miranda. Même si a priori il semblait n'être rien de tout ça, pour celles d'entre nous qui étaient dans la confidence, il était acquis qu'il souffrait de ces trois handicaps. Comment expliquer autrement qu'un type aussi gentil puisse supporter de vivre avec *elle* ?

La réservation calée, il me fallait appeler l'ASN en personne, afin qu'il puisse être à temps au Cirque. L'ASN était revenu pour quelques jours à New York afin d'honorer des réunions d'affaires, et ce déjeuner avec Irv Ravitz – le P-DG d'Elias-Clark – figurait parmi ses rendez-vous les plus importants. Miranda souhaitait que tout soit parfait jusque dans les moindres détails. De son vrai nom, l'ASN s'appelait Hunter Tomlinson. Miranda et lui s'étaient mariés l'été précédent, au terme d'une cour assez unique en son genre pour ce que j'en avais entendu dire : elle l'avait pourchassé de ses assiduités, il les avait repoussées. D'après Emily, Miranda l'avait traqué sans relâche jusqu'à ce qu'il capitule, épuisé par la partie de cache-cache. Elle avait alors planté son deuxième mari (chanteur de l'un des groupes les plus célèbres de la fin des années soixante et père des jumelles) du jour au lendemain, avant même que son avocat ne lui ait adressé la requête en divorce, et s'était remariée douze jours précisément après la prononciation du divorce. M. Tomlinson avait suivi les ordres et emménagé dans le penthouse de la Cinquième Avenue. Je n'avais rencontré Miranda qu'une seule fois, et je n'avais jamais vu son nouveau mari, mais j'avais passé suffisamment d'heures au téléphone avec l'un et avec l'autre pour avoir malheureusement l'impression qu'ils faisaient partie de ma famille.

Trois, quatre, cinq sonneries… *Mmm, mmm, où est passée son assistante ?* En mon for intérieur, je priais le ciel de tomber sur le répondeur, car je ne me sentais pas d'humeur pour un de ces brins de causette dont l'ASN semblait si friand. Par chance, son assistante a décroché.

— Bonjour, Martha, c'est Andrea. Écoutez, c'est inutile de déranger M. Tomlinson, pouvez-vous juste lui transmettre un message de ma part ? J'ai réservé pour lui…

— Mon chou, vous savez bien que M. Tomlinson est toujours là pour vous. Ne quittez pas.

— Andy, c'est vous, ma chérie ? a-t-il demandé de sa voix grave et distinguée. M. Tomlinson pensait que vous cherchiez à l'éviter. Voilà des lustres que je n'ai pas eu le plaisir d'entendre votre voix !

Une semaine et demie, pour être précis. En plus d'être aveugle, sourd et nigaud, M. Tomlinson était affublé de cette irritante manie de parler de lui à la troisième personne.

J'ai pris une profonde inspiration.

— Bonjour, monsieur. Miranda m'a demandé de vous prévenir que le déjeuner aura lieu aujourd'hui à 13 heures au Cirque. Elle a dit que…

— Mon cœur, m'a-t-il coupée avec flegme. Laissons un instant de côté ces histoires de rendez-vous. Accordez plutôt un petit plaisir à un vieux monsieur, et parlez donc à M. Tomlinson de votre vie. Vous feriez ça pour lui ? Alors dites-moi, ma chère petite, êtes-vous heureuse de travailler avec mon épouse ?

Étais-je heureuse de travailler pour son épouse ? Euh… Voyons un peu. Les bébés mammifères hurlent-ils de plaisir quand un prédateur ne fait qu'une bouchée d'eux ? *Mais évidemment, pauvre mec, je suis extraordinairement heureuse de travailler avec ta femme. Quand on n'a rien d'autre à faire, on se tartine un masque de boue sur le museau et on se raconte notre vie sentimentale. Exactement comme une soirée entre copines, si tu veux savoir. Et c'est incroyable ce qu'on peut se marrer.*

— J'adore mon travail et j'adore travailler pour Miranda, monsieur, ai-je répondu en priant le ciel pour qu'il me lâche les baskets.

— Parfait. M. Tomlinson est ravi que tout se passe bien pour vous.

Quel abruti !

— Merci, monsieur. Je vous souhaite un agréable déjeuner.

Et sans lui laisser le temps d'embrayer sur mes projets du week-end, j'ai raccroché.

En face de moi, Emily, fronçant démesurément ses sourcils ultra-épilés à la cire, essayait de comprendre à quoi correspondait une énième facture de 20 000 dollars sur la carte American Express de Miranda. Le problème Harry Potter se profilait toujours devant moi et, si je ne voulais pas passer le week-end au bureau, il me fallait m'y attaquer sans perdre une seconde.

Lily et moi avions prévu un vrai marathon ciné ce week-end-là. J'étais épuisée par le boulot, elle était stressée par ses cours, aussi nous étions-nous promis de rester deux jours entiers sans bouger de son canapé, à nous nourrir exclusivement de bière et de chips. Même si nous nous téléphonions tous les jours, nous n'avions pas passé une seule soirée ensemble depuis que je m'étais installée en ville.

Lily était devenue ma meilleure amie en quatrième. La première fois que je l'ai vue, elle était en larmes, seule, à la cafétéria. À l'époque, elle venait d'emménager chez sa grand-mère et elle avait commencé à fréquenter notre école quand il était devenu évident que ses parents n'allaient pas revenir de sitôt. Ils étaient partis depuis quelques mois suivre les Grateful Dead (ils avaient dix-neuf ans à la naissance de Lily et étaient plus portés sur les pétards que sur les bébés), abandonnant Lily à la surveillance d'amis déglingués de leur communauté du Nouveau-Mexique – du « collectif », comme préférait la désigner Lily. Au bout d'un an, ne les voyant pas revenir, la grand-mère était venue récupérer Lily pour l'emmener vivre à Avon, loin de la communauté (la « secte », comme elle disait). Le jour de notre rencontre, Lily pleurait parce que sa grand-mère l'avait obligée à couper ses dreadlocks crasseuses et à enfiler une robe. Sa façon de parler, de dire : « C'est tellement zen de ta part », et « Décompresse », m'avait enchantée, et nous étions immédiatement devenues amies. Nous étions demeurées inséparables au lycée, et à Brown, nous avions partagé la même chambre pendant quatre ans. Lily n'avait toujours pas décidé si, question style, elle était plutôt rouge à lèvres Mac que ras du cou en fil de chanvre, et elle était encore un peu trop « excentrique » pour se comporter comme tout le monde, mais nous étions assez complémentaires. Et elle me manquait. Parce que ces derniers temps, entre ses cours de DEA et ma première année d'esclavage virtuel, nous n'avions guère eu l'occasion de nous voir.

Je piaffais littéralement à l'idée de ce week-end. Mes pieds, mes avant-bras, mes reins portaient tous l'empreinte de mes journées de travail de quatorze heures. J'avais dû renoncer aux lentilles que j'utilisais depuis dix ans et les remplacer par des lunettes car mes yeux étaient trop secs et trop fatigués pour les supporter. Je fumais un paquet de clopes par jour et je ne me nourrissais que de cafés (défrayés) et de sushis à emporter (défrayés également). J'avais déjà perdu du poids. Les quelques kilos que j'avais regagnés une fois remise de la crise d'amibes s'étaient évaporés sitôt que j'avais pris mes fonctions à *Runway*. Sans doute y avait-il, dans ces bureaux, un parasite dans l'air. Ou bien étais-je victime de la mobilisation générale pour interdire à toute nourriture de pénétrer en leur enceinte. J'avais déjà attrapé une sinusite, j'avais considérablement pâli, et ce, en l'espace de quatre semaines à peine. Je n'avais que vingt-trois ans. Et Miranda ne s'était même pas encore montrée au bureau. Putain de merde ! Je méritais bien un week-end.

Mais voilà qu'Harry Potter s'en mêlait, et là, je faisais vraiment la gueule. Miranda avait appelé le matin. Cela ne lui avait pris que quelques instants pour me décrire ce qu'elle voulait, mais il m'avait fallu une éternité pour interpréter ses ordres. J'avais vite appris que dans l'univers de Miranda Priestly, mieux valait faire un truc de travers et consacrer ensuite des tonnes de temps et d'argent à réparer le faux pas, plutôt que d'admettre qu'on n'avait rien compris à ses instructions alambiquées et demander des éclaircissements. C'est ainsi que, en l'entendant marmotter que je devais envoyer Harry Potter par avion aux jumelles, mon intuition m'a soufflé que cette mission allait interférer avec mes projets de week-end. Et quand elle a raccroché de façon abrupte quelques instants plus tard, j'ai regardé Emily, paniquée.

— Oh là là, qu'est-ce qu'elle a dit ? ai-je gémi, en me haïssant d'avoir été trop lâche pour demander à Miranda de répéter ses instructions. Pourquoi je ne comprends pas un traître mot de ce que raconte cette femme ? Ça ne me ressemble vraiment pas, Em. Je parle anglais, je t'assure. Je sais qu'elle le fait exprès pour me faire tourner en bourrique.

Emily m'a décoché son habituel regard de pitié mêlée de dégoût avant de consentir à traduire :

— Vu que le livre sort demain et qu'ils ne sont pas là pour l'acheter, elle veut que tu en récupères deux exemplaires et que tu les déposes à Teterboro. Le jet les convoiera à Paris, a-t-elle résumé en me dévisageant froidement, comme pour me défier d'émettre le moindre commentaire quant à l'absurdité de ces directives.

Une fois de plus, je me suis souvenue qu'Emily ferait n'importe quoi – absolument n'importe quoi – pour Miranda. J'ai levé les yeux aux ciel, mais je me suis abstenue de toute remarque.

Comme il était HORS DE QUESTION que je sacrifie une seule seconde de mon week-end à satisfaire ses volontés, et parce que je disposais (en son nom) d'un pouvoir et de facilités financières illimités, j'ai consacré le reste de la journée à organiser le voyage d'Harry Potter en jet jusqu'à Paris. Tout d'abord, quelques mots à l'intention de Julia, chez Scholastic.

Très chère Julia,

Mon assistante, Andrea, me signale que vous êtes la charmante personne à qui je dois adresser ma requête.

Vous seule, m'a-t-on dit, êtes en mesure de localiser dès demain pour moi deux exemplaires de cet adorable livre. Je tiens à vous exprimer ma reconnaissance pour votre efficacité et votre intelligence, et soyez assurée que grâce à vous mes filles seront comblées. N'hésitez pas à me faire savoir si je puis faire quelque chose, n'importe quoi, pour une jeune femme aussi extraordinaire que vous.

Très cordialement,
Miranda Priestly

J'ai imité sa signature à la perfection (les heures et les heures d'entraînement sous la houlette d'Emily avaient fini par porter leurs fruits), j'ai joint à ce courrier le dernier numéro de *Runway* – qui n'était pas encore en kiosque – et j'ai appelé un coursier pour livrer le tout, en urgence et en exclusivité, au siège de Scholastic Books, *downtown*. Si cette dernière manœuvre échouait, rien d'autre ne marcherait. Miranda ne voyait aucun inconvénient à ce que nous imitions sa signature (cela lui évitait de se préoccuper de détails sans importance), mais elle aurait très certainement changé de couleur en voyant que j'avais écrit en son nom un mot aussi poli, aussi *aimable*.

Trois petites semaines auparavant, sur simple ordre de mission de Miranda, je me serais, sans l'ombre d'un doute, empressée d'annuler mes projets de week-end, mais j'étais à présent assez aguerrie, et suffisamment blindée, pour m'autoriser quelques entorses au règlement. Puisque ni Miranda ni ses filles ne seraient à l'aéroport le lendemain matin pour réceptionner Harry en mains propres, qu'est-ce qui m'obligeait à me déplacer, en personne, jusque dans le New Jersey ? Donc, en présupposant que cette Julia allait réussir à me dégoter deux exemplaires du bouquin, je me suis concentrée sur un ou deux détails, et après quelques coups de fil, un plan a émergé.

Brian, un assistant éditorial coopératif de Scholastic, m'a certifié qu'il aurait le feu vert de Julia d'ici quelques heures et qu'il rapporterait chez lui le soir même deux exemplaires d'Harry, pour ne pas avoir à revenir les chercher au bureau le lendemain matin. Il laisserait les ouvrages au portier de son immeuble, dans l'Upper West Side, où j'enverrais une voiture les chercher le lendemain matin à onze heures. Uri, le chauffeur de Miranda, m'appellerait alors sur mon portable pour me confirmer qu'il avait bien récupéré les bouquins et qu'il était en route pour Teterboro, où les livres seraient ensuite transférés à bord du jet de M. Tomlinson, qui les acheminerait jusqu'à Paris. J'avais brièvement hésité à baptiser toute l'opération d'un nom de code pour qu'elle ressemble encore plus à une mission du KGB, mais j'avais renoncé en me souvenant qu'Uri ne parlait qu'un anglais approximatif. Je m'étais renseignée auprès de DHL pour connaître leurs délais d'acheminement les plus rapides, mais aucune livraison ne pouvait être garantie avant le lundi. D'où la solution du jet privé. Si tout fonctionnait comme prévu, Cassidy et Caroline s'éveilleraient le dimanche matin dans leur suite d'un grand hôtel parisien pour lire les dernières aventures d'Harry en buvant leur lait du matin – *un jour entier avant toutes leurs petites camarades*. Voilà qui me faisait chaud au cœur. Vraiment.

À peine avais-je réservé les voitures et alerté toutes les personnes concernées que Julia a rappelé. En dépit du mal considérable que cela lui avait demandé, et nonobstant le fait qu'elle allait certainement avoir des ennuis, elle aurait le plaisir de remettre deux exemplaires du livre à Brian à l'intention de Mme Priestly. Amen.

***

— Tu te rends compte qu'il s'est *fiancé* ? a demandé Lily en rembobinant la cassette de *La Folle Journée de Ferris Bueller*. Bon sang, on n'a que vingt-trois ans ! Il n'y a pas le feu au lac !

— Oui, c'est vraiment bizarre, ai-je crié de la cuisine. Peut-être papa-maman lui refusent-ils d'entrer en possession de ses rentes faramineuses tant qu'il n'est pas casé ? Ce serait une motivation assez forte pour lui passer la bague au doigt. À moins qu'il ne se sente seul, tout simplement.

Lily m'a regardée et a éclaté de rire.

— Bien entendu, il est hors de question qu'il soit simplement amoureux et qu'il ait envie de vivre le restant de ses jours auprès d'elle ? C'est totalement hors de question, pas vrai ?

— Exactement. Une autre idée ?

— O.K., option numéro trois : il est gay. Il l'a enfin compris lui-même – même si moi je le sais depuis toujours – et il a senti que papa-maman ne pourront pas le supporter, donc il se couvre en épousant la première fille qui se présente. Qu'en dis-tu ?

Le film suivant de notre programme était *Casablanca*. Lily a fait défiler le générique en accéléré pendant que je réchauffais deux tasses de chocolat dans la micro-cuisine de son studio de Morningside Heights. Nous avions passé la soirée de vendredi à flemmarder, et le samedi après-midi, nous avions trouvé assez de motivation pour faire un saut de quelques heures à SoHo. Nous avions toutes les deux acheté des tops à fines bretelles pour la soirée du Nouvel An que Lily allait donner, et nous avions partagé un *eggnog* géant à la terrasse d'un café. En regagnant son appartement, nous étions vannées mais heureuses, et nous avions passé le reste de la soirée à zapper entre *Quand Harry rencontre Sally* sur TNT, et le *Saturday Night Live*. C'était un pur moment de détente, et une telle échappée à mille lieues de ma misérable routine quotidienne, que l'Opération Harry Potter m'était entièrement sortie de l'esprit. Jusqu'à ce que j'entende la sonnerie du téléphone, le dimanche matin. Oh, mon Dieu ! C'était Elle ! Mais non : Lily était en train de répondre en russe sur son portable, sans doute à une camarade de classe. Merci, merci, merci, merci, mon Dieu, merci : ce n'était pas Elle. Mais cela ne m'a pas calmée pour autant. Je ne savais absolument pas si ces maudits bouquins avaient réussi à arriver à Paris. J'avais passé un week-end tellement agréable – pour une fois j'avais vraiment réussi à me détendre – que je n'avais pas songé à m'en assurer. Naturellement, mon portable était allumé, et la sonnerie réglée sur son volume maximum, mais jamais je n'aurais dû attendre que quelqu'un m'appelle pour m'informer d'un problème ! J'aurais dû prendre les devants, et vérifer auprès de toutes les personnes que j'avais enrôlées la veille dans cette équipée que chaque étape de ce plan réglé au millimètre près avait été couronnée de succès.

J'ai fouillé avec frénésie dans mon sac pour en extraire ce téléphone gracieusement fourni par *Runway* pour faire en sorte que je ne sois jamais qu'à sept chiffres de distance de Miranda. Quand je l'ai enfin retrouvé et que je l'ai eu libéré du nœud de sous-vêtements qui l'emprisonnaient au fond du sac, le petit écran m'a annoncé que je n'avais pas de réseau. Immédiatement, instinctivement, j'ai su qu'elle avait appelé, et que l'appel avait basculé directement sur la messagerie. J'ai haï ce téléphone de toute mon âme, et dans la foulée, mon Bang et Olufsen flambant neuf, le téléphone de Lily, les pubs pour les téléphones, les photos de téléphones dans les magazines et même Alexander Graham Bell. Travailler pour Miranda Priestly avait occasionné un certain nombre d'effets secondaires malencontreux dans ma vie quotidienne, mais le moins naturel de tous était cette haine profonde, dévorante envers le téléphone qui s'était emparée de moi.

Pour la plupart des gens, la sonnerie du téléphone était un signal de bienvenue. Quelqu'un essayait de les joindre, pour leur dire bonjour, prendre de leurs nouvelles ou les associer à des projets. Chez moi, la sonnerie du téléphone faisait naître de la terreur, de la panique, de l'angoisse. Aux yeux de quelques-uns, les multiples services offerts par le téléphone constituaient des innovations séduisantes, amusantes. Pour moi, elles étaient tout simplement vitales. Jamais, par exemple, avant de travailler pour Miranda, je n'avais eu besoin d'un signal de double appel. Au bout de quelques jours passés à *Runway*, je m'étais abonnée, sur ma ligne fixe, au double appel (pour qu'elle ne tombe jamais sur une ligne occupée), à la présentation du numéro (pour pouvoir filtrer ses appels), au double appel avec présentation du numéro (pour pouvoir filtrer ses appels quand j'étais déjà en ligne) et au service de messagerie (pour qu'elle n'aille pas imaginer que je filtrais ses appels puisqu'elle tombait au moins sur la boîte vocale). Les 50 dollars à débourser mensuellement pour l'ensemble de ces services me semblaient un prix relativement raisonnable pour la tranquillité d'esprit qu'ils me garantissaient.

Le portable, lui, ne m'offrait pas autant de protection. Évidemment, il me fournissait exactement les mêmes services que mon téléphone fixe, mais du point de vue de Miranda, il était inconcevable que, *pour quelque raison que ce soit*, un téléphone portable puisse être déconnecté. On ne devait s'abstenir de répondre sous aucun prétexte.

— Mais si tu dors ? avais-je bêtement objecté à Emily lorsqu'elle m'avait fait part de ces instructions.

— Tu te lèves et tu réponds.

— Si tu es en train de dîner au restaurant ?

— Tu fais comme tous les autres New-Yorkais et tu décroches sans quitter la table.

— Si tu es en train de subir un examen gynécologique ?

— Ce ne sont pas les oreilles qu'on t'examine, si ?

O.K. J'avais pigé.

Je pouvais toujours mépriser ce putain de portable de toute mon âme, mais je ne pouvais pas l'ignorer. Il me liait à Miranda comme un cordon ombilical, me refusant toute possibilité de grandir, de m'affranchir du lien qui me faisait suffoquer. Elle m'appelait constamment, et à l'instar d'une expérience sur les réflexes pavloviens qui aurait mal tourné, mon corps avait développé des réponses physiologiques sitôt que j'entendais la sonnerie. *Brring-brring*. Accélération du rythme cardiaque. *Brriiiing*. Les doigts qui se crispent automatiquement, les épaules qui se tendent. *Brriiiiiiiiiing. Oh, mais pourquoi elle ne me fiche pas la paix ? Par pitié, qu'elle oublie pendant deux secondes que j'existe* – et le front qui devient moite de transpiration. Tout au long de ce fabuleux week-end, il ne m'avait pas traversé l'esprit que le téléphone puisse ne pas avoir de réseau, et je m'étais contentée de supposer qu'il allait sonner s'il y avait le moindre problème. Erreur numéro un. J'ai fait les cent pas dans le studio jusqu'à ce que le réseau se décide à ressusciter, puis j'ai appelé ma messagerie en retenant mon souffle.

Ma mère avait laissé un gentil message pour nous souhaiter un bon week-end. Un copain de San Francisco en voyage d'affaires à New York proposait qu'on se voie. Ma sœur me rappelait de ne pas oublier d'envoyer une carte à son mari pour son anniversaire. Et puis, presque inattendu, mais pas vraiment non plus, ce message, et cet atroce accent anglais qui me transperçait les tympans :

— An-dre-âââ. C'est Mi-ran-dâââ. Il est neuf heures du matin, nous sommes à Pâââ-ris et les filles n'ont toujours pas reçu leurs livres. Appelez-moi au Ritz pour me confirmer qu'ils vont bien arriver ce matin. C'est tout.

Un flot de bile est remonté le long de ma gorge. Comme d'habitude, le message était dépourvu de toute amabilité. Ni bonjour, ni au revoir, ni merci. Évidemment. Mais le pire, c'était qu'elle l'avait laissé plus de douze heures auparavant, et que je ne l'avais toujours pas rappelée. C'était un motif de licenciement, je le savais, et je n'avais guère d'arguments pour ma défense. Je m'étais débrouillée comme un amateur : j'avais présumé que mon plan fonctionnerait à la perfection, sans même remarquer qu'Uri n'avait pas appelé pour me confirmer qu'il avait bien récupéré, puis déposé le colis. J'ai fait défiler les noms du répertoire jusqu'à trouver celui du portable d'Uri – généreusement fourni par Miranda pour s'assurer que son chauffeur restait, lui aussi, joignable vingt-quatre heures sur vingt-quatre, sept jours sur sept.

— Salut, Uri. C'est Andrea. Je suis navrée de vous déranger un dimanche, mais je me demandais si vous aviez réussi à récupérer ces livres hier ?

— Salut, Andy, ça fait plaisir de vous entendre.

Je trouvais son épais accent russe toujours réconfortant ; il avait pris l'habitude de m'appeler Andy dès notre première rencontre, comme un vieil oncle, et venant de lui – à la différence de l'ASN – cela ne me dérangeait pas.

— Évidemment que j'ai récupéré les livres. Vous croyez que ne veux pas vous aider ?

— Non, non, bien sûr que non. Simplement, j'ai reçu un message de Miranda me signalant que les livres n'étaient toujours pas arrivés, et je me demandais ce qui s'était passé.

Il n'a pas répondu tout de suite, puis il a proposé de me donner le nom et le numéro du pilote du jet.

— Merci mille fois, ai-je répété à plusieurs reprises tout en notant les informations d'une main fébrile. Je dois me dépêcher, désolée de n'avoir pas le temps de bavarder. Bon week-end.

— Merci, Andy. À vous aussi. J'espère que le pilote pourra vous aider à retrouver les livres. Bonne chance, a-t-il ajouté d'une voix enjouée avant de raccrocher.

Lily était en train de préparer des gaufres, et je mourais d'envie de rester avec elle, mais je devais régler ce problème au plus vite, si je ne voulais pas perdre mon boulot. À moins, ai-je songé, que je ne sois déjà virée, et que personne ne se soit donné la peine de me prévenir. Ce risque n'avait rien d'une chimère, au beau royaume de *Runway* – je me souvenais de l'histoire de cette rédactrice de mode qui avait été congédiée alors qu'elle se trouvait en voyage de noces. Elle avait découvert par hasard l'annonce de son changement de statut en lisant le *Women's Wear Daily* à Bali. Je me suis empressée de composer le numéro donné par Uri, et j'ai cru mourir de frustration lorsque je suis tombée sur la messagerie du pilote.

— Jonathan ? Bonjour. Ici Andrea Sachs, du magazine *Runway*. Je suis l'assistante de Miranda Priestly, et j'ai une question à vous poser concernant le vol d'hier. Mais maintenant que j'y pense, peut-être êtes-vous encore à Paris, ou sur le chemin du retour. Je voulais, euh… Simplement m'assurer que les livres étaient bien arrivés à destination. Pourriez-vous me rappeler au 917-555-8702 ? Le plus vite possible. Merci beaucoup.

J'ai pensé à appeler le concierge du Ritz pour savoir s'il se souvenait d'une voiture qui aurait acheminé des livres de l'aéroport, mais aussitôt j'ai réalisé que je ne pouvais pas passer d'appels internationaux depuis mon portable. C'était pratiquement la seule option qui n'était pas à ma disposition, et la seule, bien évidemment, qui m'aurait été vraiment utile à ce moment-là.

Lily a annoncé que les gaufres et mon café étaient prêts. En arrivant dans la cuisine, je l'ai trouvée en train de siroter un Bloody Mary. Comment pouvait-elle boire de l'alcool si tôt dans la journée ?

— Tu t'offrais un petit interlude mirandesque ? s'est-elle enquise avec un regard compatissant.

J'ai hoché la tête.

— Je crois que cette fois j'ai vraiment merdé, ai-je expliqué en acceptant l'assiette de gaufres avec reconnaissance. Ce coup-ci, je pourrais bien me faire virer.

— Oh, ma puce, tu dis tout le temps ça. Elle ne va pas te virer. Elle n'a même pas encore vu comment tu te défonces pour elle. Enfin, j'espère bien qu'elle ne va pas te virer – tu as le boulot le plus génial du monde.

Je lui ai décoché un regard exaspéré et je me suis intimé l'ordre de rester calme.

— O.K., je t'accorde qu'elle a l'air un peu timbrée, et assez difficile à satisfaire. Qui n'est pas dans ce cas ? Ça ne t'empêche pas d'avoir des chaussures, du maquillage, des vêtements et des coupes de cheveux gratuits. Les vêtements ! À qui offre-t-on des vêtements de créateurs gratos juste pour se pointer au bureau tous les matins ? Andy, tu travailles à *Runway*, tu ne comprends pas ? Des milliers de filles se damneraient pour être à ta place.

Je comprenais. Je comprenais parfaitement que Lily, pour la première fois en neuf ans d'amitié, *ne comprenait absolument pas*. Comme mes autres amies, elle adorait écouter les histoires abracadabrantes que j'avais accumulées en quelques semaines – un mélange de ragots et de glamour –, mais elle ne comprenait pas à quel point chaque journée était un chemin de croix. Elle ne comprenait pas que ce n'étaient pas les vêtements gratuits qui me donnaient le courage d'être au poste chaque matin. Elle ne comprenait pas que tous les vêtements gratuits du monde ne rendraient jamais ce travail supportable pour autant. Il était temps d'emmener une de mes meilleures amies à l'intérieur de mon monde, et là, elle allait comprendre. Il fallait juste que je lui explique. Oui ! Il était temps que je partage le fardeau de ma situation avec quelqu'un. Au moment où j'ouvrais la bouche, mon téléphone a sonné.

Bon sang ! J'avais envie de le lancer contre le mur, de dire à la personne à l'autre bout du fil, qui qu'elle soit, d'aller au diable. Mais au fond de moi, il y avait ce petit espoir que ce soit Jonathan, porteur d'une information. Avec un sourire, Lily m'a dit de répondre et de prendre mon temps. J'ai hoché la tête avec un air de chien battu et j'ai pris la communication.

— Vous êtes Andrea ? a demandé une voix masculine.

— Oui. Jonathan ?

— Tout à fait. Je viens d'appeler chez moi et j'ai trouvé votre message. Je suis sur le chemin du retour, quelque part au-dessus de l'Atlantique, mais vous aviez l'air si inquiète que je voulais vous rappeler sans tarder.

— Merci ! Merci mille fois ! J'apprécie vraiment. Oui, je suis un peu soucieuse. Miranda m'a appelée, un peu plus tôt dans la journée, elle n'a toujours pas reçu le colis, et cela m'étonne. Vous l'avez bien remis au chauffeur à Paris, n'est-ce pas ?

— Évidemment, mademoiselle. Vous savez, dans mon travail, je ne pose jamais de questions. Je me contente de piloter cet avion et d'aller où l'on me dit d'aller, en me débrouillant pour que tout le monde arrive entier. Mais en effet, ce n'est pas tous les jours que je traverse l'océan avec pour seul passager un colis. J'imagine que ce devait être quelque chose de très important, un organe pour une transplantation ou des documents secrets. Alors bien entendu, j'ai pris le plus grand soin de ce colis, et je l'ai remis au chauffeur, comme on me l'avait demandé. Un gentil gars du Ritz. Pas de problème.

Je l'ai remercié et j'ai raccroché. Le concierge du Ritz avait appointé un chauffeur pour aller à la rencontre du jet privé de M. Tomlinson à Roissy-Charles de Gaulle, afin d'assurer le transfert d'Harry de l'aéroport à l'hôtel. Si tout s'était déroulé comme prévu, Miranda aurait dû recevoir les livres le matin à 7 heures, heure locale, et vu qu'il était déjà le milieu de l'après-midi à New York, je n'arrivais pas à comprendre ce qui avait pu dérailler. En tous les cas, je n'avais pas le choix : il me fallait joindre le concierge du Ritz, et compte tenu que mon téléphone n'avait pas de service international, il me fallait en trouver un qui l'ait.

Les gaufres avaient eu le temps de refroidir. J'ai rapporté l'assiette dans la cuisine et je l'ai vidée dans la poubelle. Lily était repartie s'affaler sur le canapé, où elle somnolait. Je lui ai dit au revoir en lui promettant de l'appeler plus tard, et j'ai pris un taxi pour me conduire au bureau.

Il n'y avait évidemment pas âme qui vive dans les bureaux – elles devaient toutes être en train de bruncher dans le dernier café français à la mode avec leurs petits copains banquiers d'investissement. Je me suis assise à mon bureau, dans le noir, j'ai pris une profonde inspiration, et j'ai composé le numéro du Ritz. Coup de chance inespéré, M. Renaud, mon préféré de tous les concierges du Ritz, était disponible.

— Andrea, comment allez-vous ? Nous sommes ravis d'avoir Miranda et les jumelles parmi nous, a-t-il menti.

Emily m'avait dit que Miranda séjournait si assidûment au Ritz que tout le personnel connaissait son nom et celui des jumelles.

— Oui, monsieur Renaud, et je sais qu'elle est

enchantée de son séjour parmi vous, ai-je menti à mon tour.

Cet infortuné concierge avait beau être l'homme le plus accommodant du monde, Miranda se débrouillait toujours pour trouver à redire à chacun de ses gestes. Il fallait porter à son crédit de n'avoir jamais renoncé à la satisfaire, et de n'avoir cessé de dire combien il l'appréciait.

— Monsieur Renaud, je me demandais si ce chauffeur que vous aviez envoyé à la rencontre de l'avion de Miranda était déjà de retour à l'hôtel...

— Mais naturellement. Depuis longtemps ! Il devait être rentré avant huit heures. Vous savez, j'ai envoyé le chauffeur le plus chevronné de toute l'équipe, a-t-il précisé avec fierté.

Si seulement il savait à quelles fins il avait choisi le chauffeur le plus chevronné !

— Voilà qui est vraiment étrange... J'ai reçu un message de Miranda me disant qu'elle n'avait pas eu le colis. J'ai vérifié auprès du chauffeur ici, qui me jure l'avoir déposé à l'aéroport ; auprès du pilote, qui me jure l'avoir transporté jusqu'à Paris et remis à votre chauffeur ; et maintenant, vous-même vous souvenez d'avoir vu ce colis arriver à l'hôtel. Comment peut-elle ne pas l'avoir reçu ?

— Je crois qu'il n'y a qu'un seul moyen d'élucider ce mystère, m'a répondu M. Renaud d'une voix faussement enjouée. Voulez-vous que je vous mette en relation ?

J'avais espéré réussir à identifier et à résoudre le problème sans en arriver à cette extrémité. Qu'allais-je pouvoir lui dire, si elle maintenait n'avoir jamais reçu le colis ? Étais-je supposée lui suggérer de jeter un œil dans l'entrée de sa suite, où on l'avait inévitablement déposé quelques heures plus tôt ? Ou bien étais-je censée reprendre toute l'opération depuis le début, le jet et tout le tremblement, pour lui procurer deux autres exemplaires du livre avant la fin de la journée ? Peut-être que la prochaine fois, je serais bien avisée d'engager un agent secret pour escorter les livres jusqu'à leur destination finale et veiller à ce qu'ils y parviennent sains et saufs ? C'était une idée à creuser.

— D'accord, monsieur Renaud. Merci pour votre aide.

J'ai entendu quelques clics sur la ligne, puis une sonnerie. J'étais tellement tendue que mes paumes étaient moites. Je les ai essuyées sur ma cuisse, en m'efforçant de ne pas penser à ce qu'il adviendrait si jamais Miranda me découvrait en pantalon de survêtement au bureau. *Allez, du calme. Aie confiance en toi. Elle ne peut pas t'éviscérer à travers le téléphone.*

— Oui ? ai-je entendu dans le lointain.

J'ai reconnu Caroline qui, à dix ans à peine, reproduisait à la perfection la brusquerie de sa mère. Cassidy, elle, avait au moins la politesse de se fendre d'un « Allô ? » en décrochant.

— Salut, ma puce, ai-je dit d'une voix mielleuse, en me détestant de faire de la lèche à une gamine. C'est Andrea, du bureau. Est-ce que ta maman est là ?

— Oui, An-dre-âââ ? ai-je entendu l'instant après. J'espère que ce que vous avez à me dire est important. Vous savez que je ne tolère pas qu'on me dérange quand je suis avec mes filles, a-t-elle commencé de sa voix froide et cassante.

Vous savez que je ne tolère pas qu'on me dérange quand je suis avec mes filles ? avais-je envie de lui répéter, mais en hurlant. *Tu te moques de moi, sale conne ? Tu crois que je t'appelle par plaisir ? Parce que je ne pouvais pas passer un seul week-end sans entendre ta maudite voix ?* J'ai bien cru suffoquer de colère, mais j'ai inspiré profondément, et je me suis jetée à l'eau.

— Miranda, je suis navrée de vous déranger, mais je voulais m'assurer que vous avez bien reçu les Harry

Potter. J'ai eu votre message, dans lequel vous disiez que vous ne les aviez pas encore, mais j'ai vérifié auprès de tout le monde et…

— An-dre-âââ, m'a-t-elle interrompu d'un ton lent, déterminé. Vous devriez écouter plus attentivement. Je n'ai jamais dit cela. Nous avons reçu le colis de bonne heure ce matin. De si bonne heure, d'ailleurs, que cette idiotie nous a réveillées.

J'avais du mal à en croire mes oreilles. Je n'avais pas rêvé ? Elle m'avait bien laissé un message, non ? Et j'étais franchement trop jeune pour être sujette à une crise d'Alzheimer, même précoce, pas vrai ?

— Ce que j'ai dit, c'est que nous n'avions pas reçu *deux* exemplaires du livre, ainsi que je l'avais expressément demandé. Il n'y en avait qu'un seul dans le colis, et vous imaginez très certainement la déception des filles. Elles espéraient vraiment avoir chacune leur *propre* exemplaire, ainsi que je l'avais spécifié. Expliquez-moi pourquoi mes ordres n'ont pas été suivis à la lettre ?

Non, je rêvais. C'était impossible autrement. Je rêvais, j'étais entrée dans une existence ou un univers parallèle, où tout ce qui pouvait se rapprocher de la rationalité et de la logique n'avait plus cours.

— Miranda, je me souviens parfaitement de vos instructions, et j'ai bien commandé le livre en double exemplaire, ai-je bégayé. (Ah, que je me maudissais de me laisser démonter de la sorte !) Je l'ai dit à cette fille, chez Scholastic, et je suis à peu près sûre qu'elle a compris. Aussi, je m'étonne que…

— An-dre-âââ, vous savez à quel point les excuses m'importent peu. Écouter les vôtres ne présente guère d'intérêt à mes yeux. Ceci ne doit plus jamais se reproduire, compris ? C'est tout.

Clic.

J'ai dû rester là cinq bonnes minutes, sans bouger, le récepteur collé contre l'oreille, à écouter la ligne sonner dans le vide, l'esprit en ébullition. Des questions se bousculaient dans ma tête. Pouvais-je l'assassiner ? me suis-je demandé, en examinant les probabilités d'être accusée. Me soupçonnerait-on automatiquement ? Bien sûr que non ! Tout le monde – du moins à *Runway* – avait un mobile pour en faire autant. Aurais-je le cran de la regarder agoniser d'une mort lente et atrocement douloureuse ? Oh oui ! Quelle serait alors la façon la plus délectable de mettre fin à sa maudite existence ?

Doucement, j'ai raccroché le combiné. Se pouvait-il vraiment que j'aie mal compris son message ? J'ai attrapé mon portable et je l'ai réécouté. « *An-dre-âââ. C'est Mi-ran-dâââ. Il est 9 heures, nous sommes à Pâââ-ris et les filles n'ont toujours pas reçu leurs livres. Appelez-moi au Ritz pour me confirmer qu'ils vont bien arriver ce matin. C'est tout.* » Il n'y avait pas franchement de problème… Elle n'avait reçu qu'un seul exemplaire du livre au lieu des deux attendus, mais elle avait cherché à me donner l'impression que j'avais commis une grave erreur, le genre d'erreur qui peut être fatale à une carrière. Elle m'avait appelée sans se soucier de calculer que s'il était 9 heures à Paris, elle allait me déranger à 3 heures, un samedi matin. Ce coup de fil avait eu pour seul objet de me faire tourner encore plus en bourrique. De me mettre au défi de la contredire. De m'inciter à la haïr encore davantage.

7

Le réveillon du Nouvel An chez Lily était sympa et assez sage, on a juste bu pas mal de champagne dans des gobelets en carton avec tout un tas de copains de la fac et quelques nouvelles têtes qu'ils s'étaient débrouillés pour amener avec eux. Je n'ai jamais été une grande fan de cette soirée. Je ne sais plus qui l'a baptisée « la soirée des amateurs » (Hugh Hefner, je crois) en précisant que lui sortait les trois cent soixante-quatre autres soirs de l'année, mais je suis assez d'accord. Tout cet alcool que l'on se croit obligé d'ingurgiter, toute cette bonne humeur fabriquée à la demande ne garantissait jamais de passer un bon moment. Lily s'était donc dévouée pour organiser cette petite fête, qui nous épargnerait de débourser 150 dollars pour entrer dans un club – ou pire, de céder à la tentation ridicule d'aller se geler à Times Square. Chacun avait acheté une bouteille d'un alcool raisonnablement vénéneux, Lily avait distribué des cotillons, nous avions pas mal bu, et nous avions fini plutôt soûls, et contents de l'être, sur la terrasse de son immeuble qui dominait Harlem. Certes, tout le monde avait picolé un peu plus que de raison, mais Lily, elle, était carrément non opérationnelle une fois les invités partis. Elle avait déjà vomi deux fois, et j'avais la trouille de la laisser seule chez elle. Alex et moi l'avons donc traînée dans un taxi pour la transporter jusque chez moi, où elle a dormi sur le futon du salon, et le lendemain, nous sommes tous les trois sortis nous offrir un grand brunch.

J'étais contente que le Nouvel An soit passé ; il était temps pour moi de mettre – pour de bon – le pied à l'étrier de ma nouvelle vie et de mon nouveau boulot. J'avais beau avoir l'impression de travailler depuis des lustres, d'un strict point de vue technique, je débutais à peine. J'avais grand espoir que les choses s'améliorent une fois que Miranda et moi commencerions à travailler ensemble au jour le jour. N'importe qui pouvait se montrer un monstre sans cœur au téléphone, surtout quelqu'un qui avait du mal à partir en vacances et à s'éloigner de son travail. Mais j'étais convaincue que les souffrances endurées au cours de ce premier mois allaient déboucher sur une situation entièrement nouvelle, et la perspective de découvrir ce qui allait se passer m'excitait terriblement.

En ce 3 janvier froid et gris, j'étais contente d'être au bureau. Contente ! Il était 10 heures du matin et Emily gâtifiait à propos d'un type qu'elle avait rencontré à sa soirée de réveillon à L.A., un « auteur-compositeur plein d'avenir qui avait le vent en poupe » et qui lui avait promis de venir la voir à New York d'ici une quinzaine de jours. Je bavardais pour ma part avec James, le rédacteur beauté adjoint, un type vraiment adorable, diplômé de Vassar et dont les parents ne savaient pas encore – en dépit du choix de la fac et du fait qu'il était *rédacteur beauté* dans un magazine de *mode* – qu'il couchait avec des garçons.

— Allez, Andy, viens, s'il te plaît ! roucoulait-il, accoudé à mon comptoir tandis que je lisais mes mails. Ce sera supermarrant, je te promets. Tu vas voir, je vais te présenter des gens connus. Et j'ai des amis hétéros sublimes. En plus, c'est la soirée de *Marshall* – ce sera forcément énorme.

De son côté du bureau, Emily continuait à pépier et à raconter par le menu sa soirée avec le chanteur chevelu.

— J'adorerais venir, James, tu le sais bien. Mais cette soirée avec mon petit copain est prévue depuis avant Noël. Nous avions projeté de dîner en tête-à-tête dans un bon restaurant, et j'avais dû annuler au dernier moment.

— Mais tu pourras le voir après ! Tu n'auras pas tous les jours la chance de rencontrer le coloriste le plus talentueux de tout le monde civilisé, hein ? En plus, il y aura des tonnes de célébrités, que des gens extraordinaires ! Et je sais que ce sera LA soirée la plus glamour de la semaine. Allez, dis-moi oui !

Il a grimacé pour exagérer son regard de chiot implorant, et j'ai éclaté de rire.

— James, je te le jure, j'adorerais t'accompagner – je n'ai jamais mis les pieds au Plaza ! Mais je ne peux absolument pas modifier mes plans. Alex a réservé dans ce petit restaurant italien en bas de chez lui. Je ne peux pas lui faire faux bond.

C'était vrai, et je n'en avais pas envie. J'étais impatiente de retrouver Alex seule à seul, et il me tardait de savoir comment évoluait le nouveau programme d'activités parascolaires qu'il avait mis sur pied. Mais pour être tout à fait sincère, je regrettais tout de même que cette soirée au Plaza tombe ce jour-là. Les journaux parlaient de cet événement depuis déjà une semaine, comme si tout Manhattan ne vivait que dans l'attente de la grande fête annuelle post-Nouvel An de Marshall Madden, remarquable coiffeur-coloriste de son état. On disait que cette année-là, la fête serait encore plus exceptionnelle que les précédentes car Marshall venait de sortir un nouveau livre, *Colore-Moi, Marshall*. Mais il était hors de question que j'annule un tête-à-tête avec mon petit ami pour une soirée de stars.

— Bon, d'accord, a repris James. Mais ne viens pas te plaindre que je ne te propose jamais rien. Et ne viens pas pleurer quand demain tu liras en page six qu'on m'a vu avec Mariah ou J-Lo.

Il est parti, feignant d'être contrarié – ce qui ne lui demandait guère d'effort puisque, de toute façon, il semblait perpétuellement mal embouché.

Jusque-là, cette semaine de rentrée s'était déroulée sans anicroche. Nous avions continué à défaire et à lister les cadeaux reçus – je venais de déballer la plus incroyable paire d'escarpins, incrustés de cristal Swarovski –, nous avions expédié toutes nos bouteilles, et les téléphones étaient silencieux car beaucoup de gens n'avaient pas encore repris le travail. Miranda devait rentrer de Paris à la fin de la semaine, mais n'était pas attendue au bureau avant le lundi suivant. Emily était convaincue que j'étais fin prête à l'affronter et à l'assister – ce dont je ne doutais pas, moi non plus. Nous avions tout passé en revue dans les moindres détails, et j'avais rempli presque entièrement un carnet de notes. Il était là, sous mes yeux, et j'espérais avoir tout retenu : café – de chez Starbucks uniquement, au lait, grand modèle, deux sucres roux, deux serviettes, une cuillère. Petit déjeuner : à commander chez Mangia, 555-3948, une brioche au fromage, quatre tranches de bacon, deux saucisses. La presse : au kiosque dans le hall, *New York Times, Daily News, New York Post*, *Financial Times*, *Washington Post, USA Today*, *Wall Sreet Journal*, *Women's Wear Daily*, et le vendredi, le *New York Observer*. Les hebdomadaires, disponibles le lundi : *Time, Newsweek, U.S. News, New Yorker* (!), *Time Out New York, The Economist*. Et ça continuait ainsi : ses fleurs préférées, celles qu'elle abhorrait, les noms et adresses de ses médecins, son numéro de téléphone personnel, ceux de ses domestiques, ses en-cas habituels, ses eaux minérales favorites, sa taille exacte pour toute pièce vestimentaire, de la lingerie aux chaussures de ski. J'avais dressé des listes de gens auxquels elle acceptait de parler (*toujours*), et d'autres, à part, de gens auxquels elle ne voulait pas parler (*jamais*). J'avais écrit, écrit, écrit et à la fin, j'avais eu l'impression de ne plus rien ignorer de la vie de Miranda Priestly. Exception faite, évidemment, de ce qui la rendait si importante que je doive remplir un carnet entier de ses goûts et ses dégoûts. Pourquoi, exactement, cela était-il censé m'intéresser ?

— Ouais, il est incroyable, soupirait Emily en enroulant le fil de téléphone autour de son doigt. Je crois que c'est le week-end le plus romantique de ma vie.

Ding ! Vous avez reçu un mail d'Alexander Fineman. Cliquez ici pour l'ouvrir.

Salut, ma puce, comment se passe ta journée ? Ici, c'est de la folie. Tu te souviens de Jeremiah qui avait menacé les gamines avec un cutter qu'il avait apporté de chez lui ? Je t'en avais parlé. Eh bien, apparemment, il ne plaisantait pas. Il en a apporté un autre aujourd'hui et il s'est acharné sur le bras d'une petite fille en la traitant de salope. Il n'y a aucune entaille profonde, mais quand le prof de permanence lui a demandé d'où il sortait une idée pareille, il lui a répondu qu'il avait vu le petit ami de sa mère faire la même chose sur elle. Andy, tu imagines ? Ce gosse a six ans ! Bref, le principal a convoqué tous les profs en réunion exceptionnelle ce soir, et j'ai bien peur de devoir annuler notre dîner. Je suis vraiment désolé ! mais je dois dire que je suis tout de même content de les voir réagir – je n'en attendais pas autant de leur part. J'espère que tu comprends. S'il te plaît, ne m'en veux pas. Je t'appelle plus tard et je te promets de me racheter. Je t'aime. A.

Ne m'en veux pas ? J'espère que tu comprends ? Un de ses élèves du cours préparatoire avait blessé une camarade à l'arme blanche, et il espérait que je ne lui en voudrais pas d'annuler notre dîner ? Quand moi-même j'avais annulé ce dîner lors de ma première semaine de travail, parce que je trouvais épuisant de me balader en limousine et de faire des paquets-cadeaux ? J'avais envie de pleurer, de l'appeler sur-le-champ pour l'assurer que je ne lui en voulais pas une seule seconde, que j'étais fière de lui, fière de son dévouement envers ces gamins. J'ai cliqué sur « répondre » et, alors que je m'apprêtais à taper, j'ai entendu qu'on m'appelait.

— Andrea, elle arrive ! Elle sera là dans dix minutes, a annoncé Emily, d'une voix très forte, comme si elle luttait pour garder son sang-froid.

— Mmm ? Excuse-moi, je n'ai pas bien saisi…

— Miranda est en route. Elle vient au bureau. Nous devons nous préparer.

— En route pour le bureau ? Mais je pensais qu'elle ne rentrait que samedi…

— Eh bien, apparemment, elle a changé d'avis. Allez, remue-toi ! Descends chercher la presse, et dispose-la dans son bureau, comme je te l'ai montré. Quand c'est fait, tu époussettes son bureau, tu poses un verre de San Pellegrino à sa gauche, avec de la glace et une rondelle de citron vert. Et vérifie qu'il ne manque rien dans ses toilettes, O.K. ? Vas-y ! Elle est déjà dans la voiture et, en fonction de la circulation, elle sera là au plus tard dans dix minutes.

Tandis que je détalais, Emily, sans perdre un instant, a pianoté sur son téléphone.

— Elle arrive ! Préviens tout le monde !

Il ne m'a fallu que trois secondes pour traverser en coup de vent les couloirs et le département mode, mais déjà, j'entendais des « Miranda arrive ! » paniqués qui fusaient de toutes parts, et quelqu'un a poussé ce cri à vous glacer le sang : « La revoilàààààààààààààààààààà ! » Les assistantes de rédaction arrangeaient avec fébrilité les vêtements sur les portants alignés le long des murs, les rédactrices fonçaient vers leurs bureaux, et j'en ai même surprise une qui troquait une paire de chaussures à talons bobines contre des escarpins à talons aiguilles de dix centimètres, tandis qu'une autre traçait le contour de ses lèvres au crayon, se recourbait les cils, et réajustait la bretelle de son soutien-gorge quasiment d'un seul mouvement. J'ai aussi aperçu James, qui sortait des toilettes, l'air pétrifié, et traquait les peluches sur son pull en cashmere noir tout en enfournant frénétiquement des bonbons mentholés dans sa bouche. À moins que les toilettes des hommes ne soient équipées de haut-parleurs pour la circonstance, je n'étais même pas certaine qu'il soit déjà au courant.

Je mourais d'envie de prendre mon temps pour observer ce spectacle, mais le moment de ma première rencontre avec Miranda était arrivé, je n'avais pas l'intention de le rater et je disposais d'à peine dix minutes pour m'y préparer. Jusque-là, je m'étais efforcée de ne pas courir, mais en voyant que tous les autres avaient jeté leur dignité aux orties, j'ai moi aussi piqué un sprint.

— Andrea ! Miranda arrive ! Tu es courant, n'est-ce pas ? m'a lancé Sophy, la réceptionniste, au moment où je passais, telle une fusée, devant son bureau.

— Je sais. Mais toi, comment le sais-tu ?

— Moi, ma cocotte, je sais tout. Je te conseille d'appuyer sur l'accélérateur. Une chose est certaine : Miranda Priestly n'aime pas qu'on la fasse attendre.

— Je reviens dans trois minutes avec la presse, lui ai-je répondu en fonçant dans l'ascenseur.

Les deux femmes qui se trouvaient dans la cabine m'ont toisée d'un air écœuré, et je me suis rendu compte que j'avais crié à tue-tête.

— Désolée, me suis-je excusée en cherchant à reprendre mon souffle. On vient d'apprendre que notre rédactrice en chef va arriver d'une minute à l'autre, on ne s'y attendait pas, alors nous sommes tous un peu sur les nerfs.

Mais pourquoi est-ce que je me justifie devant ces bonnes femmes ?

— Oh, mon Dieu ! Vous travaillez sans doute pour Miranda ! Attendez, laissez-moi deviner. Vous êtes sa nouvelle assistante ? Andrea, c'est ça ?

La brune tout en jambes a souri en découvrant ses dents (quatre douzaines, au bas mot) et s'est rapprochée de moi, tel un piranha. Quant à l'autre, son visage s'est subitement éclairé.

— Oui, Andrea, c'est ça, ai-je répété comme si je n'en étais pas entièrement convaincue. Oui, je suis la nouvelle assistante de Miranda.

À ce moment-là, les portes ont coulissé, et j'ai aperçu les marbres blancs du rez-de-chaussée. Je me suis ruée dehors sans même attendre leur ouverture complète, et j'ai entendu une des deux femmes crier dans mon dos :

— Vous avez de la chance, Andrea. Miranda est une femme étonnante, et des milliers de filles se damneraient pour être à votre place !

Évitant de justesse la collision avec un attroupement de juristes à grise mine qui poireautaient dans le hall, j'ai volé vers le kiosque à journaux installé dans un coin et tenu par Ahmed, un Koweïtien. Emily nous avait présentés avant Noël, et j'espérais pouvoir le compter, lui aussi, au nombre des gens susceptibles de m'aider.

— Stop ! s'est-il écrié alors que je commençais à piocher dans l'assortiment de journaux sur les présentoirs. Vous êtes la nouvelle assistante de Miranda, n'est-ce pas ? Venez par là.

Ahmed s'est penché pour fourrager sous son comptoir, le visage empourpré par l'effort, puis il s'est redressé avec l'agilité d'un vieillard handicapé.

— Les voilà ! Vous n'avez pas besoin de semer la panique dans mes présentoirs. Je vous les mets de côté chaque jour. Et puis comme ça, je ne suis jamais en rupture de stock pour vous, a-t-il ajouté avec un clin d'œil.

— Merci, Ahmed. Vous ne pouvez pas savoir à quel point cela m'aide. Je prends aussi les magazines ?

— Bien sûr. Regardez, nous sommes déjà mercredi, et ils sont tous sortis depuis lundi. Votre patronne n'aime sans doute pas beaucoup ça, a-t-il dit, l'air entendu.

Il s'est de nouveau penché sous son comptoir et en a remonté une pleine brassée de magazines qui, après une rapide vérification, étaient bien ceux qui figuraient sur ma liste, ni plus ni moins.

Le badge, le badge… Où était passé ce maudit badge ? J'ai fouillé dans le décolleté de mon chemisier pour agripper le cordon de soie blanche qu'Emily avait fabriqué pour moi en découpant l'un des carrés Hermès de Miranda.

— Ton badge ne doit jamais être visible quand Miranda est dans les parages, avait-elle insisté. Mais au cas où tu oublierais de le planquer, au moins, il ne pendra pas au bout d'une chaîne en plastique.

Dans sa bouche, ces deux derniers mots ressemblaient à un crachat.

— C'est tout bon, Ahmed, ai-je dit, une fois la vérification achevée. Merci encore pour votre aide. Je suis superpressée, elle doit arriver d'une minute à l'autre.

Ahmed a glissé mon badge devant le lecteur de sa caisse enregistreuse et a replacé le cordon de soie autour de mon cou comme il l'aurait fait d'un collier de fleurs.

— Allez, filez !

J'ai empoigné le sac en plastique qui pesait trois tonnes, j'ai ressorti mon badge, je l'ai passé devant le lecteur des tourniquets qui permettaient l'accès aux ascenseurs et j'ai poussé la barre métallique. Rien. J'ai recommencé, en poussant plus fort cette fois. Toujours rien.

— *Some boys kiss me, some boys hug me, I think they're okay-ay*[1], a commencé à chantonner Eduardo – le gros bonhomme transpirant de la sécurité – d'une voix de fausset.

Merde. Je n'avais pas besoin de voir son sourire, un immense sourire de conspirateur, pour deviner qu'il me demandait d'entrer dans son jeu. Il avait réitéré ce manège chaque jour au cours des semaines précédentes. Il semblait posséder un répertoire inépuisable de chansons ringardes qu'il adorait chanter, et il refusait de me laisser passer tant que je ne les avais pas mimées. La veille, il m'avait fait le coup avec « I'm Too Sexy ». Tandis qu'il chantait « *I'm too sexy for Milan, too sexy for Milan, New York and Japan* », j'avais dû marcher le long d'un podium de défilé imaginaire. Quand j'étais d'une humeur ad hoc, ce pouvait être amusant. Parfois, ça pouvait même m'arracher un sourire. Mais pas ce jour-là. C'était mon tout premier jour avec Miranda, et je ne pouvais pas me permettre de lui apporter ses journaux en retard. C'était impossible. Mais Edouardo me retenait en otage alors que tout le monde, de part et d'autre de moi, franchissait sans encombre les tourniquets. J'avais envie de le cogner.

— *If they don't give me proper credit, I just walk away-ay*[2], ai-je marmonné, en étirant les syllabes pour singer Madonna.

Eduardo a haussé les sourcils.

1. Certains garçons m'embrassent, d'autres me donnent une accolade, je n'y vois pas de problème.

2. S'ils ne me font pas confiance, je me casse, tout simplement.

— Eh bien, ma fille, qu'as-tu fait de ton enthousiasme ?

S'il ajoutait un mot de plus, j'allais commettre un meurtre. J'ai lâché mon sac de magazines sur son comptoir, j'ai lancé les deux bras en l'air en me déhanchant, et j'ai hurlé – littéralement hurlé :

— *A material ! A material ! A material ! A material... WORLD*[1] *!*

Eduardo a gloussé, puis il a applaudi, et m'a enfin laissée passer.

Dans ma tête, j'ai pris note : avoir une discussion avec Eduardo pour lui faire comprendre quels étaient les moments inappropriés pour se foutre de ma gueule. Une fois de plus, j'ai plongé dans l'ascenseur, je suis repassée ventre à terre devant le bureau de Sophy, qui m'a gentiment ouvert les portes sans que j'aie besoin de le lui demander. J'ai même pensé à m'arrêter dans l'une des micro-cuisines de l'étage pour remplir de glace un verre en Baccarat, que nous rangions dans un placard spécial, à l'usage exclusif de Miranda. Le verre dans une main, le sac de journaux et magazines dans l'autre, je me suis élancée dans le couloir, et en prenant un virage sur les chapeaux de roues, j'ai buté dans Jessica, la fétichiste du vernis à ongles, qui m'a dévisagée, d'un air à la fois contrarié et paniqué.

— Andrea ! Tu es au courant ? Miranda arrive !

— Evidemment, j'ai la presse ici, le verre d'eau, là... Il ne reste plus qu'à apporter tout ça dans son bureau, alors si tu veux bien m'excuser...

— Andrea ! a-t-elle lancé derrière mon dos. Pense à changer de chaussures !

Je me suis arrêtée net et j'ai regardé mes pieds. Je portais une paire de baskets rigolotes, le genre de baskets

1. Un monde matérialiste.

qui n'ont d'autre prétention que d'être cool. Le code vestimentaire subissait implicitement quelque relâchement lorsque Miranda n'était pas là, et même si tout le monde, à la rédaction, avait un look absolument fantastique, tous et toutes s'autorisaient en son absence des fantaisies que jamais, au grand jamais, ils n'auraient osé arborer devant elle. Mes baskets recouvertes de filet rouge pétard en étaient un exemple de choix.

Le temps d'atteindre notre bureau, j'étais en nage.

— J'ai remonté tous les journaux, et aussi les magazines, au cas où. Il n'y a qu'un petit problème… Je dois changer de chaussures, n'est-ce pas ?

— Évidemment. (Emily a aussitôt pianoté un numéro de poste.) Jeffy, apporte-moi une paire de Jimmy Choo en…

Elle a considéré mes pieds.

— Trente-neuf et demi, ai-je précisé en remplissant le verre de San Pellegrino.

— Trente-neuf et demi. Non ! Tout de suite ! Sans rire, Jeff. *Tout de suite*. Andrea est en *baskets*, pour l'amour du ciel ! En baskets *rouges* ! Et Elle va arriver d'une minute à l'autre. O.K., merci.

C'est à ce moment-là que j'ai remarqué qu'en l'espace des quatre minutes qu'avait duré mon aller-retour au rez-de-chaussée, Emily s'était débrouillée pour troquer son jean délavé contre un pantalon de cuir, et ses propres baskets fantaisie contre des sandales nu-pieds à talons aiguilles. Elle avait également fait le vide dans la pièce : tout ce qui encombrait nos bureaux avait disparu dans les tiroirs, et tous les nouveaux cadeaux arrivés et en attente d'un transfert chez Miranda avaient été planqués dans le placard. Elle avait mis du brillant sur ses lèvres, ajouté un soupçon de fard sur ses joues. Elle m'a fait signe de m'activer à mon tour.

J'ai déballé les journaux et magazines sur la table lumineuse – une table rétroéclairée devant laquelle

Miranda passait des heures à examiner les films des shootings de mode, m'avait expliqué Emily. Mais c'était également là qu'elle aimait qu'on dispose la presse. J'ai rouvert mon carnet de notes pour vérifier l'ordre établi selon lequel je devais procéder. En premier le *New York Times*, ensuite le *Wall Street Journal*, puis le *Washington Post*. Et ainsi de suite, en veillant à former un éventail. Seul le *Women's Wear Daily* faisait exception : celui-ci devait l'attendre directement sur son bureau.

— Elle est arrivée ! Uri vient de me prévenir qu'il l'a déposée à l'instant. Elle est dans l'ascenseur. Andrea, sors de son bureau ! a sifflé Emily.

J'ai posé le *WWD* sur le bureau, disposé le verre de San Pellegrino sur une serviette de lin (à droite ? à gauche ? de quel côté ? zut ! impossible de m'en souvenir) et je suis sortie du bureau en trombe, non sans jeter un dernier coup d'œil panoramique pour m'assurer que tout était bien en place. Jeff, l'un des assistants du département mode chargé de veiller à la bonne organisation de la réserve, m'a fourré une boîte à chaussures dans les mains avant de déguerpir vite fait. À l'intérieur, il y avait une paire de Jimmy Choo qui devait valoir dans les 800 dollars, avec une multitude de fines lanières en poil de chameau, attachée chacune par de minuscules boucles. Merde ! Il fallait que j'enfile ça ? J'ai planqué mes baskets et mes chaussettes humides de transpiration sous le bureau. Le pied droit est entré sans trop de difficulté, mais le pied gauche s'est montré moins docile, et caser mon petit orteil recroquevillé n'a pas été sans mal… Sitôt que j'ai eu réussi, j'ai senti la morsure des lanières, et la chair qui enflait autour d'elles. Je venais d'attacher la dernière boucle et j'étais en train de me remettre debout, quand Miranda est entrée.

Je suis restée pétrifiée à mi-mouvement. Littéralement

changée en statue de pierre. J'étais assez lucide pour deviner le spectacle ridicule que j'offrais, mais mon cerveau n'était pas alerte pour m'intimer l'ordre de me remettre à la verticale. Elle m'a remarquée dès qu'elle a eu franchi le seuil, sans doute parce qu'elle s'attendait à voir Emily assise à son ancien bureau, puis elle s'est approchée de mon comptoir jusqu'à pouvoir distinguer mon corps dans sa totalité. Je me suis assise et je suis restée comme paralysée. Son regard bleu vif est allé de gauche à droite, de haut en bas, et sans qu'un seul muscle de son visage ne bouge, elle a passé au crible mon chemisier, ma minijupe Gap en velours côtelé rouge, mes sandales Jimmy Choo. Pas un millimètre carré de peau, de cheveux et de vêtements n'a été épargné. Puis elle s'est penchée, et j'ai humé les délicieux effluves d'un shampooing sophistiqué et d'un parfum très cher. Son visage n'était plus qu'à une trentaine de centimètres du mien, et j'ai distingué, autour de ses yeux et de ses lèvres, de minuscules ridules, invisibles à une distance plus confortable. Elle a alors commencé à scruter mes traits avec une telle intensité que soutenir son regard devenait impossible. Rien dans son expression n'indiquait qu'elle se souvenait 1) que nous nous étions déjà rencontrées, 2) que j'étais sa nouvelle assistante, 3) que je n'étais pas Emily.

— Bonjour, madame, ai-je lâché impulsivement, d'une voix chevrotante.

Dans un coin reculé de mon cerveau, j'étais consciente qu'elle n'avait encore prononcé aucun mot, et que je n'aurais pas dû parler la première. Mais la tension était tellement insoutenable que je n'ai pas pu m'empêcher de continuer sur ma lancée :

— Je suis tellement heureuse à l'idée de travailler pour vous. Merci infiniment pour l'opportunité…

Boucle-la ! Ferme cette bouche !

La dignité, ah oui, parlons-en !

Tandis que je finissais de bafouiller, elle s'est reculée, non sans m'avoir jaugée une dernière fois, et s'est éloignée de mon bureau. Une bouffée de chaleur m'a assaillie, je me suis sentie rougir de confusion, de douleur et d'humiliation tout à la fois. Pour ajouter à mon malaise, je devinais qu'Emily me regardait elle aussi. J'ai risqué un regard par-dessus mon comptoir. Effectivement, elle avait les yeux rivés sur moi.

— Le bulletin est-il à jour ? a demandé Miranda à la cantonade en pénétrant dans son bureau, et j'ai eu plaisir à voir qu'elle se dirigeait directement vers la table lumineuse.

— Oui, Miranda. Le voilà, a répondu Emily en se précipitant servilement derrière elle avec le bloc à pince dans lequel nous conservions tous les messages à son intention, dactylographiés au fur et à mesure de leur arrivée.

Je me suis tenue coite derrière mon comptoir, tout en observant les allées et venues de Miranda dans la pièce voisine se refléter dans les verres des cadres qui décoraient son bureau. Emily est revenue à sa place et s'est absorbée dans le travail ; le silence s'est fait. *Ne pouvons-nous pas parler entre nous, ou parler à quelqu'un d'autre quand elle est dans le bureau ?* me suis-je demandé. J'ai envoyé un mail à Emily avec cette question, et la réponse est arrivée sans tarder : *Tu as tout compris. Si jamais nous avons besoin de nous parler, nous devons chuchoter. Sinon, silence. Et ne lui parle JAMAIS si elle ne s'adresse pas à toi. Et ne l'appelle PLUS JAMAIS « madame » – c'est Miranda. Pigé ?* Une fois de plus, j'ai eu l'impression de recevoir une gifle, mais j'ai néanmoins fait un signe d'acquiescement. C'est à ce moment-là que j'ai remarqué le manteau – un fabuleux et volumineux manteau de fourrure abandonné avec désinvolture à l'extrémité de mon bureau, une manche pendouillant jusqu'au sol. J'ai regardé Emily, qui a levé les yeux au ciel et m'a désigné du doigt le placard.

— Suspends-le ! a-t-elle articulé silencieusement.

Il était aussi lourd qu'une couette qui sort de la machine à laver, et j'avais besoin de le soutenir à deux mains pour l'empêcher de traîner par terre. Je l'ai soigneusement installé sur l'un des cintres capitonnés de soie et doucement, sans faire de bruit, j'ai refermé la porte du placard.

Avant que j'aie le temps de me rasseoir, Miranda s'est matérialisée à côté de moi. Ce coup-ci, elle pouvait poursuivre son inspection sans aucun obstacle. Aussi incroyable que cela puisse paraître, je ressentais une brûlure sur chaque partie de mon corps où se posait son regard, mais je suis demeurée impassible, figée, incapable d'esquisser un seul mouvement pour regagner ma place. Juste au moment où mes cheveux allaient à leur tour s'embraser, ces infatigables yeux bleus se sont enfin arrêtés sur les miens.

— Je voudrais mon manteau, a-t-elle dit posément, en me fixant.

Était-elle intriguée et se demandait-elle qui j'étais ? Avait-elle remarqué qu'une relative inconnue jouait à tenir le rôle de son assistante ? Même si mon entretien avec elle ne remontait qu'à quelques semaines, aucune lueur indiquant qu'elle m'avait reconnue ne filtrait dans son regard.

— Tout de suite, ai-je réussi à articuler.

Aller rouvrir le placard n'avait rien d'une manœuvre aisée car elle se tenait pile devant sa porte.

Je me suis tournée de profil pour tenter de me faufiler sans la heurter. Elle ne s'est pas écartée d'un centimètre pour me faciliter le passage et je sentais qu'elle continuait à m'observer. Tout en dégageant délicatement la fourrure du cintre, j'avais une envie folle de la lui jeter à la figure, de la mettre au défi de la rattraper, mais j'ai tempéré mes ardeurs, et je me suis contentée de la lui présenter ouverte, avec une politesse de gentleman. Elle l'a enfilée d'un mouvement souple et gracieux, puis elle a extrait de sa poche un téléphone portable – le seul objet avec lequel elle était arrivée au bureau.

— Emily, je veux qu'on m'apporte le Book ce soir, a-t-elle lancé en quittant le bureau d'un pas décidé – sans remarquer que, dans le couloir, trois femmes qui attendaient devant notre bureau déguerpissaient aussitôt, profil bas.

— Oui, Miranda. Andrea s'en chargera.

Et voilà. Elle est partie. La visite qui avait semé une panique noire dans tout l'étage et occasionné des préparatifs frénétiques, des retouches de maquillage et des ajustements vestimentaires n'avait pas duré plus de quatre minutes en tout, et n'avait eu – du moins pour ce que mon regard inexpérimenté pouvait en avoir capté – strictement aucun objet.

8

— Ne te retourne pas tout de suite, a soufflé James, les lèvres aussi immobiles que celles d'un ventriloque. Mais je viens d'apercevoir Reese Witherspoon, à ta gauche.

Je me suis tournée aussi sec, et mon malheureux petit camarade a eu envie de rentrer sous terre ; effectivement, elle était là, une coupe de champagne à la main, en train de rire aux éclats, tête renversée. Je refusais de me laisser impressionner, mais c'était plus fort que moi. Reese Witherspoon était l'une de mes actrices préférées.

— James chéri ! Je suis si heureux que tu aies pu venir à ma petite fête, a lancé d'un ton malicieux un bel homme mince qui a surgi derrière nous. Et qui donc m'as-tu amené là ?

Ils se sont embrassés et James a procédé aux présentations.

— Marshall Madden, le gourou de la couleur. Andrea Sachs. Andrea est en ce moment…

— … la nouvelle assistante de Miranda, a complété Marshall en me souriant. Je sais déjà tout sur vous, petite fille. Bienvenue dans la famille. J'espère que vous viendrez me voir. Je vous promets qu'ensemble, nous pourrons, euh… peaufiner un peu votre look.

Il a passé les doigts dans mes cheveux, puis a saisi une poignée de pointes qu'il a remontées jusqu'aux racines.

— Oui, une petite touche dans les tons miel, et vous serez la nouvelle top model. Demandez mon numéro à James, ma puce, d'accord ? Et venez me voir dès que vous avez un moment. Ce qui est sans doute plus facile à dire qu'à faire, a-t-il ajouté d'un ton léger tout en se déportant vers Reese.

— Ah, lui, c'est un maître, a soupiré James avec un regard désolé. Le meilleur, tout simplement. Et super canon avec ça.

— Canonissime, ai-je renchéri. Tu n'es jamais sorti avec lui ?

N'aurait-ce pas été l'union parfaite : le rédacteur beauté adjoint de *Runway* et le coloriste le plus prisé de tout le monde libre ?

— J'aimerais bien. Mais il est avec le même homme depuis quatre ans. Tu te rends compte ? Quatre ans ! Depuis quand les gays sexy se permettent-ils d'être monogames ? Ce n'est vraiment pas juste !

— Ouais, je vois ce que tu veux dire. Depuis quand les hétéros sexy se permettent-ils d'être monogames ? Sauf si c'est moi l'élue, il va de soi.

J'ai tiré une longue taffe sur ma cigarette et recraché un rond de fumée presque parfait.

— Bon, Andy, reconnais que tu es contente d'être venue ce soir. Ose me dire que ce n'est pas la plus géniale des fêtes auxquelles tu as assisté.

Après avoir appris qu'Alex annulait notre dîner, j'avais accepté l'invitation de James, mais à contrecœur, juste pour mettre un terme à son harcèlement. Franchement ! Que pouvait-il se passer d'intéressant dans une fête donnée en l'honneur d'un livre consacré à l'art des mèches capillaires ? Mais je devais l'admettre : j'étais bluffée. Quand Johnny Depp s'était approché de nous pour saluer James, quel choc de voir qu'en plus de parfaitement maîtriser la langue anglaise, il était même capable de caser une ou deux reparties spirituelles dans la conversation ! Et il était intensément gratifiant de découvrir que Gisele, la plus top de toutes les tops du moment, était carrément *naine*. Certes, ç'aurait été encore plus agréable de constater qu'elle était également un poil trapue, ou qu'elle avait un problème d'acné, savamment gommé par Photoshop dans les sublimes photos d'elle qui avaient paru en couverture de magazines, mais qu'elle soit petite n'était déjà pas si mal. L'un dans l'autre, l'heure et demie qui venait de s'écouler avait été plutôt plaisante.

— Je n'irais peut-être pas aussi loin, ai-je répondu à James, en me penchant vers lui pour jeter un œil au super beau mec qui semblait bouder dans un coin de la salle, près de la table où trônait l'ouvrage de notre hôte. Mais c'est moins antipathique que ce que j'avais imaginé. Et de toute façon, après la journée que j'ai passée, j'étais partante pour n'importe quoi.

Après le départ plutôt abrupt de Miranda, qui avait suivi de peu son arrivée tout aussi inopinée, Emily m'avait appris que ce soir-là, pour la première fois, je devrais apporter à Miranda le Book chez elle. Le Book consistait en un grand cahier à spirale, aussi épais qu'un annuaire, qui réunissait toutes les pages maquettées du numéro en préparation. Personne, m'avait-elle expliqué, tant à la rédaction qu'au service artistique, ne pouvait produire de travail consistant avant le départ de Miranda. Toute la journée, les uns et les autres défilaient dans son bureau pour la consulter et elle, elle changeait d'avis d'une heure sur l'autre. Par conséquent, lorsqu'elle disparaissait sur le coup des 17 heures pour consacrer un peu de temps à ses jumelles, la journée de travail pouvait vraiment commencer. Dans les services artistiques, on pouvait enfin procéder aux modifications de mise en page, et incorporer les nouvelles photos arrivées entre-temps ; à l'éditorial, journalistes et secrétaires de rédaction peaufinaient tous les articles qui avaient enfin – enfin ! – obtenu l'approbation de Miranda (notifiée par un « MP » géant aux lettres chantournées, griffonné sur toute la surface de la première page). Chaque responsable de rubrique communiquait ensuite ces modifications à un assistant du service artistique qui restait seul, après le départ de tout le monde, pour réaliser la mise à jour du Book. Sitôt cela achevé – soit n'importe quand entre 20 heures et 23 heures, selon qui était en charge ce jour-là du travail – il fallait porter le Book chez Miranda, afin qu'elle puisse l'annoter. Le lendemain matin, elle le rapportait et toute l'équipe recommençait l'ensemble du processus depuis le début. C'était à moi, l'assistante junior, qu'il incombait de livrer chaque soir le Book. Aussi, quand Emily m'a entendue accepter l'invitation de James, elle a bondi.

— Hé, tu sais que tu ne peux partir d'ici avant que le Book soit fini, n'est-ce pas ?

Je lui ai retourné un regard de merlan frit ; quant à James, vu son expression, j'ai compris qu'il était à deux doigts de lui en coller une.

— Je dois dire que ça fait partie des corvées dont je suis bien contente d'être débarrassée, a poursuivi Emily. Ça peut parfois finir très, très tard, mais on n'a pas le choix. Miranda doit absolument voir le Book chaque soir. Elle travaille chez elle. Ce soir, j'attendrai avec toi, pour te montrer comment ça marche et ensuite, tu te débrouilleras seule.

— D'accord. Merci. Tu as une idée de l'heure à laquelle il sera prêt ?

— Non, c'est variable selon les jours. Il faut que tu voies ça avec le service artistique.

Finalement, le Book a été prêt de bonne heure. À 20 h 30, je suis allée le récupérer auprès d'un assistant du service artistique (qui avait l'air complètement lessivé), et Emily et moi avons gagné la sortie sur la 59e Rue. Emily, dont les bras croulaient sous un paquet de vêtements protégés par des housses en plastique, m'a expliqué que les vêtements de retour du pressing accompagnaient toujours le Book. Miranda apportait son linge sale au bureau et, bien évidemment, ce serait à moi d'appeler les teinturiers, qui enverraient immédiatement quelqu'un pour les chercher, avant de me les retourner le lendemain. En attendant de les donner à Uri, ou de les rapatrier moi-même chez Miranda, je devrais les stocker dans le placard de notre bureau. De minute en minute, mon boulot devenait de plus en plus stimulant d'un point de vue intellectuel.

— Hé, Rich, a lancé Emily d'une voix faussement amicale en apercevant le dispatcher à la pipe que j'avais rencontré le premier jour. Voici Andrea. C'est elle qui apportera désormais le Book tous les soirs. Je compte sur vous pour veiller à ce qu'elle ait une bonne voiture, O.K. ?

— Soyez sans crainte, la rouquine. (Le bonhomme a sorti la pipe de sa bouche et m'a dévisagée). Je prendrai grand soin de la blondinette.

— Super. Oh, une autre voiture pourrait-elle nous suivre jusque chez Miranda ? Andrea et moi partirons dans deux directions différentes, une fois le Book déposé.

Deux grosses berlines sont venues se ranger devant nous, et le chauffeur de la première, un vrai mammouth – est sorti en trombe pour ouvrir notre portière. Sitôt installée sur la banquette et en même temps qu'elle indiquait : « Chez Miranda Priestly, s'il vous plaît », Emily a sorti son téléphone.

— C'est toujours le même chauffeur ? Il connaît l'adresse ? ai-je demandé en voyant l'homme se contenter de hocher la tête.

Emily m'a fait signe de me taire le temps qu'elle laisse un message à sa colocataire, puis a répondu :

— Non, ils sont nombreux, mais je les ai tous eus au moins vingt fois chacun, donc maintenant, ils savent où c'est.

Et elle a reporté son attention sur son coup de fil. Je me suis retournée. Une seconde voiture avait démarré derrière nous et nous suivait consciencieusement à la trace.

Nous nous sommes arrêtés devant un immeuble typique de la Cinquième Avenue : trottoir immaculé, jardinières impeccablement entretenues, hall somptueux, illuminé, chaleureux. Un portier en smoking et casquette s'est immédiatement avancé pour nous ouvrir la portière. Pourquoi ne nous contentions-nous pas de déposer le Book et les vêtements entre les mains du portier ? Pour ce que j'avais cru en comprendre, c'était le rôle de ces gens. Mais Emily a sorti de son fourre-tout Gucci une clé, suspendue à un cordon Vuitton.

— Je t'attends ici, a-t-elle déclaré en me la tendant. Tu montes tout chez elle, Penthouse A. Tu ouvres la porte, tu poses le Book sur la table de l'entrée, et tu suspends les fringues au portemanteau qui se trouve à côté du placard. Pas *dans* le placard. *À côté*. Et tu t'en vas. Tu ne frappes pas, tu ne sonnes pas. Elle déteste être dérangée. Tu entres, le plus discrètement possible.

Elle m'a tendu les vêtements et, sans perdre une seconde, a rouvert son portable.

C'est bon. Je vais m'en sortir ; que d'histoires pour un cahier et quelques pantalons !

Le liftier m'a gentiment souri, mais il avait l'air d'un type au bout du rouleau. Il a actionné le bouton marqué PH avec une clé et a fixé ses pieds.

— Je vous attends, a-t-il dit sans me regarder. Vous n'en avez que pour quelques secondes.

La moquette du couloir était rouge rubis, et si épaisse que j'ai manqué de trébucher lorsque la pointe d'un talon s'est coincée dans ses boucles ; les murs étaient tendus d'un lourd tissu crème à très fines rayures ton sur ton, et une banquette recouverte de daim crème était adossée à l'un d'eux. Une fois devant la double porte marquée PH A, j'ai dû faire un immense effort pour me retenir de sonner. Sitôt que j'ai eu glissé la clé dans la serrure, la porte s'est ouverte, et avant même d'avoir le temps de me demander ce que j'allais découvrir derrière elle, ou de lisser mes cheveux, je me suis retrouvée dans une entrée incroyablement spacieuse qui, bizarrement, embaumait les côtelettes d'agneau grillées. Et là, je l'ai vue. Elle portait une fourchette à sa bouche d'un geste délicat, tandis que de part et d'autre de la table, deux fillettes brunes, aussi identiques que deux gouttes d'eau, se chamaillaient à grands cris. En face d'elle, un homme grand, viril, avec des cheveux gris et un nez qui lui dévorait tout le visage, lisait un journal.

— Maman, dis-lui qu'elle n'a pas le droit d'entrer dans ma chambre pour me piquer mon jean ! Moi, elle ne m'écoute pas ! s'est plaint l'une des gamines.

Miranda a reposé sa fourchette et a soulevé, à sa *gauche*, un verre de ce que je savais désormais être de la San Pellegrino, avec une rondelle de citron vert.

— Caroline, Cassidy, ça suffit. Je ne veux plus en entendre parler. Tomas ! Apportez-nous un peu plus de gelée à la menthe.

Un homme – le chef cuisinier, sans doute – a accouru avec un plateau en argent sur lequel trônait un saladier, en argent lui aussi.

D'un seul coup, j'ai réalisé que depuis trente secondes, j'étais en train de les regarder dîner. Ils ne m'avaient pas encore aperçue, mais sitôt que j'allais me déplacer vers la table, au milieu de l'entrée, ils me remarqueraient. Effectivement, en dépit de toutes mes précautions, à peine ai-je eu esquissé un pas, que tous les regards ont convergé vers moi. J'étais à deux doigts de leur souhaiter un bon appétit quand je me suis souvenue à quel point, le matin même, lors de ma première rencontre avec Miranda, je m'étais lamentablement ridiculisée. *La table, la table*. Là, voilà. *Pose le Book. Bien, maintenant, les vêtements*. Je cherchais frénétiquement le fameux crochet auquel je devais les suspendre, mais mes yeux n'arrivaient pas à faire la mise au point. Là-bas, autour de l'autre table, le silence s'était fait ; je devinais quatre paires d'yeux rivés sur moi. Personne n'a dit bonsoir. Les filles n'avaient pas l'air déstabilisées qu'une parfaite étrangère se soit introduite dans leur appartement. J'ai enfin réussi à repérer un petit vestiaire dissimulé derrière la porte et j'ai suspendu mon chargement de cintres sur la tringle.

— Pas dans le placard, Emily, a lancé Miranda en détachant chaque mot. Suspendez-les aux crochets spécialement conçus à cet usage.

— Oh, euh… Bonsoir.

Idiote ! Tais-toi ! Elle n'attend pas de réponse. Contente-toi de faire ce qu'elle te dit ! Mais c'était plus fort que moi. C'était tellement étrange que personne ne m'ait souhaité le bonsoir et que tous feignent d'ignorer ma présence. Et pourquoi m'avait-elle appelée *Emily* ? Était-ce une plaisanterie ? Était-elle aveugle ? Était-elle réellement incapable de voir que je n'étais pas la fille qui travaillait depuis plus d'un an avec elle ?

— C'est Andrea, Miranda. Votre nouvelle assistante.

Silence. Un silence encombrant, insupportable, interminable, assourdissant, affolant.

Je savais que j'aurais dû me taire, que j'étais en train de creuser ma propre tombe, mais je n'ai pas pu me retenir.

— Euh, je suis désolée de vous avoir dérangée. Je

suspends ces vêtements, comme vous l'avez dit, et je me sauve.

Arrête de raconter ta vie ! Elle n'en a rien à fiche de tes faits et gestes. Fais ce que tu dois faire, et déguerpis.

— Bon, eh bien... Bon appétit. Enchantée d'avoir fait votre connaissance.

En tournant les talons, j'ai réalisé qu'en plus de m'exprimer d'une façon ridicule, je racontais n'importe quoi. *Enchantée d'avoir fait votre connaissance* ? Mais à qui m'avait-on présentée ?

— Emily ! ai-je entendu au moment où ma main se posait sur la poignée de la porte. Que ceci ne se reproduise pas demain soir. Nous ne souhaitons pas être dérangés.

Une fois sur le palier, la porte refermée derrière moi, je me suis laissée choir sur la banquette, en inspirant profondément pour retrouver mon souffle. Il me semblait que je venais de traverser un bassin olympique sous l'eau, sans reprendre ma respiration d'un bout à l'autre, alors que tout l'épisode n'avait pas duré plus d'une minute.

Quelle garce ! La première fois qu'elle m'avait appelée Emily, ce pouvait être une étourderie, mais la seconde fois, sa méprise était sans nul doute délibérée. Y avait-il meilleur procédé pour rabaisser quelqu'un que de l'appeler par un nom qui n'était pas le sien, après avoir obstinément refusé de prêter attention à sa présence ? Certes, je n'ignorais pas que je n'étais qu'un ectoplasme au plus bas de l'échelle hiérarchique du magazine – Emily n'avait jusque-là raté aucune occasion de le souligner –, mais Miranda avait-elle absolument besoin de me le rappeler, elle aussi ?

Je crois bien que j'aurais pu passer la nuit sur cette banquette, à mitrailler la porte du Penthouse A de balles imaginaires, mais un raclement de gorge m'a tirée de ma torpeur. Le petit liftier attendait patiemment, en contemplant ses pieds, que je me décide à redescendre. Je me suis précipitée dans la cabine en m'excusant.

— Pas de souci, m'a-t-il répondu dans un semi-murmure, les yeux obstinément rivés au sol. Ça sera plus facile avec le temps.

— Quoi ? Excusez-moi, je n'ai pas bien entendu…

— Rien, rien. Nous y sommes. Bonne soirée, mademoiselle.

Dans le hall, Emily était toujours pendue au téléphone et parlait d'une voix forte. Sitôt qu'elle m'a aperçue, elle a raccroché.

— Alors, comment ça s'est passé ? Il n'y a pas eu de problème ?

J'ai été tentée de lui raconter la scène que je venais de vivre. Si seulement elle avait été une collègue compatissante, avec laquelle j'aurais vraiment pu former une équipe ! Mais je savais pertinemment qu'à lui relater l'incident, je n'allais m'attirer que des réprimandes.

— Aucun problème. Ils étaient en train de dîner, j'ai tout déposé, exactement comme tu me l'avais dit.

— Parfait. Tu devras donc faire ça chaque soir. Ensuite, tu demandes à la voiture de te reconduire chez toi, et tu es libre. Bon, amuse-toi bien à la soirée de Marshall. Je devais y aller, mais j'ai rendez-vous pour une épilation du maillot, et je ne peux absolument pas l'annuler – tu te rends compte ? Ils sont complets pour les deux mois à venir ? Au beau milieu de l'hiver ! C'est sans doute à cause de tous ces gens qui partent en vacances au soleil. Qu'autant de femmes à New York aient besoin en ce moment de se faire épiler le maillot, ça me dépasse. Mais bon, c'est comme ça.

Le cœur battant au tempo de sa voix, j'avais l'impression que, quoi que je puisse dire ou faire, j'étais condamnée à perpétuité à l'écouter parler d'épilations du maillot. Entendre ses cris pour avoir osé perturber le dîner de Miranda n'aurait-il pas été, finalement, moins pire ?

— Ouais, c'est comme ça, et on n'y peut pas grand-chose. Bon, je dois me sauver, j'avais promis à James de le retrouver à 9 heures, et il est déjà 10 heures passées. À demain ?

— À demain. Ah, au fait, une dernière chose. Maintenant que tu es bien rodée, tu commenceras toujours à 7 heures, mais moi, je n'arriverai qu'à 8. Miranda est au courant – il est entendu que l'assistante senior commence plus tard, puisque son travail est beaucoup plus intense. Appelle-moi au besoin, mais maintenant, tu dois savoir te débrouiller seule. Salut ! a-t-elle lancé en s'engouffrant dans la seconde voiture qui patientait devant l'immeuble.

J'ai vraiment failli lui sauter à la gorge.

— Salut ! ai-je chantonné avec un grand sourire hypocrite.

Quand j'ai vu que mon chauffeur s'apprêtait à descendre pour m'ouvrir la portière, je lui ai fait signe de ne pas se déranger.

— Au Plaza, s'il vous plaît.

En dépit de la température qui devait avoisiner les –7°, James m'attendait devant l'hôtel, sur les marches. Depuis que je l'avais quitté, il s'était changé et paraissait très, très menu dans son pantalon de daim noir et son débardeur blanc côtelé qui mettait en valeur son teint estival – qui devait tout à un autobronzant appliqué d'une main experte. Quant à moi, avec ma minijupe Gap, j'avais l'air d'une touriste.

— Salut, Andy. Comment s'est passée la livraison ?

Nous n'avions pas plus tôt commencé à faire la queue devant le vestiaire que j'ai aperçu Brad Pitt.

— Non ! Brad Pitt est ici ?

— Ben évidemment… C'est Marshall qui s'occupe des cheveux de Jennifer. Elle doit être là aussi. Franchement, Andy, peut-être me croiras-tu, la prochaine fois, quand je te dirai de venir avec moi. Allons chercher un verre.

À une heure du matin, j'avais descendu quatre verres et je papotais joyeusement avec l'une des assistantes mode de *Vogue*. Nous discutions épilation du maillot. Passionnément. Et le sujet ne m'ennuyait même pas. À un moment donné, je suis repartie me mêler à la foule des invités pour retrouver James, et je suis passée à côté de Jennifer Aniston. *Bon sang !* me suis-je dit en lui adressant un immense sourire lèche-cul, *c'est tout de même quelque chose, cette soirée* ! Mais l'heure tournait, j'étais un peu ivre, je devais être au boulot dans moins de six heures et je n'étais pas rentrée chez moi depuis plus de vingt-quatre heures. Aussi, lorsque j'ai aperçu James en train de peloter un des coloristes du salon de Marshall, je me suis dit que j'allais m'éclipser en douce. Mais là, j'ai senti une main se poser sur mes reins.

— Hé ! a fait le mec supermignon que j'avais vu dépérir d'ennui dans un coin de la pièce.

À l'évidence, de dos, il m'avait confondue avec une autre fille. J'attendais qu'il s'excuse de sa méprise, mais son sourire s'est accentué.

— Vous n'êtes pas très bavarde, hein ?

— Parce que dire « Hé ! » fait de vous quelqu'un qui a de la conversation, peut-être ?

Andy ! Boucle-la ! Un mec archicanon te tombe dessus à l'improviste dans une soirée truffée de célébrités et toi, tu le rembarres aussi sec ? Mais il n'a nullement semblé s'offusquer. Bien au contraire, son sourire s'est encore élargi.

— Excusez-moi, ai-je ajouté en contemplant le fond d'alcool dans mon verre. Je m'appelle Andrea. C'est sans doute mieux de commencer ainsi.

J'ai tendu la main, intriguée. Que pouvait-il bien me vouloir ?

— Ne vous excusez pas. Vous êtes directe. Ça me plaît bien. Christian. Ravi de vous rencontrer, Andy.

Il a écarté une mèche châtain qui barrait son visage et a bu une gorgée de sa Budweiser au goulot. Je lui trouvais un air vaguement familier, sans pouvoir le situer précisément.

— Je n'imaginais pas qu'ils puissent servir une boisson aussi bas de gamme dans une soirée comme celle-ci, ai-je remarqué en désignant sa bouteille.

Alors que je m'attendais à ne récolter, dans le meilleur des cas, qu'un gloussement amusé, il a éclaté de rire, sans retenue, et avec sincérité.

— Vous dites toujours ce que vous pensez, n'est-ce pas ? Non, non, c'est parfait ainsi, a-t-il aussitôt protesté en voyant ma mine mortifiée. Et d'autant mieux que c'est très rare dans ce milieu. Boire le champagne dans une mini-bouteille et à la paille, voyez-vous, je n'y arrive pas. À mon sens, c'est carrément castrateur. Alors le barman m'a dégoté cette bouteille quelque part en cuisine.

Il a repoussé une autre mèche, qui est immédiatement retombée devant ses yeux, et il a sorti un paquet de cigarettes de la poche de sa veste. Il m'en a offert une, que j'ai aussitôt laissée tomber par terre, délibérément.

La cigarette avait atterri à quelques centimètres de ses mocassins à bouts carrés – des Gucci, reconnaissables à leur mors. En me redressant, j'ai inspecté le reste de sa tenue : jean Diesel – délavé là où il fallait, évasé en bas, assez long pour traîner derrière les talons – maintenu à la naissance des hanches par une ceinture noire – Gucci, certainement, mais dépourvue de signe ostentatoire ; tee-shirt blanc – quelconque, mais sans aucun doute acheté chez Armani ou Hugo Boss. Sa veste noire était elle aussi de bonne coupe, chère, peut-être même avait-elle été arrangée sur mesure pour son corps incroyablement sexy – quoique de taille normale. Mais c'étaient surtout ses yeux, verts comme de l'écume de mer, qui retenaient le plus l'attention. Par sa stature et sa silhouette, il me rappelait un peu Alex, mais un Alex relooké à la mode européenne. Un rien plus cool, un poil plus séduisant physiquement. Mais carrément plus vieux – il devait avoir la trentaine. Et sans doute aussi un peu trop beau parleur.

Il m'a proposé du feu et s'est rapproché de moi pour s'assurer que ma cigarette était bien allumée.

— Alors, Andrea, qu'est-ce qui vous amène dans une soirée comme celle-ci ? Compteriez-vous au nombre de ces rares personnes qui ont la chance d'être clientes de Marshall Madden ?

— Pas vraiment. Du moins pour l'instant, car il n'a pas pris de gants pour me dire que j'aurais tout à gagner à lui confier ma tête.

J'ai ri, et je me suis rendu compte que je cherchais *à tout prix* à impressionner cet inconnu.

— Je travaille à *Runway*, ai-je repris. Un copain qui est rédacteur beauté m'a traînée ici.

— *Runway* ? Un endroit sympa pour travailler si vous êtes versée dans le SM. Et vous aimez ça ?

J'ai hésité. Me demandait-il si j'aimais les relations sado-masochistes ? Ou mon boulot à *Runway* ? Peut-être ce type avait-il pigé sans avoir besoin d'un dessin… Peut-être était-il lui-même suffisamment introduit dans le milieu, pour savoir qu'au beau royaume de *Runway*, la réalité était bien différente de ce que les gens, de l'extérieur, imaginaient. Devais-je me lancer dans un numéro de charme en lui racontant le cauchemar que je venais de vivre avec la livraison du Book ? Non, non. Je n'avais aucune idée de l'identité de ce type. Après tout, il pouvait fort bien travailler lui-même à *Runway*, dans quelque département isolé où je n'avais encore jamais mis les pieds, ou dans un autre des magazines du groupe. Ou peut-être était-il un de ces journalistes fouineurs de la rubrique mondaine, la fameuse Page Six, contre lesquels Emily m'avait si soigneusement mise en garde.

— Ils te prennent par surprise et ils essaient de te piéger, de te soutirer quelque détail juteux sur Miranda ou *Runway*, m'avait-elle prévenue d'un ton menaçant. Tiens-toi toujours sur tes gardes.

Entre cette défiance généralisée et les badges qui permettaient de suivre nos faits et gestes à la trace, en matière de vigilance et de surveillance, la mafia faisait figure d'amateur en comparaison de *Runway*. Du coup, dans un accès de paranoïa, j'ai exécuté la fameuse volte-face.

— Ouais, ai-je fait, en m'efforçant de prendre un ton décontracté et évasif. C'est un endroit curieux. Je ne suis pas vraiment dans la mode – en fait, je préférerais écrire, mais j'imagine que ce n'est pas un mauvais début. Et vous, que faites-vous ?

— Je suis écrivain.

— Ah… Ce doit être passionnant.

J'espérais que ma voix trahissait moins de condescendance que je n'en éprouvais. Franchement, cette manie que tout le monde et n'importe qui, à New York, avait de s'auto-proclamer écrivain, acteur, poète, artiste commençait à me taper sur le système. *Moi, j'écrivais dans le journal de la fac*, ai-je songé, *et une fois, au lycée, un de mes essais a même été publié dans un mensuel*. Cela faisait-il de moi un écrivain ?

— Et quel genre de livres écrivez-vous ?

— Des fictions, principalement. Je travaille en ce moment sur mon premier roman historique, a-t-il précisé en buvant une autre gorgée de bière et en repoussant une nouvelle fois cette agaçante, mais néanmoins adorable, mèche.

« Premier roman historique » signifiait donc que ses autres œuvres faisaient l'impasse sur la dimension historique. Intéressant.

— Et ça parle de quoi ?

Il a réfléchi quelques secondes.

— L'histoire est racontée d'après le point de vue d'une jeune femme, et s'attache à dépeindre le quotidien dans ce pays pendant la Seconde Guerre mondiale. J'en suis encore à la phase des recherches, je retranscris des interviews… Mais le peu que j'ai écrit jusque-là me semble fonctionner assez bien. Je pense…

Il a continué à discourir, mais j'avais décroché. Nom d'un chien ! D'après cette brève description, j'avais immédiatement reconnu l'ouvrage en question. Le *New Yorker* lui avait déjà consacré un article : apparemment, tout le milieu littéraire brûlait de découvrir ce texte, et ne tarissait pas d'éloges à propos du réalisme avec lequel l'auteur dépeignait son héroïne. J'étais à une soirée en train de bavarder en toute simplicité avec Christian Collinsworth, le petit génie qui avait été édité à l'âge vénérable de vingt ans, alors qu'il hantait encore la bibliothèque de Yale. L'ensemble de la critique avait encensé son premier roman, en saluant une des plus remarquables réussites du XXe siècle. Le jeune auteur avait enchaîné avec la publication de deux autres romans, qui, chacun, étaient restés plus longtemps que le précédent sur les listes des meilleures ventes. L'article du *New Yorker* s'accompagnait d'une interview dans laquelle le journaliste disait que Christian « serait non seulement un auteur de poids dans les années à venir », mais qu'en plus, « avec son look d'enfer, il était un tueur en son genre : à supposer que son succès littéraire ne soit pas un argument suffisant, son charme pourrait toujours, à lui seul, lui assurer toute sa vie le succès auprès des femmes. »

— Waou, c'est vraiment génial.

Tout d'un coup, je n'avais plus la force de déployer esprit, humour, séduction. Ce type était un écrivain à succès – que cherchait-il, en bavardant avec moi ? À tuer le temps, sans doute. Il devait attendre que sa petite amie top model termine sa journée de pose à 10 000 dollars et le rejoigne. *Et quand bien même, quel est le problème, Andrea ? Au cas où tu l'aurais oublié, il se trouve que tu as déjà un compagnon adorable, gentil, attentionné. Ça suffit comme ça !* J'ai donc inventé un bobard pour expliquer que je devais absolument rentrer chez moi sur-le-champ. Mon interlocuteur a pris un air amusé.

— Je vous fais peur.

Le ton était celui, neutre, de la constatation, mais son sourire, en revanche, me mettait au défi de riposter.

— Peur ? Pourquoi diable devrais-je avoir peur de *vous* ? À moins, évidemment, qu'il n'y ait de bonnes raisons, que j'ignore…

Comment ne pas flirter à mon tour ? Il rendait le jeu si facile. Il a posé les mains sur mes épaules et m'a fait pivoter.

— Venez, allons chercher un taxi.

Et avant que j'aie pu protester, lui rétorquer que j'étais capable de trouver mon chemin seule, que le rencontrer avait été agréable, mais qu'il ferait bien d'y repenser à deux fois s'il s'imaginait rentrer avec moi, j'étais sur le perron du Plaza.

— Un taxi ? s'est enquis le portier.

— Oui, pour cette jeune fille.

— Non, j'ai déjà une voiture…, ai-je expliqué en indiquant, quelques mètres plus loin sur la 58e Rue, la file de voitures avec chauffeur rangées le long du trottoir.

Je n'avais pas besoin de regarder Christian pour savoir qu'il souriait. Un de ces sourires charmeurs et moqueurs qui semblaient être sa spécialité. Il m'a accompagnée jusqu'à la voiture, il a ouvert la portière et m'a désigné la banquette d'un geste galant.

— Merci, ai-je dit d'un ton emprunté en lui tendant la main. C'était un plaisir de faire votre connaissance.

— Le plaisir a été réciproque, Andrea. J'espère vraiment que nous aurons l'occasion de nous revoir bientôt.

Sur ce, il a saisi la main que je lui offrais, mais au lieu de la serrer comme je m'y attendais, il l'a portée à ses lèvres, une fraction de seconde plus longtemps que nécessaire.

J'ai réussi à monter dans la voiture sans trébucher ni m'humilier davantage, mais j'ai eu beau employer toute mon énergie à ne pas rougir, je sentais qu'hélas, c'était trop tard. Il a claqué la portière et suivi la voiture du regard.

Cette fois, cela n'a pas paru bizarre d'avoir une voiture et un chauffeur à ma disposition pour me ramener chez moi. D'ailleurs, plus rien ne m'étonnait : ni d'avoir passé la soirée à côtoyer des stars d'Hollywood, même si, avant ce soir-là, je n'avais encore jamais rencontré quelqu'un ne serait-ce que d'obscurément célèbre, ni qu'un des célibataires incontestablement les plus convoités de New York ait frotté sa truffe sur ma main. *Mais rien de tout cela n'a vraiment d'importance*, me répétais-je en boucle. *Cela fait partie de cet univers, un univers auquel tu n'as pas envie d'appartenir. Cette comédie peut sembler amusante vue d'ici, mais elle te passe par-dessus la tête*. Ce qui ne m'a pas empêchée de contempler fixement ma main, en essayant de me rappeler les moindres détails de ce baisemain. Finalement, j'ai plongé cette main gênante dans mon sac pour y attraper mon téléphone. Et tout en composant le numéro d'Alex, je me suis demandé ce que j'allais bien pouvoir lui raconter.

9

Douze semaines : c'est le temps qu'il m'a fallu pour consentir à profiter sans retenue de l'inépuisable stock de vêtements de créateurs que *Runway* me suppliait de bien vouloir accepter. Douze longues semaines harassantes, avec des journées de quatorze heures et des nuits de sommeil qui n'excédaient jamais cinq heures. Douze misérables semaines à me faire toiser, tous les matins sans exception, sans jamais recevoir le moindre compliment, ni avoir l'impression d'avoir enfin été reçue à l'examen. Douze semaines épouvantablement longues à me sentir idiote, incompétente, débile. Au début de mon quatrième mois (*plus que neuf mois à tenir* ! me disais-je), j'ai donc pris une décision : j'allais devenir une nouvelle femme. Et qui dit nouveau rôle dit nouveaux costumes.

Les douze semaines qui avaient précédé cette épiphanie m'avaient laminée. Je reconnaissais que posséder un placard rempli de vêtements « appropriés » m'aurait grandement simplifié la vie. Jusque-là, m'habiller avait constitué la part la plus stressante d'une routine matinale déjà angoissante. Le réveil sonnait si tôt qu'avouer à quiconque l'heure à laquelle je m'étais levée m'aurait infligé une douleur physique. Arriver au bureau à

7 heures était si laborieux que ça en devenait comique. Certes, ce n'était pas la première fois de ma vie que j'étais debout à 7 heures du matin – je m'étais déjà levée aux aurores pour prendre un avion, ou finir de réviser un examen qui avait lieu le jour même. Mais la plupart des fois où je m'étais trouvée dehors à cette heure indue, c'était pour n'avoir pas encore trouvé le chemin du lit après une nuit de fête. Dans ces circonstances, quand s'étalait devant moi la perspective d'une journée entière à dormir, 7 heures du mat' n'avaient rien d'une heure antipathique. Ma situation actuelle était complètement différente. C'était une privation de sommeil constante, interminable, inhumaine, et en dépit de mes nombreuses tentatives, jamais je n'avais réussi à me coucher avant minuit. Les deux semaines précédentes avaient été particulièrement rudes ; on était en plein bouclage de l'un des numéros de printemps et, parfois, j'avais dû patienter jusqu'à près de 23 heures pour récupérer le Book. Le temps de le déposer, j'étais arrivée chez moi à minuit passé, et il m'avait encore fallu trouver l'énergie de manger un morceau et de m'extirper de mes vêtements avant de m'effondrer sous la couette.

Le réveil commençait à sonner à 5 h 30, et il m'était impossible de l'ignorer. Au prix d'un gros effort, je glissais un pied hors de la couette, en visant plus ou moins l'endroit où il se trouvait (je l'avais stratégiquement placé au bout du lit pour m'obliger à faire un mouvement) et je donnais de grands coups de pied à l'aveuglette. Une fois établi le contact avec ce maudit instrument de torture, je l'assommais pour lui clouer le bec. Mais les stridulations reprenaient, avec constance et de manière totalement prévisible, toutes les sept minutes, et à 6 h 04, invariablement, la panique me faisait bondir du lit pour me ruer sous la douche.

Venait ensuite, entre 6 h 31 et 6 h 37, la mêlée quotidienne avec le contenu de mon placard. Même Lily –

qui n'était pas exactement une bête de mode, avec ses jeans d'étudiante, ses sweat-shirts négligés et ses ras de cou en chanvre – s'étonnait à chacune de nos rencontres :

— Je ne comprends pas très bien ce que tu peux te mettre sur le dos pour aller bosser. Tes fringues sont aussi mignonnes que celles de n'importe quelle fille, Andy… Mais rien de ce que tu as n'a le style de *Runway*.

Jamais je ne lui avais avoué que, durant ces premiers mois, je m'étais levée tous les matins *encore plus tôt*, fermement déterminée à me forger un look « à la *Runway* », à partir d'une garde-robe qui, stylistiquement parlant, était, dans sa majorité, plus proche de l'esprit de Banana Republic. Chaque matin, tout en sirotant mon café chauffé au micro-ondes, j'avais passé près d'une demi-heure à m'arracher les cheveux devant les bottes et les ceintures, à tergiverser interminablement entre la laine et les microfibres. Souvent, j'avais changé cinq fois de suite de paire de collants jusqu'à trouver la bonne teinte, pour m'obliger au bout du compte à reconnaître que des collants sans style ni couleur ne pourraient de toute façon jamais être O.K. Les talons de mes chaussures étaient toujours trop bas, trop lourds, trop épais. Je ne possédais pas un seul pull en cashmere. Comme je n'avais pas encore découvert l'existence des strings, je faisais une fixation obsessionnelle sur le moyen d'éliminer les marques de slip – qui étaient la cible des commères lors des pauses devant la machine à café.

Donc, au bout de trois mois, épuisée, j'ai rendu les armes. Cette épreuve quotidienne m'avait vidée de toutes mes forces émotionnelles, physiques, mentales. Le jour de mon renoncement (le jour anniversaire de mes trois mois chez *Runway*) a commencé comme tous les autres : face au placard, ma tasse « I ♥ Providence » dans une main, je passais en revue de l'autre mes chemises en coton préférées. Et là je me suis : *À quoi bon lutter ? Porter les vêtements de* Runway *ne ferait pas de moi une vendue, n'est-ce pas ?* De plus, les commentaires à l'égard de ma garde-robe avaient gagné en fréquence, ils s'étaient faits plus insidieux, et j'avais fini par me demander si je n'étais pas sur un siège éjectable. En surprenant ce jour-là mon reflet dans le miroir en pied, je n'ai pu qu'éclater de rire : Comment ? Cette fille en soutien-gorge brassière et culotte de coton avait la prétention de ressembler à une amazone de *Runway* ? Avec ces merdes sur le dos ? Laissez-moi rire ! Je travaillais dans un magazine *de mode* – et pas n'importe lequel ! Se contenter d'enfiler un vêtement qui n'était pas déchiré, effrangé, taché ou trois fois trop grand pour moi n'allait pas passer plus longtemps. J'ai écarté mes chemises à col boutonné et j'ai extrait de la penderie la jupe (Prada), le col roulé noir (Prada), et les bottes à mi-mollet (Prada) que Jeffy m'avait apportés un soir où j'attendais le Book.

— C'est quoi ? avais-je demandé en ouvrant le sac qu'il me tendait.

— Les vêtements que tu devrais porter si tu ne veux pas te faire virer, Andy.

Il me souriait, mais sans se résoudre à me regarder dans les yeux.

— Pardon ?

— Écoute, Andy, quelqu'un doit te le dire… Euh, ton look ne cadre pas vraiment avec celui de la rédaction. Bon, je sais que toutes ces fringues reviennent cher, mais il y a des moyens de se débrouiller. J'ai tellement de trucs dans la réserve que personne ne remarquera si tu, euh… empruntes quelques articles de temps à autre. (Jeffy avait dessiné deux guillemets en disant le mot *empruntes*) Et bien entendu, tu devrais appeler les services de com de chaque créateur et leur demander de te faire une carte de remise. Moi, je n'ai que 30 %, mais toi qui travailles pour Miranda, ça m'étonnerait qu'ils te fassent payer... Il n'y a aucune raison pour que tu t'obstines à t'habiller chez... Gap.

J'aurais pu expliquer à Jeffy que préférer des Nine West à des Manolo, ou des jeans achetés au rayon junior chez Macy's à des « jeans couture » vendus au huitième étage chez Barney's avait été ma façon de clamer à la face du monde que je ne me laissais pas corrompre par l'univers de *Runway*. Mais je me suis contentée de hocher la tête. Jeffy semblait si mal à l'aise de m'avoir fait remarquer que je m'étais humiliée chaque jour ! Qui l'avait chargé du sale boulot ? Emily ? Ou Miranda en personne ? Bah, quelle importance... J'avais déjà survécu trois mois entiers – si porter un pull col roulé Prada plutôt que son cousin de chez Urban Outfitters devait m'aider à survivre les neuf mois suivants, pourquoi pas ? D'où ma décision de me composer sans plus attendre une nouvelle garde-robe mieux adaptée.

Ce jour-là, j'ai finalement réussi à lever le camp à 6 h 50, et en fait, je me sentais drôlement bien dans ma peau. Le vendeur ambulant de café, en bas de chez moi, a même sifflé en m'apercevant, et une femme m'a arrêtée pour me dire qu'elle avait des vues sur ces bottes depuis trois mois. *Je pourrais y prendre goût*, me suis-je dit. Tout le monde devait se mettre un truc sur le dos chaque matin, et ces vêtements-là étaient sans conteste mille fois mieux que les miens. Comme tous les jours, j'ai marché jusqu'au carrefour de la Troisième Avenue, puis j'ai hélé un taxi et je me suis effondrée sur la banquette arrière.

— 640, Madison. Le plus rapidement possible, s'il vous plaît, ai-je coassé.

J'étais bien trop claquée pour être reconnaissante de ne pas avoir à partager le sort des usagers quotidiens des transports en commun. Le chauffeur m'a dévisagée dans son rétroviseur – avec un soupçon de sympathie, je le jure ! – avant de lâcher :

— Ah oui, la tour Elias-Clark.

Il n'y avait aucune circulation à cette heure-là, aussi, six minutes après montre en main, le taxi m'a déposée dans un crissement de pneus devant le grand monolithe long et efflanqué qui offrait un modèle de perfection physique à ses occupants. Comme chaque matin, le montant de la course s'élevait à 6,50 $ et, comme chaque matin, j'ai tendu un billet de 10 au chauffeur en lui disant de garder la monnaie. Et comme chaque matin, ce geste m'a mise de bonne humeur.

De ce côté-là, il n'y avait pas l'ombre d'un souci. Il ne m'avait guère fallu plus d'une semaine pour comprendre que la comptabilité n'était pas précisément le point fort d'Elias-Clark, ni même une vraie priorité. Charger chaque jour 10 dollars de taxi en note de frais n'était pas vraiment un problème. Une autre entreprise aurait pu se demander de quel droit ses salariés prenaient un taxi pour se rendre à leur travail ; chez Elias-Clark, on se demandait pourquoi vous vous fatiguiez à chercher par vous-même un taxi, quand un service de voitures avec chauffeur était à votre disposition. Rouler chaque jour l'entreprise de quelques 10 dollars supplémentaires me rassérénait. Certains auraient vu là les signes d'une révolte passive agressive. Pour moi, c'était juste une façon d'être quitte.

J'ai dégringolé du taxi, encore réjouie d'avoir fait plaisir à quelqu'un, et j'ai marché vers l'entrée du 640. Même si, pour tout le monde, le bâtiment était la tour Elias-Clark, JS Bergman, l'une des plus prestigieuses banques de la ville, en louait la moitié. Nous ne partagions strictement rien avec elle – pas même un ascenseur –, mais cet apartheid n'empêchait nullement leurs banquiers pleins aux as et nos bêtes de mode de se mater réciproquement dans le hall.

J'étais en train de me préparer psychologiquement à affronter le petit numéro du matin avec Eduardo quand j'ai entendu quelqu'un dans mon dos lancer d'une voix gauche, circonspecte :

— Hé, Andy ? Quoi de neuf ? Ça faisait longtemps !

Je me suis retournée et me suis trouvée nez à nez avec Benjamin, un des multiples ex de Lily du temps de la fac. Apparemment indifférent au fait d'être assis sur le trottoir, il était affalé contre le mur, à côté de l'entrée. Benjamin n'était que l'un des nombreux types avec lesquels elle était sortie, mais il était le premier pour lequel elle avait éprouvé une affection sincère. Je n'avais plus parlé à ce bon vieux Benji (il détestait ce surnom) depuis le jour où Lily l'avait surpris en pleine action avec deux filles de sa chorale. Elle s'était pointée chez lui (il vivait dans un appartement à l'extérieur du campus) et l'avait trouvé vautré dans son salon entre une soprano et une alto, deux filles falotes qui n'avaient jamais pu se résoudre ensuite à croiser de nouveau le regard de Lily. J'avais essayé de la convaincre que ce n'était qu'une bouffonnerie d'étudiant, mais en vain. Elle avait pleuré pendant des jours et des jours et m'avait fait promettre de ne raconter cette mésaventure à personne. Tant de précautions s'étaient avérées inutiles, car Benjamin s'était lui-même chargé de divulguer ses exploits – se vantant d'avoir « chopé deux têtes de linotte », pour reprendre ses termes, pendant « qu'une troisième les matait ». Sa version des faits avait insinué que Lily, consentante, avait assisté à toute la scène, contemplant son vilain bonhomme faire la démonstration de sa virilité. Lily avait juré de ne jamais plus craquer pour un autre garçon, et jusque-là, elle avait semblé se tenir à sa promesse. Elle avait couché avec des tas d'hommes, mais sans les fréquenter assez longtemps pour risquer de découvrir chez eux un quelconque côté attachant.

J'ai cherché à retrouver dans le visage de ce type affalé sur le trottoir quelque chose du garçon sportif et mignon que j'avais connu. Mais Bergman l'avait transformé : il ne restait de lui que l'enveloppe d'un humain. Il portait un costume trop grand, froissé et, à voir avec quelle fièvre il tirait sur sa Marlboro, on aurait pu croire qu'elle contenait du crack ou de la cocaïne. À 7 heures du matin, il semblait déjà surmené, et cela m'a rassérénée. À la fois parce que c'était la monnaie de sa pièce pour le sale coup qu'il avait fait à Lily, et parce que je n'étais pas la seule à me traîner au bureau à une heure aussi indécente. Sans doute gagnait-il, lui, 150 000 dollars en échange de cette vie misérable, mais peu importe, je me sentais moins seule.

Benji m'a saluée en levant sa cigarette dont le bout incandescent brillait d'un éclat irréel dans cette aube hivernale, et m'a fait signe d'approcher. Je craignais d'être en retard, mais dans le hall, j'ai aperçu Eduardo qui m'a rassurée d'une mimique – celle qui signifiait « T'inquiète pas, elle n'est pas encore là ». Je me suis approchée. Benji avait les yeux injectés de sang et l'air désespéré. Sans doute s'imaginait-il bosser sous les ordres d'un patron tyrannique. Ha ha ! Si seulement il savait ! J'avais envie d'éclater de rire.

— Hé, j'ai remarqué que tu étais la seule à arriver aussi tôt tous les matins, a-t-il marmonné. Tu fais quoi, ici ?

— Je travaille pour une bonne femme assez exigeante et je dois me pointer deux heures et demie avant tout le monde afin d'être à pied d'œuvre quand Sa Majesté arrive, ai-je expliqué, la voix gonflée de sarcasme et de hargne.

— Waou ! C'était juste une question. Navré pour toi, ça n'a pas l'air marrant. Tu bosses pour laquelle ?

— Miranda Priestly, ai-je répondu, en priant pour que ce nom ne trouve aucun écho en lui.

Que quelqu'un qui avait fait des études et avait réussi professionnellement n'ait aucune idée de qui était Miranda Priestly me faisait toujours immensément plaisir. Le vieux Benji n'a pas déçu mes attentes. Il a haussé les épaules en tirant sur sa clope et m'a lancé un regard interrogateur.

— C'est la rédac'chef de *Runway*, ai-je soufflé. Et la pire des garces que j'aie jamais rencontrée. C'est à peine si elle est humaine.

J'aurais volontiers déversé toute ma litanie de jérémiades dans les oreilles de Benji, mais brusquement, la paranoïa m'a fondu dessus. Ce type ignorant et indifférent était en fait un espion à la solde de Miranda ! Un laquais de l'*Observer*, ou de la Page Six, chargé de m'espionner. Oui, certes, ma panique était ridicule, complètement absurde. Je connaissais Benji depuis des années et je me doutais bien qu'il ne travaillait pas pour Miranda. Mais un doute subsistait. Après tout, comment aurais-je pu être certaine que ce n'était que délire paranoïaque ? De plus, n'importe qui aurait pu à ce moment-là se trouver dans mon dos et surprendre mes paroles venimeuses. Il me fallait immédiatement réparer les dégâts. Une volte-face s'imposait.

— Évidemment, c'est la femme la plus puissante du monde de la mode et de la presse. Ce n'est pas en passant ses journées à distribuer des sucres d'orge qu'on se hisse au sommet de ces deux mondes-là. On peut comprendre qu'elle soit un peu dure. Moi aussi je le serais, à sa place. Bon, euh… Je dois filer. C'était sympa de te revoir.

Je me suis défilée, comme chaque fois au cours de ces dernières semaines que je n'avais pas pu m'empêcher de démolir la sorcière devant quelqu'un d'autre que Lily, Alex ou mes parents.

— Ne t'en fais pas, m'a lancé Benji tandis que je fonçais en direction des ascenseurs. Je ne suis là que depuis jeudi.

***

— Salut, Eduardo, ai-je dit en prenant mon regard le plus épuisé, le plus pathétique. Je hais les lundis.

— Ne t'inquiète pas, ma fille, m'a-t-il répondu en souriant. Aujourd'hui, au moins, tu l'as coiffée au poteau.

Il faisait allusion à ces affreux matins où Miranda débarquait à 5 heures du matin, et où il devait l'escorter jusqu'en haut, puisqu'elle refusait de se munir d'un badge d'accès. Une fois dans son bureau, elle faisait les cent pas tout en nous harcelant de coups de téléphone, Emily et moi, jusqu'à ce que l'une ou l'autre réussisse à se réveiller et à se préparer pour filer d'urgence au bureau, comme si la sécurité de la nation était en péril.

Pourvu qu'il me laisse passer sans m'infliger une performance, ai-je prié au moment où je poussais lc tourniquet. Négatif.

« *You, tell me what you want, what you really, really want*[1] », a-t-il chanté avec son lourd accent espagnol, en souriant de toutes ses dents.

Ma belle humeur pour avoir fait le bonheur du taxi et avoir appris que j'étais arrivée avant Miranda s'est évaporée aussi sec, et comme chaque matin, je n'avais plus qu'une envie : sauter derrière le comptoir de la sécurité pour arracher les yeux à mon tortionnaire. Mais j'étais bonne joueuse, et Eduardo était mon seul ami en ces lieux. Je me suis donc exécutée, sans une once d'enthousiasme.

— *I'll tell you what I want, what I really, really want, I wanna – I wanna – I wanna – I wanna – I really, really, really wanna zigga zig aaaaaaahhhhh*[2], ai-je piaillé, dans un pitoyable tribut au tube des Spice Girls. Eduardo a souri et déclenché l'ouverture du tourniquet.

1. Toi, dis-moi ce que tu veux, ce que tu veux vraiment.
2. Je vais te dire ce que je veux, ce que je veux vraiment.

— Hé, n'oublie pas : le 16 juillet.

— Ouais, le 16 juillet. Ça roule !

Eduardo avait découvert, j'ignore comment, que nos anniversaires tombaient le même jour, et cette coïncidence le ravissait. Pour une raison plus obscure encore, y faire référence était devenu une part de notre rituel du matin. Tous les jours, tous les jours, tous les jours.

Du côté Elias-Clark, il y avait huit ascenseurs, quatre affectés à la desserte des dix-sept premiers étages, et quatre autres desservant tous les étages au-delà. Seul le premier groupe comptait vraiment, puisque tous les titres importants étaient logés dans les dix-sept premiers étages. Chaque titre était affiché sur le panneau lumineux disposé en fronton au-dessus des portes. Au deuxième étage, se trouvait une salle de gym à disposition du personnel, un modèle du genre équipé de plus de cent Stairmasters, tapis de course, rameurs. Les vestiaires, agrémentés de sauna, jacuzzi, hammam, étaient entretenus par des techniciennes de surface en uniforme de bonnes, et accueillaient un institut de beauté qui proposait en urgence manucures, pédicures et soins du visage. On y fournissait même les serviettes de toilette – du moins d'après ce que j'en avais entendu dire : sans compter que je n'avais guère eu le loisir d'aller vérifier par moi-même, l'endroit était de toute façon invariablement bondé de 6 heures à 22 heures. Les journalistes, les rédactrices et les assistantes commerciales réservaient trois jours auparavant pour assister à un cours de yoga ou de kick-boxing et, en dépit de tant de précautions, elles risquaient de perdre leur place si elles n'arrivaient pas avec quinze minutes d'avance. Comme presque tout ce qui avait été conçu, chez Elias-Clark, pour agrémenter la vie du personnel, cela ne réussissait qu'à me stresser davantage.

J'avais également ouï dire que le sous-sol abritait une crèche, mais ne connaissant personne qui avait des enfants, je ne pouvais pas encore l'affirmer. Les choses sérieuses commençaient au troisième étage, où se trouvait la cafétéria. Miranda refusait en principe d'y mettre les pieds, mais n'avait d'autre choix que de se mêler à la plèbe lorsqu'elle devait déjeuner avec Irv Ravitz, le P-DG d'Elias qui, lui, aimait fréquenter les lieux pour faire montre de sa solidarité avec ses employés.

Arrivée au dix-septième étage, j'ai inspecté mon derrière dans les portes en miroir des ascenseurs – une attention géniale de la part de l'architecte du 640, Madison. Comme chaque jour ou presque, j'ai dû pénétrer par effraction dans les bureaux puisque j'avais, une fois de plus, oublié mon badge électronique – celui-là même qui permettait de surveiller nos mouvements, nos achats et nos absences. Sophy n'arrivant pas avant 9 heures, je devais me pencher par-dessus son bureau, trouver à tâtons le bouton qui déclenchait l'ouverture des portes et, de là, sprinter depuis le comptoir de la réception avant qu'elles ne se referment. Certains matins, je devais recommencer ce manège à trois ou quatre reprises avant de réussir, mais cette fois, j'y suis parvenue du second coup.

À mon arrivée, tout l'étage était plongé dans le noir. Chaque matin, j'empruntais le même chemin pour gagner mon bureau. Passé l'entrée, à gauche, se trouvait la régie publicitaire. Les filles qui bossaient là adoraient plus que toutes les autres les tee-shirts Chloé et les bottines à talons aiguilles ; elles avaient aussi la manie de distribuer à tour de bras des cartes de visite qui proclamaient, en lettres bien voyantes, leur statut de membre de l'équipe de *Runway*. Ces filles n'avaient pourtant strictement aucun contact avec la rédaction proprement dite du magazine : c'était à l'éditorial qu'en plus de peaufiner les textes, maquetter les pages et engager les photographes, on sélectionnait les vêtements pour les pages mode, on courtisait les bons journalistes, on assortissait les accessoires aux tenues, on choisissait les mannequins. Les filles de l'éditorial voyageaient aux quatre coins de la planète pour les shootings de mode, fréquentaient les endroits les plus branchés, recevaient des cadeaux et bénéficiaient de remises chez tous les créateurs. C'étaient elles également qui, parce que leur mission consistait à être à l'affût des dernières tendances, étaient tenues de fréquenter les soirées les plus hype de New York pour voir comment les femmes étaient habillées.

Les commerciales de la régie, elles, étaient cantonnées à la vente des espaces publicitaires. Parfois, elles organisaient des soirées de promotion, mais comme aucune star ne figurait jamais au nombre de leurs invités, ces soirées n'éveillaient strictement aucun intérêt de la part de la scène branchée new-yorkaise (ainsi que me l'avait expliqué Emily d'un ton mauvais). À l'occasion, lorsqu'une de ces soirées était annoncée, des gens m'appelaient pour râler :

— J'ai entendu dire que *Runway* donne un cocktail, ce soir. Pourquoi ne suis-je pas invité ?

Invariablement, je découvrais l'existence de ces soirées par quelqu'un d'extérieur à la maison. Les membres de la rédaction n'y étaient jamais conviés – personne, de toute façon, n'y serait allé. En plus de se moquer, de terroriser et de frapper d'ostracisme toute personne ne faisant pas partie des leurs, les filles de *Runway* avaient trouvé le moyen de créer, en interne, une sorte de lumpenproletariat.

Le département pub débouchait sur un couloir étroit, interminable, au bout duquel était installée une kitchenette. Il y avait là du thé, du café, et un frigo pour accueillir les plats préparés sous vide. Tout cela était totalement superflu puisque Starbucks détenait le monopole des shoots quotidiens de caféine des employés, que tous les repas étaient soigneusement choisis à la cafétéria, ou commandés chez l'un des traiteurs qui pullulaient *midtown*. Mais la présence de cette cuisine partait d'une bonne intention : « Regardez ! semblait-elle proclamer. Nous avons du thé Lipton, des sucrettes et même un micro-ondes. Nous sommes comme tout le monde. »

À 7 h 05, j'ai pénétré dans notre Principauté. J'étais déjà tellement fatiguée que chaque pas me coûtait un gros effort. Mais j'avais contracté, dans ma routine, une autre habitude que je n'avais pas encore songé à remettre en question, donc j'ai commencé par là. Comme tous les matins, j'ai déverrouillé son bureau, j'ai appuyé sur l'interrupteur et, le temps que les néons s'allument, debout dans le noir, j'ai contemplé derrière la baie vitrée le spectacle de la ville qui ne dort jamais. Dans le bureau d'une des puissantes de ce monde, face à ce paysage encore plongé dans l'obscurité mais tout scintillant de lumières multicolores, je m'imaginais être dans un film – dans une de ces comédies sentimentales (celle qui vous plaira, il n'y a que l'embarras du choix) où un couple d'amoureux s'embrasse sur la terrasse d'un appartement à six millions de dollars dominant l'East River. Puis, les néons se sont allumés, dissipant mon fantasme, effaçant la magie de l'aube new-yorkaise, balayant ce sentiment que tout peut arriver.

J'ai ouvert le placard de notre antichambre, où je suspendais le manteau de Miranda (et le mien les jours où elle ne portait pas de fourrure – elle n'aimait pas qu'Emily ou moi fassions voisiner nos lainages de piétonnes avec ses visons), mais qui renfermait également des manteaux et des vêtements répudiés qui valaient des dizaines de milliers de dollars, quelques vêtements de retour du pressing qui attendaient d'être réacheminés jusque chez leur propriétaire, et au moins deux cents de ces fameux foulards blancs Hermès. J'avais entendu dire que la maison Hermès avait décidé, l'année précédente, d'interrompre ce modèle, un simple carré de soie blanche. Quelqu'un, chez Hermès, jugeant que la maison devait une explication à sa célèbre cliente, avait appelé pour présenter ses excuses. Rien de surprenant à cela, Miranda leur avait sèchement fait part de son immense déception, et elle s'était empressée d'acheter la totalité de leur stock. Cinq cents carrés blancs avaient donc été livrés au bureau – un stock qui avait déjà été pour moitié écoulé. Miranda semait ses foulards aux quatre vents : elle les oubliait au restaurant, au cinéma, dans les défilés, les réunions hebdomadaires, les taxis. Dans les avions, à l'école de ses filles, sur les courts de tennis. Naturellement, elle en portait toujours un sur elle, incorporé avec style à sa tenue. Jamais encore je ne l'avais vue mettre un pied hors de chez elle sans arborer cette marque distinctive. Mais cela n'expliquait pas où passaient tous les autres. Peut-être les confondait-elle avec des mouchoirs ? Bref, elle semblait persuadée qu'ils étaient jetables, et personne ne savait comment s'y prendre pour lui expliquer que ce n'était pas le cas. Elias-Clark avait payé ces carrés blancs quelque deux cents dollars pièce, mais peu importait : nous lui en tendions de nouveaux comme s'il s'était agi de Kleenex. Au rythme où elle les consommait, dans deux ans, le stock serait épuisé.

J'avais disposé les boîtes en carton orange sur une étagère du placard, en libre service, où elles ne restaient jamais très longtemps. Tous les trois ou quatre jours, elle se préparait à partir à déjeuner et soupirait :

— An-dre-âââ, donnez-moi un carré.

Je me réconfortais en me disant que je serais partie depuis belle lurette quand le stock arriverait à épuisement, mais je plaignais la fille qui aurait la malchance d'être à ma place ce jour-là, et à qui il incomberait de lui annoncer la nouvelle. Cette seule perspective était terrifiante.

À peine ai-je eu ouvert le placard qu'Uri a appelé.

— Andrea ? Bonjour, c'est Uri. Pourriez-vous descendre, s'il vous plaît. Je suis sur la 58e, près de Park Avenue. J'ai des choses pour vous.

C'était une bonne façon, quoique approximative, de me prévenir de l'arrivée imminente de Miranda. Presque chaque matin, elle dépêchait Uri en éclaireur avec ses affaires – un assortiment de vêtements sales à expédier au pressing, des articles qu'elle avait lus chez elle, des magazines, des chaussures ou des sacs qui avaient besoin d'être réparés, et le Book. Je pouvais récupérer ses bagages et m'occuper de ces basses tâches peu ragoûtantes avant son arrivée. Elle suivait en général la livraison de ses bagages d'une demi-heure, puisque Uri, cela fait, repartait la chercher, où qu'elle soit.

Elle pouvait se trouver n'importe où, car, d'après Emily, elle ne dormait jamais. Je n'en croyais pas un mot, jusqu'au moment où j'ai commencé à arriver au bureau avant Emily ; j'étais donc la première à écouter les messages sur la boîte vocale. Chaque nuit sans exception, entre 1 et 6 heures du matin, Miranda laissait à notre intention huit à dix messages, toujours ambigus. Par exemple : « Cassidy veut un de ces sacs en nylon comme ont toutes les petites filles. Commandez-en un en taille médium dans la couleur qui lui plaira. » Ou encore : « J'ai besoin des coordonnées de cet antiquaire, entre la 72e et la 79e, chez qui j'ai vu cette commode ancienne. » Comme si nous savions quels sacs en nylon faisaient rage chez les gamines de dix ans, et chez lequel des quatre cents antiquaires à avoir pignon sur rue entre la 72e et la 79e (est ou ouest, au fait ?) elle avait aperçu, au cours des quinze années écoulées, un objet qui lui plaisait ! Mais tous les matins, je notais consciencieusement les messages, non sans les avoir d'abord écoutés plusieurs fois chacun : en plus de devoir reconnaître les mots déformés par son accent anglais, il me fallait tenter d'interpréter les mystérieuses requêtes, pour ne pas avoir à lui demander directement des précisions.

La fois où j'avais commis l'erreur de suggérer à Emily que nous demandions à Miranda de se montrer plus explicite, je n'avais récolté qu'un regard cinglant. Poser des questions à Miranda était apparemment de l'ordre de l'impossible. Mieux valait tâtonner et attendre qu'on nous dise que nos résultats étaient complètement à côté de la plaque. Pour localiser la commode ancienne qui avait attiré l'œil de Miranda, j'avais passé deux jours et demi à quadriller le quartier en limousine, entre la 72e et la 79e, de part et d'autre de Central Park, stylo en main, un annuaire ouvert sur les genoux, les yeux esquintés à force d'ausculter les vitrines, prête à sauter de voiture sitôt que j'apercevais une devanture d'antiquaire. Dès la quatrième boutique, j'avais mis au point une technique. À peine avait-on actionné le système d'ouverture de la porte que je me précipitais dans la boutique en hurlant :

— Bonjour ? Vendez-vous des commodes anciennes ?

À partir de la sixième boutique, je ne me donnais même plus la peine d'avancer au-delà du seuil. Immanquablement, un vendeur arrogant me toisait, pour déterminer si ça valait le coup de me répondre. Mais la plupart finissaient par remarquer la limousine qui patientait le long du trottoir, et se fendaient bien à contrecœur d'un oui ou d'un non ; certains me demandaient même une description plus détaillée de la commode que je cherchais.

Si un antiquaire admettait avoir une commode en magasin, je m'enquérais s'il avait récemment reçu la visite de Miranda Priestly. Et si, jusque-là, le commerçant avait pu douter que j'aie bel et bien l'esprit dérangé, en m'entendant prononcer le nom de Miranda, il était prêt à alerter la sécurité. À mon immense joie, quelques-uns, rares, n'avaient jamais entendu parler d'elle – n'était-ce pas réconfortant de voir qu'il existait encore des êtres humains normaux dont elle ne dominait pas la vie ? Dans ces cas-là, je m'éclipsais sans autre explication. Mais hélas, dans la majorité des cas, j'avais affaire à des gens qui la connaissaient de nom et se montraient aussitôt curieux.

Quand, à midi le troisième jour, je n'avais toujours pas réussi à localiser la boutique, Emily m'a enfin donné son feu vert pour aller demander quelques éclaircissements à Miranda. Dès que la voiture s'est garée au pied de l'immeuble, j'ai commencé à transpirer, et j'ai menacé Eduardo de sauter par-dessus le tourniquet s'il ne m'ouvrait pas sans m'infliger de performance. Le temps que j'arrive à notre étage, mon chemisier était littéralement trempé, et sitôt passé le seuil de notre bureau, mes mains se sont mises à trembler. Le discours parfaitement rodé que j'avais préparé (*Bonjour, Miranda, oui, je vais très bien, je vous remercie de me poser la question. Vous allez bien ? Écoutez, je voulais vous dire que j'ai fait mon maximum pour tenter de localiser le magasin d'antiquités que vous m'aviez décrit, mais que je n'ai pas eu de chance. Peut-être pourriez-vous me préciser s'il se trouve à l'est ou à l'ouest de Central Park ? Ou peut-être même vous souvenez-vous de son nom ?*) s'est tout simplement évanoui dans les régions les plus brumeuses de mon cerveau. Allant à l'encontre de tout protocole, au lieu de poster ma question via le Bulletin, j'ai sollicité la permission de me présenter devant elle, à son bureau et – sans doute parce qu'elle était sous le choc que j'aie eu le culot de lui adresser la parole sans y avoir été invitée – elle me l'a accordée. En résumé, elle a soupiré, elle m'a toisée avec condescendance et, après m'avoir insultée avec toutes ces délicieuses mimiques dont elle était spécialiste, elle a finalement consenti à ouvrir son agenda Hermès (qu'elle fermait avec un de ces fameux carrés blancs, ce qui était chic à défaut d'être pratique) pour en extraire… la carte du magasin.

— J'avais laissé cette information dans le message, An-dre-âââ. J'imagine que ç'aurait été trop vous demander que de la noter ?

Et même si l'envie me démangeait de débiter la carte en confettis pour les lui jeter au visage, je me suis contentée de hocher la tête. J'ai regardé la fameuse carte : 244 68e Rue Est. Évidemment.

C'est à cet épisode que je repensais ce jour-là tout en notant les messages de la nuit. Puis, je me suis hâtée vers le rez-de-chaussée pour rejoindre Uri. Chaque matin, il m'indiquait où il était garé pour que je puisse le retrouver sans difficulté, mais invariablement, quelle que soit ma célérité, il m'attendait adossé à l'un des tourniquets, les bras chargés de sacs, de vêtements et de livres, tel un grand-père dévoué et généreux.

J'ai été ravie de découvrir que ce jour-là ne faisait pas exception à la règle.

— Ne courez pas pour moi, compris ? m'a-t-il dit en roulant les r. Vous courez tout le temps. Elle vous fait travailler très dur. C'est pour ça que je vous apporte les affaires ici, a-t-il ajouté en m'aidant à stabiliser sur mes bras l'empilement de sacs et de boîtes. Vous allez être une gentille fille et passer une bonne journée.

Je l'ai regardé avec gratitude, puis, par miracle, j'ai pensé à faire une halte au kiosque à journaux, où Ahmed m'a entassé la presse du jour sur les bras. Chacun de ces titres était également livré dans le bureau de Miranda tous les matins au courrier de 9 heures. Mais je devais en acheter un autre jeu complet pour minimiser le risque qu'elle soit privée une seule seconde de sa précieuse presse. Personne ne semblait trouver à redire au fait que la boîte payait neuf journaux par jour et sept magazines par semaine pour quelqu'un qui ne lisait que les ragots et ne feuilletait que les pages de mode.

En passant devant Eduardo, je lui ai décoché un regard peu amène – ma façon de lui dire : « Si jamais tu imagines que je vais te faire un show, là, maintenant, je t'étripe. » Mon œillade assassine a fonctionné : il a déclenché l'ouverture du tourniquet sans commentaire.

Je me suis débarrassée en vrac de tout mon bazar sous le bureau car il était l'heure de passer ma première commande de la journée. J'ai composé le numéro (que je connaissais désormais par cœur) de Mangia, un traiteur gastronomique. Comme d'habitude, c'est Jorge qui a répondu.

— Salut, mon petit loup, c'est moi, ai-je annoncé en coinçant le combiné contre mon épaule pour pouvoir entrer en même temps le mot de passe de Hotmail. Il est temps de donner le coup d'envoi de la journée.

Jorge et moi étions devenus copains. Parler chaque matin à trois, quatre ou cinq reprises avec quelqu'un permet de tisser assez vite des liens.

— Salut, poupée, je t'envoie un des gars tout de suite. Elle est déjà là ?

Si Jorge avait fini par piger que ma patronne travaillait pour *Runway* et qu'elle était lunatique, en revanche, il n'avait toujours pas compris à qui était destiné le petit déjeuner que je venais de commander. Jorge était l'un de mes hommes du matin, ainsi que j'aimais les appeler. Grâce à Eduardo, Uri, Jorge et Ahmed, ma journée ne commençait jamais trop mal. De plus, ils n'étaient pas directement affiliés à *Runway*, même s'ils n'étaient entrés dans ma vie que pour amener à son ultime degré de perfection la vie de sa rédactrice en chef.

Le petit déjeuner n° 1 serait en route d'ici quelques secondes pour le 640, Madison, et il y avait de grandes chances qu'il termine à la poubelle. Miranda mangeait chaque matin quatre tranches de bacon bien gras, deux saucisses et un feuilleté au fromage, accompagnés d'un grand café au lait de chez Starbucks. Une question partageait l'ensemble de la rédaction : Miranda faisait-elle en permanence un régime Atkins, ou bien avait-elle simplement la chance d'avoir un métabolisme surhumain résultant d'une fantastique combinaison génétique ? Quelle que soit la réponse, elle dévorait sans se poser de questions les nourritures les plus grasses, les plus atrocement insalubres – un luxe qu'aucune autre d'entre nous ne pouvait se permettre ; et comme rien de tout cela ne restait chaud plus de dix minutes, jusqu'à son arrivée je continuais à commander des petits déjeuners, et à les jeter. Certes, je pouvais tricher et le réchauffer une fois au micro-ondes, mais cela me prenait cinq minutes de plus, et de surcroît, elle ne manquait jamais de s'en apercevoir.

— An-dre-âââ, c'est infect. Apportez-moi immédiatement un petit déjeuner frais.

Je repassais donc commande toutes les vingt minutes jusqu'à ce qu'elle m'appelle de son portable pour me dire qu'elle arrivait et me demander de lui commander son petit déjeuner. Mais comme en général ce coup de fil ne précédait son arrivée que de deux ou trois minutes, il était indispensable que la commande soit déjà passée, d'une part parce que je n'aurais pas eu le temps de me retourner entre son coup de fil et son arrivée, et d'autre part parce que, assez souvent, elle ne se donnait même pas la peine d'appeler. Si j'avais bien fait mon travail, lorsqu'elle m'appelait pour me prévenir de son arrivée imminente, deux ou trois petits déjeuners complets étaient déjà en route.

Le téléphone a sonné. À une heure aussi matinale, ce ne pouvait être qu'elle.

— Emily, je serai là dans dix minutes et je voudrais que mon petit déjeuner soit prêt.

Elle avait pris l'habitude de nous appeler, Emily et moi, « Emily », ce qui suggérait, pas entièrement à tort, que nous étions impossibles à distinguer l'une de l'autre et totalement interchangeables. Quelque part au fond de moi, cela me vexait, mais après quelques mois, je m'y étais habituée. Et par ailleurs, j'étais vraiment trop crevée pour accorder de l'importance à un détail aussi insignifiant que mon prénom.

— Oui, Miranda, tout de suite.

Mais elle avait déjà raccroché, et la vraie Emily est entrée et a coulé, comme chaque matin, un regard furtif en direction du bureau de Miranda.

— Hé, elle est arrivée ? a-t-elle chuchoté, sans daigner articuler un bonjour – exactement comme son mentor.

— Non. Mais elle vient d'appeler. Elle arrive dans dix minutes. Je reviens.

J'ai enfourné portable et cigarettes dans la poche du manteau et j'ai détalé. Je ne disposais que de quelques minutes pour gagner le rez-de-chaussée, traverser Madison et griller toute la file d'attente chez Starbucks – en tirant comme une forcenée sur ma précieuse première cigarette de la journée le temps du transit. Tout en écrasant les dernières braises, je suis entrée en trombe et j'ai évalué la queue. Quand elle n'excédait pas huit personnes environ, je préférais patienter, comme une cliente normale. Mais ce jour-là, comme presque tous les jours d'ailleurs, plus de vingt pauvres âmes laborieuses attendaient avec impatience d'acheter à prix d'or leur dose de caféine. Avais-je vraiment le choix ? Je détestais ces façons de procéder, mais Miranda ne semblait pas comprendre que le café au lait que je lui présentais chaque matin non seulement ne pouvait pas être livré à domicile, mais en plus ne s'obtenait, à l'heure de pointe, qu'au terme d'une demi-heure de queue. Après deux ou trois semaines à essuyer des remontrances stridentes par portable interposé (« Andre-âââ, franchement, ça me dépasse. Voilà plus de vingt minutes que je vous ai prévenue de mon arrivée, et mon petit déjeuner n'est pas prêt. C'est inadmissible. »), j'avais demandé à parler à la responsable, une petite nana black.

— C'est gentil de m'accorder une minute. Écoutez, je sais que ça va vous sembler complètement dingue, mais je me demandais si nous pourrions envisager un moyen pour m'éviter de faire la queue.

J'ai donc expliqué à cette fille que je travaillais pour quelqu'un d'assez important, à qui il était impossible de faire entendre raison, et qui ne supportait pas d'attendre pour boire son café. Y aurait-il un moyen de passer devant les autres clients ? Discrètement, bien sûr.

Par un coup de bol monumental, cette Marion suivait des cours du soir au Fashion Institute of Technology et préparait un diplôme de merchandising dans le secteur de la mode.

— Oh, mon Dieu ! Vous plaisantez ? Vous travaillez pour Miranda Priestly ? Et elle boit nos cafés au lait ? Un grand modèle chaque matin ? Incroyable ! Mais oui, oui, bien sûr ! Je vais demander à tout le monde de vous aider. Ne vous inquiétez pas. Miranda Priestly ! Vous imaginez ? La personne la plus influente du milieu de la mode !

Et tandis que Marion s'enflammait, je me suis forcée à hocher la tête avec un semblant d'enthousiasme.

Voilà comment je pouvais, à volonté, griller une longue queue de New-Yorkais harassés, agressifs et arrogants, et passer commande avant tout le monde. Jamais je n'usais de ce privilège de gaieté de cœur, je n'en retirais aucune fierté et je redoutais même les matins où j'en étais réduite à cette extrémité. Plus la queue était longue, jusqu'à déborder parfois sur le trottoir, plus je me sentais mal à la perspective de ressortir avec mes tasses. Mais à ce stade-là, j'avais les tempes battantes et les yeux qui picotaient de fatigue. Je me suis donc arrangée pour oublier que ce quotidien était ma vie – la raison pour laquelle j'avais passé quatre longues années à mémoriser des poèmes et à commenter de la prose, l'aboutissement de bons diplômes et de beaucoup de lèche – et j'ai transmis ma commande : un café au lait grand modèle, un Amaretto Cappuccino, un Mocha Frappuccino et un Caramel Macchiato en même temps qu'une demi-douzaine de muffins et de croissants, pour un montant total somptuaire de 28,83 dollars. Et comme chaque jour, j'ai pris soin de ranger le ticket dans le volet de mon porte-monnaie spécialement réservé aux factures, qui me seraient toutes remboursées par la très fiable maison Elias-Clark.

Cela fait, ce n'était pas le moment de bayer aux corneilles. Douze minutes s'étaient écoulées depuis son coup de fil. Probablement était-elle déjà au bureau, et elle devait ronger son frein en se demandant où je pouvais bien disparaître tous les matins – apparemment, la tasse frappée du logo Starbucks que je lui présentais un jour après l'autre avait toujours échoué à l'éclairer à ce sujet. Mais avant que j'aie pu prendre ma commande sur le comptoir, le téléphone a sonné. J'ai eu un haut-le-cœur. J'avais beau savoir, sans le moindre doute, que c'était elle, cela ne m'en terrifiait pas moins. Le nom qui s'est affiché sur mon écran a confirmé mes craintes, aussi ai-je été surprise d'entendre Emily, qui m'appelait depuis la ligne de Miranda.

— Elle est arrivée, et elle est en rogne, a-t-elle chuchoté. Rapplique le plus vite possible.

— Je fais de mon mieux, ai-je grogné en essayant de maintenir le plateau avec les quatre tasses et les sacs de viennoiseries en équilibre dans ma main libre.

Là s'enracinait la haine qui existait entre Emily et

moi. Depuis qu'elle était devenue assistante senior, c'était à moi qu'il incombait d'aller chercher ses cafés, ses repas, d'aider ses gamines à faire leurs devoirs, et de sillonner la ville pour récupérer les plats adéquats pour ses dîners. Emily, elle, avait en charge la gestion des notes de frais, l'organisation de ses déplacements et – c'était le plus gros morceau – ses commandes personnelles de vêtements. Du coup, chaque matin lorsque je descendais chercher le café, Emily restait seule à jongler entre un téléphone qui n'arrêtait pas de sonner et les multiples exigences d'une Miranda matinale et ingambe. Pour ma part, je haïssais Emily de pouvoir venir travailler en petit haut sans manches, puisqu'elle n'aurait jamais besoin, six fois par jour, de quitter le bureau chauffé pour aller galoper dans tout New York. Elle me haïssait d'avoir des excuses pour quitter le bureau, car elle n'ignorait pas que je m'accordais toujours plus de temps que nécessaire, pour pouvoir bavarder au téléphone et fumer des cigarettes.

Le retour du Starbucks au bureau me prenait en général plus de temps que l'aller, car je devais distribuer les cafés et les viennoiseries. Je préférais les offrir aux sans-abri, un petit groupe d'habitués, qui au mépris de toutes les tentatives municipales pour « épurer la ville », traînaient sur les marches devant l'entrée de la 57e Rue. La police les coffrait invariablement avant la bousculade de la pause déjeuner, mais au moment où je descendais pour ma première course café de la journée, ils étaient encore là. C'était tellement génial – tellement réconfortant – de faire en sorte que ces cafés hors de prix sponsorisés par Elias-Clark finissent dans le gosier des gens les plus indésirables de la ville.

L'homme souillé d'urine qui dormait devant la Chase Bank recevait chaque jour un Mocha Frappuccino. En réalité, il ne se réveillait jamais pour le recevoir en mains propres ; je le déposais à côté de son épaule gauche, et lors d'une autre course café quelques heures plus tard, la tasse – en même temps que l'homme – avait disparu.

La vieille dame calée sur son chariot, avec sa pancarte SANS ABRI/J'AI FAIM avait droit au Caramel Macchiato. J'ai vite appris qu'elle s'appelait Theresa, et j'ai pris l'habitude de lui acheter un grand crème, comme pour Miranda. Elle me remerciait toujours, mais n'y trempait jamais ses lèvres en ma présence. Quand j'ai fini par lui demander si elle voulait que je cesse de lui en apporter, elle a vigoureusement secoué la tête avant de marmonner que, sans faire la fine bouche, elle préférait quelque chose de plus doux – ce café-là était trop fort. Le lendemain, je lui ai apporté un café parfumé à la vanille et avec de la crème fouettée. Celui-ci lui plaisait-il davantage ? Oh oui, il était bien meilleur, quoique peut-être un peu trop sucré… Un jour de plus et, à son sourire généreusement édenté, j'ai su que j'étais enfin tombée juste : Theresa aimait son café sans parfum ajouté, avec de la crème fouettée et un filet de sirop de caramel. Depuis, elle le descendait sitôt que je le lui avais tendu.

Le troisième café était destiné à Rio, le Nigérien qui vendait des CD sous le manteau. Il ne semblait pas être sans abri, mais il s'était approché de moi, un matin où je tendais à Theresa sa dose quotidienne, et m'avait dit – chanté, plus exactement :

— Salut, salut ! Serais-tu la bonne fée de Starbucks ? Où est donc le mien ?

Le lendemain, je lui avais remis un grand Amaretto Cappuccino, et depuis, nous étions copains.

Chaque jour, je dépensais en notes de frais 24 dollars de plus que nécessaire – le grand crème de Miranda n'aurait dû coûter guère plus de 4 dollars : c'était ma façon personnelle de faire payer à Elias-Clark le pouvoir illimité dont jouissait Miranda. Et je prenais un malin plaisir à distribuer ces cafés à ces gens crasseux et pestilentiels parce que c'était ce détail, plus que l'argent dépensé, qui les aurait vraiment emmerdés.

Quand je suis arrivée dans le hall, Pedro, le livreur de Mangia, un Mexicain, bavardait en espagnol avec Eduardo près des ascenseurs.

— Tiens, voilà notre copine ! a lancé Pedro, tandis que quelques commères se retournaient sur nous d'un air réprobateur. Même menu que d'habitude : bacon, saucisse, et un de ces trucs au fromage qui ont une sale gueule. Tu n'en as commandé qu'un, aujourd'hui ! Je ne sais pas comment tu te débrouilles pour rester aussi mince en mangeant ces cochonneries, ma fille.

J'ai réprimé l'envie de lui rétorquer qu'il n'avait pas idée de ce à quoi pouvait ressembler en ces lieux une fille *vraiment mince*. Pedro savait pertinemment que les petits déjeuners qu'il me livrait ne m'étaient pas destinés, mais à l'instar de tous les gens à qui j'avais affaire chaque jour avant 8 heures, il n'était pas vraiment au fait des détails. Comme d'habitude, je lui ai tendu un billet de 10 en règlement de la note de 3,95 $ et je suis remontée.

Quand je suis entrée dans nos bureaux, elle bavardait au téléphone, et j'ai vu son trench Gucci en peau de serpent étalé sur mon bureau. Ma tension est montée d'un coup. Ça l'aurait donc tuée, de faire deux pas de plus jusqu'au placard pour y suspendre son manteau ? Pourquoi se sentait-elle obligée de l'abandonner sur mon bureau ? J'ai posé le gobelet de café crème, j'ai regardé Emily – elle-même trop occupée à jongler avec trois lignes de téléphone pour me prêter attention – et j'ai suspendu la peau de reptile. Quant à mon propre manteau, je l'ai roulé en boule sous mon bureau, puisqu'il aurait risqué d'infecter le sien si jamais ils entraient en contact.

J'ai sorti deux sucres roux, un bâtonnet et une serviette d'une petite réserve que je gardais à portée de main, et j'ai présenté le tout enroulé dans la serviette. J'ai songé brièvement à cracher dans le café, mais j'ai été capable de me retenir. J'ai récupéré une petite assiette en porcelaine de la poubelle à volet, j'y ai fait glisser le porc ruisselant de graisse et le feuilleté ramolli et je me suis essuyé les doigts sur les vêtements à apporter au pressing – que je planquais sous mon bureau pour qu'elle ne s'aperçoive pas qu'on n'était pas encore venu les chercher. En théorie, j'étais supposée laver chaque jour son assiette dans l'évier de notre cuisine de poupée, mais je n'arrivais pas à m'y résoudre. Pour m'épargner l'humiliation de faire sa vaisselle au vu de tout le monde, je l'essuyais avec un mouchoir en papier après chaque repas et je grattais les résidus de fromage du bout de l'ongle. Si l'assiette était vraiment sale ou si j'avais attendu trop longtemps pour la nettoyer, j'ouvrais une bouteille de San Pellegrino et je versais quelques gouttes d'eau pour effacer les traces. Je me disais qu'elle devrait m'être reconnaissante de ne pas utiliser le produit en spray avec lequel nous nettoyions les bureaux. Je ne doutais pas d'avoir établi un nouveau record en matière de bassesse morale – ce qui m'inquiétait, c'était que cela ce soit fait aussi naturellement.

— N'oubliez pas, je veux que mes filles sourient, était-elle en train de dire au téléphone.

Au ton de sa voix, j'ai deviné qu'elle donnait ses instructions concernant les mannequins à Lucia, la directrice des pages mode, qui allait superviser le prochain shooting au Brésil.

— Heureuses, de grands sourires, toutes dents dehors, des filles saines, resplendissantes. Pas de mines boudeuses, ou coléreuses, pas de sourcils froncés, pas de maquillage tragique. Je les veux rayonnantes. *Rayonnantes*. Je n'accepterai rien de moins.

J'ai déposé tout l'attirail du petit déjeuner sur son

bureau. Elle ne m'a pas accordé le moindre regard. J'ai attendu un instant, au cas où elle me tendrait une liste de choses à lui procurer, ou une liasse de papiers à faxer ou à classer, mais vu qu'elle continuait à m'ignorer, je suis sortie. Il était 8 h 30. J'étais debout depuis trois heures, j'avais l'impression d'en avoir déjà douze de travail dans les pattes, et enfin, *enfin*, j'avais le loisir de m'asseoir pour la première fois de la matinée. Juste au moment où j'entrais mon login sur Hotmail, en espérant découvrir des mails marrants, elle est sortie de son bureau. Sanglée dans sa veste étroitement cintrée autour de sa taille de guêpe et moulée dans une jupe tubulaire, elle ressemblait à un bâton de dynamite.

— An-dre-âââ. Ce café au lait est froid. Je ne comprends pas. Vous êtes partie assez longtemps ! Apportez-m'en un autre.

J'ai pris une profonde inspiration, et il m'a fallu mobiliser toute ma concentration pour ne pas laisser transparaître la haine sur mon visage. Miranda a posé le café au lait délictueux sur mon bureau et a feuilleté le dernier *Vanity Fair* que quelqu'un de la rédaction avait déposé là à son intention. J'ai senti le regard d'Emily sur moi, un regard compatissant mais mêlé de courroux : elle me plaignait de recommencer la course infernale jusqu'au Starbucks, mais m'en voulait d'avoir le culot d'en être agacée. Après tout, un million de filles n'étaient-elles pas prêtes à se damner pour être à ma place ?

Aussi, avec un soupir audible – que j'avais récemment mis au point, assez audible pour que Miranda puisse l'entendre, mais pas assez démonstratif pour qu'elle puisse m'en faire le reproche – j'ai renfilé mon manteau et j'ai contraint mes jambes à me ramener devant les ascenseurs. Encore une journée qui s'annonçait longue, très longue.

Le second marathon café en vingt minutes de temps s'est passé plus en douceur. Il y avait moins de queue, et Marion a commencé à préparer mon café au lait sitôt qu'elle m'a vue franchir la porte. Cette fois, j'ai renoncé à passer une autre commande somptuaire, car j'avais trop envie de remonter m'asseoir, mais j'ai tout de même ajouté des cappuccinos pour Emily et moi. Au moment où je payais, mon téléphone a sonné. Bon sang de bonsoir, cette bonne femme était impossible ! Insatiable, impatiente, insupportable. J'étais partie depuis moins de cinq minutes ! Elle ne pouvait pas déjà exploser. Le plateau en équilibre dans une main, j'ai extrait le téléphone de ma poche en décidant qu'une telle conduite de sa part me vaudrait une autre cigarette – ça lui ferait les pieds. Mais j'ai vu que c'était Lily, qui appelait de chez elle.

— Alors, la journée s'annonce dure ? a-t-elle demandé, d'une voix où perçait l'excitation.

J'ai jeté un œil à ma montre. Lily aurait dû être en cours.

— Oui, plus ou moins. J'en suis à ma deuxième course café. Mais à part ça, tout baigne. Que se passe-t-il ? Tu n'as pas cours, ce matin ?

— Si, mais je suis de nouveau sortie avec Chemise Rose hier soir et on a bu quelques margaritas de trop. Disons, huit de trop chacun. Il est encore dans le coma… Je ne peux pas l'abandonner ici. Mais ce n'est pas pour ça que je t'appelle.

— Ah non ? ai-je fait distraitement.

Un des cappuccinos commençait à dégouliner et, le téléphone coincé entre l'oreille et l'épaule, j'essayais d'extraire de ma main libre une clope des profondeurs de ma poche.

— Mon propriétaire a eu le culot de venir frapper chez moi ce matin à 8 heures pour m'annoncer qu'il me flanquait à la porte.

— À la porte ? Mais pourquoi ? Que vas-tu faire ?

— Il a fini par piger que je n'étais pas Sandra Gers,

et qu'elle n'avait pas mis les pieds ici une seule fois en six mois. Et comme nous n'avons aucun lien de parenté, elle n'avait pas le droit de me sous-louer son appartement à loyer plafonné. Je le savais, alors je me faisais passer pour elle. Je ne sais pas comment ils s'en sont aperçus, mais de toute façon, ce n'est pas très grave, parce que du coup, toi et moi, on va pouvoir habiter ensemble ! Ta location chez Shanti et Kendra est au mois, n'est-ce pas ? Et tu sous-louais parce que tu n'avais nulle part où aller, exact ?

— Euh… oui.

— Eh bien, maintenant, on peut louer un appart ensemble, là où on veut !

— C'est génial !

J'avais beau être vraiment emballée par cette perspective, cet enthousiasme sonnait creux à mes oreilles, et il a douché un peu celui de Lily.

— Bon, tu es d'accord, alors ? a-t-elle repris d'un ton plus mesuré.

— Évidemment, Lil. C'est une idée géniale. Écoute, sans vouloir jouer les rabat-joie, je suis dans la rue, en train de patauger dans la neige fondue, et il y a du café brûlant qui me dégouline le long du bras gauche…

Biiip biiip. L'autre ligne a sonné. J'ai manqué de me brûler le cou avec la cigarette en essayant de détacher le téléphone de l'oreille pour voir qui appelait. Emily.

— Merde ! Lil, Miranda m'appelle. Faut que je te laisse. Mes félicitations pour avoir été mise à la porte. Je suis super excitée par notre projet. Je te rappelle plus tard, O.K. ?

— O.K., je vais en parler à…

Je lui ai raccroché au nez, me préparant mentalement à subir le tir nourri de récriminations.

— C'est encore moi, a annoncé Emily d'un ton crispé. Qu'est-ce que tu fabriques ? Tu es descendue chercher un café, nom d'un chien. Tu oublies que j'ai fait ton boulot. Je sais qu'il ne faut pas trois heures pour…

— Quoi ? j'ai fait, en haussant la voix et en plaçant deux doigts sur le micro. Que dis-tu ? Je ne t'entends pas. Tu m'entends, toi ? Je suis là dans une minute !

J'ai refermé le téléphone, je l'ai lâché au fond de la poche, j'ai balancé la Marlboro que je venais d'allumer et j'ai galopé.

Miranda a daigné accepter ce café au lait un poil plus chaud que le précédent, et nous a même accordé quelques instants de paix entre 10 et 11 heures, quand elle s'est enfermée dans son bureau pour roucouler avec l'ASN.

J'avais officiellement rencontré l'ASN pour la première fois un soir de la semaine précédente où j'avais déposé le Book aux alentours de 9 heures. À mon arrivée, il était en train de ranger son manteau dans le vestiaire de l'entrée, et il avait passé les dix minutes suivantes à parler de lui à la troisième personne. Depuis ce jour, il me témoignait encore plus d'attention lors de ma brève apparition vespérale, prenant toujours quelques minutes pour s'enquérir de ma journée ou me complimenter sur un travail bien fait. Naturellement, rien de cette amabilité ne déteignait sur sa femme, mais au moins, il n'était pas d'une compagnie désagréable.

Au moment où je me préparais à appeler des attachées de presse afin de glaner quelques autres vêtements pour compléter ma garde-robe professionnelle, la voix de Miranda m'a détournée de mes pensées.

— Emily, je voudrais mon lunch, a-t-elle lancé depuis son bureau.

Elle ne s'adressait à aucune de nous en particulier, puisque « Emily » était notre prénom générique. La vraie Emily a hoché la tête, signe qu'elle me donnait le feu vert. Le numéro de Smith and Wollensky était programmé dans mon téléphone. À l'autre bout du fil, j'ai reconnu la voix de la petite nouvelle.

— Salut, Kim, c'est Andrea, l'assistante de Miranda Priestly. Sebastian est-il là ?

— Bonjour, euh… Vous pourriez me répéter votre nom ?

J'avais beau appeler deux fois par semaine exactement à la même heure et m'être déjà présentée – la fille feignait systématiquement de ne pas me connaître.

— Andrea. L'assistante de Miranda Priestly. À *Runway*. Écoutez, sans vouloir être grossière… (en fait, j'en mourais d'envie) … je n'ai pas trop de temps à perdre. Pourriez-vous me passer Sebastian ?

Si n'importe qui d'autre de l'équipe avait répondu, j'aurais pu lui transmettre la commande (la même que d'habitude), mais cette fille-là était vraiment trop empotée pour que je puisse compter sur elle, donc il me fallait parler au responsable.

— Euh, d'accord, je vais voir s'il est disponible.

Fais-moi confiance, Kim, il est disponible. Miranda Priestly est toute sa vie.

— Andy, bonjour, comment allez-vous ? a susurré Sebastian dans le combiné. J'espère que vous appelez parce que notre rédactrice de mode préférée veut que nous lui préparions son déjeuner !

Comment ce type réagirait-il si je lui disais, juste une fois, que ce n'était pas Miranda, mais moi, qui avais envie de déjeuner ? Après tout, ce restaurant ne prévoyait généralement pas de plats à emporter, mais faisait naturellement une exception pour Sa Seigneurie.

— Exactement. Elle vient de dire qu'elle avait très envie d'un de vos délicieux plats, et elle me charge aussi de vous transmettre ses amitiés.

Pieux mensonge. Même sous la menace d'un écartèlement, Miranda aurait été infichue de retrouver le nom du restaurant qui lui livrait son déjeuner. Alors quant à identifier son responsable… Mais Sebastian était toujours transporté de joie par ce genre d'attention. Ce jour-là, il était tellement dilaté d'aise qu'il a lâché un gloussement.

— Aaaaah ! C'est trop génial ! Soyez sans crainte, tout sera prêt à votre arrivée. Transmettez-lui également bien des choses de ma part.

— Je n'y manquerai pas. À tout à l'heure.

Ces séances de caresses de l'ego dans le sens du poil étaient épuisantes, mais ce n'était pas peine perdue car Sebastian me facilitait vraiment la tâche. Les jours où Miranda n'avait aucun déjeuner à l'extérieur, je lui apportais son repas (toujours le même menu) dans son bureau, où elle le dégustait sans hâte, toutes portes closes. Pour ces occasions, je conservais quelques assiettes en porcelaine dans un placard au-dessus de mon bureau – des échantillons, pour la plupart, envoyés par des stylistes dont la dernière collection « maison » venait de sortir. En revanche, stocker plateaux, couteaux à viande et serviettes aurait demandé trop d'intendance, donc Sebastian veillait à me fournir ces divers accessoires en même temps que le déjeuner.

J'ai renfilé mon manteau, j'ai pris le téléphone, les cigarettes et je suis redescendue. Cette journée de février semblait de plus en plus grise au fur et à mesure que l'heure tournait. Le restaurant n'était qu'à quinze minutes de marche, mais j'ai hésité à appeler une voiture, puis finalement, en sentant l'air vif entrer dans mes poumons, j'ai renoncé. J'ai allumé une cigarette, inspiré, expiré. Je ne sais pas si c'était la fumée, l'air froid ou l'irritation, mais c'était rudement bon.

J'étais devenue habile au jeu de me faufiler entre les touristes qui déambulaient sans but. Et moi qui autrefois exécrait les piétons cramponnés à leur portable, j'en étais venue, compte tenu de mes journées infernales, à les imiter. J'ai composé le numéro de l'école d'Alex. D'après mes souvenirs un peu flous, il devait être en train de déjeuner à la cantine.

À la deuxième sonnerie, une femme à la voix haut perchée a décroché.

— École primaire 277, bonjour. Mme Whitmore. Que puis-je faire pour vous ?

— Pourrais-je parler à Alex Fineman ?

— Qui dois-je annoncer, s'il vous plaît ?

— Andrea Sachs. Je suis son amie.

— Ah, Andrea ! Nous entendons beaucoup parler de vous !

Elle s'exprimait avec un débit tellement haché qu'elle semblait sur le point de suffoquer d'un instant à l'autre.

— Ah bon ? Moi aussi j'entends beaucoup parler de vous. Alex vous tient tous en très haute estime.

— C'est si gentil de sa part. Mais dites-moi, Andrea, vous avez un boulot fabuleux, paraît-il ! Ce doit être passionnant de travailler pour une femme aussi exceptionnelle. Vous avez vraiment beaucoup de chance !

Oh, oui, Mme Whitmore. J'ai une chance folle. À un point dont vous n'avez même pas idée. Tenez, je me faisais justement cette réflexion quand hier, ma patronne m'a envoyée lui acheter des tampons, et m'a ensuite hurlé dessus parce que je n'avais pas choisi les bons. Quant à porter au pressing tous les matins avant 8 heures des vêtements tachés de transpiration et de graisse qui ne m'appartiennent pas… Si ce n'est pas de la chance ! Non, attendez ! Je crois que là où j'ai le plus de chance, c'est d'avoir eu l'occasion, pendant trois semaines entières, de rencontrer tous les éleveurs de chiens de la région, pour trouver le chiot bouledogue français idéal afin que deux petites filles pourries gâtées puissent avoir chacune leur propre animal.

— Oui, c'est une fantastique opportunité, ai-je répondu par automatisme. Un job que des milliers de filles…

— Ça, vous l'avez dit ! Ah, voilà justement Alex. Je vous le passe.

— Salut, Andy. Comment se passe ta journée ?

— Sans commentaire. Je fais le coursier. Et toi ? Bonne journée ?

— Pas mauvaise jusque-là. Mes élèves ont cours de musique en début d'après-midi, donc j'ai une heure et demie de libre, c'est chouette. Et ensuite, nous reprendrons les exercices phonétiques ! a-t-il ajouté, d'un ton las. Même si j'ai l'impression qu'ils n'arriveront jamais à apprendre à lire.

— Bon, pas de coup de cutter, aujourd'hui ?

— Non.

— Que peux-tu demander de plus ? Une journée plus ou moins indolore, pas de sang versé. Hé ! tu sais quoi ? Lily m'a appelée ce matin. Elle a fini par se faire virer de son studio, et on va prendre un appart ensemble. C'est sympa, non ?

— Félicitations ! Ça ne pouvait pas mieux tomber pour toi. Vous allez bien vous marrer. D'un autre côté, c'est un peu flippant. Gérer Lily à plein temps… Plus les mecs de Lily… Promets-moi que tu seras souvent chez moi ?

— Bien sûr. Mais tu verras, tu t'y sentiras comme chez toi – ce sera comme si on recommençait notre dernière année de fac.

— C'est vraiment dommage qu'elle perde cet appart si bon marché. Mis à part ça, c'est une excellente nouvelle.

— Oui, je craque dans ma cellule. Shanti et Kendra sont adorables, mais je crois que j'en ai marre de partager un appart avec des gens que je ne connais pas.

J'avais beau aimer la cuisine indienne, j'étais loin d'apprécier cette odeur de curry qui avait imprégné toutes mes affaires.

— Je vais proposer à Lily d'aller boire un verre ce

soir pour fêter ça. Ça te dit ? On pourrait se retrouver quelque part dans East Village. Si ce n'est pas trop loin pour toi.

— Bonne idée. Je file à Larchmont, voir Joey, mais je serai de retour en ville à 8 heures. Tu ne seras même pas sortie du boulot, à cette heure-là, donc je vais fixer rencard à Max et on se retrouve tous après. Hé ! Au fait. Lily a-t-elle quelqu'un en ce moment ? Max pourrait avoir besoin de…

— Besoin de quoi ? l'ai-je coupé en éclatant de rire. Non mais, vas-y, dis-le ! Tu prends mon amie pour une prostituée ? Elle est simplement libérée. « A-t-elle quelqu'un en ce moment ? » C'est quoi, cette question ? Eh bien, oui, un dénommé Chemise Rose a passé la nuit dernière avec elle.

— O.K., bref. Ça sonne. Appelle-moi quand tu auras déposé le Book.

— Promis. Salut.

Au moment où j'allais ranger le téléphone, il a sonné de nouveau. Le numéro qui s'est affiché ne m'était pas familier et, à mon immense soulagement, ce n'était ni Miranda, ni Emily.

— Bure… Allô ?

J'avais pris l'habitude, par automatisme, de répondre à tous les téléphones qui sonnaient par la formule « Bureau de Miranda Priestly » – ce qui pouvait s'avérer extrêmement embarrassant dès lors que l'interlocuteur n'était ni mon père, ni ma mère, ni Lily.

— Est-ce bien l'adorable Andrea Sachs que j'ai involontairement terrifiée à la soirée de Marshall ? s'est enquise une voix rauque et très, très sexy.

Christian ! J'avais été presque soulagée qu'il ne se manifeste pas après ce petit massage de lèvres sur ma main, mais au seul son de sa voix, mon désir de l'impressionner par mon bel esprit et mon charme a ressuscité, aussi vif que ce premier soir. Je me suis intimé l'ordre d'y aller mollo.

— Elle-même. À qui ai-je le plaisir de parler ? Il y a un certain nombre d'hommes qui m'ont terrifiée ce soir-là, pour des dizaines de raisons différentes.

Bon, jusque-là, tout roule. Inspire. Reste calme.

— J'ignorais que la compétition était si rude. Mais je ne devrais pas m'en étonner. Comment allez-vous, Andrea ?

— Bien. Très bien, même, me suis-je empressée de mentir. (Je venais de me souvenir du résultat d'un test de *Cosmo* qui m'avait exhortée à rester « légère et enjouée » quand je rencontrais un homme, car la plupart des mecs « normaux » ne réagissaient pas si bien que ça à un cynisme mordant.) Tout se passe super bien au boulot. En fait, je l'adore. Ç'a été passionnant, ces derniers temps – j'ai appris des tas de trucs, il s'est passé plein de choses... Oui, c'est vraiment formidable. Et vous ?

Ne parle pas trop de toi. Ne monopolise pas la conversation. Mets-le suffisamment à l'aise pour causer avec toi de son sujet préféré : lui.

— Vous êtes une menteuse plutôt habile, Andrea. Une oreille novice à ce jeu-là pourrait même vous croire. Mais vous savez bien qu'on n'embobine pas un spécialiste du bobard ? Soyez sans crainte, je vous pardonne pour cette fois.

J'ai ouvert la bouche pour dénier l'accusation, mais je n'ai réussi qu'à éclater de rire. Fine mouche, l'animal.

— Bon, Andrea, venons-en directement au fait. Je suis à l'aéroport, en train d'embarquer, et la sécurité ne voit pas d'un très bon œil que je traverse le détecteur de métaux en bavardant au téléphone. Avez-vous prévu quelque chose pour samedi soir ?

Je déteste ce procédé, quand les gens vous posent cette question avant d'avoir dévoilé ce qu'ils ont en tête. Sa petite amie avait-elle besoin de quelqu'un pour lui faire son shopping et avait-il pensé que j'avais le bon profil ? À moins qu'il n'ait besoin de quelqu'un pour promener son chien le temps de donner une autre interview au *New York Times* ? Je réfléchissais à la meilleure façon de répondre à sa question sans m'engager quand il a ajouté :

— J'ai une réservation au Babbo, samedi. Neuf heures. Il y aura là plusieurs amis, des journalistes pour la plupart, et des gens très intéressants. Il y aura aussi un copain qui écrit dans *The Buzz*, et deux ou trois journalistes du *New Yorker*. Un bon mélange. Vous viendrez ?

À cet instant, une ambulance est passée devant moi. Sirène hurlante et gyrophare allumé, elle tentait vainement de se frayer un passage dans les embouteillages, mais comme d'habitude, les automobilistes n'ont rien voulu savoir, et l'ambulance a patienté au feu rouge, avec tous les autres véhicules.

Venait-il bien de me demander de sortir avec lui ? Oui, c'est exactement ce qu'il venait de faire. Il m'invitait à sortir avec lui ! Christian Collinsworth m'invitait à sortir avec lui – un samedi soir, pour être précise, et au Babbo, où il avait une réservation pour le premier service avec une bande de gens classe et intéressants, des gens comme lui. Sans parler des journalistes qui écrivaient dans le *New Yorker* ! Je me suis creusé la mémoire. Lui avais-je dit, lors de notre rencontre, que Babbo était le seul restaurant de la ville où je mourais d'envie d'aller, que j'adorais les restaurants italiens et que celui-là était l'un des préférés de Miranda ? J'avais même envisagé de dépenser une semaine entière de salaire pour y inviter Alex à dîner, mais lorsque j'avais voulu réserver, on m'avait appris que les réservations étaient archicomplètes pour les cinq mois à venir. Depuis trois ans, aucun autre garçon qu'Alex ne m'avait invitée à passer la soirée avec lui.

— Oh, Christian, mince ! J'adorerais… (Immédiatement, je me suis efforcée d'oublier que je venais de dire « mince ». *Mince !* Non mais franchement, qui disait encore ça ?) Vraiment, j'adorerais (*c'est bon, espèce d'idiote, tu l'as déjà dit, passe à la phrase suivante*), mais c'est impossible. Je… euh, j'ai déjà quelque chose de prévu pour samedi.

Une bonne réponse dans l'ensemble, ai-je estimé. Certes, j'avais dû crier un peu pour couvrir le hurlement de la sirène, mais dans les limites de la dignité, me semblait-il. Nul besoin d'être libre pour un rendez-vous notifié deux jours avant à peine, et nul besoin de révéler l'existence d'un petit ami… Après tout, ce n'étaient pas ses oignons, non ?

— Vous avez réellement des plans, Andrea, ou vous pensez que votre petit ami n'apprécierait pas que vous sortiez avec un autre homme ?

Ah, voilà qu'il partait à la pêche aux informations !

— Peu importe, cela n'a rien à voir avec vous, ai-je répondu d'un ton tellement prude que j'en ai levé les yeux au ciel.

Et comme j'ai traversé en même temps la Troisième Avenue sans remarquer que le feu était au rouge pour les piétons, j'ai manqué d'être fauchée par un minivan.

— Très bien, je vous laisse tranquille pour cette fois. Mais je reviendrai à la charge. Et je pense que la prochaine fois, vous direz oui.

— Vraiment ? Et sur quoi fondez-vous cette impression ?

Cette assurance si sexy commençait un peu trop à ressembler à de l'arrogance. Le seul problème, c'était que ça le rendait encore plus sexy.

— L'intuition, Andrea. Juste une intuition. Et inutile de vous inquiéter, ou d'inquiéter votre petit ami, ce n'était qu'une invitation amicale pour vous faire partager un bon repas et une agréable compagnie. Peut-être aimerait-il se joindre à nous, Andrea ? Votre petit ami. Ce doit être un garçon formidable. J'aimerais beaucoup le rencontrer.

— Non !

J'avais presque crié, horrifiée à l'idée de les voir assis face à face autour d'une table. Sans doute auraient-ils été aussi stupéfaits l'un que l'autre : Christian, à mon grand embarras, en découvrant le côté sain, un peu péquenaud et dame patronnesse d'Alex ; Alex, en comprenant, à ma plus grande honte encore, que j'étais séduite chez Christian par son style, son effronterie, son assurance inébranlable. J'ai éclaté de rire, ou du moins je me suis forcée à rire en espérant faire passer un message de détachement.

— Non, je ne crois pas que ce soit une bonne idée. Même si je ne doute pas qu'il adorerait lui aussi vous rencontrer.

Christian a ri à son tour, mais d'un rire moqueur, condescendant.

— Je plaisantais, Andrea. Je suis certain que votre ami est un garçon formidable, mais ça ne m'intéresse pas spécialement de le rencontrer.

— Oui, bien sûr. Évidemment, je savais que…

— Écoutez, je dois y aller. Pourquoi ne m'appelez-vous pas si vous changez d'avis… ou de plans ? D'accord ? L'offre tient toujours. Passez une bonne journée.

Et sans me laisser le temps d'ajouter un mot, il a raccroché.

Bon sang, mais que venait-il de se passer ? J'ai rejoué toute la scène dans ma tête : l'écrivain superintelligent et supercanon s'était débrouillé pour dénicher mon numéro de portable et m'avait appelée pour m'inviter à l'accompagner samedi soir, dîner dans le restaurant le plus branché du moment. Savait-il depuis le début si j'avais ou non un petit ami ? C'était impossible à dire, mais l'information n'avait pas semblé le décourager particulièrement. Une seule chose était certaine : j'avais perdu trop de temps – et un bref coup d'œil à ma montre me l'a confirmé – à bavarder au téléphone. J'étais partie du bureau depuis trente-deux minutes, soit plus longtemps qu'il ne m'en fallait en général pour aller chercher le déjeuner et revenir.

En rangeant le téléphone, je me suis aperçue que j'étais arrivée devant le restaurant. J'ai tiré la lourde porte en bois ; la salle était plongée dans la pénombre, et chaque table avait beau être occupée par des banquiers et des avocats en train de dévorer leurs pièces de bœuf favorites, on n'entendait pas un bruit, comme si l'épaisse moquette et la palette de couleurs masculines avaient le pouvoir d'absorber tous les sons. Sebastian était sur les starting-blocks, près du pupitre de l'hôtesse, et sitôt qu'il m'a vue, il a foncé sur moi comme si j'étais porteuse du médicament qui allait lui sauver la vie.

— Andrea ! Quel plaisir de vous voir ici !

Derrière lui, deux jeunes filles en tailleurs gris sévères ont hoché la tête avec componction.

— Ah bon ? Mais pourquoi donc ?

Comment résister à l'envie de le titiller un peu ? Ce type était tellement lèche-cul ! Il s'est penché vers moi, les chairs vibrant d'une excitation palpable.

— Vous connaissez les sentiments que toute l'équipe de Smith et Wollensky porte à Mme Priestly, n'est-ce pas ? *Runway* est un magazine tellement fabuleux ! Toutes ces photos sublimes ! Ce style renversant ! Et naturellement, ces articles passionnants ! Tellement littéraires ! Nous l'adorons !

— Littéraires, vraiment ?

Et tandis que je bataillais ferme pour réprimer l'immense sourire qui menaçait de s'épanouir sur mes lèvres, une jeune serveuse en tailleur s'est approchée, lui a discrètement touché l'épaule et lui a tendu un cabas en toile. Sebastian a pivoté et a poussé un cri de pure allégresse.

— Ah, ah ! Et voilà, un déjeuner préparé dans les règles de l'art gastronomique pour une rédactrice en chef exceptionnelle – et sa non moins exceptionnelle assistante, a-t-il ajouté avec un clin d'œil.

— Merci, Sebastian, nous apprécions, l'une et l'autre.

J'ai ouvert le cabas en grosse toile de coton pour m'assurer que tout était conforme à ma commande : cinq cent cinquante-cinq grammes de faux-filet qui se vidait de son sang dans sa barquette, tellement bleu qu'il semblait tout bonnement cru – O.K. ; deux pommes de terre au four fumantes, chacune de la taille d'un chaton – O.K. ; une petite barquette de purée de pommes de terre, assouplie à grand renfort de beurre et de crème épaisse – O.K. ; huit asperges de taille rigoureusement identique, avec des pointes charnues et juteuses – O.K. Le sac contenait également un godet en métal rempli de beurre en pommade, de la fleur de sel casher, un couteau à viande avec manche en bois et une serviette en lin amidonnée qui, aujourd'hui, avait été pliée en forme de jupe plissée. N'était-ce pas *ravissant* ? Sebastian attendait ma réaction.

— Ravissant. Vous vous êtes vraiment surpassé, Sebastian.

Son visage s'est illuminé et il a regardé ses pieds, dans une posture d'humilité qui devait tout à un long entraînement.

— Merci. Vous savez combien j'estime Mme Priestly, et combien c'est un honneur de, de…

— Lui préparer son cabas du déjeuner ? ai-je suggéré, secourable.

— Oui, c'est ça. Vous me comprenez.

— Oh oui, naturellement, Sebastian. Et soyez certain qu'elle en sera ravie.

Je n'avais pas le cœur de lui avouer que je m'empressais de remettre à plat toutes ses créations car la Mme Priestly qu'il portait aux nues aurait piqué une crise d'anthologie en découvrant une serviette ayant une autre forme que celle attendue de la part d'une serviette de table. Juste au moment où je m'apprêtais à tourner les talons, le téléphone a sonné.

Sebastian m'a regardée d'un air d'attente, espérant sans doute avec ferveur que la voix à l'autre bout du fil serait celle de sa raison de vivre. Il n'a pas été déçu.

— Emily, c'est vous ? a lancé Miranda d'un ton haché, hargneux. Emily ? Je vous entends très mal !

— Oui, Miranda, c'est Andrea, ai-je dit calmement tandis que Sebastian semblait sur le point de tomber en pâmoison en entendant prononcer le nom de son idole.

— Seriez-vous en train de préparer vous-même mon déjeuner, An-dre-âââ ? D'après ma montre, je vous ai demandé mon déjeuner il y a trente-cinq minutes. Je ne vois aucune raison – si vous vous acquittez correctement de votre mission – qui puisse expliquer que mon déjeuner n'est pas encore sur mon bureau. En connaissez-vous une ?

Elle s'était souvenue de mon nom ! C'était une petite victoire – que, malheureusement, je n'avais pas le temps de savourer.

— Euh… je suis désolée d'avoir été si longue, mais il y a eu une légère confusion avec…

— Vous savez pertinemment à quel point ce genre de détails m'indiffère.

— Oui, bien sûr, et je serai là dans…

— J'appelle pour vous dire que je veux mon déjeuner – que je le veux tout de suite. Ça ne laisse guère de place aux nuances, Emily. Je. Veux. Mon. Déjeuner. Tout de suite.

Et elle a raccroché. Mes mains tremblaient tellement que j'ai lâché le téléphone, comme s'il avait été trempé dans de l'arsenic. Sebastian, prêt à s'évanouir, a tout de même plongé aussitôt pour le ramasser.

— Est-elle en colère contre nous, Andrea ? J'espère qu'elle ne croit pas que nous l'avons laissée tomber. N'est-ce pas ? Elle ne croit pas ça ?

Il avait la bouche crispée, figée en un ovale, et je distinguais les pulsations dans les veines proéminentes sur son front. Je l'aurais volontiers haï autant que je la haïssais, elle, mais je me sentais juste navrée pour lui. Pourquoi cet homme, cet homme dont le seul trait remarquable était d'être d'une rare insignifiance, faisait-il aussi grand cas de Miranda Priestly ? Pourquoi se mettait-il en quatre pour lui faire plaisir, l'impressionner, être à ses petits soins ? Peut-être devrait-il reprendre mon poste, me suis-je dit, parce que, moi, j'allais démissionner. Oui, j'allais vraiment le faire. J'allais regagner ce bureau et filer ma dem'. Pour qui se prenait-elle ? De quel droit me parlait-elle sur ce ton-là ? Pourquoi maltraitait-elle tout le monde ? Était-ce à cause de sa position ? Du pouvoir ? Du prestige ? De ses fringues Prada ? Où, dans quel univers, un tel comportement était-il acceptable ?

Le reçu de 95 dollars facturés à Elias-Clark attendait sur le comptoir ; j'ai griffonné une signature illisible. À ce stade-là, je ne savais plus si cette signature était la mienne, celle de Miranda, d'Emily ou du Mahatma Gandhi, mais c'était le cadet de mes soucis. J'ai empoigné le cabas et j'ai foncé dans la rue, abandonnant à lui-même un Sebastian fort mal en point. Sitôt sur le trottoir, je me suis engouffrée dans un taxi, en manquant presque au passage de renverser un vieil homme. Mais là non plus, je n'avais pas le loisir de me sentir concernée. Le temps pressait : j'avais ma démission à donner. En dépit de la circulation qui était dense entre midi et deux, nous avons parcouru les quelques blocs qui me séparaient du bureau en dix minutes. J'ai fourré un billet de 20 dans la main du chauffeur. Je lui aurais volontiers donné 50 dollars si je les avais eus et si j'avais trouvé un moyen de les faire casquer à Elias-Clark. Le chauffeur s'est mis à chercher la monnaie, mais j'ai claqué la portière et j'ai couru. Que ces 20 dollars servent donc à faire plaisir à une petite fille, ou à réparer un chauffe-eau, ou même à boire des bières après le service dans le garage à taxis du Queens – quelque usage que le chauffeur déciderait d'en faire, il serait toujours plus noble que de financer une énième tasse de café chez Starbucks.

Gonflée d'une indignation qui avait le bon droit dans son camp, j'ai traversé le hall comme une fusée, ignorant les regards désapprobateurs des commères attroupées dans un recoin. J'ai aussi entr'aperçu Benji qui émergeait d'un ascenseur Bergman, mais je me suis empressée de détourner la tête afin de ne pas perdre une minute de plus. J'ai glissé mon badge dans le lecteur et j'ai poussé le tourniquet d'un coup de hanche. Merde ! La barre métallique a cogné violemment contre mon pelvis. En relevant la tête, j'ai vu deux rangées de dents étincelantes, et le gros visage transpirant qui les encadrait. Eduardo. Il plaisantait. Il plaisantait forcément.

Je lui ai décoché mon regard le plus mauvais, celui qui disait, sans ambages : « Crève ! », mais ce jour-là, ça n'a pas marché. Sans le quitter des yeux, je me suis faufilée jusqu'au tourniquet voisin, j'ai passé mon badge dans le lecteur à la vitesse de l'éclair et j'ai poussé la barre. Il avait réussi à la bloquer juste à temps, et je suis restée là, à regarder les commères franchir sans encombre les unes après les autres le tourniquet d'à côté. Six personnes en tout sont passées, et moi j'étais toujours coincée là, si frustrée que j'ai cru que j'allais éclater en sanglots. Eduardo n'était vraiment pas sympa.

— Allons, ma fille, ne fais pas cette tête. C'est pas de la torture. C'est pour rire. Bon, maintenant, sois attentive, parce que… *I think we're alone now. There doesn't seem to be anyone a-rou-ound. I think we're alone now. The beatin' of our heart is the only sou-ound*[1].

— Eduardo ! Comment veux-tu que je mime ça ! Je n'ai pas de temps pour ces conneries !

— D'accord. Pas besoin de mimer, cette fois, contente-toi de chanter. Je commence, et toi, tu finis. *Children behave ! That's what they say when we're together. And watch how you play ! They don't understand, and so we're*[2]...

J'ai compris que je n'aurais pas besoin de démissionner si jamais je parvenais jusqu'en haut, parce qu'à ce moment-là, j'aurais déjà été virée. Alors autant faire plaisir à quelqu'un.

— *Running just as fast as we can*, ai-je enchaîné sans rater une mesure. *Holdin' on to one another's hand. Trying to get away into the night and then you put your arms around me and we tumble to the ground and then you say*[3]...

Je me suis penchée vers Eduardo quand j'ai remarqué que l'abruti du premier jour, Mickey, essayait d'écouter, et Eduardo a terminé :

— *I think we're alone, now. There doesn't seem to be anyone a-rou-ound. I think we're alone now. The beatin' of our hearts is the only sou-ound* !

Il est parti d'un rire bruyant et a levé sa main. J'ai levé la mienne pour la frapper et j'ai entendu le tourniquet se déclencher.

1. Je crois que nous sommes seuls, maintenant. On dirait qu'il n'y a plus personne autour de nous. On n'entend plus que les battements de nos deux cœurs.

2. Tenez-vous bien, les enfants ! Voilà ce qu'ils nous disent lorsqu'on est tous les deux. Et attention à vos jeux ! Ils ne comprennent pas, alors nous voilà...

3. En train de courir à perdre haleine, main dans la main, pour tenter de nous enfuir dans la nuit, et là, tu passes un bras autour de moi et nous trébuchons, et tu me dis...

— Bon appétit, Andy !

— À toi aussi, Eduardo.

Aucun incident supplémentaire n'est venu troubler l'ascension jusqu'au dix-septième, et ce n'est qu'en arrivant devant les portes de la rédaction que j'ai décidé que je ne pouvais pas démissionner. Tout d'abord, à l'évidence, ce serait trop terrifiant et périlleux de me lancer dans cette aventure sans avoir rien préparé – elle se contenterait certainement de me toiser et de me rétorquer : « Non, je ne vous autorise pas à démissionner », et qu'allais-je pouvoir répondre à ça ? Ensuite, je ne devais pas oublier que cet esclavage ne concernait jamais qu'une année de ma vie. Une seule petite année, qui m'en épargnerait le double, le triple, le quadruple de galères. Un an, 12 mois, 52 semaines, 365 jours à supporter ces âneries, pour pouvoir réaliser le rêve de ma vie. Ce n'était pas la mer à boire. Et par ailleurs, j'étais trop claquée pour me mettre en quête d'un autre job.

Quand je suis entrée dans le bureau, Emily a relevé la tête.

— Elle revient tout de suite. Elle a été appelée dans le bureau de M. Ravitz. Franchement, Andrea, pourquoi as-tu été si longue ? Tu sais qu'elle me tombe dessus quand tu es en retard, et que puis-je lui dire ? Que tu fumes dans la rue au lieu de lui acheter son café ? Que tu bavardes avec ton petit ami, au lieu d'aller chercher son déjeuner ? Ce n'est pas juste – ce n'est vraiment pas juste.

Elle a reporté son attention sur son écran, l'air résigné.

Elle avait raison, évidemment. Ce n'était pas juste. Ni envers moi, ni envers elle, ni envers aucun être humain tant soit peu civilisé. J'étais confuse de lui compliquer la vie – ce que je faisais chaque fois que je m'octroyais quelques minutes supplémentaires en dehors du bureau pour me détendre et décompresser. Car chaque seconde où je n'étais pas là était une autre seconde où Miranda concentrait son attention toujours en éveil sur Emily. Je me suis promis de faire encore un petit effort.

— Tu as entièrement raison, Em. Je suis désolée. Je vais faire un effort.

Elle a eu l'air sincèrement surprise, et aussi un peu radoucie.

— J'apprécierais vraiment, Andrea. J'ai fait ton boulot. Je sais combien c'est chiant. Crois-moi, certains jours, qu'il pleuve ou qu'il neige, je devais descendre acheter des cafés cinq, six, sept fois en une seule journée. J'étais tellement fatiguée que je n'arrivais plus à bouger – je sais ce que c'est ! Parfois, elle m'appelait pour me demander où se trouvait un truc – son café au lait, son déjeuner, son tube de dentifrice spécial dents sensibles… C'était rassurant d'apprendre que ses dents avaient, elles au moins, un semblant de sensibilité… Et tout ça avant même que j'aie eu le temps de sortir dans la rue ! Elle est comme ça, Andy. C'est tout. Tu ne peux pas t'obstiner à lutter contre ça, sinon tu vas y laisser ta peau. Elle ne songe pas à faire le mal, vraiment pas. Elle est juste comme ça.

J'ai hoché la tête. Je comprenais, mais je ne pouvais pas l'accepter. Je n'avais jamais travaillé ailleurs, cependant je ne pouvais pas croire que tous les patrons se comportaient ainsi. Mais peut-être me trompais-je ?

J'ai déposé le déjeuner sur son bureau et j'ai commencé les préparatifs pour le servir. L'un après l'autre, j'ai transvasé les plats des récipients hermétiques sur une assiette en porcelaine, en les arrangeant avec style (du moins, je l'espérais). J'ai essuyé mes mains graisseuses sur un de ses pantalons Versace qui attendaient de partir au pressing, et j'ai disposé l'assiette sur le plateau en teck et céramique que je rangeais sous mon bureau. À côté, j'ai déposé le beurrier, le sel, et les couverts enveloppés dans la serviette qui avait recouvré une apparence de serviette. Un bref regard d'ensemble à mon stylisme a révélé qu'il manquait une bouteille de San Pellegrino. J'avais intérêt à me magner – elle serait là d'une minute à l'autre. J'ai foncé vers la kitchenette et j'ai attrapé une poignée de glaçons à pleine main, en soufflant sur mes doigts pour dissiper la brûlure du froid. Souffler n'était pas loin de lécher – je le fais ? *Non ! Élève-toi au-dessus de ça. Ne crache pas dans sa nourriture, ne suce pas ses glaçons. Tu es une grande personne. Tu es au-dessus de ça.*

À mon retour, elle n'était toujours pas là ; il ne me restait plus qu'à remplir le verre d'eau et à disposer le plateau sur son bureau monumental. Elle allait revenir, s'installer et appeler pour que l'une de nous deux referme ses portes. Et là, enfin, l'on pourrait sauter de joie. Non seulement parce qu'elle allait rester paisiblement assise derrière ses portes closes pendant une bonne demi-heure, à téléphoner à l'ASN, mais parce que, pour nous aussi, l'heure du déjeuner aurait sonné. L'une de nous deux pourrait alors faire un aller-retour express à la cafétéria, afin que l'autre puisse descendre à son tour. Il ne nous resterait plus qu'à déguster notre déjeuner planquées derrière notre écran, juste au cas où elle sortirait à l'improviste de son bureau. Car s'il y avait bien une règle, certes tacite mais néanmoins incontournable, c'était que personne, à la rédaction de *Runway*, ne devait s'alimenter devant Miranda Priestly. Personne.

D'après ma montre, il était 14 h 15. D'après mon estomac, il était bien plus tard. Il s'était écoulé sept heures depuis le sablé au chocolat que j'avais avalé en revenant de chez Starbucks. J'étais tellement affamée que j'avais même songé à grignoter un angle de son faux-filet.

— Em, j'ai tellement faim que je pourrais m'évanouir. Je crois que je vais galoper jusqu'en bas pour m'acheter quelque chose. Tu veux que je te rapporte un truc ?

— Ça va pas ? Tu ne lui as pas encore servi son déjeuner. Elle va revenir d'un instant à l'autre.

— Je ne plaisante pas. Je ne me sens vraiment pas bien. Je ne pense pas pouvoir attendre.

Entre le manque de sommeil et l'hypoglycémie, j'avais le vertige. Je n'étais pas certaine de pouvoir apporter le plateau avec le steak jusque sur son bureau, même si elle revenait bientôt.

— Andrea, sois un peu rationnelle ! Que se passerait-il si tu tombais sur elle à la réception, ou dans l'ascenseur ? Elle saurait que tu as déserté le bureau. Elle se mettrait en rogne. Ça ne vaut pas le coup de prendre le risque. Attends un peu. Je vais te chercher quelque chose.

Emily a pris son porte-monnaie et est sortie du bureau. Guère plus de quatre secondes après, j'ai aperçu Miranda qui arrivait dans le couloir. Toute pensée de faim, de vertige ou d'épuisement a disparu dès l'instant où j'ai vu son visage tendu et renfrogné, et je me suis précipitée pour déposer le plateau sur son bureau.

J'ai réatterri sur ma chaise juste avant que son premier escarpin Jimmy Choo ne franchisse le seuil. J'avais la tête qui tournait, la bouche sèche, et je me sentais totalement désorientée. Elle ne m'a pas accordé le moindre regard, ni, heureusement, n'a semblé remarquer que la vraie Emily n'était pas à son poste. J'ai eu l'impression que son entretien avec M. Ravitz ne s'était pas très bien passé, mais sa contrariété pouvait aussi découler du simple ressentiment d'avoir été obligée de quitter son bureau pour se rendre dans celui de quelqu'un d'autre. Jusque-là, M. Ravitz était la seule personne dans tout l'immeuble envers lequel Miranda manifestait de l'empressement.

— An-dre-âââ ! Qu'est-ce que c'est que ça ? Pouvez-vous m'expliquer ?

J'ai accouru, et nous avons toutes les deux contemplé ce qui était, à l'évidence, un plateau-déjeuner – ce même déjeuner qu'elle mangeait chaque fois qu'elle ne sortait pas. Une rapide récapitulation mentale m'a confirmé qu'il ne manquait rien, que tout était à la bonne place, et que tout semblait cuisiné conformément à ses instructions. Quel était son problème ?

— Eh bien, c'est votre déjeuner, ai-je répondu calmement, en m'efforçant de ne laisser transparaître aucun sarcasme dans ma voix – ce qui n'était pas simple, étant donné que je venais d'énoncer une lapalissade. Quelque chose ne va pas ?

Pour être exacte, je pense qu'elle a juste entr'ouvert les lèvres, mais dans mon esprit délirant, je l'ai vue avancer vers moi des crocs acérés.

— Quelque chose ne va pas ? s'est-elle moquée d'une voix haut perchée qui ne ressemblait en rien à la mienne, et qui n'avait rien d'humain non plus.

Les yeux étrécis en deux fentes, elle s'est rapprochée, se refusant, comme toujours, à élever le ton.

— Eh bien, oui. Quelque chose ne va pas. Ne va pas *du tout*. Pourquoi dois-je trouver *ça* en rentrant dans mon bureau ?

Sa remarque avait des airs de devinette retorse. Effectivement, me suis-je demandé, pourquoi doit-elle trouver ça en rentrant dans son bureau ? Qu'elle ait commandé le *ça* en question une heure auparavant n'était manifestement pas la bonne réponse, mais demeurait la seule dont je disposais. Le plateau lui déplaisait-il ? Impossible. Elle l'avait déjà vu des milliers de fois sans jamais y trouver à redire. Les cuisiniers s'étaient-ils trompés de pièce de viande ? Non plus. Il leur avait, une fois, pris la fantaisie de troquer son faux-filet contre un splendide morceau de filet, convaincus qu'elle ne pourrait que l'apprécier davantage, mais Miranda avait frôlé la crise d'apoplexie. Elle m'avait obligée à appeler le chef en personne et à l'engueuler pendant qu'elle se tenait à mes côtés et qu'elle me soufflait ce que je devais dire.

— Je suis navré, mademoiselle, vraiment, avait-il dit

avec une douceur de vrai chic type. Mme Priestly est une si bonne cliente… J'ai pensé qu'elle préférerait avoir notre meilleur morceau. Je ne lui ai pas compté de supplément. Mais soyez sans crainte, ça ne se reproduira pas.

J'avais eu envie de pleurer quand elle m'avait forcée à lui dire qu'il ne serait jamais chef ailleurs que dans un restau-grill minable de centre commercial, mais je m'étais exécutée. Le type s'était confondu en excuses, et depuis, il ne lui avait jamais rien servi d'autre qu'un faux-filet dégoulinant de sang. Donc, ce n'était pas ça non plus. Je ne savais ni quoi faire, ni quoi dire.

— An-dre-âââ, l'assistante de M. Ravitz ne vous a-t-elle donc pas dit que nous venons de déjeuner dans ce lamentable restaurant d'entreprise ? a-t-elle demandé lentement, comme si elle faisait tout son possible pour ne pas péter définitivement les plombs.

Elle venait de faire *quoi* ? Après tout ce cirque – la galopade, la pitoyable séance de lèche de Sebastian, les coups de fil furibonds, les 95 dollars, les hurlements de détresse de mon estomac, le vertige – *elle avait déjà déjeuné* ?

— Euh, non, personne ne nous a prévenues. Donc… Cela signifie que vous n'en voulez pas ? ai-je répondu en désignant d'un geste le plateau.

Elle m'a regardée comme si je venais de lui suggérer de manger une de ses jumelles.

— À votre avis, Emily ?

Merde ! Elle avait si bien réussi à se souvenir de mon prénom !

— Je pense que, euh… vous n'en voulez pas.

— Voilà qui est fort bien pensé de votre part, Emily. J'ai de la chance, vous apprenez vite. Débarrassez-moi de ça. Et veillez à ce que ça ne se reproduise plus. C'est tout.

Un fantasme a jailli dans mon esprit, où comme au

cinéma, je balaierais d'un geste le bureau et enverrais voler le plateau et son contenu à l'autre bout de la pièce. Miranda, choquée, contrite, s'excuserait abondamment pour m'avoir parlé sur ce ton. Mais le pianotement de ses ongles sur le bureau m'a ramenée à la réalité, et je me suis empressée de quitter la pièce avec le plateau.

— An-dre-âââ, fermez la porte ! J'ai besoin d'un moment de tranquillité ! a-t-elle lancé.

Forcément… Découvrir sur son bureau un déjeuner fin pour lequel elle n'avait plus faim relevait d'un stress trop important.

Emily venait juste de remonter avec un Coca light et un sachet de raisins secs – le petit en-cas qui était censé me faire patienter jusqu'au déjeuner, et qui était bien entendu sans la moindre calorie, ni le moindre gramme de graisse ou de sucre. En entendant Miranda ordonner de fermer les portes, elle a lâché les raisins sur mon bureau et s'est précipitée pour obéir.

— Qu'est-il arrivé ? a-t-elle chuchoté en voyant la nourriture intacte sur le plateau.

— Apparemment, notre charmante patronne avait déjà déjeuné, ai-je sifflé, dents serrées. Elle vient de me passer un savon pour ne l'avoir pas prédit, pour n'avoir pas été capable de voir à l'intérieur de son ventre qu'elle n'avait plus faim.

— Tu plaisantes ? Elle a crié après toi parce que tu ne revenais pas assez vite avec son déjeuner, exactement comme elle l'avait demandé, et maintenant elle te reproche de ne pas savoir qu'elle avait déjà déjeuné ailleurs ? Quelle garce !

J'ai hoché la tête. Qu'Emily, pour une fois, se range dans mon camp au lieu de me sermonner et de me reprocher de ne rien piger, voilà qui était un changement phénoménal. Mais minute ! C'était trop beau pour être vrai. Tel le soleil qui ne laisse que quelques traits roses et bleus dans le ciel une fois qu'il a disparu derrière la ligne d'horizon, le visage d'Emily est passé de la fureur à la contrition. La fameuse volte-face.

— Souviens-toi de notre conversation de tout à l'heure, Andrea. Elle ne voulait pas te blesser. Elle occupe un poste tout simplement trop important pour se laisser retarder par des détails insignifiants. Laisse faire. Tu jettes la bouffe, et on n'en parle plus.

Et Emily d'aller se rasseoir avec détermination devant son ordinateur. Je savais pertinemment qu'elle était en train de se demander si Miranda avait pu faire installer des micros dans notre bureau, et si elle avait entendu notre conversation. Le visage empourpré, elle avait l'air contrarié par son manque de self-control. Je ne savais pas comment elle avait fait pour survivre aussi longtemps.

J'ai songé à manger moi-même le steak, mais la seule pensée qu'il s'était trouvé quelques instants auparavant sur le bureau de Miranda me donnait la nausée. J'ai emporté le plateau dans la cuisine et je l'ai penché au-dessus de la poubelle pour le débarrasser d'un seul coup de tout son contenu – la nourriture cuisinée et assaisonnée de main de chef, l'assiette en porcelaine, le beurrier en métal, la salière, la serviette en lin, les couverts, le couteau à viande et le verre en baccarat. Tout est parti à la poubelle. Tout. Quelle importance ? Il serait toujours temps de récupérer tout ça en temps voulu – le lendemain, ou le jour où elle aurait de nouveau faim à l'heure du déjeuner.

*
* *

Quand je suis arrivée au Pays de la soif, Alex semblait de mauvais poil, et Lily était beurrée. Alex pouvait-il savoir que plus tôt dans la journée, un homme m'avait proposé un rendez-vous – un homme qui, en plus d'être célèbre et plus âgé, était aussi une sacrée tête à claques ? Pouvait-il le deviner ? Le sentait-il ? Devais-je le lui dire ? Bah… À quoi bon perdre du temps avec un sujet aussi insignifiant ? Ce n'était pas comme si j'admettais m'intéresser à un autre homme, comme si j'allais vraiment passer à l'acte. Mentionner cet épisode était parfaitement inutile.

— Salut, la bête de mode ! a bafouillé Lily en levant son gin tonic vers moi et aspergeant au passage son cardigan, mais sans apparemment y prêter garde. Ou devrais-je plutôt dire ma future coloc ? Commande un verre. Il faut qu'on trinque.

J'ai embrassé Alex et me suis assise à côté de lui.

— Qu'est-ce que tu es sexy ! s'est-il exclamé en examinant ma tenue Prada d'un regard appréciateur. De quand date cette métamorphose ?

— D'aujourd'hui. J'ai enfin compris qu'il était écrit que si je ne faisais pas un effort vestimentaire, je n'avais plus de boulot. C'est assez vexant, mais bon, quitte à se mettre un truc sur le dos tous les jours, autant que ce soit bien. Je suis désolée d'être en retard. Ils n'en finissaient pas de terminer le Book ce soir, et sitôt que je suis passée le déposer chez Miranda, elle m'a envoyée lui acheter du basilic à l'épicerie du coin.

— Tu n'as pas dit qu'elle avait un cuisinier ? Pourquoi ne s'en est-il pas chargé ?

— Oui, elle a un cuisinier. Plus une bonne, une nurse, et deux enfants. Donc, inutile de me poser cette question. Je ne connais pas la réponse. Et ça m'a particulièrement agacée parce qu'il n'y a pas une seule épicerie dans son quartier. J'ai dû repartir sur Lexington, et me taper neuf blocs avant d'en trouver une qui soit encore ouverte. Ce qui m'a pris trois quarts d'heure de plus. Mais laissez-moi vous dire un truc, c'est que ces quarante-cinq minutes n'ont pas été du temps perdu. Imaginez tout ce que j'ai appris en allant acheter ce basilic ! Ne voyez-vous pas que je suis bien mieux préparée maintenant à mon avenir dans la presse magazine ! Je suis sur la voie rapide pour devenir rédactrice ! ai-je lancé avec un sourire victorieux.

— À ton avenir ! a crié Lily, sans détecter l'ombre d'un sarcasme dans mon speech.

— Elle est vraiment paf, a constaté tranquillement Alex, en regardant Lily comme on regarde un parent souffrant alité dans un hôpital. Je suis arrivé à l'heure avec Max, qui est parti depuis, mais on dirait qu'elle est là depuis des heures. Ou alors, elle boit très vite.

Lily avait toujours été une grosse buveuse, mais cela n'avait rien d'étonnant, dans la mesure où elle faisait toujours tout en grand. Elle avait été la première à fumer de l'herbe au collège, la première à perdre sa virginité au lycée, la première à sauter en parachute en chute libre à la fac. Elle adorait tout et tous ceux qui ne l'aimaient pas en retour, du moment que ça lui procurait le sentiment d'être vivante.

— Je ne comprends pas comment tu peux coucher avec lui alors que tu sais qu'il ne rompra jamais avec sa copine, lui avais-je dit à propos d'un mec qu'elle voyait en douce quand nous étions en deuxième année de fac.

— Et moi je ne comprends pas comment tu fais pour vivre avec autant de règles, m'avait-elle rétorqué du tac au tac. Où t'amuses-tu, dans ta vie si impeccablement planifiée et ordonnée ? Lâche-toi donc un peu, Andy ! Laisse vivre tes sens ! C'est si bon d'être vivant !

Peut-être buvait-elle un petit peu plus ces derniers temps, mais je savais que cette année de DEA était incroyablement stressante, même pour elle, et que ses profs à Columbia, à la différence de ceux de Brown qui lui avaient mangé dans la main, étaient plus exigeants et moins compréhensifs. Ma foi, ce n'était pas une mauvaise idée, me suis-je dit en hélant la serveuse. Boire était peut-être le moyen de gérer la situation. J'ai commandé une Absolut-pamplemousse, et j'en ai bu une longue gorgée. Qui ne m'a pas vraiment réussi, car excepté les raisins secs et le Coca light qu'Emily m'avait rapportés, je n'avais rien mangé de la journée.

— Ces quinze derniers jours, à la fac, ont été un peu rudes pour elle, ai-je expliqué à Alex, comme si Lily n'était pas assise avec nous.

De toute façon, elle ne s'était pas aperçue qu'elle faisait l'objet de la conversation, trop occupée à lancer des œillades suggestives à un quelconque yuppie. Alex a passé un bras autour de mes épaules, et je me suis blottie contre lui. C'était si bon de le retrouver – il me semblait ne pas l'avoir vu depuis des semaines.

— Je déteste l'idée de jouer les rabat-joie, mais il faut que je rentre, a-t-il dit en glissant une mèche folle derrière mon oreille. C'est O.K., si tu restes seule avec elle ?

— Tu dois partir ? déjà ?

— Déjà ? Andy, ça fait deux heures que je regarde ta meilleure amie picoler. Je suis venu pour te voir, mais tu n'étais pas là. Il est bientôt minuit, et j'ai encore des devoirs à corriger.

Il avait parlé calmement, mais je voyais bien qu'il était contrarié.

— Oui, je suis vraiment désolée. Mais tu sais bien que je serais arrivée plus tôt, si je l'avais pu. Tu sais que…

— Je sais tout ça. Je ne te reproche rien, je n'ai pas dit que tu aurais pu te débrouiller autrement. Je comprends. Mais essaie à ton tour de comprendre d'où j'arrive. O.K. ?

J'ai hoché la tête et je l'ai embrassé, mais je me sentais dans mes petits souliers. Je me suis promis de me rattraper, de lui consacrer une soirée entière et d'organiser quelque chose de spécial, rien que pour nous deux. Ces derniers temps, je lui en demandais un peu trop.

— Tu ne viens pas dormir chez moi, alors ?

— Non, sauf si tu as besoin d'un coup de main pour Lily. Je dois vraiment rentrer corriger ces copies.

Il m'a serrée dans ses bras, il a embrassé Lily et s'est dirigé vers la porte.

— Appelle, si besoin est, a-t-il lancé en sortant.

— Hé, pourquoi il se tire ? a demandé Lily, qui avait pourtant assisté à toute la conversation. Il est en colère contre toi ?

— Sans doute, ai-je soupiré en serrant ma sacoche en toile contre ma poitrine. J'ai vraiment été dégueulasse avec lui ces jours-ci.

Je suis allée au bar commander des amuse-gueule, et le temps que je revienne, le type de Wall Street s'était glissé sur la banquette à côté de Lily. Il ne semblait pas avoir la trentaine, mais avec son front qui se dégarnissait, comment savoir ?

J'ai attrapé le manteau de Lily et je le lui ai mis dans les mains.

— Lily, rhabille-toi. On s'en va, ai-je annoncé en regardant le type.

Le pli marqué au fer sur son pantalon de toile ne faisait rien pour contrebalancer son visage poupin. Et que sa langue soit à présent à cinq centimètres de l'oreille de mon amie ne me le rendait pas plus sympathique.

— Hé, y a pas le feu, a-t-il protesté d'une voix geignarde, nasillarde. Ta copine et moi venons tout juste de faire connaissance.

Lily a opiné en souriant et a essayé de boire une gorgée de son verre sans réaliser qu'il était vide.

— C'est charmant, mais nous devons y aller. Comment t'appelles-tu ?

— Stuart.

— Enchantée, Stuart. Pourquoi ne donnerais-tu pas ton numéro à mon amie Lily, pour qu'elle puisse éventuellement t'appeler quand elle sera plus en forme ? Qu'en penses-tu ? ai-je dit en lui souriant.

— Non, c'est bon, laisse tomber. À plus !

Il s'est levé et a filé vers le comptoir avec un tel empressement que Lily n'avait pas encore remarqué son départ.

— Stuart et moi allons faire connaissance, n'est-ce pas, Stu ?

Elle s'est tournée vers la place que le garçon venait de quitter, et a eu l'air déroutée.

— Stuart devait y aller, Lil. Viens, on s'en va.

Je l'ai aidée à enfiler son caban vert élimé et à se mettre debout. Elle a tangué, puis a retrouvé son équilibre. Dehors, l'air était froid et vif, et j'ai pensé qu'il l'aiderait à dessoûler.

— Je ne me sens pas très bien, a-t-elle dit sans articuler.

— Je sais, ma puce. Prenons un taxi pour rentrer chez toi, d'accord ? Tu crois pouvoir y arriver ?

Elle a acquiescé d'un signe de tête, puis, avec un grand naturel, elle s'est penchée en avant et elle a vomi. Il y en avait partout sur ses bottes, et le bas de son jean n'avait pas été épargné. Si seulement les filles de *Runway* pouvaient voir ma meilleure amie en ce moment, ai-je songé.

Je l'ai fait asseoir sur l'appui d'une vitrine dont on pouvait raisonnablement espérer qu'elle n'était protégée par aucune alarme, en lui ordonnant de ne pas bouger. Il fallait que je lui trouve de l'eau, et par chance, j'ai avisé une épicerie ouverte 24 h/24 de l'autre côté de la rue. À mon retour, Lily avait de nouveau vomi – mais sur elle, cette fois – et elle avait un regard de chien battu. J'avais acheté deux bouteilles d'eau minérale, une pour la faire boire, l'autre pour la nettoyer, mais là, elle était trop sale. J'en ai déversé une sur ses pieds pour laver les vomissures, et la moitié de l'autre sur son manteau. Mieux valait être trempée que tapissée de vomi. Elle était tellement ivre qu'elle ne s'est aperçue de rien.

Avec une Lily en si piteux état, il m'a fallu déployer

quelques talents de persuasion pour convaincre un chauffeur de taxi de nous charger, mais la promesse d'un gros pourboire, en plus d'une course pour le moins rentable, a porté ses fruits. Nous allions traverser quasiment tout Manhattan dans sa longueur, et j'étais déjà en train de calculer comment j'allais pouvoir faire passer cette course de 20 dollars au bas mot en note de frais.

Atteindre le troisième sans ascenseur de Lily a été encore moins drôle que le trajet en taxi, mais après ces vingt-cinq minutes de voiture, Lily était devenue plus coopérative, et elle a même réussi à se doucher seule une fois que je l'ai eu déshabillée. Je l'ai orientée en direction de son lit où elle est allée s'effondrer à plat ventre. Quand je me suis penchée sur elle, elle était inconsciente ; dans un éclair de nostalgie, je me suis souvenue des années de fac, des quatre cents coups que nous avions faits ensemble. On continuait à bien s'amuser, certes, mais jamais nous ne retrouverions l'insouciance de cette époque-là.

J'ai repensé à la conversation avec Alex. Lily ne buvait-elle pas un peu trop, ces derniers temps ? C'est vrai qu'elle semblait constamment avoir un coup dans l'aile. Lorsque Alex avait abordé ce sujet, la semaine précédente, je lui avais rétorqué que cela n'avait rien d'étonnant, ni d'inquiétant : Lily était encore étudiante, elle ne vivait pas encore dans le vrai monde, avec de vraies responsabilités d'adultes (comme, par exemple, verser de la San Pellegrino dans le verre idoine). Et puis franchement, je n'étais pas en reste. Lors des vacances de printemps, par exemple, nous avions toutes les deux un peu forcé sur la tequila à Señor Frog. Ou encore, le soir où nous avions célébré l'anniversaire du jour de notre rencontre, nous avions surestimé notre résistance en descendant trois bouteilles de vin rouge à deux. Une fois, après un soir de bringue pour fêter la fin des exams, Lily m'avait retenu les cheveux en arrière tandis que j'avais la joue collée sur la lunette des toilettes. Une autre fois, après une soirée au programme chargé – huit rhum-Coca et une reprise particulièrement atroce de « Every Rose Has a Thorn » au karaoké –, elle avait dû se garer quatre fois de suite sur le trajet de retour à la résidence universitaire. Le soir de son vingt et unième anniversaire, je l'avais ramenée tant bien que mal chez moi, et je l'avais bordée dans mon lit ; toutes les dix minutes, je vérifiais qu'elle respirait encore, puis, lorsque j'avais eu la certitude qu'elle allait survivre, je m'étais endormie par terre, au pied du lit. Cette nuit-là, elle s'était réveillée deux fois. La première fois, pour vomir sur le lit – elle avait vraiment fait un effort pour vomir dans la cuvette que j'avais déposée à côté du lit, mais elle s'était trompée de côté et avait vomi nez au mur –, et la seconde fois, pour s'excuser, me dire qu'elle m'aimait et que j'étais la meilleure des amies dont une fille puisse rêver. N'était-ce pas ainsi que ça se passait entre amis ? On se soûlait, on faisait les quatre cents coups et l'on prenait soin l'un de l'autre. Ou bien n'étaient-ce que des distractions d'étudiants, des rites de passage qui n'avaient qu'un temps ? Alex avait insisté que le cas de Lily était différent, qu'elle-même était différente, mais je n'arrivais pas à adopter son point de vue.

Je savais que j'aurais dû rester avec elle, mais il était presque 2 heures, et je devais être au bureau dans cinq heures. Mes vêtements empestaient le vomi, et je ne pouvais pas espérer trouver dans le placard de Lily une seule fringue compatible avec *Runway* – surtout depuis que j'avais haussé la barre question look. J'ai étalé une couverture sur Lily et j'ai réglé la sonnerie de son réveil sur 7 heures. Si elle n'avait pas une gueule de bois trop féroce, peut-être réussirait-elle à aller en cours.

— Salut, Lil. J'y vais. Tu es O.K. ?

J'ai posé le téléphone sans fil sur l'oreiller, à côté de sa tête. Elle a ouvert les yeux et m'a souri.

— Merci, a-t-elle murmuré avant de laisser retomber ses paupières.

Elle n'était certes pas en condition pour courir un marathon, ni même sans doute piloter une tondeuse à gazon, mais elle m'a paru tout à fait en état de s'endormir.

— Je t'en prie, ai-je réussi à dire.

C'était pourtant la toute première fois en vingt et une heures que j'arrêtais de courir, d'aller chercher un truc ou l'autre, d'arranger, de déplacer, de nettoyer ou d'assister.

— Je t'appelle demain, ai-je promis en obligeant mes jambes à ne pas me lâcher tout de suite. Si on est toujours en vie.

Et enfin, *enfin*, je suis rentrée chez moi.

10

— Ah, Andy, je suis contente de te trouver, a dit Cara à l'autre bout du fil.

Pourquoi diable était-elle essoufflée à 8 h 15 du matin ? En un dixième de seconde, une demi-douzaine de scénarios concernant ce dont Miranda pouvait avoir besoin ont défilé dans ma tête.

— Que se passe-t-il ? Jamais tu n'appelles aussi tôt.

— Rien, ne t'inquiète pas. Je voulais juste te prévenir que l'ASN vient de partir pour te voir et qu'il est particulièrement bavard ce matin.

— Génial ! Voilà au moins une semaine qu'il ne m'a pas questionnée sur chaque détail de ma vie ! Je me demandais où était passé mon admirateur numéro un, ai-je raillé en lançant l'impression du mémo que je venais de taper.

— Je dois avouer que je suis jalouse. Il ne s'intéresse plus du tout à moi et n'a d'yeux que pour toi. Je l'ai entendu dire qu'il venait te voir pour discuter des préparatifs de la soirée au Met.

— Formidable. Je grille d'impatience de rencontrer son frangin. Pour l'instant, nous avons simplement parlé au téléphone et il m'a tout l'air d'un parfait connard. Tu es certaine qu'il rapplique ici ? Il n'y a aucune chance pour qu'un être supérieur daigne m'épargner cette calamité, tout particulièrement aujourd'hui ?

— Non, je crois que tu n'y couperas pas. Prépare-toi. En revanche, Miranda a rendez-vous chez la pédicure à 8 h 30, donc elle n'arrivera sans doute pas avec lui.

J'ai vérifié dans l'agenda posé sur le bureau d'Emily. Effectivement, le rendez-vous chez la pédicure était confirmé. Une matinée sans Miranda était bel et bien programmée.

— Fantastique. Que rêver de mieux qu'une petite bavette matinale pour resserrer mes liens avec l'ASN ? Pourquoi ce type est-il aussi bavard ?

— Je ne vois pas d'autre réponse que cette évidence : puisqu'il l'a épousée, c'est qu'il n'a pas toute sa tête. Appelle-moi s'il te raconte un truc franchement ouf. Je dois filer. Caroline vient d'étaler un des rouges à lèvres de sa mère sur le miroir de la salle de bains, sans aucune raison apparente.

— Que nos vies sont excitantes, tu ne trouves pas ? On est les filles les plus cool du monde. Merci de m'avoir prévenue. On s'appelle plus tard.

En attendant l'arrivée de l'ASN, j'ai relu le mémo. Il s'agissait d'une requête que Miranda adressait au conseil d'administration du Metropolitan Museum of Art. Elle sollicitait l'autorisation d'organiser, courant mars, un dîner dans l'une des salles du musée, en l'honneur de son beau-frère – un homme dont je sentais bien tout le mépris qu'il lui inspirait, mais qui faisait malheureusement partie de la famille. Jack Tomlinson était le frère cadet de l'ASN, et il était bien plus dissipé que son aîné. En effet, il venait tout juste d'annoncer qu'il quittait sa femme et leurs trois enfants pour épouser sa masseuse. Les deux frères appartenaient à cette aristocratie ayant fréquenté les meilleures écoles et facultés de la côte Est ; cependant, à l'approche de la trentaine, Jack s'était affranchi de son passé d'ancien élève d'Harvard et avait émigré en Caroline du Sud, où il avait immédiatement fait fortune dans l'immobilier. D'après Emily, l'homme s'était métamorphosé en un vrai natif du Sud, qui chiquait et crachait son tabac, ce qui naturellement épouvantait sa belle-sœur, véritable incarnation de la classe et de la sophistication. L'ASN avait demandé à Miranda d'organiser une réception pour les fiançailles de son petit frère, et Miranda, aveuglée par l'amour, n'avait eu d'autre choix que d'accepter. Et comme tout ce qu'elle faisait se devait d'atteindre à la perfection, cela signifiait que le dîner devrait avoir lieu au Met.

Très chers membres, bla bla bla, pour solliciter auprès de vous la permission d'organiser une soirée exceptionnelle, bla bla bla, ne seront engagés que les meilleurs traiteurs, fleuristes et musiciens, naturellement, bla bla bla, serais honorée de votre contribution, bla bla bla… Après une dernière relecture pour vérifier qu'il n'y avait aucune faute trop criante, j'ai imité sa signature et appelé un coursier.

Presque aussitôt après, on a frappé à la porte du bureau (que je tenais fermée à cette heure matinale où les bureaux étaient encore déserts). J'étais impressionnée par la disponibilité de ces gens, mais la porte s'est ouverte, et c'est l'ASN que j'ai vu apparaître – l'ASN qui arborait un sourire décidément trop fringant au vu de l'heure.

— Andrea ! s'est-il exclamé en s'avançant vers moi.

Il y avait une telle sincérité dans son sourire que je me suis sentie coupable de ne pas l'aimer.

— Bonjour, monsieur. Qu'est-ce qui vous amène de si bonne heure ? Miranda n'est pas encore là, je regrette.

Il a gloussé, et son nez s'est mis à frétiller comme celui d'un rongeur.

— Je sais. Et je crois qu'elle n'arrivera qu'en début

d'après-midi. Andy, voilà trop longtemps que nous n'avons pas bavardé. Une petite mise à jour s'imposait. Racontez donc tout à M. T. : comment va votre vie ?

— Laissez-moi vous débarrasser, ai-je dit en lui arrachant des mains le sac de marin en toile monogrammée rempli de vêtements sales que Miranda lui avait confié à mon intention.

Je l'ai aussi soulagé du mini-cabas Fendi rebrodé de perles qui avait depuis peu refait surface. Entièrement brodé à la main de perles en cristal selon un motif sophistiqué, ce sac était un modèle unique spécialement créé pour Miranda et offert par Silvia Venturini Fendi, en remerciement de son soutien ; une des assistantes de mode avait estimé son prix dans les 10 000 dollars. Mais j'ai remarqué que l'une des fines anses en cuir avait encore cédé. Les assistants des accessoires l'avaient pourtant déjà réexpédié deux bonnes douzaines de fois chez Fendi pour les faire recoudre à la main. Ce sac était conçu pour accueillir un petit portefeuille de dame, éventuellement une paire de lunettes de soleil et, en cas d'absolue nécessité, un minitéléphone portable. Mais Miranda ne s'encombrait pas de ce genre de considérations. Elle y avait fourré un flacon de parfum Bulgari grand modèle, une sandale dont le talon était cassé et que j'allais devoir confier aux cordonniers, son agenda Hermès qui avait la taille d'un sous-main et pesait plus qu'un ordinateur portable, un énorme collier de chien à piques – qui appartenait sans doute à Madelaine, à moins qu'il ne soit destiné à un prochain shooting de mode – et le Book, que je lui avais apporté la veille. Pour ma part, un sac de 10 000 dollars, je l'aurais mis au clou pour le transformer en un an de loyer. Mais Miranda, elle, préférait l'utiliser comme fourre-tout.

— Merci, Andy. Votre aide est infiniment précieuse

pour nous tous. Bon, M. T. aimerait bien en savoir un peu plus sur votre vie. Où en êtes-vous ?

Où j'en suis ? Bonne question. Voyons voir... Nulle part, dirais-je. Je consacre le plus clair de mon temps à tenter de survivre à mon contrat d'apprentie esclave de ton épouse sadique. Si jamais elle s'abstient, quelques minutes dans la journée, d'exiger de moi une quelconque tâche humiliante, j'essaie de résister au lavage de cerveau que m'inflige son assistante en chef. Et quand il m'arrive, de plus en plus rarement, de sortir de cette taule, je consacre en général le peu d'énergie qu'il me reste à me convaincre que ce n'est pas un crime de manger plus de huit cents calories par jour, et que m'habiller en 36 ne fait pas de moi une obèse. Donc, j'imagine que la réponse est : nulle part.

— Nulle part, monsieur Tomlinson. Je travaille beaucoup. Et quand ce n'est pas le cas, je sors avec ma meilleure amie, ou mon petit copain. J'essaie aussi d'aller voir mes parents.

Avant, avais-je envie de lui dire, *je lisais beaucoup. Mais maintenant, je suis trop fatiguée*. Quant au sport, il avait toujours tenu une grande place dans ma vie, mais je n'avais plus de temps à y consacrer.

— Alors comme ça, vous avez vingt-cinq ans ?

Il n'y avait pas la moindre logique dans ses questions. Où voulait-il en venir avec celle-là ?

— Non, vingt-trois. J'ai eu mon diplôme en mai dernier.

— Aaaaah, vingt-trois ans. (Il m'a paru hésiter, et sur le point de faire un commentaire. Je me suis préparée au pire.) Alors, dites un peu à M. T. comment une jeune fille de vingt-trois ans s'amuse-t-elle dans cette ville ? Elle sort dans les restaurants ? En boîte ? Dans ce genre d'endroits ?

Il me souriait. Avait-il vraiment besoin de toute cette attention qu'il semblait réclamer ? Son intérêt n'était dicté par aucune mauvaise intention : il ne découlait apparemment que d'une impérieuse nécessité de *parler*.

— Euh, oui… Je ne fréquente pas vraiment les boîtes, plutôt les bars. Je sors dîner au restaurant, je vais au cinéma.

— Parfait, on dirait que vous mordez la vie à belles dents. Moi aussi, je faisais ça, autrefois, quand j'avais votre âge. Mais maintenant, dès que je sors, ce ne sont que dîners professionnels et soirées caritatives. Profitez-en, ma petite Andy, a-t-il conclu, en m'adressant un clin d'œil de père maladroit.

— Euh… oui, j'essaie.

S'il te plaît, casse-toi. Casse-toi, par pitié, ai-je prié en silence en lorgnant le bagel que je n'avais pas eu le temps de manger et qui criait mon nom. Je disposais de trois minutes de paix et de tranquillité par jour, et ce bonhomme était en train de me les gâcher.

Alors qu'il s'apprêtait à rouvrir la bouche, la porte s'est ouverte, et Emily est entrée d'un pas décidé et dansant, ses écouteurs aux oreilles. J'ai vu la stupeur se peindre sur son visage lorsqu'elle a avisé l'ASN.

— Monsieur Tomlinson ! s'est-elle exclamée, en arrachant ses écouteurs et en s'empressant de fourrer son iPod dans son cabas Gucci. Tout va bien ? Miranda n'a pas eu de problème, n'est-ce pas ?

Tout, dans sa voix et son expression, dénotait une inquiétude sincère. Un excellent numéro : celui de l'assistante toujours attentive, polie, pleine de sollicitude.

— Bonjour, Emily. Il n'y a aucun problème. Miranda sera bientôt là. M. T. est juste passé déposer ses affaires. Comment allez-vous ?

À voir Emily se fendre d'un immense sourire, l'idée qu'elle puisse l'apprécier en toute sincérité m'a effleurée.

— Très bien, merci beaucoup. Et vous-même ? Andrea a-t-elle pu vous aider ?

— Oh oui ! a-t-il répondu en me gratifiant de son six

millième sourire depuis son arrivée. Je voulais discuter avec elle de quelques détails concernant les fiançailles de mon frère, mais je réalise que c'est peut-être un peu tôt.

« Oui ! », ai-je failli lâcher, croyant qu'il avait enfin compris que l'heure de sa visite était par trop indécente. Mais je me suis rendu compte qu'il entendait seulement par là que l'organisation de la soirée n'en étant qu'à ses balbutiements, il était prématuré de discuter des détails.

— C'est une formidable assistante junior que vous vous êtes trouvé là, n'est-ce pas, Emily ? a-t-il repris en reportant son attention sur l'assistante en chef.

— Tout à fait, a acquiescé l'intéressée, mâchoires un rien crispées. C'est la meilleure.

Elle a souri.

J'ai souri.

M. Tomlinson a souri – un sourire à des milliers de watts. Peut-être souffrait-il d'un déséquilibre chimique, ce qui aurait expliqué cette perpétuelle euphorie intempestive.

— Eh bien, il est temps pour M. T. de poursuivre sa route. C'est toujours un immense plaisir de bavarder avec vous, mesdemoiselles. Je vous souhaite une excellente matinée. Au revoir.

— Au revoir, monsieur Tomlinson ! a lancé Emily tandis qu'il disparaissait à l'angle du couloir. Pourquoi as-tu été aussi impolie avec lui ? a-t-elle ajouté en se tournant vers moi.

Elle a ôté sa veste en cuir toute fine, sous laquelle elle portait une blouse à col boule en mousseline, lacée de haut en bas comme un corset.

— Impolie ? Mais je l'ai débarrassé des affaires de Miranda et je lui ai fait la conversation avant que tu n'arrives. En quoi ai-je été impolie ?

— Eh bien, déjà, tu ne lui as pas dit au revoir. Et tu avais cet air…

— Quel air ?

— Cet air que tu as tout le temps pour faire comprendre à tout le monde à quel point tu es au-dessus de tout ça, combien tu détestes tout ici. Avec moi, ça peut passer, mais pas avec M. Tomlinson. C'est le mari de Miranda ! Tu ne peux pas le traiter comme ça.

— Em, tu ne le trouves pas un peu… bizarre ? Il parle sans arrêt. Comment peut-il être aussi gentil, quand elle est à ce point s… désagréable ?

Emily est allée vérifier, dans le bureau de Miranda, si j'avais correctement disposé la presse.

— Bizarre ? Non, pas vraiment. C'est l'un des avocats spécialisés en droit fiscal les plus réputés de Manhattan.

J'ai deviné le dialogue de sourds qui allait suivre.

— Laisse tomber. Je ne sais même plus ce que je raconte. Comment vas-tu ? Tu as passé une bonne soirée ?

— Géniale ! J'ai accompagné Jessica faire des courses. Elle cherchait des cadeaux pour ses demoiselles d'honneur. On est allées partout : Scoop, Bergdorf, Infinity, partout. J'ai essayé tout un tas de fringues pour trouver des idées pour Paris, mais il est encore trop tôt pour m'en occuper.

— Pour Paris ? Tu vas à Paris ? Tu vas me laisser seule avec elle ?

Franchement, je n'avais pas eu l'intention d'ajouter cette dernière phrase à voix haute, mais ça m'avait échappé. Ce qui m'a valu de récolter un de ces regards qui semblait dire « Ma pauvre fille… ».

— Oui, je vais aller à Paris, en octobre, avec Miranda, pour les défilés. Chaque année, elle emmène son assistante senior assister aux défilés des collections printemps de prêt-à-porter pour qu'elle puisse se rendre compte de ce que c'est. J'ai déjà assisté à des milliers de défilés ici, à New York, mais en Europe, ils sont différents.

J'ai fait un calcul rapide.

— Octobre, c'est dans sept mois, non ? Tu as essayé

des fringues pour un voyage qui aura lieu dans sept mois ? ai-je demandé d'un ton bien sarcastique malgré moi.

Emily s'est immédiatement mise sur la défensive.

— Oui. Il n'est pas question d'acheter quoi que ce soit, évidemment – plein de styles seront démodés d'ici là. Mais je voulais commencer à y penser. C'est un événement important, tu sais. Tu dors dans des hôtels cinq étoiles, tu es invitée sans cesse à des fêtes incroyables. Et en plus, tu assistes aux défilés les plus courus et les plus exclusifs qui soient.

Emily m'avait déjà dit que Miranda se rendait en Europe trois ou quatre fois par an pour suivre les défilés. Elle faisait systématiquement l'impasse sur ceux de Londres, comme tout le monde, mais allait toujours à Milan et à Paris, au mois d'octobre pour les défilés des collections de prêt-à-porter printemps-été, en juillet pour la haute-couture automne-hiver, et en mars pour le prêt-à-porter automne-hiver. Nous avions travaillé comme des forcenées pour que Miranda soit fin prête à partir assister à ceux qui auraient lieu à la fin du mois. Pourquoi elle ne prévoyait pas d'emmener une assistante, cette fois ? Même si la question risquait de me valoir une explication interminable, j'ai décidé de la poser.

— Pourquoi ne t'emmène-t-elle pas à chaque fois ? Pourquoi seulement en octobre ?

J'étais déjà assez ragaillardie par la perspective de ces deux semaines entières sans Miranda – elle en passerait une à Milan et l'autre à Paris –, mais l'idée d'être débarrassée d'Emily pendant toute une semaine me mettait d'excellente humeur. J'ai vu passer dans ma tête des visions de cheeseburger au bacon, de jeans déchirés, de chaussures plates – de baskets, même.

— Il y a des gens qui l'aident sur place. Les *Runway* français et italien mettent toujours leurs assistantes à sa disposition, et la plupart du temps, ce sont les rédactrices en personne qui l'assistent. Mais en mars, elle organise chaque année une immense fête pour la clôture de la semaine de la mode. Tout le monde dit que c'est le meilleur moment de la semaine, et la fête la plus glamour de l'année. Je n'irai la rejoindre qu'à Paris. C'est clair qu'elle n'a confiance qu'en moi pour l'aider là-bas.

Clair comme de l'eau de roche.

— Mmmm, ça va être super. Donc, c'est moi qui vais garder la forteresse pendant ce temps ?

— Oui, et ne crois pas que tu vas te tourner les pouces. Ce sera sans doute la semaine la plus dure de toutes, parce qu'elle a toujours grand besoin de ses assistantes quand elle n'est pas là. Elle sera pendue au téléphone.

— Chic alors !

Emily a levé les yeux au ciel. Fin du chapitre.

J'ai dormi, les yeux ouverts et rivés sur l'écran de veille de mon ordinateur, jusqu'à ce que le défilé commence dans le bureau. La première commère a débarqué à 10 heures, l'heure à laquelle ceux qui avait abusé de champagne la veille commençaient à siroter leur café au lait entier pour soigner leur gueule de bois. James s'est arrêté pour bavarder, comme il le faisait à chaque fois que Miranda n'était pas dans son bureau, et m'a annoncé qu'il avait rencontré son futur mari la veille au soir, au Balthazar.

— Il était assis au comptoir. Il portait une veste en cuir absolument divine. Rouge – et laisse-moi te dire qu'il pouvait l'enlever sans crainte. Et si tu avais vu comment il gobait ses huîtres… (Il a lâché un gémissement dépourvu de toute discrétion.) Sublime. Tout simplement sublime.

— Tu as pris son numéro de téléphone ?

— Son téléphone ? Dis plutôt que je m'en suis pris à son pantalon. À 11 heures, il était cul nu sur mon canapé, et laisse-moi te dire…

— C'est super, James. Tu es du genre rapide à la détente, hein ? Pour être franche, ça fait un peu marie-couche-toi-là. Et j'imagine que tu as entendu parler du sida…

— Mon chou, même toi, Miss Collet Monté, tu tomberais immédiatement à genoux si tu voyais ce mec. Il est renversant. Absolument renversant !

À 11 heures, chacun avait passé tous les autres en revue, notant à l'occasion qui avait réussi à se faire envoyer le nouveau pantalon Theory « Max », ou le dernier Seven impossible à se procurer. Vers midi, il était temps de faire une nouvelle pause. En général, les commères se retrouvaient près des portants alignés le long des couloirs, et la conversation se polarisait alors sur quelques vêtements en particulier. Chaque matin, Jeffy déployait une armée de portants sur lesquels étaient installés les robes, les maillots de bain, les pantalons, les chemisiers, les manteaux ; il exposait également les chaussures et les accessoires qu'il avait fait rentrer en vue d'un éventuel stylisme photo. Il promenait ensuite ces portants dans tout l'étage, afin que les rédactrices puissent trouver ce dont elles avaient besoin sans se risquer dans la jungle vestimentaire de la réserve.

La réserve n'avait rien d'un cagibi et ressemblait plutôt à un petit auditorium. Le long des murs étaient rangées les chaussures, couleurs, pointures et tous styles confondus – une sorte d'usine virtuelle comme celle de Willy Wonka, mais pour *fashionistas*. Il y avait là des bataillons de sandales, d'escarpins, de ballerines, de bottes à talons hauts, de salomés, de talons perlés. Dans les angles, une incroyable profusion de bas, de chaussettes, de soutiens-gorge, de collants, de slips, de caracos, de guêpières débordait d'un empilement de tiroirs. Vous aviez besoin en urgence d'un balconnet imprimé léopard signé La Perla ? Direction la réserve. D'une paire de collants résille couleur chair ? De lunettes aviateur Christian Dior ? Direction la réserve. Les accessoires, eux, étaient rangés sur les étagères et dans les tiroirs qui occupaient les deux murs du fond. La quantité de marchandises entassées là donnait le vertige : on y trouvait des stylos plume ; des bijoux ; des parures de lit ; des moufles, des gants, des bonnets de ski ; des pyjamas ; des casquettes ; des étoles ; des articles de papeterie ; des fleurs en soie ; des chapeaux – une incroyable variété de chapeaux. Et des sacs. Ah, les sacs ! Cabas, sacs de bowling, sacs à dos, pochettes, sacoches, besaces, sacs à anses, grands sacs, très grands sacs, minisacs : tous portaient la prestigieuse signature d'une marque de luxe et arboraient une étiquette indiquant un prix supérieur à une échéance mensuelle d'amortissement de prêt d'un Américain moyen. Chaque centimètre carré restant était occupé par les portants de vêtements, tellement serrés les uns contre les autres qu'il était impossible de se frayer un passage entre eux.

Chaque jour, Jeffy déplaçait un grand nombre de portants dans les couloirs, s'efforçant au maximum de rendre la réserve semi-accessible afin que les mannequins (et les assistantes, comme moi) puissent essayer des vêtements et accéder aux chaussures et aux accessoires. Jamais encore je n'avais vu de visiteur – journaliste free-lance, petit ami, coursier ou styliste – qui ne reste saisi et bouche bée devant ces couloirs tapissés de fringues de luxe. Parfois, les portants étaient classés par shooting (Sydney, Santa Barbara) ; d'autres fois, par catégorie d'article (bikinis, tailleurs) ; mais le plus souvent, ce n'était qu'un inextricable méli-mélo de trucs superchers. Nos visiteurs et visiteuses ne manquaient jamais de s'arrêter pour contempler ce déballage, caresser la douceur aérienne d'un cashmere, ou admirer l'entrelacs d'une broderie de perles sur une robe du soir, mais nos commères, elles, rôdaient autour de « leurs » vêtements avec possessivité, en les commentant à perte de vue.

— Maggie Rizer est la seule femme *au monde* qui puisse se permettre de porter ce corsaire, s'est lamentée Hope en plaquant le pantalon contre ses jambes. Mon cul aurait l'air encore plus énorme qu'il ne l'est déjà.

Hope était assistante de mode – guère plus de cinquante-cinq kilos tout habillée pour un bon mètre quatre-vingt cinq.

— Andrea, a lancé son amie, une fille que je ne connaissais pas très bien et qui bossait aux accessoires. S'il te plaît, dis à Hope qu'elle n'est pas grosse !

Ma bouche a répété docilement, comme en pilote automatique :

— Tu n'es pas grosse.

Sans arrêt, je devais assurer à l'une ou l'autre des filles de la rédaction qu'elle n'était pas grosse. J'aurais pu économiser des litres de salive en faisant imprimer cette phrase sur un tee-shirt, ou en me la tatouant sur le front.

— Oh, mon Dieu, vous avez vu mon ventre ? J'ai l'impression d'être un Bibendum. Des pneus de secours partout. Je suis énorme !

À *Runway*, la graisse était dans tous les esprits, à défaut d'être sur les corps. Emily jurait que la circonférence de ses cuisses était « plus large qu'un séquoia tricentenaire » ; Jessica était convaincue que la chair flasque et toute pendouillante de ses bras les faisait ressembler à ceux de Roseanne Barr. Même James se plaignait que son cul lui avait semblé si volumineux le matin au sortir de la douche qu'il avait « envisagé d'appeler au bureau pour se faire porter gros ».

Au début, j'opposais à ces myriades de « Suis-je grosse ? » ce qui me semblait une réponse rationnelle.

— Hope, si toi tu es grosse, que suis-je, moi ? Je

mesure cinq centimètres de moins que toi et je pèse davantage.

— Oh, Andy, ne te moque pas de moi. *Moi*, je suis grosse. *Toi*, tu es mince et splendide.

Naturellement, au début, je croyais que ce n'était que de la flatterie hypocrite, mais j'ai vite compris que si Hope – à l'instar de toutes les autres asperges anorexiques de la rédaction – était parfaitement capable d'estimer avec précision le poids d'une autre fille, lorsqu'en revanche elle croisait son reflet dans un miroir, elle avait sincèrement l'impression de se trouver nez à nez avec un gnou.

Bien entendu, j'essayais de conserver une distance critique, de ne jamais oublier que c'était moi la fille normale, et elles qui ne l'étaient pas ; pourtant, ces sempiternels commentaires avaient tout de même fini par faire impression sur moi. Je ne travaillais que depuis quatre mois dans cet univers, mais ma perception était déjà assez altérée – sans parler de la paranoïa qui s'était installée – pour que je m'imagine parfois que ces remarques me visaient personnellement. Exemple de ce mécanisme pernicieux : moi, l'immense, splendide et svelte assistante de mode, je fais semblant de croire que je suis grosse pour que toi, la petite assistante lourdaude qui ne ressemble à rien, finisses par comprendre qu'en fait, c'est toi la grosse. Avec mon mètre soixante-dix-sept pour cinquante-deux kilos (soit le même poids qu'à mon retour de Delhi), je m'étais toujours considérée comme une des filles les plus minces de mon âge. Et jusque-là, je m'étais aussi sentie plus grande que quatre-vingt-dix pour cent des femmes que je rencontrais. Jamais, avant de travailler dans ce temple de toutes les illusions, je n'avais su ce que c'était que de se sentir petite et grosse, toute la journée, tous les jours. À *Runway*, j'étais sans problème le troll de l'équipe, la plus trapue, la plus forte – et je m'habillais en 36. Et juste au cas où cela me serait sorti cinq minutes de l'esprit, les bavardages quotidiens et les ragots étaient là pour me le rappeler.

— Le Dr Eisenberg a dit que le régime du Juste Milieu ne marche que si on jure aussi de renoncer aux fruits, tu sais, a ajouté Jessica, en sortant une jupe de Narcisso Rodriguez du portant. Et elle a raison. J'ai perdu au moins cinq kilos depuis mon dernier essayage.

Fiancée avec l'un des plus jeunes vice-présidents de Goldman Sachs, Jessica était promise sous peu à un mariage mondain et elle sentait la pression s'accentuer. Qu'elle se prive de nourriture alors qu'elle avait à peine assez de chair sur les os pour permettre à son corps de fonctionner, passe encore ; mais qu'elle en *parle*, ça, je n'arrivais pas à lui pardonner. En dépit de tous ces noms de médecins prestigieux qu'elle citait, de toutes ces histoires droit sorties d'un conte de fées dont elle faisait étalage, impossible de me résoudre à y accorder de l'intérêt.

Vers 13 heures, le rythme s'est accéléré car chacun se préparait pour son déjeuner. La pause déjeuner n'était pas à proprement parler associée au fait de s'alimenter, mais c'était l'heure où débarquaient les invités. J'ai observé distraitement l'habituel manège de stylistes, de collaborateurs, de pigistes, d'amis, d'amants qui se complaisaient dans cet univers, et venaient s'imprégner du glamour qui allait de pair avec ce foisonnement de vêtements à des milliers de dollars, ces douzaines de visages sublimes et cette incalculable quantité de très, très longues jambes.

Sitôt qu'il a été certain qu'Emily et Miranda n'étaient plus nulle part dans les parages, Jeffy est venu m'apporter deux énormes sacs remplis de fringues.

— Tiens, regarde là-dedans. Ce devrait être un bon début.

J'ai renversé le contenu d'un des sacs par terre à côté

de mon bureau : il y avait là-dedans des pantalons Joseph en laine d'une incroyable douceur, en beige, gris anthracite, longs, étroits et taille basse ; un pantalon en daim marron Gucci qui semblait capable de transformer n'importe quel boudin en top model. Il y avait huit ou neuf options pour les petits hauts, du pull chaussette ultramoulant de Calvin Klein à un chemisier entièrement transparent de Donna Karan. Une robe portefeuille à l'imprimé graphique en diable de Diane de Furstenberg était soigneusement pliée par-dessus un tailleur-pantalon en velours marine de Tahari. Dès que je les ai eu remarqués, je suis tombée raide dingue d'une jupe plissée en jean de Habitual, qui m'arriverait juste au-dessus du genou, et qui se mariait parfaitement avec l'imprimé floral exubérant d'une veste Katayone Adelie.

— C'est… tout pour moi ? ai-je demandé, en espérant que ma voix trahissait de l'excitation et non pas de la vexation.

— Ouais, c'est pas grand-chose. Juste des trucs qui croupissent depuis une éternité dans la réserve. Certains ont servi pour des photos, mais on ne les a jamais renvoyés. Tous les quelques mois, je fais le vide dans la réserve et je distribue les fringues. J'ai pensé que ça pourrait t'intéresser. Tu fais du 36, non ?

J'ai hoché la tête, sidérée.

— Je m'en doutais, a repris James. Ici, elles font toutes du 32, voire moins, donc tu peux tout garder.

— C'est génial. Jeffy, je ne sais pas comment te remercier. Tout ça est incroyable.

— Jette un œil dans l'autre sac. Tu n'imagines tout de même pas mettre ce tailleur-pantalon avec cette sacoche miteuse que tu trimballes partout ?

Du second sac, plus volumineux encore, est sorti un fabuleux assortiment de chaussures, de sacs et deux manteaux. Il y avait deux paires de Jimmy Choo à talons hauts – une paire de bottines, et une paire de bottes au genou –, deux paires de Manolo – des sandales ouvertes à talons aiguilles –, une paire d'escarpins noirs classiques Prada et une paire de mocassins Tod, que Jeffy m'a immédiatement rappelé de ne *jamais* porter pour venir travailler. J'ai glissé un sac souple en daim rouge à mon épaule, en remarquant aussitôt le double « C » gravé dans le cuir, mais il n'était pas aussi beau que le cabas Céline en cuir chocolat foncé que j'ai suspendu à mon autre bras. Pour compléter le tout, il y avait un long trench de style militaire avec les énormes boutons bien reconnaissables de Marc Jacobs.

— Je n'arrive pas à le croire, ai-je dit en caressant une paire de lunettes de soleil Dior qu'il avait manifestement ajoutée comme après réflexion. Je n'arrive pas à le croire.

Ma réaction a semblé lui plaire.

— Maintenant, tu me fais plaisir : tu les mets. Mais ne dis à personne que tu as eu la priorité, compris ? Elles ne vivent toutes que pour les coups de balai dans la réserve.

Il s'est sauvé en entendant Emily héler quelqu'un dans le couloir, et j'ai planqué ma nouvelle garde-robe sous le bureau.

Emily était de retour de la cafétéria avec ce qui constituait son déjeuner habituel : un milk-shake aux fruits frais et une barquette de salade romaine, agrémentée de brocolis et de vinaigre balsamique. Pas de la vinaigrette – juste un filet de vinaigre. Pour ma part, comme Uri venait de me prévenir de l'arrivée imminente de Miranda, je ne disposais même pas de ces sept minutes qui m'étaient chaque jour royalement octroyées pour foncer en ligne droite jusqu'au comptoir des soupes. Les secondes défilaient, et je mourais de faim, mais l'énergie me manquait pour aller slalomer entre les commères et affronter le regard de la caissière. Et tout ça pour avaler en quatrième vitesse une soupe brûlante (et riche en matières grasses) qui causait peut-être des dégâts irréparables. *Ça ne vaut pas le coup*, ai-je pensé. *Sauter un repas ne va pas me tuer. En fait, à en croire toutes mes collègues saines et équilibrées, je n'en serais même que plus forte. De plus*, me suis-je raisonnée, *un pantalon à 2 000 dollars est moins sexy sur une fille qui se goinfre.*

Et je me suis avachie sur ma chaise en songeant à quel point j'étais devenue une parfaite représentante du magazine *Runway*.

11

Quelque part, dans les profondeurs de mon sommeil, j'ai entendu mon portable qui s'égosillait, mais la question cruciale (« Est-ce elle ? ») a mis un certain temps à arriver jusqu'à ma conscience. Après un processus de réorientation sommaire – *Qui suis-je ? Qui est-« elle » ? Quel jour sommes-nous ?* – j'ai réalisé qu'un coup de fil un samedi matin à 8 heures n'était pas de bon augure. Aucun de mes amis ne serait réveillé avant plusieurs heures, et après avoir vu pendant des années leurs appels filtrés, mes parents s'étaient accoutumés, quoiqu'à contrecœur, à l'idée que leur fille ne réponde pas au téléphone avant midi. Dans les sept secondes qu'il m'a fallu pour passer tout ça en revue, je me suis aussi demandé pourquoi diable je serais obligée de répondre à ce coup de fil. Mais les raisons que m'avait énoncées Emily le premier jour me sont revenues en mémoire, j'ai extrait un bras hors du lit, j'ai balayé le sol de la main, et j'ai décroché – in extremis.

— Allô ?

J'étais plutôt fière de ma voix claire, forte et posée – la voix d'une fille qui vient de bosser plusieurs heures d'affilée et d'arrache-pied à quelque tâche respectable, et non pas celle de quelqu'un qui était abîmé l'instant précédent dans un sommeil si intense, si abyssal qu'il ne pouvait pas être un signe de bonne santé.

— Bonjour, ma chérie ! Je suis contente que tu sois réveillée. Je voulais te prévenir : nous arrivons, nous sommes sur la Troisième Avenue, à la hauteur de la 60e environ. On sera là dans dix minutes.

Le déménagement ! C'était le jour du déménagement ! J'avais complètement zappé le fait que mes parents avaient accepté de venir en ville pour m'aider à emballer mes affaires et à les transporter dans le nouvel appartement que Lily et moi avions loué. Nous trimballerions les cartons de CD, de fringues et d'albums photo pendant que de vrais déménageurs s'attaqueraient à mon énorme cadre de lit.

— Bonjour, maman, ai-je dit en retrouvant ma voix normale – celle de la fille qui émerge du coma. J'ai cru que c'était elle.

— Non, non, non. C'est samedi. Tu as quartier libre aujourd'hui. Où allons-nous pouvoir nous garer ?

— Il y a un parking sous mon immeuble, l'entrée est sur la Troisième Avenue. Donnez-leur le numéro de mon appartement, ils vous feront une remise. Il faut que je m'habille. À tout à l'heure.

— D'accord, ma chérie. J'espère que tu es en forme pour ce qui nous attend !

Je suis retombée illico à la renverse sur mon oreiller en considérant les possibilités qui m'étaient offertes de me rendormir. Vu que mes parents venaient du Connecticut spécialement pour m'aider à déménager, elles étaient assez maigres. Juste à ce moment-là, le réveil a sonné. Ah ! Je n'avais donc pas oublié le déménagement. C'était réconfortant de voir que je n'avais pas complètement perdu le sens des réalités.

M'extraire du lit a été plus dur encore que ça ne l'était les autres jours, même si j'avais bénéficié de quelques heures de sommeil en rab. Des vêtements attendaient, pliés à côté du lit – les seules affaires, avec la brosse à dents, que je n'avais pas encore emballées. J'ai enfilé le pantalon de survêtement, un sweet à capuche aux armes de Brown et une paire crasseuse de New Balance qui m'avaient suivie autour du monde. Au moment où je recrachais ma dernière gorgée de Listerine, on a sonné à l'interphone.

— Je vous ouvre !

Deux minutes plus tard, on frappait à la porte, et sur le seuil, ce n'étaient pas mes parents, mais un Alex tout ébouriffé et aussi mignon que d'habitude. Son jean délavé descendait bas sur ses hanches inexistantes et son tee-shirt bleu marine à manches longues était moulant juste comme il faut. Il portait ses lunettes à fine monture métallique (qu'il ne mettait que lorsqu'il ne pouvait pas supporter ses lentilles et, effectivement, il avait les yeux assez rouges). Je me suis jetée dans ses bras. Je ne l'avais pas vu depuis le dimanche précédent, lorsque nous nous étions croisés en coup de vent pour boire un café dans l'après-midi. Nous avions prévu de passer la journée et la nuit ensemble, mais au dernier moment, Miranda avait eu besoin d'une baby-sitter pour Cassidy pendant qu'elle conduisait Caroline chez le médecin, et j'avais été recrutée de force. J'étais rentrée chez moi trop tard pour vraiment profiter de sa présence, et depuis peu, il avait renoncé à camper dans mon lit pour ne m'apercevoir finalement que quelques instants. Je comprenais parfaitement. Il aurait bien aimé venir dormir chez moi la veille, mais j'étais encore dans cette période où l'on fait semblant devant les parents : ils savaient qu'Alex et moi couchions ensemble, mais rien, en gestes ou en paroles, ne devait le confirmer explicitement. J'avais donc préféré qu'Alex ne soit pas là quand ils arriveraient.

— Salut, mon cœur. J'ai pensé que vous auriez besoin d'aide, a-t-il dit en me tendant un sac de Bagelry où j'étais certaine de trouver des bagels salés (mes préférés) et deux grands cafés. Tes parents ne sont pas encore là ? J'ai pris également des cafés pour eux.

— Je croyais que tu faisais du tutorat aujourd'hui.

À ce moment-là, Shanti a émergé de sa chambre, en tailleur-pantalon noir. Elle a baissé la tête d'un air penaud en passant devant nous et elle est sortie après avoir marmonné qu'elle devait bosser toute la journée. Se souvenait-elle que je quittais l'appartement aujourd'hui ? Nous nous parlions si rarement…

— Si, a dit Alex. Mais j'ai appelé les parents de chacune des deux gamines, et ils sont tous d'accord pour décaler le cours à demain. Je suis donc tout à toi.

— Andy ! Alex !

Mon père s'est encadré dans la porte derrière Alex, en souriant comme si c'était son premier matin sur terre. Quant à ma mère, elle semblait tellement alerte que franchement, je me suis demandé si elle ne s'était pas droguée aux amphètes. J'ai procédé à une rapide analyse de la situation : mes parents allaient bien se douter qu'Alex venait d'arriver puisqu'il avait encore ses chaussures aux pieds et qu'il tenait un sac de cafés chauds, non ? En plus, la porte était encore ouverte derrière lui lorsqu'ils étaient entrés. Ouf.

Mon père a déposé un sac qui semblait lui aussi contenir des bagels (salés, sans aucun doute) et des cafés sur la table du salon.

— Dis-moi, Alex, Andy avait dit que tu ne serais pas libre aujourd'hui, s'est-il étonné en évitant soigneusement de croiser mon regard ou celui de l'intéressé. Tu arrives, ou tu t'en vas ?

J'ai souri à Alex, en espérant qu'il ne regrettait pas de s'être levé de si bonne heure.

— J'arrive à l'instant, docteur Sachs. J'ai déplacé mes heures de tutorat pour vous donner un coup de main.

— Très bien. Tu nous seras certainement d'une

grande aide. Tiens, prends un bagel. Je suis désolé, Alex, mais nous n'avons apporté que trois cafés puisque nous ignorions que tu serais là.

J'étais touchée de voir que mon père avait l'air sincèrement contrarié par cette histoire de cafés, d'autant plus que je savais qu'il avait encore du mal à accepter que sa fille cadette ait un petit ami, et qu'il faisait de son mieux pour le cacher.

— Ne vous inquiétez pas, docteur. Moi aussi j'en ai apporté.

C'est ainsi que mon père et mon petit ami se sont assis côte à côte sur le futon, sans le moindre embarras, pour partager ce petit déjeuner furieusement matinal.

J'ai testé les bagels de l'un et l'autre sac en songeant combien ç'allait être amusant de vivre de nouveau avec Lily. Cela faisait presque un an que nous avions quitté la fac. Nous avions essayé de nous parler au moins une fois par semaine, mais nous avions l'impression de ne plus jamais nous voir. Désormais, nous nous retrouverions tous les soirs chez nous pour nous raconter nos journées infernales – exactement comme au bon vieux temps. Mon père et Alex parlaient sport (basket, sans doute) pendant que ma mère et moi étiquetions les cartons dans ma chambre. Il n'y en avait pas tant que ça : quelques cartons pour le linge de lit et les oreillers, un autre pour les albums photo et divers articles de bureau (même s'il me manquait un bureau sur lequel les poser), quelques effets de maquillage et de toilette, et tout un tas de sacs remplis de ma panoplie *Runway*-esque. Pour si peu, des étiquettes n'étaient pas indispensables ; sans doute était-ce l'assistante qui s'exprimait en moi.

— On y va, a lancé mon père depuis le salon.

— Chuut ! Tu vas réveiller Kendra, ai-je dit à mi-voix. Il n'est que 9 heures, et on est samedi.

Alex a secoué la tête.

— Tu ne l'as pas vue partir avec Shanti, tout à

l'heure ? Enfin, je crois que c'était elle. Elles étaient deux, en tailleur, et elles n'avaient pas l'air joyeux. Va voir dans leur chambre.

La porte de la chambre qu'elles arrivaient à partager en superposant leurs lits était entrouverte. Je l'ai poussée. Les deux lits étaient impeccablement faits, les oreillers avaient été arrangés, et une peluche était posée sur chacun d'eux. Je me suis aperçue que c'était la première fois que j'entrais dans cette chambre. Au cours des quelques mois que nous venions de passer sous le même toit, je ne leur avais jamais parlé plus de trente secondes d'affilée ; j'ignorais tout d'elles – en quoi consistait leur boulot, où elles allaient quand elles ne bossaient pas, si elles avaient des amis. J'étais plutôt contente de partir.

Une fois les restes du petit déjeuner débarrassés, Alex et mon père ont entrepris d'établir un plan de bataille.

Cela a pris une heure de charger les deux voitures. Pour ma part, je n'ai guère fait qu'ouvrir la porte de l'immeuble et surveiller les véhicules pendant que mes parents et Alex faisaient la navette avec les cartons. Comme les deux déménageurs convoqués pour le lit – et dont la prestation coûtait bien plus cher que ce maudit lit lui-même – étaient en retard, mon père et Alex sont tous les deux partis *downtown* sans nous attendre. Lily avait trouvé notre nouvel appartement par les petites annonces de *Village Voice*, et je ne l'avais pas encore visité. Elle m'avait appelée au bureau au beau milieu d'un après-midi.

— Ça y est ! Je l'ai trouvé ! Il est génial ! avait-elle hurlé dans son portable. Il y a une salle de bains avec l'eau courante, des planchers presque droits, et en quatre minutes je n'ai croisé ni cafard, ni souris. Tu peux venir le voir tout de suite ?

— Tu as fumé ou quoi ? avais-je chuchoté. Elle est là. Je ne vais nulle part.

— Il faut que tu viennes tout de suite. Tu sais bien comment ça se passe. J'ai mon dossier, mais tu dois être là aussi pour remplir le tien.

— Lily, sois raisonnable. Même si quelqu'un avait besoin d'une transplantation cardiaque, je ne pourrais pas m'absenter du bureau en ce moment sans être virée. Alors pour ce qui est de visiter un appartement…

— Écoute, cet appartement ne sera plus libre dans trente secondes. On est au moins vingt-cinq à remplir un dossier. Il faut que tu viennes tout de suite.

Dans l'obscène univers immobilier de Manhattan, les appartements tant soit peu habitables étaient plus rares – et plus désirables – que des mecs hétéros à peu près normaux. Pour peu qu'il s'agisse de surcroît d'un appartement également semi-abordable, alors il devenait aussi difficile, sinon plus, de le louer que de louer une île privée quelque part au large des côtes de l'Afrique du Sud. Que la plupart de ces apparts ne puissent s'enorgueillir d'offrir que vingt mètres carrés de plancher crasseux et pourri, avec des murs vérolés et des installations électriques et sanitaires préhistoriques n'entrait pas en ligne de compte. Pas de cafards ? Ni de souris ? C'était l'affaire du siècle !

— Lily, je te fais confiance. Remplis le dossier. Tu peux m'envoyer une description par mail ?

Je m'efforçais d'en finir au plus vite avec cette conversation, car si Miranda, qui allait revenir d'un instant à l'autre, me surprenait en pleine conversation personnelle, j'étais fichue.

— Bon, j'ai les photocopies de tes bulletins de salaire – ce qui, soit dit en passant, fait vraiment chier… J'ai nos relevés bancaires à toutes les deux, j'ai l'historique de nos crédits et l'attestation de ton employeur. Le seul problème, c'est notre garant. Il doit gagner plus de quarante fois notre loyer mensuel, et ce n'est pas ma grand-mère qui gagne 100 000 dollars par an. Tes parents pourraient se porter caution ?

— Bon sang, Lily, je n'en sais rien. Et je ne peux vraiment pas les appeler maintenant. Appelle-les, toi.

— D'accord. Ils gagnent assez, n'est-ce pas ?

Je n'en avais pas la moindre idée, mais à qui demander d'autre ?

— Écoute, Lil. Appelle-les. Explique-leur la situation et dis-leur que je suis désolée de ne pas pouvoir téléphoner moi-même.

— D'accord, je te rappelle.

Elle a raccroché. Le téléphone a de nouveau sonné vingt secondes plus tard, et j'ai vu son numéro de portable s'afficher sur le présentateur d'appel de mon poste. Emily m'a gratifiée de ce regard très particulier qu'elle n'avait que lorsqu'elle me surprenait en train de parler à une amie. J'ai décroché, tout en lui sifflant :

— C'est important. Ma meilleure amie essaie de louer un appartement, et comme je ne peux pas m'absenter…

Et là, trois voix m'ont assaillie en même temps.

— Andrea, s'il te plaît…, a commencé Emily d'un ton posé mais lourd d'avertissement.

— C'est bon, Andy ! Ils acceptent ! a hurlé Lily. Tu m'écoutes ?

— Vous avez un problème, An-dre-âââ ?

C'était vraiment ignoble. Pour une fois, elle se souvenait de mon prénom. J'ai immédiatement raccroché au nez de Lily, en espérant qu'elle comprendrait, et je me suis préparée à l'assaut.

— Non, Miranda. Aucun problème.

— Parfait, en ce cas, je voudrais un *sundae*, et je voudrais avoir l'occasion de le manger avant qu'il ne soit entièrement fondu. Glace vanille – attention, ni glace au yogourt, ni milk-shake et rien qui soit sans sucre ou basses calories – avec du fondant au chocolat et de la crème fouettée. Pas de la crème en bombe, compris ? De la vraie crème fraîche fouettée. C'est tout.

Sur ce, elle est repartie d'un pas décidé, et j'ai eu la nette impression qu'elle n'était revenue de l'endroit où elle se trouvait que pour me surveiller. Emily a esquissé un rictus. Le téléphone a sonné. Lily, encore. Nom d'un chien ! Elle ne pouvait donc pas m'envoyer un mail ? J'ai décroché et j'ai collé le combiné contre mon oreille, sans dire un mot.

— O.K., je sais que tu ne peux pas parler. Alors écoute-moi. Tes parents se portent caution, c'est génial. L'appartement est un deux-pièces, avec un grand salon, et une fois qu'on aura monté une cloison pour faire une seconde chambre, il restera assez de place pour un canapé et un fauteuil. Il n'y a pas de baignoire, mais la douche a l'air en état. Pas de lave-vaisselle, évidemment, ni d'air conditionné, mais on peut le faire installer sous les fenêtres. Il y a une laverie au sous-sol, un portier à mi-temps, et on est à un bloc de la ligne six. Et écoute bien : il y a une terrasse !

Sans doute ai-je lâché un hoquet de surprise, car Lily s'est encore plus enflammée.

— Je sais ! C'est fou, hein ? Elle a l'air sur le point de s'écrouler, mais elle est là. On pourra y tenir à deux pour fumer des clopes. C'est génial !

— Combien ? ai-je fait d'une voix étranglée, déterminée à ne pas prononcer un mot de plus.

— Tout cela est à nous pour la modique somme de 2 280 dollars par mois. Tu imagines qu'on va avoir une terrasse pour 1 140 dollars chacune ? Cet appart est l'affaire du siècle. Bon, je fonce ?

J'ai gardé le silence. Miranda approchait de nouveau dans le couloir, tout en engueulant la coordonnatrice événementielle devant tout le monde. Elle était de mauvaise humeur, et j'en avais déjà pris pour mon compte.

La fille qu'elle maltraitait en ce moment baissait la tête, accablée de honte, ses joues étaient écarlates. J'ai prié pour qu'elle ne se mette pas à pleurer.

— Putain, Andy ! s'est énervée Lily. Ce cirque est ridicule ! Dis oui ou non ! J'ai été obligée de sécher mes cours, tu es infichue de te déplacer pour visiter ton futur appart, et tu ne peux même pas articuler un oui ou un non ? Qu'est-ce que je…

Que Lily ne puisse pas en supporter davantage, je le comprenais parfaitement, mais j'étais obligée de lui raccrocher au nez. Elle hurlait si fort dans le combiné que sa voix résonnait dans le silence feutré du bureau, alors que Miranda se trouvait à moins d'un mètre. J'étais tellement frustrée que j'avais envie de me ruer sur cette malheureuse coordonnatrice de l'événementiel, et de l'entraîner aux toilettes pour chialer avec elle. L'autre option aurait été de traîner de force, à nous deux, Miranda dans un des boxes des toilettes, puis de resserrer le nœud souple du carré Hermès autour de son cou de poulet. Dans quel sens faudrait-il tirer ? Ne serait-ce pas plus simple de lui enfoncer son maudit carré de soie dans la gorge, de la regarder suffoquer et…

— An-dre-âââ ! (Sa voix était saccadée, inflexible.) Que vous ai-je demandé, il y a au moins cinq minutes ?

Merde ! Le *sundae*. Je l'avais oublié.

— Avez-vous une bonne raison d'être encore là au lieu de faire votre travail ? Est-ce l'idée que vous vous faites d'une plaisanterie ? Ai-je fait ou dit quoi que ce soit qui laisse entendre que je plaisantais ? Répondez.

Ses yeux bleus étaient exorbités, et bien qu'elle n'ait pas encore complètement élevé la voix, elle n'en était plus très loin.

J'ai ouvert la bouche, mais Emily m'a devancée.

— Miranda, je suis vraiment désolée. C'est ma faute. J'ai demandé à Andrea de prendre une communication car je craignais que ce ne soit Caroline ou

Cassidy, et j'étais déjà en ligne en train de commander ce chemisier Prada que vous voulez. Andrea était sur le point de descendre. Cela ne se reproduira pas.

Miracle ! La Parfaite Assistante avait pris la parole en ma faveur. Pour me défendre !

Miranda a semblé momentanément apaisée.

— Bon, en ce cas… Descendez chercher mon *sundae*, An-dre-âââ.

Sur ce, elle est entrée dans son bureau, a décroché son téléphone. Deux secondes plus tard, elle roucoulait avec l'ASN.

J'ai regardé Emily, qui faisait semblant de travailler.

Pourquoi ? lui ai-je demandé par mail.

Parce que j'avais peur qu'elle te vire et que je n'ai pas du tout envie de former une nouvelle assistante, a-t-elle répondu aussi sec.

Je suis donc partie à la recherche du *sundae* qui m'avait été décrit, et sitôt arrivée dans le hall du rez-de-chaussée, j'ai rappelé Lily.

— Excuse-moi pour tout à l'heure, c'est que…

— Ecoute, ne me fais pas perdre de temps avec ça, m'a rétorqué Lily d'une voix neutre. Tu en fais un peu trop, non ? Tu peux tout de même répondre par oui ou par non au téléphone ?

— C'est dur à expliquer, Lil, mais…

— Laisse tomber. Je n'ai pas le temps. Je t'appelle si on a l'appart. Même si j'ai bien compris que tu n'en as rien à cirer qu'on l'ait ou pas.

J'ai voulu protester, mais elle avait raccroché. Bon, d'accord, c'était égoïste d'attendre de Lily qu'elle comprenne cette situation, quand moi-même je l'aurais jugée ridicule quelques mois plus tôt. J'étais gonflée de la laisser arpenter seule Manhattan en quête d'un appartement pour nous deux, et de ne même pas lui répondre au téléphone. Mais avais-je vraiment le choix ?

Quand elle a enfin répondu à un de mes appels, peu

après minuit, elle m'a annoncé que l'appartement était pour nous.

— C'est fantastique, Lil. Jamais je ne pourrai te remercier assez. Je te jure de me racheter. Promis !

Et là, j'ai eu une idée. *Un peu de spontanéité ! Commande une voiture aux frais d'Elias-Clark et file à Harlem remercier en personne ta meilleure amie. Mais oui !*

— Lil, tu es chez toi ? J'arrive. On va fêter ça, d'accord ?

Je pensais qu'elle allait crier de joie, mais non.

— Ne te dérange pas. J'ai une bouteille de Southern Comfort, et Anneau-sur-la-langue est là, avec moi. J'ai tout ce qu'il me faut.

C'était vexant, mais je comprenais. Lily ne sortait que rarement de ses gonds, mais lorsque cela lui arrivait, personne ne pouvait la calmer avant qu'elle ne l'ait décidé. J'ai entendu un verre se remplir, de la glace tinter, et Lily qui avalait une généreuse rasade.

— D'accord. Mais appelle-moi si tu as besoin de quoi que ce soit, O.K. ?

— Pour quoi faire ? Pour entendre ton silence à l'autre bout du fil ? Merci bien.

— Lil…

— T'inquiète pas pour moi. Tout va bien. (Une autre gorgée.) À plus. Et… félicitations à nous deux.

— Oui, félicitations, ai-je répété, mais elle avait déjà raccroché.

J'ai appelé Alex sur son portable pour lui demander si je pouvais passer chez lui, mais il semblait moins transporté de m'entendre que je ne l'avais escompté.

— Écoute, Andy, j'aimerais te voir, tu le sais, mais là, je suis avec Max et la bande. Comme c'est devenu impossible de te voir en semaine, j'ai organisé une virée avec eux ce soir.

— Bon, vous êtes où ? À Brooklyn, ou à Manhattan ? Je pourrais vous rejoindre ?

Je savais pertinemment qu'ils étaient quelque part dans l'Upper East Side, sans doute pas très loin de chez moi, car la plupart des copains d'Alex habitaient dans le quartier.

— Écoute, n'importe quel jour, pas ce soir. Ce soir, on sort entre mecs.

— O.K. Je devais aller retrouver Lily pour fêter notre nouvel appart, mais on s'est engueulés. Elle n'arrive pas à comprendre pourquoi je ne peux pas parler quand je suis au bureau.

— Tu sais, Andy, parfois, je ne comprends pas moi non plus. Je sais que cette bonne femme n'est pas facile – crois-moi, je le sais – mais tu prends tout ce qui la concerne tellement au sérieux.

Il s'efforçait – m'a-t-il semblé – de conserver le ton accommodant du type qui cherche à éviter les conflits.

— Mais parce que je n'ai pas le choix ! Il s'agit de ma vie ! Tu comprends ? De ma carrière. Mon avenir ! Que voudrais-tu que je fasse ? Que je traite ça comme une plaisanterie ?

J'étais énervée qu'il ne veuille pas me voir, qu'il ne me supplie pas de les rejoindre, lui et ses copains, qu'il se range du côté de Lily, même si elle avait raison.

— Andy, tu déformes mes propos. Jamais je n'ai pensé ça, tu le sais très bien.

Oui, je le savais, mais j'étais remontée – et incapable d'enrayer ma rage. D'abord Lily, et maintenant Alex ? En plus de devoir supporter Miranda, toute la journée, tous les jours ? C'était vraiment trop. J'avais envie de pleurer, mais je n'arrivais qu'à hurler.

— Une putain de plaisanterie, hein ! C'est comme ça que vous voyez mon boulot, tous les deux ! *Oh mais, Andy, tu travailles dans la mode, ça ne doit pas être si dur que ça !* ai-je minaudé, tout en me haïssant un peu plus à chaque seconde qui passait. Eh bien, désolée, mais tout le monde ne peut pas être candidat à la béatification ou au doctorat. Désolée si…

— Rappelle-moi quand tu seras calmée, m'a coupée posément Alex. Je n'écouterai pas un mot de plus.

Et il a raccroché. Raccroché ! J'ai attendu qu'il rappelle. En vain. Vers trois heures, quand je me suis finalement endormie, ni Alex ni Lily ne s'étaient manifestés.

Le jour du déménagement, une semaine plus tard, aucun des deux ne paraissait me tenir rigueur de ce qui s'était passé, mais il semblait tout de même que leur comportement à mon égard s'était modifié. Comme nous étions en plein bouclage, je n'avais pas eu le temps de leur faire des excuses de vive voix, mais je m'étais imaginée que tout s'arrangerait lorsque Lily et moi emménagerions dans ce nouvel appartement que nous allions partager – où tout recommencerait comme au bon vieux temps de la fac, quand la vie était tellement plus simple et agréable.

Les déménageurs ont fini par arriver, à 11 heures. En neuf minutes, ils ont démonté mon lit, et ils l'ont emporté en pièces détachées dans le coffre de leur fourgonnette. Ma mère et moi les avons suivis jusqu'à ma nouvelle adresse, où nous avons retrouvé mon père et Alex, qui, après avoir empilé les cartons dans un coin du hall, bavardaient avec le portier – qui, assez curieusement, était un sosie de John Galliano.

— Ah, Andy, enfin. M. Fisher ne voulait pas ouvrir l'appartement tant qu'une des locataires n'était pas arrivée, a dit mon père avec un grand sourire. Ce qui est tout à son honneur, a-t-il ajouté en adressant un clin d'œil au portier.

— Lily n'est pas arrivée ? Elle avait dit qu'elle serait là vers 10 heures, 10 h 30.

— Non, on ne l'a pas encore vue. Tu veux que je l'appelle ? a demandé Alex.

— Bonne idée. Je pourrais accompagner M. Fisher en haut, pour qu'on puisse commencer à monter les cartons. Demande-lui si elle a besoin d'un coup de main pour les siens.

Le portier m'a gratifiée d'un sourire qu'on ne pouvait qualifier que de lubrique.

— S'il vous plaît, appelez-moi John. Vous faites partie de la famille, maintenant.

J'ai avalé de travers la dernière gorgée de café froid que je tenais dans la main. Est-ce que, par hasard, l'homme révéré de par le monde pour avoir fait renaître la maison Dior était mort à mon insu et s'était réincarné en portier ?

Alex a hoché la tête et a essuyé ses lunettes avec un coin de son tee-shirt. J'adorais le voir faire ce geste.

— Monte avec tes parents. J'appelle Lily.

Était-ce vraiment une bonne chose que mon père soit désormais copain-copain avec mon styliste de portier, l'homme qui inévitablement allait être au courant des moindres détails de ma vie ? Le hall était mignon, quoique un peu rétro. Les murs étaient en pierre de couleur claire, des bancs d'aspect inconfortable étaient installés devant les ascenseurs et derrière la salle réservée au courrier. Notre appartement était le 8C ; il était exposé sud-ouest, ce qui, d'après ce que j'avais entendu dire, était une bonne orientation. John a ouvert la porte avec son passe et s'est effacé avec une fierté paternelle.

— Nous y voilà, a-t-il annoncé d'un ton cérémonieux.

Je suis entrée la première. Je m'attendais à être assaillie par une puissante odeur de soufre, ou peut-être même à apercevoir quelques chauves-souris voler vers le plafond, mais l'appartement était étonnamment propre et lumineux. La cuisine, à droite, étroite et tout en longueur, ne pouvait pas accueillir plus d'une personne à la fois, mais elle était carrelée de blanc et les éléments en Formica étaient, eux aussi, à peu près blancs. Le plan de travail était moucheté pour imiter le granit ; un four à micro-ondes était encastré au-dessus des plaques de cuisson.

— C'est formidable, a décrété ma mère en ouvrant le réfrigérateur. Il y a même des bacs à glaçons.

La cuisine ouvrait sur le salon, qui avait déjà été partagé en deux par une cloison pour créer une seconde chambre. Du coup, cette pièce commune était aveugle, mais ce n'était pas gênant. La chambre avait une superficie correcte – plus grande que celle que je venais de quitter, et une porte-fenêtre coulissante occupait tout un mur et ouvrait sur la terrasse. La salle de bains, avec des peintures et des carrelages roses kitchissimes, se trouvait entre les deux chambres. Je suis passée dans la vraie chambre, bien plus spacieuse que celle qui avait été créée dans le salon. Il y avait un placard minuscule, un ventilateur au plafond et une petite fenêtre avec une vitre sale qui donnait pile sur l'immeuble en face. Lily avait voulu cette chambre, et j'avais accepté avec joie. Elle préférait avoir de l'espace, vu qu'elle passait beaucoup de temps à bûcher à la maison ; pour ma part, j'étais ravie d'hériter d'une chambre lumineuse, et de l'accès à la terrasse.

— Merci, Lil, ai-je murmuré tout en sachant qu'il y avait peu de chances qu'elle m'entende.

— Que dis-tu, chérie ?

— Rien, maman. Lily a vraiment assuré. Je ne savais pas du tout à quoi m'attendre, mais cet appart est super, non ?

Il m'a semblé qu'elle cherchait à dire quelque chose avec le plus de tact possible.

— Oui, pour New York, c'est très bien. Mais c'est incroyable, de payer si cher pour un si petit appartement. Tu sais, ta sœur et Kyle ne paient que 1 400 dollars pour le leur, et ils ont l'air conditionné, deux salles de bains en marbre, trois chambres, un lave-vaisselle et un lave-linge tout neufs.

Comme si elle était la première à se faire cette réflexion ! Pour 2 280 dollars, on pouvait avoir une maison face à l'océan à L.A., une maison mitoyenne de trois étages dans une jolie rue arborée à Chicago, quatre pièces en duplex à Miami, ou carrément un château entouré de douves à Cleveland. Oui, tout le monde le savait.

— Sans oublier leurs deux places de parking, l'accès au terrain de golf, la salle de gym et la piscine, ai-je enchaîné. Je sais bien. Mais crois-moi, c'est une super-affaire. Je pense que nous serons heureuses, ici.

— Je le pense aussi, a renchéri ma mère en me serrant dans ses bras. Si toutefois tu ne te tues pas à la tâche, et que tes horaires te laissent le loisir d'en profiter, a-t-elle ajouté d'un ton détaché.

Mon père nous a rejointes et a ouvert le sac de sport qu'il trimballait depuis le matin, et qui contenait, du moins le croyais-je, ses affaires de tennis. Mais il en a extrait une boîte marron qui portait la mention « Edition limitée ». Un Scrabble. L'édition de luxe pour collectionneurs. Nous l'admirions depuis dix ans dans les boutiques spécialisées en jeux de société, sans que jamais l'occasion de l'acheter ne se présente. Je savais que ce Scrabble-là coûtait la bagatelle de 200 dollars, au bas mot.

— Papa ! Tu n'aurais pas dû ! Je l'adore !

— Fais-en bon usage, m'a-t-il dit en m'embrassant. Mieux encore, sers-t'en pour battre ton vieux père à plates coutures. Je me souviens du temps où je te laissais gagner. Je n'avais pas le choix, sinon tu te mettais à errer d'une pièce à l'autre en boudant. Et maintenant ! Mes vieux neurones sont fichus, et j'aurai beau faire, je n'arriverai plus à te battre. Mais ça ne m'empêchera pas d'essayer.

Je m'apprêtais à lui répliquer que j'avais eu le meilleur des maîtres qui soit, quand Alex est entré dans la pièce, l'air vraiment chiffonné.

— Qu'y a-t-il ?

— Rien, a-t-il menti en coulant un regard vers mes parents. Tiens, j'ai monté un carton.

— Viens, allons en chercher d'autres, a dit mon père à ma mère. Si M. Fisher avait un chariot, nous pourrions en monter plusieurs d'un coup. À tout de suite, les enfants.

J'ai regardé Alex, qui m'a fait signe d'attendre que les portes de l'ascenseur se soient refermées.

— Bon, je viens d'avoir Lily…

— Elle n'est plus en colère contre moi, n'est-ce pas ? Elle a été tellement bizarre, toute la semaine.

— Non, je ne crois pas qu'il s'agisse de ça.

— Mais de quoi, alors ?

— Elle n'était pas chez elle…

— Où est-elle ? Chez un mec ? J'ai du mal à croire qu'elle soit en retard le jour de son déménagement.

J'ai ouvert la porte-fenêtre de la nouvelle chambre pour chasser les odeurs de peinture fraîche.

— En fait, elle est chez les flics, a lâché Alex en regardant ses pieds. Dans un commissariat, *midtown*.

— Quoi ? Oh, mon Dieu ! Elle va bien ? Elle a été agressée ? Violée ? Il faut que j'y aille !

— Andy, elle va bien. Elle a été arrêtée, a-t-il ajouté avec diplomatie, comme s'il annonçait aux parents d'un élève que leur môme n'allait pas passer en cours moyen.

— Arrêtée ? *Elle a été arrêtée ?*

Je m'efforçais de rester calme, mais je me suis aperçue, trop tard, que je criais à tue-tête. Mon père est apparu à ce moment-là, en tirant un énorme chariot qui semblait prêt à céder sous le poids des cartons entassés en équilibre précaire.

— Qui a été arrêté ? s'est-il enquis d'un ton désinvolte. M. Fisher nous a aidés à monter tout ça.

Je me suis creusé la cervelle pour inventer un mensonge, mais Alex a pris les devants avant que j'aie pu ficeler une histoire plausible.

— Je disais à Andy qu'une chanteuse a été arrêtée pour usage de drogues. Je l'ai entendu à la télé. Andy est étonnée, car cette fille semblait plutôt sérieuse…

Mon père a secoué la tête distraitement. Sans doute se demandait-il pourquoi brusquement Alex ou moi nous intéressions autant aux pop stars.

— Je crois que la seule façon de disposer ton lit est de coller la tête contre le mur du fond. Je vais voir comment se débrouillent les déménageurs.

— Vite ! Raconte ce qui s'est passé ! ai-je exigé sitôt que la porte s'est refermée.

— Andy, ne hurle pas. Ce n'est pas si grave. En fait, c'est même assez marrant.

Il a ri, et la peau autour de ses paupières s'est plissée. L'espace d'une seconde, j'ai cru voir Eduardo.

— Alex Fineman, je te conseille de me dire tout de suite ce qui est arrivé à ma meilleure amie…

— O.K., O.K., relax. (Manifestement, la situation l'amusait plus encore qu'il n'osait le montrer.) Hier soir, elle est sortie avec un mec, qu'elle appelle Anneau-sur-la-langue – on l'a déjà vu, celui-là ? O.K., bref, a-t-il ajouté en croisant mon regard agacé. Ils sont sortis dîner, Anneau-sur-la-langue était en train de la raccompagner chez elle, et Lily s'est dit que ce serait marrant de faire une petite séance d'exhibitionnisme dans la rue, devant le restaurant. Elle voulait faire un truc sexy, m'a-t-elle expliqué. Pour l'émoustiller.

J'ai imaginé la scène : Lily qui sort d'un *restau* après un dîner en amoureux, qui fait quelques pas dans la rue et qui entrouvre son chemisier pour allumer un type qui a payé pour se faire transpercer la langue. Non mais, franchement !

— Oh non !

Alex a hoché la tête en se forçant à prendre un air grave.

— Mon amie s'est fait arrêter pour avoir montré ses seins ? C'est ridicule ! (Je recommençais à crier, sans pouvoir me contrôler.) On est à New York. Je vois tous les jours des femmes qui ont quasiment les seins à l'air – et sur leur lieu de travail, par-dessus le marché.

— Son derrière, a lâché Alex, en contemplant de nouveau ses pieds, le visage écarlate.

— Son quoi ?

— Son derrière. Pas ses seins. La moitié basse de son corps. Genre devant-derrière, a-t-il dit en laissant finalement exploser son rire.

Il riait tellement que j'ai bien cru qu'il allait se pisser dessus.

— Oh non ! Dis-moi que c'est une blague, ai-je gémi. Donc, un flic l'a vue et l'a arrêtée ?

— Non, deux gamins l'ont aperçue et ils l'ont montrée à leur mère… Qui a demandé à Lily de remonter son pantalon, et Lily lui a crié qu'elle pouvait aller se faire… Bon, bref, tu vois… Et du coup, la femme est partie alerter un flic dans la rue voisine.

Oh non… Dans quels draps Lily s'était-elle cette fois fourrée ?

— Arrête…

— Non, attends, le meilleur est à venir. Le temps que la femme rapplique avec le flic, Lily et Anneau-sur-la-langue étaient en train de baiser dans la rue, et d'après la bonne femme, ça avait l'air superchaud !

— Mais de qui parle-t-on ? De mon amie Lily Goodwin, mon adorable meilleure amie depuis la quatrième ? C'est elle qui se fiche à poil et tapine dans la rue ? Avec des mecs qui ont un anneau sur la langue ?

— Andy, calme-toi. Elle va bien, je t'assure. La seule raison pour laquelle elle s'est fait embarquer au poste, c'est qu'elle a fait un doigt au flic quand il lui a demandé si elle avait baissé son pantalon…

— Tais-toi. Je ne peux pas en supporter davantage. Je crois comprendre ce que doit endurer une mère.

— … et ils l'ont relâchée après un avertissement. Elle va rentrer chez elle pour récupérer – j'ai l'impression qu'elle avait pas mal bu. Sinon, qui irait répondre comme ça à un flic ? Ne t'inquiète pas. Installons tes affaires, et ensuite, si tu veux, on ira la voir.

Il s'est approché du chariot que mon père avait laissé au milieu du salon et il a entrepris de décharger les cartons.

Mais je ne pouvais pas attendre. Je devais aller voir où elle en était. Elle a décroché à la quatrième sonnerie, juste avant que l'appel bascule sur le répondeur, comme si elle avait hésité à répondre.

— Ça va ? ai-je demandé dès que j'ai entendu le son de sa voix.

— Salut, Andy. J'espère que je n'ai pas fichu tout le déménagement en l'air. Tu n'as pas besoin de moi, n'est-ce pas ? Désolée pour cette histoire.

— Ne t'inquiète pas pour ça. C'est pour toi que je suis inquiète. Tu vas bien ?

Je venais juste de réaliser qu'elle avait peut-être passé la nuit entière au poste et que, vu qu'il était encore tôt, elle venait à peine d'arriver chez elle.

— Tu as passé toute la nuit là-bas ? En prison ?

— Ouais, je crois qu'on peut le dire comme ça. Mais ce n'était pas si terrible, pas comme à la télé. J'ai simplement dormi dans cette pièce avec une fille inoffensive qui se trouvait là pour une raison aussi stupide que moi. Les gardiens étaient supercool – franchement, ce n'était pas grand-chose. Il n'y avait ni barreaux, ni rien, a-t-elle ajouté en riant, mais d'un rire qui sonnait creux.

Il m'a fallu un petit moment pour digérer ces informations ; j'essayais de faire coïncider l'image de ma douce petite hippie avec celle d'une Lily ivre morte bloquée dans un angle de cellule inondée d'urine par une lesbienne hargneuse et possessive.

— Mais où était passé Anneau-sur-la-langue, pendant tout ce temps ? me suis-je indignée. Il t'a laissée croupir au poste ?

Mais avant même que Lily puisse répondre, j'ai pensé : et moi, où étais-je pendant ce temps ? Pourquoi diable Lily ne m'avait-elle pas appelée ?

— En fait, il a été plutôt cool, il…

— Lily, pourquoi…

— … m'a proposé de rester avec moi, et il a même contacté l'avocat de ses parents.

— Lily ! Écoute-moi. Pourquoi ne m'as-tu pas appelée ? J'aurais accouru, tu le sais, et je serais restée. Alors pourquoi ? Pourquoi ne m'as-tu pas appelée ?

— Andy, ça n'a plus d'importance. Ce n'était pas si terrible, je te le jure. J'ai du mal à réaliser que j'ai été aussi idiote, et crois-moi, jamais plus je ne picolerai autant. Ça ne vaut pas le coup.

— Pourquoi ne m'as-tu pas appelée ? J'ai passé toute la soirée chez moi.

— Je ne t'ai pas appelée parce que j'ai pensé que tu travaillais, ou que tu étais crevée, et je ne voulais pas t'embêter. Surtout un vendredi soir. Mais ce n'est pas important, je t'assure.

Qu'avais-je fait, la veille au soir ? Mon seul souvenir précis de la soirée était d'avoir regardé *Dirty Dancing* à la télé pour la soixante-sixième fois de ma vie.

— Tu croyais que je travaillais ? Et que vient faire le fait d'être crevée, quand tu avais besoin d'aide ? Lily, je ne comprends pas !

— Écoute, Andy, laisse tomber, d'accord ? Tu bosses sans arrêt. Nuit et jour, et souvent les week-ends. Et quand tu ne bosses pas, tu te plains d'être lessivée. J'en suis consciente, je sais que ton boulot est dur, et que tu bosses pour une caractérielle. Je n'avais pas envie de te saboter ton vendredi soir, alors que tu étais peut-être en train de te détendre, ou que tu étais dehors avec Alex. Il râle parce qu'il ne te voit jamais, je m'en serais voulu de le priver de ta présence. Si j'avais vraiment eu besoin de toi, je t'aurais appelée, et je sais que tu serais arrivée ventre à terre. Mais je te jure, ça n'avait rien de terrible. L'incident est clos, d'accord ? Je suis épuisée, j'ai besoin d'une douche et de dormir dans mon lit.

J'étais tellement abasourdie par ces explications que je suis restée muette. Et tandis que j'essayais désespérément de trouver un mot d'excuse, ou une justification, Lily a interprété mon silence comme un acquiescement.

— Tu es toujours là ? m'a-t-elle relancée au bout de trente secondes. Écoute, je viens à peine de rentrer. Il faut que je dorme. On se rappelle plus tard ?

— Oui, bien sûr. Lily, je suis désolée si j'ai pu te donner le sentiment que tu ne pouvais pas…

— Ne sois pas désolée. Il n'y a pas de lézard. Je vais bien. Super bien. On en parle plus tard, d'ac ?

— D'ac. Dors bien. Et appelle-moi si je peux faire quoi que ce soit.

— Promis. Hé, au fait, comment tu trouves l'appart ?

— Il est génial, Lil. Vraiment génial. Tu t'es débrouillée comme un chef. C'est encore mieux que ce que j'imaginais. On va l'adorer.

Ma voix sonnait creux à mes propres oreilles ; il était évident que je ne parlais que pour retenir Lily au bout du fil quelques instants de plus, pour m'assurer que rien n'avait irrévocablement changé dans notre amitié.

— Génial. Je suis contente qu'il te plaise. Avec un peu de chance, il plaira aussi à Anneau-sur-la-langue, a-t-elle plaisanté, mais le cœur n'y était pas.

Une fois que j'ai eu raccroché, je suis restée dans le salon à fixer mon téléphone jusqu'à ce que ma mère vienne me dire qu'ils nous invitaient, Alex et moi, à déjeuner.

— Andy, quelque chose ne va pas ? Où est Lily ? Elle arrive ?

— Non, elle a été malade, cette nuit. Elle couvait ça depuis quelques jours, je crois. Du coup, elle ne déménagera sans doute que demain. Je viens de l'avoir au téléphone.

— Elle va bien, tu es sûre ? Tu ne penses pas qu'on devrait aller la voir ? Cette petite me fait toujours un peu pitié – pas de parents, juste cette vieille grand-mère qui travaille du chapeau. Elle a de la chance de t'avoir pour amie, a-t-elle ajouté en posant une main sur mon épaule, comme pour mieux enfoncer le clou. Sans toi, elle serait vraiment seule au monde.

J'avais la gorge affreusement nouée, mais j'ai tout de même réussi à articuler :

— Oui, sans doute. Mais elle va bien, je t'assure. Allons acheter des sandwiches. Le portier a dit qu'il y avait un super traiteur à quatre blocs d'ici.

— Bureau de Miranda Priestly, ai-je annoncé de ce ton las que j'avais désormais adopté en toutes circonstances, en espérant qu'il trahissait mon misérable sort à l'oreille de quiconque osait interrompre ma séance d'e-mails.

— Bonjour. Em… Em… Em… Emily ? a bégayé une voix zézeyante à l'autre bout du fil.

— Non, je suis Andrea. La nouvelle assistante de Miranda.

— Ah, la nouvelle ! a repris la voix féminine. N'êtes-vous pas la fille la plus chanceuse du m… m… monde ? Comment supportez-vous jusque-là votre mandat auprès de l'inca… ca… ca… carnation du ma… ma… ma… mal suprême ?

J'ai dressé l'oreille. Voilà qui était entièrement nouveau. Jamais, depuis que j'avais pris mes fonctions à *Runway*, je n'avais rencontré une seule personne qui ose médire aussi effrontément de Miranda. Cette bonne femme était-elle sérieuse ? Ou essayait-elle de me provoquer ?

— Eh bien… Travailler à *Runway* est une expérience enrichissante, me suis-je entendue bafouiller. Un million de filles se damneraient pour être à ma place.

Venais-je vraiment de dire *ça* ?

Il y a eu un silence, suivi de ce qui ressemblait à un hurlement de hyène.

— Alors c'est pa… pa… pa… parfait ! a piaillé la femme d'une voix suraiguë tout en pouffant. Comment s'y prend-elle pour vous soutirer des conneries pareilles ? Est-ce qu'elle vous enferme à double tour dans votre studio du West Village en vous privant de toute votre panoplie G… G… G… Gucci, jusqu'à vous récurer le cerveau de fond en comble ? Gé… Gé… Gé… Génial ! Cette bonne femme est vraiment un monument ! Eh bien, mademoiselle Enrichie à l'expérience, j'avais appris par le téléphone arabe qu'elle s'était dégoté cette fois une escl… escl… esclave avec un brin de jugeote, mais à ce que je vois, les informations du téléphone arabe sont fausses, comme d'habitude. Vous aimez les twin-sets de Michael Kors et tous ces jolis manteaux de fourrure de J. Mendel ? C'est parfait, mon cœur, vous allez survivre. Bon, passez-moi votre patronne au petit cul.

J'étais tiraillée. Mon impulsion première avait été de lui répondre d'aller se faire voir, de lui faire remarquer qu'elle ne me connaissait pas, et qu'il n'était pas sorcier de deviner qu'elle essayait de compenser son bégaiement par son agressivité. Cependant, je n'avais qu'une envie : coller mes lèvres au combiné et lui chuchoter : « Je suis prisonnière, au-delà de tout ce que vous pouvez imaginer – s'il vous plaît, venez me délivrer de cet enfer. Vous avez mille fois raison, la situation est exactement telle que vous la décrivez, mais je ne suis pas comme ça en vérité ! » Deux secondes de réflexion m'ont remis les idées en place. J'ignorais qui se trouvait à l'autre bout du fil. Prudence, donc.

J'ai pris une profonde inspiration et j'ai décidé de la contrer sur chaque point de sa tirade, en laissant prudemment de côté toutes les allusions à Miranda.

— Oui, j'adore Michael Kors, c'est certain, mais certainement pas à cause des twin-sets. Quant aux fourrures de J. Mendel, elles sont merveilleuses, c'est indéniable, mais une vraie fille de *Runway* – sensible aux détails et dotée d'un goût irréprochable – préférera assurément une pièce personnalisée de chez Pologeorgis, sur la 29e. Ah, et à l'avenir, je vous saurais gré d'user du terme d'assistante personnelle, plutôt que de celui, aussi désobligeant que politiquement incorrect, d'esclave. Puis-je demander à présent à qui j'ai le plaisir de parler ?

— Bien répondu, mademoiselle la nouvelle assistante personnelle de Miranda. Peut-être vous et moi se… se… serons-nous finalement amies. En gé… gé… général, je n'aime guère les robots dont elle s'entoure, mais ce n'est pas un problème, parce que je ne l'aime pas beaucoup, elle non plus. Je suis Judith Mason, et au c… c… cas où vous l'ignoriez, c'est moi qui écris les articles de tourisme tous les m… m… mois. Bon, dites-moi, puisque vous êtes encore relativement nouvelle : la lu… lu… lune de miel est-elle terminée ?

Je n'ai rien répondu car je ne comprenais pas le sens de sa question. Sans compter que j'avais l'impression de discuter avec une bombe dont le compte à rebours était enclenché.

— Alors ? Vous êtes en plein dans ce créneau fascinant, où vous êtes là depuis assez longtemps pour que tout le monde connaisse votre nom, mais où personne n'a encore eu le temps de découvrir vos faiblesses et de les exploiter. C'est un merveilleux sentiment qu… qu… quand ça arrive, croyez-moi. Vous travaillez dans un endroit très particulier. Bon, assez f… f… f… flirté, ma nouvelle amie. Épargnez-vous la p… p… peine de m'annoncer, de toute façon, elle ne prend jamais mes appels. Mon bégaiement l'agace, je crois. Inscrivez mon mom, sur le Bulletin, pour qu'elle demande à quelqu'un de me rappeler. Merci, mon c… c… cœur.

Clic.

J'ai raccroché, médusée, puis j'ai éclaté de rire. Emily a relevé le nez des notes de frais qui l'occupaient, et a demandé qui c'était. À la mention du nom de Judith, elle a levé les yeux au ciel, si haut qu'ils ont manqué de disparaître.

— Alors elle, c'est la quintessence de la garce, a-t-elle gémi. Je ne sais même pas comment Miranda accepte de lui parler. Mais cela dit, elle ne prend jamais ses appels. Inscris son nom sur le Bulletin. Miranda demandera à quelqu'un de la rappeler.

Manifestement, Judith avait mieux pigé que moi les mécanismes de mon boulot.

J'ai cliqué sur l'icône Bulletin sur le bureau de mon i-Mac et j'ai examiné son contenu. Le Bulletin constituait *la pièce de résistance*[1] du bureau de Miranda Priestly, et pour ce que j'en voyais, son unique raison de vivre. Mis au point quelques années auparavant par une assistante fanatique et compulsive, le Bulletin était un simple document Word partagé auquel Emily et moi avions accès. Nous ne pouvions l'ouvrir qu'à tour de rôle pour y ajouter un nouveau message ou le consulter.

1. En français dans le texte. *(N.d.T.)*

Après chaque modification, nous en imprimions une copie mise à jour, qui rendait caduque la précédente et que nous déposions sur le comptoir au-dessus de mon bureau. Durant la journée, Miranda venait consulter le Bulletin toutes les cinq minutes, tandis qu'Emily et moi faisions de notre mieux pour le dactylographier et l'imprimer le plus vite possible au fur et à mesure que les messages arrivaient. Souvent, l'une chuchotait à l'autre de fermer le Bulletin pour pouvoir y ajouter un nouvel élément. Comme nous en imprimions chacune une copie sur nos imprimantes respectives, nous ne savions jamais quel était réellement le dernier message avant de confronter nos deux versions.

— Le dernier message sur le mien est celui de Judith, ai-je annoncé.

Terminer la mise à jour avant l'arrivée de Miranda m'avait mis une telle pression que j'étais épuisée. Eduardo avait appelé de la sécurité pour nous prévenir qu'elle montait. Sophy, elle, n'avait pas encore téléphoné, mais ce n'était plus qu'une question de secondes.

— J'ai eu le concierge du Ritz après Judith, a presque crié Emily, triomphant, tout en fixant sa feuille sur la planchette.

J'ai considéré mon exemplaire du Bulletin dont la mise à jour ne remontait qu'à quatre secondes. Les traits de séparation pour noter les numéros de téléphone étaient interdits ; seuls les points étaient autorisés. Les heures devaient être arrondies au quart d'heure le plus proche. Les numéros de téléphone à rappeler devaient toujours être notés sur une ligne à part, pour une meilleure lisibilité immédiate. La mention d'une heure indiquait un appel. Le mot « Note » faisait référence à une information qu'Emily ou moi devions lui communiquer (et comme il était hors de question de s'adresser à elle sans y avoir été invitée, toute information se devait d'être notée dans le Bulletin). « Nota Bene » faisait généralement référence à une requête que Miranda avait laissée sur nos boîtes vocales entre une et cinq heures du matin, la nuit précédente. Nous devions faire mention de nous-mêmes à la troisième personne – si toutefois il était absolument crucial de faire mention de nous-mêmes.

Elle nous demandait souvent de découvrir à quelle heure précisément et à quel numéro telle personne serait joignable. Dans ces cas-là, c'était un vrai casse-tête de décider si le fruit de nos investigations devait figurer sous la mention « Note » ou « Nota Bene ». Je me souviens de m'être dit une fois que le Bulletin pouvait se lire comme un *Who's Who* de toute la clique des modeux et modeuses de la Terre, mais voir défiler tous ces noms de gens richissimes et haut placés échouait désormais à impressionner mon cerveau insensibilisé. Compte tenu de la nouvelle réalité qui était devenue la mienne à *Runway*, le ministre aux Affaires sociales de la Maison-Blanche était à mes yeux un personnage moins important que le véto qui s'occupait des vaccinations de son chien.

Jeudi 8 avril

7 h 30 : Simone a appelé du bureau de Paris. Elle a calé des dates avec M. Testino pour le shooting à Rio, elle a aussi confirmé le booking de Gisele auprès de son agent, mais elle doit encore discuter du stylisme avec vous. Merci de la rappeler.

8 h 15 : M. Tomlinson a appelé. Merci de le rappeler, sur son portable.

Note : Andrea a parlé avec Bruce : il manque un morceau de plâtre dans l'angle supérieur gauche du cadre du grand miroir de votre entrée. Il a localisé le même miroir chez un antiquaire de Bordeaux. Souhaitez-vous le commander ?

8 h 30 : Jonathan Cole a appelé. Il part samedi à Melbourne et voudrait des précisions sur sa mission avant son départ. Merci de le rappeler.

Nota Bene : Rappeler Karl Lagerfeld pour la soirée du Mannequin de l'année. Il sera joignable chez lui, à Biarritz, ce soir entre 20 heures et 20 h 30 heure française.

011.33.1.55.22.06.78 : domicile
011.33.1.55.22.58.29 : studio
011.33.1.55.22.92.64 : chauffeur
011.33.1.55.66.76.33 : téléphone de son assistant à Paris, au cas où vous n'arriveriez pas à le joindre à Biarritz.

9 h 00 : Nathalie, de Glorious Food, a appelé : préférez-vous le vacherin fourré avec un mélange de myrtilles et de pralines, ou avec de la compote tiède de rhubarbe ? Merci de la rappeler.

555.9887

9 h 00 : Ingrid Sischy a appelé pour vous féliciter à propos du numéro d'avril : la couverture est « renversante, comme toujours », et elle voudrait connaître le nom du styliste des scopes beauté. Merci de la rappeler.

555.6246, bureau
555.8883, domicile

Note : Miho Kosudo a appelé pour s'excuser de n'avoir pas pu livrer les fleurs chez Damien Hirst : il a attendu quatre heures devant son immeuble, en vain, puisqu'il n'y a pas de portier. Ils réessaieront demain.

9 h 15 : M. Samuel a appelé. Il ne sera pas joignable avant le début de l'après-midi. Il voulait

vous rappeler de ne pas oublier la réunion de parents d'élèves, ce soir, à Horace Mann. Il souhaite vous entretenir avant toute chose du projet de Caroline pour le cours d'histoire. Merci de le rappeler entre 14 et 16 heures.

555.5932

Note : Andrea a réservé pour M. Tomlinson et vous une table à la Caravelle pour ce soir 20 heures. Rita Jammet a dit qu'elle serait enchantée de vous revoir et qu'elle était flattée que vous ayez choisi son restaurant.

9 h 30 : Donatella Versace a appelé : tout est confirmé pour votre séjour. Aurez-vous besoin de personnel en plus du chauffeur, du chef, du prof de gym, du coiffeur-maquilleur, de la secrétaire, des trois bonnes et du capitaine du yacht ? Si c'est le cas, merci de l'en informer avant qu'elle ne quitte Milan. Elle vous fournira également des téléphones portables, mais ne sera pas joignable, car elle sera en pleins préparatifs pour les défilés.

011.3901.55.27.55.61

9 h 45 : Judith Mason a appelé. Merci de la rappeler.

555.6834

J'ai froissé la feuille et l'ai mise dans ma corbeille, où elle a immédiatement absorbé la graisse des trois petits déjeuners que j'avais déjà jetés. Jusque-là, c'était une journée assez banale, du moins en ce qui concernait le Bulletin. Au moment où j'allais vérifier si je n'avais reçu aucun mail, elle est entrée. Maudite Sophy. Elle avait encore oublié de nous prévenir.

— J'attends le Bulletin mis à jour, a-t-elle annoncé,

glaciale, sans croiser notre regard ni faire cas de notre présence.

— Le voilà, Miranda.

Je le lui ai tendu pour lui épargner la peine d'allonger son bras jusqu'au comptoir. Trois mots en tout et pour tout, ai-je songé, en espérant que ce serait une de ces journées où je n'aurais pas à en prononcer plus de soixante-quinze. Elle s'est débarrassée de son spencer en vison sur mon bureau ; la fourrure était si épaisse que je mourais d'envie d'y enfouir mon visage. En allant suspendre cette sublime charogne dans le placard, je l'ai frottée discrètement contre ma joue et j'ai senti une vive morsure de froid et d'humidité : de minuscules paillettes de neige fondue avaient gelé autour des poils. Quel fabuleux sens de l'*à-propos*.

J'ai ôté le couvercle de la tasse de café au lait tiède, j'ai disposé avec soin les tranches de bacon, la saucisse et le feuilleté au fromage sur une assiette crasseuse. Je suis entrée dans son bureau sur la pointe des pieds pour déposer le tout sur un coin de sa table. Elle était en train de rédiger un mémo sur un bloc de papier écru et a parlé si doucement que j'ai failli ne pas l'entendre.

— An-dre-âââ, il faut que nous discutions du dîner de fiançailles. Prenez un bloc-notes.

Ce dîner de fiançailles était devenu le poison de mon existence, et il n'aurait lieu que dans un mois. Mais comme Miranda allait bientôt partir pour deux semaines en Europe, l'organisation de cette soirée avait ces derniers temps occupé, pour elle comme pour moi, la plus grande partie de nos journées. Je suis revenue avec un bloc-notes et un stylo, en me préparant à ne pas comprendre un traître mot de ce qu'elle me dirait. J'ai été tentée de m'asseoir, car ç'aurait été plus confortable pour écrire, mais, en fille avisée, j'ai résisté.

Elle a soupiré, comme si organiser cette soirée était un tel casse-tête qu'elle n'était pas certaine d'y arriver, et elle a commencé à jouer avec son carré Hermès, enroulé d'un bracelet autour du poignet.

— Vous direz à Nathalie, de Glorious Food, que je préfère la compote de rhubarbe. Ne la laissez pas vous convaincre qu'elle a besoin de me parler directement, car ce n'est pas le cas. Assurez-vous également que Miho a bien compris mes instructions pour les fleurs. Appelez Robert Isabell, avant le déjeuner, et passez-le-moi pour que je voie avec lui tout ce qui concerne les nappes, les cartes de placement et les plateaux de service. Voyez aussi avec cette fille du Met quand est-ce que je peux aller vérifier que tout est conforme à mes instructions et demandez-lui de me faxer la configuration des tables, pour que je puisse établir les plans de table. C'est tout pour l'instant.

Elle avait énoncé cette liste tout en continuant à écrire et sans s'interrompre une seule fois, et sitôt qu'elle s'est tue, elle m'a tendu son mémo manuscrit pour que je l'envoie par mail. J'ai fini de tout noter sur mon bloc, en espérant avoir bien tout compris – ce qui, entre son accent et son débit de mitraillette, était rien moins qu'évident.

— O.K., ai-je murmuré en me retournant.

Jusque-là, le total des mots que je lui avais adressés culminait à quatre. *Peut-être qu'aujourd'hui je ne dépasserai pas la barre des cinquante*, ai-je songé. J'ai senti ses yeux évaluer la taille de mon derrière, et j'ai brièvement pensé à pivoter sur moi-même, et à marcher à reculons, à la manière des Juifs religieux qui quittent le Mur des lamentations. Au lieu de quoi, je me suis efforcée de glisser vers mon bureau, derrière lequel je pouvais me planquer à l'abri, tout en me représentant des milliers de Juifs hassidiques en costumes noirs Prada en train de décrire des cercles à reculons autour de Miranda Priestly.

12

Le jour de félicité que j'attendais et dont j'avais tant rêvé est enfin arrivé. Miranda avait non seulement quitté le bureau, mais aussi le pays. Elle avait embarqué moins d'une heure auparavant à bord du Concorde pour aller retrouver quelques stylistes européens, et moi, j'étais la fille la plus heureuse de la planète. Emily avait essayé de me convaincre que Miranda était encore plus exigeante lorsqu'elle se trouvait à l'étranger, mais je n'en croyais pas un mot. J'étais en train de projeter comment j'allais passer chaque seconde extatique de ces deux semaines à venir quand j'ai reçu un mail d'Alex.

Salut, mon bébé, comme ça va ? J'espère que ta journée se passe bien. Tu dois être aux anges qu'elle parte, pas vrai ? Profites-en. Pourrais-tu m'appeler, vers 15 h 30 ? J'ai une heure de libre avant le cours de lecture et j'ai quelque chose à te dire. Rien d'important, mais j'aimerais te parler. Je t'aime. A

Ce qui m'a immédiatement inquiétée. Je lui ai répondu, pour lui demander si tout allait bien, mais sans doute était-il déjà déconnecté, car mon message est resté lettre morte. J'ai noté dans ma tête de le rappeler à

15 h 30 pétantes, tout en savourant cet incroyable sentiment de liberté qui s'est emparé de moi à la seule pensée qu'elle ne serait pas dans les parages pour me gâcher cet instant. Juste au cas où, j'ai noté « RAPPELER A, 15 H 30 AUJOURD'HUI » sur un Post-it, que j'ai collé sur le cadre de l'écran. Et juste au moment où j'allais rappeler une amie de fac qui m'avait laissé un message une semaine plus tôt, le téléphone a sonné.

— Bureau de Miranda Priestly, ai-je soupiré, en me disant qu'il n'y avait pas un seul être au monde auquel j'avais envie de parler à ce moment-là.

— Emily ? C'est vous, Emily ?

— Bonjour, Miranda. C'est Andrea. Puis-je vous aider en quelque chose ?

Pourquoi appelait-elle ? J'ai jeté un œil sur le planning (détaillant chaque minute de son emploi du temps pendant son voyage en Europe) qu'Emily avait distribué à l'ensemble de la rédaction : son vol n'avait décollé que depuis six minutes, et déjà, elle me harcelait depuis son téléphone de siège.

— J'espère bien. Je viens de consulter mon agenda et je m'aperçois que les rendez-vous avec le coiffeur et le maquilleur, jeudi avant le dîner, ne sont pas confirmés.

— Euh… C'est que M. Renaud n'a pas réussi à avoir une confirmation ferme, mais il a dit qu'il était à quatre-vingt-dix pour cent certain qu'ils…

— An-dre-âââ, répondez à cette question : quatre-vingt-dix pour cent, est-ce pareil que cent pour cent ? Est-ce synonyme de *confirmé* ?

Mais avant même que j'aie ouvert la bouche, je l'ai entendue dire, sans doute à une hôtesse, que « les règles et les consignes concernant l'usage des appareils électroniques ne l'intéressaient pas particulièrement » et « qu'ils aillent donc ennuyer quelqu'un d'autre avec ça ».

— Madame, je regrette. Vous enfreignez les

consignes, et je suis obligée de vous demander d'éteindre votre téléphone jusqu'à ce que nous ayons atteint notre altitude de croisière. C'est tout simplement dangereux, a imploré l'hôtesse.

— An-dre-âââ, vous m'entendez ?

— Madame, je suis obligée d'insister. Raccrochez, s'il vous plaît.

Tous les muscles autour de ma bouche commençaient à me faire mal, à force de sourire comme une démente, sachant combien Miranda détestait qu'on s'adresse à elle avec ce « Madame » impersonnel qui connotait de surcroît, c'est bien connu, la femme d'âge mûr.

— An-dre-âââ, l' hôtesse m'oblige à raccrocher. Je vous rappelle lorsqu'elle m'y autorisera. Entre-temps, je veux que vous confirmiez les rendez-vous avec le coiffeur et le maquilleur, et je veux que vous commenciez à sélectionner les candidates pour le poste de nounou. C'est tout.

Elle a raccroché, non sans que j'aie entendu l'hôtesse la rappeler à l'ordre une dernière fois d'un « Madame ! » impérieux.

— Que voulait-elle ? a demandé Emily, le front plissé d'anxiété.

— Elle m'a appelée trois fois par mon prénom, ai-je jubilé, ravie de la faire mariner. Trois fois, tu te rends compte ? Ça veut dire qu'on est devenues les meilleures amies du monde, tu ne crois pas ?

— Andrea, qu'a-t-elle dit ?

— Elle veut une confirmation à cent pour cent des rendez-vous avec le coiffeur et le maquilleur pour jeudi, parce que quatre-vingt-dix pour cent ne lui suffisent pas. Ah, et elle veut aussi que je sélectionne des candidates pour le poste de nounou… Mais là, j'ai sans doute mal compris. De toute façon, elle va rappeler dans trente secondes.

Emily a pris une profonde inspiration et s'est efforcée de supporter ma stupidité avec grâce et élégance. Apparemment, ce n'était pas facile.

— Non, tu n'as pas mal compris. Cara n'est plus là, donc à l'évidence, elle va avoir besoin d'une nouvelle nounou.

— Quoi ? Que veux-tu dire par « elle n'est plus là » ?

J'avais de la peine à croire que Cara ne m'ait pas soufflé mot de son départ.

— Miranda a pensé que Cara serait plus heureuse au service de quelqu'un d'autre, a précisé Emily, avec bien plus de diplomatie que Miranda n'avait dû en manifester elle-même.

Comme si notre patronne se préoccupait du bonheur des autres !

— Emily, s'il te plaît, dis-moi ce qui s'est passé.

— Caroline m'a raconté que Cara avait consigné les filles dans leurs chambres parce qu'elles lui avaient mal répondu. Miranda a jugé que Cara n'avait pas à prendre ce genre de décision. Et je suis d'accord avec elle. Cara n'est pas leur mère, tu comprends ?

Donc, Cara avait été virée pour avoir demandé à deux gamines qui lui avaient manqué de respect de rester chacune dans leur chambre.

— Ouais, je comprends ton point de vue. Ce n'est absolument pas le travail d'une nounou de veiller à la bonne éducation des enfants dont elle a la charge, ai-je répondu avec solennité. C'était totalement déplacé de la part de Cara.

Non seulement Emily n'a pas réagi à mon sarcasme, mais elle ne l'a même pas remarqué.

— Exactement. Et par ailleurs, Miranda n'a jamais apprécié que Cara ne parle pas français. Comment veux-tu que les filles apprennent à le parler sans accent ?

Oh, je n'en sais rien. Peut-être en fréquentant leur école privée à 18 000 dollars l'année, où le français était une matière obligatoire, enseignée par des professeurs de langue maternelle française ? Ou encore auprès de leur mère qui avait vécu en France – et qui continuait de s'y rendre une demi-douzaine de fois l'an – et qui le lisait, l'écrivait et le parlait couramment, avec une prononciation irréprochable.

— Tu as raison, me suis-je contentée de répondre. Une nounou qui ne parle pas français, c'est nul. Je t'entends bien.

— Tu as donc la charge de trouver une nouvelle nounou pour les filles. Tu es responsable de cette mission. Voilà le numéro de l'agence avec laquelle nous travaillons, a-t-elle ajouté en m'envoyant un mail. Ils savent combien Miranda est exigeante – à bon escient, naturellement – aussi, en général, ils nous envoient des gens très bien.

J'ai considéré Emily avec prudence. À quoi sa vie avait-elle ressemblé, avant que Miranda Priestly n'y entre ? J'ai dormi les yeux ouverts encore un peu avant que le téléphone ne sonne à nouveau. Heureusement, Emily a répondu.

— Bonjour, Miranda. Oui, je vous entends très bien. Non, aucun problème. Oui, j'ai confirmé le coiffeur et le maquilleur pour jeudi. Oui, Andrea est déjà en train de chercher une nouvelle nounou. Nous avons trois candidates intéressantes que vous pourrez rencontrer le jour de votre retour. (Elle a penché la tête de côté et posé un crayon sur ses lèvres.) Mmm, oui. Oui, c'est confirmé, absolument. Non, pas à quatre-vingt-dix pour cent. À cent pour cent. Tout a fait. Oui, Miranda. Oui, j'ai moi-même confirmé. Ils vous attendent avec impatience. O.K. je vous souhaite un bon voyage. Oui, c'est confirmé. Je vous le faxe immédiatement. O.K. Au revoir.

Elle a raccroché, et il m'a semblé qu'elle tremblait.

— Pourquoi cette femme ne comprend rien à ce qu'on lui raconte ? s'est-elle exclamée. Je lui ai dit que le coiffeur et le maquilleur étaient confirmés. Je le lui ai répété. Pourquoi dois-je le lui redire cinquante fois ? Et tu sais ce qu'elle m'a répondu ?

J'ai secoué la tête.

— Que comme toute cette histoire avait été une vraie prise de tête pour elle, elle voulait que je refasse le planning en mentionnant que les rendez-vous avec le coiffeur et le maquilleur étaient à présent confirmés, et que je le lui faxe au Ritz afin qu'elle ait un exemplaire avec toutes les informations correctes à son arrivée. Je fais tout pour cette bonne femme – je lui consacre ma vie – et c'est comme ça qu'elle me parle en retour ?

Elle semblait au bord des larmes. J'étais ravie de cette rare occasion de voir Emily se retourner contre Miranda, mais sachant qu'une volte-face paranoïaque allait suivre sans tarder, j'ai préféré rester circonspecte, et m'en tenir à un juste équilibre de sympathie et d'indifférence.

— Tu n'y es pour rien, Em, je t'assure. Elle sait que tu bosses dur – tu es une assistante formidable pour elle. Si elle ne pensait pas que tu travailles super bien, elle se serait déjà débarrassée de toi. Ce n'est pas ça qui lui fait peur, si tu vois ce que je veux dire.

Emily avait cessé de larmoyer et approchait de ce stade de défiance où, tout en étant d'accord avec moi, elle allait prendre la défense de Miranda si jamais je risquais une observation trop outrageante. J'avais étudié le syndrome de Stockholm, en cours de psy, qui frappe les otages lorsqu'ils prennent fait et cause pour leurs ravisseurs, mais je n'avais jamais réellement compris comment cela pouvait fonctionner. Peut-être devrais-je filmer une de ces petites sessions entre Emily et moi et envoyer la cassette au prof, pour que les étudiants de première année puissent l'observer avec ce témoignage de première main ? Tant d'efforts pour rester sur mes gardes commençaient à devenir surhumain. J'ai pris une profonde inspiration et je me suis jetée à l'eau.

— Elle est caractérielle, Emily, ai-je dit, gentiment et d'une voix posée pour l'amener à acquiescer. Ce n'est pas toi qui es en cause, mais elle. C'est une femme creuse, superficielle, amère, qui possède des tonnes de vêtements magnifiques mais pas grand-chose d'autre.

J'ai vu le visage d'Emily se crisper, la peau de son cou et de ses joues se retendre ; ses mains ont cessé de trembler. Je savais qu'elle allait me tomber dessus, mais j'étais lancée.

— Tu n'as jamais remarqué qu'elle n'a pas d'amis ? Évidemment, son téléphone sonne nuit et jour et elle parle avec les gens les plus cool de la planète, mais ils ne l'appellent pas pour lui parler de leurs enfants, de leur boulot, de leur couple, n'est-ce pas ? Ils l'appellent parce qu'ils ont besoin d'elle. C'est un spectacle stupéfiant, certes, mais tu imagines, si on ne t'appelait que pour…

— Arrête ! a-t-elle hurlé, les yeux de nouveau baignés de larmes. Ferme-la. Toi, tu débarques dans ce bureau et tu crois tout comprendre. Mademoiselle la Sarcastique qui est au-dessus de tout ça ! Eh bien, tu ne comprends rien ! Rien !

— Em…

— Laisse-moi terminer, Andy. Je sais que Miranda n'est pas facile. Je sais aussi que parfois elle donne l'impression d'être dingue. Je sais ce que c'est, de ne jamais dormir, de vivre avec la peur qu'elle appelle, de voir ses amis complètement largués face à ta situation. Je sais tout ça ! Mais si tu détestes autant tout ça, si tu n'es capable que de te plaindre de ton travail, d'elle et de tout le monde dans la foulée, pourquoi ne pas t'en aller ? Parce que ton attitude est vraiment un problème. Et quant à dire que Miranda est caractérielle, franchement, il y a ici bien plus de gens qui la trouvent douée, sublime, talentueuse et qui penseraient que c'est toi la caractérielle, de ne pas donner le meilleur de toi-même pour aider quelqu'un d'aussi exceptionnel. Parce qu'elle est exceptionnelle, Andy. Vraiment !

J'ai réfléchi un instant à cette tirade, et j'ai reconnu qu'Emily avait vu juste. Pour ce que je pouvais en juger, Miranda était une rédactrice en chef d'exception. Aucun mot n'était imprimé dans le magazine sans avoir obtenu de haute lutte son approbation ; elle n'avait jamais peur de mettre au rebut et de tout recommencer depuis le début, sans tenir compte des inconvénients ou du déplaisir de ses collaborateurs. Les diverses rédactrices faisaient rentrer les vêtements pour les shootings de mode, mais c'était elle et elle seule qui choisissait les looks, et déterminait quel mannequin porterait quel vêtement ; les rédactrices avaient beau superviser les séances de prise de vues, elles n'étaient que les exécutantes des consignes précises, incroyablement détaillées, de Miranda. Pour chaque numéro, elle avait le dernier mot – ainsi que souvent le premier – sur tout : du bracelet au sac en passant par la paire de chaussures ; des sujets d'articles et d'interviews aux journalistes ; des photos aux mannequins, des lieux aux photographes. Et cela, dans son esprit, était la principale raison de l'incroyable succès que le magazine rencontrait chaque mois. *Runway* n'aurait pas été *Runway* sans Miranda Priestly. Je le savais, tout le monde le savait. Mais aucun de ces arguments n'avait jusque-là réussi à me convaincre qu'elle avait, pour autant, le droit de maltraiter les gens comme elle le faisait. Pourquoi l'idée de réunir sur une même photo une robe du soir de Balmain, une jeune Asiatique boudeuse et tout en jambes, et une ruelle de San Sebastian suscitait-elle une adoration telle qu'on ne devait pas tenir rigueur à celle qui l'avait eue de son attitude exécrable ? Je n'arrivais toujours pas à le comprendre, mais que connaissais-je à tout ça ? Emily avait raison.

— Emily, tout ce que je dis, c'est qu'elle a la chance d'avoir une assistante géniale qui bosse aussi dur, qui est à ce point impliquée dans son travail. Je voudrais juste que tu comprennes que tu n'es pas fautive, si elle n'est pas heureuse à cause de quelque chose. Elle n'est pas heureuse dans la vie en général. Tu ne peux rien y faire.

— Je le sais très bien. Mais tu ne lui accordes pas assez de crédit, Andy. Réfléchis-y. Réfléchis-y vraiment. Elle est parvenue à un tel degré de perfection, songe à tous les sacrifices qu'elle a dû consentir pour l'atteindre. Ne devrait-on pas alors blâmer tous les gens qui ont réussi, dans quelque milieu que ce soit ? Dis-moi, quel P-DG, quel avocat, quel cinéaste n'a pas à faire preuve de fermeté parfois ? Cela fait partie de leur travail.

Je voyais bien qu'on n'allait pas arriver à accorder nos violons sur ce coup-là. Cela crevait les yeux qu'Emily était profondément investie dans le travail qu'elle fournissait pour Miranda, pour *Runway*, mais la raison d'un tel investissement continuait de m'échapper. Emily n'était pas différente des centaines d'autres assistantes personnelles, assistantes éditoriales, secrétaires de rédaction, pigistes, rédactrices ou rédactrices de mode. Mais je ne comprenais pas la raison qui motivait un tel dévouement. Pour ce que j'avais pu observer jusque-là au sein de la rédaction, chacune était humiliée, rabaissée, et en général brutalisée par son supérieur direct, et dès lors qu'elle avait obtenu une promotion, elle s'empressait de faire subir le même traitement à ses subordonnées. Et tout ça pour pouvoir se vanter, au terme de cette longue et épuisante ascension, d'avoir été placée au premier rang au défilé haute-couture de Saint-Laurent et d'avoir récupéré en chemin quelques sacs Prada gratuits ?

Mais face à tant de véhémence de la part d'Emily, mieux valait capituler et se contenter d'acquiescer.

— Je sais, ai-je soupiré. J'espère seulement que tu te

rends compte qu'en acceptant de supporter tous ces emmerdements, c'est toi qui lui fais une faveur, et non le contraire.

Je m'attendais à une prompte contre-attaque, mais Emily a souri.

— Tu vois, m'a-t-elle rétorqué d'un ton léger, quand je lui ai dit que ses rendez-vous de jeudi avec le coiffeur et le maquilleur étaient confirmés… Eh bien, j'ai menti ! Je n'ai appelé strictement personne pour avoir la confirmation !

— Emily ! Tu es folle. Que vas-tu faire maintenant ? Tu lui as juré que tu avais confirmé en personne.

Pour la toute première fois depuis que nous travaillions ensemble, j'ai eu envie de serrer cette fille dans mes bras.

— Andy, ne sois pas idiote. Crois-tu franchement qu'une personne saine d'esprit va refuser de la coiffer et de la maquiller ? L'avoir pour cliente peut lancer toute une carrière. Ces types-là seraient fous de laisser passer pareille opportunité. Je suis certaine qu'ils ont toujours su qu'ils trouveraient le temps de s'occuper d'elle. Je n'ai pas besoin d'avoir leur confirmation, comment pourraient-ils refuser ? C'est Miranda Priestly !

J'ai bien cru que j'allais me mettre à pleurer, mais j'ai préféré en revenir à mes moutons :

— Bon, que dois-je savoir pour chercher cette nouvelle nounou ? Je ferais mieux de m'y atteler sans tarder.

— Ouais, a fait Emily, encore sous le charme de l'intelligence de sa démonstration. Ce n'est pas une mauvaise idée.

*
* *

La première fille avec laquelle je me suis entretenue pour le poste de nounou a eu l'air totalement ébranlée.

— Oh, mon Dieu ! Oh, mon Dieu ! a-t-elle ululé au téléphone quand je lui ai demandé si elle pouvait venir me rencontrer au bureau. Vous êtes sérieuse ? Oh, mon Dieu !

— Euh… La réponse est oui ou non ?

— Mon Dieu, oui. Oui, oui, oui ! À *Runway* ? Oh, mon Dieu ! Attendez que je raconte ça à mes amies. Elles vont en tomber raides. Dites-moi juste quand et à quelle heure.

— Vous avez compris que Miranda est absente en ce moment et que ce n'est donc pas elle que vous allez rencontrer ?

— Oui, j'ai compris.

— Et vous avez aussi compris que Miranda cherche une nounou pour ses deux petites filles, et que ce travail n'a aucune connexion avec *Runway* ?

Elle a soupiré, comme résignée à ce triste coup de malchance.

— Oui, bien sûr. Elle cherche une nounou. J'ai compris.

En fait, ce n'était pas vraiment le cas : la fille avait le bon profil (grande, impeccable jusqu'au bout des ongles, assez bien habillée et sérieusement sous-alimentée), mais elle n'a pas arrêté de me demander quels aspects de son travail allaient requérir sa présence à la rédaction.

Je lui ai lancé un regard glacial, qu'elle n'a pas semblé remarquer.

— Aucun. Nous en avons parlé, vous vous souvenez ? Je sélectionne les candidates pour Miranda, et il se trouve que nous les recevons ici, au bureau. Mais c'est tout. Ses jumelles n'habitent pas là, voyez-vous.

Elle a eu beau m'assurer qu'elle avait parfaitement saisi, je l'avais déjà recalée.

Les trois candidates suivantes adressées par l'agence, et qui attendaient à la réception, n'étaient guère mieux. Physiquement, toutes possédaient le profil exigé par Miranda – l'agence savait très exactement ce que leur cliente recherchait –, mais aucune n'avait les qualités requises pour prendre soin de ma future nièce ou de mon futur neveu, critères sur lesquels je me basais pour cette recherche. La première était puéricultrice diplômée de Cornell, mais son regard est devenu vitreux quand j'ai entrepris de lui expliquer en quoi ce poste pourrait différer subtilement de tous ceux qu'elle avait déjà eus. La deuxième était sortie avec un joueur de la NBA, ce qui lui donnait le sentiment de « connaître le monde des gens célèbres ». Mais quand je lui ai demandé si elle avait travaillé avec des enfants de gens célèbres, elle a instinctivement plissé le nez et m'a informée que « les enfants des gens célèbres étaient toujours des gamins à problèmes ». Recalée. La troisième – la candidate la plus prometteuse – venait tout juste d'obtenir son diplôme et avait grandi à Manhattan ; elle voulait être nounou pendant un an et économiser de l'argent pour s'offrir un séjour à Paris. Quand je lui ai demandé si cela signifiait qu'elle parlait français, elle a hoché la tête. Le seul hic, c'est qu'en vraie New-Yorkaise, elle n'avait pas son permis de conduire. Avait-elle l'intention de le passer ? Non, il y avait déjà assez de voitures dans les rues de la ville. Recalée.

Comment expliquer avec tact à Miranda que si une fille était séduisante, sportive, mondaine, new-yorkaise, si elle avait son permis de conduire, des diplômes universitaires, si elle parlait français et qu'elle avait un emploi du temps totalement flexible, il y avait peu de chances qu'elle veuille faire la nounou ?

L'intéressée a dû lire dans mes pensées car le téléphone a sonné à ce moment-là. D'après un calcul rapide, elle venait tout juste d'atterrir à Charles-de-Gaulle ;

d'un coup d'œil à son planning détaillé à la seconde près qu'Emily s'était cassé la tête à établir, j'ai vu qu'elle se trouvait dans la voiture qui la conduisait au Ritz.

— Bureau de Mir…

— Emily ! a-t-elle hurlé. (J'ai sagement décidé que le moment était mal choisi pour la corriger.) Emily ! Le chauffeur ne m'a pas donné le même téléphone que d'habitude. Aucun numéro n'est en mémoire dans celui-ci. C'est inacceptable. Totalement inacceptable. Comment suis-je censée travailler, sans numéros de téléphone ? Passez-moi immédiatement M. Lagerfeld.

— Oui, Miranda, une seconde, s'il vous plaît.

Je l'ai mise en attente, et j'ai appelé Emily à la rescousse. Mieux valait évidemment manger directement le combiné, plutôt que de tenter de localiser Karl Lagerfeld en moins de temps qu'il n'en fallait à Miranda pour entrer dans une telle fureur qu'elle allait molester son téléphone et nous harceler : « Où diable est-il passé ? Pourquoi ne le trouvez-vous pas ? Vous ne savez donc pas vous servir d'un téléphone ? »

— Emily, elle veut Karl !

À la seule mention de ce prénom, Emily s'est jetée avec fébrilité sur les papiers qui encombraient son bureau.

— O.K. Écoute, on dispose de vingt à trente secondes. Tu t'occupes de Biarritz et du chauffeur, je prends Paris et l'assistant, m'a-t-elle lancé en pianotant sur son clavier.

J'ai ouvert le fichier partagé dans lequel étaient répertoriés les contacts de plus d'un millier de personnes et, à la rubrique KL, j'ai trouvé cinq numéros à appeler : Biarritz ligne principale, Biarritz deuxième ligne principale, Biarritz studio, Biarritz piscine, Biarritz chauffeur. J'ai vu qu'Emily avait, elle, sept numéros à appeler, sans compter ceux indiqués pour New York et Milan. Nous étions fichues avant même d'avoir commencé.

J'ai d'abord essayé « Biarritz ligne principale », et j'étais en train de composer le numéro de « Biarritz deuxième ligne principale » quand j'ai vu que le voyant rouge sur mon téléphone avait cessé de clignoter. Et au cas où je ne l'aurais pas remarqué, Emily a annoncé que Miranda avait raccroché. Après une attente de dix ou quinze secondes seulement – Miranda était vraiment très impatiente ce jour-là. Bien entendu, ça s'est remis à sonner immédiatement. Emily a répondu, avec un regard de chiot désespéré. Elle n'avait pas eu le temps de débiter ses salutations d'usage que déjà elle hochait la tête d'un air grave en essayant de rassurer Miranda. Moi, j'étais toujours en train de pianoter sur mon téléphone, et ô miracle, au bord de la piscine à Biarritz, quelqu'un a décroché. Une femme qui ne parlait pas un traître mot d'anglais. L'obsession de Miranda vis-à-vis de la langue française venait peut-être de là ?

— Oui, Miranda ? Andrea et moi sommes en train d'appeler. Ce ne devrait être qu'une affaire de secondes. Oui, je comprends. Non, je sais que c'est agaçant. Si vous me permettez de vous mettre quelques secondes en attente, je suis certaine que nous l'aurons sous peu en ligne. D'accord ?

Sitôt Miranda mise en attente, elle s'est concentrée sur le clavier du téléphone. Je l'ai entendue baragouiner quelques mots de français avec un accent terrible, à quelqu'un qui ne semblait pas connaître le nom de Karl Lagerfeld. Fichues. Nous étions fichues. Je m'apprêtais à raccrocher au nez de cette Française hystérique qui me hurlait dans l'oreille quand j'ai vu de nouveau le voyant rouge s'éteindre. Emily était toujours en train de pianoter fébrilement sur son téléphone.

— Elle est partie ! ai-je annoncé, aussi découragée qu'un infirmier-urgentiste qui fait une réanimation cardio-respiratoire.

— C'est à ton tour de la prendre ! m'a-t-elle lancé sans cesser de composer des numéros.

Bien évidemment, ça a sonné aussitôt.

— An-dre-âââ ! Emily ! Ou qui que vous soyez… Pourquoi est-ce vous, et non M. Lagerfeld, que j'ai en ligne ? Pourquoi ? All-ôôôôô ! Il y a quelqu'un ? Connecter deux communications ensemble serait-il trop compliqué pour l'une et l'autre de mes assistantes ?

— Non, Miranda, bien sûr que non. Je suis navrée de ce contretemps. (Ma voix chevrotait un peu, mais dans les limites de la dignité.) Il semblerait que nous n'arrivions pas à joindre M. Lagerfeld. Nous avons déjà essayé au moins huit…

— « *Il semblerait que nous n'arrivions pas à le joindre* », s'est-elle moquée d'une voix haut perchée. Qu'entendez-vous par là, précisément ?

Quelle partie de cette phrase simple ne comprenait-elle pas ? Elle me paraissait pourtant claire et précise : où qu'il soit, il est injoignable. Voilà pourquoi tu n'es pas en train de lui parler. Et si toi, tu es capable de le trouver, alors tu pourras lui parler. Un million de réponses cinglantes m'ont traversé l'esprit, mais je n'ai pu que bredouiller comme une gamine du cours préparatoire que la maîtresse vient de réprimander pour avoir bavardé.

— Euh… Nous avons appelé tous les numéros que nous avons en liste et il n'est nulle part.

— Mais évidemment ! a-t-elle hurlé – son précieux sang-froid était dangereusement proche cette fois du point d'ébullition. An-dre-âââ, a-t-elle repris plus posément après une profonde inspiration très théâtrale. Êtes-vous consciente que M. Lagerfeld se trouve à Paris cette semaine ?

J'avais l'impression d'être dans un cours d'anglais langue étrangère.

— Bien sûr, Miranda. Emily a essayé tous ses numéros à…

— Et êtes-vous consciente que M. Lagerfeld a dit qu'il serait joignable sur son portable, pendant qu'il serait à Paris ?

On sentait que ça lui coûtait un effort surhumain de garder une voix posée et égale.

— Non… Nous n'avons aucun numéro de portable noté sur la liste, donc nous ignorions que M. Lagerfeld avait un téléphone portable. Emily est en ligne avec son assistant, elle aura certainement le numéro dans une seconde.

Emily a levé les pouces vers moi avant de se mettre à griffonner et à remercier interminablement, en anglais et en français, son interlocuteur.

— Miranda, j'ai le numéro sous les yeux. Voulez-vous que je vous mette en relation ?

Je sentais ma poitrine gonflée de fierté et d'assurance. Voilà une mission rondement menée. Un excellent résultat, obtenu dans des conditions de pression extrême. Et tant pis si ma ravissante blouse paysanne, qui m'avait valu les compliments de deux – non pas une, mais *deux* – assistantes de mode, était maintenant décorée de deux auréoles sous les bras. Quelle importance ? J'allais enfin être débarrassée de cette folle caractérielle accro aux communications internationales, et j'étais aux anges.

— An-dre-âââ ?

Le ton annonçait une question et des prolongations, mais j'étais en train de me demander selon quelle logique elle confondait nos prénoms. J'avais d'abord vu là une méprise délibérée pour nous rabaisser et nous humilier davantage. Puis j'avais compris qu'elle était certainement comblée par ce que nous endurions déjà en termes d'humiliation ; en fait, les prénoms de ses deux assistantes devaient être un détail trop insignifiant pour qu'elle se donne la peine de les retenir. Emily avait confirmé cette interprétation en me confiant qu'une fois sur deux, elle l'appelait Andrea ou Allison. Cela m'avait un peu rassérénée.

— Oui ? ai-je lâché d'une voix étranglée.

Bon sang ! N'étais-je donc pas capable de faire preuve d'un peu de dignité devant cette sangsue ?

— An-dre-âââ, je ne comprends pas à quoi rime ce branle-bas de combat pour trouver le numéro de portable de M. Lagerfeld quand je l'ai là, sous les yeux. Il vient de me le donner, mais nous avons été coupés et je n'arrive pas à le rappeler.

— Ah… Vous, euh… Vous avez le numéro ? Et vous saviez depuis le début qu'il n'était joignable qu'à ce numéro ?

J'avais dit ça pour le bénéfice d'Emily, mais ma question n'a servi qu'à décupler sa colère.

— N'ai-je pas été parfaitement claire ? Je veux que vous me mettiez en relation avec le 00.33.623.56.67.89. À moins que ce ne soit trop compliqué pour vous ?

Emily a secoué lentement la tête en froissant la feuille sur laquelle elle venait de noter ce numéro que nous avions eu tant de mal à trouver.

— Non, non, Miranda, ce n'est pas compliqué. Je vous mets immédiatement en relation. Un instant, je vous prie.

J'ai enclenché la touche « Conférence », composé le numéro, entendu un homme d'un certain âge crier « Allô ! », et rappuyé sur la touche « Conférence ».

— Monsieur Lagerfeld ? Miranda Priestly en ligne, ai-je annoncé comme ces opératrices du temps de *La Petite Maison dans la prairie*.

Et, au lieu de mettre le haut-parleur pour qu'Emily et moi puissions écouter la conversation, j'ai raccroché. Nous n'avons rien dit pendant un petit moment ; pour ma part, je me retenais de déverser un tombereau d'horreurs sur la tête de Miranda. J'ai épongé mon front moite et je me suis forcée à inspirer lentement, profondément. Emily a parlé la première.

— Si j'ai bien compris, elle avait le numéro depuis le début, mais n'arrivait pas à le composer ?

— Ou peut-être n'avait-elle pas envie de le composer elle-même ? ai-je avancé, toujours enthousiaste à l'idée de faire équipe contre Miranda – d'autant que les opportunités étaient assez rares.

— J'aurais dû m'en douter, a dit Emily, l'air de s'en vouloir à elle-même. Elle n'arrête pas de m'appeler pour que je lui passe des gens qui sont dans la pièce voisine, ou dans un hôtel à deux rues du sien. Je me souviens qu'au début, je trouvais bizarre d'appeler de Paris à New York, pour qu'on la mette en liaison avec quelqu'un qui était aussi à Paris. Maintenant, évidemment, ça me paraît naturel, mais j'ai du mal à croire que je n'aie rien vu venir.

Alors que je m'apprêtais à piquer un sprint jusqu'à la cafétéria, le téléphone a encore sonné. Forte du principe que la foudre ne frappe jamais deux fois, j'ai décidé d'être bonne joueuse et de répondre.

— Bureau de Miranda Priestly, j'écoute.

— Emily ! Je suis rue de Rivoli ! Il pleut à seaux et mon chauffeur a disparu ! Disparu ! Vous comprenez ? Disparu ! Retrouvez-le immédiatement !

Elle était hystérique. C'était la toute première fois que je l'entendais péter les plombs pour de bon.

— Miranda, un instant, j'ai son numéro de téléphone…

J'ai cherché le planning que je venais de consulter tantôt, mais je ne voyais plus que des papiers sans intérêt, de vieux Bulletins, des piles d'anciens numéros de *Runway*. Trois ou quatre secondes seulement s'étaient écoulées, mais j'avais l'impression d'être à côté d'elle, à regarder la pluie dégouliner sur sa fourrure Fendi et son maquillage. Exactement comme si elle pouvait tendre le bras pour me gifler, me dire que je n'étais qu'une merdeuse avec zéro talent, zéro compétence, une nullité parfaite. Mais ce n'était pas le moment de me rabaisser. Je me suis souvenue qu'il ne s'agissait jamais que d'un être humain (du moins en théorie) qui râlait d'être en carafe sous une pluie battante et qui prenait pour bouc émissaire son assistante, à 6 000 kilomètres de là. Ce n'est pas de ma faute. Ce n'est pas de ma faute. Ce n'est pas de ma faute.

— An-dre-âââ ! Mes chaussures sont *ruinées* ! Vous m'entendez ? M'écoutez-vous seulement ? Trouvez mon chauffeur *immédiatement* !

J'ai senti que je courais le risque de laisser filtrer une émotion inadéquate – j'avais la gorge nouée, la nuque raide et douloureuse, mais il était encore trop tôt pour dire si j'allais éclater de rire ou bien en sanglots. Dans un cas comme dans l'autre, ce n'était pas bon. Emily a dû deviner que ça n'allait pas, car elle a bondi de sa chaise pour m'apporter son exemplaire du planning. Elle avait même surligné les numéros de téléphone du chauffeur – trois en tout : téléphone voiture, portable, domicile. Évidemment.

— Miranda, je vais devoir vous mettre en attente pendant que je l'appelle. Ne quittez pas, voulez-vous ?

Sans attendre sa réponse, j'ai basculé l'appel en attente. De nouveau, j'ai appelé Paris. Bonne nouvelle : le chauffeur a décroché à la seconde sonnerie, au premier numéro que j'ai essayé. Mauvaise nouvelle : il ne parlait pas un traître mot d'anglais. Et, bien que n'ayant jamais souffert de penchants autodestructeurs, je me suis tapé le front contre le Formica de mon comptoir. Une fois. Deux fois. À la troisième fois, Emily a basculé la communication sur son poste. Et elle s'est mise à crier, non pas pour tenter de rendre son mauvais français intelligible, mais simplement pour convaincre le chauffeur de l'extrême urgence de la situation. Les nouveaux chauffeurs nécessitaient toujours un temps de rodage, principalement parce qu'ils commettaient l'erreur de croire que Miranda n'en mourrait pas de patienter quarante-cinq secondes de plus. Ce dont Emily et moi devions précisément les dissuader.

Après qu'Emily a eu réussi à insulter le chauffeur assez copieusement pour qu'il file sur les chapeaux de roues récupérer Miranda là où il l'avait abandonnée quelques minutes auparavant, nous avons toutes les deux posé la tête sur notre bureau. Je n'avais plus vraiment faim, et cela m'inquiétait. Était-ce *Runway* qui déteignait sur moi ? Ou simplement les effets conjugués de l'adrénaline et de la nervosité qui me coupaient l'appétit ? Mais bien sûr, la voilà, l'explication ! La famine endémique dont souffrait chaque membre de la rédaction ne relevait nullement, en fait, d'un processus d'autopersuasion ; elle n'était que la réponse d'organismes qui, à force d'être soumis en permanence à un régime de terreur et d'anxiété, perdaient l'appétit. Je me suis promis de creuser plus avant cette théorie, et d'explorer peut-être la possibilité que Miranda était diabolique, qu'elle s'était délibérément créé un personnage exécrable sur toute la ligne pour rendre les gens faméliques de trouille.

— Mesdemoiselles ! Voulez-vous bien me relever ces têtes ? a claironné une voix depuis le seuil de notre bureau. Imaginez ce que dirait Miranda si elle vous voyait. Elle ne serait pas très contente !

Avec ses cheveux plaqués en arrière au moyen d'une cire grasse baptisée « Tête de lit » (« Trop sexy, non ? Comment résister ? »), et son torse moulé dans un genre de polo de foot qui indiquait « 69 » devant et derrière, James était, comme d'habitude, un parangon de subtilité et d'insinuation.

C'est à peine si nous lui avons accordé un regard. Il

n'était que quatre heures de l'après-midi, mais nous avions l'impression qu'il était minuit.

— Bon, laissez-moi deviner. Mère a décroché son téléphone parce qu'elle a égaré une boucle d'oreille entre le Ritz et le restau d'Alain Ducasse, et elle veut que vous la retrouviez, bien qu'elle soit à Paris et vous à New York.

— Tu crois qu'il en faut aussi peu pour nous mettre dans cet état ? ai-je ricané. Mais c'est notre pain quotidien, ça. Trouve un truc plus compliqué.

Même Emily a ri.

— Oui, franchement James, ce n'est pas assez. Je pourrais retrouver une boucle d'oreille en moins de dix minutes dans n'importe quelle ville du monde, a-t-elle déclaré, brusquement désireuse de se joindre à la conversation pour une raison qui m'échappait. Ce ne serait un défi que si elle ne nous indiquait pas dans quelle ville elle se trouve. Et encore… Même dans ces conditions, je parie que nous pourrions la retrouver.

James est sorti à reculons en feignant d'être horrifié.

— Eh bien, ç'a été une journée de gagnée, mesdemoiselles, vous m'entendez. Au moins, elle ne vous a pas bousillées toutes les deux. Franchement, vous pouvez remercier le ciel pour ça. Vous êtes l'une et l'autre saine et sauve. Allez, bonne fin de journée…

— PAS SI VITE, ESPÈCE DE PETITE TAPETTE ! a piaillé à tue-tête une voix très haut perchée. REVIENS ICI EXPLIQUER À CES JEUNES FILLES CE QUE TU AVAIS DERRIÈRE LA TÊTE QUAND TU AS MIS CET ÉTENDARD SUR TON DOS CE MATIN !

Nigel a ramené James entre nos deux bureaux en le traînant par l'oreille.

— Nigel, arrête ! a pleurniché James, l'air faussement contrarié, et apparemment ravi que Nigel le touche. Tu sais bien que j'adore ce polo !

— TU ADORES CE POLO ? CROIS-TU QUE MOI, J'ADORE CE GENRE D'ÉTUDIANT HOMO SPORTIF QUE TU TE DONNES ?

JAMES, IL VA FALLOIR SÉRIEUSEMENT REPENSER TOUT ÇA, O.K. ? O.K. ?

— Qu'est-ce qui cloche, dans un polo de foot moulant ? Moi je trouve ça sexy.

Emily et moi avons soutenu James d'un hochement de tête. Son polo n'était peut-être pas du meilleur goût, mais il était superbranché. De plus, c'était un peu raide de recevoir des conseils vestimentaires de la part d'un homme qui, en ce moment précis, arborait un jean avec un imprimé zèbre et un pull noir décolleté en V orné d'un trou de serrure dans le dos pour révéler les ondulations des trapèzes. L'ensemble se complétait d'un panama et d'une touche (discrète, je lui accorderai ça !) de khôl sur la paupière.

— MON PETIT, LA MODE N'A PAS POUR BUT DE FAIRE DE LA PUBLICITÉ POUR TES PRÉFÉRENCES SEXUELLES SUR TON TEE-SHIRT. TTTTTT, ELLE N'EST PAS FAITE POUR ÇA. MONTRER UN BOUT DE PEAU ? OUI, C'EST SEXY ! MONTRER LES COURBES FERMES DE TON JEUNE CORPS ? OUI, C'EST SEXY. MAIS LES VÊTEMENTS NE SERVENT PAS À PROCLAMER AU MONDE ENTIER QUELLE EST TA POSITION FAVORITE, MON PETIT AMI. EST-CE QUE TU AS COMPRIS ?

— Enfin, Nigel !

James s'appliquait à prendre l'air défait pour cacher combien il était ravi d'être le centre de l'attention de Nigel.

— IL N'Y A PAS DE NIGEL QUI TIENNE, MON CŒUR. VA VOIR JEFFY DE MA PART ET DIS-LUI DE TE DONNER CE NOUVEAU DÉBARDEUR DE CALVIN QU'ON A FAIT RENTRER POUR LE SHOOTING DE MIAMI. CELUI QUE VA PORTER CE SUBLIMISSIME MANNEQUIN NOIR – AUSSI DÉLICIEUX QU'UN MILK-SHAKE AU CHOCOLAT BIEN CRÉMEUX. VAS-Y. ET N'OUBLIE PAS DE VENIR ME MONTRER À QUOI TU RESSEMBLES !

James a décampé plus vite qu'un lièvre, et Nigel s'est tourné vers nous.

— Avez-vous déjà commandé ses vêtements ? a-t-il demandé sans s'adresser à l'une de nous en particulier.

— Non, elle ne choisira que lorsqu'elle aura les carnets de style, a répondu Emily, l'air agacé. Elle a dit qu'elle s'en occuperait à son retour.

— Bon, n'oubliez pas de me prévenir à l'avance, afin que je puisse libérer du temps pour ce grand moment ! a dit Nigel en partant en direction de la réserve, sans doute pour épier James en train de se changer.

J'avais déjà vécu une commande de garde-robe, et cela n'avait pas été joli-joli. En période de défilés, Miranda passait d'un podium à l'autre, carnet de croquis en main, se préparant, dès son retour aux Etats-Unis, à annoncer à la bonne société new-yorkaise ce qu'elle allait porter – et à l'Amérique des classes moyennes ce qu'elle aimerait bien pouvoir porter. Mais si Miranda était particulièrement attentive aux modèles qui défilaient sur les podiums, c'était également parce qu'elle découvrait ce qu'elle-même porterait dans les mois à venir.

Une quinzaine de jours après son retour au bureau, Miranda avait donné une liste de stylistes (les plus grands, ceux qui l'habillaient généralement) dont elle souhaitait voir les carnets de style. Tandis que les heureux élus se précipitaient pour fignoler leurs carnets à son intention – en général, lorsqu'elle demandait à les voir, les photos du défilé n'étaient même pas développées, et encore moins retouchées – tout le staff de *Runway* était sur le pied de guerre, averti de l'arrivée imminente des carnets. Nigel devait se tenir prêt, évidemment, à l'aider à feuilleter les carnets pour sélectionner ses tenues personnelles. Une rédactrice des accessoires restait à portée de main pour choisir les sacs et les chaussures, et peut-être y avait-il en extra une rédactrice de mode pour veiller à ce que tout soit parfaitement coordonné – surtout si la commande comprenait une grosse pièce, un manteau de fourrure ou une robe de soirée par exemple. Une fois que chaque maison avait réuni les différents articles demandés, le tailleur personnel de Miranda venait camper l'espace de quelques jours au bureau pour ajuster chaque pièce. Jeffy vidait alors entièrement la réserve, et pendant ce temps, personne ne pouvait vraiment travailler, puisque Miranda était claquemurée interminablement avec son tailleur. Lors de la première session d'essayage, j'étais passée près de la réserve juste au moment où Nigel s'écriait :

— MIRANDA PRIESTLY ! ENLEVEZ-MOI IMMÉDIATEMENT CE CHIFFON DE SUR LE DOS ! VOUS AVEZ L'AIR D'UNE PÉTASSE DANS CETTE ROBE ! D'UNE CATIN DE BASE !

J'avais collé l'oreille contre la porte – risquant ma peau et mes os si quelqu'un l'avait ouverte brusquement –, persuadée qu'elle allait le rembarrer comme elle savait si bien le faire, mais je n'avais entendu qu'un doux murmure d'acquiescement et le froissement du tissu tandis qu'elle enlevait la robe.

Maintenant, il semblait que j'étais depuis assez longtemps en ces murs pour que m'échoie l'honneur de commander les vêtements de Miranda. Quatre fois l'an – c'était réglé comme du papier à musique – elle feuilletait les carnets de style comme s'il s'était agi de catalogues conçus à sa seule intention, et elle y sélectionnait des tailleurs d'Alexander McQueen et des pantalons Balenciaga comme si c'étaient des tee-shirts de L.L. Bean. Une pastille jaune collée sur le pantalon cigarette Fendi, une autre carrément placée sur un tailleur Chanel, une troisième portant la mention « non » sur le haut en soie assorti. Nouvelle page, autre pastille, et ainsi de suite, jusqu'à ce qu'elle ait choisi une garde-robe complète directement sur les podiums – des vêtements qui, pour la plupart, n'étaient encore même pas fabriqués.

J'avais observé comment Emily procédait. Elle faxait aux différents stylistes les choix de Miranda, sans préciser ni les couleurs ni la taille, puisque toute personne digne de sa paire de Manolo savait ce qui convenait à Miranda Priestly. Bien entendu, que les vêtements soient à la bonne taille ne suffisait pas – lorsqu'ils arrivaient à la rédaction, il fallait encore les reprendre pour leur donner l'apparence du sur mesure. Ce n'était que lorsque la garde-robe avait été entièrement commandée, expédiée, retaillée et livrée dans son dressing par limousine que Miranda se débarrassait des vêtements de la saison précédente ; des montagnes de fringues griffées Saint-Laurent, ou Céline ou Helmut Lang revenaient alors à la rédaction – dans des sacs poubelles. La plupart de ces vêtements n'étaient vieux que de quatre ou six mois, et si certains avaient été portés une ou deux fois, la majorité ne l'avaient jamais été. Tout était encore incroyablement élégant, si ridiculement tendance qu'on ne les trouvait même pas encore en boutique, mais leur date de péremption était néanmoins passée, et jamais Miranda n'aurait accepté d'enfiler un vêtement avarié.

De temps à autre, je trouvais là-dedans un débardeur ou une veste *overzise* que je pouvais garder, mais le fait que tous ces vêtements soient en taille 32 était un problème. Nous en distribuions la plupart à toutes les personnes qui avaient des filles préado, les seules qui pouvaient espérer entrer dans ces fringues. Je m'imaginais des petites filles avec un corps de jeune garçon en train de se pavaner en jupe droite Prada ou dans une provocante robe à fines bretelles de Dolce et Gabbana. Si jamais je mettais la main sur un article vraiment exceptionnel, vraiment cher, je le planquais sous mon bureau, le temps de pouvoir le dérober pour le rapporter chez moi. Quelques clics de souris sur e-Bay ou une petite visite dans un troc de luxe de Madison, et mon salaire tout d'un coup devenait moins déprimant. Ce n'est pas voler, me raisonnais-je. Juste tirer parti de ce que j'ai à ma disposition.

Miranda a appelé six fois de plus entre 6 et 9 heures ce soir-là – soit entre minuit et 3 heures du matin pour elle –, afin que nous la mettions en relation avec différentes personnes se trouvant déjà à Paris. J'ai joué les opératrices avec indifférence, sans incident, jusqu'à ce qu'il soit l'heure de rassembler mes affaires pour m'en aller, quand le téléphone a sonné de nouveau. Et ce n'est qu'en enfilant avec lassitude mon manteau que j'ai aperçu le pense-bête que j'avais collé sur mon ordinateur pour que, justement, ce qui s'était passé n'arrive pas : *Rappeler A. 15 h 30 aujourd'hui*. La tête me tournait, mes lentilles s'étaient desséchées et recroquevillées, aussi dures que des tessons sur mes pupilles. À ce moment-là, le sang a commencé à battre sous mes tempes. Ce n'était pas une douleur aiguë, plutôt diffuse, mais dont on sait qu'elle va s'amplifier lentement, jusqu'à atteindre cette intensité lancinante qui vous donne l'impression que votre tête explose si vous n'avez pas encore perdu connaissance. Avec toute cette effervescence d'appels d'un côté et de l'autre de l'océan, toute l'anxiété et la panique qu'ils avaient générées, j'avais oublié de prendre trente secondes pour rappeler Alex à l'heure convenue. Oublié, purement et simplement. Pour une fois qu'il m'avait demandé quelque chose…

Le bureau était à présent silencieux, j'avais éteint les lumières. Je me suis rassise et j'ai décroché le téléphone ; il était encore humide de la transpiration de ma main lors du dernier appel de Miranda, quelques minutes auparavant. J'ai composé le numéro d'Alex, ça a sonné, sonné, jusqu'à ce que le répondeur se mette en route. J'ai essayé son portable, il a décroché à la première sonnerie. Il savait que c'était moi, puisque mon numéro s'affichait.

— Salut. Tu as passé une bonne journée ?

— Comme d'habitude, Alex. Peu importe. Je suis vraiment désolée de ne pas t'avoir rappelé plus tôt – ça a été de la folie, ici ; je n'ai pas eu une minute à moi, elle n'a pas arrêté d'appeler et…

— C'est pas grave. Ne t'inquiète pas. Écoute, je n'ai pas trop le temps, là. Je peux te rappeler demain ?

À sa voix, il m'a semblé distrait, j'avais l'impression d'entendre quelqu'un qui appelle de très loin, d'une cabine sur une plage, dans un petit village à l'autre bout du monde.

— Euh, oui, bien sûr. Tout va bien ? Tu ne veux pas me dire en deux mots ce dont tu voulais me parler ? Je me suis fait du souci, j'avais peur qu'il y ait un problème.

Il y a eu un silence, puis :

— Non, on ne dirait pas que tu t'es fait du souci. Pour une fois que je te demande de me rappeler à un moment qui est pratique pour moi – sans parler du fait que ta patronne n'est même pas là –, tu ne peux le faire que six heures plus tard. Ce n'est pas vraiment l'attitude de quelqu'un qui s'inquiète, vois-tu.

Il a énoncé cela comme un simple résumé des faits, sans sarcasme ni désapprobation.

Je jouais à enrouler le cordon du téléphone autour de mon doigt, jusqu'à ce que la circulation soit coupée, que l'articulation gonfle et que le bout du doigt devienne blanc ; et ce n'est qu'en sentant un goût métallique dans ma bouche que j'ai réalisé que j'étais en train de me mordre l'intérieur des lèvres. J'ai décidé de mentir pour me laver de cette accusation qui se défendait d'en être une.

— Alex, je n'ai pas oublié. Je n'ai pas eu une seule seconde de libre, et comme tu semblais vouloir me parler d'un truc sérieux, je ne voulais pas t'appeler pour devoir raccrocher en catastrophe. Elle a dû téléphoner plus de vingt fois aujourd'hui, et chaque fois, c'était un cas d'urgence absolue. Emily est partie à 5 heures et m'a laissée seule avec ce téléphone, et Miranda n'a pas arrêté de me harceler. Chaque fois que je m'apprêtais à t'appeler, je l'avais sur l'autre ligne. Je, euh… Tu comprends ?

Ce tir nourri d'excuses était pathétique, même à mes yeux, mais je ne pouvais pas m'arrêter. Nous savions l'un comme l'autre que j'avais tout simplement oublié. Non par indifférence ou désintérêt, mais parce que tout ce qui n'était pas lié à Miranda perdait sa pertinence dès l'instant où j'arrivais au bureau. Je ne m'expliquais toujours pas – comment dès lors aurais-je pu demander à quelqu'un d'autre de le comprendre ? – pourquoi le monde extérieur cessait d'exister, et seul demeurait, après que tout le reste avait disparu dans le brouillard, *Runway*. Ce phénomène était d'autant plus dur à justifier que *Runway* était le seul aspect de ma vie qui m'inspirait du mépris. Et pourtant, c'était le seul qui comptait.

— Écoute, je dois aller retrouver Joey. Il est avec deux copains, et à l'heure qu'il est, ils ont dû dévaster toute la maison.

— Joey ? Mais tu es donc à Larchmont ? Normalement, tu ne le gardes pas le mercredi. Tout va bien ?

J'espérais détourner son attention. Il allait me raconter comment sa mère avait été retenue à l'improviste à son travail, ou bien qu'elle avait rendez-vous avec un prof de Joey ce soir-là et que la baby-sitter s'était décommandée. Il n'allait pas se plaindre – ce n'était pas son genre –, mais au moins il me tiendrait au courant.

— Oui, oui, tout va bien. Ma mère devait voir un client d'urgence, ce soir. Andy, je n'ai vraiment pas le temps de discuter. Je voulais que tu me rappelles pour t'annoncer une bonne nouvelle. Mais tu ne l'as pas fait.

J'ai enroulé si fort le cordon du téléphone autour de mon index et de mon majeur qu'ils ont commencé à palpiter. Alex avait raison, c'était impardonnable de ma part de ne pas avoir rappelé, mais j'étais trop crevée pour me défendre avec conviction.

— Alex, je suis désolée. S'il te plaît, ne me punis pas en refusant de m'annoncer une bonne nouvelle. Sais-tu depuis quand on ne m'a pas appelée pour m'annoncer une bonne nouvelle ? S'il te plaît. Accorde-moi au moins ça.

Je savais qu'il répondrait à mon appel à la raison.

— Ce n'est rien d'extraordinaire. J'ai tout arrangé pour que nous allions un week-end à Providence, pour la première réunion des anciens de la promo.

— Non ? C'est pas vrai ? On y va ?

J'avais plusieurs fois déjà lancé l'idée de cette petite escapade, sur un mode que j'espérais détaché et désinvolte, mais Alex (une attitude qui ne lui ressemblait décidément pas) avait louvoyé. C'était un peu tôt pour planifier ça, mais les hôtels et les restaurants de Providence étaient souvent pleins des mois à l'avance. J'avais laissé tombé le sujet, en me disant que nous nous débrouillerions toujours pour trouver un endroit où dormir. Mais évidemment, Alex avait compris à quel point la perspective de ce week-end m'emballait, et il avait tout organisé.

— Oui, c'est fait, j'ai loué une voiture – une Jeep – et j'ai réservé une chambre au Biltmore.

— Au Biltmore ? Tu plaisantes ? C'est incroyable !

— Ouais, tu disais tout le temps que tu aimerais un jour dormir dans cet hôtel. Je me suis dit que c'était l'occasion de l'essayer. J'ai aussi une réservation pour dix personnes au Forno, pour le brunch du samedi, comme ça, nous pourrons battre le rappel des troupes, et voir tout le monde à la fois.

— Non ! Tu as orchestré tout ça ?

— Bien sûr. Je pensais que tu allais sauter au plafond. C'est pour cela qu'il me tardait de te l'annoncer.

Mais manifestement, tu étais trop occupée pour me rappeler.

— Alex, c'est génial. Tu ne peux pas savoir comme je suis heureuse, je n'arrive pas à y croire. Ça va être merveilleux ! Merci.

Nous avons continué à bavarder une ou deux minutes encore, et lorsque j'ai raccroché, Alex semblait ne plus m'en vouloir, mais moi, c'était à peine si je pouvais encore bouger. Le ramener à de meilleurs sentiments, trouver les mots justes, non seulement pour le convaincre que je ne l'avais pas négligé, mais aussi pour l'assurer que son initiative me comblait de joie, d'enthousiasme et de reconnaissance, m'avait vidée. Je ne me souviens pas du trajet en voiture, ni d'avoir ou non salué John Fisher-Galliano dans le hall de l'immeuble. Je ne me rappelle que de cette fatigue, si intense qu'elle rendait mes os douloureux, et de mon soulagement, en arrivant chez nous, de voir que la porte de Lily était close et qu'aucun rai de lumière ne filtrait en dessous. J'ai songé à commander à dîner, mais la seule idée de devoir localiser un menu de restaurant dans l'appartement était déjà trop… bah, ce ne serait jamais qu'un repas de plus que j'allais sauter.

Je me suis assise sur le béton fissuré de ma terrasse pour fumer paresseusement une cigarette. Je n'avais même pas la force de recracher la fumée ; je la laissais s'évader d'entre mes lèvres et se répandre en halo autour de moi. À un moment donné, j'ai entendu Lily qui ouvrait la porte de sa chambre et traversait le couloir, mais je me suis dépêchée d'éteindre ma lumière et je suis restée assise dans le noir. Je venais de passer quinze heures non-stop à parler. Je ne pouvais plus articuler un seul mot.

13

— Engagez-la, avait décrété Miranda après avoir rencontré Annabelle, la douzième fille que j'avais reçue – et l'une des deux seules candidates dont j'avais décidé qu'elles étaient aptes à rencontrer Miranda.

Annabelle était de langue maternelle française (elle parlait d'ailleurs si mal l'anglais que les jumelles avaient dû jouer les interprètes) et diplômée de la Sorbonne. Une grande et belle plante musclée, à la superbe chevelure auburn. Elle avait du style ; travailler en talons aiguilles ne lui faisait pas peur, et les manières cavalières de Miranda ne semblaient pas l'émouvoir non plus. À dire vrai, elle était elle-même plutôt distante et abrupte, et évitait toujours de regarder ses interlocuteurs dans les yeux. Elle affichait un sempiternel air las, mâtiné d'indifférence, en même temps qu'une confiance en soi renversante. J'étais ravie que Miranda l'agrée, à la fois parce que ça m'épargnait quelques semaines supplémentaires de casting, et parce que cela indiquait que, quelque part, je commençais à piger.

Piger quoi… Je n'aurais su le dire précisément, mais à ce stade-là, tout se passait du mieux que je pouvais l'espérer. J'avais réussi l'épreuve de la commande de vêtements, en ne commettant que quelques bêtises minimes. J'avais raté mon coup lorsqu'en présentant à Miranda les vêtements qu'elle avait commandés chez Givenchy, j'avais prononcé ce nom à l'anglaise – « Guivinchiiii ». Après avoir essuyé quelques salves de regards acérés et de commentaires insidieux, on m'avait informée de la prononciation correcte, et tout avait plutôt bien roulé. Jusqu'à ce qu'elle apprenne que les robes choisies chez Roberto Cavalli n'étaient pas encore fabriquées, et ne le seraient pas avant trois semaines. Mais là encore, j'avais jugulé la crise. Puis j'avais réussi à organiser les essayages dans la réserve avec son tailleur, et j'avais rassemblé presque toute la commande dans son dressing-room – un espace de la taille d'un studio.

L'organisation de la soirée au Met s'était poursuivie en l'absence de sa commanditaire, et elle m'occupait plus que jamais depuis son retour, mais, bizarrement, aucun vent de panique ne soufflait – tout paraissait en ordre, et la réception qui devait avoir lieu le vendredi suivant était bien partie pour se dérouler sans anicroche. Pendant que Miranda était en Europe, Chanel avait livré une longue robe fourreau rouge, que j'avais immédiatement expédiée au pressing pour un nettoyage rapide. J'avais vu une photo de cette robe, en noir, dans un numéro de *W* le mois précédent.

— 40 000 dollars, a grimacé Emily en hochant interminablement la tête.

Comme souvent depuis des mois, Emily écumait le site style. com afin d'y glaner des idées pour son prochain voyage en Europe avec Miranda.

— 40 000 dollars ?

— Sa robe. La rouge, de chez Chanel. En boutique, elle coûte 40 000 dollars. Miranda ne l'a évidemment pas payée plein pot, mais celle-là, elle ne l'a pas eue gratis non plus. C'est fou, non ?

— 40 000 dollars ? ai-je répété, médusée.

J'avais du mal à réaliser que quelques heures plus tôt, j'avais tenu entre mes mains un vêtement qui représentait une telle somme. 40 000 dollars (j'ai fait malgré moi le calcul dans ma tête), c'étaient deux ans de frais de scolarité à la fac, un acompte pour une nouvelle maison, le revenu annuel d'un foyer d'Américains moyens. Ou encore, une sacrée collection de sacs Prada. Mais une robe ? Je croyais avoir tout vu. Erreur. J'ai reçu un nouveau choc lorsque la robe est revenue du pressing, accompagnée d'une enveloppe sur laquelle avait été calligraphié de main professionnelle le nom de Miranda Priestly, et qui renfermait un reçu, sur un bristol crème, complété à la main :

Type de vêtement : *Robe du soir*. Couturier : *Chanel*. Longueur : *Chevilles*. Couleur : *Rouge*. Taille : *32*. Description : *Broderies de perles à la main, sans manches, décolleté légèrement arrondi, fermeture invisible sur le côté, doublure en satin de soie*. Service : *Ordinaire, premier nettoyage*. Tarif : *670 $*

La propriétaire du pressing – qui devait pouvoir payer le loyer de son magasin *et* de son appartement avec l'argent qu'Elias-Clark lui versait en échange de la violente addiction de Miranda au nettoyage à sec – avait ajouté au bas de la note :

Cela a été un réel plaisir pour nous de travailler sur une robe aussi sublime, et nous espérons que vous aurez plaisir à la porter pour la soirée au Metropolitan Museum of Art. Comme convenu, nous viendrons la rechercher lundi 24 mai pour un second nettoyage, après la réception. N'hésitez pas à nous faire connaître tout service supplémentaire que vous pourriez souhaiter. Avec mes meilleurs sentiments,

Colette.

En tous les cas, nous n'étions que jeudi, et tout était calé : une robe flambant neuve et nettoyée de frais attendait sagement Miranda dans son dressing-room ; Emily avait localisé le modèle exact des sandales Jimmy Choo argentées qu'elle avait demandées ; les rendez-vous avec le coiffeur-visagiste (vendredi à 17 h 30) et l'artiste-maquilleur (17 h 45) étaient confirmés, et Uri était dans les starting-blocks pour accompagner Miranda et son époux à 18 h 15 pétantes au Met.

Miranda avait déjà quitté le bureau pour assister au spectacle de gymnastique de Cassidy, et j'avais prévu de m'éclipser de bonne heure pour faire une surprise à Lily, qui venait de passer son dernier examen de l'année. Je voulais l'inviter au restaurant, histoire de fêter ça.

— Euh… Em ? Crois-tu que je pourrais filer vers 18 h 30 ou 19 heures ce soir ? Miranda a dit qu'elle n'avait pas besoin du Book car il n'y avait rien de nouveau à voir, ai-je ajouté, agacée de devoir demander à ma collègue, mon égale, la permission de quitter le bureau après douze heures de travail au lieu de quatorze.

— Ouais, bien sûr. De toute façon, je me sauve. (Elle a regardé l'horloge de son ordinateur et a vu qu'il était 17 heures passées de quelques minutes.) Tu restes encore deux heures et tu t'en vas. Elle est avec les jumelles, ce soir, je ne crois pas qu'elle appellera.

Emily avait rendez-vous avec le garçon qu'elle avait rencontré à L.A. le soir de la Saint-Sylvestre. Il était enfin venu jusqu'à New York, et le plus surprenant de tout, c'est qu'il l'avait effectivement appelée. Ils avaient rencard au Craftbar pour boire un verre, et ensuite, s'il se conduisait bien, Emily comptait l'inviter à dîner au Nobu. Elle y avait réservé une table cinq semaines auparavant, sitôt qu'il lui avait annoncé par mail qu'il viendrait peut-être à New York, mais Emily devait encore utiliser le nom de Miranda pour obtenir une table à la bonne heure.

— Que vas-tu faire en arrivant au Nobu, quand ils

vont s'apercevoir que tu n'es pas Miranda Priestly ? ai-je demandé, bêtement.

Comme d'habitude, elle m'a gratifiée d'un soupir excédé en levant les yeux au ciel.

— Je leur dirai simplement que Miranda a dû quitter New York à l'improviste, je leur montrerai une carte de visite et j'expliquerai qu'elle souhaite que je profite de sa réservation. Ce n'est pas bien compliqué.

Une fois Emily partie, Miranda a appelé pour dire qu'elle n'arriverait pas au bureau avant midi le lendemain, mais qu'elle voulait une copie de la critique gastronomique qu'elle avait lue le matin « dans le journal ». J'ai eu la présence d'esprit de lui demander si par hasard elle se souvenait du nom du restaurant ou du journal, et ma question l'a suprêmement agacée.

— An-dre-âââ, cessez vos interrogatoires, je suis déjà en retard pour le spectacle. Il s'agit d'un restaurant asiatique qui fait de la cuisine fusion, c'était dans le journal aujourd'hui. C'est tout.

Elle a refermé d'un coup sec le volet de son petit Motorola, et comme chaque fois qu'elle me raccrochait au nez au milieu d'une phrase, j'ai appelé de mes vœux le jour où le téléphone se refermerait comme une herse sur ses doigts impeccablement manucurés, pour en faire de la charpie. Espoir jusque-là toujours déçu, hélas.

J'ai immédiatement noté, dans le cahier où je consignais les myriades de requêtes capricieuses de Son Altesse, de chercher cet article le lendemain à la première heure et j'ai foncé prendre une voiture. J'ai appelé Lily de mon portable, et elle a répondu juste au moment où j'arrivais devant chez nous. Du coup, j'ai salué de loin John Fisher-Galliano (qui, entre ses cheveux qui avaient un peu poussé et les chaînes dont il ornait son uniforme, ressemblait chaque jour davantage au couturier) sans descendre de voiture.

— Salut, Lil. C'est moi. Quoi de neuf ?

— Saluuuuuuuut, a-t-elle chantonné, plus heureuse que je ne l'avais vue depuis des mois. Je suis libre ! Libre ! Plus qu'un petit compte rendu à pondre pour le doctorat, et je n'ai plus rien à faire jusqu'à mi-juillet. Tu imagines ?

Elle avait l'air d'être collée au plafond.

— Je suis supercontente pour toi ! Que dirais-tu d'un dîner pour fêter ça ? Où tu veux, c'est *Runway* qui casque.

— Où je veux ? C'est vrai ?

— Parfaitement, je suis en bas, en voiture. Descends. On va aller dans un endroit génial.

Elle a poussé un cri strident.

— Super ! J'avais justement l'intention de te parler du Freudien. Il est magnifique ! Ne bouge pas, j'enfile un jean et j'arrive.

Elle a déboulé cinq minutes plus tard, pomponnée et rayonnante. Elle portait un jean étroit et délavé qui lui moulait les hanches et une blouse vaporeuse à manches longues. Une paire de mules que je ne lui avais jamais vues (en cuir marron brodé de perles en turquoise) complétait le look. Elle s'était même maquillée, et au vu de ses boucles lissées et disciplinées, j'ai déduit qu'elles avaient croisé le chemin d'un sèche-cheveux au cours des dernières vingt-quatre heures.

— Tu es splendide, Lil. Quel est ton secret ?

— Le Freudien, évidemment, a-t-elle répliqué en s'installant sur la banquette. Il est incroyable. Je crois que je suis amoureuse. Pour l'instant il est bien parti pour un neuf-dix. Tu te rends compte ?

— Avant tout, décidons d'un endroit où aller. Je n'ai réservé nulle part, mais je peux appeler en donnant le nom de Miranda. Où tu veux.

Elle étalait du baume Kiehl's sur ses lèvres en se mirant dans le rétroviseur.

— Où je veux ? a-t-elle répété, distraitement.

— Absolument. Peut-être chez Chicama ? Leurs mojitos sont top… (Je savais que pour vendre un restaurant à Lily, mieux valait mettre en valeur leur carte de cocktails que la qualité de leur cuisine.) Ou alors Meet, ils ont des Cosmos renversants. Ou encore à l'Hudson Hôtel ? On aura peut-être une table en terrasse ? Mais si tu préfères du vin, j'adorerais essayer…

— Andy ? On peut aller au Benihana ? J'ai envie d'y aller depuis une éternité, a-t-elle ajouté d'un air penaud.

— Benihana ? Tu veux aller au *Benihana* ? Ce restau de chaîne où il n'y a que des touristes, des marmots qui chialent et où des acteurs asiatiques au chômage viennent te préparer les plats à ta table ? C'est bien de ça dont tu parles ?

Elle a hoché la tête avec tant d'enthousiasme que je n'ai eu d'autre choix que d'appeler les renseignements pour obtenir l'adresse.

— Non, non, je l'ai ! C'est sur la 56e, entre la Cinquième et la Sixième Avenue, a-t-elle précisé au chauffeur.

Et, sans remarquer que je la dévisageais, elle s'est mise à me parler avec fougue du Freudien – ainsi surnommé car il était en dernière année de doctorat de psycho. Lily semblait déchaînée. Ils s'étaient rencontrés dans le foyer des thésards, au sous-sol de la Low Library. J'ai eu droit à la liste complète de ses qualifications : vingt-neuf ans (« vachement de maturité, mais pas trop vieux »), natif de Montréal (« totalement américanisé, à part son adorable accent français »), des cheveux un peu longs (« mais pas d'horrible queue-de-cheval ») et juste ce qu'il fallait de barbe naissante sur les joues (« le portrait craché d'Antonio Banderas quand il ne se rase pas pendant trois jours »).

Les cuistots-samouraïs d'opérette se sont livrés à leur petit numéro à notre table, découpant la viande en tranches ou en dés avant de la faire sauter dans tous les sens, sous les yeux émerveillés d'une Lily qui applaudissait et riait aux éclats. On aurait dit une gamine qu'on amenait au cirque pour la première fois. Difficile de croire que Lily puisse vraiment craquer pour un garçon ; cela paraissait pourtant la seule explication plausible à cette humeur exceptionnelle. Mais le plus dur à gober, c'était qu'elle affirmait n'avoir pas encore couché avec lui (« Deux semaines et demie sans se quitter d'une semelle à la fac, et rien ! Tu n'es pas fière de moi ? ») Quand je lui ai demandé pourquoi je n'avais pas encore croisé cette perle rare chez nous, elle a souri avec satisfaction :

— Je ne l'ai pas encore invité. Nous prenons notre temps.

Après dîner, nous sommes restées un petit moment à papoter devant le restaurant. Lily était en train de me régaler de toutes les histoires amusantes que le Freudien lui avait racontées, quand Christian Collinsworth est apparu devant moi.

— Andrea ! La jolie Andrea. J'avoue être surpris de découvrir que vous êtes une fan de Benihana… Que dirait Miranda ? s'est-il gentiment moqué en glissant un bras autour de mes épaules.

— Je, euh…

Instantanément, je n'ai plus été capable d'extraire un seul mot de ma bouche sans bégayer. Mes pensées menaient une ronde endiablée dans ma tête en tintant entre mes oreilles. *Dîner au Benihana. Christian est au courant ! Miranda au Benihana ! Il est trop mignon avec son blouson en cuir ! Je dois puer la bouffe du Benihana ! Il va le sentir ! Ne l'embrasse pas sur la joue ! Embrasse-le sur la joue !*

— Eh bien, euh… Ce n'est pas que…

— Nous nous demandions où continuer la soirée, m'a coupée Lily d'un ton péremptoire, en tendant la main à Christian – qui, avais-je fini par réaliser, était seul. Et cela nous absorbait tellement que nous nous sommes arrêtées au milieu de la rue sans y prendre garde ! Je m'appelle Lily.

Christian lui a serré la main, puis a écarté la mèche de devant ses yeux, de ce geste que je l'avais si souvent vu faire lors de la soirée. Une fois de plus, il m'a semblé que je pourrais le contempler, extatique, durant des heures, des jours entiers, repousser cette adorable mèche de son visage aux traits parfaits.

Je les fixais tous les deux, consciente qu'il me fallait dire quelque chose, mais apparemment, ils se débrouillaient très bien sans moi.

— Lily, a dit Christian d'un ton gourmand. Lily. C'est un charmant prénom. Presque aussi charmant qu'*Andrea*.

Lily, qui songeait sans doute que ce type, outre le fait d'être plus âgé que nous et sexy, était canonissime, a souri béatement. Je devinais sans peine les questions qui se bousculaient dans sa tête : ce mec m'intéressait-il ? Allais-je ou pas, à cause d'Alex, passer à l'action ? Si oui, pouvait-elle faire quelque chose pour accélérer le processus ? Lily adorait Alex, sincèrement – pouvait-on ne pas l'aimer ? – mais que deux personnes si jeunes puissent sortir aussi longtemps ensemble la dépassait. Du moins le prétendait-elle – en fait, je savais pertinemment que c'était juste l'idée de la monogamie qui la faisait fuir. S'il y avait une chance, aussi infime soit-elle, qu'il se passe quelque chose entre Christian et moi, Lily n'aurait de cesse d'attiser le feu.

— Lily, enchanté. Je m'appelle Christian, et je suis un ami d'Andrea. Est-ce dans vos habitudes de vous arrêter pour discuter devant Benihana ?

Son sourire m'a immédiatement envoyé un crochet à l'estomac.

— Bien sûr que non, Christian ! a riposté Lily en rejetant ses boucles brunes vers l'arrière. Nous avons dîné au Town, et nous cherchions un bar sympa où boire un verre. Des suggestions ?

Le Town ? C'était l'un des restaus les plus branchés et les plus chers de la ville. Miranda y allait. Jessica et son fiancé aussi. Emily rabâchait à longueur de temps qu'elle voulait y aller. Mais *Lily* ?

— Ah bon ? s'est étonné Christian tout en semblant gober le bobard. C'est bizarre que je ne vous aie pas vues, j'en sors. J'y ai dîné avec mon agent…

— Nous étions au fond, planquées derrière le bar, me suis-je empressée d'expliquer en retrouvant un peu de sang-froid.

Par chance, lorsque Emily – qui cherchait à déterminer si cet endroit convenait pour un rendez-vous – m'avait montré, sur un site Internet, une minuscule photo de la salle, j'avais été attentive.

— Mmmm, a fait distraitement Christian, plus craquant que jamais. Donc, vous partiez boire un verre ?

J'avais une envie folle de me doucher, de me débarrasser de ces odeurs de cuisine qui imprégnaient mes vêtements et mes cheveux, mais inutile de me leurrer : Lily n'allait pas m'en donner l'occasion.

Christian voyait-il aussi clairement que moi les manœuvres éhontées de mon amie pour me pousser dans ses bras ? Mais il était tellement sexy… Et Lily, tellement déterminée. J'ai laissé faire.

— Oui, nous cherchions un bar. Des idées ? Nous serions toutes les deux ravies que vous nous accompagniez, a déclaré Lily, mutine, en lui tirant la manche. Y a-t-il dans le coin un endroit que vous aimez bien ?

— Ce n'est pas un bon quartier pour les bars, ici, mais justement, je dois retrouver mon agent au Bar, si vous voulez vous joindre à nous… Il est parti chercher des papiers à son bureau et il me retrouve là-bas – peut-être aimeriez-vous le rencontrer, Andy. On ne sait jamais quand on peut avoir besoin d'un agent. Alors, ça vous dit ?

Lily m'a lancé une œillade d'encouragement, qui hurlait : *Il est canon, Andy ! Supercanon ! Je ne sais pas qui c'est, mais il a envie de toi, alors reprends tes esprits et dis-lui que tu adores cet endroit !*

— J'adore cet endroit, ai-je déclaré, avec pas mal de conviction pour quelqu'un qui n'y avait jamais mis les pieds.

Lily a souri. Christian a souri. Et nous voilà partis. Christian Collinsworth et moi allions boire un verre ensemble. Cela pouvait-il être considéré comme un rendez-vous ? *Mais bien sûr que non, ne sois pas ridicule ! Alex, Alex, Alex*, me suis-je mise à psalmodier in petto. J'étais à la fois décidée à ne pas oublier que j'avais un petit ami très amoureux, et mortifiée de devoir faire un effort pour m'en souvenir.

Ce n'était qu'un jeudi soir ordinaire, mais le service d'ordre à la porte était au complet, et si nous avons franchi sans problème le barrage des cerbères, personne ne nous a proposé de réduction à l'entrée. Vingt dollars, uniquement pour passer la porte.

Avant que j'aie pu esquisser le moindre geste, Christian a sorti trois billets de 20 d'un énorme portefeuille et les a tendus sans un mot. Et lorsque j'ai fait mine de protester, il a posé un doigt sur mes lèvres.

— Andy chérie, inutile de vous casser votre jolie petite tête pour si peu.

Avant que j'aie pu m'écarter, il a glissé son autre main contre ma joue et a encadré mon visage entre ses paumes. Quelque part dans les profondeurs les plus reculées de ma cervelle, mes synapses incandescentes m'avertissaient qu'il allait m'embrasser. Je le savais, je le sentais, mais j'étais paralysée. Interprétant ma demi-seconde d'hésitation comme une permission, il s'est penché et a posé ses lèvres sur mon cou. C'était à peine un effleurement, très rapide, avec peut-être un bout de langue qui dépassait, près de l'oreille, et ni une, ni deux, il a pris ma main et m'a entraînée dans la salle.

— Christian ! Attendez ! Je, euh… Je dois vous dire quelque chose…

Je me suis interrompue. Un simple baiser volé – dans le cou, pas sur les lèvres –, un baiser qui n'avait été à vrai dire qu'une ébauche de baiser, nécessitait-il réellement d'expliquer en long et en large que j'avais un petit ami et que je n'avais jamais eu l'intention d'envoyer de mauvais signaux ? Manifestement, cette explication n'était d'aucune utilité aux yeux de Christian, car je me suis retrouvée, dans un coin sombre, près d'un canapé sur lequel il m'a ordonné de m'asseoir.

Je me suis assise.

— Je vais chercher à boire, O.K. ? N'ayez pas peur, je ne mords pas. (Il a éclaté de rire, et je me suis sentie rougir.) Et si jamais je vous mordais, je vous promets que ça vous plairait.

Sur ce, il est parti vers le bar.

Pour m'interdire de m'évanouir, ou de réfléchir sérieusement à ce qui venait de se passer, j'ai fouillé des yeux la salle plongée dans la pénombre pour tenter d'apercevoir Lily. Nous n'étions arrivées que depuis trois minutes, et elle était déjà en grande conversation avec un Black balèze ; elle buvait ses paroles tout en faisant des effets de chevelure, le visage radieux. Je me suis faufilée à travers la foule de buveurs internationaux. Comment tous ces gens qui n'avaient pas de passeport américain savaient-ils que c'était LE bar où venir prendre un verre ? Un groupe d'hommes, la trentaine, s'époumonaient dans une langue qui m'a semblé être du japonais ; deux femmes discutaient avec animation en arabe et avec les mains ; un jeune couple qui n'avait pas l'air heureux se dévisageait avec hargne, tout en se chuchotant des invectives en espagnol – ou en portugais. Le prétendant de Lily avait déjà une main posée sur ses reins, et paraissait complètement sous le charme de mon amie. *Bon, au diable les bonnes manières*, ai-je décidé. Christian Collinsworth venait tout de même de m'embrasser dans le cou. J'ai ignoré le type, j'ai attrapé le bras de Lily et j'ai pivoté aussi sec pour la traîner avec moi vers le canapé. Elle s'est débattue, sans cesser de sourire au mec.

— Andy ! Arrête ! a-t-elle sifflé entre ses dents. Tu es impolie. Je voudrais te présenter mon nouvel ami. William, voici ma meilleure amie, Andrea – qui en général ne se comporte pas ainsi. Andy, je te présente William.

— Puis-je savoir pourquoi vous voulez me priver de la présence de votre amie, An-dre-âââ ? s'est enquis William d'une voix grave qui semblait résonner jusque dans les entrailles de la terre.

En un autre lieu, en d'autres circonstances, en différente compagnie, peut-être aurais-je remarqué son sourire chaleureux, son réflexe chevaleresque de se lever pour me céder son tabouret, mais là, seul son accent anglais a retenu mon attention. Qu'il s'agisse d'un homme, un grand Black, qui n'offrait vraiment aucune ressemblance, ni dans la carrure, ni dans les formes, avec Miranda, importait peu. Entendre cet accent, l'entendre prononcer mon nom exactement comme elle a suffi à me faire accélérer le cœur.

— William, pardonnez-moi, je n'ai rien contre vous. J'ai juste un petit problème dont je voudrais parler à Lily en privé. Je vous la ramène tout de suite.

Cette fois, j'ai empoigné plus fermement le bras de Lily et j'ai tiré sans ménagements. Assez de palabres : j'avais besoin de mon amie.

Une fois réinstallée, avec Lily, sur le canapé où m'avait assignée Christian, je me suis assurée qu'il s'escrimait toujours à attirer l'attention du barman (un hétéro – ça pourrait durer des heures…), j'ai inspiré à fond et j'ai dit, d'un trait :

— Christian m'a embrassée.

— Et alors ? Où est le problème ? Il embrasse mal ? Oh ! C'est ça, n'est-ce pas ? Rien de plus radical pour dégringoler dans l'Échelle de l'Amour Frac…

— Lily ! Bien, mal, quelle différence ?

Elle a arqué démesurément ses sourcils et a fait mine d'ouvrir la bouche, mais j'ai enchaîné :

— Et, bien que ce détail ne soit pas pertinent, sache qu'il m'a embrassée dans le cou. Le problème n'est pas comment il l'a fait, mais qu'il l'ait fait tout court. Et Alex ? Tu sais bien que je ne suis pas du genre à embrasser tous les garçons qui passent.

— Moi non plus, a marmonné Lily, avant de poursuivre, d'une voix intelligible : Andy, tu es ridicule. Tu aimes Alex ; il t'aime. Mais où est le mal si, une fois de temps en temps, tu as envie d'embrasser un autre mec ? Bon sang, tu as vingt-trois ans ! Éclate-toi un peu !

— Mais ce n'est pas moi qui l'ai embrassé. C'est lui !

— Tout d'abord, entendons-nous bien. Tu te souviens de cette histoire entre Monica et Bill ? La façon dont le pays tout entier, nos parents et Ken Starr se sont empressés d'étiqueter ça « acte sexuel » ? Eh bien, ce n'en était pas un. De la même façon, tu ne peux pas dire que tu as « embrassé » Christian, quand ce mec qui voulait sans doute t'embrasser sur la joue a, par erreur, embrassé ton cou.

— Mais…

— La ferme ! Je n'ai pas terminé. Le plus important, ce n'est pas ce qui *s'est passé*, mais ce que tu voulais qui *se passe*. Sois honnête, Andy. Que ce soit « bien », « mal », ou « contraire aux règles », tu avais envie d'embrasser ce mec. Et si tu prétends le contraire, tu mens.

— Franchement, Lily, je te trouve injuste de…

— Andy, je te connais depuis neuf ans. Crois-tu que je ne vois rien ? Tu es béate devant lui. C'est écrit sur ta figure ! Tu sais que tu ne devrais pas l'être – ses règles du jeu sont différentes des tiennes, n'est-ce pas ? Mais c'est sans doute précisément pour cela qu'il te plaît. Lâche-toi, profites-en ! Si Alex est le garçon qu'il te faut, il le sera toujours demain et les jours suivants. Et maintenant, je te prie de m'excuser, mais j'ai trouvé la personne qu'il faut… là, tout de suite.

Elle a filé rejoindre William, qui semblait indiscutablement ravi de son retour.

Me retrouver assise, seule, sur ce canapé surdimensionné était embarrassant. J'ai cherché à apercevoir Christian au bar, mais il avait disparu. Si j'arrêtais de me mettre martel en tête, ai-je décidé, la situation allait s'éclaircir d'elle-même. Je n'avais besoin que d'un petit peu de temps. Peut-être Lily avait-elle raison ? Peut-être Christian me plaisait-il vraiment – en quoi était-ce mal ? C'était un garçon intelligent, supercanon, et son assurance, sa façon de prendre la situation en main étaient incroyablement sexy. Sortir boire un verre avec un garçon qui, par le plus grand des hasards, était sexy n'était pas synonyme de tromper, non ? Au cours des années passées, Alex avait dû lui aussi se trouver dans une situation similaire, il avait sans doute croisé une fille sympa, séduisante, qui avait pu lui inspirer quelques pensées. Était-ce pour autant de la déloyauté de sa part ? Bien sûr que non ! Bardée de cette confiance flambant neuve, et n'ayant plus qu'une idée en tête – le voir, l'entendre, être près de lui – j'ai entrepris de faire le tour de la salle.

J'ai fini par le retrouver absorbé dans une discussion avec un homme qui devait avoir la cinquantaine, vêtu d'un très élégant costume trois-pièces. Devant l'air sérieux de cet homme aux cheveux poivre et sel,

Christian gesticulait avec véhémence, une lueur d'amusement mêlé d'agacement dans l'œil. J'étais encore trop loin d'eux pour entendre leur conversation, mais sans doute les dévisageais-je avec un peu trop d'insistance, car l'homme a intercepté mon regard et m'a souri. Christian a tourné la tête.

— Andy chérie, a-t-il dit d'un ton totalement radouci. (Il venait de troquer, tout en souplesse, le rôle du séducteur contre celui du vieil ami de la famille.) Approchez, je voudrais vous présenter Gabriel Brooks, mon agent, mon homme d'affaires et un héros aux talents multiples. Gabriel, voici Andrea Sachs, qui travaille en ce moment au magazine *Runway*.

— Enchanté de vous rencontrer, Andrea. Christian m'a beaucoup parlé de vous.

Gabriel a tendu sa main et a serré la mienne avec cette agaçante délicatesse qui proclame : « Je ne serre pas votre main comme je le ferais de celle d'un homme, car j'ai trop peur de broyer vos fragiles petits os de femme. »

— Vraiment ? ai-je fait en secouant du coup sa main avec un surcroît d'énergie. En bien, j'espère ?

— Naturellement. Alors comme ça, vous voulez écrire, comme notre ami ici présent ? a-t-il ajouté en me souriant.

Que Christian lui ait parlé de moi m'étonnait ; à mes yeux, notre discussion à propos de l'écriture n'avait été guère plus que du bavardage.

— C'est vrai, j'aimerais écrire. Peut-être qu'un jour…

— Écoutez, si vous êtes ne serait-ce qu'à moitié aussi douée que les autres personnes qu'il m'envoie, alors j'ai hâte de découvrir votre travail. (Il a sorti un petit étui de cuir d'une poche intérieure de sa veste, et il m'a tendu une carte de visite.) Je sais bien que vous n'êtes pas encore prête, mais quand le temps sera venu de montrer votre travail à quelqu'un, j'espère que vous vous souviendrez de moi.

Au prix d'un immense effort de volonté, j'ai réussi à me maintenir debout sur mes jambes, à empêcher mes genoux de se dérober, à ne pas rester bouche bée. *J'espère que vous vous souviendrez de moi* ? L'homme qui représentait Christian Collinsworth, le jeune génie de la littérature, venait de me prier de bien vouloir me souvenir de lui ? On nageait en plein délire !

— Merci beaucoup, ai-je répondu d'une voix enrouée en glissant la carte dans mon sac.

Je savais que dès la première occasion j'allais examiner cette carte sous toutes ses coutures. Les deux hommes m'ont souri, et il m'a fallu une bonne minute pour comprendre que c'était là une invitation à prendre congé.

— Eh bien, monsieur Brooks, euh… Gabriel. Enchantée d'avoir fait votre connaissance. Je dois rentrer, mais j'espère que nos chemins se recroiseront bientôt.

— Tout le plaisir a été pour moi, Andrea. Et félicitations pour avoir décroché un poste aussi prestigieux. Embauchée à *Runway* sitôt sortie de la fac… Je suis impressionné !

— Je vous raccompagne, m'a dit Christian en posant une main sur mon épaule et en faisant signe à Gabriel qu'il revenait aussitôt.

J'ai fait halte au bar pour prévenir Lily que je rentrais, et, bien inutilement, elle m'a précisé – entre deux agaceries de William – que ce n'était pas son cas. Au pied de l'escalier qui devait me reconduire au niveau de la rue, Christian m'a embrassée sur la joue.

— C'était sympa de tomber sur vous, ce soir. Mon petit doigt me dit que Gabriel ne va pas tarir d'éloges sur votre compte, a-t-il ajouté avec un grand sourire.

— Mais nous n'avons échangé que trois mots !

Pourquoi diable tous ces gens étaient-ils si prodigues en compliments à mon égard ?

— Certes, Andy. Mais ce que vous ne semblez pas réaliser, c'est que le monde des lettres est un tout petit milieu. Que vous écriviez des romans policiers, des histoires dans les magazines ou des articles dans les journaux, tout le monde connaît tout le monde. Gabriel n'a pas besoin d'en savoir beaucoup sur vous pour deviner que vous possédez un potentiel. Vous avez été assez bonne pour décrocher ce poste à *Runway* ; vous vous exprimez avec facilité, et en plus, vous êtes une de mes amies. Il n'a rien à perdre en vous donnant sa carte. Qui sait ? Peut-être vient-il de découvrir le prochain auteur de best-sellers ? Faites-moi confiance, Gabriel Brooks est un homme que vous avez tout intérêt à connaître.

— Mmm, sans doute avez-vous raison. Mais je dois rentrer. Je dois être au bureau dans quelques heures. Merci pour tout. J'ai vraiment beaucoup apprécié.

Je me suis penchée pour l'embrasser sur la joue ; je m'attendais à moitié à ce qu'il tourne son visage et me présente ses lèvres – et je voulais *à moitié* qu'il le fasse – mais il s'est contenté de sourire.

— C'était avec un immense plaisir, Andrea Sachs. Bonne nuit.

Et avant que j'aie pu trouver une repartie vaguement intelligente, il était parti rejoindre Gabriel.

J'ai levé les yeux au ciel, excédée par ma propre ineptie. Arrivée dans la rue, j'ai essayé de trouver un taxi. Il s'était mis à pleuvoir – rien de torrentiel, juste un crachin régulier – mais bien évidemment, il n'y avait plus un seul taxi libre dans tout Manhattan. J'ai appelé le service de voitures d'Elias-Clark, j'ai indiqué mon numéro de VIP, et six minutes plus tard très exactement, une voiture est venue se ranger le long du trottoir. J'avais un message d'Alex, qui me demandait comment s'était passée ma journée et qui m'annonçait qu'il allait rester toute la soirée chez lui, à préparer ses cours. Il y avait bien trop longtemps que je ne lui avais pas fait de surprise. Un geste spontané serait le bienvenu. Le chauffeur a accepté d'attendre le temps qu'il faudrait. Je suis montée chez nous en quatrième vitesse, j'ai sauté sous la douche, j'ai pris le temps d'arranger mes cheveux, j'ai enfourné diverses choses dont j'avais besoin le lendemain pour travailler dans un sac. Comme il était 11 heures passées, la circulation était fluide, et moins de quinze minutes plus tard, je suis arrivée chez Alex, à Brooklyn. Quand il a ouvert la porte, il a semblé sincèrement content de me voir, et il m'a répété plusieurs fois combien il avait du mal à croire que j'aie fait tout ce chemin jusqu'à Brooklyn, après avoir travaillé si tard. Quand j'ai eu mon visage appuyé contre son torse, en écoutant le rythme de sa respiration pendant qu'il jouait avec mes cheveux, je n'ai quasiment plus pensé à Christian.

— Bonjour. Puis-je parler à votre critique gastronomique, s'il vous plaît ? Non ? À une assistante éditoriale, peut-être ? Ou bien à quelqu'un qui pourrait me renseigner sur la date de parution d'une chronique de restaurant ?

Cette réceptionniste du *New York Times* était ouvertement désagréable. Elle avait aboyé un « Quoi ? » peu amène en décrochant, et feignait maintenant – mais peut-être n'était-ce pas feint du tout – de ne pas comprendre un mot de la langue dans laquelle je m'exprimais. Un peu d'opiniâtreté a cependant fini par payer : à trois reprises, je lui avais demandé son nom (« Nous ne pouvons pas donner notre nom, mademoiselle ») ; puis, je l'avais menacée de signaler son comportement à son supérieur (« Parce que vous croyez que ça l'intéresse ? Je vous le passe tout de suite ! ») ; ensuite, je l'avais prévenue, avec pas mal d'emphase, que j'allais débarquer dans leurs bureaux de Times Square et tout mettre en œuvre pour la faire virer sur-le-champ (« Oh, vraiment ? Je suis morte d'inquiétude ! »). Finalement, la femme en a eu marre de moi, et elle m'a passé quelqu'un d'autre.

— Rédaction, j'écoute, a lâché une autre voix féminine avec agacement.

Avais-je un ton aussi sec, lorsque je répondais au téléphone pour Miranda ? Si tel n'était pas le cas, j'aspirais vivement à ce que ça le soit. Entendre une voix à ce point hargneuse et malheureuse de devoir vous répondre vous donnait presque envie de raccrocher immédiatement.

— Bonjour, je voudrais vous poser une question, ai-je bafouillé à force de précipitation, tant je redoutais que mon interlocutrice ne raccroche d'un coup sec. Auriez-vous publié hier une critique d'un restaurant fusion ?

La femme n'aurait pas soupiré plus fort si je lui avais demandé de faire don de ses quatre membres à la science.

— Vous avez regardé sur notre site ? s'est-elle enquise avant de lâcher un nouveau soupir.

— Oui, bien sûr, mais je n'arrive pas…

— Si nous en avions publié un, il serait sur le site. Comprenez bien que je ne peux garder trace de chaque mot imprimé dans le journal.

J'ai pris une profonde inspiration pour m'obliger à rester calme.

— Votre charmante réceptionniste m'a mise en relation avec vous parce que vous travaillez au service des archives. Il paraîtrait que votre travail consiste précisément à garder trace de chaque mot que vous avez publié.

— Écoutez, si je devais me lancer dans des

recherches en écoutant les descriptions vagues de tous ceux qui appellent chaque jour, je ne pourrais pas faire grand-chose d'autre. Vous feriez vraiment mieux de chercher par vous-même sur notre site.

Elle a poussé deux autres soupirs, qui m'ont fait craindre, ceux-là, qu'elle ne soit en train de suffoquer. Mais j'étais remontée, et bien décidée à rentrer dans le lard de cette feignasse qui avait un boulot bien plus cool que le mien.

— Non, c'est vous qui allez m'écouter. Je suis l'assistante de Miranda Priestly, et il se trouve que…

— Excusez-moi, vous venez de dire que vous travaillez pour Miranda Priestly ? (Ah, ah… !) Miranda Priestly… de *Runway* ?

— La seule et l'unique. Pourquoi ? Vous avez entendu parler d'elle ?

À ce stade-là, l'assistante de rédaction suprêmement acariâtre s'est métamorphosée en un laquais exubérant.

— Mais évidemment ! Qui ne connaît pas Miranda Priestly ? Elle est, comment dire ? La personnalité la plus importante du milieu de la mode. Et vous me disiez qu'elle cherchait quoi ?

— Une chronique. Dans le journal d'hier. Concernant un restaurant *fusion*. Je ne l'ai pas trouvée sur le site, mais peut-être n'ai-je pas cherché au bon endroit, ai-je menti.

J'avais écumé le site et j'étais à peu près certaine que le *New York Times* n'avait chroniqué aucun restaurant *fusion* au cours de la semaine écoulée, mais je me suis bien gardée de le lui dire. Peut-être que l'assistante de rédaction schizo allait accomplir un miracle ?

J'avais déjà appelé le *Times*, le *Post* et le *Daily News*, en pure perte. En composant le numéro de sa carte de membre de la société, j'avais eu accès aux archives payantes du *Wall Street Journal*, où j'étais effectivement tombée sur la présentation d'un nouveau restaurant thaï dans le Village, pour aussitôt déchanter quand j'avais remarqué qu'il proposait des menus à 7 dollars.

— Ne quittez pas, a repris la fille. Je vais vérifier pour vous.

Et d'un coup d'un seul, mademoiselle « je ne peux pas garder trace de chaque mot imprimé dans le journal » était en train de pianoter sur son clavier en fredonnant.

J'avais encore mal à la tête à la suite de la débâcle de la veille. Cela avait été marrant de surprendre Alex et de paresser chez lui, mais pour la première fois depuis de longs, longs mois, je n'avais pas réussi à dormir. Sans cesse, des élans de culpabilité me taraudaient. Je revoyais Christian m'embrassant – dans le cou ; je me revoyais sautant dans une voiture, pour me précipiter chez Alex et ne rien lui dire. J'avais eu beau repousser ces images de mon esprit, elles m'avaient harcelée sans relâche. Quand j'avais enfin réussi à m'endormir, j'avais rêvé que Miranda embauchait Alex comme nounou, et que – alors qu'en réalité la sienne ne vivait pas sous son toit – il devait s'installer chez elle. Dans mon rêve, chaque fois que je voulais voir Alex, je partageais une voiture avec Miranda pour le rencontrer dans son penthouse. Elle s'obstinait à m'appeler Emily, et malgré mes protestations que j'étais là pour rendre visite à mon petit ami, elle m'envoyait sans arrêt lui faire des courses absurdes. Au petit matin, Alex était tombé sous le charme de Miranda et n'arrivait pas à comprendre pourquoi je la trouvais malfaisante. Pire que tout, elle avait commencé à sortir avec Christian. Mon enfer s'est achevé quand je me suis réveillée en sursaut après le bouquet final : Miranda, Christian et Alex s'attablant tous les dimanches matin en peignoirs luxueux, pour lire le *Times* et rire entre eux, pendant que je leur préparais le petit déjeuner, que je les servais et qu'ensuite je débarrassais. Le sommeil de la nuit précédente avait été aussi reposant qu'une balade, seule, à

4 heures du matin, dans Alphabet City. J'avais eu la naïveté de croire que ce vendredi allait passer comme une lettre à la poste, mais cette chronique de restaurant réduisait à néant tous mes espoirs.

— Mmm, non, nous n'avons rien sorti ces derniers temps sur un restaurant *fusion*. J'essaie de me rappeler si j'ai entendu parler d'un nouveau restau branché de ce genre… Un endroit où Miranda serait susceptible d'aller, vous voyez…

Elle cherchait par tous les moyens à prolonger la conversation. J'ai ignoré sa transition vers l'emploi familier du seul prénom et me suis mise en devoir d'en finir avec elle.

— Bon, c'est bien ce que je pensais. Merci quand même, j'ai apprécié votre aide. Au revoir.

— Attendez !

J'avais déjà quasiment raccroché, mais l'urgence contenue dans ce cri a suspendu mon geste.

— Oui ?

— Je, euh… Je voulais juste vous dire… Si jamais je peux faire autre chose – si quelqu'un ici peut faire quoi que ce soit – n'hésitez pas à nous rappeler. Nous adorons Miranda, et nous serions ravis de faire notre maximum pour l'aider.

On aurait cru que la première dame des États-Unis venait de demander à l'assistante de rédaction schizo si elle pouvait retrouver un article pour le président, un article contenant une information cruciale à propos d'un conflit imminent. Le plus triste, dans l'affaire, c'était que ce revirement ne me surprenait nullement. Je l'avais vu venir.

— Merci. Je veillerai à faire passer l'information. Merci infiniment.

Emily, qui planchait encore sur un autre relevé de notes de frais, a relevé la tête.

— Chou blanc, là aussi ?

— Mouais. Je ne vois vraiment pas de quel restau elle voulait parler, et manifestement, c'est le cas de tout le monde dans cette ville. J'ai appelé tous les journaux qu'elle lit, j'ai cherché sur Internet, j'ai interrogé des archivistes, des critiques gastronomiques, des chefs cuisiniers. Personne, absolument personne n'a entendu parler d'un restau *fusion* qui aurait ouvert la semaine dernière, ni même d'un restau qui aurait été chroniqué dans les dernières vingt-quatre heures. Elle débloque, c'est évident. Mais je fais quoi, maintenant ?

Je me suis affalée sur ma chaise et j'ai tiré mes cheveux en queue-de-cheval. Il n'était même pas 9 heures, et déjà, le mal de tête s'était propagé et m'avait raidi la nuque et les épaules.

— Je crois que tu n'as pas le choix, a dit lentement Emily, à regret. Tu dois lui demander des éclaircissements.

— Ah, non, pitié ! me suis-je récriée en feignant l'épouvante. Tout mais pas ça ! Comment le prendrait-elle ?

Comme d'habitude, Emily n'a guère goûté mon sarcasme.

— Elle sera là à midi. À ta place, je commencerais d'ores et déjà à réfléchir à ce que je vais lui dire. Elle sera furax de ne pas avoir cette chronique. Surtout qu'elle te l'a demandée hier soir, a-t-elle souligné avec un sourire à peine voilé.

Visiblement, elle jubilait à l'idée des insultes qui allaient pleuvoir sur moi.

Je n'avais plus qu'à attendre. C'était bien ma chance ! Miranda se trouvait à sa séance de psy-marathon (« Elle n'a vraiment pas le temps d'aller courir là-bas chaque semaine », m'avait expliqué Emily lorsque je lui avais demandé pourquoi Miranda faisait des séances de trois heures d'affilée) ; c'était la seule matinée du mois où elle ne nous harcelait pas au téléphone, et naturellement, ça tombait pile au moment où j'avais besoin d'elle. Depuis deux jours que je négligeais d'ouvrir le courrier, une montagne de lettres menaçait de dégringoler du bureau. Sans compter qu'à mes pieds s'entassaient deux jours entiers de vêtements à porter au pressing. J'ai lâché un long soupir sonore, histoire que personne au monde ne puisse ignorer à quel point j'étais malheureuse, et j'ai appelé le pressing.

— Salut, Mario, c'est moi. Oui, je sais, deux jours... Vous pourriez m'envoyer quelqu'un, s'il vous plaît ? Super. Merci.

Après avoir raccroché, j'ai maté ma répugnance et j'ai pris quelques vêtements sur mes genoux pour les enregistrer. Tous les vêtements qui partaient au pressing étaient enregistrés sur listing. Quand Miranda a appelé à 9 h 45, pour demander où était son nouveau tailleur Chanel, je n'ai eu qu'à ouvrir le document pour l'informer qu'il était parti la veille au pressing et qu'il serait livré le lendemain. J'ai enregistré les vêtements du jour (un chemisier Missoni, deux pantalons identiques d'Alberta Ferretti, deux pulls de Jill Sander, deux carrés blancs et un trench Burberry), je les ai fourrés dans un grand sac, et j'ai appelé un coursier de la boîte, qui se chargerait de les remettre à l'employé du pressing.

J'étais bien partie ! M'occuper des fringues sales était la tâche que j'abhorrais. Elle avait beau faire partie de ma routine, cela me dégoûtait toujours de trier les vêtements sales de quelqu'un d'autre. Après, je n'avais qu'une envie : me laver les mains. Ces vêtements étaient imprégnés de l'odeur de Miranda qui semblait envahir le bureau, et même si cette odeur était un mélange nullement déplaisant de parfum Bulgari, de crème hydratante et d'un léger relent des cigarettes de l'ASN, elle me soulevait le cœur. L'accent anglais, le parfum Bulgari, les carrés blancs en soie – voilà quelques-uns des plaisirs simples de la vie qui étaient à jamais perdus pour moi.

Quatre-vingt-dix pour cent du courrier concernait, comme d'habitude, des âneries que Miranda ne verrait jamais. Toute correspondance adressée à la « Rédactrice en Chef » était directement acheminée vers le Courrier des Lectrices ; mais de nombreuses lectrices, plus perspicaces, adressaient nommément leurs lettres à Miranda. En genéral, quatre secondes me suffisaient pour en parcourir une en diagonale, déterminer qu'il s'agissait d'une banale lettre de lectrice, et non d'une invitation à un bal caritatif ou d'un petit mot d'une amie perdue de vue, et l'expédier dans la corbeille. Ce jour-là, il y en avait des tonnes de cet acabit. Des lettres d'adolescentes, de femmes au foyer, et même de quelques gays (ou alors, pour leur rendre justice, peut-être étaient-ils hétéros et simplement passionnés par tout ce qui avait trait à la mode) : « Miranda Priestly, vous n'êtes pas seulement la chérie du monde de la mode, vous êtes aussi la reine de mon univers ! » s'enthousiasmait l'un d'eux. « Je ne peux qu'être d'accord avec vous, quand vous proclamez dans cet article du numéro d'avril que le rouge est le nouveau noir – audacieux, mais génial ! » s'exclamait un autre. Quelques lettres s'insurgeaient contre le caractère trop explicitement sexuel d'une pub Gucci représentant deux filles en talons aiguilles et porte-jarretelles, allongées et collées l'une à l'autre sur un lit en désordre ; quelques autres décriaient les mannequins faméliques, au regard vide, pareils à des héroïnomanes, que *Runway* avait choisis pour illustrer son dossier « La santé d'abord : comment se sentir mieux ». Au verso d'une carte de correspondance standard de la poste, quelqu'un avait écrit : « Pourquoi ? Pourquoi donc se donner la peine d'imprimer un magazine aussi vain, aussi rasoir, aussi stupide ? » Celle-là m'a arraché un éclat de rire, et je l'ai glissée dans mon sac – elle irait rejoindre ma collection personnelle de lettres de détracteurs qui grossissait à vue d'œil. Lily jugeait nocif pour le karma cette manie de rapporter chez soi des lettres pétries de pensées négatives et hostiles ; quand je lui rétorquais que toute pensée négative et hostile dirigée contre Miranda ne pouvait que faire du bien à mon karma, elle secouait la tête.

La dernière lettre du tas, avant que je ne m'attaque aux deux douzaines d'invitations que Miranda recevait chaque jour, était tracée dans une écriture ronde d'adolescente, agrémentée de cœurs en guise de points sur les i et de smileys hilares. Je m'apprêtais à la survoler, mais ce n'était pas le genre de lettre qui se laisse lire en diagonale : dès les premiers mots, il en émanait de la tristesse, de la sincérité – c'était un appel à l'aide, une supplique.

Très chère Miranda,

Je m'appelle Anita, j'ai dix-sept ans et je suis en terminale au lycée Barringer de Newark, New Jersey. Mon corps me complexe terriblement, même si personne ne me trouve grosse. Je veux ressembler aux mannequins de votre magazine. Chaque mois, j'attends avec impatience l'arrivée de Runway *dans ma boîte aux lettres, même si ma mère dit que c'est idiot de dépenser tout mon argent de poche pour un magazine de mode. Elle ne comprend pas que j'ai un rêve en moi, mais vous, vous me comprenez, pas vrai ? Ce rêve, je le porte en moi depuis que je suis petite, mais je ne pense pas qu'il se réalisera un jour. Pourquoi ? Parce que j'ai la poitrine archiplate et le derrière beaucoup plus gros que ceux de vos mannequins, et que ça me complexe énormément. Je me demande si c'est ainsi que je veux vivre ma vie, et la réponse est NON !!! Je veux changer, je veux améliorer mon physique et me sentir mieux dans ma peau. Voilà pourquoi je vous demande de l'aide. Je veux faire un changement positif, je veux me regarder dans le miroir et pouvoir adorer ma poitrine et mes fesses parce qu'elles ressembleront exactement à celles qu'on voit dans les meilleurs magazines de la Terre.*

Miranda, je sais que vous êtes quelqu'un de formidable, et vous êtes rédactrice de mode, vous pouvez faire de moi une nouvelle personne, et croyez-moi, je vous en serai éternellement reconnaissante. Mais si vous ne pouviez pas faire de moi quelqu'un de nouveau, peut-être pourriez-vous m'obtenir une robe vraiment très, très, très jolie pour les grandes occasions ? Je ne sors jamais avec des garçons, mais ma maman dit que ce n'est pas un problème que les filles sortent seules, donc c'est ce que je vais faire. J'ai une vieille robe, mais ce n'est pas une robe de créateur, ni même une robe que vous montreriez dans Runway. *Mes créateurs favoris sont 1 : Prada ; 2 : Versace ; 3 : John Paul Gotier. Il y en a plein d'autres que j'adore, mais ces trois-là sont mes préférés entre tous. Je n'ai aucun de leurs vêtements, je n'en ai même jamais vu dans les magasins (je ne suis pas certaine qu'il y ait à Newark un magasin qui vende ces créateurs, mais si vous en connaissez un, donnez-moi l'adresse pour que je puisse aller voir ; en fait, j'ai vu leurs vêtements dans* Runway, *et franchement, je les adore.*

J'arrête de vous embêter, mais je veux que vous sachiez que même si vous jetez cette lettre à la poubelle, je resterai super fan de votre magazine parce que j'adore les mannequins, les vêtements, et, bien entendu, je vous adore vous aussi.

XXX

Anita Alvarez

PS : Mon numéro de téléphone est le 973-555-3948. Vous pouvez m'appeler, ou m'écrire, mais s'il vous plaît, faites-le avant la semaine du 4 juillet parce que j'ai vraiment besoin d'une jolie robe avant cette date. Je vous aime !!! Merci !!!

La lettre sentait *Jean Naté*, cette eau de toilette âcre qui faisait fureur chez les préados. Mais ce n'était pas ce détail qui me nouait la gorge. Combien d'Anita y avait-il dans ce pays ? De jeunes filles dont la vie était si vide qu'elles mesuraient leur valeur, leur assurance et toute leur existence à l'aune des vêtements et des mannequins qu'elles voyaient dans *Runway* ? Combien étaient-elles encore dans ce pays à vouer un amour inconditionnel à la femme qui, chaque mois, orchestrait d'aussi séduisants fantasmes ? Combien de filles étaient à mille lieues de se douter que l'objet de leur adoration était une femme très seule, profondément malheureuse et souvent cruelle, qui ne méritait pas le plus bref instant de leur affection et de leur innocente attention ?

J'avais envie de pleurer, à cause d'Anita et de toutes ses semblables qui consacraient tant d'énergie à essayer de se transformer en Shalom, ou Stella, ou Carmen, qui tentaient d'impressionner et de flatter une femme qui lèverait les yeux au ciel, ou hausserait les épaules en lisant leur lettre, avant de la jeter, sans une seule pensée pour la fille qui avait mis tant d'elle-même dans ces phrases. J'ai glissé cette lettre dans le tiroir de mon bureau, en me promettant de trouver un moyen d'aider Anita. Sa lettre trahissait un désespoir encore plus grand que celui des autres filles qui nous écrivaient, et avec toutes les fringues qui traînaient ici ou là à la rédaction, ce ne devrait pas être bien sorcier de lui dégoter une jolie robe pour un rendez-vous.

— Em ? Je descends au kiosque, voir si le *Women's Wear* est arrivé. C'est incroyable qu'il soit aussi en retard, aujourd'hui. Tu veux quelque chose ?

— Tu me rapporteras un Coca light, s'il te plaît ?

— Bien sûr. À tout de suite.

En filant vers les ascenseurs, j'ai surpris Jessica et James qui partageaient une cigarette tout en se demandant qui seraient les invités de Miranda à la réception au Met qui devait avoir lieu le soir même. À mon grand soulagement, Ahmed avait enfin reçu le *Women's Wear Daily*. J'ai pris un Coca light pour Emily, et un Pepsi pour moi – que j'ai troqué, réflexion faite, contre un second Coca light. Les différences de goût et de plaisir étaient si minces que ça ne valait pas le coup de risquer ces regards et commentaires désapprobateurs que j'étais certaine de récolter sur le trajet de retour jusqu'à mon bureau.

J'étais si absorbée par le portrait en couleurs de Tommy Hilfiger en couverture du *Women's Wear* que je n'ai pas vraiment remarqué qu'un ascenseur s'ouvrait devant moi. Dans mon champ de vision périphérique, j'ai aperçu un éclat de vert, d'une nuance très particulière. Et remarquable, car Miranda possédait un tailleur Chanel exactement dans cette nuance de vert chiné, que je n'avais jamais vue ailleurs, et qui me plaisait beaucoup. Je savais déjà à quoi m'attendre et, lorsque j'ai levé les yeux, c'est sans réelle suprise que j'ai découvert Miranda qui, dans la cabine, me fixait. Elle se tenait raide comme un piquet ; ses cheveux étaient comme d'habitude tirés en arrière en une coiffure stricte ; ses yeux étaient rivés à mon visage, où devait se lire le choc. Je n'avais pas vraiment le choix ; je suis montée dans la cabine.

— Bonjour, Miranda.

À peine avait-ce été un murmure. Les portes se sont refermées ; tout indiquait que j'étais bonne pour un tête-à-tête jusqu'au dix-septième étage. Miranda n'a rien dit ; elle a sorti son agenda en cuir et a commencé à le feuilleter. Nous étions côte à côte, et le silence creusait un gouffre de plus en plus profond entre nous à chaque seconde qui passait. M'a-t-elle seulement reconnue ? me suis-je dit. Pouvait-elle vraiment ne pas réaliser que j'étais son assitante depuis sept mois ? Ou peut-être mon murmure avait-il été tellement inaudible qu'il était passé inaperçu ? Pourquoi ne me demandait-elle pas immédiatement si j'avais retrouvé la chronique du restaurant ? Ou si j'avais eu son message concernant la commande d'un nouveau service en porcelaine ? Ou si tout était parfaitement calé pour la soirée du Met ? Mais non, elle s'est comportée comme si elle était seule dans cette petite cabine, comme s'il n'y avait aucun autre être humain à ses côtés – ou, pour être plus précise, aucun être humain qui justifiait qu'on lui accorde de l'attention.

Ce n'est qu'au bout d'une bonne minute que je me suis aperçue que notre ascenseur était immobile. Elle avait donc bel et bien remarqué ma présence, puisqu'elle avait présupposé que j'allais appuyer sur le bouton – ce que, trop choquée, j'avais oublié de faire. Lentement, d'un mouvement craintif, j'ai tendu la main, j'ai appuyé sur le bouton du 17e, instinctivement persuadée que tout allait exploser. La cabine s'est mise en branle. S'était-elle seulement rendu compte que nous étions au point mort jusque-là ?

Cinquième, sixième, septième… L'ascenseur semblait mettre dix minutes à grimper d'un étage à l'autre ; le silence commençait à bourdonner dans mes oreilles. Quand j'ai eu réuni assez de sang-froid pour couler un coup d'œil vers elle, j'ai découvert qu'elle était en train de m'inspecter de la tête aux pieds, sans la moindre retenue ; elle a tout passé en revue, mes chaussures, mon pantalon, mon chemisier, mon visage, mes cheveux, tout en évitant de croiser mon regard. Son visage reflétait une expression d'écœurement las, qui m'a rappelé celle des flics des séries TV, quand ils contemplent avec un dégoût blasé un énième corps ensanglanté. Qu'est-ce qui, dans ma tenue, pouvait bien avoir suscité cette réaction ? Je portais une chemise à manches courtes de style militaire, un jean Seven flambant neuf que je m'étais fait envoyer par le service de presse (gratuitement, puisque je travaillais à *Runway*) et une paire de sandales à brides relativement plates (les talons mesuraient dans les cinq centimètres). C'était la seule paire de chaussures que je possédais actuellement qui n'étaient ni des bottines ni des baskets ni des mocassins, mais qui me permettaient de courir plus de quatre fois par jour jusqu'au Starbucks sans finir la journée les pieds en compote. En général, je m'efforçais de porter les Jimmy Choo données par Jeffy, mais mes voûtes plantaires avaient besoin d'un jour de repos par semaine. Mes cheveux étaient lavés de frais, et noués en une de ces bananes délibérément brouillonnes qu'Emily arborait au quotidien en toute impunité ; quant à mes ongles, même s'ils n'étaient pas vernis, ils étaient longs et plus ou moins correctement limés. J'avais rasé mes aisselles dans les dernières quarante-huit heures. Aucune éruption massive de boutons ne me défigurait – du moins pas à ma connaissance. Ma montre Fossil était tournée vers l'intérieur du poignet au cas où un curieux chercherait à apercevoir la marque, et, d'un geste furtif, j'ai vérifié qu'aucune bretelle de soutien-gorge n'était visible. Alors, quel était le problème ? Pourquoi me lorgnait-elle comme ça ?

Douzième, treizième, quatorzième… La cabine s'est immobilisée ; les portes ont coulissé en face d'une de ces réceptions d'une blancheur minimale. Une femme d'une trentaine d'années a fait mine d'avancer pour nous rejoindre, mais s'est figée à cinquante centimètres du seuil en apercevant Miranda.

— Oh… Euh…, a-t-elle bredouillé, en lançant des regards frénétiques alentour, comme pour trouver une excuse qui lui épargnerait d'entrer dans notre enfer.

Certes, ça aurait été plus sympa pour moi qu'elle monte, mais en mon for intérieur, je l'ai encouragée à prendre le large.

— Je, euh… Oh, j'ai oublié les photos pour la réunion, a-t-elle fini par balbutier.

Elle a pivoté sur ses Manolo – une paire qui semblait particulièrement instable – et elle a rebroussé chemin dare-dare en direction des bureaux. Miranda n'avait apparemment rien remarqué.

Quinzième, seizième… Et enfin – enfin ! – nous sommes arrivées au dix-septième. Les portes se sont ouvertes en face d'un petit groupe d'assistantes de mode qui descendaient chercher les cigarettes, les Coca light et salades composées qui constitueraient le menu de leur déjeuner. La panique s'est répandue comme une traînée de poudre sur ces jeunes et jolis visages, et j'ai bien cru qu'elles allaient se piétiner les unes les autres en cherchant à s'écarter du passage de Miranda. Le groupe s'est scindé par le milieu, trois filles d'un côté, deux de l'autre, et Sa Seigneurie a daigné s'engager entre cette haie. Les filles ne l'ont pas quittée des yeux, sans dire un mot, tandis qu'elle traversait la réception. Je n'avais pas d'autre choix que de lui emboîter le pas. Elle ne le remarquerait même pas, me suis-je dit. Mais à peine ai-je eu posé un pied hors de la cabine qu'elle s'est retournée. Sa voix a pourfendu le lourd silence qui pesait sur la réception.

— An-dre-âââ ?

M'imaginant que c'était là une interrogation purement rhétorique, je n'ai pas répondu ; or, elle attendait bel et bien une réponse.

— Oui, Miranda ?

— D'où sortent ces chaussures que vous avez aux pieds ?

Elle me scrutait, une main désinvolte posée sur sa hanche moulée de tweed. L'ascenseur était parti à vide, car les assistantes étaient bien trop captivées par l'opportunité qui s'offrait à elles de voir – et entendre ! – Miranda, en chair et en os. J'ai senti six paires d'yeux se braquer sur mes pieds qui, s'ils se portaient plutôt bien quelques minutes auparavant, se sont brusquement et douloureusement échauffés sous l'examen attentif de cinq assistantes et d'un gourou de mode.

L'anxiété provoquée par ce tête-à-tête inattendu et inédit dans l'ascenseur, et tous ces regards rivés sur moi m'ont brouillé le cerveau. Aussi, quand Miranda m'a demandé d'où sortaient ces chaussures, j'ai cru qu'elle voulait savoir si elles étaient à moi.

— Euh, de mon placard ?

Sitôt prononcée, j'ai réalisé combien ma réponse semblait non seulement irrespectueuse, mais également odieuse. Le troupeau d'oies s'est mis à pépier, jusqu'à ce que la colère de Miranda se retourne contre elles.

— Je me demande pourquoi la grande majorité de mes assistantes de mode se comportent comme si elles n'avaient rien de mieux à faire que jacasser bêtement.

Et elle s'est mise en devoir de les épingler une à une, en les désignant de l'index, vu que, même sous la menace d'un pistolet braqué sur sa tempe, elle aurait été incapable de se souvenir d'un seul prénom.

— Vous ! a-t-elle jeté d'une voix cinglante à la nouvelle, une fille enjouée, qui la voyait certainement pour la première fois. Vous ai-je engagée pour glousser, ou pour faire rentrer les tailleurs pour les shootings ?

La fille a baissé la tête et ouvert la bouche pour s'excuser, mais Miranda a continué sur sa lancée.

— Et vous ! s'est-elle exclamée en avançant pour se planter en face de Jocelyn, l'assistante la plus gradée de la hiérarchie et la préférée des rédactrices. Songez-vous qu'un million de filles qui s'y connaissent autant que vous en couture voudraient être à votre place ?

Elle a reculé, elle a inspecté chaque fille de la tête aux pieds, lentement mais avec assez d'insistance pour que chacune se sente grosse, hideuse, mal fagotée, puis elle leur a ordonné de regagner leurs bureaux. Elles ont toutes opiné avec frénésie, en gardant la tête basse. Quelques-unes ont murmuré des excuses sincères tout en se hâtant de regagner le département mode. Ce n'est que lorsqu'elles ont eu toutes disparu que j'ai réalisé que j'étais seule avec elle. Une fois de plus.

— An-dre-âââ ? Je ne tolérerai pas que mon assistante me parle sur ce ton, a-t-elle déclaré en se dirigeant vers le couloir qui menait à son bureau.

Je ne savais pas trop si je devais ou non la suivre. Pourvu qu'Eduardo, ou Sophy, ou une des assistantes ait prévenu Emily de son arrivée !

— Miranda, je…

— Suffit. (Elle s'est arrêtée devant la porte et m'a regardée.) Alors, ces chaussures ? a-t-elle redemandé d'une voix exaspérée.

J'ai contemplé mes sandales. Comment m'y prendre pour annoncer à la femme la plus stylée de tout l'Occident qu'elles venaient du Ann Taylor Loft ? C'était sans espoir.

— Je les ai achetées en Espagne, ai-je dit, le regard fuyant. Dans une adorable boutique, à côté des Ramblas, qui vendait la ligne de ce nouveau créateur espagnol dont j'ai oublié le nom.

Mais où diable étais-je allée pêcher un bobard pareil ?

Elle a replié le poing, l'a porté devant sa bouche et a dressé la tête. J'ai aperçu James qui approchait de la porte vitrée ; sitôt qu'il a vu Miranda, il s'est empressé de rebrousser chemin.

— An-dre-âââ, elles sont inacceptables. Mes filles sont censées représenter le magazine, et ces chaussures ne sont pas porteuses du message que je souhaite délivrer. Allez vous en chercher une paire convenable dans la réserve. Et apportez-moi un café.

Elle m'a regardée bien en face, puis elle a regardé la porte et j'ai compris qu'elle attendait que je m'avance pour la lui ouvrir. Je me suis exécutée. Elle est passée sans me remercier et s'est dirigée vers le bureau. J'avais besoin d'argent et de cigarettes pour descendre chercher le café, mais ça ne valait pas le coup que je m'inflige de la suivre comme un caneton brimé et néanmoins loyal. Je suis repartie en direction des ascenseurs. Eduardo pourrait me prêter 5 dollars pour le café au lait, et Ahmed me mettrait encore un paquet de clopes sur le compte de *Runway*, comme il le faisait depuis des mois maintenant. Je pensais que Miranda n'aurait pas remarqué que je ne la suivais pas, mais sa voix est venue heurter ma nuque, tel un coup de pelle.

— An-dre-âââ ?

Je me suis arrêtée net et je me suis retournée.

— Oui, Miranda ?

— Je suppose que la chronique de restaurant que je vous ai demandée m'attend sur mon bureau ?

— Eh bien… En fait, j'ai eu quelques difficultés à la trouver. J'ai appelé tous les quotidiens, et apparemment, aucun n'a publié de chronique sur un restaurant asiatique fusion ces derniers jours. Vous… Est-ce que, par hasard, vous vous souviendriez dans quel journal vous l'avez vue ?

Instinctivement, j'ai retenu mon souffle, prête à essuyer la tempête.

Il faut croire que mes explications ne lui importaient guère, car elle s'était remise en route.

— An-dre-âââ, je vous avais dit que c'était dans le *Post* – est-ce donc si difficile à trouver ? m'a-t-elle lancé.

Sur ce, elle a disparu pour de bon. Le *Post* ? Mais j'avais parlé à leur critique gastronomique le matin même, et il m'avait juré qu'aucune chronique récente ne collait avec ma description – qu'aucun restaurant digne d'intérêt n'avait ouvert cette semaine-là. Une fois de plus, elle débloquait et racontait n'importe quoi, et une fois de plus, c'était sur moi que tout allait retomber.

Chez Starbucks, c'était l'heure creuse, et j'ai été servie sur-le-champ ; du coup, je me suis sans scrupules accordé dix minutes de plus pour appeler Alex qui s'apprêtait sans doute à partir déjeuner.

— Salut, ma puce. Bonne journée ?

Sa voix débordait d'enjouement ; j'ai dû faire un gros effort pour ne laisser percer aucun agacement.

— Géniale, comme d'habitude. C'est le paradis sur Terre, ici. J'ai passé cinq heures à chercher un article qui n'a jamais existé que dans l'esprit d'une femme délirante qui préférerait mettre fin à ses jours plutôt que d'admettre qu'elle s'est trompée. Et la tienne ?

— Formidable. Tu te souviens de Shauna ? Je t'ai parlé d'elle.

J'ai hoché la tête, bien qu'Alex ne puisse pas me voir. Shauna était l'une de ses petites élèves qui n'avait pas prononcé un seul mot depuis son arrivée en classe. Alex avait tout essayé, les menaces, la douceur, les leçons particulières, en vain. Il avait frôlé l'hystérie le jour où elle avait paru dans sa classe, placée par une assistante sociale qui avait découvert qu'à neuf ans, la gamine n'avait jamais fréquenté d'école, et depuis il n'avait eu qu'une idée en tête : l'aider.

— Eh bien, on ne peut plus la faire taire ! Il a suffi de quelques chansons. J'avais fait venir un chanteur folk aujourd'hui, pour qu'il joue de la guitare aux gamins, et Shauna a chanté. Depuis que la glace est rompue, elle n'a pas cessé de bavarder avec tout le monde. Elle parle anglais. Elle a même un vocabulaire honorable pour une gosse de son âge. Elle est entièrement normale !

À l'entendre, cela crevait les yeux qu'il était aux anges. Sa joie m'a arraché un sourire, et brusquement, il s'est mis à me manquer. À me manquer comme peut nous manquer quelqu'un qu'on a vu souvent, régulièrement, mais avec qui les liens se sont un peu distendus. Débarquer chez lui à l'improviste la veille avait été génial, mais comme d'habitude, j'étais archi-vannée et n'avais été que d'une piètre compagnie. Nous attendions l'un et l'autre, par une sorte de pacte tacite, que ma peine soit purgée, que mon année d'esclavage s'achève, que la vie reprenne son cours normal. Mais Alex me manquait. Et la culpabilité, à cause de ce qui s'était passé avec Christian, continuait à me harceler.

— Bravo ! Si tant est que tu aies besoin de preuves pour savoir que tu es un superprof, en voilà une ! Tu dois être collé au plafond !

— Oui, c'est génial.

J'ai entendu la cloche en arrière-fond.

— Écoute, ta proposition de sortir ce soir tient toujours – rien que toi et moi ?

J'espérais qu'il n'avait rien prévu, tout en me doutant que ce ne serait pas le cas. Ce matin-là, lorsque j'avais extrait du lit mon corps douloureux pour me traîner jusque sous la douche, il m'avait proposé de louer un film, de commander à dîner et de passer la soirée à la maison, peinards. Ma réponse avait été sarcastique, sans aucune nécessité : à quoi bon lui faire perdre son temps ? J'allais sortir tard du boulot et ne serais bonne qu'à m'écrouler. Autant que l'un de nous deux profite de son vendredi soir pour s'éclater. Je brûlais cependant d'envie de lui dire que rien ne m'aurait plus plu que de m'enrouler autour de lui sur le canapé et de le câliner pendant quinze heures d'affilée.

— Mais oui. (Il semblait étonné, et ravi.) Je pourrais t'attendre chez toi et ensuite on décide de ce qu'on fait. Lily me tiendra compagnie jusqu'à ce que tu arrives.

— Parfait. Tu sauras tout sur le Freudien.

— Qui ça ?

— Non, rien. Écoute, faut que j'y aille. Sa Majesté n'attendra pas plus longtemps son café. À ce soir. Il me tarde.

Eduardo m'a laissée passer contre deux refrains seulement de *We didn't start the fire*, et Miranda bavardait avec animation au téléphone lorsque je lui ai apporté son café. J'ai consacré le restant de l'après-midi à batailler avec chaque assistant et chaque rédacteur que j'ai pu joindre au *New York Post*, pour obtenir une malheureuse copie de cette chronique de restaurant qu'ils avaient passée la veille.

— Madame, je vous l'ai déjà dit une douzaine de fois et je vous le redis : nous n'avons chroniqué aucun restaurant de ce genre. Je sais que Mme Priestly est une femme insupportable, et je ne doute pas qu'elle vous rende la vie infernale, mais je n'ai pas la possibilité de vous envoyer un article qui n'existe pas. Me comprenez-vous ? m'a assené un rédacteur qui, bien que travaillant à la rubrique mondaine, avait écopé de la tâche de trouver mon article pour me la boucler.

Ce type avait fait montre de patience et de bonne volonté, mais sa charité avait atteint ses limites. Emily, pendant ce temps, était en ligne avec l'un de leurs critiques gastronomiques free-lance, et j'avais obligé James à appeler un de ses ex qui bossait au service de pub pour voir s'il ne pouvait pas faire quelque chose – n'importe quoi. Vingt-quatre heures s'étaient écoulées depuis que Miranda avait formulé sa requête et, pour la toute première fois, je ne l'avais pas honorée sur-le-champ.

— Emily ! a crié Miranda depuis son bureau.

— Oui, Miranda ? avons-nous répondu en chœur, en nous soulevant de nos chaises pour déterminer à laquelle de nous deux elle s'adressait.

— Emily, j'entends que vous êtes en ligne avec le *Post* ? a-t-elle dit en dirigeant son attention sur moi.

La vraie Emily s'est rassise, soulagée.

— Oui, Miranda, je viens juste de raccrocher. J'ai parlé à trois personnes, et chacune m'a assurée qu'ils n'avaient chroniqué aucun restaurant *fusion* dans Manhattan au cours de la semaine passée. Peut-être l'article est-il antérieur ?

J'étais en train de chanceler devant son bureau, la tête baissée, les yeux rivés sur mes nouvelles Jimmy Choo et leurs douze centimètres de talon.

— Manhattan ? a-t-elle répété, l'air dérouté et agacé à la fois. Mais qui a parlé de Manhattan ?

Ça a été à mon tour d'être déroutée.

— An-dre-âââ, voilà près de cinq fois maintenant que je vous répète qu'il s'agit d'un restaurant à Washington. Je serai là-bas la semaine prochaine. J'ai besoin que vous me réserviez une table. (Elle a relevé la tête et esquissé un sourire *méchant*.) Quel était le point qui vous posait problème dans cette recherche ?

Washington ? Elle m'avait répété cinq fois que le restaurant se trouvait à Washington ? Voilà qui était nouveau. Soit elle avait perdu la tête pour de bon, soit elle prenait un plaisir sadique à me voir perdre la mienne. Mais, me comportant comme l'idiote qu'elle croyait que j'étais, j'ai répondu sans réfléchir :

— Oh, mais je suis à peu près certaine que le *New York Post* ne chronique pas de restaurants à Washington. En général, ils ne testent que des nouveaux endroits à New York.

— Est-ce de l'humour, An-dre-âââ ? Est-ce l'idée que vous vous faites d'une repartie amusante ?

Son sourire avait disparu, elle se penchait vers moi. On aurait dit un vautour affamé qui attendait impatiemment de fondre sur sa proie.

— Euh, non, Miranda. Je me disais juste que…

— An-dre-âââ, ainsi que je vous l'ai explicitement dit une bonne douzaine de fois, l'article que je cherche se trouve dans le *Washington Post*. Vous avez déjà entendu parler de ce petit journal local, n'est-ce pas ? Tout comme à New York nous avons le *New York Post*, à Washington DC ils ont leur propre quotidien. Vous comprenez comment ça marche ?

Son ton était au-delà de la moquerie acerbe. Il était

tellement condescendant, on aurait dit qu'elle s'adressait à une demeurée.

— Je m'en occupe immédiatement, ai-je répondu, aussi calmement que possible.

— Ah, j'oubliais… An-dre-âââ ? a-t-elle repris alors que je sortais de son bureau. (Mon cœur s'est soulevé, et je me suis demandé si mon estomac allait pouvoir encaisser encore une autre « surprise ».) J'ai besoin de votre présence ce soir au dîner pour accueillir les invités. C'est tout.

J'ai regardé Emily, qui avait l'air aussi déconcertée et abasourdie que moi, à en juger par son front plissé.

— J'ai bien entendu ? ai-je chuchoté.

Emily a hoché la tête et m'a fait signe d'approcher de son bureau.

— C'est ce que je redoutais, a-t-elle murmuré d'un ton empreint de gravité, tel un chirurgien annonçant à la famille de son patient qu'il a découvert un truc horrible en lui ouvrant la cage thoracique.

— Elle se fiche de moi ? Il est 16 heures, on est vendredi, la soirée commence à 19 heures. Et c'est une soirée habillée, bon sang – c'est impossible, elle plaisante !

J'ai regardé ma montre, encore incrédule, en essayant de me remémorer exactement ses paroles.

— Oh non ! a lâché Emily en décrochant le téléphone. Je vais t'aider, d'accord ? Tu t'occupes de l'article du *Washington Post* pour lui en donner une copie avant son départ – Uri va bientôt venir la chercher pour ses rendez-vous avec le coiffeur et le maquilleur. Je vais te trouver une robe, et tout ce dont tu as besoin pour ce soir. Ne t'inquiète pas. On va se débrouiller.

Ses doigts se sont mis à pianoter sur le clavier du téléphone, elle a murmuré des instructions d'une voix pressante. Je suis restée plantée à la dévisager, puis, sans lever les yeux vers moi, elle m'a signifié d'un geste de retourner à mon bureau.

— Allez, a-t-elle soufflé en me lançant un regard où filtrait, une fois n'est pas coutume, un éclair de sympathie. Trouve ce papier.

Je suis revenue à la réalité et j'ai fait ce qu'on attendait de moi.

14

— Tu ne peux pas débarquer là-bas en taxi, a décrété Lily. C'est un dîner habillé. Appelle une voiture, bon sang.

J'étais à deux poils de me crever l'œil avec mon tout nouveau mascara spécial cils extralongs. Après m'avoir observée une minute de plus, elle m'a arraché la brosse des mains et m'a intimé l'ordre de fermer les yeux.

— Tu as raison, ai-je soupiré.

Je refusais encore de croire à ce qui m'arrivait : j'allais passer ma soirée du vendredi en robe du soir au Met, à accueillir des richards mais néanmoins péquenauds tout frais débarqués de leur Géorgie ou de leur Caroline du Sud, en enchaînant faux sourire sur faux sourire, maquillée comme une voiture volée.

J'avais disposé de trois heures pour trouver une robe, acheter du maquillage, me préparer et réimproviser tous mes projets du week-end. Dans la démence de cette situation, j'avais complètement zappé l'histoire du moyen de transport.

Heureusement, travailler pour l'un des plus importants magazines de mode du pays a ses avantages, et à 16 h 40, j'étais la fière propriétaire (temporaire) d'une robe longue absolument renversante d'Oscar de La

Renta, gentiment fournie par Jeffy – vestale de la réserve et grand adorateur de toutes les parures féminines. (« Ma petite, tu vas mettre une robe de soirée, une robe d'Oscar, un point, c'est tout. Arrête tes simagrées de timide, enlève-moi ce pantalon, et essaie cette robe. » J'ai commencé à me déshabiller et je l'ai vu qui frissonnait. La vue de mon corps dénudé était-elle à ce point répugnante ? lui avais-je demandé. Non, bien sûr. Ce qui le dégoûtait, c'était la trace de mon slip sous la robe.) Les assistants et assistantes de mode avaient fait rentrer une paire de Manolo argentés à ma pointure, et aux accessoires, quelqu'un avait sélectionné un sac de soirée assez flashy de Judith Leiber, avec une longue chaîne. J'avais manifesté un certain intérêt pour un sac à poignées Calvin Klein, mais ma suggestion n'avait récolté qu'un reniflement de mépris. Stef hésitait entre me mettre un collier de chien, ou un pendentif, et Allison, l'ex-assistante promue rédactrice beauté était en ligne avec sa manucure, qui allait se déplacer.

— Tu as rendez-vous avec elle dans la salle de réunion à 16 h 45, a annoncé Allison. Tu seras en noir, n'est-ce pas ? Exige le Chanel Rouge Rubis. Et dis-lui de nous envoyer sa facture.

Tout le monde à la rédaction s'était jeté avec une effervescence presque hystérique dans ces préparatifs pour tenter de me rendre présentable. Nullement parce qu'ils m'adoraient et qu'ils se tuaient à m'aider : simplement, ils savaient que Miranda avait expressément demandé une métamorphose du sujet, et ils étaient très désireux de lui prouver leur haut degré de bon goût et de classe.

Quand Lily a eu terminé de me donner sa leçon de maquillage, je me suis demandé si je n'avais pas l'air ridicule, en robe longue d'Oscar de La Renta avec un rouge à lèvres de supermarché. Sans doute, mais j'avais décliné toute proposition qu'un maquilleur professionnel vienne chez moi. Tous avaient insisté – et sans grande délicatesse –, mais j'avais énergiquement refusé. Même moi, j'avais certaines limites.

J'ai claudiqué jusque dans ma chambre sur mes Manolo de douze centimètres et j'ai embrassé Alex sur le front. À peine a-t-il levé les yeux du magazine qu'il était en train de lire.

— Je serai de retour à 23 heures, et nous pourrons aller dîner et boire un verre. D'accord ? Je suis désolée, mais je n'ai pas le choix. Si jamais tu décides de sortir avec les copains, appelle-moi, je vous rejoindrai.

Comme il l'avait promis, il était venu directement chez moi en sortant de l'école pour que nous passions la soirée ensemble, et il n'avait pas été ravi d'apprendre, à mon arrivée, que s'il pouvait effectivement passer une soirée tranquille à la maison, ce serait sans moi. Il était assis sur la terrasse de ma chambre, et lisait un vieux numéro de *Vanity Fair* qui traînait là en sirotant une des bières que Lily gardait au frais pour les invités. Ce n'est qu'après lui avoir expliqué que je devais travailler ce soir-là que j'ai remarqué l'absence de Lily.

— Où est-elle ? Elle n'a pas cours, et je sais qu'elle ne travaille pas le vendredi.

Alex a bu une gorgée de bière et a haussé les épaules.

— Je pense qu'elle est dans sa chambre. La porte est fermée, mais j'ai aperçu un mec tout à l'heure dans l'appartement.

— Un mec ? Tu ne peux pas être plus précis dans ta description ? Quel mec ?

Était-ce un cambrioleur, ou le Freudien, qui avait finalement été invité ?

— Je ne sais pas, mais il fait peur. Il a des tatouages, des piercings, un marcel. La totale. Je me demande où elle l'a pêché, celui-là, a-t-il conclu en buvant nonchalamment une autre gorgée.

Moi aussi, je me demandais où elle l'avait pêché, vu qu'à 11 heures la veille au soir, je l'avais laissée en compagnie d'un type très poli, William – qui, pour ce que j'en avais vu, n'était pas du genre marcel et tatouages.

— Alex ! Tu es en train de me dire qu'il y a un mec qui se balade dans mon appartement – un gangster qui a été ou n'a pas été invité – et que tu t'en fiches ? C'est dément ! Il faut faire quelque chose, ai-je décrété en me levant, inquiète, comme chaque fois, que ce déplacement du poids du corps ne fasse s'effondrer la terrasse.

— Andy, détends-toi, ce n'est pas un gangster, a dit Alex en tournant une page. C'est un hurluberlu punk-grunge, mais pas un gangster.

— Super. Génial. Bon, maintenant, tu viens voir ce qui se passe, ou bien as-tu l'intention de rester assis là toute la soirée ?

Alex s'obstinait encore à ne pas me regarder, et c'est là que j'ai compris à quel point il était contrarié par le changement de plans pour notre soirée. C'était parfaitement compréhensible, mais j'étais tout aussi en colère que lui de devoir travailler, et je ne pouvais rien faire pour m'y dérober.

— Appelle-moi si tu as besoin de moi, a-t-il fini par répondre.

— Parfait, ai-je lâché avec humeur, vexée. Inutile de te sentir coupable quand tu trouveras mon corps démembré sur le sol de la salle de bains. Oui, vraiment, inutile d'en faire tout un plat.

J'ai fait le tour de l'appartement, en cherchant des signes de la présence de ce garçon. La seule chose qui ne semblait pas à sa place était une bouteille vide de Ketel One sur le rebord de l'évier. Avait-elle pu boire une bouteille entière de vodka après minuit, la nuit dernière ? J'ai frappé à sa porte. Pas de réponse. J'ai frappé à nouveau, avec un peu plus d'insistance, et j'ai entendu une voix masculine annoncer qu'on était en train de frapper à la porte. Et comme personne ne répondait, j'ai tourné la poignée.

— Coucou ? Il y a quelqu'un ?

Je me suis efforcée de ne pas regarder dans la pièce, mais je n'ai pas tenu plus de cinq secondes. Mes yeux ont glissé sur deux paires de jeans emmêlés par terre, un soutien-gorge suspendu au dossier de la chaise devant le bureau, le cendrier débordant de mégots qui empuantissait la chambre comme un foyer de résidence étudiante, pour aller se poser sur le lit. Lily était étendue sur le ventre, nue comme un ver. Entortillé dans les draps, il y avait un type à l'air maladif, la lèvre supérieure luisante de transpiration, une masse de cheveux graisseux. Contre la housse de couette verte et bleue, les dizaines de tatouages effrayants qui s'enroulaient et se déroulaient autour de ses membres et de son corps semblaient former un motif de camouflage. Un anneau en or traversait son sourcil, d'autres pièces de métal brillaient à ses oreilles et deux petites pointes dépassaient de son menton. Dieu merci, il avait un caleçon sur lui, mais qui était si crasseux, si miteux, si vieux que j'aurais presque – *presque* – préféré qu'il n'en ait pas. Il a tiré sur sa cigarette, recraché nonchalamment la fumée et hoché la tête en me regardant.

— Salut. Tu voudrais pas fermer la porte, l'amie ? a-t-il dit avec un accent australien.

« L'amie » ? Cette espèce de minable était en train de se la jouer et de me prendre de haut ?

— Vous fumez du crack ? ai-je demandé sans préambule.

Je n'avais plus du tout peur. Le type était plus petit que moi, et il ne devait pas peser plus de soixante-cinq kilos – la pire chose qu'il aurait pu me faire, c'était de me toucher. J'ai frissonné en songeant aux multiples façons dont il avait sans doute touché Lily, qui dormait encore, en respirant bruyamment. Je disposais très exactement d'une heure pour finir de me préparer et me transformer en créature sublime pour affronter la soirée la plus stressante de ma carrière. Négocier avec ce zonard défoncé n'était pas prévu au programme. Le temps qui pressait a donné un coup de fouet à mon courage.

— Pour qui vous prenez-vous ? Vous êtes chez moi ! Je veux que vous partiez. Tout de suite !

— Calme-toi, poulette, a-t-il riposté, en continuant à tirer sur sa cigarette. Je n'ai pas l'impression que ta copine ait envie que je me casse…

— Elle aurait envie que tu te casses si elle était consciente, espèce de connard ! ai-je hurlé, horrifiée par l'idée que Lily avait – selon toute vraisemblance – couché avec ce mec. Je te promets que je parle pour nous deux quand je te dis de dégager de chez nous !

J'ai fait volte-face en sentant une main se poser sur mon épaule. Alex, le regard inquiet, venait prendre la température de la situation.

— Andy, va donc te doucher. Je m'occupe de ça, d'accord ?

Même si on ne pouvait pas dire qu'Alex était balèze, il avait tout de même l'air d'un lutteur professionnel en comparaison de ce glandeur rachitique qui était en train de frotter les accessoires métalliques de son visage contre le dos de ma meilleure amie.

— JE. VEUX. QU'IL. SORTE. DE. CHEZ. MOI, ai-je répété en le montrant du doigt, histoire d'être bien claire.

— Je sais que tu veux qu'il parte, et je pense qu'il est sur le point de le faire, n'est-ce pas, mon pote ? a dit Alex, de cette voix apaisante avec laquelle on s'adresserait à un chien enragé qu'on craindrait de contrarier.

— Hé, les mecs, y a pas de lézard. Lily et moi, on prend juste un peu de bon temps. Elle m'a pas lâché de toute la nuit au Bar – vous pouvez demander à tout le monde, ils vous le diront. Elle m'a supplié de rentrer avec elle.

— Je n'en doute pas, a dit Alex, conciliant. C'est une fille très liante quand elle veut, mais parfois, elle est trop ivre pour savoir ce qu'elle fait. Donc, en tant qu'ami de Lily, je te demande de bien vouloir partir.

Le zonard a écrasé sa cigarette, et a fait un petit show, en levant les mains dans un geste feint de reddition.

— Pas de problème, l'ami. Je prends rapido une douche, je dis au revoir comme il faut à ma petite Lily et je me casse.

Il a balancé les jambes hors du lit et a fait mine d'attraper la serviette de toilette suspendue à côté du bureau.

Alex s'est avancé, il a intercepté la serviette et a regardé le type droit dans les yeux.

— Non, je crois que tu ferais mieux de partir tout de suite.

Il s'est campé devant lui, dans une posture qui insinuait sans ambiguïté ce qu'il entendait faire si l'autre ne s'exécutait pas. Jamais, depuis trois ans que je connaissais Alex, je ne l'avais vu se comporter de la sorte.

— T'inquiète, l'ami. Je me casse, a capitulé le type d'une voix éraillée. (Il n'avait eu besoin que d'un coup d'œil pour constater qu'il lui fallait hausser le menton pour regarder Alex en face.) Je m'habille et je m'en vais.

Il a ramassé son jean, puis a localisé son tee-shirt loqueteux sous le corps de Lily. Quand il l'a tiré, Lily a remué et, après quelques secondes, a réussi à ouvrir les yeux.

— Couvre-la, a ordonné Alex d'une voix gutturale.

Apparemment, son nouveau rôle de gros bras qui contrôle la situation ne lui déplaisait pas.

Sans commentaire, le type a tiré la couette jusque sur ses épaules, ne laissant dépasser qu'une masse de boucles brunes.

— Que se passe-t-il ? a articulé Lily, luttant pour garder les yeux ouverts.

En tournant la tête, elle m'a vue, tremblante de rage sur le seuil de sa chambre ; puis, elle a avisé Alex qui prenait des poses de grand costaud, et enfin, accroupi à côté du lit, le type qui, pressé, de crainte que ça ne vire au vinaigre, s'escrimait sur les lacets de ses baskets bleu et jaune canari. Son regard est resté accroché à cette dernière vision.

— T'es qui, toi ? a-t-elle demandé en se redressant, l'air hagard, sans même réaliser qu'elle était à poil.

Alex et moi avons instinctivement détourné la tête, pour lui laisser le temps de se couvrir, mais le mec lui a souri avec concupiscence en reluquant ses seins.

— Ne dis pas que t'as oublié qui je suis, mon chou. T'avais l'air de bien t'en souvenir, hier soir.

Il s'est avancé vers le lit, comme s'il entendait s'y asseoir, mais Alex a saisi son bras, en l'obligeant à rester debout.

— Tu t'en vas. Tout de suite. Sinon, c'est moi qui te flanque dehors, a-t-il ordonné, avec une autorité de dur à cuire.

Il était supermignon, et pas peu fier de lui.

Le type a levé les mains en clappant de la langue.

— J'me casse. Appelle-moi à l'occasion, Lily. Tu étais géniale, cette nuit.

Puis il a quitté la chambre et traversé l'appartement sans demander son reste, Alex sur ses talons.

— Putain, mec, tu sais qu'elle en veut, celle-la, l'ai-je entendu dire à Alex juste avant que la porte ne claque, mais apparemment, Lily n'avait pas capté.

Elle avait enfilé un tee-shirt et tentait de se lever.

— Bon sang, Lily, c'était quoi, ce plan ? ai-je explosé. C'est le plus grand connard que j'aie jamais vu ! Sans compter qu'il est absolument répugnant.

Elle a secoué lentement la tête, en faisant visiblement un gros effort de concentration pour se rappeler à quel moment ce type était entré dans sa vie.

— Répugnant. Oui, tu as raison. Et je n'ai pas la moindre idée de ce qui s'est passé. Je me souviens que tu es partie, hier soir ; je bavardais avec un mec adorable en costard – on buvait des tequilas cul sec – et c'est tout.

— Lily, imagine à quel point tu devais être beurrée pour accepter non seulement de coucher avec un *truc* pareil, mais en plus de le ramener chez nous.

Alors que je pensais énoncer une évidence, j'ai vu Lily ouvrir des yeux grands comme des soucoupes.

— Tu crois que j'ai couché avec lui ?

La discussion que j'avais eue avec Alex quelque temps auparavant m'est revenue en mémoire – tous les signes étaient là. Lily séchait régulièrement ses cours, elle avait été embarquée par les flics, et maintenant, elle avait ramené à la maison une espèce de mutant à vous faire froid dans le dos. Je me suis également souvenue du message qu'un de ses profs avait laissé sur notre répondeur après les examens de fin d'année : elle avait rendu une dissert géniale, disait-il, mais il ne pouvait pas lui donner le A qu'elle méritait à cause de son absentéisme. J'ai décidé d'emprunter une voie diplomatique.

— Lil, tu sais, le problème, ce n'est pas ce garçon. Je crois que c'est l'alcool.

Elle a commencé à se brosser les cheveux, et ce n'est qu'à ce moment-là que j'ai réalisé qu'il était 6 heures du soir, un vendredi, et qu'elle se levait à peine. Comme elle ne protestait pas, j'ai poursuivi.

— L'alcool en soi ne me pose pas de problème, ai-je ajouté en m'efforçant de garder cette conversation dans des rails pacifiques. Je ne suis pas anti-alcool. Mais je me demande si tu n'as pas un peu perdu le contrôle, ces derniers temps. Est-ce que tu as eu des ennuis à l'université ?

Elle s'apprêtait à me répondre quand Alex a passé la

tête dans l'embrasure de la porte pour me tendre mon téléphone qui piaillait.

— C'est elle, a-t-il annoncé avant de s'éclipser.

Grrrrr ! Cette bonne femme avait vraiment le don de me gâcher la vie. J'ai regardé avec hargne l'indication « MP portable » s'afficher sur l'écran.

— Excuse-moi, Lil. Ce sera bref, en général, une seconde lui suffit pour m'humilier ou m'engueuler. Réfléchis à ce que je viens de dire.

Lily a posé sa brosse et m'a regardée répondre.

— Bur… Andrea, j'écoute ?

— Vous savez que je compte sur vous à 18 h 30, n'est-ce pas ? a-t-elle aboyé sans se présenter, ni se fendre d'un bonsoir.

— Ah, mais… vous aviez dit 19 heures. Je dois encore…

— Je vous ai dit 18 h 30 tout à l'heure et je vous le répète maintenant. *18 h 30*. Compris ?

Clic. J'ai consulté ma montre. 18 h 05. Là, j'avais vraiment un problème.

— Elle m'attend là-bas dans vingt-cinq minutes.

— Allez, remue-toi ! a déclaré Lily, qui semblait soulagée par cette interruption.

— Nous étions en pleine discussion, et c'est important. Que me disais-tu, déjà ?

Mais Lily savait aussi bien que moi que mon esprit était à un millier d'années-lumière de la conversation que nous avions interrompue. J'avais déjà décidé qu'il n'était plus temps de me doucher, et qu'il me restait un quart d'heure pour enfiler ma robe et sauter dans une voiture.

— Sans rire, Andy, faut que tu te magnes. Va te préparer – on reparlera de tout ça plus tard.

Et la course a recommencé : se glisser dans la robe, me brosser les cheveux, essayer de retenir les noms des invités dont Emily avait imprimé la photo quelques heures plus tôt. Lily observait tout ce chambardement, une ébauche de sourire aux lèvres, mais je savais bien que l'incident qui venait d'avoir lieu l'inquiétait, et je me sentais vraiment mal de n'avoir pas le temps d'en discuter avec elle. Alex parlait au téléphone avec son petit frère ; il tâchait de le convaincre qu'il était trop jeune pour aller au cinéma à la séance de 21 heures, et que leur mère n'était pas un monstre de cruauté de le lui interdire.

Je suis allée l'embrasser sur la joue, et il a sifflé d'admiration en me découvrant dans ma robe. Sans doute allait-il retrouver des copains pour dîner, m'a-t-il dit. Il me suffirait de l'appeler si je voulais les rejoindre plus tard. Puis, j'ai couru aussi vite que le permettaient des talons aiguilles dans le salon, où Lily m'a tendu une magnifique étole de soie noire. Je l'ai regardée d'un air interrogateur tandis qu'elle la secouait devant moi comme un drap de lit.

— Pour ta grande soirée. Je veux que mon Andy soit aussi élégante que tous ces ploucs pleins aux as qu'elle va servir ce soir comme une simple domestique. Ma grand-mère m'a acheté ça il y a des années, pour le mariage d'Eric. Je n'arrive pas à savoir si c'est sublime ou hideux, mais c'est habillé, et c'est de Chanel. Donc, ça devrait le faire.

Je l'ai serrée dans mes bras.

— Promets-moi seulement que si Miranda me tue pour n'avoir pas dit ce qu'il fallait, tu brûleras cette robe et tu me feras enterrer dans mon pantalon de survêt de la fac. Promets !

Elle m'a pris des mains le tube de mascara que j'agitais et elle a commencé à me maquiller.

— Tu es splendide, Andy. Jamais je n'aurais imaginé te voir un jour dans une robe digne d'une cérémonie des Oscars, prête à partir à une soirée donnée par Miranda Priestly, mais franchement, tu n'as pas l'air déplacée.

Allez, sauve-toi, maintenant. (Elle m'a remis le sac odieusement m'as-tu-vu de Judith Leiber et m'a tenu la porte.) Amuse-toi bien.

La voiture attendait au pied de l'immeuble, et John – qui cultivait de plus en plus le look dandy pervers – a sifflé quand le chauffeur est descendu m'ouvrir la portière.

— À ton succès, poupée ! a-t-il lancé avec un clin d'œil démesuré. À tout à l'heure !

Il ignorait totalement, bien sûr, où je me rendais, mais qu'il pense que j'allais revenir m'a réconfortée. *Bah, peut-être que ce ne sera pas aussi terrible que je l'imagine*, ai-je songé en m'installant sur la banquette.

*
* *

Le chauffeur a sauté à terre et s'est précipité pour m'ouvrir, mais le temps qu'il contourne la voiture, j'étais déjà sur le trottoir. Ce n'était pas la première fois que je mettais les pieds au Met. Jill, ma mère et moi avions passé, il y avait quelques années de ça, une journée à New York pour visiter certains lieux touristiques. Les expositions que nous avions vues au Met ne m'avaient laissé aucun souvenir ; en revanche, je me rappelais que je portais ce jour-là des chaussures neuves et que le temps d'arriver au musée, j'avais affreusement mal aux pieds. Je me souvenais également très bien de l'interminable escalier de pierre blanche, en façade du bâtiment ; j'avais eu l'impression que son ascension allait durer une éternité.

L'escalier était bien au même endroit que dans mon souvenir, mais dans la lumière incertaine du crépuscule, il m'a paru différent. Encore habituée aux journées courtes et tristounettes de l'hiver, j'étais surprise qu'à 18 h 30, le ciel commence à peine à s'obscurcir. Ce soir-là, l'escalier du Met m'a semblé carrément royal. Il en imposait bien plus que ceux de la place d'Espagne à

Rome, ou celui de la bibliothèque de Columbia, ou même que ceux, saisissants, du Capitole à Washington. Ce n'est que parvenue au dixième de cette somptueuse volée de marches que j'ai commencé à les détester. Quel sadique cruel avait voulu obliger une femme entravée dans une robe longue et étroite, perchée sur des talons pointus, à escalader une colline aussi infernale ? J'aurais pu m'employer à haïr l'architecte du musée ou ses commanditaires, mais à quoi cela m'aurait-il avancée ? Sans trop avoir d'autre choix, j'ai axé ma haine sur la responsable, directe ou indirecte, de toute la misère de ma vie : Miranda.

Le sommet semblait culminer à des milliers de mètres au-dessus de moi. Cela m'a rappelé les cours de gym – à l'époque où j'avais encore le loisir d'aller à la gym. Une prof totalement sadique se perchait sur son vélo et nous aboyait ses ordres dans un staccato de sergent-chef : « On pédale, on monte, on monte, et on respire ! On respire ! Allez, on monte ! On monte cette côte. On est presque en haut ! Ce n'est pas le moment d'abandonner ! » J'ai fermé les yeux, et j'ai essayé d'imaginer que je pédalais, cheveux au vent, que je doublais la prof et que je grimpais, grimpais. Tout était bon pour oublier cette douleur lancinante dans mon petit orteil, qui se propageait jusqu'au talon avant de rebrousser chemin. Dix marches. Plus que dix marches… Oh, mon Dieu, qu'était-ce donc, cette sensation d'humidité dans ma chaussure ? Du sang ? Allais-je devoir me présenter devant Miranda les pieds ensanglantés, et moite de transpiration dans une robe Oscar de La Renta ? Pitié ! Dire que j'étais presque arrivée… Ah, nous y voilà ! Le sommet. Je me suis sentie transportée du même sentiment de victoire qu'un coureur olympique qui vient de remporter sa première médaille d'or. J'ai pris une profonde inspiration, j'ai serré les poings pour combattre l'envie furieuse d'en griller une afin de célébrer cette prouesse et j'ai retouché mon rouge à lèvres. Le moment était venu de se comporter en vraie dame.

En m'ouvrant la porte, le gardien s'est incliné légèrement et m'a souri. Sans doute me prenait-il pour une invitée.

— Bonjour, mademoiselle. Vous devez être Andrea. Ilana m'a prié de vous faire asseoir ici. Elle sera là dans une minute.

Il s'est écarté, a dit quelques mots à voix basse dans un micro fixé à sa manche puis, en entendant la réponse dans son oreillette, il a hoché la tête.

— Asseyez-vous, mademoiselle. Ilana arrive tout de suite.

J'ai préféré contempler l'imposant hall d'entrée plutôt que de me compliquer l'existence à m'asseoir avec cette robe. En plus, quand aurais-je une autre chance de me trouver au Metropolitan Museum of Art après l'heure de la fermeture ? Le lieu était désert, les guichets fermés, les galeries du rez-de-chaussée plongées dans l'obscurité, mais tout respirait l'histoire, la culture, et se trouver là, dans ce silence assourdissant, avait quelque chose de magique.

J'ai passé un petit quart d'heure à errer dans le hall en furetant du regard alentour, attentive à ne pas m'aventurer hors du champ de surveillance de l'apprenti agent des Services Secrets, puis une fille d'allure assez ordinaire, vêtue d'une longue robe bleu marine, a traversé le hall dans ma direction. Je me suis étonnée que la personne en charge des événements spéciaux au sein du musée, avec tout le prestige attaché à ce poste, ne soit pas plus sophistiquée, mais la seconde d'après, je me suis sentie ridicule d'avoir pu penser ça – aussi ridicule qu'une petite provinciale qui essaie de se saper pour une soirée habillée dans la grande ville – ce qui, non sans ironie, était précisément le cas. Ilana, elle, semblait n'avoir même pas pris la peine de se changer de ses vêtements de travail. J'ai appris plus tard que j'avais deviné juste.

— À quoi bon ? avait-elle dit en riant. Ces gens-là ne sont pas venus pour me regarder.

Elle avait de beaux cheveux auburn, brillants et raides, mais sa coiffure manquait de style, et ses chaussures plates marron étaient affreusement démodées. En revanche, ses yeux bleus et vifs reflétaient une vraie gentillesse, et immédiatement, j'ai su que cette fille allait me plaire.

— Ilana ? Je suis Andrea, l'assistante de Miranda. Je suis ici pour t'aider, ai-je dit, en sentant que ma supériorité hiérarchique requérait que je prenne la situation en main.

À voir le soulagement avec lequel elle a accueilli mes paroles, je me suis demandé ce que Miranda avait bien pu lui dire. Les possibilités étaient infinies, mais j'ai imaginé que cela avait un rapport avec la présentation qu'Ilana avait faite de la soirée au *Ladies' Home Journal*[1]. Il y avait de quoi frémir en songeant à toutes les méchancetés dont elle avait dû accabler cette gentille fille. Pourvu qu'elle ne se mette pas à pleurer ! ai-je songé. Mais non. Elle m'a regardée de ses grands yeux innocents, puis elle a déclaré, d'une voix pas franchement discrète :

— Ta chef est une garce de premier ordre.

J'ai d'abord ouvert des yeux ronds, abasourdie par ce franc-parler, mais j'ai vite repris mes esprits.

— Oui, n'est-ce pas ?

Et nous sommes toutes les deux parties d'un grand éclat de rire.

1. Magazine féminin, équivalent américain de *Femme actuelle*.

— Bon, que dois-je faire ? Il ne faut pas que j'aie l'air désœuvrée.

— Viens, je vais te montrer la table, a-t-elle dit en s'engageant dans un couloir sans éclairage en direction des antiquités égyptiennes. C'est de la bombe.

Nous sommes arrivées dans une salle de la superficie d'un court de tennis, au centre de laquelle on avait dressé une table rectangulaire de vingt-quatre couverts. Robert Isabell n'avait pas usurpé sa réputation. Il était l'organisateur d'événements le plus prisé de New York, le seul sur lequel on pouvait compter pour trouver, grâce à son incroyable sens du détail, la note juste : le résultat était toujours dans l'air du temps mais en évitant les écueils de la branchitude, luxueux sans ostentation, unique mais jamais de mauvais goût. Miranda avait exigé que Robert supervise tout. Je n'avais vu son travail qu'une seule fois, à l'occasion de la fête d'anniversaire des jumelles. Je le savais donc capable de transformer le salon néocolonial de Miranda en un lieu chic et branché, avec bar à sodas (servis bien entendu dans des verres à martini), banquettes en daim et, sur la terrasse chauffée et convertie en tente berbère, piste de danse pour des apprentis clubbers de dix ans). Pourtant, le décor que je découvrais là était renversant.

Tout étincelait de blancheur. Il y avait du blanc transparent, du blanc légèrement cassé, du blanc brillant, du blanc texturé, du blanc opaque. Des bottes de pivoines d'un blanc laiteux semblaient pousser de la table, en bouquets bas pour ne pas gêner les conversations en vis-à-vis. La vaisselle en porcelaine d'un délicat blanc cassé (avec un motif écossais presque ton sur ton) était disposée sur une nappe de lin blanc amidonnée ; des chaises avec de hauts dossiers de chêne étaient recouvertes de daim blanc (dangereux !) et une épaisse moquette blanche avait été posée tout spécialement pour la soirée. Des bougies votives blanches, déposées sur des bougeoirs de porcelaine blanche, diffusaient une lumière douce qui éclairait les pivoines par en dessous (sans les brûler, bizarrement) tout en illuminant la table avec subtilité. Les seules couleurs présentes dans la salle provenaient des grands panneaux multicolores aux murs – dont les motifs chargés, tout d'or, de bleu et de vert vif, décrivaient des scènes de la vie dans l'Égypte ancienne. Le contraste que présentait la table blanche avec ces inestimables peintures était tout simplement exquis.

Au moment où je tournais la tête pour apprécier dans son ensemble ce merveilleux effet d'opposition entre la palette des blancs et les couleurs, une silhouette rouge vif a accroché mon regard. Dans un angle de la pièce, j'ai vu Miranda, raide comme un piquet dans sa robe Chanel rebrodée de perles – robe commandée, exécutée, retouchée et nettoyée juste pour cette soirée. Dire qu'elle valait bien ce qu'elle avait coûté (vu qu'il s'agissait de dizaines de milliers de dollars), peut-être aurait-ce été pousser un peu, mais je devais reconnaître que Miranda offrait un spectacle saisissant. Avec son menton crânement levé et ses muscles fermes et parfaitement dessinés, elle était elle-même une œuvre d'art, un bas-relief néoclassique en soie Chanel. Elle n'était pas belle – ses yeux étaient trop petits, trop ronds, sa coiffure trop austère, et son visage trop dur – mais elle était éblouissante d'une façon que je ne m'expliquais pas, et j'ai eu beau faire l'impossible pour ne rien laisser transparaître de mon admiration, pour faire semblant de contempler la salle, je n'arrivais pas à détacher mon regard de cette apparition.

Comme d'habitude, ça a été le son de sa voix qui m'a ramenée sur Terre.

— An-dre-âââ, vous connaissez naturellement le nom et le visage de tous nos invités, ce soir. J'imagine que vous avez, comme il se doit, étudié leurs portraits.

J'espère que vous n'allez pas me faire subir l'humiliation d'oublier le nom d'un invité au moment de l'accueillir.

Elle ne regardait personne en particulier, mais comme elle avait prononcé mon nom, c'était sans nul doute à moi qu'elle s'adressait.

— Euh… J'ai balisé le terrain, ai-je répondu en réprimant l'envie de me mettre au garde-à-vous. Je vais prendre quelques minutes pour vérifier si j'ai bien tout retenu.

Elle m'a décoché un coup d'œil qui semblait signifier : « Cela vaudrait mieux pour toi, pauvre dinde », et sur ce, j'ai quitté la salle, suivie par Ilana.

— De quoi parlait-elle ? a-t-elle chuchoté en se penchant vers moi. De portraits ? Elle n'est pas un peu cinglée ?

Nous avons pris place sur un inconfortable banc en bois. Je sentais qu'Ilana, tout comme moi, n'avait qu'une envie : se planquer dans la pénombre du hall.

— Ah, ça… Normalement, j'aurais dû passer toute la semaine à réunir des photos des invités pour mémoriser leurs visages, afin de pouvoir les accueillir par leur nom. Mais comme elle ne m'a prévenue qu'aujourd'hui que j'étais réquisitionnée ce soir, je n'ai eu que quelques minutes dans la voiture pour regarder ces photos. Quoi ? ai-je fait, en avisant le regard incrédule, horrifié d'Ilana. Tu trouves *ça* bizarre ? Bah, c'est le minimum de base pour une réception donnée par Miranda.

— Mais je pensais qu'il n'y aurait aucune célébrité, ce soir.

Ilana se référait aux précédentes soirées que Miranda avait organisées au Met. En remerciement des dons colossaux qu'elle octroyait au musée, elle se voyait souvent accorder le privilège de louer le Metropolitan Museum of Art (rien que ça !) pour des soirées privées et des cocktails. M. Tomlinson n'avait eu qu'à en exprimer le désir, et Miranda avait remué ciel et terre pour faire du banquet de fiançailles de son beau-frère la plus belle soirée que le Met ait jamais connue. Elle s'était dit qu'un dîner au Met était de nature à impressionner les riches Sudistes et leurs épouses qu'ils arboraient comme des trophées. Elle ne se trompait pas.

— Il n'y aura personne de reconnaissable au premier coup d'œil, rien que des milliardaires qui habitent tous au-delà de la ligne Mason-Dixon[1]. En général, lorsque je dois mémoriser des visages d'invités, c'est facile de trouver leur photo sur Internet, ou dans le *Women's Wear Daily*, ou dans un autre magazine. Ce n'est jamais compliqué de se procurer une photo de la reine Nour, de Michael Bloomberg, ou de Yohji Yamamoto. Mais essaie donc de dégoter le portrait de M. et Mme Packard, qui crèchent dans une banlieue de nantis de Charleston. L'autre assistante de Miranda a cherché pour moi des photos de tous ces gens pendant que tout le monde à la rédaction s'est mobilisé pour que je sois prête à temps. Elle a fini par dénicher presque tous les invités dans les pages mondaines des canards locaux, ou sur les sites Web de différentes sociétés, mais ça a vraiment été un boulot de Romain.

Ilana me dévisageait toujours. J'étais consciente de parler comme une machine, mais je n'arrivais plus à me taire. Le choc qui se lisait sur son visage ne faisait qu'empirer mon malaise.

— Il n'y a qu'un seul couple dont je n'aie pas vu la photo. Je suppose que je les identifierai par élimination.

— Mon Dieu ! Je ne sais pas comment tu fais. Je trouve ça casse-pieds d'être coincée ici un vendredi soir, mais je ne m'imagine pas faire ton travail. Comment le

1. Frontière historique entre le Sud et le Nord. *(N.d.T.)*

supportes-tu ? Comment acceptes-tu qu'on te parle sur ce ton, qu'on te traite aussi mal ?

Je n'ai pas immédiatement compris à quel point cette question me prenait au dépourvu. Personne n'avait jamais exprimé une opinion négative à propos de mon travail. J'avais toujours supposé que j'étais la seule – sur ces milliers de filles imaginaires qui se seraient damnées pour être à ma place – à plus ou moins le critiquer. L'étonnement d'Ilana, et le choc qui se peignait dans son regard, étaient bien plus effroyables que les centaines de situations aberrantes auxquelles j'étais confrontée chaque jour au bureau. Ce regard empreint de compassion sincère a remué quelque chose au tréfonds de moi. Et j'ai fait ce à quoi je m'étais refusée tout au long de ces mois passés à travailler dans des conditions indignes d'un être humain, sous les ordres d'une patronne inhumaine, j'ai fait ce que j'avais jusque-là réussi à garder pour un moment plus propice : j'ai fondu en larmes.

Ilana a eu l'air encore plus ébranlée.

— Oh, ma pauvre ! Je suis désolée ! Je ne voulais pas te faire de peine ! Tu es une sainte, de supporter cette sorcière, tu m'entends ? Viens, suis-moi.

Elle a pris ma main et m'a entraînée le long d'un autre couloir sombre, jusque dans un bureau, à l'arrière du bâtiment.

Je reniflais, et commençais à me sentir vraiment idiote.

— Ne sois pas gênée. J'ai le sentiment que tu gardes tout ça pour toi depuis très, très longtemps et que tu as besoin de pleurer un bon coup.

Ilana s'est mise à fouiller sur son bureau pendant que j'essayais d'effacer les traces du mascara qui avait coulé sur mes joues.

— Ah, la voilà ! s'est-elle exclamée d'un ton victorieux. Dès que tu l'auras vue, je la détruis, et si jamais tu en parles à qui que ce soit, je te grille à vie. Mais il faut que tu voies ça, c'est génial.

Avec un sourire, elle m'a tendu une enveloppe en kraft, scellée avec une étiquette qui proclamait « Confidentiel ».

J'ai arraché l'étiquette et extrait une chemise cartonnée verte, dans laquelle se trouvait une photo – une photocopie couleur, plus exactement – de Miranda, étendue sur une banquette de restaurant. J'ai immédiatement reconnu le cliché, pris par un célèbre photographe mondain lors de la soirée d'anniversaire de Donna Karan au Pastis, car il avait déjà été publié dans les pages du magazine *New York*. Sur cette photo, elle portait son trench fétiche en peau de serpent, celui dont je trouvais qu'il la faisait ressembler à un reptile.

Eh bien, apparemment, je n'étais pas la seule à voir la ressemblance, car sur cette photocopie, quelqu'un avait, avec habileté et soin, remplacé les jambes du modèle par une photo, à l'échelle, de la queue d'un serpent à sonnette. Le rendu était un formidable portrait de Miranda en crotale : accoudée sur les coussins, la main en coupe sous son menton finement sculpté, elle était étirée de tout son long sur la banquette, son hochet enroulé en demi-lune pendant à l'extrémité du banc. C'était excellent.

— C'est génial, non ? a demandé Ilana en se penchant par-dessus mon épaule. Linda est entrée dans mon bureau un après-midi, après avoir passé des heures au téléphone avec Miranda, pour choisir la salle dans laquelle aurait lieu le dîner. Linda lui recommandait une galerie en particulier, qu'elle jugeait plus belle et mieux appropriée par sa taille, mais Miranda insistait pour que le dîner ait lieu dans une autre salle, près de la boutique du musée. Linda a mis un temps fou à essayer de la convaincre, puis finalement, après des jours et des jours de négociations, elle a enfin obtenu l'autorisation du conseil d'administration pour que Miranda puisse donner son dîner dans la salle de son choix. Elle était superexcitée à l'idée de lui annoncer la bonne nouvelle, et devine ce qui s'est passé ?

— Elle avait changé d'avis, ai-je répondu, nullement étonnée. Elle a décidé de suivre la suggestion de Linda, mais il lui avait d'abord fallu s'assurer qu'elle avait le dernier mot.

— Exactement. Ça m'a rendue folle de rage. Jamais je n'avais vu tous les gens du musée retourner ciel et terre pour quelqu'un – franchement ! Le président des États-Unis peut toujours solliciter l'autorisation de donner ici un dîner du Département d'État, on la lui refusera ! Mais ta patronne, elle, s'imagine qu'elle peut débarquer ici en territoire conquis, commander aux uns et aux autres et transformer nos vies en enfer du matin au soir. Bref… J'ai bidouillé ce joli petit portrait pour remonter le moral de Linda. Je me suis dit que ça allait te plaire. C'est juste pour te rappeler que tu n'es pas seule. Tu es certainement la plus mal lotie, mais tu n'es pas seule.

J'ai remis la photo dans son enveloppe et je l'ai rendue à Ilana.

— Tu es formidable, lui ai-je dit, en posant la main sur son épaule. Merci, merci infiniment. Jamais je ne parlerai de cette photo à personne, je te promets, mais pourrais-tu me l'envoyer chez moi ? Je doute qu'elle rentre dans mon mini-sac de soirée, mais si tu me l'envoies chez moi, tu peux me demander ce que tu veux. S'il te plaît.

J'ai noté mon adresse sur l'enveloppe, et nous avons regagné le hall, Ilana en marchant normalement, et moi en claudiquant. Il était tout juste 19 heures ; les invités allaient arriver d'une minute à l'autre. Miranda bavardait avec l'ASN et le frère de celui-ci. L'invité d'honneur avait tout du type sportif accompli qui a pratiqué tous les sports – le football, le football américain, le lacrosse, le rugby – dans une fac du Sud, et qu'on imaginait entouré d'une cour de blondes babillantes. La blonde babillante de vingt-six ans qui était destinée à devenir son épouse se tenait sagement à ses côtés, en le couvant d'un regard dégoulinant d'adoration. Un petit verre d'alcool à la main, elle gloussait à chacune de ses vannes.

Miranda, elle, était pendue au bras de l'ASN, en arborant le sourire le plus hypocrite qui soit. Sans avoir besoin d'entendre le détail de leur conversation, je savais que les réactions de Miranda étaient à contretemps. Comme elle avait un mal fou à supporter le bavardage, les gracieusetés mondaines n'étaient pas son fort, mais je me doutais que ce soir-là, elle se montrerait plus lèche-cul que jamais. J'avais fini par comprendre que ses « amis » se répartissaient en deux catégories seulement. Dans l'une figuraient ceux qui, selon sa perception des choses, lui étaient « supérieurs » et qu'il fallait impressionner. Cette liste-là n'était pas bien longue, elle comportait des gens comme Irv Ravitz, Oscar de La Renta, Hillary Clinton et n'importe quelle star de cinéma. Et puis il y avait ceux qu'elle considérait comme ses « inférieurs », qui ne méritaient que de la condescendance, et qu'il fallait rabaisser afin qu'ils n'oublient jamais quelle était leur place. Dans cette catégorie, entraient, en vrac, tous les autres habitants de la planète : les employés de *Runway*, les membres de la famille, les parents des camarades de classe des jumelles – sauf si, par pure coïncidence, ils appartenaient à la première catégorie – presque tous les créateurs et les journalistes des autres magazines, les gens qui la servaient d'une manière ou d'une autre, en Amérique ou en Europe. Cette soirée promettait d'être drôle, car tous les invités étaient du second choix, qu'il allait falloir traiter, en raison de leurs liens avec M. Tomlinson et son frère, avec tous les égards dus aux heureux élus de la première catégorie. Je me délectais toujours des rares occasions qui m'étaient données d'observer Miranda en train de chercher à en mettre plein la vue aux gens, d'autant que le charme ne comptait pas au nombre de ses qualités naturelles.

Les premiers invités commençaient à arriver. La tension était presque palpable. Je me suis précipitée vers le couple qui venait d'entrer, en proposant à la femme de la débarrasser de son étole en fourrure.

— Monsieur et madame Wilkinson, merci infiniment d'avoir accepté notre invitation. Laissez-moi vous débarrasser. Ilana que voici va vous conduire jusqu'au foyer, où sont servis les cocktails.

J'espérais avoir réussi à débiter mon laïus de bienvenue sans dévisager ces gens avec des yeux ronds. Ils offraient un spectacle pour le moins hallucinant. Aux soirées données par Miranda, j'avais déjà vu des femmes habillées comme des prostituées, des hommes habillés comme des femmes, et des mannequins pas habillés du tout, mais jamais je n'avais vu de gens accoutrés de la sorte. Je savais que les invités ne seraient pas des New-Yorkais branchés, mais je m'étais attendue à ce qu'ils aient plus ou moins l'air de sortir d'un épisode de *Dallas*. Au lieu de quoi, on aurait dit la distribution de *Délivrance* qui se serait mise sur son trente et un.

Le frère de M. Tomlinson, par ailleurs plutôt distingué, avec ses cheveux gris argent, avait commis la grossière erreur de porter un habit blanc – au mois de mai – avec une pochette écossaise et une canne. La fiancée, elle, arborait un cauchemar de robe en taffetas vert émeraude, un machin tourbillonnant, bouffant, froncé, avec un bustier qui comprimait son énorme poitrine et la faisait saillir du décolleté – on avait vraiment l'impression que ses seins en silicone allaient l'étouffer. Des diamants de la taille d'un œuf de pigeon pendaient à ses oreilles ; un autre, format œuf de poule, étincelait à son doigt. Ses cheveux étaient blancs à force d'être décolorés, ses dents étaient d'une blancheur aveuglante, et elle était perchée sur des talons si hauts et si fins que lorsqu'elle marchait, on aurait dit un demi d'ouverture de la NFL[1].

— Mes ché'is, je suis tellement contente que vous soyez là pour not'e petite fête. Qui n'aime pas fai'e la fête, n'est-ce pas ? a chantonné Miranda en imitant l'accent du Sud.

La future Mme Tomlinson semblait sur le point de tomber en pâmoison. Imaginez ! Là, à deux pas d'elle, se trouvait Miranda Priestly, la seule, l'unique. Tant de jubilation de sa part était embarrassant pour tout le monde, et tout ce maudit troupeau a suivi Miranda jusqu'au foyer.

La soirée s'est poursuivie sur cette lancée. J'ai réussi à mettre un nom sur chaque visage, et à ne prononcer aucune parole trop humiliante. Plus les heures passaient, moins le défilé de smokings blancs, de mousselines, de coiffures monumentales, de bijoux encore plus monumentaux et autres falbalas m'amusait ; en revanche, impossible de me lasser du spectacle qu'offrait Miranda. Ce soir-là, elle campait la mondaine accomplie, que toutes ses convives enviaient. Certes, ces bonnes femmes comprenaient que tout l'or du monde ne leur permettrait jamais d'acheter sa classe et son élégance, mais cela ne les empêchait pas de se consumer d'envie.

Quand, à mi-dîner, elle m'a signifié, sans un au revoir ni un remerciement, que je pouvais partir, j'ai accueilli la nouvelle avec un sourire d'une entière sincérité (« An-dre-âââ, nous n'aurons plus besoin de vous. Vous pouvez disposer. ») J'ai cherché Ilana, mais

1. *National Football League* : Fédération nationale de football américain.

elle s'était déjà sauvée. J'ai très brièvement songé à prendre le métro, mais je n'étais pas certaine que la robe d'Oscar ou que mes pieds soient à même d'encaisser l'épreuve. Finalement, j'ai commandé une voiture. Moins de dix minutes après, elle était là, et je me suis effondrée, épuisée mais calme, sur la banquette arrière.

Quand je suis passée devant le comptoir de John en me dirigeant vers l'ascenseur, il s'est levé pour me tendre une enveloppe en kraft.

— On a déposé ça pour vous il y a cinq minutes, en précisant que c'était urgent.

Je l'ai remercié et, intriguée, je me suis assise dans un coin du hall. Qui pouvait bien m'envoyer un courrier à 10 heures du soir un vendredi ? J'ai déchiré l'enveloppe. À l'interieur, il y avait un petit mot :

Très chère Andrea,

C'était formidable de te rencontrer ce soir ! Pourrions-nous nous revoir, la semaine prochaine, pour manger des sushis ou boire un verre ? Je dépose ceci sur la route en rentrant chez moi – tu auras peut-être besoin d'un petit remontant après la soirée que nous venons de passer. Régale-toi !

XXX

Ilana

Était jointe à ce mot la photo de Miranda en serpent, agrandie au format A4. Tout en massant mes pieds que j'avais finalement libérés des Manolo, j'ai regardé Miranda bien en face. Elle semblait tout aussi intimidante et méchante que la garce que j'avais tous les jours devant les yeux. Mais sur ce cliché, elle avait également l'air triste, et vraiment seule. Placarder cette photo sur la porte de mon réfrigérateur, et m'en moquer avec Lily ou Alex n'allait pas faire disparaître la douleur dans mes pieds, ni me rendre mon vendredi soir.

Je l'ai déchirée et j'ai claudiqué jusqu'en haut.

15

— Andrea ? a coassé une voix éraillée. C'est Emily. Tu m'entends ?

Emily ne m'avait pas appelée tard le soir chez moi depuis des mois et des mois. Il devait s'agir d'une affaire d'importance.

— Salut. Oui, je t'entends. Tu as une voix d'outre-tombe.

Je me suis redressée sur mon lit, en me demandant si Miranda était responsable de l'état d'Emily.

La dernière fois qu'Emily m'avait téléphoné aussi tard remontait au jour où Miranda l'avait appelée à 11 heures un samedi soir pour lui ordonner d'affréter un jet privé pour elle et M. Tomlinson, afin qu'ils puissent regagner New York. Ils se trouvaient coincés à Miami, car leur vol sur une compagnie régulière avait été annulé pour cause de mauvais temps. Quand Miranda l'avait contactée, Emily finissait de se préparer et s'apprêtait à partir de chez elle pour se rendre à sa fête d'anniversaire ; elle m'avait aussitôt appelée pour me supplier de m'en occuper. Mais je n'avais eu le message que le lendemain, et lorsque je l'avais rappelée, elle était encore en larmes.

— J'ai raté ma fête d'anniversaire, Andrea ! avait-elle gémi, sitôt qu'elle avait eu décroché.

— Ils ne pouvaient donc pas prendre une chambre d'hôtel, et rentrer le lendemain, comme des gens normaux ?

— Crois-tu que je n'y aie pas pensé ? Moins de sept minutes après son premier appel, je leur avais réservé des suites, dans les penthouses du Shore Club, de l'Albion et du Delano. Je me disais qu'elle ne pouvait pas être sérieuse – on était samedi soir, bon sang. Comment fait-on pour affréter un jet privé un samedi soir ?

— J'imagine que ce n'était pas son problème ? ai-je dit gentiment.

Je me sentais sincèrement coupable de n'avoir pas été là pour l'aider, mais en même temps, j'étais aux anges d'avoir esquivé cette corvée.

— Ce n'était *pas du tout* son problème. Elle appelait toute les dix minutes, en demandant pourquoi je n'avais encore rien trouvé, et je n'arrêtais pas de mettre tous ces gens en attente pour prendre ses coups de fil, et quand je les reprenais, ils avaient raccroché. C'était un cauchemar, a-t-elle ajouté après avoir repris son souffle.

— Que s'est-il passé ? J'ai peur de poser la question…

— Que s'est-il passé ? Que ne s'est-il pas passé, tu veux dire ? J'ai contacté toutes les compagnies privées de location de jets de l'État de Floride, mais comme tu peux l'imaginer, un samedi à minuit, personne ne répondait. J'ai appelé des pilotes indépendants, j'ai appelé des compagnies de lignes intérieures pour voir s'ils avaient des tuyaux, j'ai même réussi à parler à un responsable de l'aéroport de Miami. Je lui ai expliqué qu'il me fallait trouver un avion dans la prochaine demi-heure pour ramener deux personnes à New York. Tu sais ce qu'il a fait ?

— Quoi ?

— Il a éclaté de rire. Il était mort de rire. Il m'a accusée d'être une couverture pour terroristes, pour trafiquants de drogue… j'ai tout entendu. Il m'a répondu que j'avais plus de chances d'être foudroyée vingt fois que d'arriver à trouver un pilote et organiser un vol à cette heure-là, quel que soit le prix que j'étais prête à payer. Et il a ajouté que si jamais je le rappelais, il serait obligé de rerouter ma demande vers le FBI. Tu le crois ? (À ce stade-là, elle hurlait.) Putain, tu le crois ? Le FBI !

— J'imagine que ça n'a pas plu à Miranda non plus.

— Celle-là, elle a aaaaaaadoré. Elle a refusé de croire pendant vingt minutes qu'il n'y avait aucun avion disponible. Je me suis efforcée de lui faire comprendre qu'ils n'étaient pas tous pris, que c'était simplement une question d'heure, qu'on était au milieu de la nuit.

— Et alors ?

Je sentais que cette histoire n'avait pas eu une fin heureuse.

— Et alors, à 1 heure 45, elle a finalement accepté l'idée qu'elle ne rentrerait pas à New York dans la nuit – ce n'était pas très grave, les filles étaient chez leur père, et la nounou pouvait s'occuper d'elles aujourd'hui – et elle m'a demandé de lui réserver deux billets sur le premier vol de ce matin.

C'était absurde. Puisque son vol avait été annulé, la compagnie lui aurait certainement trouvé une place sur le premier vol du matin – compte tenu surtout de son statut de passagère VIP en possession d'une carte Premier or-platine-diamant, et du prix plein pot qu'elle avait payé pour ses billets de première.

— Ouais, a dit Emily quand je le lui ai fait remarquer. Continental l'a inscrite sur le tout premier vol, à 6 h 50. Mais quand Miranda a entendu que quelqu'un avait réussi à avoir une place sur un vol Delta à 6 h 35, elle a pété les plombs. Elle m'a traitée d'abrutie incompétente, elle m'a répété, je ne sais combien de fois, que j'étais une assistante archinulle si j'étais infichue de lui affréter un vol privé.

Je l'ai entendue renifler.

— Oh, mon Dieu. Je sais ce que tu vas me dire. Ne me dis pas que tu as fait ça ?

— Bien sûr que si.

— Non, tu te fiches de moi. Pour quinze minutes ?

— Oui ! Crois-tu que j'avais le choix ? Elle était vraiment en rogne contre moi. Au moins, comme ça, je donnais l'impression d'avoir servi à quelque chose. Ça a coûté 2 000 dollars de plus – ce n'était pas la mer à boire. Quand elle a raccroché, elle était presque contente. Que demander de plus ?

À ce moment-là, nous nous sommes mises à rire. Emily n'avait pas besoin de me raconter la suite en détail : elle avait acheté deux autres billets en classe affaires sur un vol Delta pour que Miranda la boucle, pour mettre un terme à ses exigences sans fin, à ce flot d'insultes.

Je m'étouffais à force de rire.

— Attends. Donc, au moment où tu as envoyé une voiture les chercher au Delano…

— Il était presque 3 heures du matin, et elle m'avait appelée très exactement vingt-deux fois en quatre heures. Le chauffeur a patienté le temps qu'ils se douchent et se changent dans leur suite, et il les a ramenés directement à l'aéroport pour leur vol.

— Arrête ! j'ai hoqueté, pliée en deux au récit de cette charmante suite d'événements. Ce n'est pas possible !

Emily a arrêté de rire et a fait semblant de redevenir sérieuse.

— Tu crois ça ? Attends que je te raconte le plus drôle.

— Oui, dis-moi vite !

J'étais positivement enchantée qu'Emily et moi ayons, pour une fois, réussi à nous amuser de la même chose au même moment. C'était bon de se sentir une équipe soudée, livrant bataille à l'oppresseur. J'ai réalisé alors à quel point cette année aurait été différente si Emily et moi avions pu être vraiment copines, si nous avions pu nous couvrir et nous protéger mutuellement, et avoir assez confiance l'une en l'autre pour opposer un front uni à Miranda. Les journées n'auraient sans doute pas été aussi insupportables, mais à l'exception de rares cas tels que celui-ci, nous étions en désaccord sur tout.

— Le meilleur ? Elle ne s'en est pas aperçue, évidemment, mais même si le vol Delta est parti plus tôt, il a atterri huit minutes plus tard que le vol Continental qu'elle aurait dû prendre.

— Tais-toi ! ai-je lâché en hurlant de rire.

Quand finalement nous avons eu raccroché, j'ai été surprise de constater que nous avions bavardé pendant plus d'une heure, comme de vraies amies. Naturellement, le lendemain, nous avons immédiatement retrouvé notre hostilité à peine masquée, mais mes sentiments envers Emily étaient demeurés depuis ce jour un peu plus affectueux.

Jusqu'à ce coup de fil, bien sûr. Mon affection pour elle n'était pas assez grande pour entendre la nouvelle à coup sûr irritante et fâcheuse qu'elle s'apprêtait à m'annoncer.

— Tu n'as vraiment pas l'air dans ton assiette. Tu es malade ?

En dépit d'un gros effort pour teinter ma question d'une nuance de sympathie, elle était agressive, accusatrice.

— Oh oui, a-t-elle dit d'une voix cassée avant de partir dans une quinte de toux. Vraiment malade.

Quand quelqu'un se prétendait *vraiment malade*, je

n'y croyais jamais : en l'absence d'un diagnostic portant sur une maladie officielle susceptible de mettre notre vie en danger, à *Runway* on était toujours assez valide pour travailler. Aussi, quand Emily a cessé de tousser à s'arracher les poumons et a répété qu'elle était vraiment malade, je n'ai pas envisagé une seule seconde qu'elle puisse ne pas venir au bureau le lundi matin. Tout était arrangé pour qu'elle rejoigne Miranda le 18 octobre à Paris, à moins d'une semaine de là. Par ailleurs, en ce qui me concernait, je m'étais débrouillée pour passer outre à quelques inflammations de la gorge, plusieurs débuts de bronchite, des rhumes incessants, d'épouvantables intoxications alimentaires en série, et cette toux perpétuelle du fumeur ; en presque un an, je n'avais pas pris un seul jour de congé maladie.

J'avais réussi à caser un rendez-vous chez le médécin, un jour où il me fallait absolument des antibiotiques pour une de ces laryngites (alors qu'Emily et Miranda me croyaient sortie repérer une nouvelle voiture pour M. Tomlinson, je m'étais pointée dans le cabinet d'un toubib, et j'avais exigé d'être examinée sur-le-champ) mais jamais je n'avais eu le temps de faire un vrai travail de prévention. J'avais pu dégager quelques heures pour une douzaine de séances de mèches chez Marshall, pour quelques massages gracieusement offerts par un institut de beauté qui se sentait honoré de recevoir l'assistante de Miranda Priestly, et pour un nombre incalculable de manucures, de pédicures et de maquillages, mais je n'avais vu ni dentiste ni gynécologue depuis un an.

— Je peux faire quelque chose pour toi ? ai-je demandé, d'un ton délibérément détaché.

J'étais en train de me creuser la cervelle : à quoi rimait de m'appeler pour me dire qu'elle ne se sentait pas bien ? C'était parfaitement inutile. Quel que soit son état, le lundi, elle serait à son poste.

Emily a toussé, d'une toux à se déchirer la gorge, et j'ai entendu qu'elle avait les bronches vraiment chargées.

— Oui. Mon Dieu, je n'y crois pas, à ce qui m'arrive !

— Quoi ? Que t'arrive-t-il ?

— Je ne peux pas aller en Europe avec Miranda. J'ai une mononucléose.

— Quoi ?

— Tu as bien entendu. Je ne peux pas voyager. Le médecin m'a appelée. Il a les résultats de l'analyse de sang. À partir d'aujourd'hui, je suis consignée chez moi pour trois semaines.

Trois semaines ! Elle se fichait de moi ! Elle m'annonçait qu'elle ne partait plus en Europe, alors que c'était cette seule perspective (Miranda et Emily débarrassant toutes les deux le plancher) qui m'avait aidée à tenir tous ces mois-ci. Pour le coup, toute ma compassion s'est envolée.

— Em, elle va te tuer – tu dois y aller. Elle est au courant ?

Il y a eu un silence de mauvais augure à l'autre bout du fil.

— Oui… Elle est au courant.

— Tu l'as appelée ?

— Oui. Enfin, mon docteur l'a appelée. Elle ne jugeait pas qu'une mononucléose fasse de moi une malade. Mon toubib a donc dû lui expliquer que je pouvais contaminer tout le monde et, quoi qu'il en soit…

La phrase est restée en suspens, comme pour suggérer que le pire était encore à venir. Mon instinct de conservation a passé le turbo.

— Quoi qu'il en soit…, a repris Emily. Elle veut que tu l'accompagnes.

— Quoi ? Elle veut que je l'accompagne ? C'est gentil, ça. Qu'a-t-elle dit exactement ? Elle a menacé de te virer parce que tu es malade, c'est ça ?

Emily est repartie dans une autre quinte de toux grasse, et j'ai eu peur qu'elle ne tombe raide, à l'autre bout du fil.

— Andrea, je suis sérieuse. Archisérieuse. Elle dit que les assistantes qu'ils lui dégotent en Europe sont totalement idiotes, et que même toi, tu feras mieux l'affaire.

— Ah, si tu présentes la situation ainsi, je suis ton homme ! Rien de tel que quelques caresses dans le sens du poil pour me convaincre d'accepter. Franchement, c'est trop aimable de sa part. J'en rougis de plaisir !

Quel était le plus gratifiant ? Que Miranda veuille m'emmener avec elle à Paris, ou qu'elle me considère légèrement moins écervelée que les clones françaises et anorexiques de… moi-même ?

— Oh, la ferme ! a coassé Emily entre deux accès d'une toux qui commençait à m'agacer. Tu es la fille la plus vernie du monde. Voilà deux ans – plus de deux ans ! – que j'attends de faire ce voyage, et maintenant, je ne peux pas partir. C'est vraiment trop dégueulasse, non ?

— Évidemment ! C'est cliché à mort : ce voyage est ta seule et unique raison de vivre, et pour moi, c'est le fléau de mon existence, et pourtant c'est moi qui pars, et toi qui restes. C'est marrant la vie, non ? ai-je répondu d'un ton pince-sans-rire.

— Ben ouais, c'est superchiant, mais que veux-tu y faire ? J'ai déjà appelé Jeffy pour qu'il commence à faire rentrer des vêtements pour toi. Tu vas devoir en emporter des tonnes, puisqu'il te faudra une tenue différente pour chaque défilé, chaque dîner, et pour la soirée que Miranda donne à l'hôtel Costes. Allison te filera un coup de main pour le maquillage. Pour les sacs, les chaussures et les bijoux, tu vois avec Stef, aux accessoires. Tu n'as qu'une semaine devant toi, alors tu as intérêt à t'en occuper dès demain matin.

— J'ai encore du mal à croire qu'elle puisse attendre ça de moi.

— Eh bien, fais un effort, parce qu'elle ne plaisantait pas. Et vu que je ne pourrai pas venir au bureau de toute la semaine, tu vas aussi devoir…

— Quoi ? Tu ne viens même pas au bureau ?

Je n'avais pris aucun jour de congé maladie, mais Emily ne s'était pas absentée un seul jour elle non plus. La fois où cela avait failli se produire – à la mort de son arrière-grand-père – elle avait réussi à aller à Philadelphie, à assister aux obsèques et à être de retour à son poste sans manquer une seule minute de travail. Ainsi en allait-il à *Runway*. Sauf cas de décès (dans votre famille proche seulement), d'amputation des quatre membres (les vôtres), ou d'attaque nucléaire (et uniquement si le gouvernement confirmait qu'elle menaçait directement Manhattan), chacun se devait d'être à son poste. Ce moment s'annonçait historique dans le régime Priestly.

— Andrea, j'ai une mononucléose. Je suis supercontagieuse. Sérieux. Je n'ai même pas le droit de sortir boire un café, alors imagine aller au bureau. Miranda l'a compris, donc ça va être à toi d'assurer. Elle part mercredi pour Milan, et toi tu la rejoins à Paris mardi prochain. Tu as du pain sur la planche.

— Elle l'a compris ? Arrête tes conneries et fais-moi plaisir : raconte-moi ce qu'elle a vraiment dit.

Qu'elle ait pu gober qu'Emily était indisponible pour cause de mononucléose, je me refusais à le croire ! L'excuse était par trop énorme.

Emily a lâché un soupir, et je l'ai imaginée en train de lever les yeux au ciel.

— Elle n'était pas enchantée. Je ne lui ai pas parlé en direct. Mon médecin m'a rapporté qu'elle lui avait demandé cinquante fois de suite si la mononucléose était une « vraie » maladie. Mais quand il lui a confirmé que c'était bien le cas, elle s'est montrée très compréhensive.

J'ai éclaté de rire.

— Je n'en doute pas, Em. Et ne t'inquiète pas. Occupe-toi de guérir, je prends en charge tout le reste, O.K. ?

— Je t'envoie la liste des choses à faire par e-mail, pour que tu n'oublies rien.

— Je n'oublierai rien. Elle est déjà partie quatre fois en Europe dans l'année qui vient de s'écouler. J'ai pigé comment ça se passe. Je récupère du liquide à la banque, je change quelques milliers de dollars en euros, j'achète quelques autres milliers en traveller's chèques, et je confirme trois fois tous ses rendez-vous sur place avec le coiffeur et le maquilleur. Quoi d'autre ? Ah oui, je m'assure que le Ritz lui a donné cette fois le bon portable, et je sermonne les chauffeurs pour qu'ils ne la fassent jamais poireauter. Je suis déjà en train de réfléchir à tous les gens qui vont avoir besoin d'une copie de son planning – que je vais taper à l'ordi, pas de problème. Naturellement, elle aura aussi l'emploi du temps des jumelles, avec jours et horaires des cours, des leçons particulières, des entraînements et des loisirs, ainsi que les emplois du temps détaillés de tout son staff d'employés de maison. Tu vois ? Inutile de t'inquiéter – j'ai la situation bien en main.

— N'oublie pas le velours, a-t-elle grondé. Ni les carrés !

— Mais bien sûr ! Ils sont déjà sur ma liste.

Avant que Miranda ne commence à préparer ses bagages – ou plutôt, avant qu'elle ne demande à sa gouvernante de le faire – Emily ou moi étions chargées d'acheter d'énormes rouleaux de velours dans un magasin de tissus. Nous les apportions chez Miranda et, avec la gouvernante, nous découpions des morceaux d'étoffe de la forme et aux dimensions de chaque vêtement qu'elle prévoyait d'emporter, puis nous enveloppions chaque article dans sa luxueuse housse. Ces paquets de velours étaient ensuite placés dans des dizaines de valises Vuitton dont l'une était, pour moitié, occupée par deux douzaines de boîtes orange Hermès, chacune renfermant un carré blanc qui attendait son tour d'être perdu, oublié, abandonné au mauvais endroit ou simplement mis au rebut.

Une fois que j'ai eu raccroché (j'avais vraiment pris sur moi pour donner l'impression de compatir sincèrement), j'ai retrouvé Lily qui fumait une clope, allongée sur le canapé, en sirotant un breuvage transparent qui n'était certainement pas de l'eau.

— Je croyais qu'on n'avait pas le droit de fumer dans cette pièce, ai-je remarqué en me laissant tomber à côté d'elle et en posant mes pieds sur la table en bois tout éraflée que mes parents nous avaient léguée. Non pas que j'y trouve à redire, mais la règle venait de toi.

Lily n'était pas, comme moi, une fumeuse à plein temps et accro ; en général, elle ne fumait que lorsqu'elle buvait et n'était pas du genre à se fendre de l'achat d'un paquet. Or là, un paquet tout neuf de Camel Light dépassait de la poche de son maxi-polo. Je lui ai touché la cuisse du bout de ma pantoufle, en désignant le paquet d'un mouvement du menton. Elle me l'a tendu, en même temps que le briquet.

— Je savais que tu n'aurais rien à y redire, a-t-elle fait en tirant nonchalamment sur sa cigarette. J'ai un truc sur le gaz pour la fac, et la clope m'aide à me concentrer.

— C'est quoi ? ai-je demandé en allumant la mienne.

Lily s'était inscrite à dix-sept U.V. ce semestre-là pour essayer de relever sa moyenne générale, après ses performances médiocres du semestre précédent. Elle n'était pas sur la bonne voie, ai-je songé en la voyant tirer sur sa cigarette puis boire une généreuse rasade de ce qui n'était pas de l'eau.

Elle a poussé un lourd soupir, plein de sous-entendus.

— Un article que personne ne lira pour une absconse revue universitaire, mais il n'empêche que je dois l'écrire, juste pour pouvoir dire que je suis publiée.

— Quelle plaie ! Quand dois-tu le rendre ?

— Demain.

Elle n'avait pas l'air paniquée le moins du monde.

— Demain ? C'est pas vrai ?

Elle m'a décoché un regard lourd d'avertissement, pour me rappeler que j'étais censée être de son côté.

— Oui, demain. Ça fait vraiment chier, vu que c'est le Freudien qui a été désigné pour la relecture. Apparemment, ça ne choque personne qu'il soit thésard en psycho, et non en littérature russe – ils sont à court de relecteurs, alors c'est lui qui va se charger de ma copie. Il est hors de question que je la lui rende dans les temps. Qu'il aille se faire foutre.

Elle a repris une rasade, puis elle a grimacé.

— Lil, que se passe-t-il ? C'est vrai que ça remonte à quelques mois, mais aux dernières nouvelles, vous preniez votre temps et il était parfait. Évidemment, c'était avant que… que tu ramènes ce *truc* à la maison, mais…

Autre coup d'œil d'avertissement, suivi celui-là d'un regard courroucé. J'avais déjà essayé une douzaine de fois de lui reparler de cet épisode avec le Monstre, mais ces derniers temps, les occasions de se parler en tête-à-tête, et en toute franchise, se faisaient rares. Sitôt que je mettais ce sujet sur le tapis, elle s'empressait de détourner la conversation. Je savais qu'elle était surtout très embarrassée par cette histoire : elle avait reconnu que ce mec était atroce, mais elle n'avait pas l'intention de discuter plus avant du fait qu'un excès d'alcool était responsable de ce dérapage.

— Ben apparemment, à un moment donné ce soir-là, je l'ai appelé du Bar en le suppliant de venir me retrouver.

Elle évitait de croiser mon regard et se concentrait sur la télécommande pour sauter d'une plage à l'autre du CD lugubre de Jeff Buckley qui, depuis quelque temps, semblait passer en boucle dans l'appartement.

— Et donc ? Il est venu et il t'a vue parler avec, euh… quelqu'un d'autre ?

Je m'efforçais de ne pas la bousculer en me montrant critique à son égard. À l'évidence, elle se prenait pas mal la tête avec tout ça – les problèmes à la fac, l'alcool, le défilé sans fin des mecs – et je voulais qu'elle s'en ouvre à quelqu'un. Elle ne m'avait jamais rien caché jusque-là, ne serait-ce que parce qu'elle n'avait personne d'autre à qui se confier ; mais dernièrement, elle ne m'avait pas raconté grand-chose. Brusquement, j'ai réalisé combien c'était bizarre que, quatre mois après les faits, on n'ait toujours pas évoqué cet épisode.

— Non, pas tout à fait, a-t-elle répondu, d'une voix amère. Il a fait tout le trajet depuis Morningside Hights et je n'étais plus au Bar. Il paraîtrait qu'il m'a appelée sur mon portable ; Kenny a répondu, et il n'a pas été très sympa.

— Kenny ?

— Le *truc* que j'ai ramené ici au début de l'été, tu te souviens ?

Le ton était sarcastique, mais cette fois, elle a souri.

— Ah, ah, et je suppose que le Freudien ne l'a pas très bien pris.

— Pas très, non. Mais, bon… Un de perdu, dix de retrouvés, pas vrai ?

Elle a filé à la cuisine en emportant son verre vide ; je l'ai vue se servir de la vodka (d'une bouteille de Ketel One à moitié vide). Trois gouttes de tonic, et elle était de retour sur le canapé.

Au moment où j'allais lui demander, en y mettant un

maximum de formes, pourquoi elle picolait de la vodka alors qu'elle avait un papier à rendre le lendemain, on a sonné à l'interphone.

— Oui, qui est-ce ? ai-je demandé à John.

— M. Finneman, pour Mlle Sachs.

Devant témoins, John retrouvait le ton qui seyait à sa fonction.

— Ah bon ? Euh, très bien. Faites-le monter.

Lily m'a regardée, a haussé les sourcils, et j'ai compris que cette conversation allait encore devoir attendre.

— Cache ta joie, s'est-elle moquée. Tu n'es donc pas contente que ton petit copain passe te voir à l'improviste ?

— Bien sûr que si !

Mais l'une autant que l'autre, nous savions que c'était un mensonge. Récemment, entre Alex et moi, les relations avaient été tendues. Vraiment tendues. Nous avions fait semblant d'avoir envie d'être ensemble, et nous nous étions plutôt bien débrouillés : depuis presque quatre ans que nous sortions ensemble, nous savions par cœur ce que l'autre voulait entendre, ou ce dont il avait besoin. Pour compenser les longues heures que je passais au bureau, sitôt que quelqu'un à son école lançait l'idée d'une activité, Alex se portait volontaire pour l'organiser, la coordonner, l'encadrer. Résultat : lorsque nous réussissions enfin à nous voir, nos soirées étaient aussi excitantes que si nous avions été mariés depuis trente ans. Certes, il y avait cet accord tacite entre nous – nous attendions que mon année d'esclavage se termine – mais je m'interdisais de songer à la tournure qu'aurait pu prendre notre relation d'ici cette échéance.

Tout de même… Voilà deux fois que quelqu'un de très proche me faisait remarquer qu'Alex et moi semblions de moins en moins épris ces derniers temps – Jill, tout d'abord, qui, quelques jours auparavant au téléphone, m'avait rappelé qu'une aventure n'était en général qu'une source de misère, et maintenant Lily. À sa façon brouillonne, mais sensible et non dénuée de perspicacité, elle avait remarqué que je ne sautais pas au plafond à l'idée de voir Alex. En fait, je redoutais de lui annoncer que je devais partir en Europe, et j'appréhendais la dispute qui allait inévitablement s'ensuivre. J'aurais bien voulu la différer de quelques jours. Idéalement, le plus simple aurait été qu'elle éclate lorsque j'étais déjà en Europe. Mais je n'allais pas avoir cette chance, puisqu'il était en train de frapper à ma porte.

— Salut ! ai-je claironné avec un enthousiasme un peu trop forcé en me suspendant à son cou. Quelle bonne surprise !

— Ça ne t'embête pas, n'est-ce pas ? J'ai rendez-vous dans le coin pour boire un verre avec Max, et je me suis dit que j'allais monter te dire bonjour.

— Mais pourquoi ça m'embêterait, idiot ? Je suis ravie. Entre, entre.

Je sais, je devais avoir l'air d'une folle hystérique, mais n'importe quel psychothérapeute aurait souligné à quel point mon enthousiasme débordant avait pour objectif de compenser celui qui me faisait défaut intérieurement.

Alex s'est servi une bière, est allé embrasser Lily et s'est assis dans le fauteuil orange vif que mes parents avaient sauvé des années 70, sachant qu'un jour ils seraient fiers de le transmettre à leur descendance.

— Alors, quoi de neuf ? a demandé Alex.

Lily a haussé les épaules.

— J'ai un papier à écrire et je n'arrive pas à m'y mettre. Quoi d'autre ?

— Eh bien, de mon côté il y a du nouveau.

Je m'étais efforcée de mettre de l'excitation dans ma voix, pour me convaincre, et convaincre Alex, que la nouvelle en question était, en fait, un développement positif. Il s'était donné tellement de mal pour organiser notre week-end à Providence – et je l'avais tellement poussé à tout organiser – que ça semblait d'une cruauté sans nom de lui faire faux bond dix jours avant. Nous avions passé une soirée entière à décider qui nous inviterions à notre grand brunch du dimanche, et nous savions d'ores et déjà où et avec qui nous serions pare-chocs contre pare-chocs avant le match Brown-Dartmouth du samedi.

Ils m'ont regardée, avec circonspection pour le moins, puis Alex a réussi à dire :

— Ah ouais ? C'est quoi ?

— Eh bien voilà ! On vient juste de m'appeler – je pars à Paris pour une semaine ! ai-je lâché, avec autant d'exubérance que si j'avais annoncé à un couple stérile qu'ils allaient avoir des jumeaux.

— Tu pars où ? a demandé Lily, du ton perplexe et distrait de la fille qui suit la conversation de loin.

— Pourquoi pars-tu ? a demandé Alex au même moment, l'air aussi content que si je venais de lui révéler que mon test pour la syphilis était positif.

— Emily vient d'apprendre qu'elle a une mononucléose, et Miranda veut que je l'accompagne aux défilés. N'est-ce pas merveilleux ? ai-je fait avec un sourire plein d'entrain.

Cette comédie me laminait. J'appréhendais cette mission, mais devoir, en plus, convaincre Alex que ce contretemps était en fait une opportunité géniale rendait l'entreprise bien plus ardue.

— Je ne comprends pas. Elle va voir les défilés mille fois par an, non ? Pourquoi tout d'un coup a-t-elle besoin que tu l'accompagnes ?

À ce point-là, Lily s'était dejà abstraite de la conversation. Elle feuilletait un vieux numéro du *New Yorker* (je les gardais tous depuis cinq ans) qui semblait la captiver.

— Elle donne une grande soirée à Paris pour la clôture des défilés de printemps, et elle aime bien avoir une de ses assistantes américaines sous la main. Elle va d'abord à Milan, et ensuite on se retrouve à Paris. Pour tout superviser…

— Et il faut que ça tombe sur toi. Et ça signifie que tu vas rater le week-end à Providence, a résumé Alex, d'une voix monocorde.

— Non, en général, ça ne marche pas comme ça. Puisque c'est un grand privilège ; normalement c'est l'assistante senior qui l'accompagne, mais dans la mesure où Emily est malade… c'est à moi d'y aller. Je dois partir mardi prochain, donc je ne pourrai pas aller à Providence. Je suis vraiment désolée.

Je me suis levée pour aller m'asseoir sur le bras du fauteuil d'Alex, qui s'est immédiatement raidi.

— C'est aussi simple que ça, hein ? a-t-il lâché avec hargne. Tu sais que j'ai déjà payé la chambre d'hôtel pour bénéficier du tarif préférentiel. Laissons de côté le fait que j'ai moi-même réorganisé tout mon emploi du temps pour partir avec toi ce week-end-là. J'ai prévenu ma mère qu'elle allait devoir trouver une autre baby-sitter. Pas de quoi en faire un plat, non plus, hein ? Ce n'est jamais qu'une de tes innombrables obligations envers *Runway*…

Pas une fois depuis que nous étions ensemble je ne l'avais vu dans une telle rage. Lily a lâché son magazine, s'est excusée et s'est tirée vite fait avant que les hostilités n'éclatent pour de bon.

J'ai voulu me blottir sur ses genoux, mais il a croisé les jambes et m'a fait signe de m'écarter.

— Franchement, Andrea… (Il ne m'appelait ainsi que lorsqu'il était très contrarié.) Est-ce que tout ça en vaut vraiment la peine ? Sois honnête avec moi. Est-ce que c'est important pour toi ?

— Comment ça ? Est-ce que ça vaut la peine de

sacrifier un week-end comme on pourra en faire des dizaines d'autres pour ma carrière ? Un travail qui va m'ouvrir des portes que jamais je n'aurais espéré voir s'ouvrir, et à court terme par-dessus le marché ? Oui ! Bien sûr que ça en vaut la peine !

Il a baissé la tête ; j'ai cru un instant qu'il allait se mettre à pleurer. Mais quand il s'est redressé, son visage ne trahissait que de la fureur.

— Tu crois que je ne préférerais pas partir avec toi, plutôt que de passer une semaine à faire l'esclave nuit et jour ? (Je m'étais mise à hurler, oubliant complètement que Lily était quelque part à portée d'oreille.) Peux-tu envisager une seconde que je n'aie peut-être pas envie d'y aller, mais que je n'aie pas le choix ?

— Pas le choix ? a-t-il tempêté à son tour. Mais tu n'as que ça, *le choix* ! Andy, ce boulot n'est plus juste un boulot, au cas où ça t'aurait échappé – il a envahi toute ta vie !

Il avait le feu aux joues, et cette rougeur était en train de gagner du terrain dans son cou. En général, je trouvais ça mignon, sexy même, mais là, j'avais juste envie d'aller dormir.

— Écoute, Alex, je sais que…

— Non, *toi*, tu vas m'écouter ! Oublie-moi un instant, non que ça te demande un effort, mais oublie le fait que nous n'arrivons plus jamais à nous voir, à cause des heures que tu consacres à ton boulot, à cause du nombre de fois où tu as été réquisitionnée d'urgence. Parlons plutôt de tes parents. Quand les as-tu vus pour la dernière fois ? Et ta sœur ? Est-ce que tu réalises qu'elle vient d'avoir son premier gosse et que tu ne l'as toujours pas vu ? Ton neveu, bon sang ! Ça ne signifie rien pour toi ? (Il s'est penché vers moi ; j'ai cru qu'il allait s'excuser, mais il a enchaîné, en baissant la voix :) Et Lily ? As-tu remarqué que ta meilleure amie était en train de virer complètement alcoolo ? (Là, j'ai dû accuser le choc, car il a poursuivi :) Tu ne me feras pas croire que tu ne t'es aperçue de rien, Andy. Ça crève les yeux !

— Oui, d'accord, elle boit. Comme toi, comme moi, comme tous les gens que nous connaissons. Lily est étudiante, et les étudiants picolent, Alex. Qu'y a-t-il de bizarre à ça ?

Mes arguments semblaient encore plus lamentables énoncés à voix haute. Alex s'est contenté de secouer la tête. Nous n'avons plus rien dit pendant un petit moment.

— Tu ne piges pas, Andy, a-t-il fini par reprendre. Je ne sais pas très bien ce qui s'est passé, mais je ne te reconnais plus. Je pense que nous avons besoin de faire un break.

— Quoi ? Comment ça ? Tu veux rompre ?

Je venais de comprendre, mais trop tard, bien trop tard, à quel point il parlait sérieusement. Alex se montrait toujours si compréhensif, si gentil, si disponible, que je tenais pour acquis qu'il serait toujours là, pour m'écouter ou m'apaiser par ses paroles après une longue journée, pour me réconforter quand personne d'autre n'en avait rien à cirer. Le seul problème, c'est que je ne remplissais pas exactement ma part de contrat.

— Non, non. Pas rompre, juste faire un break. Je pense que ça peut nous aider à réévaluer la situation à laquelle nous sommes arrivés. On ne peut pas dire que tu sembles heureuse avec moi ces derniers temps, et je mentirais si je disais que je suis bien avec toi. Ça nous serait peut-être profitable à tous les deux de réfléchir quelque temps, chacun de notre côté.

— « Profitable à tous les deux » ? Tu crois que ça va nous « aider » ?

La banalité de ses propos, l'idée qu'une séparation temporaire puisse nous aider à nous retrouver, me donnaient envie de hurler. Quel égoïsme, de sa part, de me faire ce coup-là à ce moment précis, alors que j'avais presque terminé de purger ma peine d'un an à *Runway*, et que j'allais devoir, dans quelques jours, relever le plus grand défi, à ce jour, de ma carrière ! Si j'avais éprouvé des élans de tristesse ou d'inquiétude dans les minutes précédentes, la colère avait tout balayé.

— Bon, très bien. Faisons un break, ai-je riposté d'un ton sarcastique, méchant. Un petit bol d'air. Quelle idée géniale.

Il m'a fixée de ses grands yeux bruns où se lisait une surprise immense, douloureuse, puis il a appuyé ses poings sur ses paupières, très fort, comme pour tenter d'effacer mon image.

— O.K., Andy. Je te libère de ce qui, à l'évidence, est pour toi un calvaire. J'y vais. J'espère que tu vas passer un super-moment à Paris. Je t'appelle bientôt.

Avant même que j'aie pu réaliser entièrement ce qui se passait, il m'a embrassée sur la joue, puis s'est dirigé vers la porte.

— Alex, tu ne crois pas qu'on devrait discuter de tout ça ? ai-je demandé, en m'efforçant de parler d'une voix calme, posée.

Il ne pouvait pas partir comme ça ! Se retournant, il m'a répliqué, avec un sourire triste :

— Assez parlé pour ce soir, Andy. Nous aurions dû parler au cours des derniers mois, au cours de l'année passée. Inutile d'essayer de tout régler à la va-vite. Réfléchis à ce que j'ai dit, d'accord ? Je t'appelle à ton retour. Et bonne chance pour Paris – je sais que tu vas t'en tirer à merveille.

Il a ouvert la porte. Il est sorti. Il l'a refermée doucement derrière lui.

J'ai couru jusqu'à la chambre de Lily pour qu'elle me dise qu'il avait dramatisé, que je devais aller à Paris parce que c'était la meilleure chose à faire pour mon avenir, qu'elle n'avait pas de problème avec l'alcool, que je n'étais pas une sœur indigne, de quitter le pays au moment où Jill venait d'accoucher. Mais elle s'était endormie sur sa couette, tout habillée, le verre vide posé sur la table de chevet. L'ordinateur portable était ouvert à côté d'elle sur le lit. Avait-elle seulement réussi à écrire un seul mot ? J'ai jeté un œil sur l'écran. Bravo ! Elle avait rédigé un en-tête – avec son nom, le code de son séminaire et le nom de son directeur de thèse – et ce qui était sans doute le titre provisoire de l'article : « Quand l'Auteur est Amoureux de son Lecteur : Implications et Ramifications Psychologiques ». J'ai éclaté de rire, mais Lily n'a pas bougé d'un cheveu. J'ai rapporté l'ordinateur sur son bureau, j'ai réglé l'alarme de son réveil sur 7 heures et j'ai éteint la lumière.

Au moment où j'entrais dans ma chambre, mon portable a sonné. Après les inévitables cinq secondes d'emballement cardiaque (la crainte que ce soit Elle), je l'ai ouvert ; c'était Alex, forcément. Je savais bien qu'il ne pouvait pas laisser cette situation en suspens. Alex était un garçon qui ne s'endormait jamais sans m'embrasser et me souhaiter de beaux rêves ; qu'il puisse partir d'ici, en caracolant, parfaitement d'accord avec la perspective de couper les ponts pendant plusieurs semaines était tout bonnement inimaginable.

— Salut, mon chou, ai-je susurré. Je suis contente que tu m'appelles.

Il me manquait déjà, mais j'étais soulagée de l'avoir au téléphone plutôt qu'en chair et en os devant moi. J'avais mal à la tête et un seul désir : qu'il me dise que tout ce pataquès n'était qu'une énorme erreur et qu'il me rappellerait le lendemain.

— Mon chou ? Waou ! On fait des progrès, à ce qu'on dirait, Andy. Prenez garde, je pourrais penser que vous avez des vues sur moi, a dit Christian d'une voix tendre. (J'avais l'impression de l'entendre sourire.) Moi aussi, je suis content d'avoir appelé.

— Oh, c'est vous.

— Eh bien ! Ce n'est pas l'accueil le plus chaleureux qui m'ait été réservé ! Que se passe-t-il, Andy ? Vous filtriez mes appels, ces derniers temps, n'est-ce pas ?

— Absolument pas, ai-je menti. J'ai juste eu une mauvaise journée. Quoi de neuf ?

Il s'est mis à rire.

— Allons, Andy, vous n'avez aucune raison d'être aussi malheureuse. Vous êtes sur la voie rapide pour accomplir de grandes réalisations. À ce propos, j'appelle pour vous proposer de m'accompagner demain soir à la remise d'un prix littéraire. Il devrait y avoir plein de gens intéressants, et ça fait un petit moment que je ne vous ai pas vue. Il s'agit d'une invitation purement professionnelle, naturellement.

Pour une fille qui a lu beaucoup trop d'articles dans *Cosmo* sur le thème « Comment savoir s'il est mûr pour franchir le pas », on aurait pu penser que, dans ce cas précis, les drapeaux rouges se seraient hissés dans ma petite tête. En fait, ils se sont bel et bien hissés, mais j'ai choisi de les ignorer. La journée avait été vraiment très, très longue, et du coup, je me suis autorisée à penser – pour quelques minutes seulement – qu'il était peut-être – j'ai bien dit *peut-être* – parfaitement sincère. Et merde ! C'était bon de bavarder un peu avec un homme qui ne m'accablait pas de critiques et de reproches. Je savais que j'allais refuser son invitation, mais un petit flirt innocent au téléphone ne ferait de mal à personne.

— Professionnel, hein ? ai-je minaudé. Vous m'en direz tant…

— Je vais vous énoncer toutes les bonnes raisons que vous avez de m'accompagner, et la première sur la liste est la plus simple : je sais ce qui est bon pour vous. Point barre.

Dieu, quelle arrogance ! Mais pourquoi trouvais-je ce mec si attachant ?

Début de partie. Nous étions lancés, et en quelques minutes, le voyage à Paris, les vilains penchants de Lily pour la vodka et le regard de chien battu d'Alex ont reculé à l'arrière-plan de cette conversation que je savais malsaine et émotionnellement dangereuse, mais qui n'en restait pas moins sexy et amusante.

16

Miranda serait déjà en Europe depuis une semaine lorsque j'y arriverais à mon tour. À Milan, elle se contenterait des assistantes autochtones – et gagnerait Paris le même jour que moi, afin que nous puissions caler ensemble tous les détails pour sa soirée, comme de vieilles copines. Delta avait refusé de transférer à mon nom le billet d'Emily, et plutôt que de m'énerver et de m'empoisonner encore davantage l'existence, j'en avais acheté un nouveau – 2 100 dollars, vu que c'était la semaine des défilés, et que je m'y prenais à la dernière minute. Au moment de leur donner le numéro de la carte de la société, j'ai eu une brève hésitation, ridicule. *Quelle importance ? Miranda dépense parfois autant en une semaine rien que pour sa coiffure et son maquillage*.

En tant qu'assistante junior de Miranda, j'étais au plus bas dans la hiérarchie de *Runway*. Cependant, si l'accès donne le pouvoir, alors Emily et moi étions les deux personnes les plus puissantes du milieu de la mode : nous déterminions qui aurait un rendez-vous, quel jour et à quelle heure (les gens préféraient toujours que ce soit tôt le matin, car le maquillage était encore frais, et les vêtements n'étaient pas froissés), et quels messages seraient ou non transmis (si votre nom ne figurait pas sur le Bulletin, vous n'existiez pas).

Aussi, quand l'une de nous avait besoin d'un coup de main, le reste de l'équipe n'avait d'autre choix que de nous aider. Il était, bien entendu, déroutant de songer que, si on n'avait pas travaillé pour Miranda Priestly, ces mêmes personnes n'auraient eu que faire de galoper pour nous aux quatre coins de la ville dans leur voiture avec chauffeur. Mais en tout état de cause, sur un simple coup de fil, tous couraient ventre à terre récupérer ce dont nous avions besoin, comme des chiens de chasse bien dressés.

Le travail sur le prochain numéro à paraître a été mis entre parenthèses, car tout le monde a réuni ses efforts pour m'envoyer à Paris correctement parée. Trois commères de la mode m'ont constitué en quatrième vitesse une garde-robe plus qu'exhaustive pour toutes les manifestations auxquelles Miranda pouvait me demander d'assister. Lucia, la directrice mode, m'a promis qu'avant de partir j'aurais en ma possession non seulement des tenues toutes composées pour toutes les circonstances possibles et imaginables, mais également un carnet de croquis, avec des dessins de professionnels, décrivant toutes les façons de marier les vêtements susmentionnés entre eux de façon à maximiser les effets de style et à minimiser les dégâts. En d'autres termes : ne rien assortir ou apparier de ma propre initiative, et j'avais un espoir – quoique mince – d'avoir l'air présentable.

Aurais-je besoin d'accompagner Miranda dans un bistrot et de rester en retrait dans un coin, tel un chaperon, pendant qu'elle siroterait un verre de bordeaux ? Un pantalon gris charbon à revers de Theory, et un pull en soie noire col roulé de Céline. De l'accompagner au club de tennis pour sa leçon particulière et devoir lui apporter de l'eau, ou un carré blanc ? Une tenue de sport de la tête aux pieds, avec pantalon souple et ample, veste zippée à capuche (coupée court pour dévoiler mon nombril), un marcel à 185 dollars et des baskets en daim – le tout signé Prada. Et si jamais – juste au cas où – je réussissais à être placée au premier rang lors d'un défilé, ainsi que tout le monde me le prédisait ? Là, les possibilités étaient illimitées. Ma préférée jusque-là (mais nous n'étions jamais que lundi après-midi) était une jupe plissée d'écolière Anna Sui, un chemisier très transparent et très chichiteux Miu-Miu, une paire de bottes à mi-mollet Christian Louboutin particulièrement coquines et une veste en cuir Katayone Adeli si étriquée qu'elle frisait l'obscène.

J'ai également découvert qu'Allison, la rédactrice beauté, méritait tout à fait son titre car elle était, à elle seule, l'industrie de la beauté. Vingt-quatre heures après qu'on lui a eu notifié que j'allais avoir besoin de maquillage et de pas mal de conseils, elle avait créé le fourre-tout du Cas Désespéré de la Cosmétique. À l'intérieur d'une « mallette de toilette » Burberry surdimensionnée (elle ressemblait plus à un de ces bagages cabine sur roulettes qu'à un vanity), elle avait disposé un assortiment incroyable de fards, de lotions, de gloss, de crèmes, d'eye-liners et autres artifices ; il y avait des rouges à lèvres mats, ultrabrillants, transparents, longue tenue ; six mascaras dans des nuances différentes, un recourbe-cils, et deux brosses à cils en cas de grumeaux (horreur !).

Les poudres qui servaient à fixer/illuminer/creuser/couvrir, les paupières, le teint ou les joues, semblaient représenter à elles seules la moitié des produits, et offraient des thèmes de couleurs plus complexes et plus subtils qu'une palette de peintre : certaines servaient à cuivrer, d'autres à pâlir, d'autres à éclairer par touches, d'autres encore à velouter la peau, ou à regonfler les traits. Pour donner cette touche finale de bonne mine à mon visage, j'avais le choix entre des versions liquide, solide, en poudre, ou les trois à la fois. Le rayon fond de teint était le plus impressionnant. On aurait dit que quelqu'un avait réussi à prélever un échantillon de la peau de mon visage pour préparer un litre d'une lotion sur mesure. Que le produit ait pour objet d'ajouter de l'éclat ou de couvrir les imperfections, le contenu de chaque petit flaçon semblait plus assorti à ma peau que ma peau elle-même. Dans une autre valise écossaise de taille plus modeste se trouvaient tous les accessoires indispensables : le coton (en boules ou en disques), les cotons-tiges, les éponges, pas loin d'une vingtaine de pinceaux de tailles variées, des gants de toilette, deux types différents de démaquillant pour les yeux (hydratant et non-gras) et pas moins de douze – DOUZE – sortes de crème hydratante (pour le visage, pour le corps, ultra-hydratant, avec SPF 15, pour l'éclat, teintée, parfumée, sans parfum, hypoallergénique, aux acides de fruits, antibactérienne et, au cas où le soleil parisien d'octobre me prendrait en traître, à l'aloé vera).

Dans une poche latérale de cette dernière mallette se trouvaient, sur des feuilles de format A4, des croquis de visage sur lesquels Allison avait directement appliqué le maquillage. Un des visages était mystérieusement intitulé « Soirée de détente glamour » (fond de teint mat rehaussé d'une touche de poudre bronzante, d'un chouia de blush, trois tonnes d'ombre à paupières, crayons et mascara noir à l'appui), mais une mise en garde avait été ajoutée en lettres capitales : À PROSCRIRE POUR LES SOIRÉES HABILLÉES !!! TROP DÉCONTRACTÉ !!! Quand j'ai marmonné, de manière presque inaudible, que je serais incapable de réaliser ça par moi-même, Allison a pris un air exaspéré.

— On espère bien que tu n'auras même pas à essayer.

— Ah bon ? Mais alors pourquoi tous ces modèles ?

Elle m'a décoché un regard de Méduse digne de Miranda.

— Andrea, réfléchis deux secondes. Tout ça, c'est seulement en cas d'urgence, si Miranda te demande de l'accompagner au dernier moment, et que ton coiffeur ou ton maquilleur ne sont pas disponibles. Ah, tiens, d'ailleurs, je dois te montrer ce que j'ai préparé pour ta coiffure.

Et Allison de se lancer dans la démonstration du maniement de quatre brosses rondes de tailles différentes pour raidir mes cheveux. Sans trop y prêter attention, je pensais à ce qu'elle venait de dire. J'aurais moi-même un coiffeur et un maquilleur ? Mais je n'avais rien prévu pour moi, lorsque j'avais pris tous les rendez-vous de Miranda. Qui, alors, aurait pu s'en occuper ?

— La rédaction de Paris, a expliqué Allison avec un soupir. Tu représentes *Runway*, tu sais que Miranda est très chatouilleuse là-dessus. Tu vas assister à quelques-unes des manifestations les plus glamour du monde aux côtés de Miranda Priestly. Tu n'imagines tout de même pas pouvoir t'en tirer seule, question look ?

— Non, bien sûr. C'est mille fois mieux d'avoir un pro qui m'aide. Merci.

Allison m'a encore retenue deux heures de plus pour s'assurer que, si jamais je ratais l'un des quatorze rendez-vous avec le coiffeur et le maquilleur qui étaient prévus au programme, je n'allais pas humilier notre patronne en étalant du mascara sur mes lèvres, ou en me rasant les côtés du crâne pour me faire une iroquoise. Quand on a eu fait le tour de tous les écueils, je me suis dit que j'allais enfin disposer d'un moment pour descendre en catastrophe à la cafétéria me chercher une soupe bien calorique, mais Allison a décroché le téléphone d'Emily – son ancien poste – et a composé le numéro de Stef, aux accessoires.

— C'est bon, j'en ai fini avec elle, elle est libre. Tu veux venir ?

— Hé ! Attends ! Il faut que je déjeune avant que Miranda revienne !

Allison a levé les yeux au ciel, exactement comme Emily. Était-ce le poste d'assistante senior qui inspirait des démonstrations aussi expertes d'irritation ?

— Bon, d'accord… Non, non, je parlais à Andrea. (Elle m'a lancé un regard en haussant les sourcils – tiens donc ! – exactement comme Emily.) Apparemment, elle a *faim*… Je sais, oui, je sais bien… Je le lui ai dit, mais elle semble résolue à… *manger*.

Je suis descendue chercher une maxi-portion de crème de brocolis au cheddar ; de retour à mon poste trois minutes plus tard, j'ai trouvé Miranda qui, assise à son bureau, tenait le combiné du téléphone à bout de bras pour l'éloigner de son visage, comme s'il était couvert de sangsues. Elle devait partir pour Milan en fin d'après-midi, mais je n'étais pas certaine de vivre assez longtemps pour voir ça.

— An-dre-âââ, le téléphone sonne, mais quand je décroche – puisque, apparemment, vous vous désintéressez de le faire – il n'y a personne à l'autre bout. Pourriez-vous expliquer ce curieux phénomène ?

Évidemment que je pouvais l'expliquer, mais pas à elle. Les très rares fois où Miranda se retrouvait seule à son bureau, il lui arrivait de décrocher si le téléphone sonnait. Forcément, c'était un tel choc, pour ceux qui appelaient, d'entendre sa voix qu'ils s'empressaient de raccrocher. Aucun de ceux qui composaient son numéro ne s'attendaient à lui parler *en personne*, puisque l'éventualité d'être mis en relation était quasi nulle. J'avais reçu des dizaines de mails paniqués de rédactrices ou d'assistantes pour m'informer que Miranda était encore en train de répondre au téléphone. « Où êtes-vous passées, les filles ??? Elle répond quand on l'appelle !!! »

J'ai marmonné une explication – moi aussi, de temps à autre, j'étais confrontée à ce genre d'appels –, mais Miranda semblait s'être déjà désintéressée du sujet. Son regard était braqué sur moi – ou plus exactement, sur mon bol de soupe. Quelques filets de crème épaisse et verte dégoulinaient lentement le long des parois extérieures. Puis elle a détourné les yeux, avec une moue dégoûtée quand elle a compris que ce machin vert était comestible, et qu'en plus, j'avais l'intention de le manger.

— Jetez-moi ça sur-le-champ ! a-t-elle aboyé. L'odeur seule va me rendre malade. (Elle devait se trouver à cinq mètres de moi.)

J'ai versé la soupe offensante dans la poubelle, en regardant à regret mon déjeuner perdu quand sa voix m'a ramenée à la réalité.

— Je suis prête pour les répétitions, a-t-elle glapi. Et dès que nous en aurons terminé, vous convoquez les journalistes en conférence de rédaction.

Chacun de ces mots a envoyé une décharge d'adrénaline dans mon cerveau. N'étant jamais certaine d'avoir bien compris ce qu'elle me demandait, comment savoir si j'allais réussir ou pas à m'acquitter de ma tâche ? C'était le travail d'Emily de programmer les répétitions et les conférences hebdomadaires. J'ai foncé vers son bureau pour consulter l'agenda. Dans la case 15 h-16 h, elle avait écrit « Répétition shooting Sedona, Lucia/Helen ». J'ai composé le numéro de poste de Lucia.

— Elle vous attend, ai-je annoncé, tel un commandant de l'armée.

Lucia a raccroché sans dire un mot, et j'ai su qu'Helen (son assistante) et elle étaient déjà en route pour le bureau de Miranda. Si elles ne se présentaient pas dans les vingt-cinq secondes, Miranda m'ordonnerait d'aller les traquer dans les couloirs pour leur rappeler (au cas où elles l'auraient oublié) qu'elle les attendait depuis trente bonnes secondes. Ce type de rappel à l'ordre était en général une mission déplaisante, et aussi l'une des raisons pour lesquelles le port forcé des talons aiguilles rendait la vie au bureau plus difficile. Et si galoper d'un bureau à l'autre en cherchant à débusquer quelqu'un qui, selon toute vraisemblance, se planquait pour échapper à Miranda n'était jamais drôle, la situation empirait lorsque l'intéressée se trouvait aux toilettes. Quel que soit le motif, il ne constituait pas une excuse valable pour ne pas être disponible au moment requis. Je devais donc faire intrusion aux chiottes – et parfois jeter un œil sous les portes de chaque box pour identifier la bonne paire de chaussures – et demander aussi poliment que possible à l'intéressée d'en terminer séance tenante avec ce qui l'occupait pour filer chez Miranda.

Heureusement pour toutes les parties concernées, Helen est arrivée dans les secondes qui ont suivi, poussant devant elle un portant débordant de vêtements, et en tirant un second en remorque. Elle a marqué un temps d'hésitation devant les doubles portes du bureau de Miranda, puis a vu celle-ci hocher imperceptiblement la tête, et elle a traîné son chargement sur la moquette épaisse.

— Il n'y a que ça ? Deux portants seulement ? s'est enquise Miranda sans même lever les yeux de l'article qu'elle était en train de relire.

Helen a semblé prise de court en l'entendant : Miranda n'adressait jamais la parole aux assistantes, hormis les siennes. C'était la règle. Mais comme Lucia n'était pas encore là avec ses portants, elle n'avait guère le choix.

— Euh… Lucia arrive dans un instant avec les deux autres. Voulez-vous que je, euh… commence à vous montrer ce que nous avons fait rentrer ? a-t-elle demandé en tirant avec nervosité sur l'ourlet de son débardeur.

— Non.

Et, un dixième de seconde après :

— An-dre-âââ ! Où est Lucia ? Allez la chercher. D'après ma montre, il est 15 heures. Si elle n'est pas prête, j'ai mieux à faire que de me rouler les pouces à l'attendre.

— Pas besoin, Miranda, je suis là, a chantonné une Lucia essoufflée, qui poussait et tirait un portant de chaque main. Désolée. Il nous manquait un manteau de chez YSL.

Elle a disposé les quatre portants en demi-cercle devant le bureau et a fait signe à Helen de se retirer. Sur les portants, les vêtements étaient classés par genre – chemisiers, grosses pièces d'extérieur, pantalons/jupes, robes. Miranda et Lucia ont passé en revue chaque pièce une par une, en se chamaillant sur la place à attribuer (ou à refuser) à chacune dans le shooting qui allait avoir lieu à Sedona, en Arizona. Lucia argumentait en faveur du style « cow-girl citadine et chic », qui selon elle ressortirait très bien sur la toile de fond du paysage – des montagnes de roche rouge –, mais Miranda répétait à l'envi avec sarcasme que « citadine chic » lui suffirait amplement, vu que « cow-girl chic » entrait indiscutablement dans la catégorie de l'oxymore. Peut-être avait-elle eu son compte de « cow-girls chic » lors des fiançailles de son beau-frère. J'ai réussi à faire abstraction de sa voix jusqu'à ce qu'elle prononce mon nom, cette fois pour me demander de convoquer l'équipe des accessoires pour leur répétition.

Immédiatement, j'ai vérifié dans l'agenda d'Emily. C'était bien ce que je pensais : aucune répétition n'était prévue ce jour-là pour les accessoires. En priant pour qu'Emily ait simplement oublié de la noter, j'ai appelé

Stef en l'informant que Miranda était prête pour la répétition du shooting de Sedona.

Pas de pot. Leur répétition n'était programmée que le lendemain en fin d'après-midi, et un quart des accessoires n'avaient pas encore été livrés par les bureaux de presse des maisons de couture.

— Impossible. On n'est pas prêts, a tranché Stef, d'une voix bien moins assurée que ne le laissaient entendre ses paroles.

— Bon sang, mais je lui dis quoi, moi ? ai-je chuchoté.

— La vérité : la répétition était programmée pour demain, il nous manque plein de marchandises. Non, mais franchement ! On attend encore un sac du soir, un sac à anses, trois sacs à franges, quatre paires de pompes, deux ras de cou, trois…

— O.K., O.K., je transmets. Mais reste près du téléphone et décroche si je rappelle. Et à ta place, je commencerais tout de même à me préparer, parce qu'à mon avis, elle s'en contrefiche de savoir si c'était programmé aujourd'hui ou demain.

Stef a raccroché sans rien ajouter. J'ai avancé jusque sur le seuil du bureau et j'ai attendu patiemment que Miranda daigne remarquer ma présence. Quand elle a levé les yeux dans ma direction, j'ai entrepris d'expliquer tant bien que mal le problème.

— An-dre-âââ, je ne peux pas visualiser de quoi auront l'air les mannequins sans avoir vu les chaussures, les sacs ou les bijoux, et demain, je serai en Italie. Dites à Stef que je veux une répétition avec ce qu'elle a, et qu'elle me montre des photos de ce qu'elle n'a pas encore !

Puis elle s'est tournée vers Lucia pour continuer à passer les fringues en revue.

Rapporter cette nouvelle à Stef donnait un sens nouveau à la formule « ne tirez pas sur le messager ». Elle s'est mise à flipper.

— Mais putain, comment veux-tu que j'organise une répétition en trente secondes ? C'est impossible ! Quatre sur cinq de mes assistantes sont absentes, et la seule qui est là est complètement débile. Je fais quoi ?

Elle était hystérique, mais il n'y avait pas vraiment de marge de négociation.

— Bon, super, ai-je dit gentiment en surveillant du coin de l'œil Miranda, qui avait le chic pour tout entendre. Je lui dis que tu arrives.

Et j'ai raccroché avant qu'elle ne fonde en larmes.

Sans réelle surprise, j'ai vu Stef débarquer deux minutes et demie plus tard avec son assistante débile, plus une assistante empruntée au pied levé aux filles de la mode, et James, emprunté lui aussi au service beauté. Ils transportaient des corbeilles en osier et avaient tous l'air terrorisés. Ils ont attendu devant mon bureau que Miranda leur fasse signe d'approcher, et une fois le hochement de tête reçu, ils se sont précipités dans l'arène pour le petit exercice de génuflexion.

Lorsque cette fine équipe a eu déballé tout ce que Stef avait réussi à réunir pour le présenter en rangs bien nets sur la moquette, le bureau de Miranda prit l'allure d'un marché de bédouins – mais qui évoquait davantage les étals de Madison que ceux de Charm el-Cheikh. Pendant que l'une lui montrait des ceintures en peau de serpent à 2 000 dollars pièce, une autre essayait de lui faire accepter un sac Kelly grand modèle. Une troisième lui vendait à la criée une minirobe de cocktail Fendi tandis que quelqu'un d'autre lui vantait les mérites de la mousseline. Stef avait accompli l'exploit de rassembler tout le matériel nécessaire à une répétition en moins de trente secondes, et alors qu'il lui manquait la moitié des marchandises. J'ai vu qu'elle avait comblé les manques avec des photos des précédents shootings, en expliquant à Miranda que les accessoires qu'ils attendaient étaient identiques, en mieux. Tous maîtrisaient à fond leur boulot, mais Miranda maîtrisait le sien de façon absolue. Elle était la cliente distante et glaciale, qui passait d'un stand somptueux à l'autre, sans jamais laisser transparaître la moindre étincelle d'intérêt. Quand enfin, Dieu merci, elle daignait choisir un article, elle le désignait d'un doigt impérieux, et tout le monde opinait avec obséquiosité (« Oui, excellent choix », « Oh, tout à fait, c'est le mieux »). Finalement, ils ont remballé leurs marchandises, et chacun a regagné dare-dare son département d'origine avant qu'elle ne change d'avis.

L'ordalie n'avait, en tout et pour tout, duré que quelques minutes. Mais la traversée de l'épreuve les avait tous consumés d'angoisse. Plus tôt dans la journée, Miranda avait annoncé qu'elle quitterait le bureau aux alentours de 16 heures, afin de passer un petit moment avec les jumelles avant de s'envoler pour Milan. J'ai donc annulé la conférence de rédaction – à l'immense soulagement général. À 15 h 58 pétantes, Son Altesse a commencé à préparer son sac – ce qui n'avait rien d'une tâche exténuante puisque je lui ferais apporter chez elle avant son départ tout objet un tant soit peu lourd ou volumineux. Il ne lui restait donc qu'à ranger son porte-monnaie Gucci et son téléphone Motorola dans ce sac Fendi qu'elle s'acharnait à maltraiter. Dernièrement, la petite merveille à 10 000 dollars avait servi de cartable à Cassidy, et de nombreuses perles s'étaient détachées – en même temps qu'une des anses. Miranda avait un jour laissé choir l'épave sur mon bureau en m'ordonnant de la faire réparer, et de la jeter si son cas était désespéré. J'ai mis un point d'honneur à résister à la tentation de lui dire que le sac était irréparable, afin de le garder pour moi.

Quand enfin elle a débarrassé le plancher, j'ai machinalement attrapé le téléphone pour appeler Alex et me lamenter sur ma journée. Ce n'est que lorsque j'ai eu à moitié composé son numéro que je me suis souvenue que nous étions en mode pause. D'un coup, j'ai réalisé que pour la toute première fois en trois ans, nous allions passer un jour sans nous parler. Je suis restée comme une idiote, le téléphone à la main, à regarder un mail qu'il m'avait envoyé la veille, un mail qui s'achevait par « Je t'aime ». N'avais-je pas commis une affreuse erreur en acceptant ce break ? J'ai recomposé le numéro, en entier cette fois, décidée à lui dire que nous devrions rediscuter de tout ça, chercher à déterminer pourquoi nous en étions arrivés là. Je voulais aussi lui dire que j'assumais l'entière responsabilité pour cette lente détérioration de notre relation. Mais avant même que son téléphone ait pu sonner, Stef, remontée à bloc par la petite répétition qui venait d'avoir lieu, est venue se planter devant moi, avec son plan de guerre « Accessoires » pour mon voyage à Paris. Il fallait discuter chaussures, sacs, ceintures, bijoux et lunettes de soleil. J'ai raccroché et j'ai essayé de me concentrer sur ses instructions.

Logiquement, on pourrait se dire que sept heures de vol en classe éco, harnachée dans un pantalon en cuir ultra-moulant, un blazer sur un débardeur et des sandales ouvertes à brides serait la plus infernale de toutes les expériences de voyage. Eh bien, non. Ces sept heures-là ont été les plus relaxantes dont je puisse me souvenir. Comme Miranda et moi étions au même moment dans un avion à destination de Paris – elle arrivant de Milan, et moi de New York –, il s'est avéré que je me retrouvais par hasard dans l'unique situation où elle ne pouvait pas m'appeler pendant sept heures d'affilée. En ce jour béni, j'étais injoignable, et ce n'était pas ma faute.

Pour des raisons qui m'échappent encore, mes parents n'avaient pas été aussi ravis que je l'avais imaginé quand je les avais appelés pour leur annoncer ce voyage.

— Ah bon ? a fait ma mère, de ce ton bien à elle qui chargeait ces deux petites syllabes de tous les sous-entendus du monde. Tu pars à Paris maintenant ?

— Comment ça, « maintenant » ? Que veux-tu dire ?

— Eh bien… Le moment ne me semble pas très bien choisi pour s'envoler vers l'Europe, voilà tout.

La réponse avait beau rester dans le flou, je voyais très bien glisser vers moi l'avalanche de culpabilité qu'est capable de déclencher toute mère juive qui se respecte.

— Et pourquoi ça ? Quel serait le moment approprié ?

— Ne te vexe pas, Andy. C'est juste que ton père et moi ne t'avons pas vue depuis des mois – non pas que nous nous plaignions, nous comprenons parfaitement que ton travail est très prenant – mais tu n'as donc pas envie de voir ton neveu ? Il a déjà quelques mois et tu ne le connais toujours pas !

— Maman, ne me culpabilise pas ! Je meurs d'envie de voir Isaac, mais tu sais bien que…

— Tu sais que papa et moi te paierons ton billet pour Houston, hein ?

— Oui ! Tu me l'as déjà dit quatre cents fois ! C'est très gentil, mais ce n'est pas un problème d'argent. Je ne peux prendre aucun jour de congé, et maintenant qu'en plus Emily est absente, je suis coincée, même les week-ends. Est-ce que tu comprends ce que ça veut dire, de traverser le pays pour revenir dare-dare si Miranda m'appelle le samedi matin pour aller récupérer ses fringues au pressing ? Tu le comprends, ça ?

— Bien sûr que oui, Andy, mais je me disais – nous nous disions – que tu pourrais peut-être te débrouiller pour aller voir ta sœur dans ces quinze prochains jours, puisque Miranda justement ne serait pas là. Et dans ce cas, papa et moi t'aurions accompagnée. Mais maintenant, tu pars à Paris.

Le ton était explicite ; la traduction exacte de ce « Mais maintenant, tu pars à Paris » était : « Mais maintenant, tu fuis en Europe pour échapper à toutes tes obligations familiales. »

— Maman, je vais mettre les points sur les i. Je ne pars pas en vacances. Je n'ai pas choisi d'aller à Paris, plutôt que d'aller voir le bébé de Jill. Je ne suis pour rien dans cette décision, ce que tu sais sans doute, mais que tu refuses d'admettre. C'est pourtant très simple : soit je pars dans trois jours pour passer une semaine à Paris avec Miranda, soit je suis virée. Est-ce que tu vois un choix ? Si oui, je serais ravie de l'apprendre.

— Non, chérie ! a-t-elle répondu après un petit moment. Nous comprenons, papa et moi. J'espère juste que… que la situation te convient telle qu'elle est.

— Et ça signifie quoi ? ai-je sifflé d'un ton venimeux.

— Rien, rien. Rien d'autre que ce que je dis : le plus important, pour ton père et moi, c'est que tu sois heureuse, et ces derniers temps, dirait-on, tu ne t'es pas beaucoup… ménagée. Tout va bien ?

Je me suis radoucie.

— Oui, maman, tout va bien. Je ne suis pas ravie d'aller à Paris, tu sais. Ça va être l'enfer nuit et jour pendant une semaine. Mais mon année se termine bientôt, et ce rythme ne sera plus qu'un mauvais souvenir.

— Je sais, ma puce, l'année a été rude pour toi. J'espère seulement que tout ça finira par en valoir la peine. C'est tout.

— Je sais. Moi aussi.

Nous avons raccroché en bons termes, mais je n'arrivais pas à me débarrasser du sentiment que j'avais déçu mes parents.

À Charles-de-Gaulle, récupérer les bagages a été un

pur cauchemar, mais à la sortie des douanes, un chauffeur élégamment vêtu brandissait une pancarte avec mon nom. Une fois dans la voiture, il m'a tendu un portable.

— Mme Priestly a demandé que vous l'appeliez dès votre arrivée. J'ai pris la liberté de programmer le numéro de l'hôtel dans le répertoire. Elle est dans la suite Coco Chanel.

— Ah, bien, merci, je vais le faire tout de suite.

Mais avant même que j'aie pu déverrouiller le clavier, le téléphone s'est mis à piailler et à clignoter de partout. Si le chauffeur n'avait pas été en train de m'observer, j'aurais fait taire la sonnerie en faisant semblant de n'avoir rien vu. Mais j'avais la nette impression que ce type avait ordre de me garder à l'œil. Quelque chose, dans son expression, laissait entendre que j'avais tout intérêt à ne pas ignorer cet appel.

— Andrea Sachs, j'écoute, ai-je annoncé de ma voix la plus professionnelle.

— An-dre-âââ ! Quelle heure avez-vous à votre montre ?

Était-ce une question piège ? Le préambule à l'accusation d'être en retard ?

— Euh… Voyons, ma montre indique 5 h 15 du matin, mais manifestement, je ne l'ai pas encore réglée à l'heure de Paris. En conséquence, elle devrait indiquer qu'il est 11 heures 15, ai-je résumé avec entrain, déterminée à donner à notre première conversation de cette longue semaine un ton aussi optimiste que possible.

— Merci pour cette interminable explication, Andre-âââ. Et puis-je vous demander ce que vous avez fabriqué, ces dernières trente-cinq minutes ?

— Le vol avait quelques minutes de retard et ensuite j'ai dû…

— Parce que dans le planning que vous avez fait

pour moi, je lis que votre avion atterrissait ce matin à 10 h 35.

— Oui, c'est l'heure à laquelle il était prévu, mais vous voyez…

— Ce n'est pas à vous de me dire ce que je vois, Andre-âââ. Ce comportement ne sera absolument pas acceptable au cours de cette semaine, est-ce bien compris ?

— Oui, tout à fait. Excusez-moi.

Mon cœur s'est mis à battre à mille pulsations seconde, j'ai senti mon visage s'enflammer d'humiliation. D'humiliation que quelqu'un me parle sur ce ton-là, mais surtout, j'étais morte de honte de m'écraser de la sorte. Je venais de m'excuser – et avec sincérité de surcroît – pour n'avoir pas été capable de faire atterrir un vol international à l'heure dite, et n'avoir pas été assez futée pour inventer un moyen de passer entre les mailles des douanes françaises.

J'ai appuyé ma tête contre la vitre et j'ai regardé défiler le paysage animé des rues parisiennes. Les femmes paraissaient plus grandes, ici, les hommes beaucoup plus distingués, et tout le monde sans exception était super bien habillé, supermince et régalien dans leur port. Je n'étais venue qu'une seule fois à Paris, mais séjourner dans un hôtel du mauvais côté de la ville avec un sac à dos pour seul bagage et observer les élégantes boutiques et les charmantes terrasses de cafés depuis le siège arrière d'une limousine ne procuraient pas exactement la même sensation. Je pourrais m'habituer à tout ça, ai-je songé quand le chauffeur s'est retourné pour m'indiquer qu'il y avait de l'eau dans le minibar, au cas où j'aurais soif.

Quand la voiture s'est rangée devant l'entrée de l'hôtel, un homme d'allure distinguée, vêtu d'un costume qui semblait taillé sur mesure, m'a ouvert la portière.

— Mademoiselle Sachs, quel plaisir de vous rencontrer enfin. Je suis Gérard Renaud.

Il avait une voix agréable qui inspirait confiance, des cheveux gris et un visage profondément marqué : à l'évidence, il était bien plus âgé que je ne me l'étais imaginé au téléphone.

— Monsieur Renaud, tout le plaisir est pour moi !

Brusquement, j'étais submergée par l'envie de me glisser dans un bon lit confortable et de dormir pour effacer les effets du décalage horaire, mais M. Renaud s'est empressé de réduire mes espérances en miettes.

— Mme Priestly souhaiterait que vous vous rendiez immédiatement dans ses appartements, mademoiselle. Avant de passer par votre chambre, je le crains.

À voir la contrition se peindre sur son visage, je me suis sentie plus désolée pour lui que pour moi. Visiblement, il n'appréciait guère d'être porteur de ce genre de message.

— Putain, ça, c'est le pompon ! ai-je marmonné.

Mais en remarquant l'air penaud du concierge, j'ai immédiatement plaqué un sourire sur mes lèvres.

— Excusez-moi, ce vol était épouvantablement long. Quelqu'un pourra-t-il m'indiquer où se trouve Miranda ?

— Bien sûr, mademoiselle. Elle est dans sa suite, et d'après ce que j'ai cru comprendre, elle vous attend avec impatience.

Il m'a semblé que M. Renaud levait discrètement les yeux au ciel, et même si je l'avais jugé d'une courtoisie et d'une correction oppressantes au téléphone, j'ai révisé mon opinion. Sa conscience professionnelle lui interdisait de le montrer, et encore plus de s'autoriser une réflexion, mais je me suis dit qu'il détestait peut-être Miranda autant que moi. Je n'en avais aucune preuve formelle, mais imaginer que quelqu'un puisse ne pas la haïr était tout bonnement impossible.

M. Renaud m'a escortée jusqu'aux ascenseurs, il a dit quelques mots en français au groom qui allait m'accompagner, puis il m'a saluée. Le groom m'a conduite jusque devant la suite de Miranda, il a frappé à la porte et a filé sans demander son reste.

Allait-elle ouvrir elle-même ? Cela me semblait peu probable. Au cours de ces onze derniers mois, chaque fois que je m'étais introduite chez elle le soir, jamais je ne l'avais vue faire quoi que ce soit de ses dix doigts, ni même utiliser ses jambes pour aller répondre au téléphone, attraper un manteau au vestiaire, ou chercher un verre d'eau. On aurait dit que c'était shabbat tous les jours, qu'elle était redevenue une juive religieuse, et que j'étais, il va de soi, son goy de service.

Une jolie soubrette en uniforme a ouvert la porte. Ses yeux semblaient humides, et elle regardait fixement ses pieds.

— An-dre-âââ ! ai-je aussitôt entendu dire. (L'appel venait du fin fond du plus somptueux salon qu'il m'ait jamais été donné de voir.) An-dre-âââ, il faut donner mon tailleur Chanel à repasser pour ce soir, il est importable, tellement il a été froissé pendant le voyage. On pourrait croire que le personnel du Concorde sait prendre soin des bagages, mais non. Mes affaires sont dans un état épouvantable. Appelez également Horace Mann et assurez-vous que les filles sont bien allées en cours. Vous ferez ça tous les jours – je n'ai pas confiance en cette Annabelle. Veillez à parler tous les soirs à Caroline *et* à Cassidy, et vous tiendrez une liste de leurs devoirs à la maison et de leurs contrôles à venir. J'attends un rapport écrit tous les matins avant le petit déjeuner. Ah, et appelez aussi immédiatement le sénateur Schumer. C'est urgent. En dernier lieu, vous penserez à dire à cet abruti de Renaud que je compte sur lui pour me fournir du personnel compétent pendant mon séjour, et vous lui direz que si c'est trop compliqué pour lui, le directeur de l'hôtel pourra m'assister. Cette fille muette qu'il m'a envoyée est une handicapée mentale.

J'ai coulé un regard vers l'intéressée qui s'efforçait

de retenir ses larmes, tapie dans l'entrée de la suite, tremblante et aussi effrayée qu'un hamster acculé. Comme j'ai supposé qu'elle ne parlait pas l'anglais, j'ai pris mon air le plus compatissant, mais elle a continué à trembler. J'ai essayé de me rappeler le chapelet d'ordres que Miranda venait de débiter.

— Ce sera fait, ai-je lancé en direction de l'endroit d'où était sortie sa voix, derrière le piano crapaud et les dix-sept compositions florales joliment disposées dans cette suite de la taille d'une maison. Je reviens dans un instant avec tout ce que vous m'avez demandé.

Avec ses rideaux de brocart, son épaisse moquette crème, l'opulent jeté de lit damassé sur un lit de deux mètres de large, les petites figurines dorées discrètement posées sur des étagères et des guéridons en acajou, cette pièce était indiscutablement le salon le plus cossu, le plus luxueux que j'aie jamais vu. Seuls un écran plat de télévision et une chaîne stéréo design indiquaient que la décoration de la pièce ne datait pas du siècle dernier.

Je suis repassée devant la soubrette tremblotante pour regagner le couloir. Le chasseur apeuré a aussitôt réapparu.

— Pourriez-vous à présent me montrer ma chambre ? ai-je demandé avec le maximum de gentillesse dont j'étais capable, mais visiblement, il était convaincu d'avoir affaire à une autre mégère, et il s'est exécuté avec empressement.

— Voici, mademoiselle, j'espère qu'elle vous conviendra.

À une quinzaine de mètres de la porte de Miranda se trouvait une autre porte, qui ne comportait celle-là aucun numéro. Le groom m'a introduite dans une mini-suite, qui était une réplique presque à l'identique de celle de Miranda, mais avec un salon et un lit de dimensions plus modestes. En lieu et place du piano se trouvait un grand bureau en acajou, sur lequel était disposé tout un arsenal d'équipements – téléphone multilignes, ordinateur à écran plat, imprimante laser, scanner, fax. Mais à ce détail près, les pièces étaient tout aussi richement décorées.

— Mademoiselle, cette porte donne sur le couloir privé qui relie votre chambre à celle de Mme Priestly, a-t-il annoncé en s'avançant pour l'ouvrir.

— Non ! Je vous crois sur parole ! Savoir qu'elle est là me suffit. (J'ai jeté un regard sur le badge discrètement fixé à la poche de son uniforme.) Merci, Stéphane.

J'ai fouillé dans mon sac et là j'ai réalisé que je n'avais pas pensé à changer des dollars en euros et que je n'avais pas eu l'occasion de passer devant un distributeur.

— Je suis désolée, je n'ai que des dollars. Ça ne fait rien ?

Il a piqué un fard.

— Oh non, mademoiselle, ne vous inquiétez pas de ça. Mme Priestly s'occupe de ces détails à son départ. Cependant, comme vous allez avoir besoin d'espèces en sortant, laissez-moi vous montrer ceci.

Il a ouvert un des tiroirs du bureau monumental et m'a tendu une enveloppe frappée de l'en-tête de l'édition française de *Runway*. À l'intérieur se trouvait un paquet de billets, l'équivalent de 4 000 dollars, et un petit mot manuscrit de Brigitte Jardin, la rédactrice en chef, qui avait eu pour mission d'organiser ce voyage et la fameuse soirée à venir :

Très chère Andrea, je suis ravie que vous soyez des nôtres cette semaine ! Ci-joint un peu d'argent pour votre usage personnel pendant ce séjour. Je me suis entretenue avec M. Renaud, qui sera joignable vingt-quatre heures sur vingt-quatre pour Miranda. Vous trouverez ci-après ses numéros de téléphone professionnel et personnel, ainsi que ceux du chef de l'hôtel, du prof de gym particulier, du responsable des transports et, bien sûr, du directeur de l'hôtel. Tous ont l'habitude de recevoir Miranda en période de défilés, il ne devrait donc y avoir aucun problème. Naturellement, si jamais l'une de vous deux a besoin de quoi que ce soit, je serai joignable en permanence – à la rédaction, sur mon portable, chez moi ou par fax. Je ne sais pas si nous aurons l'occasion de nous voir avant la grande soirée de samedi, mais il me tarde de vous rencontrer. Avec toutes mes amitiés. Brigitte.

Il y avait dans l'enveloppe une liste d'une centaine de numéros de téléphone, couvrant tout ce dont on pouvait avoir besoin à Paris, du fleuriste chic au chirurgien pour une urgence. Ces numéros figuraient également sur la dernière page du planning détaillé que j'avais dressé d'après les informations de Brigitte, afin que Sa Seigneurie puisse assister aux défilés de printemps avec le minimum de stress, d'anxiété et de soucis.

— Merci beaucoup, Stéphane. Cela m'est très utile.

J'ai extrait quelques billets de la liasse pour les lui tendre, mais il a courtoisement prétendu ne rien remarquer. Et à mon grand plaisir, en quittant ma suite, il avait l'air bien moins terrorisé qu'au début.

J'ai réussi tant bien que mal à m'acquitter de tout ce dont j'étais chargée, et je me suis dit que j'allais me reposer quelques instants contre les quatre cents oreillers disposés à la tête du lit, mais juste au moment où je fermais les yeux, le téléphone a sonné.

— An-dre-âââ, venez immédiatement.

Clic.

— Mais naturellement, Miranda, avec plaisir, puisque c'est demandé avec tant de gentillesse.

J'ai arraché du lit mon corps rompu par le décalage

horaire et je me suis engagée dans le couloir qui reliait nos appartements. J'ai frappé, et une soubrette est venue ouvrir.

— An-dre-âââ ! Une des assistantes de Brigitte vient de m'appeler. Elle voulait connaître la durée de mon discours, lors du déjeuner de tout à l'heure.

Elle feuilletait les pages du *Women's Wear Daily* que quelqu'un – sans doute Allison – lui avait faxé depuis la rédaction de New York, pendant que deux garçons supermignons étaient occupés à la coiffer et à la maquiller. Une assiette de fromage était disposée à portée de sa main, sur un guéridon ancien.

Discours ? Quel discours ? Le seul événement noté sur le planning pour ce jour-là, en dehors des défilés, était un déjeuner avec remise de récompense, et où Miranda prévoyait, comme à son habitude, de faire une brève apparition de quinze minutes avant de s'échapper, transie d'ennui.

— Excusez-moi. Un discours, avez-vous dit ?

— C'est bien ce que j'ai dit.

Elle a posément replié son exemplaire en kit du *WWD* et l'a jeté par terre d'un geste hargneux, manquant de justesse d'assommer un des hommes agenouillés devant elle.

— Pourquoi diable n'ai-je pas été informée qu'on allait me décerner une récompense à la noix lors de ce déjeuner ? a-t-elle sifflé, le visage déformé par une haine que je n'avais encore jamais observée chez elle.

Miranda était toujours contrariée, évidemment. Elle était aussi, en permanence, insatisfaite, agacée, frustrée, globalement malheureuse. Mais jamais je ne l'avais vue en avoir à ce point-là *ras la casquette*.

— Je suis désolée, Miranda, c'est le bureau de Brigitte qui a répondu pour vous à cette invitation, et elles n'ont pas...

— Taisez-vous. Taisez-vous sur-le-champ ! Vous

n'avez jamais que des excuses à me proposer ! *Vous* êtes mon assistante, *vous* êtes la personne que j'ai désignée pour me faciliter la tâche à Paris, celle qui devrait veiller à ce qu'on ne m'importune pas.

Elle était quasiment en train de hurler. Le maquilleur a demandé doucement en anglais si nous souhaitions qu'on nous laisse seules un moment, mais Miranda ne s'est pas donné la peine de lui répondre.

— Il est midi, je dois partir dans quarante-cinq minutes. Je veux d'ici là avoir un discours court et articulé, lisiblement dactylographié. J'attendrai ici. Si cette mission est au-dessus de vos moyens, vous pouvez disposer. De façon *définitive*. C'est tout.

J'ai retraversé notre couloir plus vite que je n'avais jamais couru sur des talons et, avant même d'être arrivée dans ma chambre, j'avais ouvert mon portable. Composer le numéro de Brigitte n'a pas été une mince affaire tant mes mains tremblaient. C'est une de ses assistantes qui a répondu.

— Brigitte ! ai-je glapi d'une voix perçante. Je veux parler à Brigitte ! Où est-elle ? Il faut que je lui parle ! Tout de suite !

Sans doute médusée, la fille n'a pas réagi tout de suite.

— Andrea, c'est vous ?

— Oui, c'est moi, et je dois parler à Brigitte. C'est une urgence. Où est-elle ?

— À un défilé, mais soyez sans crainte, elle a son portable sur elle. Vous êtes à l'hôtel ? Je lui demande de vous rappeler immédiatement.

Effectivement, mon téléphone a sonné presque aussitôt après, mais les quelques secondes écoulées m'avaient semblé durer une semaine.

— Andrea, que se passe-t-il, très chère ? a-t-elle demandé avec son adorable accent français. Monique m'a dit que vous étiez hystérique.

— Hystérique ? Pour sûr que je suis hystérique ! Brigitte, comment avez-vous pu me faire ça ? Votre équipe a tout arrangé pour ce putain de déjeuner, et personne n'a pris la peine de me prévenir qu'en plus de recevoir une récompense, elle devait prononcer un discours !

— Andrea, calmez-vous. Je suis certaine que nous vous avons dit…

— Et c'est à moi de l'écrire ! Vous m'écoutez ? J'ai quarante-cinq minutes pour pondre un discours en remerciement d'une récompense dont j'ignore tout, dans une langue que je ne connais pas. Je suis foutue ! Que vais-je faire ?

— Allons, détendez-vous, laissez-moi vous guider. Tout d'abord, la cérémonie a lieu au Ritz, dans l'un des salons. Vous êtes donc sur place. Le déjeuner est organisé par le Conseil Français de la Mode, qui décerne toujours ses prix en période de défilés parce que tout le monde est à Paris à ce moment-là. *Runway* va recevoir une récompense pour l'ensemble de son travail de couverture de la mode. Pas la peine d'en faire tout un plat, c'est juste une formalité.

— Génial, je sais au moins maintenant de quoi il retourne. Mais que dois-je écrire ? Pourquoi ne me le dicteriez-vous pas en anglais ? Je pourrais demander à M. Renaud de me le traduire. D'accord ? Allez-y, je note.

— Andrea, vous avez de la chance…

— De la chance, vraiment ? Expliquez-moi, car je ne vois pas bien en quoi.

— Ce genre de discours se prononce en général en anglais. Pas besoin de traduire. Vous pouvez donc l'écrire, n'est-ce pas ?

— Oui, je vais le faire, ai-je marmonné avant de raccrocher.

Mais compte tenu des circonstances, pour ce qui était d'espérer montrer à Miranda que j'étais capable de prouesses plus sophistiquées que d'aller chercher ses cafés au lait, c'était loupé.

J'ai commencé à taper à raison de soixante mots par minute (la dactylo s'avérait le seul cours utile que j'avais suivi à la fac) et, quand j'ai eu terminé, j'ai compris que Miranda ne mettrait guère que deux minutes, trois au grand maximum, à lire mon discours. Il me restait à peine le temps de grignoter quelques fraises qu'une âme généreuse avait eu la délicatesse de déposer sur mon bureau – *si seulement ils avaient apporté un cheeseburger* ! J'avais bien une barre chocolatée, quelque part dans mes bagages qui avaient été soigneusement empilés dans un coin de la chambre, mais je n'avais pas le temps de me mettre à sa recherche. Quarante minutes s'étaient écoulées depuis que j'avais reçu mon ordre de mission. Il était l'heure d'aller au rapport et d'attendre le verdict.

C'est encore une nouvelle soubrette qui m'a introduite dans le salon – tout aussi terrorisée que ses consœurs. Manifestement, rien ne m'autorisait à m'asseoir, mais le pantalon en cuir que je n'avais pas quitté depuis la veille semblait être devenu comme une seconde peau permanente, et les sandales à lanières qui finalement ne m'avaient pas gênée dans l'avion s'étaient transformées à présent en lames de rasoir longues et souples qui me tailladaient les pieds, des orteils aux talons. Je me suis assise sur le bord d'un des canapés archidodus, mais à l'instant où la pointe de mes fesses touchait les coussins, la porte de sa chambre s'est ouverte d'un coup, et instinctivement, j'ai bondi sur mes pieds.

— Où est mon discours ? Vous l'avez écrit, n'est-ce pas ?

Elle portait un de ses tailleurs Chanel classiques, à col rond ourlé de fourrure, et un sautoir à plusieurs rangs de perles incroyablement grosses.

— Bien sûr, ai-je confirmé avec fierté. Je crois que ça ira.

Et comme elle n'esquissait aucun mouvement pour venir en prendre connaissance, je me suis avancée, mais avant même que je ne lui tende la feuille, elle me l'a arrachée des mains. Ce n'est que lorsque ses yeux ont cessé de courir le long des lignes que je me suis aperçue que j'avais, de tout le temps de sa lecture, retenu ma respiration.

— Bien. C'est bien. Pas transcendant, mais correct. Allons-y, a-t-elle ajouté en glissant à son épaule la chaîne d'un sac matelassé Chanel.

— Pardon ?

— J'ai dit : allons-y. Cette petite cérémonie idiote commence dans quinze minutes, et avec un peu de chance, dans vingt minutes, nous serons sorties. Je déteste ces trucs-là.

J'avais donc bien compris : j'étais censée l'accompagner. J'ai considéré mon pantalon et mon blazer. Si elle n'avait rien trouvé à y redire – j'en aurais sans doute déjà entendu parler si tel était le cas – à quoi bon se prendre la tête ? Il y aurait probablement des essaims d'assistantes en train elles aussi de veiller au bien-être de leurs patronnes, et personne n'allait prêter attention à ma tenue.

Le salon était exactement conforme à la description de Brigitte – une salle de réunion typique d'un hôtel, avec une vingtaine de tables rondes dressées pour le déjeuner et, sur une petite estrade surélevée, une tribune. Je suis restée en retrait au fond de la salle avec quelques autres subalternes. Le président du Conseil nous a passé un clip particulièrement rasoir et inintéressant qui illustrait, sans inspiration, le rôle de la mode dans notre vie. D'autres personnes se sont succédé au micro pendant la demi-heure suivante et ensuite, avant la remise des prix, un escadron de serveurs s'est éparpillé dans la salle pour apporter les entrées, servir le vin. J'ai glissé un regard circonspect en direction de Miranda, qui semblait excessivement agacée et ennuyée, et j'ai tenté de me ratatiner encore plus derrière la jardinière contre laquelle je prenais appui pour ne pas m'effondrer. Combien de temps ai-je fermé les yeux ? Je ne sais pas. Mais pile au moment où les muscles de mon cou se détendaient et où je me sentais piquer irrésistiblement du nez, j'ai entendu sa voix.

— An-dre-âââ ! Je n'ai pas de temps à perdre avec ces âneries, a-t-elle chuchoté, assez fort pour faire relever la tête à quelques commères, à une table voisine. Je n'étais pas prévenue que j'allais recevoir une récompense, et je n'avais pas prévu de rester aussi longtemps. Je m'en vais.

Elle a fait volte-face et s'est dirigée vers la porte.

Je me suis précipitée à sa suite en boitillant, me retenant de l'attraper par l'épaule.

— Miranda ? Miranda ? (Elle faisait exprès de m'ignorer.) Miranda ? Qui voudriez-vous qui accepte la récompense à votre place ?

Elle a pivoté d'un coup sec et m'a regardé droit dans les yeux.

— Pensez-vous vraiment que cela m'importe ? Retournez là-bas, et occupez-vous-en.

Oh, mon Dieu, non ! C'était un mauvais rêve ! Dans une seconde, j'allais me réveiller dans mon lit, et tout ça – cette journée, l'année qui venait de s'écouler – ne serait qu'un cauchemar. Cette bonne femme ne voulait tout de même pas que moi – son assistante *junior* –, je monte sur cette estrade pour recevoir une récompense au nom de *Runway* ? J'ai fouillé la salle d'un regard fébrile, pour voir si quelqu'un du magazine était présent. Pas de bol. Je me suis effondrée sur une chaise. Qui serait plus à même de me donner un conseil ? Emily ou Brigitte ? J'attendais que la communication soit établie avec le bureau de Brigitte (qui, espérais-je, pourrait rappliquer à temps pour recevoir elle-même cette foutue récompense), quand j'ai entendu :

— … en témoignage de l'immense estime que nous portons à de l'édition américaine de *Runway*, pour ses reportages de mode toujours pointus, distrayants, et informatifs. Je vous demande d'accueillir sa rédactrice en chef mondialement célèbre, elle-même une icône vivante de la mode, Miranda Priestly !

L'assistance s'est mise à applaudir à tout rompre au moment précis où moi, j'ai senti mon cœur qui cessait de battre.

Ce n'était plus le moment de penser, de maudire Brigitte pour avoir orchestré ce désastre, de maudire Miranda pour avoir disparu en emportant le discours, de me maudire moi-même pour avoir un jour accepté ce travail haïssable. Mes jambes m'ont portée docilement, droite-gauche, droite-gauche, et je suis montée sur l'estrade ; jusque-là, tout baignait. Si je n'avais pas été à ce point ébranlée, j'aurais peut-être remarqué que les applaudissements crépitants s'étaient mués en un silence inquiétant, tandis que chaque personne présente se demandait qui j'étais. Mais franchement, je n'ai rien vu. Au contraire, mue par une force supérieure, j'ai souri, j'ai tendu les mains pour recevoir la plaque commémorative que me tendait le président d'un air sévère et je l'ai placée, en tremblant, sur le pupitre devant moi. C'est seulement lorsque j'ai relevé la tête, et que j'ai vu ces centaines d'yeux rivés sur moi – des regards curieux, interrogateurs, déroutés – que j'ai su pour de bon que ma respiration allait s'arrêter et que j'allais trépasser, là, *hic et nunc*.

Sans doute cet état de stupeur n'a-t-il duré que dix ou quinze secondes, mais le silence était si assourdissant, si menaçant, que je me suis demandé si en fait je n'étais pas bel et bien morte. Pas un bruit de couverts, pas un tintement de verre, pas un seul murmure : personne ne parlait, ne cherchait à apprendre de son voisin qui était cet avatar inconnu de Miranda Priestly à la tribune. Ils se contentaient de me dévisager et, au bout d'un moment, j'ai compris que je n'avais d'autre choix que de prendre la parole. Je ne me rappelais pas un traître mot du discours que j'avais rédigé une heure plus tôt. J'étais entièrement livrée à moi-même.

— Bonjour…

Je tremblais comme une feuille. J'ai entendu l'écho de ma voix vibrer dans mes oreilles. Était-ce à cause du micro, ou de la pression sanguine qui palpitait dans mon crâne ? Peu importait.

— Je m'appelle Andrea Sachs et je suis l'ass… euh, je travaille à *Runway*. Malheureusement, Miranda – Mme Priestly – a dû s'absenter un instant, mais c'est un immense honneur d'accepter cette récompense en son nom. Et au nom de toute la rédaction de *Runway*, bien sûr. Merci encore infiniment pour ce, euh… pour ce merveilleux hommage. Je sais que je parle au nom de toute l'équipe en vous assurant que nous sommes tous très honorés par cette distinction.

Quelle cloche ! Je bafouillais, je tremblais, et à ce stade-là, j'avais recouvré assez de présence d'esprit pour remarquer que l'assistance commençait à se moquer de moi. Sans rien ajouter d'autre, j'ai quitté l'estrade avec un maximum de dignité, et c'est seulement en arrivant à la porte de la salle que je me suis aperçue que j'avais oublié la plaque. Une fille m'a rattrapée dans le hall. Sitôt qu'elle a tourné les talons, j'ai tendu la plaque à un portier en lui demandant de s'en débarrasser pour moi. Avec un haussement d'épaules, il l'a glissée dans son sac.

Non, mais quelle garce ! J'étais trop furieuse et trop crevée pour imaginer des moyens inédits de mettre un terme définitif à son existence. Mon téléphone a sonné.

Je savais que c'était elle. J'ai fait basculer l'appel sur la messagerie et je suis allée commander un gin tonic. Le barman m'a dévisagée et a hoché la tête. J'ai descendu le verre en deux gorgées, et je suis remontée voir ce qu'elle me voulait. Il était à peine 14 heures, c'était ma première journée à Paris, et j'avais envie de mourir. Sauf que la mort n'était pas une option envisageable.

17

— Suite de Miranda Priestly, ai-je annoncé de mon nouveau bureau parisien.

Les quatre heures délicieuses de sommeil qui étaient censées me tenir lieu de nuit complète de repos avaient été grossièrement interrompues à 6 heures du matin par l'appel fiévreux d'un des assistants de Karl Lagerfeld. C'est à cette occasion que j'avais découvert que tous les appels destinés à Miranda étaient directement acheminés sur mon poste. Apparemment, la ville entière savait que Miranda résidait ici pendant la semaine des défilés, et depuis que j'avais posé un pied dans ma chambre, le téléphone avait sonné sans un instant de répit. Et je ne parle pas des deux douzaines de messages qui avaient été déposés sur sa messagerie.

— Salut, c'est moi. Comment va Miranda ? Tout se passe bien ? Pas de problème jusque-là ? Où est-elle ? Pourquoi tu n'es pas avec elle ?

— Hé, salut, Em ! C'est gentil à toi de t'inquiéter. Comment vas-tu, au fait ?

— Quoi ? Oh, bien. Encore un peu flagada, mais ça s'arrange. Peu importe. Comment va-t-elle, *elle* ?

— Oui, moi aussi je vais bien, merci de ta sollicitude. Le voyage était un peu long, et je n'ai pas pu dormir plus de vingt minutes d'affilée parce que le téléphone n'arrête pas de sonner et… Ah ! J'ai aussi improvisé un discours – après en avoir écrit un au pied levé – devant une assemblée de gens qui tenaient beaucoup à la présence de Miranda, mais qui apparemment n'étaient pas assez intéressants pour la mériter. Je me suis totalement ridiculisée et j'ai frôlé la crise cardiaque, mais à part ça, tout roule.

— Andrea ! Arrête de déconner ! Je me fais vraiment du souci. On n'a pas eu beaucoup de temps pour préparer ce voyage, et tu sais bien que si quelque chose part de travers, c'est sur moi que ça retombera !

— Emily, s'il te plaît, ne le prends pas mal, mais je ne peux pas te parler, là.

— Pourquoi ? Quel est le problème ? Comment s'est passée sa réunion, hier ? Elle a pu y arriver dans les temps ? Tu n'as besoin de rien ? Tu fais bien attention à t'habiller correctement selon les circonstances ? N'oublie pas que tu représentes *Runway*, alors veille à toujours avoir le bon profil.

— Emily, je dois raccrocher…

— Andrea ! Je suis inquiète. Raconte-moi ce que vous avez fait.

— Voyons voir… J'ai profité de tout le temps libre que j'avais pour me faire masser une demi-douzaine de fois ; je me suis offert aussi deux soins du visage, quelques manucures. Miranda et moi avons considérablement resserré nos liens pendant ces séances en institut de beauté. C'était génial. Elle fait beaucoup d'efforts pour ne pas exiger trop de moi, elle m'a dit qu'elle voulait que je profite au maximum de Paris, parce que c'est une ville extraordinaire et que j'ai la chance d'y être. Bref, en gros, on se balade et on se marre bien. On boit du très bon vin. On fait les boutiques. Comme tout le monde, quoi.

— Andrea ! Ce n'est vraiment pas drôle ! Tu arrêtes de déconner et tu me racontes tout.

Plus elle s'énervait, plus ma bonne humeur s'épanouissait.

— Je ne sais pas quoi te dire, Em. Que veux-tu entendre ? Comment ça a été jusqu'à présent ? Ma foi… J'ai passé le plus clair de mon temps à essayer de trouver un moyen de dormir en dépit du téléphone qui sonne toutes les deux secondes, et j'ai ingurgité un peu de nourriture entre 2 et 6 heures du matin pour pouvoir tenir les vingt heures restantes. On se croirait en plein Ramadan, ici – pas de nourriture de toute la journée. Franchement, tu ne sais pas ce que tu perds.

L'autre ligne s'est mise à clignoter, et j'ai mis Emily en attente. À chaque sonnerie, mon esprit dérivait vers Alex. Je me demandais s'il allait appeler pour s'assurer que tout se passait bien. Je l'avais moi-même appelé deux fois depuis mon arrivée ; chaque fois, il avait répondu, mais tout comme la farce dans laquelle j'excellais au lycée, à chaque coup j'avais raccroché en entendant sa voix. Jamais nous n'étions restés aussi longtemps sans nous parler, et je voulais avoir de ses nouvelles ; cependant, je ne pouvais pas m'empêcher de penser que, sans chamailleries, sans culpabilité à gérer, ma vie s'était considérablement simplifiée. Mais j'ai tout de même retenu mon souffle jusqu'à ce que la voix de Miranda grince dans le poste.

— An-dre-âââ, à quelle heure Lucia doit-elle arriver ?

— Bonjour, Miranda. Attendez, je cherche son planning… Le voilà… Elle arrive directement de son shooting à Stockholm aujourd'hui. Elle devrait être à son hôtel.

— Passez-la-moi.

— Tout de suite, je vous mets en attente une seconde… Allô, Emily ? C'est elle, ne quitte pas… Allô, Miranda, je vous passe Lucia.

— An-dre-âââ, un instant. Je quitte l'hôtel dans vingt minutes, pour le reste de la journée. Avant mon retour, j'ai besoin de quelques carrés Hermès, et d'un nouveau chef. Il devra avoir au minimum dix ans d'expérience dans des restaurants français, être disponible quatre soirs par semaine pour les dîners familiaux, et deux soirs par mois pour les dîners priés. Passez-moi Lucia.

Je sais que j'aurais dû paniquer à l'idée de lui embaucher un chef à New York tout en étant à Paris, mais sur le moment, je n'ai pensé qu'à une seule chose : elle quittait l'hôtel, pour la journée, sans moi.

J'ai repris Emily en ligne et je l'ai informée que Miranda avait besoin d'un nouveau chef.

— Je m'en occupe, Andy, a-t-elle annoncé entre deux accès de toux. Je vais faire un tri dans les candidats et tu n'auras plus qu'à sélectionner les finalistes. Essaie juste de savoir si ça peut attendre son retour à New York, ou si elle préfère que je les lui envoie à Paris pour les entretiens, d'accord ?

— Tu plaisantes, j'espère ?

— Bien sûr que non. Miranda a engagé Cara alors qu'elle se trouvait à Marbella. La précédente nounou venait de démissionner, donc je lui ai expédié les trois finalistes en Espagne pour qu'elle puisse la remplacer sans délai. Occupe-toi de ça, O.K. ?

— Pas de problème, ai-je marmonné.

Parler de massages m'en avait donné envie, aussi ai-je pris un rendez-vous. Comme aucun créneau n'était libre avant la fin de l'après-midi, j'ai commandé un petit déjeuner complet au service d'étage. Quand le maître d'hôtel est venu me l'apporter, j'avais enfilé le peignoir triple épaisseur et les pantoufles assorties de l'hôtel, fin prête à accueillir ce festin d'omelette, croissants, muffins, pommes de terre, céréales et crêpes qui sentait merveilleusement bon. Après avoir tout dévoré jusqu'à la dernière miette, je me suis traînée dans le lit où je n'avais pas vraiment dormi la nuit précédente, et j'ai sombré si rapidement que c'était à se demander si l'on n'avait pas versé quelque chose dans mon jus d'orange.

Le massage était la cerise sur le gâteau de cet après-midi délicieusement reposant. Tout le monde faisait mon travail à ma place, et Miranda n'avait appelé qu'une seule fois – une seule – pour me charger de réserver une table dans un restaurant pour le déjeuner du lendemain. *Ça ne se passe pas si mal*, me suis-je dit, tandis que les mains puissantes de la masseuse pétrissaient les muscles noués de ma nuque. Ce genre de petit à-côté était bien agréable. Au moment où je recommençais à glisser dans une douce torpeur, le portable, que j'avais emporté bien à contrecœur, s'est mis à carillonner.

— Allô ? ai-je fait d'une voix alerte qui ne laissait en rien imaginer que j'étais à moitié endormie, allongée à poil sur une table, le corps enduit d'huile.

— An-dre-âââ. Avancez les rendez-vous avec le coiffeur et le maquilleur, et dites aux gens d'Ungaro que je ne suis pas libre ce soir. Je vais aller à une petite soirée privée, à laquelle vous m'accompagnerez. Soyez prête dans une heure.

— Pas de problème, ai-je bafouillé tout en essayant de digérer ce que je venais d'apprendre : je devais l'accompagner quelque part.

Le souvenir de la veille – de la dernière fois où elle m'avait avertie in extremis que j'étais tenue de l'accompagner m'est revenu en mémoire – m'a littéralement envahie – et j'ai bien cru que j'allais suffoquer. J'ai remercié la masseuse en la priant de mettre la séance – interrompue au bout de dix minutes – sur la note de la chambre et j'ai regagné celle-ci au galop pour réfléchir à la façon de négocier au mieux ce nouvel obstacle. Tout ce cirque commençait à me fatiguer.

J'ai appelé le coiffeur et le maquilleur de Miranda

(qui, entre parenthèses, étaient différents des miens – j'avais écopé d'une espèce de harpie dont le regard atterré, lors de notre première rencontre, me hantait encore –, alors que Miranda avait hérité d'une paire de gays qui semblaient directement sortis des pages de *Maxim*) pour modifier son rendez-vous.

— Aucun problème, a piaillé Julien avec un accent français à couper au couteau. Nous y serons ! Précis comme des coucous suisses ! Nous avons fait le vide dans nos agendas cette semaine, afin justement d'être entièrement disponibles pour Mme Priestly.

J'ai ensuite laissé un message à Brigitte en lui demandant de régler le problème avec les gens d'Ungaro. Il était grand temps de m'occuper de ma tenue. Le carnet de croquis avec les différents looks à ma disposition était posé en évidence sur la table de chevet, attendant d'être feuilleté par une *fashion victim* de ma trempe en quête d'une direction spirituelle. J'ai parcouru les titres et les sous-titres pour essayer de m'y retrouver :

Défilés
1. En journée
2. En soirée

Repas :
1. Réunion au petit déjeuner
2. Déjeuner
A. Décontracté (à l'hôtel ou dans un bistrot)
B. Habillé (L'Espadon au Ritz)
3. Dîner
A. Décontracté (bistrot ou service d'étage)
B. Semi-décontracté (bon restaurant, dîner en ville informel)
C. Habillé (Le Grand Véfour, dîner en ville)

Réceptions :

1. Décontractées (Petits déjeuners champagne, *Five o'clock*)
2. Stylés (Cocktails organisés par des gens non importants, signatures de livres, apéritifs.)
3. Habillés (Cocktails organisés par des gens importants, toute manifestation dans un musée ou une galerie, soirées post-défilé organisées par l'équipe du créateur)

Divers :

1. Trajets aéroport
2. Manifestations sportives (cours, tournois, etc.)
3. Shopping
4. Courses

A. Chez les couturiers
B. Dans les boutiques de luxe
C. Dans les magasins d'alimentation de luxe ou dans les parfumeries.

Quid de la tenue adéquate lorsqu'on ignorait si ses hôtes ressortissaient à la catégorie « gens non importants » ou « gens importants » ? Le carnet restait muet sur ce cas de figure. C'était typiquement le genre de circonstances où l'erreur fatale me guettait au tournant : sans doute pouvais-je restreindre mes choix à la rubrique « Réceptions », mais franchie cette première étape, ça devenait franchement flou. La réception entrait-elle dans la rubrique 2), où une tenue simplement habillée ferait l'affaire, ou relevait-elle vraiment de la rubrique 3), auquel cas je devais veiller à être particulièrement élégante ? Aucune instruction ne concernait nommément les circonstances floues, mais quelqu'un avait eu la bonne idée d'ajouter à la main, au bas de la table des matières, la recommandation suivante : *En cas de doute (ce qui devrait être exclu), mieux vaut être plus décontractée dans des vêtements fabuleux, que trop habillée dans des vêtements fabuleux.* Bon, d'accord, il devenait clair que mon problème entrait dans la catégorie « Réception », sous-catégorie « Stylée ». J'ai consulté les six looks que Lucia avait concoctés pour ces cas-là, et j'ai tenté d'imaginer lequel serait le moins ridicule, une fois sur moi.

Après un essai embarrassant avec un débardeur rebrodé de plumes et des bottes jusqu'à mi-cuisse, j'ai finalement sélectionné le look de la page trente-trois, une jupe fluide en patchwork de Roberto Cavalli, un débardeur à fines bretelles et une paire de bottes de motarde de D&G. Branché, sexy, stylé – mais pas trop habillé – et qui ne me faisait ressembler ni à une autruche, ni à une résurgence des années 80, ni à une prostituée. Que demander de plus ? J'étais en train de choisir un sac susceptible de parachever l'ensemble quand la coiffeuse-maquilleuse est arrivée, avec ses moues désapprobatrices, pour tenter de réduire de moitié l'horrible spectacle qu'elle semblait voir en moi.

— Vous pourriez éclaircir un peu mes cernes ? ai-je demandé prudemment, pour ne pas la perturber dans son travail.

Sans doute aurais-je mieux fait de m'occuper du maquillage moi-même – d'autant que je disposais de plus d'informations que des savants commissionnés par la Nasa pour construire une navette spatiale – mais la kapo du maquillage se pointait avec ponctualité, que ça me plaise ou non.

— Non ! C'est mieux ainsi, a-t-elle aboyé.

Elle et moi ne partagions visiblement pas la même sensibilité.

Sitôt qu'elle a eu terminé d'appliquer une épaisse peinture noire sur mes cils inférieurs, elle s'est sauvée aussi vite qu'elle était apparue. J'ai attrapé mon sac (un sac de bowling Gucci en croco) et j'ai gagné le hall avec quinze minutes d'avance sur notre heure estimée de départ afin de m'assurer plutôt deux fois qu'une que le chauffeur était prêt. Juste au moment où je débattais avec M. Renaud pour savoir si Miranda préférerait que nous montions dans des véhicules séparés, pour ne pas avoir à me parler, ni risquer d'attraper quelque microbe en partageant la banquette arrière avec moi, elle est apparue. Elle m'a examinée de la tête aux pieds, très lentement, avec une parfaite indifférence. J'avais réussi ! Pour la toute première fois depuis que je travaillais pour elle, je n'avais récolté aucun regard de dégoût complet, ni fait les frais d'un commentaire irascible – et cette petite victoire n'avait jamais nécessité que l'aide d'un groupe d'intervention spécial de rédactrices de mode new-yorkaises, les bons offices d'une coiffeuse-maquilleuse parisienne et une collection exhaustive des vêtements les plus beaux et les plus chers au monde.

— La voiture est-elle là, An-dre-âââ ?

Elle était renversante dans une robe de cocktail courte en velours froncé.

— Oui, madame, elle vous attend, est intervenu M. Renaud en nous ouvrant la voie parmi un groupe de femmes qui arboraient toutes un look dernier cri et qui ne pouvaient être, elles aussi, que des rédactrices de mode américaines. Un murmure déférent a circulé dans ce petit cénacle de *sous*-commères. Miranda me devançait, l'air profondément contrarié. Il m'a presque fallu courir pour ne pas me faire distancer, même si elle mesurait quinze centimètres de moins que moi. Elle est montée en voiture et, comme j'hésitais, elle m'a lancé un regard qui signifiait : « Qu'attendez-vous ? Le déluge ? » Je me suis empressée de prendre place à côté d'elle.

Grâce au ciel, le chauffeur semblait connaître notre destination. Je venais de passer une heure en pleine crise de parano à l'idée qu'elle puisse me demander où avait lieu ce fameux cocktail dont j'ignorais tout. Au lieu de quoi, elle a pris son téléphone pour bavarder avec l'ASN. Elle lui a dit au moins cent fois qu'elle espérait qu'il arriverait assez tôt pour pouvoir se changer et boire un verre avant la grande soirée du samedi. L'ASN devait la rejoindre à Paris avec le jet de sa société, et ils débattaient pour savoir s'il emmenait les jumelles. Miranda ne voulait pas que les filles manquent un jour d'école, or l'ASN ne retournerait à New York que le lundi. Ce n'est que lorsque nous nous sommes garés devant un petit hôtel particulier boulevard Saint-Germain que je me suis demandé ce qu'elle attendait exactement de moi ce soir-là. Elle avait toujours évité de maltraiter Emily, moi ou n'importe qui d'autre de son staff en public – ce qui indiquait, au moins à un certain degré, qu'elle était pertinemment consciente de son comportement. Si elle ne pouvait pas m'ordonner d'aller chercher ses verres, de lui passer quelqu'un au téléphone ou de foncer de toute urgence au pressing, à quoi allais-je bien lui servir ?

— An-dre-âââ, nos hôtes de ce soir sont un couple avec lequel j'étais très amie lorsque j'habitais à Paris. Ils m'ont demandé d'emmener mon assistante pour distraire leur fils, qui trouve en général ces soirées assez ennuyeuses. Je suis certaine que vous allez bien vous entendre.

Elle a attendu que le chauffeur lui ouvre la portière, avant de poser à terre ses Jimmy Choo avec une grâce maniérée. Je n'avais pas eu le temps de descendre qu'elle était déjà en train de gravir le perron et qu'elle tendait son manteau au majordome, qui visiblement attendait son arrivée. Je me suis accordé quelques secondes de répit sur la banquette, en essayant de traiter l'information qu'elle venait froidement de me révéler. La séance de coiffure, de maquillage, l'affolement avec lequel j'avais consulté le carnet de style, les bottes de motarde... Tout ça pour passer la soirée à baby-sitter un petit morveux ? Et un petit morveux *français* par-dessus le marché ?

Il m'a fallu trois bonnes minutes pour me rappeler que le *New Yorker* n'était plus très loin, à quelques mois à peine, que mon année d'esclavage allait porter ses fruits, que j'étais capable de supporter encore une soirée d'ennui pour obtenir le boulot de mes rêves. L'envie d'être pelotonnée sur le canapé de mes parents m'a submergée d'un coup. Ma mère m'aurait préparé une tasse de thé réchauffée au micro-ondes, mon père aurait installé le jeu de Scrabble ; Jill et Kyle seraient là avec le bébé, qui gazouillerait en me voyant et Alex appellerait pour me dire qu'il m'aimait. Personne n'en aurait rien à battre que mon jogging soit taché, que mes ongles de pieds ne soient pas impeccablement vernis, personne ne trouverait rien à redire à ce que je mange un énorme éclair au chocolat. Personne d'ailleurs ne saurait que des défilés de mode avaient lieu de l'autre côté de l'Atlantique, et ce serait le cadet de leurs soucis. Mais tout cela paraissait à des années-lumière, et dans l'immédiat, je devais faire face à une clique de gens qui vivaient et mouraient sur les podiums. Ça, plus le marmot criard et pourri-gâté dont j'allais devoir élucider le charabia français.

Quand j'ai enfin extrait ma misérable – mais néanmoins stylée – carcasse de la limousine, le majordome n'attendait plus personne. Un orchestre était en train de jouer, et j'ai senti les fragrances des bougies parfumées qui s'échappaient par une fenêtre ouverte jusque dans le petit jardin. J'ai pris une profonde inspiration et j'allais frapper, quand la porte s'est ouverte. Autant dire que j'ai eu ce soir-là la surprise de ma vie quand je me suis retrouvée nez à nez... avec Christian, qui me souriait.

— Andy chérie, comme je suis heureux que vous

ayez pu venir, s'est-il exclamé avant de se pencher et de m'embrasser sur les lèvres – ce qui, vu que j'étais bouche bée d'incrédulité – était un peu intime.

— Que faites-vous ici ?

Il a souri et repoussé sa mèche.

— Ne devrais-je pas vous poser la même question ? Puisque vous semblez me suivre partout où je vais, je suis obligé d'en conclure que vous voulez coucher avec moi.

J'ai rougi et, toujours grande dame, ricané sans discrétion.

— Ouais, il doit y avoir de ça. En fait, je ne suis pas là en qualité d'invitée ; je suis une simple baby-sitter très bien habillée. Miranda m'a demandé de l'accompagner et m'a appris à la dernière seconde que j'avais pour mission de m'occuper du sale môme de la maison. Donc, si vous voulez bien m'excuser, je vais m'assurer qu'il ne lui manque ni son verre de lait, ni ses crayons de couleur.

— Oh, il va très bien, et je suis certain qu'un autre baiser de sa baby-sitter suffira à le combler.

Il a pris mon visage entre ses mains et m'a embrassée à nouveau. J'ai ouvert la bouche, pour protester et lui demander à quoi rimait tout ce cirque, et Christian, interprétant cela comme une marque d'enthousiasme, en a profité pour glisser sa langue.

— Christian ! (Autant dire que mes jours étaient comptés si Miranda me surprenait en pleine séance de pelotage avec le premier venu à une de ses soirées.) Mais qu'est-ce qui vous prend ? Lâchez-moi !

J'ai réussi à me dégager, mais lui a continué à me sourire.

— Andy, vous êtes un peu longue à la détente sur ce coup-là. Je suis ici chez moi. Ce sont mes parents qui donnent cette réception, et j'ai eu l'idée lumineuse de leur suggérer que votre patronne vous emmène avec elle. C'est elle qui vous a dit que j'avais dix ans ? Ou bien avez-vous décidé ça par vous-même ?

— C'est une blague ? Dites-moi que vous plaisantez.

— Pas le moins du monde. C'est marrant, non ? Comme je n'arrive pas à vous coincer autrement, je me suis dit que ce stratagème pourrait marcher. Ma belle-mère était amie avec Miranda quand elle habitait à Paris – elle est photographe et travaille souvent pour *Runway* –, donc je lui ai demandé de dire à Miranda que son charmant beau-fils apprécierait la compagnie d'une jolie assistante. Ça a marché comme sur des roulettes. Venez, allons vous chercher un verre.

Il m'a prise par la taille pour me conduire dans le salon, derrière un imposant bar en bois, où trois barmen en uniforme fournissaient les invités en martinis, whiskies et élégantes coupes de champagne.

— Christian, laissez-moi tirer ça bien au clair : je n'ai aucun gamin à surveiller ce soir ? Pas de petit frère, ni personne d'autre ?

Je trouvais insensé que Miranda m'ait amenée à une soirée où ma seule et unique responsabilité serait de tenir compagnie à l'Écrivain Sexy et Intelligent. Peut-être m'avait-on invitée avec l'intention de me faire danser, ou chanter, pour distraire les convives ? Peut-être leur manquait-il une fille pour servir les cocktails, et j'étais la solution de dépannage de dernière minute ? À moins qu'on ne me demande d'aller remplacer la fille qui s'occupait du vestiaire et qui semblait prête à tomber de fatigue et d'ennui ? Mon cerveau refusait de gober l'histoire de Christian.

— Bon, je n'ai pas dit que vous n'alliez pas faire du baby-sitting ce soir, car j'entends réclamer des tonnes et des tonnes d'attention. Mais la soirée sera, je pense, plus agréable que vous ne l'aviez prévu. Attendez-moi ici.

Il m'a embrassée sur la joue et s'est faufilé dans la

foule des invités – pour la plupart des messieurs distingués, et des femmes dans le coup, la quarantaine ou la cinquantaine un peu artiste, mêlés à des banquiers, des journalistes du milieu de la mode, plus quelques stylistes, photographes et mannequins pour faire bonne mesure. Il y avait un élégant petit patio éclairé aux chandelles à l'arrière de la maison, où un violoniste jouait une musique douce. J'ai observé ce qui s'y passait, et j'ai immédiatement reconnu Anna Wintour, absolument ravissante en combinaison de soie crème et sandales Manolo rebrodées de perles. Elle bavardait gaiement avec un homme que j'ai supposé être son petit ami, bien que les énormes lunettes Chanel qui dissimulaient ses yeux empêchent de savoir si elle s'amusait, s'ennuyait ou s'en fichait. La presse adorait comparer les poses grotesques d'Anna et Miranda, mais j'avais du mal à croire que quelqu'un puisse rivaliser avec ma patronne pour ce qui était d'être insupportable.

Quelques femmes formaient une haie derrière elle, sans doute des rédactrices de *Vogue*, en la couvant d'un œil circonspect et épuisé, exactement comme nos commères faisaient avec Miranda, et à côté d'elle se trouvait une Donatella Versace stridente. Avec son visage généreusement tartiné de maquillage et ses vêtements phénoménalement moulants, on aurait dit sa propre caricature. Un peu comme, lorsque j'avais découvert la Suisse, j'avais trouvé que ce pays ressemblait à sa reproduction outrée à *Disneyworld*, Donatella ressemblait plus à son personnage de *Saturday Night Live* qu'à elle-même.

J'ai siroté ma flûte de champagne en causant avec un Italien – le premier Italien moche que je rencontrais – qui évoquait dans une prose fleurie son appréciation innée du corps féminin, quand Christian a réapparu.

— Andy, venez un instant avec moi.

Une fois de plus, il m'a pilotée avec aisance dans la

foule. Il était vêtu de son uniforme : jean Diesel délavé à la perfection, tee-shirt blanc, veste sport de couleur sombre, et mocassins Gucci. Il se fondait dans la masse des invités, *sans couture apparente*.

— Où allons-nous ?

Je gardais mes yeux grands ouverts pour surveiller Miranda qui, quoi qu'en dise Christian, attendait certainement de moi que je sois au piquet dans un coin, en train de passer des fax ou de mettre à jour le planning.

— D'abord, on va vous chercher un autre verre, et puis peut-être encore un autre. Ensuite, je vous apprendrai à danser.

— Qui vous dit que je ne sais pas danser ? me suis-je rebiffée. Pour ne rien vous cacher, je me débrouille plutôt bien, même.

Une flûte de champagne a surgi comme par enchantement, puis il m'a entraînée dans le salon, entièrement décoré dans de superbes tons de brun foncé. Un groupe de six musiciens jouait une musique à la mode, évidemment, et une vingtaine de personnes de moins de trente-cinq ans s'étaient rassemblées là. Comme sur un signal, les musiciens ont commencé à jouer *Let's Get It On* et Christian m'a attirée contre lui. J'ai respiré son eau de toilette, dont les notes masculines, classiques, évoquaient Polo Sport. Son bassin s'est mis à bouger en épousant avec naturel le rythme de la musique ; il chantonnait, ses lèvres tout près de mon oreille. Le reste de la piste est devenu flou – j'étais vaguement consciente que d'autres gens dansaient autour de nous ; dans un coin, quelqu'un a porté un toast, mais à ce moment-là, mes yeux ne pouvaient faire la mise au point que sur Christian. Quelque part dans les profondeurs de mon esprit, une sonnette d'alarme discrète mais insistante me rappelait que ce corps contre le mien n'était pas celui d'Alex, mais ça n'avait aucune importance. Pas ce soir.

Il était plus d'une heure du matin quand je me suis

souvenue que j'étais venue avec Miranda ; je ne l'avais pas vue depuis des heures, et j'étais à peu près sûre qu'elle avait oublié mon existence, et qu'elle était rentrée à l'hôtel. Quand j'ai finalement réussi à m'extirper du canapé dans lequel j'étais avec Christian, je l'ai vue qui discutait avec Karl Lagerfeld et Gwyneth Paltrow. Elle paraissait de bonne humeur, et aucun des trois n'avait l'air de se soucier du fait qu'il allait devoir se lever dans quelques heures pour assister au défilé Dior. J'hésitais à approcher quand elle m'a aperçue et m'a fait signe.

— An-dre-âââ ! Venez par ici.

Sa voix semblait joyeuse par-dessus le vacarme de la réception devenue nettement plus festive dans les dernières heures. Quelqu'un avait tamisé les éclairages, et il était manifeste que les aimables serveurs avaient pris grand soin des invités qui restaient. Même sa façon agaçante de prononcer mon nom ne m'a pas ennuyée, tout étourdie que j'étais par le champagne. Et même si je pensais que cette soirée ne pouvait rien me réserver de mieux que ce qu'elle m'avait déjà donné, il était évident qu'elle m'appelait pour me présenter à ses amis célèbres.

— Oui, Miranda ? ai-je minaudé d'une voix éperdue de reconnaissance.

— Apportez-moi un verre de San Pellegrino et assurez-vous que le chauffeur attend devant la porte. Je suis prête à partir, a-t-elle ordonné sans même un regard dans ma direction.

— Oui, bien sûr, tout de suite.

Je lui ai apporté son verre d'eau, qu'elle a pris sans un remerciement, et je suis allée m'occuper du chauffeur. Les invités s'étaient raréfiés. J'ai songé un instant à chercher les parents de Christian pour les remercier, mais réflexion faite, j'ai continué vers la porte d'entrée, où j'ai retrouvé Christian adossé au chambranle, une expression de satisfaction arrogante sur le visage.

— Alors, ma petite Andy, vous vous êtes bien amusée ? a-t-il demandé d'une voix pâteuse qui n'avait plus rien d'adorable.

— C'était pas mal, oui.

— « Pas mal » ? C'est tout ? J'ai l'impression que vous aimeriez bien que je vous conduise en haut ce soir, ma petite. Mais chaque chose en son temps, Andy. Chaque chose en son temps.

Je lui ai donné une petite tape amicale sur le bras.

— Ne vous flattez pas, Christian. Et remerciez vos parents pour moi.

Et pour une fois, je me suis penchée la première pour l'embrasser sur la joue sans lui laisser le temps de réagir.

— Bonne nuit.

— Une allumeuse ! a-t-il lancé, en bafouillant d'ébriété. Vous êtes une allumeuse. Je parie que c'est ça qui plaît à votre petit ami.

Il souriait à présent, et sans la moindre cruauté. C'était là tout le charme de ce petit jeu de séduction avec lui, mais en entendant cette référence à Alex, j'ai retrouvé ma lucidité, et assez longtemps pour réaliser que je ne m'étais pas autant amusée depuis des années. Le champagne, la danse, ses mains dans mon dos quand il m'attirait contre lui m'avaient fait me sentir plus vivante qu'au cours de tous ces mois – ces longs mois de frustration et d'humiliation, qui m'avaient insensibilisée à force d'épuisement. Voilà peut-être pourquoi Lily faisait ça, ai-je songé. Les mecs, les soirées, la joie absolue de réaliser qu'on est jeune et débordante de vie. Il me tardait de l'appeler pour lui en parler.

Miranda m'a rejointe dans la voiture cinq minutes plus tard, et elle semblait même presque contente. Je me suis demandé si elle avait trop bu, mais j'ai aussitôt écarté cette hypothèse : je ne l'avais jamais vue boire plus d'une gorgée par-ci, par-là, et uniquement quand des circonstances mondaines l'exigeaient. Vu qu'elle préférait le Perrier ou la San Pellegrino au champagne, et les milk-shakes ou les cafés au lait aux Cosmopolitans, il y avait peu de chances qu'elle soit ivre.

Après m'avoir assommée de questions sur le planning du lendemain pendant les cinq premières minutes (fort heureusement, j'en avais glissé une copie dans mon sac), elle s'est tournée et m'a regardée, pour la toute première fois de la soirée.

— Emily… Euh, An-dre-âââ, depuis combien de temps travaillez-vous pour moi ?

La question m'a prise de court, et mon cerveau ne fonctionnait pas assez vite pour anticiper la motivation qui se cachait derrière. C'était étrange de l'entendre parler d'un autre sujet que mon incapacité à trouver, rapporter, ou faxer quelque chose assez rapidement. Jamais elle ne m'avait interrogée sur moi. À moins que les détails de notre premier entretien ne lui soient restés en mémoire – ce qui était improbable, vu comment elle m'avait scrutée d'un regard vide le jour où nous nous étions retrouvées au bureau – elle ne savait rien de moi : ni quelle fac j'avais fréquentée (si tant était que j'en avais fréquenté une), ni si j'habitais à Manhattan (si tant était que j'avais un chez-moi), ni ce que je faisais (à supposer que j'en aie le temps) pendant ces précieuses heures où je n'étais pas en train de cavaler à son service. Cette question devait forcément la concerner d'une manière ou d'une autre, mais mon intuition me soufflait que, ce soir-là, elle me concernait peut-être également.

— Ça fera un an le mois prochain, Miranda.

— Et vous avez l'impression d'avoir appris quelques petites choses susceptibles de vous être utiles pour votre avenir ?

J'ai aussitôt chassé de mon esprit la myriade de choses que j'avais apprises : comment retrouver un article sur un magasin ou un restaurant précis dans une douzaine de journaux sans indication d'aucune sorte ; comment aider des préados qui, chacune, avaient déjà plus d'expérience de la vie que mes deux parents réunis, à faire leurs devoirs ; comment supplier, engueuler, persuader, mettre sous pression, enjôler ou charmer quelqu'un, de l'immigré qui livrait les déjeuners à l'éditeur d'une grande maison, pour obtenir ce dont j'avais besoin ; sans oublier comment satisfaire n'importe quelle requête en moins d'une heure, puisqu'il était hors de question de répondre : « Je ne sais pas » ou « Ce n'est pas possible ». Indéniablement, l'année écoulée avait été riche en enseignements.

— Oh, oui ! ai-je répondu avec enthousiasme. J'ai plus appris en un an auprès de vous que je ne pouvais espérer en apprendre ailleurs. Voir comment marche un grand magazine – le plus grand –, découvrir les différentes étapes de sa fabrication, et comment chacun, à la rédaction, apporte sa pierre à l'édifice est tout à fait passionnant. Et bien sûr, avoir l'opportunité d'observer comment vous gérez l'ensemble… Ça a été une année incroyable ! Je vous suis tellement reconnaissante, Miranda !

Si reconnaissante que deux de mes molaires me mettaient au supplice depuis des semaines, et je n'avais même pas la possibilité d'aller chez le dentiste pendant les heures de bureau. Mais peu importait. Je savais désormais tout sur la fabrication à la main des Jimmy Choo. Le jeu n'en valait-il pas la chandelle ?

Mon laïus avait-il été crédible ? J'ai risqué un regard discret vers Miranda. Oui, elle semblait avoir tout gobé et hochait la tête avec gravité.

— Vous savez, An-dre-âââ, que si mes filles ont fait

leurs preuves au bout d'un an, je les estime mûres pour une promotion.

Mon cœur a bondi. Le moment était-il enfin arrivé ? Était-ce maintenant qu'elle allait m'annoncer qu'elle avait pris les devants et m'avait assuré un poste au *New Yorker* ? Peu importait qu'elle ignore totalement que j'étais prête à me damner pour travailler là-bas. Peut-être l'avait-elle deviné toute seule parce qu'elle s'intéressait à moi ?

— J'ai eu quelques doutes à votre sujet, je ne vous le cache pas. Pensez-vous que je n'ai pas remarqué votre manque d'enthousiasme, ou vos soupirs et vos grimaces quand je vous confie une tâche que vous n'avez manifestement pas envie d'exécuter ? J'espère qu'il ne s'agit là que d'un signe d'immaturité, puisque que vous paraissez assez compétente dans d'autres domaines. Qu'est-ce qui vous tenterait ?

Assez compétente ! M'aurait-elle annoncé que j'étais la plus intelligente, la plus sophistiquée, la plus sublime et débrouillarde des filles, que je n'aurais pas été plus comblée. Miranda Priestly me trouvait *assez compétente* !

— Eh bien, évidemment, j'adore la mode. Comment peut-on ne pas l'adorer ? ai-je répondu avec empressement, en scrutant son expression, qui demeurait inchangée comme d'habitude. Mais j'ai toujours rêvé d'écrire, alors j'espérais avoir l'opportunité d'explorer cette voie-là.

Elle a croisé les mains sur ses genoux et a regardé par la vitre. Il était évident que ces quarante-cinq secondes de conversation commençaient déjà à l'ennuyer, donc il fallait que j'aille vite.

— Je n'ai aucune idée de votre talent d'écriture, mais je ne suis pas opposée à ce que vous écriviez des petits textes pour le magazine afin de le tester. Peut-être une chronique théâtrale, ou des petits scopes pour les pages « Agenda ». Dans la mesure où cela n'interfère pas avec votre travail pour moi et où vous faites ça pendant votre temps libre, naturellement.

— Naturellement. Ce serait merveilleux !

Nous étions en train de parler, de communiquer, sans avoir jusque-là prononcé les mots « petit déjeuner » ou « pressing ». Tout se passait trop bien pour que je n'essaie pas, et donc, j'ai ajouté :

— Mon rêve est d'écrire un jour pour le *New Yorker*.

Cela a semblé remettre son attention sur les rails ; de nouveau, elle m'a observée.

— Quelle idée ! Ce n'est pas un magazine de luxe. Ils ne traitent que de sujets sérieux. Comment peut-on avoir envie d'y travailler ?

Était-ce une question purement rhétorique ? Dans le doute, mieux valait ne pas répondre.

Mon temps allait expirer dans vingt secondes : nous approchions de l'hôtel, et je sentais son attention qui s'éloignait de moi. Elle a commencé à consulter les appels en absence sur son portable, mais a tout de même ajouté, d'un ton désinvolte :

— Mmm, le *New Yorker*. Condé Nast. (J'ai hoché vigoureusement la tête pour l'encourager à poursuivre, mais elle ne me regardait pas.) Bien entendu, je connais beaucoup de gens là-bas. Voyons comment se déroule le reste du séjour, et peut-être leur passerai-je un coup de fil à mon retour.

La voiture s'est garée devant l'entrée de l'hôtel, et M. Renaud, l'air épuisé, a évincé le chasseur qui se précipitait vers la portière pour l'ouvrir lui-même.

— Bonsoir, mesdames ! J'espère que vous avez passé une agréable soirée, a-t-il dit en faisant de son mieux pour cacher sa fatigue.

— Nous aurons besoin de la voiture demain matin à 9 heures pour nous conduire au défilé Christian Dior. J'ai rendez-vous pour le petit déjeuner à 8 h 30. Veillez à ce qu'on ne me dérange pas avant, a aboyé Miranda, dont toute la gentillesse s'était évaporée comme de l'eau répandue sur un trottoir brûlant.

Et avant que j'aie pu trouver un moyen de conclure notre petit échange, ou d'en rajouter une couche pour la remercier de cette conversation, elle s'est engouffrée dans l'un des ascenseurs. J'ai lancé un regard pétri de compréhension à M. Renaud et je suis montée dans une autre cabine.

L'assortiment de chocolats disposés sur un plateau en argent sur ma table de nuit était à l'unisson de la perfection de cette soirée : en l'espace de quelques heures, je m'étais quasi réincarnée en top model, j'avais passé la soirée en compagnie du mec le plus sexy que j'aie jamais vu en chair et en os, et Miranda Priestly m'avait déclaré que j'étais « assez compétente ». J'avais l'impression que toutes les pièces d'un puzzle s'assemblaient enfin, que cette année de sacrifices était sur le point de payer. Je me suis effondrée sur le lit tout habillée et j'ai contemplé le plafond, encore incrédule d'avoir dit à Miranda que je rêvais d'écrire pour le *New Yorker*, et de n'avoir récolté aucun éclat de rire. De n'avoir provoqué ni hurlement, ni réaction de panique. Elle n'avait même pas ricané en me rétorquant que j'étais ridicule de ne pas vouloir de promotion au sein de *Runway*. Il me semblait presque – il se pouvait que je me fasse des idées, mais franchement, je ne le croyais pas – qu'elle m'avait écoutée, et *comprise*. Qu'elle m'avait comprise et *approuvée*. C'en était presque trop.

Je me suis déshabillée lentement, en me repassant en boucle les images de la soirée dans la tête – Christian me conduisant d'une pièce à l'autre, sa façon de me regarder, de derrière cette mèche qui lui barrait toujours le visage, l'imperceptiblement hochement de tête de Miranda lorsque je lui avais avoué que je voulais écrire. Quelle nuit magique ! Une des plus belles de ces dernières années. Il était déjà 3 h 30 à Paris – soit 21 h 30 à New York, l'heure idéale pour attraper Lily avant qu'elle ne sorte. J'aurais bien évidemment dû appeler sans prêter attention au signal rouge qui clignotait avec insistance pour indiquer que j'avais des messages. Mais toute à ma bonne humeur, j'ai saisi un bloc-notes, prête à transcrire les messages. Et tant pis si cela promettait d'être un long défilé de demandes agaçantes de la part de gens agaçants : rien ne pouvait me faire redescendre de mon petit nuage.

Les trois premiers messages émanaient de M. Renaud et de ses assistants, pour confirmer divers rendez-vous du lendemain, et à la fin de chaque message, on me souhaitait une bonne nuit, comme si j'étais une personne normale et non pas juste une esclave – une attention vraiment appréciable. Entre le troisième et le quatrième message, je me suis surprise à souhaiter et à redouter que l'un des messages soit d'Alex ; du coup, j'ai été à la fois ravie et anxieuse d'entendre que le quatrième était bel et bien de lui.

— Salut, Andy, c'est moi. Alex. Écoute, je suis désolé de te déranger, je suis sûr que tu es débordée de boulot, mais il faut que je te parle, alors s'il te plaît, rappelle-moi sur mon portable dès que tu as ce message. Peu importe l'heure, d'accord ? Bon, O.K. Salut.

Cela me faisait tout drôle qu'il n'ait pas ajouté qu'il m'aimait, ou que je lui manquais, ou qu'il attendait mon retour avec impatience, mais j'imagine qu'aucune de ces formules n'était de rigueur quand les gens avaient décidé de « faire un break ». J'ai effacé le message et j'ai décidé, assez arbitrairement, que le peu d'urgence dans sa voix justifiait d'attendre jusqu'au lendemain pour le rappeler – me lancer dans un état des lieux de notre relation à 3 heures du matin après la merveilleuse soirée que je venais de passer était tout simplement au-dessus de mes forces.

Le dernier message était de ma mère, et lui aussi m'a paru curieux, ambigu.

— Bonjour, ma puce, c'est maman. Il est 20 heures chez nous, je ne sais pas trop quelle heure ça fait à Paris. Écoute, il n'y a pas le feu – tout va bien –, mais ce serait bien que tu nous rappelles quand tu auras ce message. On n'est pas près de se coucher, donc rappelle à l'heure que tu veux, le plus tôt possible. Nous espérons que tu t'amuses bien. À très bientôt. Nous t'embrassons très fort.

Voilà qui était indiscutablement étrange. Alex et ma mère qui m'avaient appelée tous les deux, qui me demandaient de les rappeler quelle que soit l'heure, dès que j'aurais eu le message... Sachant que pour mes parents, veiller tard le soir consistait à être encore éveillés après les *prime time* à la télévision, j'ai deviné qu'il se passait quelque chose. Mais en même temps, personne n'avait semblé paniqué ou fiévreux. Peut-être allais-je prendre un long bain moussant avec l'un des produits obligeamment fournis par le Ritz afin de rassembler lentement l'énergie de rappeler tout le monde ? La soirée avait été vraiment trop merveilleuse pour risquer de tout gâcher en écoutant ma mère s'inquiéter de savoir où nous « en étions », Alex et moi.

Le bain était à la hauteur de ce qu'on peut attendre dans une chambre adjacente à la suite Coco Chanel, et en sortant de l'eau, j'ai pris le temps d'appliquer du lait parfumé sur tout mon corps. Enfin, drapée dans un peignoir en éponge triple épaisseur, je me suis assise près du téléphone. Sans réfléchir, j'ai composé d'abord le numéro de mes parents, ce qui était sans doute une belle ânerie : rien qu'à son intonation en disant « Allô », j'ai compris que ma mère était complètement stressée.

— Salut, c'est moi. Tout va bien ? J'allais vous appeler demain, je n'ai pas eu une seconde à moi. Il faut que je te raconte ma soirée !

Jc savais dcjà quc j'allais passcr sous silcncc toutc allusion romantique à Christian, puisque que j'avais omis de mettre mes parents au courant de la situation entre Alex et moi, mais j'étais sûre qu'ils seraient tous les deux aux anges en apprenant que Miranda avait bien réagi lorsque j'avais évoqué le *New Yorker*.

— Ma puce, excuse-moi de t'interrompre, mais il est arrivé quelque chose. Nous avons eu un coup de fil du Lennox Hill Hospital – je crois qu'il se trouve sur la 77e Rue – et apparemment, Lily a eu un accident.

Mon cœur s'est arrêté de battre quelques secondes – certes, c'est un cliché, mais c'est vraiment ce qui s'est passé.

— Quoi ? Mais de quoi tu parles ? Quel genre d'accident ?

Elle avait déjà basculé sur le mode de la mère rongée d'inquiétude et elle faisait manifestement de gros efforts pour rester posée et rationnelle dans ses propos – très certainement sur les conseils de mon père, pour me transmettre un sentiment de calme et de contrôle.

— Un accident de voiture, ma chérie. Assez sérieux, je le crains. Lily conduisait – il y avait un garçon avec elle, un étudiant de sa fac, je crois, et elle s'est engagée dans une rue en sens interdit. Elle aurait, paraît-il, heurté un taxi de plein fouet, à plus de soixante kilomètres heure. L'officier de police que j'ai eu au téléphone a dit que c'était un miracle qu'elle soit vivante.

— Je ne comprends pas. Ça s'est passé quand ? Elle va s'en sortir ?

J'ai commencé à sangloter, car ma mère avait beau essayer de garder son sang-froid, j'avais compris la gravité de la situation à sa façon de choisir ses mots avec un luxe infini de précautions.

— Maman, où est-elle ? Elle va s'en sortir ?

J'ai entendu que ma mère pleurait elle aussi, doucement.

— Andy, je te passe papa. Il a parlé avec les médecins. Je t'embrasse très fort, ma chérie.

Sa voix avait déraillé sur les derniers mots.

— Bonsoir, ma grande. Comment vas-tu ? Désolé de t'appeler avec une nouvelle pareille.

La voix de mon père était grave, réconfortante, et j'ai eu le pressentiment qu'il allait m'annoncer que tout allait s'arranger, que Lily avait une jambe et peut-être une ou deux côtes cassées, mais qu'un bon chirurgien avait été appelé pour recoudre quelques égratignures sur son visage et qu'elle serait rapidement tirée d'affaire.

— Papa, dis-moi ce qui s'est passé ! Maman m'a appris que Lily conduisait, qu'elle roulait trop vite et qu'elle a percuté un taxi. Je ne comprends pas, c'est insensé ! Lily n'a pas de voiture et elle déteste conduire. Elle ne se balade jamais en voiture dans Manhattan. Comment l'avez-vous su ? Qui vous a appelés ? Qu'est-ce qu'elle a, au juste ?

Ma voix frisait de nouveau l'hystérie.

— Assieds-toi, a dit mon père d'un ton à la fois autoritaire et réconfortant. Je vais te raconter tout ce que je sais. L'accident s'est produit hier, mais nous n'avons été prévenus qu'aujourd'hui.

— Hier ? Hier ! Et personne ne m'a appelée plus tôt ?

— L'hôpital l'a fait, si. Le médecin m'a expliqué qu'ils avaient trouvé ton nom et ton numéro dans ses affaires. Lily l'avait indiqué comme numéro à contacter en cas d'urgence sur la page d'information de son agenda, puisque sa grand-mère ne va pas très bien. Je pense qu'ils ont cherché à te joindre chez toi, et sur ton portable, mais bien entendu, tu n'as pas pu écouter tes messages. Quand ils ont constaté que personne ne rappelait au bout de vingt-quatre heures, ils ont regardé dans son carnet d'adresses, ils ont vu que nous portions le même nom et ils ont appelé ici pour demander si on savait comment te joindre. Maman et moi n'arrivions pas à nous souvenir du nom de ton hôtel, donc nous avons appelé Alex…

— Oh, mon Dieu, mais c'était hier. Elle est restée seule tout ce temps ? Elle est toujours à l'hôpital ?

J'avais beau le bombarder de questions, j'étais consciente de n'obtenir aucune réponse. Tout ce que je tenais pour sûr, c'était que Lily m'avait désignée comme la première personne à prévenir en cas d'urgence, celle dont on écrit toujours le numéro sans vraiment croire qu'il servira un jour. Et pour une fois qu'elle avait vraiment besoin de moi – elle n'avait personne d'autre, en fait – j'étais injoignable. Mes sanglots s'étaient apaisés mais de grosses larmes brûlantes continuaient à ruisseler le long de mes joues, et ma gorge était aussi douloureuse que si on l'avait récurée à la pierre ponce.

— Oui, elle est toujours à l'hôpital. Je ne vais pas te raconter d'histoires, Andy… Nous ne savons pas si elle va s'en sortir…

— Quoi ? Qu'est-ce que tu as dit ? Est-ce que quelqu'un pourrait me donner une information concrète ?

— Andy, j'ai parlé avec son médecin une demi-douzaine de fois. Je suis certain qu'elle bénéficie des meilleurs soins qui soient, mais elle est dans le coma, ma chérie. Bon, le docteur m'a assuré que…

— Dans le coma ? Lily est dans le coma ?

Les mots refusaient de prendre sens dans mon esprit.

— Essaie de te calmer. Je sais que c'est un gros choc pour toi, et je regrette de devoir t'apprendre une telle nouvelle au téléphone. Nous avions pensé attendre ton retour, mais comme tu ne rentres pas avant la fin de la semaine, nous avons jugé bon de te prévenir. Mais sache que maman et moi allons nous occuper d'elle du mieux que nous pourrons. Tu sais bien que nous l'avons toujours considérée comme une de nos filles et que nous ne la laisserons pas seule.

— Oh, mon Dieu, mais je dois rentrer ! Papa, je dois rentrer ! Elle n'a que moi et je suis de l'autre côté de l'Atlantique. Mais le problème, c'est cette putain de soirée qui n'a lieu qu'après-demain. C'est la seule raison pour laquelle elle m'a fait venir, et si je ne suis pas là, elle me vire définitivement. Il faut que je trouve une solution !

— Andy, il est très tard. Le mieux, je crois, est que tu essaies de dormir un peu et de réfléchir calmement à tout ça. Je me doutais bien que tu allais vouloir rentrer immédiatement, tu es comme ça. Mais n'oublie pas que Lily n'est pas consciente. Le docteur m'a assuré qu'elle a d'excellentes chances de sortir du coma d'ici 48 ou 72 heures, que son corps s'accorde juste un sommeil profond et prolongé pour mieux récupérer. Mais rien n'est sûr, a-t-il ajouté doucement.

— Et si jamais elle s'en sort ? J'imagine qu'il y a des risques qu'elle ait des lésions cérébrales, ou qu'elle soit paralysée ? Oh, mon Dieu, c'est atroce !

— Personne ne peut encore se prononcer. Ils ont dit que ses pieds et ses jambes répondaient aux stimulations, ce qui tendrait à indiquer qu'elle n'est pas paralysée. Mais elle a beaucoup de contusions à la tête, et on ne peut avoir aucune certitude tant qu'elle ne sera pas sortie du coma. Il faut attendre.

Nous avons parlé quelques minutes de plus, puis j'ai raccroché assez abruptement et j'ai appelé Alex sur son portable.

— Salut, c'est moi. Tu l'as vue ? ai-je demandé tout de go sans même un bonsoir – une vraie mini-Miranda.

— Salut, Andy. Tu es au courant, donc ?

— Oui, je viens d'avoir mes parents au téléphone. Tu l'as vue ?

— Oui, je suis à l'hôpital en ce moment. Je ne peux

pas aller dans sa chambre, les visites sont terminées et je ne suis pas de la famille, mais je veux rester là, au cas où elle se réveillerait.

Il avait la voix distante des gens qui sont très profondément perdus dans leurs pensées.

— Que s'est-il passé ? Ma mère m'a dit qu'elle était rentrée dans un taxi en conduisant. C'est insensé !

— Oui, c'est un cauchemar, a-t-il soupiré, visiblement chagriné que personne encore ne m'ait raconté toute l'histoire. Je ne connais pas les détails, mais j'ai pu parler avec le mec qui l'accompagnait. Tu te souviens de Benjamin, ce type qu'elle fréquentait à la fac et qu'elle avait surpris en train de s'envoyer en l'air avec deux nanas ?

— Évidemment, il bosse dans le même immeuble que moi. Je le croise de temps en temps. Qu'est-ce qu'elle fichait avec lui, bon sang ? Elle le hait – elle ne lui a jamais pardonné.

— Ben, c'est ce que je croyais aussi, mais apparemment, ils se sont pas mal vus ces derniers temps, et hier soir ils étaient ensemble. Il m'a dit qu'ils étaient allés voir Phish au Nassau Coliseum, et qu'ils étaient rentrés en voiture à Manhattan. À mon avis, Benjamin avait fumé un peu trop ; il a donc préféré laisser le volant à Lily. Le retour en ville s'est passé sans encombre, jusqu'à ce que Lily grille un feu rouge, prenne Madison en sens interdit et fonce droit sur les bagnoles qui arrivaient en face. Ils ont percuté de plein fouet un taxi, côté conducteur, et bon, enfin, tu vois…

Sa gorge s'est nouée, et là j'ai compris que la situation devait être pire que tout ce qu'on m'avait déjà dit.

Depuis une demi-heure, je n'arrêtais pas de poser des questions – à ma mère, à mon père, à Alex – sans arriver à formuler celle qui me hantait : pourquoi Lily avait-elle grillé un feu rouge et foncé en sens interdit dans une avenue à grande circulation ? Mais je n'ai pas eu besoin de le demander à voix haute, car Alex, comme toujours, avait deviné mes pensées.

— Andy, son alcootest était positif. Elle avait deux fois la quantité d'alcool autorisée dans le sang.

Il s'était efforcé de dire ça posément, en articulant bien pour éviter d'avoir à le répéter.

— Oh, mon Dieu !

— Si… Quand elle va se réveiller, les problèmes de santé ne vont pas être son seul souci : elle est vraiment dans la merde. Heureusement, le chauffeur de taxi s'en est tiré avec juste quelques bleus et deux ou trois bosses ; quant à Benjamin, il a une jambe en plusieurs morceaux, mais à part ça, il va bien lui aussi. Il faut juste attendre pour Lily. Quand rentres-tu ?

— Quoi ? ai-je fait distraitement.

J'essayais d'intégrer le fait que Lily « revoyait » un mec qu'elle était supposée haïr, et qu'elle se retrouvait dans le coma parce qu'elle s'était soûlée avec lui.

— Je t'ai demandé quand tu rentrais. Tu rentres, n'est-ce pas ? a-t-il ajouté en sentant que je tardais à répondre. Tu ne peux pas sérieusement songer à rester en France alors que ta meilleure amie est sur un lit d'hôpital ?

— Que sous-entends-tu ? Que c'est ma faute si je ne l'ai pas vu venir ? Qu'elle est à l'hôpital parce que *moi*, je suis à Paris ? Que si j'avais su qu'elle revoyait Benjamin, rien de tout ça ne serait arrivé ? ai-je braillé.

Toutes les émotions déroutantes de cette soirée ont débordé d'un coup. Il fallait que je crie, que je hurle dans les oreilles de quelqu'un.

— Non, je ne sous-entends rien de tel. Je suppose simplement que tu vas rentrer pour être avec elle dès que possible. Je ne te juge pas, Andy, tu le sais. Et moi, je sais qu'il est très tard pour toi, et que tu ne peux rien entreprendre avant plusieurs heures. Pourquoi ne me rappelles-tu pas quand tu connaîtras l'horaire de ton vol ? Je viendrai te chercher à l'aéroport et nous filerons direct à l'hôpital.

— Très bien. Merci d'être sur place. Ça me touche beaucoup, et je sais que Lily, ça va la toucher aussi. Je te rappelle dès que je sais comment je m'organise.

— D'accord, Andy. Tu me manques. Je suis persuadé que tu vas faire ce qui s'impose.

Et il a raccroché sans me laisser le temps de me jeter sur cette dernière réplique.

Faire ce qui s'impose ? *Ce qui s'impose ?* Ça voulait dire quoi, ça ? Qu'il supposait que j'allais sauter dans le premier avion et rappliquer ventre à terre ? Mais qu'il aille… Je détestais ce ton condescendant et sermonneur qui me donnait l'impression d'être une de ses petites élèves qu'il venait de surprendre en train de bavarder. Je le détestais, lui, d'être auprès de Lily, de *mon* amie, en train de dispenser des leçons à tout le monde du haut de ses cimes morales. Ils étaient loin, les jours où j'aurais raccroché, rassérénée par sa présence, sachant qu'il prenait tout en main, et qu'il allait tout faire pour débrouiller la situation au lieu de soulever des dissensions. À quel moment notre relation avait-elle pris ce virage ?

Je n'avais plus assez d'énergie pour le rappeler et attirer son attention sur une évidence : si je rentrais à New York plus tôt que prévu, je serais virée immédiatement, et toute mon année d'esclavage n'aurait servi à rien. J'avais réussi à éloigner cette horrible pensée avant qu'elle ne prenne forme dans mon esprit – que dans l'immédiat, cela ne signifierait rien pour Lily que je sois près d'elle ou non, puisqu'elle était inconsciente. Les arguments à l'encontre d'un retour précipité se sont mis à tourbillonner dans ma tête. Peut-être allais-je rester le temps nécessaire pour aider Miranda à préparer la soirée, et lui expliquer ensuite la situation en plaidant ma cause ? Ou alors, si jamais Lily se réveillait, quelqu'un pourrait lui dire que j'allais revenir le plus tôt possible, d'ici deux jours grand maximum. Dans l'éclairage du petit matin, après une longue nuit passée à danser, à boire beaucoup de champagne pour finalement apprendre que ma meilleure amie était dans le coma – pour avoir elle-même abusé d'alcool – ces explications me semblaient être la raison incarnée. Au fond de moi, je savais, je savais bien, qu'aucune d'entre elles ne pouvait y prétendre.

*
* *

— An-dre-âââ, appelez Horace Mann pour prévenir que les filles seront absentes lundi puisqu'elles seront à Paris avec moi, et assurez-vous qu'on vous donne la liste complète de tous les cours qu'elles devront rattraper. Décalez également mon dîner de ce soir à 20 h 30, et si jamais cela ne leur convient pas, vous l'annulez. Avez-vous trouvé ce livre que je vous ai demandé hier ? Il m'en faut quatre exemplaires – deux en français et deux en anglais – avant que je ne rejoigne ces gens au restaurant. Ah, et je veux aussi la dernière version corrigée et dactylographiée du menu de demain afin que je puisse réfléchir aux modifications que j'ai apportées. Vous veillerez bien à ce qu'il n'y ait pas de sushis. Vous m'écoutez, An-dre-âââ ?

— Oui, Miranda.

Je m'efforçais de noter du plus vite que je pouvais dans le très chic carnet Smythson que le département des accessoires, toujours attentionné, avait glissé dans mes malles en même temps que tout un assortiment de sacs, de bijoux, de chaussures, de ceintures. Nous étions dans la voiture, en route pour le défilé Christian Dior – le premier auquel j'allais assister – et Miranda me mitraillait d'instructions sans m'accorder un seul regard et en se fichant éperdument que je n'aie pu dormir plus de deux heures. Un des concierges de M. Renaud – celui qui était chargé de me réveiller et de veiller à ce que je sois prête à temps pour accompagner Miranda au défilé – était venu frapper à ma porte à 7 h 45. Miranda avait, au dernier moment, décidé qu'elle avait besoin de mes services six minutes plus tôt. Le concierge avait poliment fait mine de ne pas remarquer que je m'étais comme évanouie tout habillée sur le lit, sans le défaire ni même éteindre les lumières. J'avais disposé de vingt-cinq minutes pour me doucher, consulter le carnet des tenues, m'habiller et me maquiller toute seule, puisque aucun rendez-vous avec ma maquilleuse n'était programmé de si bonne heure.

Je m'étais réveillée avec une légère gueule de bois, mais ça avait été le souvenir des coups de fil de la veille qui m'avait envoyé une vraie décharge de douleur. Lily ! Il fallait que j'appelle Alex, ou mes parents, pour voir s'il y avait du nouveau, mais je n'avais pas le temps.

En arrivant au rez-de-chaussée, j'avais décidé que je devais rester encore un jour, juste une misérable journée de plus, pour l'aider à organiser cette soirée, et qu'ensuite, je rentrerais m'occuper de Lily. Peut-être même pourrais-je m'absenter quelques jours, une fois qu'Emily serait de retour au bureau, pour prendre soin de Lil, l'aider à récupérer et débrouiller avec elle les inévitables retombées de l'accident. D'ici mon arrivée, Alex et mes parents se chargeraient de tout – *ce n'est pas comme si tu étais seule à gérer la situation*, me répétais-je. Et après tout, il s'agissait de ma vie, ici. C'étaient ma carrière, mon avenir qui étaient en jeu, et je ne voyais pas en quoi deux jours de plus ou de moins compteraient pour quelqu'un qui n'avait pas encore repris conscience. Alors que pour moi – et indubitablement pour Miranda – ces deux jours faisaient toute la différence.

J'étais déjà installée à l'arrière de la voiture quand Miranda est arrivée ; elle a fixé ma jupe en mousseline, mais sans faire aucun commentaire. Je venais de ranger le carnet de notes dans mon sac Bottega Venetta quand mon nouveau portable à liaison internationale a sonné. C'était la première fois qu'il sonnait en présence de Miranda, et alors que je fouillais précipitamment dans le sac pour l'éteindre, elle m'a ordonné de répondre.

— Allô ? ai-je fait, en gardant un œil sur elle qui consultait son planning du jour en faisant semblant de ne pas écouter.

— Andy, bonjour, ma grande. (Mon père.) Je voulais te donner quelques nouvelles.

— O.K. (J'essayais de m'en tenir au strict minimum, tant c'était étrange de parler au téléphone en sa présence.)

— Le médecin vient d'appeler. Lily montre des signes qui laissent penser qu'elle va bientôt sortir du coma. N'est-ce pas une excellente nouvelle ? Je me suis dit que tu aimerais le savoir.

— C'est génial. Absolument génial.

— As-tu décidé si tu rentrais ou non plus tôt que prévu ?

— Euh, non… Je n'ai encore rien décidé. Il y a cette soirée demain, et Miranda a absolument besoin de moi, alors… Écoute, papa, je suis désolée, mais tu tombes un peu mal. Je peux te rappeler plus tard ?

— Bien sûr. Quand tu veux.

Il s'efforçait de garder un ton neutre, mais j'ai senti combien ma réponse le décevait.

— Merci beaucoup d'avoir téléphoné. À plus tard.

— Qui était-ce ? s'est enquise Miranda sans lever les yeux de son planning.

Il venait de se mettre à pleuvoir, et le bruit de la pluie sur le toit de la voiture couvrait sa voix.

— Mmm ? Oh, mon père. D'Amérique.

D'Amérique ? Mais où étais-je encore allée chercher ça ?

— Et qu'attend-il de vous, qui puisse compromettre votre travail demain soir ?

En l'espace de deux secondes, j'ai songé à des milliers de mensonges possibles, mais je ne disposais pas d'assez de temps pour en élaborer un seul en détail. D'autant moins qu'elle avait à présent reporté toute son attention sur moi. Avais-je un autre choix que de lui avouer la vérité ?

— Oh, rien. Une de mes amies a eu un accident. Elle est à l'hôpital. Dans le coma, en fait. Il appelait juste pour me donner de ses nouvelles et me demander si je rentrais à la maison.

Elle a réfléchi à ce qu'elle venait d'entendre, puis a hoché la tête, puis a ouvert le *International Herald Tribune*.

— Je vois.

Pas « Je suis navrée », ou « Est-ce que votre amie va mieux ? ». Non, juste deux syllabes vagues et glaciales, assorties d'une moue d'extrême mécontentement.

— Mais je ne rentre pas. C'est hors de question. J'ai compris à quel point ma présence demain était importante pour vous et je serai là. J'ai beaucoup réfléchi à la question, et je veux que vous sachiez que j'ai l'intention d'honorer mes engagements envers vous et envers mon travail. Donc, je reste.

Elle n'a d'abord rien dit, puis elle a souri imperceptiblement.

— An-dre-âââ, je suis ravie. Vous avez pris la bonne décision, et j'apprécie votre sens du devoir. Voyez-vous, An-dre-âââ, j'ai eu quelques doutes à votre sujet dès le début. Vous ne connaissiez visiblement rien à la mode, et vous ne sembliez pas en faire grand cas. Et n'imaginez pas que je n'ai pas remarqué les mille et une façons dont vous manifestez votre déplaisir lorsque je vous demande de faire quelque chose qui vous enquiquine. Si vous avez fait preuve de compétences adéquates pour occuper ce poste, votre attitude, en revanche, a laissé pour le moins à désirer.

— Miranda, laissez-moi, s'il vous plaît…

— Ne me coupez pas ! J'allais dire que je suis bien plus disposée à vous aider à aller là où vous le souhaitez, maintenant que vous m'avez donné des preuves de votre investissement. Vous devriez être fière de vous, An-dre-âââ.

J'ai cru m'évanouir devant la longueur et le contenu de ce soliloque – de joie ou de douleur, cela restait à voir – mais le meilleur était à venir. Dans un geste qui était radicalement contraire, tous plans confondus, au caractère de cette femme, elle a posé sa main sur la mienne qui traînait entre nous sur la banquette et elle a déclaré :

— Vous me rappelez celle que j'étais à votre âge.

Et avant que j'aie pu articuler la moindre syllabe susceptible de constituer une réponse appropriée, le chauffeur s'est arrêté devant le Carrousel du Louvre et a sauté à terre pour ouvrir nos portières. J'ai empoigné mon sac, et le sien, ne sachant si je venais de vivre le moment le plus humiliant, ou le plus glorieux, de ma vie.

Mon premier défilé parisien s'est déroulé dans une espèce de brume. Il faisait très noir, pour autant que je me souvienne, et la musique semblait beaucoup trop braillarde pour un événement aussi prestigieux. Mais le seul souvenir qui domine ces deux heures passées dans une autre dimension, c'est l'intense inconfort que je ressentais. Les bottes Chanel que Jocelyn avait choisies avec tant de goût pour aller avec ma tenue – un pull en cashmere stretch de Malo qui me gainait comme une seconde peau et une jupe en mousseline – me donnaient l'impression que mes pieds étaient des dossiers confidentiels que quelqu'un passait au broyeur. Le mal de tête – un mélange de gueule de bois et d'anxiété – provoquait des protestations dans mon estomac, agité par des vagues menaçantes de nausée. J'étais debout tout au fond de la salle en compagnie d'un assortiment de journalistes de troisième zone et d'autres spectateurs qui n'étaient pas assez importants pour mériter un siège. Je gardais un œil sur Miranda, et de l'autre, j'essayais de repérer le coin le plus discret et le moins humiliant, si jamais le besoin s'en faisait sentir. *Vous me rappelez celle que j'étais à votre âge. Vous me rappelez celle que j'étais à votre âge. Vous me rappelez celle que j'étais à votre âge.* Cette phrase tournait, tournait dans ma tête, au rythme implacable de la douleur qui me pilonnait le crâne.

Miranda a réussi à me laisser en paix pendant presque une heure, mais après ça, elle était lancée. J'avais beau me trouver dans la même salle qu'elle, elle m'a commandé par téléphone de la San Pellegrino. À partir de là, mon portable a sonné toutes les dix ou douze minutes.

Briiiing.

— Passez-moi M. Tomlinson sur sa ligne du jet.

(Après seize tentatives, l'ASN n'a toujours pas répondu.)

Briiiing !

— Rappelez à toutes nos rédactrices qui se trouvent à Paris que le fait qu'elles soient ici ne signifie pas qu'elles doivent négliger leurs responsabilités à la rédaction – je veux que tout soit prêt à la date prévue.

(Les deux rédactrices en question, avec lesquelles j'étais en contact à leurs hôtels respectifs, m'ont ri au nez avant de raccrocher.)

Briiiing !

— Apportez-moi un sandwich à la dinde immédiatement – je n'en peux plus de tout ce jambon.

(J'ai parcouru quasiment deux kilomètres avec mes bottes de torture et mon estomac dévasté, mais point de dinde à l'horizon. Elle le savait, j'en suis sûre, car à New York, où les sandwiches à la dinde fleurissent à tous les coins de rue, jamais elle ne m'en avait demandé un.)

Briiiing !

— J'attends des dossiers complets sur les trois meilleurs chefs que vous avez trouvés jusque-là dans ma suite à notre retour de ce défilé.

(Emily s'est mise en rogne, s'est lamentée et l'a traitée de divers noms d'oiseaux, mais a promis qu'elle allait me faxer toutes les informations dont elle disposait à cette heure sur les candidats pour que je puisse constituer des « dossiers ».)

Briiiing ! Briiiing ! Briiiing ! Vous me rappelez celle que j'étais à votre âge.

Trop nauséeuse et handicapée pour admirer la parade d'anorexiques sur le podium, je me suis éclipsée dans le hall pour fumer une petite cigarette. Naturellement, au moment où j'allumais mon briquet, le téléphone a sonné.

— An-dre-âââ ! An-dre-âââ ! Où êtes-vous encore passée ?

J'ai remballé ma cigarette et regagné dare-dare la salle. Mon estomac a fait un looping si violent que j'ai su que j'allais dégueuler – ce n'était plus qu'une question de minutes.

— Je suis au fond de la salle, Miranda, ai-je dit en me faufilant entre les portes et en allant m'adosser au mur. Juste à gauche de la porte. Vous me voyez ?

Je l'ai observée se dévisser la tête jusqu'à que ce nos regards se croisent. J'allais raccrocher, mais elle était encore en train de parler :

— Restez où vous êtes ! N'en bougez plus, est-ce clair ? On pourrait croire que mon assistante avait compris qu'elle était là pour m'assister, pas pour aller vadrouiller Dieu sait où quand j'ai besoin d'elle. C'est inacceptable, An-dre-âââ !

Le temps qu'elle se lève et vienne se planter en face de moi au fond de la salle, une femme en robe du soir argentée, avec taille Empire et jupe vaporeuse, ondulait à travers l'assistance respectueuse, et la musique a basculé d'un genre de chant grégorien à une cacophonie *heavy metal*. Les élancements dans ma tête se sont calés sur le rythme de la musique. Miranda, qui n'avait cessé de vitupérer à voix basse dans son téléphone en approchant de moi, a tout de même fini par raccrocher. Je l'ai imitée.

— An-dre-âââ, nous avons un très gros problème. *Vous* avez un gros problème. Je viens d'avoir M. Tomlinson. Apparemment, Annabelle lui a fait remarquer que les passeports des jumelles ont expiré la semaine dernière.

Elle me dévisageait, mais je n'étais concentrée que sur un seul point : contenir les éventuels débordements de mon estomac.

— Ah bon ?

C'est la seule repartie qui m'est venue à l'esprit, et il faut croire que ce n'était pas la bonne. J'ai vu sa main se crisper sur l'anse de son sac. Ses yeux étaient exorbités par la colère.

— *Ah bon ?* a-t-elle raillé dans un glapissement de hyène. (Les gens autour de nous commençaient à nous regarder.) *Ah bon* ? C'est tout ce que vous trouvez à dire ?

— Euh… Non, bien sûr. Ce n'est pas ce que je voulais dire. Y a-t-il quelque chose que je puisse faire ?

— *Y a-t-il quelque chose que je puisse faire ?* s'est-elle moquée de nouveau, avec une voix de fillette pleurnicharde cette fois. (Aurait-elle été n'importe qui d'autre, je l'aurais giflée.) Vous avez intérêt à pouvoir faire quelque chose, An-dre-âââ. Puisque vous êtes incapable d'anticiper ce genre de problème, vous allez devoir trouver un moyen de faire renouveler leurs passeports à temps avant ce soir. Il est hors de question que mes propres filles ratent ma soirée, compris ?

Si j'avais compris ? Mmmm. Très bonne question. J'étais entièrement incapable de comprendre en quoi je pouvais être responsable de cette histoire dans la mesure où, en principe, ces deux gamines avaient un père, une mère, un beau-père et une nounou à plein temps pour veiller à ce genre de détails. Mais je comprenais qu'aucun de ces arguments n'était recevable. Si elle pensait que c'était de ma faute, ça l'était. J'ai compris aussi qu'elle, elle ne comprendrait pas lorsque je lui annoncerais que ses filles ne pourraient pas prendre l'avion ce soir-là. Normalement, je pouvais tout trouver, réparer ou arranger, sauf renouveler des papiers d'identité en me trouvant dans un autre pays. Point barre. Elle venait d'inventer l'exigence, à l'issue de toute une année, qu'il ne serait pas en mon pouvoir de satisfaire. Elle pouvait toujours hurler, tempêter ou essayer de m'intimider, c'était sans espoir. *Vous me rappelez celle que j'étais à votre âge*.

Qu'elle aille se faire foutre. Que Paris et les défilés de mode et toutes ces bonnes femmes qui se trouvaient trop grosses aillent au diable. Au diable aussi, tous ceux qui pensaient que la conduite de Miranda pouvait se justifier parce qu'elle savait fabriquer un beau magazine de mode en appariant un photographe talentueux et des fringues hors de prix. Et qu'elle aille se faire foutre pour avoir pensé que je pouvais lui ressembler en quoi que ce soit. Et pire, qu'elle aille se faire foutre pour dire vrai. Qu'est-ce que je fichais là, à me laisser rabaisser et humilier par ce démon aigri ? Juste pour que éventuellement – éventuellement – un jour, je puisse, dans trente ans, assister moi aussi à un défilé, avec pour toute compagnie une assistante qui me haïrait, entourée par une armée de laquais qui prétendraient m'aimer parce qu'ils n'auraient pas le choix ?

J'ai attrapé mon portable, j'ai composé un numéro en fixant Miranda qui était de plus en plus livide.

— An-dre-âââ ! a-t-elle sifflé. Que faites-vous ? Je vous dis que mes filles ont besoin de nouveaux passeports sur-le-champ et vous ne trouvez rien de mieux que de bavarder au téléphone ? Est-ce que par hasard vous croyez que c'est pour ça que je vous ai emmenée à Paris ?

Ma mère a décroché à la troisième sonnerie. Je n'ai même pas pris le temps de lui dire bonjour.

— Maman, je prends l'avion dès que je peux. Je t'appelle quand j'arrive à JFK. Je rentre à la maison.

J'ai raccroché sans lui laisser l'opportunité de répondre et j'ai regardé Miranda, qui avait l'air sincèrement surpris. J'ai senti un sourire naître en dépit du mal de tête et de la nausée quand je me suis rendu compte que je lui avais coupé le caquet. Malheureusement, elle a vite repris ses esprits. Il me restait une petite chance de ne pas être virée si je m'excusais immédiatement et que je lui expliquais le pourquoi du comment de mon attitude impertinente, mais il me semblait impossible de rassembler une seule miette de self-control.

— An-dre-âââ, vous êtes consciente de ce que vous faites, n'est-ce pas ? Vous savez que si vous partez d'ici, je serais forcée de…

— Allez vous faire foutre, Miranda. *Allez vous faire foutre*.

Elle a étouffé un cri et a porté la main à sa bouche, les yeux exorbités, le visage blême. Des commères, et pas qu'une seule, se sont retournées vers nous pour voir comment elle encaissait l'offense. Tout ce beau monde a commencé à nous désigner du doigt et à chuchoter, aussi choqué que la victime qu'une assistante de rien du tout se permette de dire ça – et sans discrétion – à l'une des plus grandes légendes vivantes de la mode.

— An-dre-âââ ! a-t-elle soufflé.

Sa main s'est refermée sur mon bras comme une herse, mais je me suis dégagée d'un coup sec et je lui ai décoché un large sourire. Et puis, à quoi bon continuer à chuchoter ? Autant que tout le monde en bénéficie !

— Désolée, Miranda, ai-je annoncé d'une voix normale, qui pour la première fois depuis que j'avais atterri à Paris ne tremblait pas incontrôlablement. Je ne crois pas pouvoir assister à votre soirée de demain. Vous comprendrez, j'en suis sûre. Je ne doute pas qu'elle sera très réussie, alors profitez-en. C'est tout.

Sans lui laisser le temps de réagir, j'ai remonté mon sac sur l'épaule, j'ai ignoré la douleur qui m'étreignait les pieds des orteils jusqu'au talon, et je suis sortie la tête haute pour aller héler un taxi. Je ne me souviens pas de m'être jamais sentie mieux qu'à ce moment-là. Je rentrais à la maison.

18

— Jill, arrête de hurler, je crois que ta sœur dort encore ! a crié ma mère. Andy ? a-t-elle crié de plus belle, du bas des escaliers cette fois. Tu es réveillée ?

Je me suis forcée à ouvrir un œil pour regarder le réveil. 8 h 15. Juste ciel, mais à quoi pensaient ces gens ?

J'ai roulé sur le côté avant de rassembler assez d'énergie pour m'asseoir. Sitôt fait, j'ai senti que mon corps réclamait quelques heures supplémentaires de sommeil.

— Salut, a fait Lily en se retournant vers moi. Ils sont lève-tôt, dans le coin.

Elle me souriait, son visage à vingt centimètres du mien. Comme Jill, Kyle et le bébé étaient venus passer Thanksgiving à la maison, Lily avait dû libérer l'ancienne chambre de Jill et émigrer dans la mienne, sur le lit gigogne.

— De quoi te plains-tu ? Tu as l'air ravie d'être réveillée, je me demande bien pourquoi.

Redressée sur un coude, elle était en train de lire un journal en sirotant une tasse de café.

— Je n'arrivais plus à fermer l'œil à cause des pleurs d'Isaac.

— Il a pleuré ?

— Tu n'as rien entendu ? Incroyable. Il n'a pas arrêté depuis 6 h 30 ce matin. Un gamin adorable, mais il va falloir qu'il se calme.

— Les filles ! a crié de nouveau ma mère. Vous êtes réveillées ? Ça m'est égal que vous continuiez à dormir, dites-moi simplement d'une manière ou d'une autre combien de gaufres je dois décongeler !

— D'une manière ou d'une autre ? Lil, je vais la tuer ! On dort encore ! ai-je hurlé en direction de la porte. Et qu'on n'entende plus personne crier, ni toi, ni le bébé ! ai-je ajouté avant de m'effondrer.

Lily a éclaté de rire.

— Du calme ! (Voilà bien une réflexion qui ne lui ressemblait pas.) Ils sont simplement contents que tu sois là, et en ce qui me concerne, je suis heureuse d'être ici. En plus, ce n'est que pour quelques mois, et on est ensemble. Ce n'est vraiment pas si mal.

— Quelques mois ? Il y en a juste un de passé, et je suis prête à me tirer une balle dans la tête.

J'ai ôté ma chemise de nuit – un des vieux tee-shirts de gym d'Alex, en fait – pour enfiler un sweat-shirt. Mon jean – que je n'avais pas quitté depuis plusieurs semaines – était roulé en boule près du placard ; en me glissant dedans, j'ai remarqué qu'il me serrait un peu. Maintenant que je pouvais me nourrir d'autre chose que d'un bol de soupe avalé à la va-vite, de cigarettes et de café, mon corps avait repris ses aises, et j'avais regagné ces cinq kilos perdus lorsque je travaillais à *Runway*. Cela ne me gênait nullement ; quand mes parents et Lily me disaient que je n'avais pas l'air grosse mais en pleine forme, je les croyais.

Lily a enfilé un pantalon de jogging par-dessus son caleçon de nuit et noué un bandana autour de ses boucles. Quand elle tirait ses cheveux en arrière, les profondes entailles laissées par les éclats du pare-brise sur son front se voyaient davantage, mais les points étaient déjà résorbés, et le médecin avait promis qu'il n'y aurait que peu, voire pas, de cicatrices.

— Allez, viens, a-t-elle dit en attrapant les béquilles qui étaient toujours appuyées contre un mur partout où elle allait. Ils s'en vont aujourd'hui. Peut-être que ce soir on pourra dormir.

— Elle ne va pas continuer à crier jusqu'à ce qu'on descende, non ? ai-je marmonné en lui tenant le coude pour l'aider à se mettre debout.

Toute ma famille avait signé le plâtre autour de sa cheville droite, et Kyle avait même dessiné des niaiseries de la part d'Isaac.

— Je crois que si.

Ma sœur est apparue sur le seuil de la chambre, le bébé gazouillant de plaisir dans ses bras, en dépit du filet de bave qui lui dégoulinait sur le menton.

— Mais regardez qui est là ! a-t-elle roucoulé. Isaac, dis à tatie Andy que nous partons très bientôt, et qu'il faut qu'elle arrête de jouer les mégères. Tu peux faire ça pour maman, mon cœur ? Tu peux ?

Pour toute réponse, Isaac a éternué – un éternuement de bébé mignon tout plein –, et Jill l'a contemplé comme s'il était tout d'un coup devenu un homme adulte, prêt à lui réciter un sonnet de Shakespeare.

— Tu as vu ça, Andy ? Tu as *entendu* ? Mon petit bonhomme est la plus grande merveille du monde.

— Bonjour, ai-je dit en embrassant ma sœur sur la joue. Tu sais que je n'ai pas envie que tu partes. Et Isaac peut rester aussi longtemps qu'il le souhaite tant qu'il trouve un moyen de dormir entre minuit et 10 heures du matin. Et même Kyle peut rester, s'il promet de ne pas ouvrir la bouche. Tu vois ? On est cool, dans cette baraque.

Lily a réussi à clopiner jusqu'en bas des escaliers pour saluer mes parents qui, habillés et sur le point de partir bosser, disaient au revoir à Kyle.

J'ai fait mon lit, j'ai glissé celui de Lily sous le mien, et j'ai même pensé à regonfler son oreiller avant de le ranger dans le placard. Elle était sortie du coma juste avant mon retour, et après Alex, j'avais été la première personne à la voir. Les toubibs lui avaient fait passer des millions d'examens, chaque partie de son corps avait été contrôlée ; à l'exception de quelques points de suture sur le visage, le cou et la poitrine, et une cheville cassée, elle était en parfaite santé. Elle avait une mine de déterrée, évidemment – le contraire aurait été surprenant –, mais elle se déplaçait sans trop de problèmes et elle semblait même plutôt en forme pour quelqu'un qui venait de vivre ce qu'elle avait vécu.

L'idée de sous-louer notre appartement pour les mois de novembre et décembre et de nous installer entre-temps chez mes parents venait de mon père. La perspective ne m'enchantait que moyennement, mais vu que je n'avais plus de salaire, je n'avais guère eu d'arguments à lui opposer. Par ailleurs, Lily paraissait ravie de l'opportunité de quitter la ville un petit moment, et de laisser pour un temps de côté toutes les questions et les cancans auxquels elle allait devoir faire face sitôt qu'elle sortirait et croiserait une connaissance. Nous avons donc mis une petite annonce sur un site Internet pour notre « location de vacances idéale » à l'intention de qui voudrait profiter d'un séjour touristique à New York. À notre immense étonnement, un couple de Suédois d'un certain âge, dont tous les enfants vivaient à Manhattan, ont payé sans rechigner le prix que nous leur demandions – soit 600 dollars de plus par mois que notre loyer. 300 dollars par mois nous suffisaient amplement à chacune, vu que nous étions nourries, blanchies et que mes parents mettaient également à notre disposition une vieille voiture. Les Suédois repartaient la première semaine de janvier, juste à temps pour que Lily puisse reprendre la fac, et que moi-même je puisse… chercher un nouveau boulot.

C'était Emily qui officiellement m'avait virée. Non pas que j'aie eu encore des doutes sur mon statut d'employée après mon accès d'effronterie, mais je suppose que Miranda avait été assez livide de rage pour assener un dernier coup. Toute l'affaire n'avait pris que trois minutes et s'était déroulée avec cette efficacité sans faille que j'appréciais tant chez *Runway*.

Je venais de trouver un taxi, et j'étais en train de libérer mon pied gauche de la botte qui le torturait quand le téléphone a sonné. Évidemment, aussitôt, mon estomac a chaviré, mais réflexion faite, après ce que je venais de lui balancer, ce ne pouvait pas être elle. J'ai fait un rapide calcul des minutes écoulées depuis mon coup d'éclat : une pour que Miranda referme sa bouche et se recompose une attitude face à toutes ces commères qui la dévisageaient ; une autre pour mettre la main sur son portable et appeler Emily ; une troisième pour faire état des détails sordides de ma sortie sans précédent, et une dernière pour qu'Emily assure Miranda qu'elle allait s'occuper de tout. Même si la présentation du numéro ne fonctionnait pas pour les appels internationaux, c'était Emily, sans le moindre doute.

— Salut, Em, ça va ? ai-je quasiment chanté tout en frictionnant mon pied et en veillant à lui éviter tout contact avec le tapis de sol crasseux.

Mon ton enjoué l'a prise de court.

— Andrea ?

— Oui, c'est moi, je t'écoute. Que se passe-t-il ? Je suis un peu pressée, là…

J'avais d'abord songé à lui demander tout de go si elle téléphonait pour me virer, mais j'ai décidé pour une fois de lui ficher la paix. Je me suis préparée à entendre la tirade qu'elle n'allait pas manquer de m'infliger – comment ai-je pu la laisser tomber elle, me laisser tomber moi, laisser tomber *Runway*, l'ensemble du monde de la mode, bla bla bla – mais il n'en a rien été.

— Oui, bien sûr. Dis donc, Miranda vient de m'appeler…

Sa voix a déraillé, comme si elle espérait que je prenne le relais, que je lui explique que toute cette histoire était une monstrueuse erreur, et qu'elle ne devait pas s'inquiéter car j'avais réussi à tout réparer par moi-même dans les quatre dernières minutes.

— Et tu es déjà au courant, j'imagine.

— Mmm, oui ! Andy, que vas-tu faire ?

— Ce serait plutôt à moi de te poser la question.

Silence.

— Écoute, Em, je sens que tu appelles pour me virer. C'est bon, je sais que la décision ne vient pas de toi. Ainsi, elle t'a dit de m'appeler et de te débarrasser de moi ?

J'avais beau ressentir une légèreté que je n'avais pas éprouvée depuis des mois, j'ai tout de même retenu ma respiration. Peut-être que, par un coup de chance ou de malchance extraordinaire, Miranda avait accepté que je lui dise d'aller se faire foutre au lieu de s'en épouvanter ?

— Oui. Elle m'a chargée de te dire que ton contrat prenait fin immédiatement, et qu'elle souhaiterait que tu aies quitté l'hôtel avant son retour du défilé.

Elle avait parlé avec douceur, une touche de regret dans la voix. Peut-être songeait-elle aux heures, aux jours, aux semaines où elle allait se retrouver seule, pour dénicher et former encore une nouvelle assistante, mais j'ai eu l'impression qu'il y avait autre chose derrière.

— Je vais te manquer, Em, c'est ça ? Vas-y, dis-le. N'aie pas peur, je ne le répéterai à personne. En ce qui me concerne, cette conversation n'a jamais eu lieu. Tu ne veux pas que je parte, c'est ça ?

Et là, miracle, elle s'est mise à rire.

— Qu'est-ce que tu lui as sorti ? Elle n'a pas arrêté

de me dire que tu avais été grossière et même vulgaire, mais je n'ai rien pu en tirer de plus précis.

— Sans doute parce que je lui ai dit d'aller se faire foutre.

— Non !

— Emily, tu m'appelles pour me virer. Je te promets que je lui ai dit ça. Texto.

— Oh, mon Dieu !

— Ouais, et je mentirais si je refusais de reconnaître que ç'a été le moment le plus jouissif de ma misérable existence. Certes, je viens de me faire virer par la femme la plus puissante du monde de la presse. Et sans même parler de mon crédit Mastercard que je ne sais pas comment rembourser, mon avenir dans le milieu de la presse me semble un peu compromis. Je pourrais peut-être offrir mes services à une de ses ennemies ?

— C'est ça. Envoie ton CV à Anna Wintour – elles n'ont jamais pu s'encadrer.

— Mmm, je vais y penser. Écoute, Em, je ne t'en veux pas, d'accord ? Nous savions l'une et l'autre que nous n'avions absolument rien en commun, à part Miranda Priestly, mais puisqu'on a réussi à s'entendre, j'imagine qu'il n'y a pas de raison pour que ça change.

— C'est vrai, a-t-elle menti, gênée.

Elle savait pertinemment que j'allais entrer dans l'orbite la plus éloignée de son monde, celle des parias. Les chances qu'à compter de ce jour Emily avoue qu'elle me connaissait de près ou de loin étaient égales à zéro, mais ce n'était pas un problème. Peut-être que dans dix ans, quand elle serait assise au premier rang du défilé de Michael Kors et que moi je m'habillerais toujours dans des grands magasins pas chers et que je dînerais au Benihana, nous voilà ririons de tout ça. Mais j'en doutais.

— Dis, Em, je bavarderais volontiers avec toi, mais je suis claquée, là, et je ne sais pas par quoi commencer. Il faut que je trouve un moyen de rentrer à New York le plus vite possible. Tu crois que je peux utiliser mon billet de retour ? Elle ne peut pas me virer et m'abandonner dans un pays étranger ?

— Eh bien, si, elle aurait toutes les raisons de le faire. (Ah ah, une dernière vacherie. C'était réconfortant de savoir que les choses ne changeraient jamais vraiment.) Après tout, c'est toi qui désertes ton poste – tu l'as obligée à te virer. Mais je ne pense pas qu'elle soit rancunière. Demande une facture pour la surtaxe en cas de modification, et je trouverai un moyen de faire passer ça en note de frais.

— Merci, Em. C'est gentil à toi. Et bonne chance. Tu seras une formidable rédactrice de mode un jour.

— C'est vrai ? Tu crois ? a-t-elle demandé avec un empressement ravi.

J'ignore en quoi l'avis de la plus grosse tache à avoir jamais fréquenté le milieu de la mode était d'une quelconque pertinence, mais elle était enchantée.

— Absolument. Ça ne fait aucun doute pour moi.

Sitôt que j'ai eu raccroché, Christian a appelé. Il était déjà au courant de toute l'histoire. Incroyable. Mais le plaisir qu'il a pris à entendre les détails sordides, et les promesses et les invitations dont il m'a accablée m'ont de nouveau retourné l'estomac. Je lui ai déclaré, le plus calmement possible, que j'avais un certain nombre de problèmes à régler dans l'immédiat, qu'il serait gentil de cesser de m'appeler, et que je le recontacterais lorsque j'en aurais envie.

Comme par miracle, M. Renaud et son équipe ne semblaient pas encore, eux, être au fait des derniers développements. Ils se sont tous mis en quatre pour moi sitôt qu'ils ont appris qu'une urgence me réclamait à New York. En une demi-heure, une véritable petite armée s'est débrouillée pour me réserver une place sur le prochain vol à destination de New York, faire mes malles et m'installer à l'arrière d'une limousine, direction Charles-de-Gaulle, avec un minibar plein à craquer. Le chauffeur était d'humeur bavarde, mais pas moi : je voulais savourer ces derniers instants de ma vie d'assistante la moins payée mais la plus gâtée en avantages en nature du monde libre. Je me suis servi une ultime coupe de champagne et, lentement, j'en ai dégusté une longue gorgée. Il m'avait fallu onze mois, quarante-quatre semaines et quelque trois mille quatre-vingts heures de travail pour piger – en une seule fois et une bonne fois pour toutes – que me transformer en l'image que Miranda Priestly voyait dans son miroir n'était sans doute pas si bien que ça.

À JFK, à la sortie de la douane, ce n'était pas un chauffeur en uniforme qui m'attendait avec sa pancarte, mais mes parents, visiblement très heureux de me voir. Après les embrassades de rigueur, et passé le premier choc en découvrant le déguisement que portait leur fille (un jean D&G supermoulant et archidélavé, un haut transparent et des escarpins à talons aiguilles – hé ! c'était la tenue indiquée dans la catégorie « Divers », sous-catégorie « Trajets aéroport », et c'était de loin la plus adéquate qu'ils m'aient prescrite pour un voyage en avion), ils m'ont appris une excellente nouvelle : Lily était réveillée, et en pleine possession de ses moyens. Nous avons filé directement à l'hôpital, où Lily a même trouvé l'énergie de se moquer de mon accoutrement en me voyant entrer.

Évidemment, elle avait encore un sérieux problème à régler avec la justice. Elle avait tout de même foncé en sens interdit, en état d'ébriété. Mais comme il n'y avait eu aucun autre blessé grave, le juge avait fait preuve de clémence : en plus de l'inscription – inévitable – de l'incident à son casier judiciaire, elle n'avait écopé que d'une obligation à consulter un psy spécialisé dans les problèmes d'alcoolisme, et d'une période en apparence interminable de travaux au service de la communauté.

Nous n'avions guère évoqué cet aspect des choses – puisqu'elle était encore réticente à reconnaître qu'elle avait un problème avec l'alcool –, mais je l'avais conduite à sa première séance de thérapie de groupe dans East Village, et elle avait admis en sortant que ça ne versait pas trop dans la sensiblerie. « Chiant à mourir », voilà comment elle l'avait présenté, mais en me voyant hausser les sourcils et la foudroyer du regard – à la Emily – elle a reconnu qu'il y avait des mecs mignons, et que ça ne la tuerait pas de sortir pour une fois avec un mec à jeun. Ce n'était pas faux. Mes parents l'avaient convaincue de faire amende honorable auprès du recteur de Columbia, et ce qui lui était d'abord apparu comme un cauchemar annoncé s'était révélé au final un bon mouvement. Le recteur avait non seulement accepté que Lily se retire au milieu du semestre sans perdre son année, mais il avait en plus donné un avis favorable à l'office des bourses en disant qu'elle pourrait postuler de nouveau au printemps prochain.

La vie de Lily et notre amitié semblaient revenues sur les rails. Avec Alex, c'était une autre histoire. Quand nous étions arrivés à l'hôpital, il était assis au chevet de Lily et, à la seconde où je l'ai aperçu, j'ai regretté que mes parents n'aient pas préféré rester diplomatiquement à la cafétéria. Nous nous sommes salués, gênés, puis tout le monde a fait grand cas de Lily, mais quand il a enfilé sa veste une demi-heure plus tard, nous n'avions pas vraiment échangé un mot. Je l'ai appelé une fois à la maison, mais il a laissé basculer l'appel sur la messagerie. Je l'ai ensuite rappelé plusieurs fois, mais j'ai raccroché. J'ai réessayé une dernière fois avant d'aller au lit. Il a décroché, mais il semblait circonspect.

— Salut ! ai-je lancé, en m'efforçant de la jouer adorable et à l'aise dans mes baskets.

— Salut, a-t-il lâché platement.

— Écoute, je sais que Lily est aussi ton amie, et que tu aurais fait ça pour n'importe qui, mais je ne te remercierai jamais assez. Trouver mes coordonnées à Paris, aider mes parents, passer des heures auprès d'elle. Vraiment, c'est formidable.

— Je t'en prie. N'importe qui aurait fait pareil dans ces circonstances. Ce n'est pas grand-chose.

Sous-entendu, n'importe qui, sauf quelqu'un de totalement préoccupé par sa petite personne et des priorités idiotes, comme votre servante.

— Alex, s'il te plaît, ne pourrait-on pas juste discuter comme…

— Non. On ne peut discuter de rien pour l'instant. Voilà un an que j'attends de pouvoir discuter avec toi – je t'ai suppliée parfois – et ça ne t'intéressait pas du tout. À un moment donné, cette année, j'ai perdu l'Andy dont je suis tombé amoureux. Je ne sais pas trop comment, je ne sais pas très bien quand, mais ce qui est sûr, c'est que tu n'es plus la même qu'avant d'avoir accepté ce travail. Jamais mon Andy n'aurait eu l'idée de préférer un défilé ou une fête ou n'importe quoi d'autre à une amie qui avait vraiment besoin d'elle. Vraiment besoin. Bon, je suis content que tu aies finalement choisi de rentrer – que tu aies pris la décision qui s'imposait –, mais maintenant, j'ai besoin de temps pour y voir clair en moi-même, en toi, en nous. Ce n'est pas nouveau, Andy, pas pour moi. Il y a longtemps que ça dure – simplement, tu ne t'es aperçue de rien.

— Alex, tu ne m'as pas accordé une seule seconde pour m'asseoir en face de toi et t'expliquer ce qui se passe. Tu as peut-être raison, peut-être que j'ai changé. Mais je ne crois pas. Et même si c'était le cas, je ne pense pas que ce soit en pire. Nous sommes-nous à ce point éloignés l'un de l'autre ?

Plus encore que Lily, c'était lui mon meilleur ami, de cela j'en étais sûre, mais cela faisait plusieurs mois qu'il n'était plus mon petit ami. J'ai compris qu'il avait raison : il était temps de le lui dire. J'ai inspiré un grand coup. Je devais le dire, mais ce n'était pas facile.

— Tu as raison.

— C'est vrai ? Tu le reconnais ?

— Oui. Je me suis montrée égoïste, et injuste envers toi.

— Et maintenant ? a-t-il demandé, d'un ton résigné mais nullement dévasté.

— Je ne sais pas. Devons-nous juste arrêter de nous parler ? De nous voir ? Je ne sais pas du tout ce qu'il faut faire. Je veux juste que tu fasses partie de ma vie, et je n'imagine pas ne plus faire partie de la tienne.

— Moi non plus. Mais je ne suis pas certain que ça tienne bien longtemps. Nous n'étions pas amis avant de sortir ensemble, et ça me semble impossible que nous soyons de simples amis maintenant. Mais qui sait ? Peut-être que quand nous aurons eu assez de temps pour réfléchir à tout ça, chacun de notre côté…

J'ai raccroché et je me suis mise à pleurer, pas seulement à cause d'Alex, mais à cause de tout ce qui avait changé dans ma vie au cours de l'année passée. J'étais entrée chez Elias-Clark, petite fille incompétente et mal sapée, et j'en étais sortie en titubant, presque adulte légèrement plus patinée, toujours aussi mal habillée (mais le sachant à présent). Entre-temps, j'avais accumulé assez d'expérience pour pouvoir honorer une centaine de premiers postes. Et même si mon CV était à présent estampillé d'une infamante mention écarlate « Virée », même si mon petit copain avait déclaré forfait, même s'il ne me restait de concret qu'une valise (bon, d'accord, quatre valises Vuitton) remplie de fabuleux vêtements de créateurs – peut-être le jeu en valait-il la chandelle ?

J'ai pris un vieux cahier dans le tiroir de mon bureau et j'ai commencé à écrire.

***

Quand je suis descendue, mon père était déjà dans son cabinet, et ma mère s'apprêtait à partir.

— Bonjour, ma chérie. Je ne savais pas que tu étais réveillée ! Je suis en retard. J'ai rendez-vous avec un étudiant à 9 heures. Le vol de Jill est à midi, vous devriez ne pas partir trop tard à cause de la circulation. J'ai mon portable, au cas où. Ah, Lily et toi dînerez à la maison ce soir ?

— Je n'en sais rien. Je viens de me lever, je n'ai même pas bu un café. Crois-tu que je sois en état de penser au dîner ? ai-je répondu avec humeur.

Mais elle avait déjà un pied dehors. Lily, Jill et Kyle étaient attablés, avec le bébé, dans la cuisine, silencieux, chacun plongé dans les différents cahiers du *Times*. Une assiette de gaufres ramollies et vraiment pas appétissantes trônait au milieu de la table, à côté d'une bouteille de jus d'orange et d'une plaquette de beurre. Seul le café semblait avoir du succès – café que mon père était allé chercher au Dunkin Donuts, une tradition qui découlait de ses réticences très compréhensibles à ingérer quelque chose que ma mère aurait elle-même préparé. Je me suis servi une gaufre, mais au moment où je m'apprêtais à en découper un morceau, elle s'est aussitôt décomposée en un tas de pâte dans mon assiette.

— C'est immangeable, ce truc. Papa n'a pas acheté des beignets ?

— Si. Il les a planqués dans le placard à côté de son bureau, a indiqué Kyle avec son accent du Sud. Il ne voulait pas que ta mère les voie. Tu ne veux pas aller chercher la boîte ?

Au moment où je me levais de table, le téléphone a sonné.

— Allô ? ai-je fait avec un maximum d'irritation

(j'avais enfin perdu l'habitude d'annoncer « Bureau de Miranda Priestly » chaque fois que je répondais au téléphone).

— Bonjour. Pourrais-je parler à Andrea Sachs ?

— C'est moi.

— Bonjour, Andrea, je suis Loretta Andriano, du magazine *Seventeen*.

Mon cœur a chaviré. Je lui avais envoyé une « fiction » de deux mille mots qui racontait l'histoire d'une ado tellement obnubilée par son désir d'entrer à la fac qu'elle en délaissait ses amis et ses parents. Je n'avais pas mis plus de deux heures à écrire cette bluette, mais il me semblait avoir réussi à trouver le ton juste, drôle et touchant à la fois.

— Écoutez, a repris Loretta, votre histoire m'est passée entre les mains, et je dois vous dire que je l'ai adorée. Il faut y faire quelques retouches, évidemment, et il faut un peu peaufiner la langue – nos lectrices sont en majorité des pré- ou des jeunes ados –, mais j'aimerais la publier dans notre numéro de février.

— C'est vrai ?

Je n'en croyais pas mes oreilles. J'avais envoyé ce texte à une dizaine de magazines pour ados, puis j'avais écrit une version un peu plus mûre de la même histoire que j'avais adressée à une dizaine de magazines féminins, mais j'étais sans nouvelles des uns et des autres.

— Tout à fait. Nous payons 15 cents le mot, il faut juste que vous remplissiez les formulaires. Vous avez déjà publié des histoires en free-lance, n'est-ce pas ?

— Euh… Non. Mais je travaillais à *Runway*.

Je ne savais en quoi cette précision pouvait m'aider – d'autant que tout ce que j'avais écrit là-bas s'était résumé à des notes pour intimider d'autres gens – mais Loretta n'a pas semblé remarquer ce trou béant dans ma logique.

— Ah bon ? Mon premier poste en sortant de la fac a

été assistante de mode à *Runway*. J'ai appris plus en un an que dans les cinq années suivantes.

— C'était une sacrée expérience. J'ai eu de la chance de pouvoir la vivre.

— Que faisiez-vous là-bas ?

— J'étais l'assistante de Miranda Priestly.

— Non ! Ma pauvre ! Je ne savais pas. Hé, attendez… C'est vous l'assistante qu'elle a virée à Paris ?

J'ai compris trop tard que j'avais commis une grosse erreur. L'incident avait suscité un commentaire assez long en Page Six quelques jours après mon retour, sans doute sous la plume de l'une des commères qui avaient assisté à mon pétage de plombs. Comme mes paroles étaient citées mot pour mot, ça ne pouvait venir que de là. Comment avais-je pu oublier que d'autres gens l'avaient également lu ? J'ai eu le pressentiment que Loretta allait maintenant trouver mon texte beaucoup moins bien, mais le mal était fait.

— Oui. Mais ça a été moins terrible que ce qu'ils ont raconté en Page Six. Ils ont vraiment exagéré toute l'affaire.

— J'espère bien que non ! Il fallait que quelqu'un dise un jour à cette harpie d'aller se faire foutre, et si ça a été vous, alors là, je vous tire mon chapeau ! Cette femme a transformé ma vie en enfer pendant l'année où j'ai travaillé là-bas, et nous n'avons jamais échangé un seul mot. Bon, je dois filer à un déjeuner de presse, mais pourquoi ne prendrions-nous pas rendez-vous ? Vous devez passer remplir ces formulaires de toute façon, et ce serait l'occasion de nous rencontrer. Si vous avez d'autres textes qui pourraient nous correspondre, apportez-les.

Nous sommes convenues d'un rendez-vous le vendredi suivant, et j'ai raccroché, encore incrédule. Kyle et Jill avaient confié le bébé à Lily, le temps qu'ils remontent boucler leurs valises, et il commençait à pleurer et à gémir comme s'il était à moins de deux secondes de la crise d'hystérie. Je l'ai dégagé de sa chaise haute et je l'ai perché sur mon épaule en lui frictionnant le dos à travers son babygros. Miraculeusement, les pleurs ont cessé.

— Tu ne devineras jamais qui c'était ! ai-je chantonné en dansant dans la cuisine avec Isaac. Une rédactrice du magazine *Seventeen* – je vais être publiée !

— Ils vont publier l'histoire de ta vie ?

— Ce n'est pas l'histoire de ma vie, mais celle de la vie de « Jennifer ». Et ça ne fait que deux mille mots, donc ce n'est pas grand-chose. Mais c'est un début.

— Si tu le dis. Une jeune fille se laisse totalement obséder par le désir de réussir son projet et elle fiche en l'air ses rapports avec les gens qu'elle aime. L'histoire de Jennifer. Bon, si tu le dis…, a fait Lily en souriant et en levant les yeux au ciel.

— On s'en tape de ce genre de détails ! Ce qui compte, c'est qu'ils publient l'histoire dans leur numéro de février, et qu'ils me paient 3 000 dollars. C'est incroyable, non ?

— Félicitations, Andy. Sans rire, c'est génial. Tu auras un truc à mettre dans ton book.

— Ouais. Bon, c'est pas le *New Yorker*, mais c'est une première étape. Si je peux en caser quelques-unes de plus dans d'autres magazines, j'arriverai peut-être quelque part. Je rencontre cette femme vendredi, et elle m'a demandé de lui apporter tout ce que j'avais écrit. Et elle hait Miranda. Je pense que nous pourrons travailler ensemble.

J'ai raccompagné la fine équipe texane à l'aéroport, je me suis arrêtée au Burger King pour acheter un déjeuner bien gras pour Lily et moi, puis j'ai passé le reste de la journée – et le lendemain, et le surlendemain – à rédiger un texte susceptible d'être montré à cette Loretta qui détestait Miranda.

19

— Un grand cappuccino à la vanille, s'il vous plaît, ai-je commandé à un serveur que je n'avais jamais vu.

Presque cinq mois avaient passé depuis la dernière fois où j'avais mis les pieds au Starbucks de la 57e Rue, à essayer de garder en équilibre un plein plateau de cafés et d'en-cas et à me hâter de les remonter avant que Miranda ne me vire pour avoir seulement osé respirer. En y repensant, c'était tout de même plus classe de m'être fait virer pour les raisons que l'on sait plutôt que pour avoir confondu saccharine et sucre roux. Le résultat était le même, certes, mais le jeu avait été différent.

Qui aurait imaginé que le personnel de Starbucks défilait aussi vite ? Derrière le comptoir, aucun visage ne m'était familier, et cela ne rendait que plus lointaine l'époque où je le fréquentais avec assiduité. J'ai lissé mon pantalon noir, qui était bien coupé mais sans porter la griffe d'un créateur, pour m'assurer que les revers n'avaient pas pâti de la neige fondue dans les rues. Je savais que tout un staff de *fashionistas* allaient me désapprouver, mais je me trouvais super mignonne pour mon second rendez-vous. Non seulement je savais désormais que personne ne mettait de tailleur dans les rédactions, mais en plus, sans trop comprendre comment, une année entière de mode de luxe m'était entrée dans le crâne – sans doute par simple osmose.

Le cappuccino était presque trop chaud, mais c'était un régal en cette journée glaciale et humide. Il était encore tôt, pourtant le ciel était déjà sombre et, normalement, un jour comme celui-là m'aurait filé le bourdon. Après tout, on était en février, c'était une des journées les plus déprimantes du mois le plus déprimant de l'année, une de ces journées où même les pires optimistes n'ont envie que de se pelotonner sous leur couette, et où les plus pessimistes n'ont pas la moindre chance de s'en sortir sans une pleine poignée de Zoloft. Mais le café était chaleureux, avec ses éclairages et juste ce qu'il fallait de monde à l'intérieur, et je me suis lovée dans un de ces immenses fauteuils verts en essayant de ne pas penser aux cheveux sales de la dernière personne qui m'y avait précédée.

Au cours des trois mois écoulés, Loretta était devenue mon mentor, mon champion, mon sauveur. Nous nous étions bien entendues dès notre premier rendez-vous, et depuis, elle avait été merveilleuse avec moi. Sitôt que j'étais entrée dans son bureau, spacieux mais encombré de toutes parts, et que j'avais vu qu'elle était grosse, j'avais eu le sentiment curieux que j'allais l'adorer. Elle m'a fait asseoir et a lu de A à Z ce qui m'avait occupée toute la semaine : des petits textes impertinents sur les défilés, un papier d'humeur sur le statut d'assistante d'une célébrité, ainsi qu'une histoire que j'espérais sensée sur ce qu'il fallait – et ne fallait pas – faire pour détruire trois ans de relation amoureuse avec quelqu'un qu'on aimait. On a tellement sympathisé d'emblée, que j'avais l'impression d'être devenue un personnage de roman de gare. J'ai réalisé qu'elle et moi étions pareilles en dépit de nos sept ans d'écart, et nous n'avons eu aucun mal à partager nos souvenirs cauchemardesques de *Runway*. (La nuit, certains cauchemars continuaient à me hanter : l'un avait comporté un épisode particulièrement atroce, où mes parents se faisaient fusiller par la police parisienne de la mode pour avoir osé porter des shorts en ville, et Miranda s'était ensuite débrouillée pour m'adopter légalement.)

Comme j'avais eu la lumineuse idée d'apporter tous mes vêtements de *Runway* dans l'un de ces trocs superchic de Madison Avenue, j'étais riche, et je pouvais me permettre d'écrire pour des cacahuètes. J'étais prête à tout pour avoir ma signature au bas d'un article. J'avais attendu et attendu qu'Emily ou Jocelyn m'appellent pour m'annoncer qu'un coursier allait venir récupérer la garde-robe, mais elles ne l'ont jamais fait. Tout ça m'appartenait, donc. J'ai emballé la plupart des vêtements, en mettant de côté la robe portefeuille de Diane Von Furstenburg. En fouillant dans les affaires qu'Emily m'avait renvoyées après avoir vidé mon bureau, j'avais retrouvé la lettre d'Anita Alvarez. J'avais toujours eu l'intention de lui expédier une de ces robes dont elle rêvait, mais sans jamais trouver le temps de m'en occuper. J'ai plié la robe aux imprimés audacieux dans du papier de soie, j'ai ajouté une paire de Manolo et j'ai griffonné un petit mot en imitant l'écriture de Miranda – un talent que malheureusement je n'avais pas perdu. Il fallait que cette fille connaisse – ne serait-ce qu'une fois dans sa vie – l'effet que ça faisait de posséder un vêtement magnifique. Et surtout, qu'elle sache que quelqu'un, à *Runway*, ce magazine qu'elle portait aux nues, s'intéressait à elle.

Mis à part cette robe, le jean moulant et supersexy de D&G, et le sac en cuir matelassé avec une chaîne que j'avais offert à ma mère (« Ma chérie, mais c'est magnifique ! Redis-moi le nom de cette marque ? »), j'avais tout vendu. La vendeuse qui s'occupait des dépôts avait appelé sa patronne, et les deux avaient jugé qu'il valait mieux fermer boutique pendant quelques heures, le temps d'évaluer ma marchandise. Les bagages Vuitton – deux grandes valises, un sac et une énorme malle – m'ont rapporté à eux seuls 6 000 dollars, et quand les deux femmes ont eu terminé d'examiner les vêtements en murmurant et gloussant, je suis ressortie avec un chèque de 38 000 dollars. Ce qui, d'après mes calculs, allait me permettre de payer mon loyer et de me nourrir pendant toute l'année, en attendant que mes projets d'écriture se mettent en place. Et puis, Loretta est entrée dans ma vie, et tout est immédiatement devenu plus simple.

Loretta s'était déjà portée acquéreuse de quatre textes. Mais le plus excitant, c'était son étrange obsession de me présenter à d'autres rédactrices, sa détermination à contacter tous ses confrères et consœurs qui, dans d'autres magazines, pourraient être intéressés par des papiers en free-lance. C'était précisément pour cette raison que je me retrouvais chez Starbucks en cette journée d'hiver un peu glauque : je retournais chez Elias-Clark. Loretta avait dû déployer des trésors de persuasion pour me convaincre que Miranda n'allait pas me pourchasser et m'abattre avec une sarbacane dès l'instant où j'aurais franchi les portes de l'immeuble, mais je n'en demeurais pas moins anxieuse. Je n'étais pas paralysée de peur comme par le passé, quand la moindre sonnerie de portable faisait accélérer mon cœur, mais j'étais tout de même assez effrayée à l'idée – quoique fort improbable – de la croiser. Elle, ou Emily, ou n'importe qui d'autre, à l'exception de James, avec qui j'étais restée en contact.

Il se trouvait que Loretta avait appelé son ancienne colocataire de la fac qui était justement responsable des pages « Ville » de *The Buzz*, et lui avait dit avoir découvert LA nouvelle plume. Moi, donc. Elle m'avait arrangé un rendez-vous, et avait même prévenu son amie que j'avais été sommairement renvoyée par Miranda, mais la femme s'était contentée de rire. Si le groupe refusait d'employer toute personne que Miranda avait virée à un moment ou un autre, avait-elle dit, ils n'auraient plus aucun journaliste sous la main.

J'ai terminé mon cappuccino et, pleine d'une énergie nouvelle, j'ai empoigné le classeur dans lequel étaient rangés mes différents articles. Je me suis dirigée – calmement, sans avoir les mains encombrées de tasses de café et un téléphone qui n'arrête pas de sonner dans la poche – vers l'entrée de l'immeuble. Du trottoir, j'ai vérifié que personne de *Runway* ne se trouvait dans le hall, et j'ai poussé la porte à tambour de tout mon poids. Rien n'avait changé depuis la dernière fois : j'ai aperçu Ahmed derrière la caisse du kiosque à journaux, et une immense affiche sur papier brillant qui annonçait que *Chic* organisait une soirée au Lotus ce week-end-là. Alors que normalement j'aurais dû me présenter à l'accueil pour retirer un badge en échange de ma carte d'identité, je me suis machinalement approchée des tourniquets. Immédiatement, j'ai entendu une voix familière chanter :

— *I can't remember if I cried when I read about his widowed bride, but something touched me deep inside, the day, the music died. And we were singing* [1]…

American Pie ! Quel amour, ai-je songé. C'était la chanson d'adieu que je n'avais jamais eu l'occasion de chanter. Je me suis tournée vers Eduardo, aussi gros, transpirant et souriant que d'habitude. Mais ce n'était pas à moi qu'il souriait. Devant le tourniquet le plus proche de lui, se trouvait une jeune fille incroyablement

1. Je ne me souviens pas si j'ai pleuré quand j'ai lu l'histoire de sa femme, veuve le jour de son mariage, mais quelque chose a remué au plus profond de moi, le jour où la musique s'est tue. Et nous chantions…

maigre, avec de longs cheveux de jais et des yeux verts, vêtue d'un pantalon à fines rayures superserré et d'un débardeur qui révélait son nombril. Elle essayait de garder en équilibre dans sa main trois tasses de café Starbucks sur un plateau, un sac rempli à ras bord de journaux et de magazines, trois tenues complètes sur des cintres et un fourre-tout avec le monogramme MP. Son portable s'est mis à sonner au moment où je réalisais qui elle était, et elle a eu l'air si paniquée que j'ai cru qu'elle allait se mettre à pleurer. Mais quand elle a vu qu'il ne servait à rien de pousser contre le tourniquet, elle a lâché un profond soupir et elle s'est mise à chanter :

— *Bye, bye, Miss American Pie, drove my Chevy to the levee, but the levee was dry, and good old boys were drinking whiskey and rye, singing this will be the day that I die, this will be the day that I die*[1]…

Quand j'ai regardé Eduardo, il m'a adressé un clin d'œil et un sourire. Et tandis que la jolie petite brune finissait son couplet, il a déclenché l'ouverture du tourniquet, comme si j'étais quelqu'un d'importance.

1. Salut, Miss American Pie, j'ai conduit ma Chevrolet jusqu'à la digue, mais il n'y avait plus d'eau, les gars buvaient du bourbon et de la gnôle en chantant aujourd'hui sera le jour de ma mort…

Si vous avez aimé
***Le Diable s'habille en Prada*,**
découvrez
les livres
de Rosie Rushton

Une semaine d'enfer pour tomber amoureuse, T. 1
Une semaine d'enfer pour devenir une star, T. 2
Une semaine d'enfer pour tout envoyer balader, T. 3
Une semaine d'enfer pour être rebelle, T. 4
Une semaine d'enfer pour rester zen, T. 5
Une semaine d'enfer pour éviter la catastrophe, T. 6

**Découvrez aussi
la série**

Journal d'un coup de foudre

de Sarra Manning

T. 1 – ***French Kiss***
T. 2 – ***Larmes et paillettes***
T. 3 – ***Baiser volé***

Cet ouvrage a été composé par
PCA - 44400 REZE

Impression réalisée sur Presse Offset par

BRODARD & TAUPIN

GROUPE CPI

La Flèche (Sarthe), le 13-10-2006
N° d'impression : 38111

Date initiale de dépôt légal : avril 2006

Dépôt légal de la nouvelle édition : septembre 2006

Suite du premier tirage : octobre 2006

Imprimé en France

12, avenue d'Italie

75627 PARIS Cedex 13

Et découvrez vite
les histoires de
Lisi Harrison

La Bande, T. 1
Amies à jamais, T. 2
La revanche des pestes, T. 3